# LA DISSONANCE

SHAUN HAMILL

# LA DISSONANCE

roman

*Traduit de l'anglais (États-Unis)*
*par Benoît Domis*

ALBIN MICHEL

*Édition originale :*
THE DISSONANCE


Première publication : Pantheon Books, New York, juillet 2024

*À Sergio*

« Quand soudain ! L'on découvrit un défaut imperceptible dans une perfection jusqu'ici sans faille. Un défaut qui "était" tout ce que la perfection n'est pas. »

Grant Morrison, *Multiversity*
(traduction Laurent Queyssi,
Urban Comics, 2018)

*2019*

# SECOUSSES

# Hal

Vingt et un ans après avoir tué sa mère, et un an après avoir tué un inconnu dans un bar au cours d'une rixe, Hal Isaac fume une cigarette sur les marches de l'église catholique Saint-Matthieu à Vandergriff, au Texas.

La réunion de son groupe des Alcooliques anonymes vient de se terminer. Le soleil est couché, mais la chaleur du jour continue de peser physiquement sur son corps, comme pour en extraire la sueur. Il pourrait se réfugier dans sa voiture et mettre la climatisation, mais ces réunions lui donnent toujours mal à la tête, et une cigarette lui accorde quelques minutes pour déstresser. C'est la principale raison qui l'a poussé à fumer. Les cigarettes fournissent la possibilité d'appuyer sur la touche pause de votre vie.

Il n'est pas le seul à le penser. Environ deux tiers des participants s'attardent sur les marches, par groupes de deux ou trois, leurs volutes de fumée montant dans l'air étouffant. Hal se tient un peu à l'écart, mais il apprécie leur présence. Ils le protègent de sa solitude. Leur bavardage glisse sur lui pendant qu'il observe les grandes et belles maisons de l'autre côté de la rue. Leurs occupants de la classe moyenne supérieure regardent-ils par la fenêtre à cette heure de la soirée ? Que pensent-ils du tableau de ratés sur les marches de l'église ?

« Salut. »

La femme s'est approchée sans attirer son attention. Susie. Un nouveau visage. Elle vient depuis déjà quelques semaines maintenant, après que les services sociaux lui ont enlevé son gosse.

« Salut, répond Hal, cigarette en bouche.

– Félicitations. » D'un signe de la tête, elle montre le jeton dans sa main gauche, celui qu'on lui a remis à l'issue de la réunion de ce soir. Il n'a pas cessé de le faire tourner entre ses doigts depuis, tel un prestidigitateur se livrant à un tour de passe-passe. Il s'arrête et laisse tomber le disque en aluminium dans sa paume ouverte. N'était le triangle gravé autour d'un grand I en chiffre romain, sa couleur bleu criard pourrait évoquer ceux jetés depuis un char de Mardi gras.

« Un an, dit-elle. Certains jours, il m'arrive de me dire que j'aurai de la chance si je tiens six semaines.

– Un jour après l'autre. » AA est plein de ces petits clichés. *Ça prend aussi longtemps que nécessaire. Ça marche si vous faites en sorte que ça marche.* Dans une autre vie, l'aspect vaguement édifiant de la chose, la touche d'inspiration chrétienne pure WASP[1], aurait fait lever les yeux au ciel à Hal, lui-même juif, quoique loin d'être exemplaire sur ce point. Maintenant, ces aphorismes d'une grande platitude l'aident à garder la raison.

Susie sort un paquet de cigarettes de son sac. Elle le tapote sur sa paume plusieurs fois avant de retirer le cellophane.

« J'ai oublié mon briquet, dit-elle. Vous avez du feu ? »

Hal lui accorde toute son attention pour la première fois. Elle ment à propos du briquet. Elle cherche un prétexte

1. White Anglo-Saxon Protestant : terme sociologique désignant les Américains blancs protestants appartenant à l'élite de la nation américaine (NdT).

pour lui parler. Hal a toujours été capable de se trouver de la compagnie de cette manière quand il en a envie. Il est arrivé que des amis jaloux l'accusent d'avoir un genre de superpouvoir. Hal, qui sait à quoi ressemble un vrai superpouvoir, y voit davantage un trait de personnalité fortuit. Il est doué pour cerner les gens, c'est tout.

AA déconseille fortement de tisser de nouveaux liens au cours de la première année de sobriété. Quant à avoir une relation d'un soir avec un autre alcoolique ? C'est carrément interdit. Mais Susie est jolie, elle semble sympathique, et Hal n'a pas le moral ce soir. Son avocat l'a appelé plus tôt dans la journée pour qu'ils fixent l'heure d'un rendez-vous demain. Il a insisté pour qu'ils se parlent en personne. Il a donc des choses importantes à lui dire. Sans doute des mauvaises nouvelles. Alors, Hal laisse la conversation avec Susie suivre son cours un peu plus longtemps.

« Vous voulez voir un tour de magie ? » demande-t-il.

Susie écarte les mains dans un geste signifiant *bien sûr.* Il ferme les yeux et se fraie un passage à travers tous ses soucis, son angoisse, jusqu'à cet endroit enfoui au centre de lui-même où il ne se rend plus guère. Il fait une exception ce soir, parce qu'il a envie de faire plaisir à cette femme. Rien dans le livre bleu n'interdit de rendre le sourire à une jolie femme triste.

Il frotte son esprit contre l'étincelle de douleur en son milieu. De la lumière brille soudain derrière ses paupières, et il ouvre les yeux juste à temps pour voir la cigarette de Susie s'allumer sans assistance visible.

Ce petit numéro représente l'étendue de ses possibilités ces jours-ci. Il ne comprend pas pourquoi il possède ce talent. Il ne l'avait pas dans sa jeunesse, à une époque où il était capable de faire des choses beaucoup plus impressionnantes.

« Ta-daa », dit-il.

Susie retire la cigarette de sa bouche et la regarde comme

si elle hésitait entre la laisser tomber, ou peut-être la jeter sur lui. Elle n'est pas charmée. Elle flippe.

Elle fait un geste du pouce en direction du parking, où aucune voiture n'est arrivée depuis plusieurs minutes. « On m'attend. Je dois y aller.

– Oui, bien sûr, dit-il.

– Mais encore bravo pour votre première année. Et merci pour le rappel ! Un jour après l'autre ! »

Il lève une main pour la saluer, mais elle s'éloigne déjà d'un pas rapide. Elle laisse tomber la cigarette, son extrémité orange brillant sur le trottoir. Il la suit pour pouvoir l'éteindre sous son pied et ramasser le mégot. Alors qu'il le fixe des yeux en fronçant les sourcils, le cadavre de la cigarette éclate, à la manière d'un cigare piégé dans un dessin animé. Du tabac et du papier flottent vers la pelouse dans l'air chaud et humide. Hal regarde autour de lui, mais personne ne lui prête attention. Tous les autres sont plongés dans leurs propres pensées, ont leurs préoccupations, ou sont en pleine conversation.

Il décide que, pour ce soir, il a les idées aussi claires que possible. Il retourne à sa voiture et rentre chez lui, dans son studio, et tente, presque sans succès, de dormir.

Il se réveille apathique et déprimé le lendemain matin et envisage de téléphoner à son employeur pour dire qu'il est malade. Mais son rendez-vous avec son avocat n'est prévu que dans l'après-midi, et il a besoin d'une distraction jusque-là. De plus, aucun penny n'est de trop pour faire face à l'accumulation de ses factures en retard et des honoraires de son avocat.

Après avoir pris une douche, il se rend à la société de crédit auto qui l'emploie. Il répond aux e-mails et aux appels téléphoniques de clients qui espèrent obtenir un rééchelonnement de leurs paiements. Tous les gens à qui il parle semblent avoir préparé un discours, une justification expliquant pourquoi *ils* devraient être autorisés à sauter la mensualité en cours ou au moins se voir accorder une semaine supplémentaire pour réunir la somme.

Ils pensent devoir convaincre Hal, mais la vérité est que tous ont le droit d'aménager leur date de paiement aussi souvent qu'ils le souhaitent, et que tous peuvent sauter un certain nombre d'échéances avant qu'on lâche les récupérateurs. Ce dernier nombre dépend d'un algorithme – l'union contre nature de l'historique des paiements et de la note de solvabilité globale. Le travail de Hal consiste surtout à mettre un visage humain sur l'algorithme, à créer l'illusion que l'entreprise se soucie de ses clients.

Il y a *une* décision qu'il lui appartient de prendre chaque fois qu'il répond à un e-mail ou au téléphone. Lui – et lui seul – décide de son degré d'amabilité. Par exemple, aux alentours de onze heures, Hal reçoit l'appel d'un homme qui souhaite obtenir un ajustement de son taux annuel. Normalement, Hal se montrerait compréhensif ; lui-même n'a jamais été un brillant gestionnaire, et il lui est arrivé plus d'une fois d'avoir financièrement les yeux plus gros que le ventre. Mais ce type ? Putain, ce type…

« Vous devez baisser mon taux annuel », dit-il. C'est la voix de quelqu'un d'habitué à donner des ordres et à être obéi. « Il est trop élevé. »

La voix de Hal reste calme, agréable. « Ce n'est pas un service que nous proposons. En revanche, je peux vous aider à aménager votre échéancier…

– Vous êtes sourd ? Je n'ai pas besoin de changer ma date de paiement. Chaque mois, vous m'extorquez un montant exorbitant. Ça ne peut plus durer. »

Ce ton hérisserait la plupart des gens. Hal l'a vu arriver avec certains de ses collègues. Lui, au contraire, se laisse aller en arrière dans son fauteuil et sourit. Encore un de ses superpouvoirs, ou traits de personnalités fortuits.

« Monsieur, je me permets de vous rappeler que vous

avez contracté un crédit auto auprès d'une société de prêt à risque, dit-il.

– Pardon ?

– Vous vous êtes adressé à nous pour assainir vos finances, poursuit Hal. Cela représente un risque supplémentaire pour nous, et ce risque a un coût.

– Une petite minute…

– Nous ne sommes pas à l'origine de cette situation, dit Hal, d'un ton enjoué et amical. Nous vous aidons à y remettre de l'ordre. Vous nous payez pour ce service. Vous avez accepté tout cela par écrit, et ce n'est pas notre faute si vous n'avez pas pris la peine de lire votre contrat. Le taux annuel ne changera pas. Mais si vous souhaitez reporter votre date de règlement ou procéder à un paiement aujourd'hui, je me tiens à votre entière disposition.

– Sale petit con.

– Je constate que vous êtes déjà retard sur votre mensualité, dit Hal. Désirez-vous régulariser la situation ?

– Allez vous faire foutre », conclut l'homme, avant de raccrocher.

Hal soupire, détendu pour la première fois de la journée. Il a le goût de l'affrontement, verbal ou physique. Il est doué pour ça, n'a aucun mal à garder son calme quand d'autres gens perdent le leur.

Mais son euphorie est de courte durée. Alors que la matinée s'éternise et que s'égrainent les secondes le rapprochant de son rendez-vous avec son avocat, il bâcle un appel après l'autre, et finit par demander à son responsable s'il peut se consacrer uniquement aux e-mails pour le reste de sa journée.

Pour le déjeuner, il commande deux *bean burritos* chez Taco Bell. Il s'assoit dans un box prévu pour quatre clients et, le regard lointain, il mange en espérant que le sel et le gras calmeront ses nerfs. Ils y parviennent, pendant les deux minutes nécessaires à tout avaler.

Hal quitte son travail à quatorze heures et se rend en voiture à Dallas. Son avocat, Robert K. Tuttle, a son propre bâtiment à la sortie de l'I-35. Sur le verre dépoli des portes du cabinet figure un blason accompagné de la devise « LA LIBERTÉ OU LA MORT ». Une idée qu'un ringard pourrait – à tort – trouver classe.

L'intérieur est tout aussi prétentieux, avec des rampes de spots et de grandes peintures de paysage du Sud-Ouest américain sur les murs. L'endroit est ridicule, mais les résultats du cabinet sont impressionnants. Le site web de Tuttle affiche une longue liste de clients poursuivis pour homicides routiers en état d'ébriété ou sous l'emprise de stupéfiants et ayant bénéficié d'un non-lieu, ou au moins de requalification des faits. Pour cette raison, Hal a vendu presque tout ce qu'il possédait pour engager Tuttle.

La réceptionniste est polie et enjouée alors qu'elle l'invite à patienter dans l'un des confortables fauteuils en cuir du hall. Hal tente de se distraire avec un jeu sur son téléphone pendant qu'il attend, mais il ne parvient pas à se concentrer. Au bout de quelques minutes, l'avocat apparaît dans l'embrasure de la porte de son bureau, serrant la main à une femme d'âge moyen qui semble avoir une mauvaise journée. Ses yeux enfoncés sont hagards, bordés de lourdes poches. Tuttle attend qu'elle soit sortie du bâtiment avant de serrer la main de Hal.

« Hal, dit Tuttle. Comment allez-vous aujourd'hui ?

– À vous de me le dire. »

Tuttle fait entrer Hal et s'installe derrière son bureau massif à l'avant duquel est sculpté le blason « La liberté ou la mort ». Hal prend place sur une des petites chaises en face de lui. Il se sent comme un môme convoqué dans le bureau du principal.

Tuttle joint ses doigts en clocher. « Vous savez que je ne vous ai pas demandé de venir jusqu'ici pour parler de la pluie et du beau temps.

– Je m'en doute.

– Ce n'est ni facile ni agréable à dire. Le bureau du procureur a fait une offre de négociation de peine, et je pense que nous n'obtiendrons pas mieux.

– Je vous écoute », dit Hal. Sa voix lui semble venir de très loin.

« Dix ans, avec possibilité de libération conditionnelle au bout de cinq.

– Cinq à dix ans de taule, dit Hal.

– Nous ne sommes pas forcés d'accepter. Nous pouvons aller au procès, mais c'est un pari. Il se peut que vous soyez acquitté, mais vous courez aussi le risque d'une condamnation à une peine plus lourde. Et un procès vous coûtera plus d'argent, que vous gagniez ou que vous perdiez.

– Je vois, dit Hal, parce qu'il a le sentiment de devoir dire quelque chose.

– Prenez quelques jours pour y réfléchir », dit Tuttle.

Il se lève pour signifier à Hal que leur rendez-vous est terminé. Hal le suit hors du bureau. Tuttle le tapote dans le dos, mais il n'essaie pas de lui serrer la main cette fois, ce dont Hal lui est reconnaissant.

Ses jambes le portent jusqu'au bord du trottoir devant l'immeuble, avant de le lâcher, l'obligeant à s'asseoir brutalement sur la chaussée. La douleur qui explose en montant depuis son coccyx l'extrait aussitôt de sa torpeur, remplacée par une haine viscérale de Robert K. Tuttle, cette caricature obséquieuse d'être humain, et tout ce qu'il représente. Ce connard estime probablement que dix ans sont une bonne affaire. Une victoire de plus à ajouter à la liste sur son site web.

Hal écarte les genoux et baisse la tête. Il se concentre sur sa respiration, compte d'un à dix. Au milieu de son troisième comptage, la terre se met à gronder. Il regarde en direction de l'autoroute, pensant qu'il s'agit peut-être d'un camion, mais il ne voit rien d'assez gros pour faire trembler le sol. De plus, la vibration ne se déplace pas comme un semi-remorque. Elle semble être partout.

Il tente de se lever, de jeter un coup d'œil autour de lui, mais le sol sous lui se ramollit, puis il se raidit et le fait rebondir comme un gamin sur un trampoline. Il trébuche et tombe sur le trottoir à quatre pattes. Les burritos qu'il a mangés au déjeuner effectuent un salto arrière dans son estomac. Des remontées acides lui brûlent la gorge, et il vomit sur la chaussée. De la bile lui éclabousse le dos des mains.

Quand ses haut-le-cœur cessent, il s'aperçoit que la terre est redevenue calme sous lui. Il tente à nouveau de se lever, s'appuyant contre le pare-chocs de sa voiture.

La couleur du monde a changé. Tout a pris une teinte brûlée, tirant sur le brun. Le ciel est d'un rouge flamboyant. Mais sur l'autoroute à côté du cabinet de Tuttle, les véhicules continuent de rouler à toute allure comme d'habitude. Personne ne s'arrête pour regarder, bouche bée, ou ne crie comme un figurant de film catastrophe. Est-ce que personne d'autre ne voit cela ? Hal est-il le seul ? L'offre de négociation de peine du procureur a-t-elle eu raison de sa santé mentale ?

Son téléphone vibre dans sa poche. Il se penche en avant et essuie ses mains dans l'herbe avant de le sortir. La notification concerne une invitation à un événement Facebook :

LYCÉE DE CLEGG
COMMÉMORATION DU 20e ANNIVERSAIRE

## Athena

Quelques heures après que Hal Isaac a vomi devant le cabinet de son avocat, Athena Watts anime son séminaire sur la magie sexuelle. Pour des raisons évidentes, c'est son plus populaire, le plus demandé, au point qu'elle est devenue capable de l'animer les yeux fermés. Et aujourd'hui, pour une bonne partie de la soirée, c'est ce qu'elle a fait, remplissant le tableau blanc de diagrammes de cercles magiques et de prononciations de mots obscurs, tandis qu'elle retourne dans sa tête le rendez-vous qu'elle a prévu après la fermeture.

Le Café Livre d'Athena, sa boutique ésotérique/coffee shop, occupe une vieille maison dans ce que la plupart des gens qualifieraient de quartier « chaud » à Ashland, dans l'Oregon. Le parking a plus de nids-de-poule que de revêtement intact, et les dalles en béton du trottoir devant l'entrée sont fissurées. Un motel miteux est installé juste à côté, avec une cité HLM trois rues plus loin. Mais Athena n'a jamais eu de problèmes avec ses voisins, et son commerce attire une clientèle conséquente presque tous les jours.

Ladite clientèle comprend quelques groupes qui se chevauchent : d'abord, des gens qui ont envie de boire un bon café ailleurs que chez Starbucks ; ensuite, des wiccans pratiquants et des occultistes dilettantes (des gens qui croient qu'on peut s'adonner à la magie avec des rituels trouvés sur le net ou dans des publications grand public) ; enfin, les moins nombreux : les authentiques utilisateurs de la Dissonance. Le premier groupe assure au café des rentrées stables et régulières. Le second dépense une partie de son revenu disponible en pierres antistress et kits d'enchantements. Il représente également l'essentiel des inscrits aux séminaires, qu'Athena anime au premier étage de la maison. Mais c'est au troisième groupe, confidentiel – celui des gens qui connaissent la source du pouvoir réel en ce monde –, que la boutique doit de rester profitable. Il y a de l'argent à se faire dans les pierres, les herbes médicinales et les bougies en forme de pénis, mais ce n'est *rien* en comparaison des montants auxquels se négocient les artefacts ou les textes dissonants.

Garrett Thorpe, une vieille connaissance, et un de ses fournisseurs les plus fiables, l'a appelée la veille en lui promettant quelque chose d'exceptionnel. Il a tendance à exagérer, mais elle a toujours trouvé preneur pour ce qu'il avait à lui proposer. De plus, il est plutôt bel homme pour un Blanc, et jouir un petit moment de son attention pleine et entière n'est jamais pour lui déplaire.

Maintenant, alors que la fin de son séminaire est proche, elle chasse ces pensées et se concentre sur la tâche en cours.

« Et n'oubliez pas, dit-elle. Accomplissez toujours ce rituel à la pleine lune. Dehors, directement au clair de lune, sinon ça ne marche pas. Mais si vous vous faites surprendre par des ados avec des caméras ou par la police, je nierai vous avoir communiqué ces informations. On est bien d'accord ? »

Les participantes rient, même celles qui ont déjà suivi ce séminaire. Ces blagues vaseuses aident toutes ces femmes blanches de la classe moyenne à se sentir plus à l'aise.

En tant que Noire dans une communauté essentiellement blanche, Athena possède une vaste expérience dans ce domaine.

« Et si tout se passe bien et que vous devenez riches et célèbres, faites-m'en peut-être profiter un peu, d'accord ? » Elle se frotte le pouce et l'index, un geste à la signification universelle – *aboulez l'oseille !* – qui déclenche de nouveaux rires de bon cœur. Athena se force à sourire de sa propre plaisanterie.

Garrett apparaît dans l'embrasure de la porte de la salle – grand, les cheveux noirs, en jean et t-shirt, et une veste sport en dépit du temps. Il ressemble à l'idée que doit se faire Hollywood d'un prof de fac. Voyant qu'il dérange, il lève la main en geste d'excuse, et recule hors de vue. Athena se tourne vers le tableau blanc, mais se fige alors qu'elle surprend son reflet dans une fenêtre assombrie : le chemisier boutonné aux manches retroussées, les cheveux châtains contenus de justesse par un chouchou, les lunettes en culs-de-bouteille en attente d'un bon nettoyage. Elle ne s'est jamais autant sentie comme une institutrice d'âge moyen. Elle ravale un soupir alors qu'elle fait face à son auditoire.

« Je ne sais pas pourquoi j'allais me retourner, dit-elle. Je n'ai plus rien d'autre à écrire. C'est à force de parler de sexe, je suppose. Ça a dû me troubler. Merci à toutes d'être venues. Enfin, d'avoir participé. C'est ça : participé. »

C'est une plaisanterie faiblarde, mais elle lui vaut quelques rires et des applaudissements modérés. L'assistance se disperse, à part quelques personnes qui restent pour poser des questions. Athena fait de son mieux pour y répondre, tout en reconduisant tout le monde au rez-de-chaussée et vers la sortie. Sa barista, Danni, fait de même avec les derniers buveurs de café. Après qu'Athena a fermé à clé la porte d'entrée et retourné le panonceau du côté

« FERMÉ », elle laisse Danni nettoyer et remonte à l'étage. Garrett l'attend dans la salle, où il étudie le tableau blanc.

« Je ne reconnais rien de tout ça, dit-il.

– C'est wiccan, pas dissonant. »

Athena connaît Garrett depuis l'âge de quinze ans. Ils se sont rencontrés à une convention de dissonants. À l'époque c'était un vrai trou du cul, mais à l'approche de la cinquantaine, il s'est adouci pour devenir un sympathique fanfaron. Il est d'une famille de dissonants, une de ces rares lignées dans laquelle le don passe sans coup férir de génération en génération. Comme la plupart des vieilles familles dissonantes, la sienne est incroyablement fortunée. Il n'a pas besoin de travailler, mais ça ne l'empêche pas de parcourir le monde à la recherche d'artefacts et de textes dissonants. Il vend la plupart de ses découvertes à de riches collectionneurs, mais il propose de plus petites trouvailles à des boutiques comme celles d'Athena. Elle se demande parfois s'il vient la voir aussi souvent parce qu'elle lui fait pitié, ou si la fréquence de ses apparitions cache peut-être autre chose. Ses visites semblent toujours pleines de possibilités, bien qu'elle ne soit jamais tout à fait sûre que le sentiment est partagé. Mais peu à peu, elle se rapproche du moment où elle lui proposera de la raccompagner chez elle.

Garrett pointe le tableau du doigt. « Ça marche ?

– Tu me demandes si je leur vends du vent ?

– Ce n'est pas ce que je voulais dire.

– Si, bien sûr. Et oui, le rituel fonctionne, mais pas de la manière que tu penses. » Elle passe à côté de lui pour aller effacer le tableau avec une brosse. « Ce n'est pas une injonction dissonante. Plus comme de la méditation. Concentrer ses énergies sur un but.

– Le genre de truc vaguement hippie fleur bleue, dit-il.

– Aux yeux d'un snob, bien sûr, dit-elle. C'est comme

la prière. Dans les hôpitaux, les patients qui prient se remettent plus vite que les autres. C'est la méthode pour non-initié de tirer du pouvoir de l'univers, ou peut-être pour l'esprit de manifester ce qu'il veut en dirigeant ses propres forces à travers une force externe imaginaire. » Elle pose la brosse.

« Magie sexuelle, dit Garrett, son ton plus songeur.

– Essaie un jour, dit Athena.

– Ça ne peut pas faire de mal.

– Ça dépend de tes préférences en la matière. » Elle n'attend pas sa réaction, et retourne au rez-de-chaussée. Après avoir souhaité bonne nuit à Danni et s'être assurée que la jeune femme a bien regagné sa voiture, elle s'installe à une table avec Garrett. Ils boivent de la bière, pas de café, alors qu'il la régale du récit de sa plus récente aventure, une histoire de famille de cannibales sur le mont Nebo en Arkansas. Elle ne l'écoute que d'une oreille, avec un mélange de jalousie et d'ennui. Garrett est une personne impressionnée par ses propres expériences, et Athena s'en veut un peu de feindre le même intérêt. C'est bon pour les affaires – si Garrett la soupçonne d'avoir le béguin pour lui, il la sous-estimera ou la prendra en pitié, et il lui fera un meilleur prix –, mais c'est plus que ça. Ce vantard odieux lui en rappelle un autre, qu'elle a connu dans son enfance. Et qu'elle aimait beaucoup plus.

Quand Garrett arrive au bout de sa seconde bière et de sa troisième anecdote, la curiosité d'Athena est à son comble. Elle tombe son masque d'intérêt poli et demande : « Alors, qu'est-ce que tu as pour moi ? »

Garrett semble quelque peu surpris par son changement d'attitude, mais il s'en accommode. Soulevant sa serviette, il la pose sur la table et l'ouvre. Il en sort un disque en or de la circonférence d'une petite assiette, mais épaisse et pleine, comme un disque de musculation. Des motifs complexes sont gravés dessus, lui donnant un peu l'apparence d'un circuit imprimé en bronze.

« Les cannibales s'en servaient comme de dessous de bock », dit-il.

Il met ses mains en coupe autour du disque. Une lumière chaude se dégage des motifs à la surface. Diffuse, dans un premier temps, elle se fond en une masse de couleurs tourbillonnante, qui se solidifie enfin en une image en relief d'une créature, possiblement une femme éthérée. Sa peau argentée brille comme la lune, ses yeux sont des globes noirs pleins, et ses cheveux bruns flottent autour d'elle, comme si elle se trouvait sous l'eau. Des branchies ondoient sur son cou. Ses yeux noirs nuisent à la transparence de son expression, mais Athena pense qu'elle a l'air triste. Son bras droit porte une tache de naissance sombre en forme de pique.

« C'est une peinture dissonante, dit Garrett. Une créature appelée…

– Une ondine, l'interrompt Athena. Un élémental cosmique. » Elle se reproche immédiatement de l'avoir coupé, lui révélant ainsi l'étendue de son savoir.

« Tu en connais un rayon », dit-il, apparemment impressionné.

Athena choisit ses prochains mots avec davantage de prudence. « Je croyais que la communauté dissonante tenait l'ondine pour mythique. Une figure appartenant à l'hérésie des "Mondes multiples".

– C'est le cas, confirme Garrett. Raison pour laquelle c'est à toi que j'apporte cet objet, au lieu d'un revendeur plus en vue qui le trouvera de mauvais goût. Je me suis dit que je pouvais compter sur ta discrétion, et celle de ta clientèle. »

Elle caresse le bord du disque, et l'image zoome sur le visage de l'ondine. Il lui est familier, comme quelque chose de déjà vu en rêve.

« Elle a l'air triste, dit Athena.

– Parce qu'elle sait qu'elle n'est pas réelle », dit Garrett. C'est une blague, mais Athena ne parvient pas à feindre un rire pour lui. Elle est trop épuisée après une soirée passée à jouer les « profs », et de toute manière, sa curiosité a pris le dessus à présent. Dès que quelque chose l'intrigue, elle a tendance à se laisser complètement absorber. Elle pose les mains sur le disque et le fait glisser plusieurs fois, pour examiner l'image sous différents angles.

« Qui est l'artiste ?

– Si tu peignais des œuvres hérétiques, tu signerais ton travail ? Mais si je devais émettre une hypothèse, en me basant sur l'esthétique, je dirais que ça date de la fin des années 70 ou du début des années 80.

– Je le prends, dit Athena. Aux conditions habituelles. » À savoir : en dépôt, fifty-fifty sur le produit de la vente. Garrett fixe un prix minimum au-dessus duquel Athena sera libre de négocier.

« À la tienne », dit-il. Ils font tinter les goulots de leurs bouteilles de bière avant d'en vider le fond.

Après que Garrett s'est excusé pour aller au petit coin, Athena finit de ranger. Elle se demande si elle va oui ou non se jeter à l'eau et l'inviter chez elle, quand elle le surprend en conversation dans les toilettes. Les murs dans la vieille maison sont minces, et dans le calme d'après la fermeture, elle peut entendre chaque mot. La politesse voudrait qu'elle fasse beaucoup de bruit pour couvrir le sien, ou qu'elle s'éloigne, tout simplement. Pourtant, Athena s'arrête alors qu'elle attache un sac-poubelle et elle tend l'oreille.

« Non, ça s'est bien passé, dit-il. Elle est douée. Je doute qu'il faille plus de quelques semaines pour que ça se vende. » Une pause. « Non, tu penses à ce type à Austin. Son nom m'échappe. Elle, c'est la femme d'Ashland. Celle que j'ai connue ado ? Ouais, mignonne, un peu épaisse.

Elle était vraiment bonne à l'époque, mais quelque chose s'est produit avec son coven. Pour une raison ou pour une autre, elle a tout laissé tomber après ça. Elle ne pratique plus. Ouais. » Nouvelle pause. « Je ne sais pas. Peut-être ? Je croise les doigts. Je t'enverrai un SMS pour te le dire. »

Athena reprend le cours de ses activités alors que gronde la chasse d'eau. Quand elle revient de la benne située derrière la boutique, Garrett est de retour dans le café. Il lui sourit, mais son expression vacille en voyant son visage.

« Quelque chose ne va pas ? demande-t-il.

– Non, répond-elle. Longue journée. Je suis crevée. »

Les traits de Garrett s'assombrissent un peu, ce qu'elle accueille comme une petite victoire. Lui aussi espérait qu'elle trouve enfin le courage de l'inviter chez elle. Il est sans doute habitué à l'être partout où ça lui chante. Il lui fait presque pitié. Presque.

« Bien sûr, dit-il, se ressaisissant vite. Pareil pour moi. Je ne te dérangerai pas plus longtemps. »

Elle le raccompagne dans la pièce de devant, et ils passent à côté de la vitrine et de la caisse enregistreuse quand elle sent le tremblement. Elle pense d'abord à la sono d'une voiture roulant à proximité avec les basses à fond. Sauf que, contrairement aux vibrations de haut-parleur qui s'éloignent et s'affaiblissent, celles-ci augmentent. Le bâtiment se met à frémir autour d'elle. Le disque-portrait – la peinture de l'ondine – tressaute sur la table dans le café. Garrett la saisit par le bras. Elle suppose qu'il tente de l'aider à garder l'équilibre, mais il tangue et, alors qu'il l'entraîne dans sa chute, elle s'aperçoit qu'il se servait d'elle pour ne pas perdre le sien. Le parquet en bois fait *mal* quand elle le percute, et elle sent le poids de chacune de ses trente-sept années sans exception. Elle se protège la tête avec les mains, parce que c'est bien ce qu'on est censé faire pendant un séisme, n'est-ce pas ? Derrière elle, elle entend le disque-portrait tomber de la table et claquer sur le sol. Elle remarque que, hormis le grondement du tremblement de terre, c'est le seul bruit qui sort de l'ordinaire. Il n'y a pas de bris de verre, pas de fracas de jolies pierres dégringolant de leurs paniers, ou de bocaux d'herbes volant en éclats sur le sol. Quand le grondement s'arrête, et qu'Athena se redresse, tout est à sa place dans l'entrée : les produits dans les rayons, les peintures bien droites sur les murs. Comme si rien ne s'était passé.

« Qu'est-ce que c'était, bon sang ? demande Garrett. Un genre de tremblement de terre ?

– Peut-être, dit-elle. Mais… » Elle montre d'un geste l'absence de destruction autour de la pièce. « Tu as déjà vu quelque chose de ce genre ?

– Non, reconnaît-il. C'était une première. Ça va, toi ?

– Oui. » Son cœur bat la chamade alors qu'elle réfléchit à toute vitesse. Qu'est-ce qui a pu causer cela ? Et que penser du fait que seuls elle, Garrett et le portrait ont été affectés ?

Dans le silence qui s'ensuit, le téléphone d'Athena tinte depuis sa cachette derrière le comptoir.

# Owen

Le lendemain du jour où Hal Isaac et Athena Watts ont expérimenté leurs tremblements de terre personnels, Owen Gilliland entre dans la salle de bains du mobile home de son père à Wellspring, dans l'Alabama. Il se voit dans la glace et pousse un juron.

En allant se coucher la veille au soir, il avait espéré ne pas avoir l'air aussi amoché le lendemain. Mais le matin est là, et Owen a le visage tuméfié, avec un énorme coquard impossible à cacher.

Ce qui lui laisse trois solutions : téléphoner pour dire qu'il est malade ; sécher les cours sans appeler ; ou y aller dans cet état. Aucune de ces options ne semble réjouissante, mais les deux premières paraissent pires que la dernière. Si Owen se fait porter pâle, il devra rester à la maison avec son père. Pour l'heure, ce dernier cuve sa cuite en ronflant sur le canapé, mais il finira par se réveiller, et Owen préfère ne pas être présent à ce moment-là.

Il existe une quatrième possibilité. Owen pourrait faire sa valise et partir. Bien sûr. Il a dix-huit ans, et quelques centaines de dollars en banque. Il est assez âgé pour quitter l'école et tenter sa chance ailleurs. Une grande ville où être jeune et gay est banal, ou déjà un peu moins dangereux. Ce serait comme une aventure. Il lui faudrait dormir dans sa voiture jusqu'à ce qu'il trouve un logement, mais à condition de se montrer économe, c'était jouable, non ?

Ce rêve – de paix, de pouvoir respirer – lui tient compagnie pendant sa routine du matin et tout le trajet jusqu'au lycée. Mais il se dissipe dès qu'il descend de sa voiture et entend Monica l'appeler. Il se raidit alors qu'elle trottine vers lui, une expression soucieuse sur son visage marbré de taches rouges.

« Owen », dit-elle. Elle tend la main vers sa joue, mais la retire quand il s'écarte. « Qu'est-ce qui s'est passé ? »

Hier soir, le père d'Owen, Bill Gilliland, a fait irruption sans frapper dans la chambre de son fils. Il l'a surpris qui se branlait sur la vidéo d'un homme taillant une pipe à un autre. Bill est resté figé un moment, son esprit embrumé par les vapeurs de bière assimilant cette vision, et a donné à Owen presque assez de temps pour refermer son ordinateur portable et relever son pantalon. Owen avait remonté sa braguette quand son père a traversé la pièce et lui a flanqué un coup de poing.

Ç'aurait pu être pire. Il n'a pas crié, il ne l'a pas sermonné et n'a pas exercé d'autre punition physique. Il n'a pas posé de questions et n'a fait aucun commentaire. Après, il est juste sorti et a fermé la porte d'Owen derrière lui. Une heure plus tard, il ronflait sur le canapé du salon. Il est d'ailleurs tout à fait possible qu'à son réveil Bill ait tout oublié de cet incident, et que l'homosexualité d'Owen demeure un secret bien gardé de son père. Ce dernier ne l'interrogera sans doute même pas sur son œil au beurre noir.

« Mon vieux s'est soûlé et je me suis trouvé sur son chemin », répond Owen à Monica alors qu'ils traversent le parking en direction de l'entrée du lycée. Il hausse les épaules comme s'il ne fallait pas en faire tout un plat, mais il fuit son regard.

Monica a le mérite de ne pas insister. Elle laisse tomber le sujet, et ils se rendent en cours d'économie dans un silence complice. C'est pour cette raison qu'elle est sa meilleure amie. Elle sait qui il est. Elle garde ses secrets comme s'ils étaient les siens.

À mesure que la journée s'écoule, quelques autres élèves interrogent Owen sur son coquard, mais pas un de ses professeurs ne fait la moindre remarque. C'est une petite ville. La plupart d'entre eux ont connu Bill Gilliland toutes leurs vies, et personne ne veut avoir d'ennuis avec lui. Owen balance entre compréhension et indignation. Ce sont des adultes. Ne sont-ils pas censés faire quelque chose ?

Au déjeuner, Owen se sent presque comme d'habitude. Lui et Monica ont un box rien que pour eux à la cantine, et sont assis l'un en face de l'autre, absorbés dans leurs devoirs, jusqu'à ce que Lucy Cushing approche de leur table. Lucy est une des ados qui ne porte que du noir tous les jours et n'écoute que du metal. Elle est la petite amie de Cole White – Owen craque pour lui –, de facto le roi des goths du lycée de Wellspring. Owen et Cole se croisent dans les classes réservées aux élèves les plus brillants depuis l'école primaire.

« Qu'est-ce qui est arrivé à ta tronche ? demande Lucy.

– Il s'est bagarré contre un type balèze, explique Monica sans lever les yeux de son manuel d'introduction au calcul infinitésimal. Et toi, quelle est ton excuse ? »

Lucy sourit d'un air narquois, reconnaissant le point marqué par Monica. « Vous avez quelque chose de prévu demain soir tous les deux ? »

La tête de Monica se relève brusquement, et elle répond avant qu'Owen en ait le temps : « Non, rien.

– Une petite aventure, ça vous dit ?

– Ça dépend du genre d'aventure.

– Un rituel au cimetière, dit Lucy. À minuit. Il nous manque deux personnes. » Elle se tourne vers Owen à présent. « Cole s'est dit que ça pouvait t'intéresser. »

À l'autre bout de la cantine, tous les occupants de la table des goths regardent Owen. La plupart ont l'air sceptiques. Et comment leur en vouloir ? Owen ou Monica n'ont pas vraiment le look qui vient à l'esprit dès qu'on pense « rituel dans un cimetière ». Mais Cole, maigre et pâle, avec ses longs cheveux noirs noués en queue-de-cheval et ses yeux bleus qui brillent derrière ses lunettes, a la même expression qu'en cours de littérature, quand il contredit Mme Clanton. Si Owen devait lui donner un nom, il parlerait de *mépris amusé*. Ça ne manque jamais de créer un petit tiraillement sous son sternum, et voilà qu'il en a les joues en feu.

« C'est d'accord, dit Monica.

– Super, dit Lucy. On passera vous prendre demain vers onze heures et demie. Tenue noire exigée, OK ? »

Elles échangent leurs numéros de téléphone, et Lucy retourne à la table des goths. Owen jette un regard noir à Monica. « Mais c'est quoi ce bordel ?

– Tu as des objections ? » dit Monica.

Il en a plein. Monica a accepté de participer à cette aventure sans demander le genre de rituel qu'ils ont en tête. Owen sait que dalle sur le surnaturel, mais il part du principe que si ça se passe dans un cimetière à la nuit tombée, c'est forcément louche.

Avant de dire tout cela, il regarde de nouveau en direction de la table des goths. Cole lui sourit et lève le pouce en signe de victoire ; les joues d'Owen s'embrasent. Quel est le *pire* qui peut arriver ? Ils sont juste une bande de lycéens, putain, et avec à leur tête un élève brillant. Ce ne sera pas bien méchant, peut-être un peu de vandalisme sans importance, et ils rentreront tous grisés par l'adrénaline.

« Non, répond Owen. Pas d'objection.

– Bien. Maintenant, dis "Merci, Monica".

– Merci, Monica. »

# Erin

Le lendemain du jour où Owen Gilliland a accepté une invitation pour un rituel nocturne dans un cimetière, Erin Porter est en retard pour son boulot à Iowa City. Il reste si peu de place dans le parc de stationnement le plus proche de son lieu de travail qu'elle est obligée d'aller se garer sur le toit. Et quand elle sort de sa voiture, elle se trouve encore à deux pâtés de maisons et a cinq minutes de retard. Elle ne peut pas se permettre d'attendre l'ascenseur. Elle dévale donc les escaliers, avant de se faufiler en courant entre les piétons sur le trottoir. Elle ne ralentit qu'en apercevant enfin le High Ground Café.

Elle s'arrête, peine à ramener ses cheveux blonds en arrière dans un semblant de chignon, et entre, tâchant d'adopter un air désinvolte alors qu'elle contourne une longue queue d'étudiants et d'assistants pédagogiques. Derrière la caisse, Manny, son patron, lui lance un regard noir. Récemment promu gérant, il n'a que vingt-six ans, mais prend son nouveau poste très au sérieux. Elle se précipite dans la cuisine pour enfiler son tablier et mettre son badge, se lave les mains et ressort dans le café proprement dit.

« Tu veux que je tienne la caisse ou que je prépare les boissons ? demande-t-elle.

– Les boissons », répond Manny.

Il se peut qu'Erin ait un problème de ponctualité, mais une fois au travail, elle est rapide et précise. Elle et Manny liquident la queue du milieu d'après-midi en moins de vingt minutes, envoyant tous ces intellectuels à l'air sérieux à leurs tabourets et à leurs box avec leur dose de caféine et des viennoiseries.

Quand la troisième barista, Cindy, revient de sa pause, Manny convoque Erin dans son bureau – un placard dans la réserve, avec une petite table et une seule chaise. Il s'assoit et elle doit rester debout. Alors qu'il l'étudie, elle résiste à l'envie de croiser les bras. Elle ne lui montrera pas combien cette situation la met mal à l'aise.

« Pourquoi es-tu de retour dans ce bureau, Erin ? » demande-t-il.

*Parce que t'es un connard.* « Parce que j'étais en retard. » Elle le regarde dans les yeux. Elle a dix ans de plus que lui. Elle ne se laissera pas intimider par ce petit merdeux.

« Parce que tu étais en retard. » Il se pince l'arête du nez. « Ce travail est-il important pour toi ?

– Bien sûr. » La rage lui crispe la mâchoire. Elle ne supporte pas qu'on s'adresse à elle comme à une enfant.

« Les temps sont durs. As-tu une idée du nombre de candidatures que je reçois tous les jours, "juste au cas où" ? »

Elle desserre la mâchoire par la seule force de sa volonté. « Je vais faire mieux.

– Nous verrons. » Il la congédie d'un geste de la main.

Elle passe les quelques heures suivantes à préparer des boissons et à chauffer des sandwiches déjà prêts pour une foule d'étudiants. Elle n'est pas sûre de savoir si elle envie ses clients ou s'ils lui font pitié. D'un côté, ils vont à la fac, ils font des projets d'avenir. De l'autre, Erin connaît le marché du travail dans cette ville. Elle s'y est installée quelques années plus tôt, pour changer de vie après une décennie à la dérive. Ce qu'elle a trouvé en arrivant, c'est une ville bourrée de doctorants qui bossaient dans des centres d'appel, des restaurants ou des bars. Aucune agence d'intérim n'a daigné la recontacter, alors ne parlons pas d'obtenir un entretien pour un job dans un bureau. Elle s'est retrouvée à faire la même chose en Iowa qu'au Texas auparavant : servir du café. L'emploi qu'elle occupe ici, au High Ground Café, est son troisième dans un coffee shop en autant d'années. Elle a été renvoyée du premier à cause de son manque de ponctualité, et elle a quitté le deuxième pour celui-là.

Elle avait d'autres raisons pour venir dans l'Iowa, au départ, mais elle essaie de ne pas y penser. La fuite est la seule voie à suivre. Ne prêter attention qu'à ce qui se trouve droit devant soi. C'est comme ça qu'elle boucle son temps de travail ce jour-là – une transaction, une boisson, une table à débarrasser après l'autre. Elle forge une chaîne d'heures pour venir à bout de l'après-midi, et, jusqu'au soir, quand le personnel ferme les portes, elle empile les chaises, passe la serpillière, lave la vaisselle, sort les poubelles, puis rentre à la maison.

Erin retourne en hâte au parking couvert, s'arrête dans un restaurant avec service au volant, et mange pendant le trajet qui la reconduit chez elle. Ouvrant la porte de son appartement au deuxième étage, elle hurle presque quand elle aperçoit une silhouette qui se profile dans l'entrée assombrie, la tête et les épaules se découpant dans la lumière des fenêtres. Elle se retient à temps. Ce n'est que Philip.

« Tu m'as fait peur, dit-elle.

– Je suis désolé. »

Elle allume dans le vestibule, éclairant son menton proéminent à fossette, son nez aquilin, et ses yeux bleus.

« Pourquoi tu restes dans le noir ?

– Je ne devrais pas ?

– Quand le soleil se couche, la plupart des gens aiment voir clair. Je serais plus à l'aise si tu allumais. »

Il sourit, et Erin éprouve un curieux mélange de chagrin, de pitié et de désir. Elle le dépasse en le bousculant pour pénétrer dans l'appartement et lui cacher cette expression, dont la complexité pourrait le perturber.

Il la suit de pièce en pièce alors qu'elle allume les lampes. « Comment c'était, au travail ? demande-t-il.

– Ennuyeux. Je n'ai pas envie d'en parler. »

Ils arrivent dans la chambre à coucher, qu'Erin laisse dans l'obscurité. Elle lâche son sac à main qui tombe sur le sol, se déshabille et se glisse sur le lit pour aller s'asseoir contre la tête de lit.

« Viens », dit-elle.

Il se déshabille à son tour, abandonnant ses vêtements par terre à côté des siens, et va la rejoindre.

Elle tend la main entre ses jambes et le trouve dur, déjà. Elle le guide en elle. Il bouge d'abord lentement, l'excitant comme elle le lui a appris.

« J'ai pensé à ça toute la journée, dit-elle.

– Moi aussi », dit-il, et elle comprend qu'il veut dire qu'elle lui a manqué et qu'il a attendu son retour avec impatience. Qu'il ne demande qu'à lui faire plaisir.

Alors qu'il se glisse tout entier en elle, elle se cramponne à sa nuque d'une main et se masturbe de l'autre. Avec toute la frustration qu'elle a emmagasinée, elle n'a pas besoin de beaucoup de temps. Quand elle termine et crie de jouissance dans son épaule, il reste au-dessus d'elle, en érection et calme, jusqu'à ce qu'elle le pousse.

Il s'allonge à côté d'elle et lève un bras pour lui permettre de se blottir contre sa poitrine. Son souffle ralentit, devient régulier. Il s'est presque assoupi quand elle redresse la tête.

« Ça t'a plu ? » lui demande-t-elle.

Il ouvre les yeux. « Oui. » Comme elle continue de le regarder, il ajoute : « C'était très bien.

– Qu'est-ce que ça signifie pour toi, "très bien" ? »

Il prend le temps de réfléchir à la question. « Je suis content de t'avoir fait plaisir. C'est ça, j'ai bien compris ? Est-ce que j'ai mal fait ?

– Je ne crois pas que tu sois capable d'une mauvaise performance, dit-elle. Mais ce que je veux dire, c'est : est-ce que ça t'a *fait* du bien ? Pas dans ton cœur, mais dans ton corps.

– Je pense », dit-il, mais il semble troublé.

Du dégoût remonte le long de son bras depuis le point de contact. Elle le lâche et s'écarte en roulant sur le côté.

« J'ai dit quelque chose qu'il ne fallait pas ? demande-t-il.

– Non. » Elle se lève pour se rendre à la salle de bains, où elle finit de se préparer à aller se coucher. À son retour, elle ne croise pas son regard et se glisse sous les couvertures.

« Bonne nuit, dit-il.

– Fais de beaux rêves, Philip. »

Elle a besoin d'un peu de temps pour se calmer. Alors que le sommeil la gagne, quelque chose frappe la fenêtre de la chambre.

Philip remue à côté d'elle. Elle se retourne sur elle-même pour le regarder, l'esprit embrumé et confus, se demandant s'il est à l'origine de ce bruit. Puis elle l'entend de nouveau : un *womp* contre la vitre, suivi par le son d'un battement précipité.

Elle se lève. Alors qu'elle marche sur le parquet nu à pas feutrés, un autre long silence s'installe. Elle approche de la fenêtre et écarte les rideaux d'un geste brusque. Une traînée grise et grasse gâche sa vue, mais elle aperçoit tout de même la rue en bas, les voitures arrêtées à un feu, les étudiants qui se déplacent en groupes.

Erin ouvre la bouche pour rapporter ce qu'elle voit quand quelque chose s'écrase contre la vitre et fend le verre. Elle lâche les rideaux et recule. Un pigeon a atterri à plat sur la fenêtre, les ailes déployées, la tête tordue à un angle anormal. Son bec s'ouvre et se ferme. Ses ailes ont des mouvements convulsifs. La pesanteur reprend ses droits, et l'oiseau ajoute sa propre traînée pâle sur la vitre. Avant qu'il puisse tomber, un de ses congénères surgit de l'obscurité et fond dans le dos du premier. La fissure se lézarde telle une toile d'araignée depuis le point d'impact avec un bruit de glace qui se brise.

Elle n'a pas le temps de décider comment réagir qu'un nouvel oiseau s'écrase contre la vitre. Puis un autre. Et encore un. Le ciel, jusque-là violet foncé, se transforme en une masse vive et battante de gris et de blancs qui percute et traverse la fenêtre dans une explosion plumeuse, un déluge d'ailes, de becs et de serres, une légion de gloussements et de cris furieux.

Erin se jette sur le parquet. Elle ne voit pas Philip à travers la volée, n'entend pas ses propres cris, couverts par le vacarme. Le torrent d'oiseaux s'abat sur la tête de lit et le mur au-dessus. Les corps brisés s'entassent sur le matelas à l'endroit où elle dormait un moment plus tôt, avant de tomber sur le sol où elle se tapit à présent. La plupart sont morts, mais beaucoup, toujours en vie, battent des ailes et griffent avec ce qui semble s'apparenter à une panique aveugle ou à de la rage. L'un d'eux, avec une aile cassée, parvient à se redresser et fixe son regard jaune furieux sur Erin. Il fait de petits bonds vers elle en poussant des gloussements. D'autres pigeons se rapprochent eux aussi – à l'un manque un œil, l'autre a une patte pliée dans la mauvaise direction. Ils avancent tant bien que mal, en sautillant ou en se traînant, faisant claquer leurs becs. Leurs yeux brillants sont grands ouverts et impénétrables, les cris individuels noyés dans la cacophonie de cette apocalypse localisée.

Erin recule en s'aidant des pieds et des mains parmi les éclats de verre et les vêtements abandonnés jusqu'à ce que sa tête rencontre le mur. Des oiseaux continuent d'entrer à flots par la fenêtre brisée, à s'entasser sur le lit et à se répandre sur le sol. Ceux qui le peuvent prennent leur envol. Ceux qui ne trouvent pas d'autre moyen de se mouvoir se traînent sur leurs ailes ou en se servant de leur bec.

Philip est recroquevillé dans l'angle opposé, un bras devant son visage pour protéger ses yeux de la horde qui s'abat sur lui, distribuant des coups de griffes et de bec. Cette vision a pour effet de soudain remettre l'aiguille de l'esprit d'Erin dans son sillon coutumier. Elle se met debout, lève les mains à la manière d'une sorcière dans un livre de contes, et dessine dans l'air, laissant des filets de lumière verte derrière elle.

Un grand claquement retentit dans le vacarme, suivi par un genre de bruissement alors que tous les oiseaux présents dans la pièce tombent, morts. Philip découvre son visage et regarde le tableau sur le sol devant lui, puis le trou aux bords irréguliers à l'endroit où se trouvait la fenêtre. Une brise humide chatouille les rideaux.

Erin prend conscience qu'elle a toujours les bras levés au-dessus de sa tête. Elle les baisse pour s'examiner. Son pyjama est en lambeaux. Coupures et éraflures lui hachurent les bras. Ceux de Philip sont aussi marqués, mais elle constate avec une satisfaction non dénuée de honte que son visage semble avoir été épargné.

« Ça va ? demande-t-elle.

– Je pense, dit-il. Et toi, tu n'as rien ?

– Non. Rien de grave en tout cas. » Du moins n'en a-t-elle pas l'impression. Elle n'aura de certitude qu'une fois l'adrénaline retombée. Elle a besoin de se bouger avant que ça arrive. Elle traverse sur la pointe des pieds un tapis d'oiseaux morts pour trouver et enfiler ses baskets, et longer le couloir qui mène au salon. Toutes les fenêtres sont fracassées, toutes les surfaces sont décorées de pigeons crevés. La télévision pend en équilibre précaire entre son support et la table basse, son écran plat fissuré par l'impact. Le parquet est invisible sous les couches de plumes grises et blanches et d'yeux jaunes aveugles.

Elle se penche à l'une des fenêtres du salon. Des centaines d'oiseaux morts jonchent la chaussée en bas. Leurs corps forment une piste qui mène au coin de la rue. Quelques piétons se tiennent au milieu du carnage. Un ou deux ont les yeux levés vers elle, l'air déconcerté.

« Qu'est-ce qui s'est passé ? »

Erin sursaute en trouvant Philip à côté d'elle. Elle ne l'a pas entendu la suivre. « Une volée d'oiseaux kamikazes a pris pour cible notre appartement, répond-elle. Fais plus de bruit en te déplaçant. Ça me perturbe quand tu t'approches furtivement de moi.

– J'essaierai, dit-il. Qu'est-ce qui est arrivé aux oiseaux ? Pourquoi ils sont morts ?

– Parce que je le leur ai dit. »

Elle retourne dans la chambre à coucher. Elle entend ses pas derrière elle, lents et lourds.

« Mais *pourquoi* ils ont voulu nous faire du mal ? »

Elle ouvre la penderie et décroche des vêtements à pleins bras. « Quelqu'un essaie de me tuer. » *Ou toi.* Ses pensées restent diffuses, éparses. Elle écarte une couche de cadavres de pigeons de son lit pour faire de la place à ses habits. Alors qu'elle se retourne pour prendre sa valise, elle remarque son téléphone sur la table de nuit. Elle le saisit et prend connaissance de la notification qu'elle a ignorée plus tôt. Une invitation Facebook :

LYCÉE DE CLEGG
COMMÉMORATION DU 20e ANNIVERSAIRE

# Owen

Presque vingt-quatre heures après qu'Erin Porter a fui son appartement avec Philip dans son sillage, Owen et Monica se changent dans la chambre de la jeune fille. Une fois qu'Owen a enfilé un jean et son seul t-shirt noir, lui et Monica sortent en catimini par la fenêtre, la laissant entrebâillée pour leur retour. Le break trois portes de Cole les attend au bord du trottoir, son moteur tournant au ralenti.

« N'oublie pas, lui rappelle Monica alors qu'ils traversent la pelouse. Le secret, c'est de te comporter comme si tu te sentais parfaitement à l'aise. »

Le hayon s'ouvre à l'arrière de la voiture. À l'intérieur, Owen reconnaît le meilleur ami de Cole, Dean, à côté d'une glacière de pique-nique.

« On n'a presque plus de place, alors va falloir vous serrer », dit-il.

Owen et Monica s'accommodent de leur mieux de l'espace disponible, et une fois qu'ils sont bien installés, Cole quitte le siège conducteur à l'avant pour venir fermer le hayon.

« Content de vous avoir avec nous, dit-il.

– Content d'être là », dit Owen, s'en voulant d'une réponse aussi naze.

Cole retourne derrière le volant. Lucy est assise à côté de lui.

Il faut compter vingt minutes de voiture entre Wellspring et Culver, où le rituel aura lieu. Owen garde le silence pendant l'essentiel du trajet, écoutant Cole et ses amis plaisanter ou échanger des opinions à l'emporte-pièce sur la scène metal du moment. Leur gaieté turbulente diminue à mesure que les signes de civilisation disparaissent, et qu'ils se retrouvent seuls sur une route à deux voies encaissée entre deux longues étendues de forêt. Ils croisent quelques rares maisons et églises. Les constructions ont l'air anciennes, comme si elles pourrissaient dans le noir depuis des siècles.

Cole tourne sur une vieille route de campagne et se gare devant une église baptiste située au pied d'une colline raide hérissée de pierres tombales. Un panneau électrique permet sans doute d'informer les fidèles sur les horaires des cultes ou d'afficher l'heure et la température. Le nombre important d'ampoules grillées empêche d'en avoir la certitude.

Cole et Dean portent la glacière. Lucy sort plusieurs torches Tiki posées sur la banquette arrière. Ils montent jusqu'à une tombe récente. Dean braque sa lampe électrique sur la pierre : Estelle Schaefer, 1947-2019, *Épouse et mère bien-aimée.*

Une fois qu'ils sont tous réunis autour de la tombe, Cole regarde en direction de la route en bas en fronçant les sourcils. Il se tourne vers Dean. « Le cimetière est plus exposé que je le pensais, dit-il.

– Tu as demandé une tombe récente dans un endroit peu fréquenté, répond Dean. On est sur une route de campagne au milieu de nulle part. Si un flic rôde dans les parages, ça voudra clairement dire que l'univers a d'autres plans pour nous. »

Cole lance à Dean un regard mauvais, mais il ne discute

pas. Pendant qu'ils se mettent au travail et déballent la glacière, Lucy s'assure le concours de Monica et d'Owen pour l'aider à disposer les torches en cercle autour de la tombe. Une fois allumées, elles donnent à l'endroit une atmosphère sinistre un peu désuète, bien que l'effet soit en partie gâché par l'odeur d'insecticide flottant depuis les flammes. Le bégaiement du panneau d'affichage électrique qui clignote n'arrange rien.

Maintenant, Owen a assez de lumière pour voir ce que contenait la glacière : un manche de râteau cassé avec une pointe à une extrémité, comme la version maison et jardin d'une lance ; plusieurs sachets Ziploc de plantes séchées ; un briquet ; un livre de poche ; un bocal rempli d'un liquide de couleur foncée ; et ce qui ressemble à un authentique crâne humain.

Dean chasse tout le monde hors du périmètre des torches et se met au travail avec sa lance bricolée. Il creuse un grand cercle en grattant le sol, puis en dessine de plus petits et ajoute des symboles à l'intérieur. Owen le regarde avec une telle attention qu'il sursaute quand quelqu'un pousse du coude son bras droit. C'est Cole.

« Je ne voulais pas te faire peur, dit Cole. Qu'est-ce que tu en penses ?

– C'est plus sinistre que je m'y attendais. » C'est faux, mais Owen veut être poli. « C'est mon premier rituel.

– Je n'aurais jamais deviné, dit Cole, mais il sourit pour montrer qu'il plaisante.

– Vous faites ça souvent ?

– Ça nous est déjà arrivé.

– Et toujours dans un cimetière ? »

Cole secoue la tête. « En général on est plutôt branchés magie sexuelle, ou d'autres trucs qu'on trouve en ligne. Je sais que je porte beaucoup de noir, mais même moi je ne suis pas assez goth pour baiser dans un cimetière. »

Owen se demande comment procède ce groupe de

goths pour un rituel sexuel. Est-ce qu'ils se mettent deux par deux, ou est-ce qu'ils se fondent en une masse de membres et de terminaisons nerveuses, comme cette scène dans *Caligula* ? Son visage s'embrase dans l'obscurité alors qu'il songe aux possibilités.

« Mary Shelley était de cet acabit, dit Owen. Elle a perdu sa virginité sur la tombe de sa mère.

– La reine des goths, dit Cole.

– D'accord, pas de sexe, dit Owen, ses joues plus rouges que jamais. Qu'est-ce qu'on fait là, alors ?

– Nécromancie. »

Le mot a quelque chose de familier. Gandalf n'a-t-il pas été fait prisonnier par un nécromancien pendant un certain temps dans *Bilbo le Hobbit* ?

« Quelque chose en rapport avec la magie et les morts ? hasarde Owen.

– Dans les anciennes cultures, l'idée consistait à profiter de la sagesse de ses ancêtres. Ou à obtenir des informations que seuls les morts pouvaient détenir : sur l'au-delà, le monde des esprits, ou la cachette d'un trésor perdu.

– Et qu'est-ce que tu cherches ? demande Owen. Ce soir, je veux dire. Avec ce rituel.

– Dean et moi n'avons pas les mêmes motivations. Lui se pose de sérieuses questions sur l'au-delà, depuis que son frère est mort quand il était petit. Moi ? Je veux juste voir si on peut réussir. Tu comprends, les trucs qu'on a faits avant, les autres rituels ? Peut-être qu'ils ont fonctionné, mais qu'est-ce qui me dit que ce n'était pas simplement le pouvoir de la pensée positive ? Tandis qu'avec ça, soit ça marche, et ce crâne se met à parler, soit on se plante. Dans un cas comme dans l'autre, on sera fixés. »

Il sourit, et derrière les traits du goth d'aujourd'hui, Owen retrouve le geek mal fagoté de ses souvenirs, avec son appareil dentaire, ce garçon métamorphosé l'été dernier, quand il a complètement changé sa garde-robe – noir c'est noir –, et s'est converti au death metal.

Owen lui rend son sourire, vraiment heureux pour la première fois de la soirée.

« Si ça ne marche pas, ce sera peut-être aussi parce que vous n'avez pas pratiqué correctement le rituel. Ou que ce n'est pas le bon », dit Owen.

Cole hoche la tête. « Si ça ne marche pas et qu'on s'en sort sans se faire coincer par les flics, c'est terminé pour moi. Je me cantonnerai de nouveau à des prières à la déesse mère avant le sexe ou un truc du genre. Il ne faut pas tenter le diable. » Il serre le bras d'Owen. « Je suis content que tu sois venu.

– Oui, dit Owen. Moi aussi. »

Dean s'arrête de gratter la terre et éponge son front en sueur. « Terminé », dit-il, et il jette la petite lance dans l'herbe à côté de lui. Elle roule au bas de la colline et finit dans le fossé.

« Comptez pas sur moi pour aller la chercher, dit Lucy, agacée.

– Personne ne te le demande, répond Dean, sur le même ton.

– Allons-y », dit Cole.

Owen suit Cole dans le cercle. Monica vient se placer à côté d'Owen et lui heurte l'épaule. Elle a dû surprendre sa conversation avec Cole. Il lui heurte l'épaule à son tour ; il éprouve une sensation de chaleur à l'intérieur.

« Quoi qu'il arrive, ne sortez pas de ce cercle, dit Dean. Dans cet espace, on est en sécurité. Rien ne peut y pénétrer. Compris ? »

Tout le monde marque son accord en marmonnant, alors qu'ils entrent dans le cercle d'un pas traînant. Cole s'agenouille devant la pierre tombale et pose le crâne dessus. Dean sort les herbes des sachets, les place dans un petit bol, et les enflamme avec le briquet. Des volutes de fumée flottent dans l'air, imprégnant l'espace du puissant arôme de la sauge.

Dean ouvre le bocal et le tend à Cole. Une odeur cuivrée se mêle à celle de la sauge dans les narines d'Owen. Du sang. Il y a du sang dans ce bocal. Cole le renverse au-dessus du crâne, tachant de cramoisi la pierre en dessous. Il place ses deux mains sur la pierre et se met à parler. Sa voix est forte et claire, mais les mots sont du charabia aux oreilles d'Owen jusqu'à ce que Cole bascule en anglais :

« Je t'invoque, Chasseur argenté de la cité sacrée d'UR ! Je t'appelle afin que tu protèges cette face nord du très saint MANDAL des féroces guerriers des principautés de DRA ! » Il continue, invoque les esprits gardiens du cercle, et Owen fait une découverte démoralisante : même un rituel de nécromancie peut se révéler ennuyeux. Son esprit vagabonde, porté par le rythme soporifique de la voix de Cole. Il pense qu'il va se sentir drôlement fatigué demain matin. Peut-être qu'il devrait appeler le lycée pour dire qu'il est malade. Mais le problème est le même que d'habitude : alors, il sera à la maison avec son père, ce qui pourrait être pire.

Les paupières d'Owen s'alourdissent quand l'odeur de l'air change. Une puanteur âcre et sulfureuse remplace le parfum de l'encens. Ce changement l'arrache brusquement à sa torpeur.

Le monde ne semble pas différent : tout le groupe se trouve toujours à l'intérieur du cercle protecteur ; le panneau d'affichage ridicule continue de clignoter au pied de la colline. Mais les cigales ont cessé de chanter. Les seules choses qu'entend Owen sont sa respiration, les incantations de Cole et un gémissement aigu. De la lumière danse à la périphérie de sa vision, mais quand il se tourne pour mieux voir, il n'en identifie pas l'origine.

Le sol tremble, et Owen recule en trébuchant.

« Merde alors », dit Lucy. Owen l'entend à peine à cause du gémissement de plus en plus strident.

Une main serre le coude d'Owen. C'est Monica, horrifiée. D'abord, il ne comprend pas. Mais quand il baisse les yeux, il s'aperçoit qu'il est sorti du cercle de protection. Bien que le sol à l'intérieur apparaisse composé de terre molle et d'herbe, le monde à l'extérieur de ce périmètre a été remplacé par une caverne obscure de pierre déchiquetée, uniquement éclairée à la lueur d'un feu. Des silhouettes en robes blanches diaphanes entourent les participants du rituel. Ces créatures ont les yeux et le nez cousus. Seules leurs bouches restent ouvertes. Elles sont la source du gémissement. Le son gagne en volume, s'infiltre dans son corps, fait vibrer ses entrailles au point qu'il craint de se liquéfier en une masse visqueuse. Il se bouche les oreilles, mais ça ne change rien. Le gémissement pénètre son esprit, implacable.

« Barashakushu, faiseur de miracles, crie Cole, à peine audible au-dessus du vacarme, le plus aimable des cinquante et le plus bienfaisant, nous t'appelons. Barashakushu, nous invoquons ta protection durant ce très dangereux rituel. Écoute notre prière et viens à nous. »

Si Barashakushu (qui qu'il soit) est dans les parages, il ne prend pas les appels. Les silhouettes aveugles autour du groupe continuent de gémir, et lèvent leurs mains atrophiées pour taper sur la barrière du cercle.

« Je n'aime pas ça », dit Lucy. La goth vacharde a disparu, remplacée par une gamine effrayée, qui se retrouve dehors passée l'heure du couvre-feu. « Je veux rentrer. »

Dean l'attrape par le bras. « Ne bouge pas. Ça fait partie du rituel. Reste dans le cercle, c'est tout. »

Lucy obéit. Elle frissonne, des larmes sillonnent son maquillage. Cole est toujours devant la pierre tombale, arc-bouté pour garder l'équilibre malgré les vibrations qui se déplacent pour peu à peu se limiter à l'intérieur d'un cercle juste sous les participants au rituel. La terre fraîchement retournée de la tombe se soulève tandis que les tremblements s'accroissent et empirent. Quelque chose surgit soudain du sol dans un panache de terre et se referme autour de la cheville de Cole. C'est une main, blanche et desséchée.

Cole hurle et tente de se lever. Il trébuche et heurte Monica, Lucy et Owen. Lucy chute à l'extérieur du cercle, et les gémissements des esprits se métamorphosent en cris stridents qui sont autant de coups de poignard dans le cerveau d'Owen. Il tombe à genoux et se couvre la tête des mains. Lucy hurle, et Monica aussi, bien qu'il ne parvienne pas à distinguer les mots. Il entend un remue-ménage. Des corps qui bougent. Qu'on déchire.

Peu à peu, les bruits cessent. Owen se risque à jeter un coup d'œil. Les apparitions autour du cercle ont disparu. Le monde ordinaire de Wellspring est de retour, avec le ciel nocturne clair et plein d'étoiles, l'église baptiste et son panneau. Lucy, Monica et Dean sont tous étendus en partie dans et en partie hors du cercle. Tous ont perdu des membres. À Dean manque aussi sa tête. Elle n'est visible nulle part. Peut-être a-t-elle roulé au pied de la colline. À moins qu'une des apparitions l'ait emportée en souvenir. Seul Cole a l'air intact. Il est allongé sur le dos, luttant faiblement alors que le cadavre d'Estelle Schaefer l'étrangle pour le tuer. De la lumière semble circuler entre son visage et celui de Cole ; sa couleur, d'un vert vif, n'a rien de naturel.

De sa propre initiative, le corps d'Owen se retourne et s'élance vers le bas de la colline. Ses pieds produisent un bruit lourd et sourd dans l'herbe alors qu'il descend au petit trot en tâchant d'éviter la chute. Il respire avec peine, de manière irrégulière. Ses oreilles résonnent des échos du gémissement des apparitions. Le break de Cole est tout près. Le hayon est ouvert. Owen ne se rappelle pas s'ils ont pris les clés en sortant. Mais s'il parvient à s'enfermer dans la voiture, il se peut qu'il soit en sécurité jusqu'à ce que quelqu'un passe. Peut-être ce flic hypothétique.

Il perd l'équilibre, tombe sur une épaule et roule jusqu'en bas, où il s'arrête avec un plouf dans le fossé humide au pied de la colline. Son jean et son t-shirt sont trempés. Il entend des pas maladroits arriver vers lui, ils lui rappellent un peu la démarche lourde et gauche d'un bambin qui apprend à marcher.

Owen s'appuie sur ses mains et ses genoux et se relève. Ce qu'il voit descendre du cimetière le remplit de soulagement : ce n'est pas le cadavre d'Estelle Schaefer.

« Cole, dit-il. Dieu soit loué… »

Cole ne semble pas reconnaître Owen. Serait-il sous le choc ? Avant qu'Owen ait le temps de lui poser la question, Cole sort les clés de la voiture de sa poche. Elles pendent en l'air, reflétant la lumière des torches qui brûlent sur la colline derrière eux.

« Tu sais conduire ? » demande-t-il. C'est la voix de Cole, mais pas sa diction. Une lueur jaune-vert brille dans ses yeux, et le soulagement d'Owen cède la place à autre chose.

« Oui », répond Owen, les lèvres engourdies.

La créature-Cole lui tend les clés. « Prends le volant, dit-elle, et peut-être que je te laisserai vivre. »

*1996*

# LA SOIRÉE PYJAMA

# Athena

La plupart du temps, après le cours d'arts plastiques, Athena Watts rejoignait Erin Porter et elles se rendaient ensemble en cours d'histoire. Mais en ce 17 mai 1996 – leur dernier jour en tant que collégiennes –, Athena ne trouva pas son amie dans le couloir. Déconcertée, elle en conçut aussi une certaine inquiétude. Elle avait vu Erin au déjeuner, et elle lui avait semblé aller bien. Ça n'avait été qu'une heure plus tôt. Où pouvait-elle bien être ?

Profondément troublée, Athena fit une chose qu'elle ne faisait presque jamais : elle resta plantée dans le couloir animé, attendant son amie. Elle compta jusqu'à cent vingt secondes avant de renoncer et de marcher seule en direction de la salle de classe.

Elle oublia provisoirement sa préoccupation quand elle aperçut Hal Isaac arriver vers elle. Elle avait essayé de lui parler toute la journée, mais l'obliger à se tenir tranquille pendant plus de quelques secondes s'était révélé difficile. L'énergie de la fin d'année scolaire était contagieuse, et Hal, déjà tendu comme un ressort d'ordinaire, s'y montrait plus sensible que la plupart des élèves. Pour preuve, les bonds qu'il faisait, dignes du personnage de Tigrou dans *Les Aventures de Winnie l'ourson.* Elle dut l'empoigner par le bras pour éviter qu'il passe à côté d'elle sans la voir.

« Athena », dit-il, levant les mains vers le ciel à la manière d'un Monsieur Loyal dans un cirque, et manquant frapper quelques camarades ayant le malheur de se trouver là. « Quelle agréable surprise ! Qu'est-ce qui t'amène dans le couloir 300 ?

– Histoire, répondit Athena.

– C'en est déjà, ou presque. Ce cours, je veux dire. Tu piges ? Parce que c'est le dernier jour d'école, et que bientôt tout ça appartiendra pour toujours à ton passé ?

– Calme-toi. Respire fort avant de faire une attaque. »

Il ferma les yeux, prit une profonde inspiration. « Seulement pour toi. Qu'est-ce qu'il y a ?

– Tu as vu Erin ? D'habitude, on va en cours ensemble. »

Il secoua la tête. « Pas depuis le déjeuner. Pourquoi ? »

Athena avait une bonne raison de se tracasser, du moins le pensait-elle. Après tout, ce gamin n'avait disparu que quelques jours plus tôt. Charlie Simmons, âgé d'à peine quelques années de moins qu'Athena et ses amis. Mais elle savait aussi que si elle expliquait à Hal pourquoi elle s'inquiétait, ce dernier roulerait des yeux. Il soulignerait combien il semblait improbable qu'Erin se fasse enlever, en plein jour, à l'école, et Athena aurait du mal à le contredire.

Ainsi, au lieu d'insister, elle lui tendit l'annuaire qu'elle avait porté sous le bras toute la journée, et lui posa la question que sa nervosité l'avait empêchée de poser au déjeuner : « Tu me le signes ? »

Ils sortirent du flot de la circulation pour se mettre près de la rangée de casiers d'un côté et échanger leurs annuaires. Athena ouvrit celui de Hal : les feuilles de garde saturées de signatures – des répétitions à n'en plus finir de *Reste adorable !* ou *Passe un super été !* Dans la pliure entre la couverture et la première page, un bel esprit avait écrit, *J'ai signé ta raie*[1] *!*

Elle leva les yeux vers Hal, pour faire une plaisanterie sur cette tradition grotesque, et dire combien elle trouvait ridicule qu'ils la perpétuent. Mais Athena vit Hal profondément concentré, qui semblait rédiger un bloc de texte compact à l'arrière de son annuaire.

Elle se pencha de nouveau sur le sien et essaya de décider quoi mettre, jusqu'où pousser la franchise. Elle regretta de ne pas pouvoir lire ce qu'il écrivait. Si c'était quelque chose de sincère et qu'elle répondait par une blague du genre « J'ai signé ta raie », ce serait la fin du monde pour elle. D'un autre côté, s'il se contentait d'un truc idiot et qu'*elle* livrait quelque chose d'honnête, venu du fond du cœur, ce serait aussi la fin du monde. Donc, à moins de tomber juste, sa vie était fichue.

Elle décida de pécher par excès de prudence : *T'es un crétin, mais on peut quand même être amis.* Elle faillit mettre *Joyeux anniversaire !* Mais elle se rabattit sur *J'espère qu'on passera un super été.* Et après avoir retenu son souffle, elle ajouta *XOXO.*

Hal n'avait toujours pas terminé. La foule dans le couloir s'était éclaircie, et l'horloge interne d'Athena l'avertit que la cloche pour les traînards allait bientôt sonner. Si elle ne se dépêchait pas, elle arriverait en retard en cours. Athena n'était jamais en retard.

« Allez, le pressa-t-elle.

– Le génie ne se commande pas. » Il finit de griffonner et lui rendit l'annuaire. « On se voit ce soir, alors ?

– À moins que tu perdes la vue d'ici là, répondit-elle, alors qu'ils échangeaient leurs annuaires.

---

1. Jeu de mots intraduisible. « *Signed your crack* » en VO joue sur le double sens de « *crack* » ici : la pliure entre la couverture et la page de garde, mais aussi « (*butt*) *crack* », la raie des fesses.

– Vous êtes bizarre, ma petite dame. » Il s'éloigna à reculons dans le couloir, mimant des pistolets avec ses doigts et tirant sur elle. En dépit de son anxiété croissante, elle attendit qu'il se retourne avant de se précipiter en cours d'histoire.

Erin ne se trouvait pas dans la salle de classe quand Athena y entra, et son angoisse augmenta encore. Elle tenta de se distraire en regardant ce que Hal avait écrit.

*Entre l'époque où les océans ont englouti l'Atlantide et l'avènement des fils d'Arius, il y eut une période de l'histoire fort peu connue durant laquelle vécut Conan, destiné à poser la couronne d'Aquilonie, ornée de pierres précieuses, sur un front troublé. C'est moi, son chroniqueur, qui seul peux raconter son épopée. Laissez-moi vous narrer ces jours de grandes aventures.*

Pas de salutation. Pas de signature. Est-ce que c'était une blague ? Le nom Conan lui semblait familier. Hal parlait-il de l'animateur télé de fin de soirée ? Non, certainement pas. Peut-être que ces lignes provenaient d'un film ?

Elle referma l'annuaire, se sentant comme souvent après une rencontre avec Hal : un peu blessée, un peu déconcertée, un peu optimiste. C'était un pitre. Il ne pouvait pas s'en empêcher, et c'était comme ça depuis qu'ils avaient fait connaissance au jardin d'enfants. Il essayait sans doute d'être drôle. Il avait tapé à côté cette fois, mais Athena ne lui en voulait pas. Il avait eu une semaine difficile. Son anniversaire était tombé lundi et sa mère avait complètement oublié. Pas de cadeau, pas de gâteau. Pas même un *Joyeux anniversaire* de sa chère maman. Hal n'en avait pas fait toute une histoire pourtant. Il n'avait rien dit à Athena. Elle l'avait appris uniquement parce que Peter Marsh en avait parlé à Erin, qui l'avait répété à Athena.

Elle rangea l'annuaire dans son sac à dos, mais continua

de ruminer dessus jusqu'à ce que la cloche sonne, et qu'Erin Porter – grande, mince, blonde et de plus en plus jolie – entre rapidement dans la salle de classe, le visage rouge.

« Désolée pour le retard, monsieur Canon », dit-elle, inclinant la tête en direction du professeur derrière le bureau.

Il leva à peine les yeux de son roman de Tom Clancy. « Ça m'est égal, mademoiselle Porter. Allez vous asseoir, s'il vous plaît. »

Erin baissa la tête, mortifiée par l'absence de réprimande. À l'instar d'Athena, elle avait toujours fait partie des enfants intelligents. Elles avaient suivi les mêmes cours réservés aux élèves brillants, et c'était encore le cas. À une différence près. Cette année, Erin avait commencé à ressembler à une pom-pom girl, tandis qu'Athena restait la gamine trapue à lunettes et – son plus gros handicap social – une élève noire dans ce collège de la petite ville de Clegg, Texas, qui n'en comptait que huit. Erin essayait de faire comme si rien n'avait changé, mais le fait est que des portes s'ouvraient pour elle à présent, des portes qui demeureraient à jamais fermées pour Athena.

« T'étais où ? demanda Athena.

– Avec Peter, pour ce soir, répondit Erin.

– Tout est prêt ? »

Erin leva le pouce pour confirmer que tout allait bien alors que M. Canon se levait. Il retourna et posa son livre ouvert sur son bureau. Athena grimaça. Sa mère faisait tout le temps ça avec les livres de poche, au risque d'abîmer leur dos. Elle en avait mal pour le livre.

« Très bien, dit M. Canon. Bienvenue à notre dernière heure ensemble. Les choses peuvent se passer de deux façons. Soit nous regardons un film jusqu'à ce que sonne la fin du cours… » Il fut interrompu par un concert d'acclamations. « … soit vous répondez à une interrogation portant sur tous les thèmes que nous avons abordés cette année. »

Cette seconde proposition suscita une clameur indignée. Ses lèvres esquissèrent un petit sourire. Il prenait plaisir à les torturer ainsi. « Ce n'est pas une menace en l'air. J'ai les photocopies de l'énoncé sur mon bureau. Tout dépend de votre capacité à vous taire pendant l'heure suivante. »

Un silence de mort tomba sur la salle en guise de réponse.

« J'en déduis que votre préférence va au film, dit M. Canon. Très bien. » Il mit *1776* et regagna son bureau pour reprendre sa lecture.

Athena avait envie de poser plus de questions à propos de ce soir, mais ne voulant pas risquer la colère de M. Canon, elle regarda le film jusqu'à la sonnerie marquant la fin du collège pour toujours. Après qu'Erin lui eut dit au revoir en coup de vent – elle retournait chez Peter pour tout préparer –, Athena rentra à pied, seule.

Elle se dit qu'elle avait tort de se sentir blessée par le départ précipité d'Erin. Athena rentrait le plus souvent seule, parce que son domicile se trouvait dans une direction différente de ceux de ses trois plus proches (et uniques) amis. Hal Isaac et Erin Porter, qui vivaient respectivement dans la seule cité HLM et le seul village de mobile homes de Clegg, faisaient fréquemment le chemin ensemble. Peter Marsh, la personne la plus riche que connaissait Athena, logeait chez son grand-père, le professeur Elijah Marsh, dans une propriété hors des limites de la ville. Et donc, lui aussi rentrait seul.

Si Athena et ses amis avaient été les trois ours du célèbre conte, elle aurait été petit ours, nichée et contente de son sort entre la richesse de Peter et la pauvreté de Hal et Erin. Elle et ses parents habitaient une maison en briques à un étage, avec une petite pelouse, dans un quartier de la classe moyenne. Sa mère était infirmière, et son père travaillait dans un bureau à Tyler, bien que la nature exacte de ses activités demeure floue dans l'esprit d'Athena. Sa famille était la seule famille noire dans cette partie de la ville. Leurs voisins se montraient polis – personne ne faisait brûler de croix sur le gazon –, mais ils gardaient leurs distances avec les Watts. Athena en prenait conscience chaque fois qu'elle les voyait ou les entendait se retrouver autour d'un barbecue ou pour une fête auxquels ils n'étaient jamais invités. Elle s'en moquait. La plupart de ces gens lui faisaient l'effet de ploucs stupides, et elle avait toujours été une solitaire. Elle n'avait besoin de personne, tant qu'elle avait ses livres, son imagination.

Elle avait parcouru la moitié du chemin quand quelqu'un l'appela. Jordan McCormick arrivait en trottinant derrière elle. Un de ses voisins blancs. Ils avaient habité dans la même rue toutes leurs vies. Il avait deux ans de plus qu'elle et occupait l'extrémité opposée du spectre social. Athena ressemblait à un petit rat de bibliothèque ; Jordan était grand et beau. Athena n'existait pas aux yeux de la plupart de ses camarades de classe ; Jordan était populaire. Seul élève de seconde à intégrer l'équipe de football de première catégorie cette année, il s'était révélé un linebacker fiable, à en croire les conversations qu'Athena avait pu surprendre en ville. Elle ignorait ce que ça voulait dire, mais ça semblait impressionnant. Plus impressionnant encore : il était gentil avec elle, alors que rien ne l'y obligeait.

« Joyeux dernier jour de classe, dit-il alors qu'il la rattrapait et lui emboîtait le pas. Ça ne te dérange pas si je marche avec toi.

– Non, bien sûr. Tu pourras repousser les attaquants des équipes rivales. » Elle lui jeta un coup d'œil. « C'est bien ce que font les linebackers ?

– Oui. Exactement. Des projets pour l'été ?

– De hautes piles de livres à lire, répondit-elle. Et toi ?

– Entraînement et exercices. Non-stop.

– Avec un programme comme celui-là, tu devrais t'installer un lit de camp dans les vestiaires. »

Il rit. « Tu ne dirais pas ça si tu étais venue y faire un tour. Ça pue les dessous de bras et… » Il s'interrompit et ferma la bouche.

« Oh, allez, dit-elle. Les dessous de bras et quoi ?

– C'est vulgaire, dit-il.

– Je promets de ne pas m'évanouir. Alors : les vestiaires sentent les dessous de bras et… ?

– … les couilles en sueur.

– Oh, mon Dieu, tu es répugnant. Comment peux-tu dire une chose pareille ?

– Je suis désolé, dit-il, troublé. J'ai pensé que tu voulais l'entendre. » Il donnait l'impression qu'il aurait volontiers accueilli une mort discrète et instantanée.

« Relax, le rassura-t-elle. Je te taquine. »

Son air horrifié céda la place à la confusion, puis au soulagement. Il eut un petit rire forcé.

« Je ne connaissais pas ce côté farceur chez toi, dit-il.

– Je suis vaste, je contiens des multitudes. »

Jordan sembla recevoir son trait d'esprit comme un reproche. Elle aurait voulu le retirer, mais elle ne savait pas comment. Un silence gêné s'installa entre eux jusqu'à ce qu'ils arrivent devant chez elle, et qu'elle se tourne vers lui, cherchant un moyen de lui dire au revoir et de s'excuser par la même occasion.

« Tu veux qu'on signe nos annuaires ? demanda-t-il.

– On ne fréquente pas les mêmes établissements, répondit Athena.

– Plus que quelques mois avant que ce soit le cas. Vois ça comme une signature de bienvenue. »

Ils firent l'échange – mince et bleu pour Athena ; noir et plus épais et plus lourd pour Jordan. Il ne tourna pas en dérision ses feuilles de garde vide, alors que les siennes, à l'instar de celles de Hal, disparaissaient sous les signatures, les blagues et les gribouillis. Elle trouva un peu d'espace libre à l'intérieur de la quatrième de couverture et écrivit aussi petit qu'elle le pouvait : *Passe un super été ! Mets-leur-en plein la vue à l'entraînement (oui, plein la vue).* Elle se retint d'ajouter, *N'oublie pas de bien t'hydrater*, parce qu'il n'avait sans doute pas besoin qu'on le lui rappelle.

« Je te verrai dans le coin cet été ? demanda Jordan alors qu'ils se rendaient leurs annuaires respectifs.

– J'habite ici, répondit-elle. Alors, y a des chances.

– Tu n'es même pas encore au lycée et tu es déjà trop cool pour moi. »

Athena attendit d'être à l'intérieur pour lire ce que Jordan avait écrit : *T'es une chic fille. Ne change rien !*

En même temps, elle n'avait pas non plus écrit quelque chose de particulièrement profond dans son annuaire.

« Comment s'est passée ta journée ? cria son père depuis le salon.

– Bien ! lui répondit-elle. Tu es rentré tôt.

– Je voulais être là avant que tu partes, comme ta mère doit travailler. »

Elle leva les yeux au ciel, coinça son annuaire sous un bras, retira ses chaussures (chez les Watts, personne n'avait le droit d'en porter à l'intérieur), et se dirigea vers sa chambre. Elle posa l'annuaire sur son bureau, retournant dans son esprit l'obscure signature de Hal. Elle fonctionnait comme ça. Une fois qu'elle avait une question en tête, elle s'obstinait jusqu'à ce qu'elle trouve une réponse satisfaisante. Elle se concentra sur cette énigme alors qu'elle préparait ses affaires pour la nuit qu'elle et ses amis allaient passer chez Peter. Mais pour la première fois de sa vie, au moment de choisir un pyjama, elle eut l'impression de ne posséder que des modèles pour gamins. Refusant de laisser ses amis la voir dans des tenues aussi ridicules, elle opta pour un débardeur et un pantalon de survêtement.

Elle se tenait sur la pointe des pieds, peinant pour attraper le sac de couchage sur la dernière étagère de son armoire, quand son père entra dans la chambre.

« Attends, je vais t'aider », dit-il. Il n'était qu'un peu plus grand qu'Athena, mais il avait une meilleure allonge. Elle s'écarta et le laissa lui donner le sac de couchage.

« Je ne suis pas rassuré », dit-il.

Athena réprima un soupir. Elle avait su ce que sous-entendait son *Je voulais être là avant que tu partes*. Le sermon de la dernière chance. Au moins n'avait-il pas perdu de temps pour en venir au fait.

« Quand vous étiez petits tous les quatre, c'était une chose, dit-il. Mais vous êtes des adolescents maintenant.

– Papa, dit-elle, d'un ton qu'elle aurait préféré moins geignard. On en a déjà parlé. » La fête de ce soir – la soirée pyjama à Marsh House pour célébrer la fin du collège – avait donné lieu à une bataille acharnée, remportée de haute lutte, et elle n'avait aucune intention d'y renoncer.

« Je sais, dit-il. Et j'ai entièrement confiance en toi. En revanche, je me méfie des hormones des adolescents.

– C'est la même chose que ne pas vouloir me faire confiance, dit Athena. Et puis, on ne sera pas livrés à nous-mêmes. Le professeur Marsh sera chez lui. Tu penses qu'il acceptera que les choses dégénèrent sous son propre toit ? »

Son père ne semblait toujours pas convaincu. « Cette maison est trop près de la forêt. Et le jeune Simmons a disparu.

– Charlie Simmons a dix ans, papa. Il est entré dans les bois tout seul. Nous sommes quatre. Aucun de nous ne sortira après la tombée de la nuit, et je doute que quiconque tente de se faufiler dans la maison pour enlever un groupe d'ados. » Elle se sentit un peu hypocrite d'avancer ces arguments, alors qu'elle-même s'était inquiétée pour Erin à peine une heure plus tôt.

Une voiture klaxonna dans la rue devant chez eux. Athena fourra le reste de ses vêtements dans son sac, avec un Ziploc rempli d'articles de toilette.

« On m'attend », dit-elle. Elle empoigna le sac et son père s'écarta à contrecœur.

« Sois sage, s'il te plaît, dit-il.

– Je suis toujours sage. » Elle se glissa à côté de lui, alla remettre ses baskets, et sortit en courant dans le soleil de mai. La décapotable cabossée de la mère de Hal se trouvait au bord du trottoir, la capote relevée. Hal se hissa hors du siège passager et alla ouvrir le coffre pour Athena.

« Holà, holà ! dit-il alors qu'elle laissait tomber son sac de couchage à l'intérieur. Qu'est-ce que tu fais ?

– Je mets mes affaires dans le coffre.

– Non non non non non. Maman a dit que tes affaires vont sur la banquette arrière. C'est *toi* qui voyages dans le coffre.

– Pas question.

– Pff. Comme tu voudras. Mais si maman pique une crise, tu ne pourras pas dire que je ne t'ai pas prévenue. »

Athena contourna Hal et grimpa à l'arrière avant qu'il puisse lui proposer de voyager à l'avant. Faire le trajet assis à côté du parent d'un camarade tenait de la mise en scène d'un numéro – une régurgitation de notes et de projets pour un public absolument pas intéressé. Tout le monde s'efforçant d'être poli, personne n'en ayant rien à foutre.

La mère de Hal, Lorna, était au volant, ses cheveux bruns formant un nuage emmêlé autour de sa tête. Elle portait de grosses lunettes de vedettes de cinéma qui lui couvraient une bonne partie du visage.

« Athena, comment vas-tu ? dit-elle de sa voix douce et chantante.

– Bien, madame Isaac », répondit Athena. Elle hésitait toujours à appeler Lorna *madame*. Hal n'avait jamais parlé de son père, et Athena n'avait jamais posé la question. « Comment allez-vous ?

– Oh, tu sais… » dit Lorna, laissant sa pensée en suspens – ou pas ; difficile à dire.

Lorna démarra et manqua provoquer un choc latéral avec une voiture arrivant dans son angle mort. L'autre conducteur klaxonna, et Lorna freina à bloc. La pesanteur projeta Athena en avant contre sa ceinture de sécurité.

« Merde, maman ! protesta Hal.

– Ne sois pas grossier », dit Lorna. Avec une prudence exagérée, elle s'engagea sur la route. N'ayant plus qu'un rétroviseur du côté passager, elle devait fréquemment tourner la tête. Elle avait perdu les autres (latéral et arrière) dans un accident, des années plus tôt, et ne les avait jamais remplacés.

« Je ne serai pas grossier si tu ne nous envoies pas dans le décor », répondit Hal.

Ils traversèrent la ville plate et endormie de Clegg, chef-lieu du comté de Cherokee, au cœur de l'est du Texas, 4 800 âmes, la plupart votant républicain comme si Dieu les surveillait. C'était un petit point sur la carte, le genre d'endroit invisible depuis le hublot d'un avion. Le lycée était son plus grand bâtiment. La seconde place dans cette hiérarchie revenait à l'ensemble mairie/caserne de pompiers dans la rue principale.

À part le château d'eau qui déclarait la ville « Fière patrie des Coyotes de Clegg », Clegg possédait une autre attraction notable : une passerelle en bois de deux cents mètres de long, la plus longue de tout le pays à sa construction en 1861. Elle devait permettre aux habitants de traverser d'un côté de la ville à l'autre pendant la saison des inondations (à l'époque où il y avait encore une saison des inondations). Clegg restait fière de ce pont ; la municipalité avait payé pour l'entretenir, le faire restaurer et, quand ça s'avérait nécessaire, reconstruire au cours de son siècle et des poussières d'existence.

Athena ne l'aurait jamais admis, mais elle adorait cette

passerelle. Par son côté romantique, excessif, elle avait sa place dans un songe, pas dans cette ville de ploucs. C'était l'une des deux seules structures qu'elle aimait dans les environs.

L'autre se trouvait à un peu plus de trois kilomètres hors du canton, au bout d'un chemin de terre qui partait de la lisière extérieure de la forêt bordant l'ouest de Clegg. Alors que Lorna s'y engageait, la civilisation disparut, remplacée par un long corridor d'arbres.

Du gravier craqua sous les pneus et des cailloux ricochèrent sur le dessous de la décapotable. « Cette route salit toujours ma voiture, dit Lorna.

– Ouais, c'est vrai que ça risque de nuire à sa cote, ironisa Hal.

– Elle roule, non ? » dit Lorna avec un profond soupir.

Marsh House sembla surgir de la forêt de façon soudaine. Le corridor d'arbres s'ouvrit sur une grande allée circulaire, derrière laquelle se dressait une vieille maison blanche avec une véranda en façade et une balancelle. Depuis l'allée, la bâtisse donnait l'impression de s'étendre au hasard de chaque côté dans les bois, à l'infini. Comme la passerelle dans le parc, elle paraissait appartenir à un monde plus vaste, plus étrange, plus intéressant que celui où Athena vivait la plupart des jours.

Assis sur la balancelle, le professeur Elijah Marsh avait un livre ouvert sur les genoux. C'était un homme âgé qui portait un pantalon en velours côtelé et une chemise habillée sous un pull sans manches. Il avait d'épais cheveux blancs, une courte barbe et un sourire de grand-père. Il leva une main pour les saluer alors que la voiture s'arrêtait doucement. Hal et Athena lui répondirent d'un signe par la fenêtre.

« Je n'aime pas cet homme, déclara Lorna.

– En même temps, si j'avais été Moïse, tu m'aurais noyé dans les joncs, dit Hal. Alors, ne m'en veux pas, mais je préfère ne pas me fier à toi pour juger les gens. »

La mère d'Athena l'aurait giflée pour une telle remarque. Lorna se contenta de déclencher l'ouverture du coffre. Athena et Hal descendirent du véhicule. Elle porta son sac jusqu'à la véranda, tandis que Hal se penchait par la fenêtre côté conducteur pour dire au revoir à sa mère.

« Bonjour, Athena, dit le professeur Marsh, depuis la balancelle. Comment vas-tu ? » Il avait une voix un peu nasillarde, et une diction incroyablement précise.

« Bien, merci, répondit Athena. Qu'est-ce que vous lisez ?

– Joseph Campbell. » Professeur de folklore et de mythologie en retraite, il lisait toujours quelque chose.

« C'est bien ?

– Oui. Et toi ? Que lis-tu en ce moment ?

– Je viens de commencer *La Roue du temps* de Robert Jordan. Mais j'en suis seulement au premier tome.

– Mmm, dit Marsh.

– Ça ne vous a pas plu ? demanda Athena.

– Je ne l'ai pas lu. Je ne me plonge jamais dans une série avant qu'elle soit terminée. Je déteste le suspense à la fin d'un épisode, et je pense que M. Jordan a encore plusieurs volumes devant lui. Mais je salue ton courage. »

Athena se retourna vers Hal, qui se redressait et eut à peine le temps de s'écarter avant que la décapotable reparte dans l'allée sur les chapeaux de roue en soulevant un nuage de poussière. Hal toussa et agita la main devant son visage alors qu'il approchait.

« Bonjour, Hal », dit le professeur, se replongeant dans son livre. Il était comme ça. Plutôt aimable, mais toujours plus intéressé par ses livres que par les gens. Athena pouvait le comprendre. Son exemplaire de *L'Œil du monde* l'accompagnait dans son sac à dos, juste au cas où la soirée tourne au calme. « Erin et Peter vous attendent à l'intérieur, je crois. Allez-y, entrez. »

# Erin

Erin et Peter se tenaient épaule contre épaule dans la cuisine de Marsh House, leurs tabliers noués autour des vêtements qu'ils avaient portés en classe. Pour l'instant, leurs tentatives de dessiner Spider-Man avec du glaçage sur un gâteau au chocolat n'avaient produit qu'une tache rouge et bleu, et une irrépressible crise de fou rire.

Le mois de mai n'avait pas été tendre avec Erin jusqu'à présent. Ses parents traversaient de nouveau une mauvaise passe, faisant de la vie à la maison une succession de concours de cris et de silences pesants et délétères. Erin avait eu la boule au ventre partout où elle allait, chaque jour, en permanence. Ses fréquents sourires à l'école ou en ville étaient feints, nés d'une pratique déjà longue (une fille apprenait vite à sourire sur commande, ne serait-ce que pour éviter les remarques des adultes qu'elle croisait). Mais ici, dans le calme plaisant de Marsh House, à côté de ce garçon charmant, gentil, son estomac s'était dénoué. Ses sourires étaient francs, son rire honnête.

Marsh House la mettait toujours à l'aise. À l'intérieur, le temps avait l'air de s'arrêter. Le monde extérieur cessait d'exister. Elle pouvait oublier ses parents, le mobile home, les pressions du collège. Cette maison semblait être un univers à part, un lieu qui, bien qu'elle en connaisse l'agencement par cœur, continuait de lui paraître mystérieux et obscur, même maintenant.

Mais ce qu'elle préférait à Marsh House, ce n'était pas le calme et la sérénité. C'était Peter. Peter ne manquait jamais de lui remonter le moral. Comme en ce moment, où ils décoraient ensemble ce gâteau ridicule. En dépit du fiasco lamentable de ses efforts, Erin ne s'était pas autant amusée depuis des semaines.

« On ferait probablement mieux de laisser tomber, tu ne crois pas ? dit Peter.

– Jamais de la vie », répondit Erin. Le milieu du gâteau évoquait un tas de serpentins. Mais si elle parvenait à dessiner un Spider-Man plus petit et plus ressemblant dans le coin supérieur, ils pourraient peut-être faire passer les gribouillis pour une explosion, ou quelque chose dans ce goût-là. « Ça va être le gâteau Spider-Man le plus réussi dans toute l'histoire des pâtisseries inspirées de personnages de comics. »

Elle venait de commencer son nouveau mini-Spider-Man quand elle entendit la voiture dans l'allée. Cette distraction n'eut pas un effet positif sur la précision de son tracé.

Peter alla regarder par la fenêtre. « Hal et Athena sont là. »

Le grand-père de Peter, le professeur, avait vaillamment accepté de se poster en sentinelle sur la véranda, mais Erin ne se faisait guère d'illusion. Le vieil homme saluerait leurs amis, peut-être interrogerait-il Athena sur sa lecture du moment (il ne le demandait jamais à Erin, bien qu'elle soit elle aussi une lectrice vorace), mais ça n'irait pas au-delà. Ils avaient épuisé le temps qui leur était imparti.

Erin laissa tomber le tube de glaçage alors que Peter posait une boîte de bougies sur le plan de travail, et en comptait quatorze, qu'il disposa sur le pourtour du gâteau. Erin gratta l'allumette et les alluma. Peter se tint près de la sortie, comme prêt à se sauver à toutes jambes au cas où les flammes se déchaîneraient. Il n'aimait pas le feu. Ça le rendait nerveux. On ne mettait jamais de bougies sur ses gâteaux d'anniversaire. Qu'il soit resté dans la pièce avec Erin tenait de l'acte de bravoure pour lui.

Elle avait presque terminé quand la porte d'entrée s'ouvrit.

« Hé, y a quelqu'un ? lança Hal. Pourquoi il fait aussi sombre là-dedans ? »

Erin approcha la flamme de la dernière bougie, agita l'allumette pour l'éteindre, et souleva le plateau dans ses bras. Elle et Peter sortirent de la cuisine et manquèrent buter contre Hal et Athena alors qu'ils arrivaient au bout du vestibule.

Hal poussa un cri et Erin recula, inquiète pour le gâteau. Peter la soutint, le contact léger de ses mains la faisant aussi sursauter. Peter ne touchait presque jamais personne. Très soucieux de son espace personnel, ce garçon.

« Surprise ! » dit Erin.

Incrédule, Hal se retourna vers Athena, avant de reporter son attention sur Erin, puis Peter. Ils se mirent à chanter « Joyeux anniversaire » et repartirent vers la cuisine. Hal les suivit, la tête baissée, évitant de regarder qui que ce soit dans les yeux.

« Joyeux anniversaire ! » dit Athena alors que la chanson se terminait et que le gâteau retrouvait la table. « Fais un vœu. »

Hal avala sa salive et leva la tête. Peut-être était-ce une illusion d'optique causée par la lumière des bougies dans la pièce sombre, mais ses yeux semblèrent un peu vitreux, les flammes s'y reflétant davantage qu'Erin s'y attendait. Puis il cligna des yeux, gratifia ses amis d'un sourire de travers. Il se pencha, prit une profonde inspiration et… s'arrêta. Il fronça les sourcils face au pâté de glaçage sur le gâteau.

« Qu'est-ce que c'est que ce truc ? demanda-t-il.

– Spider-Man », répondit Erin.

Hal inclina la tête, l'air plus perplexe que jamais.

« Qu'est-ce qui lui est arrivé ? Il est mort dans un hachoir à viande ? Galactus lui a marché dessus ?

– Souffle tes bougies, abruti, et fais ton foutu vœu », dit Erin.

Il ferma les yeux, sembla se concentrer, et éteignit les flammes.

« J'espère que tu as fait le vœu d'apprendre à être plus gentil avec les amis qui se décarcassent pour te faire des gâteaux de superhéros exceptionnels, dit Erin.

– Désolé, non.

– Pas grave, intervint Peter. Tu as droit à un second vœu. » Et comme par magie, les bougies se rallumèrent.

Hal sourit d'un air narquois et lança un regard à Athena, qui haussa les sourcils, avec l'air de dire « Étonnant, non ? », mais se montrant bien peu convaincante.

« Ah, c'est fin, dit Hal. Comme par magie, hein ?

– Vas-y, insista Erin. Maintenant tu peux faire le bon vœu. Dis, “Seigneur Yahweh, je t'en supplie, aide-moi à devenir un meilleur ami”.

– Les juifs ne prient pas sur des gâteaux d'anniversaire, dit Hal. C'est bizarre que tu penses ça de nous.

– Je le jure devant Yahweh, je laisserai ces bougies ensorcelées réduire ce délicieux gâteau en cendres. »

Hal ne souffla pas, mais tendit la main et pinça la flamme de la bougie la plus proche.

« Hal, dit Athena.

– Chut, dit-il. C'est plus dur que ça en a l'air. » Il continua sur le pourtour du gâteau, éteignant chaque bougie de la même façon. Son visage demeura stoïque, calme, avec dans ses yeux cet air absent. Erin n'aimait pas ça. C'était comme s'il était ailleurs.

Quand il eut terminé, il sembla revenir parmi eux. Il regarda autour de lui, à son tour avec l'air de dire « Étonnant, non ? », une imitation assez convaincante de l'expression adoptée par Athena un instant plus tôt.

« Ça a fait mal ? demanda Athena. Fais-moi voir ta main. »

Il la laissa l'examiner. « Super truc, hein ?

– Oui, dit Peter. Maintenant, coupons ce gâteau, et attaquons. »

Hal empoigna le couteau, mais Athena le lui arracha avant qu'il se livre à un massacre.

« Pas comme ça », dit-elle. Hal sembla vouloir protester, mais elle se mit à découper le gâteau rond en parts parfaites, régulièrement espacées, avec la même efficacité et le même air absent qu'il avait manifestés au contact du feu. Donc, au lieu de discuter, il se tourna vers Peter.

« Tu leur as dit que ma mère avait oublié mon anniversaire ? demanda-t-il. Pas cool, mec. C'était censé rester entre toi et moi.

– On te connaît depuis neuf ans, intervint Erin. On sait quel jour tombe ton anniversaire.

– C'est vrai, reconnut Peter. J'en ai parlé à Erin et Athena. » Un autre aspect de Peter. Il ne mentait jamais.

« Mais n'en fais pas toute une histoire, dit Athena. Il avait une bonne raison. Laisse-nous être sympas avec toi, d'accord ?

– De toute façon, on avait tous envie de gâteau, ajouta Erin. Ton anniversaire nous a juste servi de prétexte. »

La mâchoire de Hal se crispa encore un peu, mais il hocha la tête. « Goûtons ce gâteau », dit-il.

La pesanteur potentielle du moment se dissipa, et le groupe retrouva sa manière d'être habituelle. Ils mangèrent, échangeant les blagues et les taquineries, et trinquèrent à la naissance de Hal avec des gobelets en plastique de Dr Pepper. Ç'avait été comme ça depuis leur première rencontre en maternelle. Ils avaient tous été des laissés-pour-compte, mais contrairement à la plupart de ceux qui se morfondaient dans leur solitude, Athena, Erin, Hal et Peter avaient été attirés l'un vers l'autre. C'était difficile à expliquer à quelqu'un d'extérieur au groupe, mais quand ils se retrouvaient ensemble, rien n'était sérieux. Ils s'amusaient et oubliaient leurs problèmes. Erin se sentait plus chez elle avec ses amis qu'à la maison. Bien qu'elle ne leur ait jamais posé la question, elle les soupçonnait de partager ce sentiment.

Le professeur Marsh arriva quelques moments plus tard, son livre sous le bras. « Tout se passe bien ? »

Erin venait à Marsh House depuis l'âge de cinq ans. Elle avait donc grandi avec le professeur dans sa vie. Malgré cela, elle ne connaissait pas bien le vieil homme. Elle savait qu'il avait enseigné le folklore et la mythologie à l'université du Texas, mais avait pris une retraite anticipée pour s'occuper de Peter à la mort de ses parents en 1984. Il avait élevé Peter, s'assurant que son petit-fils ne manque de rien, mais Peter et lui n'avaient jamais semblé proches. Peter pouvait tout aussi bien appeler le vieil homme « professeur » que « grand-père ».

« Oui, répondit Peter.

– Bien. » Ses lèvres esquissèrent un sourire. « Vous nettoierez quand vous aurez terminé ?

– Oui, monsieur, dit Erin. Parole de scout.

– Vous voulez un morceau de gâteau ? » lui proposa Athena. Elle avait déjà préparé une assiette qu'elle lui tendait. Il fallait qu'elle se comporte comme la chouchoute du prof, même quand ils n'étaient pas à l'école. Elle ne pouvait tout simplement pas s'en empêcher.

« Merci, Athena, dit-il en acceptant l'assiette. Je serai dans mon bureau. Vous connaissez les règles.

– Oui », répéta Peter.

Ç'avait toujours été comme ça : le professeur Marsh aimait lire, étudier, sans être dérangé. Il ne paraissait pas apprécier la compagnie d'autres gens, sans parler d'enfants. Tant que Peter et ses amis ne faisaient pas trop de bruit, nettoyaient derrière eux, et surtout, n'entraient pas dans la forêt à l'arrière de la propriété, ils étaient libres de faire ce qui leur plaisait. Cette dernière règle n'avait jamais posé problème à Erin. Le marché semblait équitable pour toute la liberté qu'il leur offrait. Ils n'avaient pas de compte à rendre sur leur emploi du temps, regardaient et mangeaient ce qu'ils voulaient. Quand ils venaient ici, ils avaient le sentiment que Marsh House devenait *leur* maison. Et de toute façon, depuis que Charlie Simmons avait disparu dans ces bois quelques jours plus tôt, la règle imposée par le professeur paraissait relever du bon sens.

Celui-ci s'éclipsa dans son bureau à l'arrière de la maison. Le groupe resta silencieux jusqu'à ce qu'ils entendent la porte se fermer avec un bruit sec.

« "Joyeux anniversaire, Hal", dit Hal, dans une imitation passable du vieil homme. "Merci d'avoir partagé ton gâteau avec moi."

– Je suis sûr qu'il avait l'intention de te le souhaiter. Il a juste oublié, dit Athena.

– Lui et ma mère pourraient créer un club », répondit Hal.

Après le gâteau, ils firent du popcorn et s'installèrent confortablement dans le mobilier en cuir souple du salon encastré pour regarder un film. Erin, la mordue de cinéma de la bande, avait choisi les VHS louées pour la soirée. La séance allait s'ouvrir sur *Les Glandeurs*. Erin ne savait pas grand-chose à propos du film, mais s'agissant d'une comédie sur les comics, ça semblait le genre de chose qui pouvait plaire à Hal.

Son instinct ne l'avait pas trompée. Hal adora le film, et le reste du groupe avec lui. Ils rirent et durent serrer leurs bols de popcorn sur leurs genoux pour les empêcher de dégringoler sur le tapis. Erin était assise avec Peter sur le canapé, cuisse contre cuisse. Ils partagèrent un bol de popcorn, leurs doigts gras se frôlant à l'occasion au milieu de l'huile et du sel. Peter sursautait dès que ça se produisait, comme un chiot battu perpétuellement sur ses gardes. Erin ressentit un pincement de cœur à chacun de ces mouvements de recul.

« Regardons-le une deuxième fois, dit Hal, dès la fin du film.

– Pas tout de suite, dit Erin. On en a un autre. » Elle avait aussi loué *Hackers*, qu'elle avait vu au cinéma l'an passé, sans doute le film le plus cool jamais tourné. Elle aimait la scène à la fin, quand le personnage joué par Jonny Lee Miller dit à Angelina Jolie, « Tu fais partie de l'élite ». Dans le cœur âgé de quatorze ans d'Erin, ces mots constituaient l'addition parfaite de l'amour et de l'admiration.

Alors qu'elle se levait pour changer de cassette dans le magnétoscope, elle s'aperçut qu'Athena avait posé son bol de popcorn sur le sol, et s'était pelotonnée dans son fauteuil avec un petit livre vert. Elle semblait complètement absorbée.

« Athena », dit-elle.

Athena n'eut aucune réaction, comme si elle n'avait pas entendu son propre nom.

« Athena, répéta Erin, qui claqua aussi des doigts plusieurs fois. La Terre appelle Athena. »

Athena s'arracha à sa lecture, l'air désorienté et contrarié. « Hein ? Quoi ? »

Surprise, Erin eut un mouvement de recul.

« Qu'est-ce que tu lis ? »

Athena referma le livre et passa son pouce sur la couverture. « Je ne sais pas trop. Je l'ai trouvé dans le couloir en allant aux toilettes.

– Il n'y a pas d'étagères dans le couloir, dit Peter.

– C'est ça qui est étrange, répondit Athena. Il était par terre.

– Le professeur ne laisserait jamais un livre traîner par terre », dit Peter. Il se leva pour rassembler les bols de popcorn et les gobelets de soda vides. « Et il me crierait dessus s'il me surprenait en train de le faire. Ça ne se fait pas, c'est comme d'oublier de tirer la chasse après la grosse commission.

– D'abord : dégueu, dit Athena. Et ensuite… je ne sais pas quoi te répondre. C'est là que je l'ai trouvé.

– Un livre, mystérieusement posé sur le sol, dit Hal. Quel ennui ! Tu parles d'une énigme… Soit le professeur l'a laissé tomber, soit il a glissé hors de son sac. Ça ne rend pas le livre intéressant. Et si on regardait plutôt le film suivant.

– Je peux y jeter un coup d'œil ? » demanda Erin.

Athena le lui tendit avec un manque d'empressement manifeste. C'était un volume mince, comme un recueil de poésie, avec une reliure en tissu vert usé. Il n'y avait aucun titre sur le dos, mais un symbole doré en relief figurait sur la couverture : un truc noueux tout en branches et en angles aigus, le genre de progéniture qu'on pouvait attendre d'un accouplement entre la lettre A et un arbre. Ça semblait familier, Erin eut le sentiment de quelque chose qu'elle aurait dû reconnaître.

« Hé ? dit Hal. Le héros du jour a une demande à formuler. »

Déconcentrée, Erin manifesta son agacement. « Tais-toi une seconde. »

Athena pointa le symbole du doigt. « Toi aussi, tu as l'impression d'avoir déjà vu ça quelque part ? »

Erin ouvrit le petit livre. Les pages, jaunes et raides, lui parurent encore plus anciennes que la reliure. Le texte à l'intérieur était manuscrit, pas composé. Elle éprouva cette même sensation de reconnaissance, mais multipliée de façon exponentielle. Une vague intense de déjà-vu.

Hal se leva de son fauteuil avec un profond soupir, et regarda par-dessus l'épaule d'Erin. « Ça m'a l'air d'un ramassis d'absurdités.

– Je ne crois pas, dit Erin.

– Moi non plus, renchérit Athena.

– Alors, qu'est-ce que c'est, exactement ? demanda Hal.

– Je ne sais pas, parce qu'on n'arrête pas de m'interrompre », dit Athena.

Peter revint de la cuisine, s'essuyant les mains sur un torchon. « Permets-moi de t'interrompre encore une fois avant que tu te concentres de nouveau. Je veux le voir. » Il se tint à côté d'Erin. Son corps était si chaud. Était-elle la seule à avoir l'impression qu'il générait plus de chaleur que la plupart des gens ?

Il observa le texte en plissant ses yeux bleus, et sa bouche s'incurva d'un côté. « Oh, dit-il. Hal, fais le vide dans ton esprit et regarde-le juste pendant une minute.

– Essaie de détendre tes yeux, ajouta Erin. Comme dans le film, quand William tente de voir le voilier caché dans l'image.

– Mais c'est plus lent qu'avec une affiche Magic Eye, dit Athena. J'ai loupé la majeure partie du film parce que j'étais concentrée sur le bouquin, et je vois un certain nombre de choses, mais elles restent floues. » Elle reprit le livre à Erin, le feuilleta jusqu'à la première page et pointa du doigt le premier caractère. « Je pense que celui-là veut dire "lieu". Ou que "lieu" explique en partie sa signification.

– Vous vous payez ma tête, dit Hal. Je ne vois toujours rien.

– Je te jure que non, dit Peter. On ne se ficherait pas de toi de cette façon. Moi pas, en tout cas.

– Pour me faire pardonner, laisse-moi te proposer un jeu, Hal », dit Athena.

# Hal

Hal connaissait assez bien Athena pour avoir le sentiment que ses expressions et ses humeurs n'avaient pas de secret pour lui. Pourtant, il ne lui avait jamais vu cet air-là, à la fois taquin et malicieux. Ça lui faisait tout drôle à l'estomac.

« Quel genre de jeu ? demanda-t-il.

– Tu sais bien : ce grand classique des ados américains pour une soirée pyjama.

– Action ou vérité ? dit Hal.

– Je vote contre, dit Peter. Je préférerais qu'on soit tous encore amis demain matin.

– De toute façon, ce n'est pas ce que j'avais en tête, dit Athena. Vous avez déjà joué à "léger comme une plume, raide comme la mort" ? »

Hal connaissait ce jeu. Il l'avait vu dans un film. Un groupe de gamins rassemblés sur le sol, l'un allongé, les autres tentant de le soulever par « lévitation », juste du bout des doigts. C'était idiot, mais typiquement le genre de truc qui pouvait sembler crédible après la tombée de la nuit, quand on reste debout trop tard. Comme de répéter « Bloody Mary » trois fois devant le miroir de la salle de bains. Il éprouvait le même malaise à présent.

« Action ou vérité a l'air plus marrant, dit-il.

– Pas si on utilise ça, répondit Athena en montrant le petit livre vert.

– Je croyais que tu n'arrivais pas à le lire.

– J'ai dit que je ne comprenais pas *tout*. Mais je pense en comprendre assez pour tenter quelque chose de cool.

– Définis *cool*.

– Tu verras. Allez, suivez-moi dans la cour.

– Non, non, non, non, non, protesta Peter. Le professeur ne nous fixe que trois règles, et l'une d'elles est de rester à l'intérieur et à l'écart de la forêt la nuit.

– C'est juste une forêt, dit Hal. Au pire, qu'est-ce qu'on risque ? De tomber sur un ours, par exemple ? On aura largement le temps de l'entendre arriver. On devrait être en sécurité dans le jardin derrière la maison.

– Il n'y aura pas de problème, dit Erin. On n'aura qu'à allumer les lumières sur la véranda et rester près de la porte. » Elle posa une main sur l'épaule de Peter. Et Peter, qui détestait habituellement qu'on le touche, ne broncha même pas.

« C'est tout de même une mauvaise idée », insista-t-il.

Le groupe sortit par la porte de derrière, qui s'ouvrait sur un carré de pelouse à l'arrière de la maison. L'herbe tondue marquait les limites du jardin. Il n'y avait ni clôture ni barrière entre les bois et la propriété. Peter alluma la lampe sur la véranda, qui fournit un éclairage amplement suffisant pour le gazon, mais accentua encore le côté sombre et sinistre de la forêt au-delà.

Hal se demanda si le professeur voyait la lumière depuis son bureau. La pièce ne se trouvait-elle pas de ce côté de la maison ? Il avait du mal à se rappeler l'agencement depuis l'extérieur.

« Allonge-toi, Hal, dit Athena. À plat, sur le dos, les bras sur la poitrine comme un vampire dans son cercueil. »

Hal obéit. L'herbe récemment tondue lui piqua le dos des bras et la nuque. Ça allait le démanger à donf plus tard.

« Peter, Erin, vous devez faire comme si Hal était mort, expliqua Athena. C'est son enterrement. On est là pour lui rendre un dernier hommage. Vous deux, faites son éloge funèbre, pendant que je vais chercher un bâton.

– C'est pour quoi, le bâton ? demanda Hal.

– Pour te frapper, si tu ne te décides pas à te taire. Maintenant, silence, tu es mort. »

Hal tourna son visage vers le ciel et ferma les yeux. L'arrière de ses oreilles le grattait déjà. Il entendit et sentit Athena marcher vers la limite des arbres.

« Cher Hal, dit Erin. Toi que nous connaissions si mal.

– Que pouvons-nous dire à propos de Hal ? demanda Peter.

– Il était bruyant.

– Énergique.

– Certains iraient jusqu'à dire hyperactif. »

Tout près, Athena continuait de chercher, l'herbe et les feuilles craquant sous ses pas.

« Certains ont suggéré que Hal souffrait de TDA. Dans son cas, non diagnostiqué.

– Si seulement il avait consulté un médecin, dit Erin. Peut-être aurait-il été plus prudent en courant, et évité cette collision violente avec le côté d'un immeuble ?

– Il s'est aplati comme une crêpe, dit Peter. Je ne savais pas que ça pouvait arriver dans la vraie vie.

– Je vous déteste tous », dit Hal.

Quelque chose siffla dans l'air et donna à son épaule une tape douloureuse. Athena avait trouvé son bâton.

« Aïe ! cria Hal.

– Je t'ai prévenu, macchabée. »

Bien que son épaule lui fasse mal, Hal se sentit partagé entre deux humeurs contradictoires. Une moitié de lui avait envie de lui arracher son bâton pour lui rendre la monnaie de sa pièce. L'autre admirait ce côté autoritaire qu'il n'avait jamais vu chez elle et qui l'intriguait. Il écouta la voix de cette seconde moitié de lui et resta immobile.

« Mais en dépit de ses nombreux, nombreux défauts, dit Erin, reprenant son oraison funèbre, c'était un ami assez sympa.

– Fidèle, ajouta Peter. Toujours prêt à vous soutenir, même quand vous aviez tort. Parce qu'il était lui-même habitué à avoir si souvent tort. »

Il sembla à Hal qu'Athena utilisait son bâton pour racler la terre au-dessus de sa tête.

« Il était drôle, dit Erin. Pas autant qu'il le pensait, mais tout de même. »

Athena gratta dans la terre à gauche de Hal.

« Il me manquera, dit Erin.

– À moi aussi, dit Peter.

– Pareil pour moi, dit Athena alors qu'elle grattait quelque chose près des pieds de Hal. Mais il vient un moment dans toute vie où il faut dire adieu. Dites adieu à Hal, les amis. »

Quelque chose dans sa voix devenue cassante, glaciale, alarma Hal. Soudain effrayé, il prit conscience qu'elle ne lui avait pas expliqué clairement ce qu'ils avaient l'intention de faire. Mais c'était ridicule de sa part, n'est-ce pas ? Athena ne lui ferait jamais de mal. Et de toute façon, la magie, c'était bidon. C'était quoi, le *pire* qu'elle pouvait lui faire ?

« Adieu, Hal, dit Peter.

– Bon voyage », dit Erin.

Athena gratta la terre à la droite de Hal, puis elle lui tapa doucement le front et les deux épaules avec son bâton sale. Elle se pencha et lui chuchota à l'oreille. « Bon voyage, et joyeux anniversaire. » Son oreille, qui le démangeait déjà, fourmilla à cause de la proximité de ses lèvres. Sa réaction physiologique à la quasi-intimité d'un tel geste détourna un moment son attention de la sensation de la pelouse sous lui. Sans qu'il s'en aperçoive, les brins d'herbe avaient cessé de le picoter pour le chatouiller doucement. Puis il ne sentit plus rien, et au lieu d'être allongé sur le sol, il eut l'impression de flotter sur une étendue d'eau calme.

« Oh, mon Dieu », dit Erin.

Hal ouvrit les yeux alors qu'elle se levait d'un bond et reculait. Il éprouva un moment de vertige. Sa perspective déconnait complètement. Bien qu'il soit toujours sur le dos, il lui sembla être à hauteur d'yeux avec Erin, alors que celle-ci aurait dû se dresser au-dessus de lui. Il n'était plus sur le sol. Il tourna la tête pour regarder en bas, et son geste fit s'incliner son corps, qui roula lentement sur lui-même. La terre se trouvait au moins un mètre vingt plus bas, et il s'en éloignait peu à peu.

« Euh… Est-ce que je vole ? demanda-t-il. J'ai l'impression de voler.

– Tu flottes, précisa Athena. Alors, oui, presque.

– Merde alors, dit Erin. Merde, Athena. Nom de Dieu. » Elle faisait les cent pas, les mains sur le visage.

« Respire, dit Peter. Du calme.

– Tu plaisantes ? » dit Erin. Elle agita les bras vers Hal dans l'air. « Athena vient juste de faire de la foutue *magie* ! Sous nos yeux.

– Je me parlais à moi-même », dit Peter. Sa bouche resta ouverte dans un genre de sourire niais pendant un moment, puis il se tourna vers Athena. « Mais Erin a raison. Comment tu as fait ça ? »

Athena continua de regarder Hal s'élever lentement avant de sembler s'apercevoir que Peter lui avait posé une question. Elle se lécha les lèvres et fit un effort visible de concentration avant d'utiliser son bâton pour montrer les marques sur le sol. « Tout vient de ce livre. Ce symbole signifie quelque chose comme *présence*, ou *masse* ? Et celui-là, ici, c'est pour *manque*, ou peut-être *absence* ou *zéro*. Et de chaque côté, je pense que ça veut dire *barrière*. Pour empêcher qu'il parte à la dérive.

– Merde alors », dit Peter, avec une note ravie dans la voix, alors qu'il se faisait l'écho d'Erin. « Et ça a marché.

– Ouais. Ça a marché », dit Athena. Un gloussement s'échappa de sa gorge.

Hal le trouva adorable. Athena ne gloussait jamais. Et il lui sembla comprendre son sentiment d'émerveillement, le partager même, bien qu'au sien se mêle un certain malaise à mesure qu'il continuait de monter. Il flottait à près de deux mètres du sol maintenant, d'où il voyait le sommet de la tête de ses amis, ainsi que les caractères gravés dans la terre par Athena. Il en émanait une lueur d'un vert tirant sur le jaune.

« Et quel symbole tu as utilisé pour m'empêcher d'aller étouffer et mourir de froid dans l'atmosphère ? » Il s'efforça de poser la question d'un ton léger, mais dans quelques moments il serait capable de voir le toit de Marsh House.

« Euh… », dit Athena. Elle se lécha les lèvres, puis mordit celle du bas.

« Tu n'as pas pensé à ça, hein ? dit Hal.

– Je n'ai pas cru que ça marcherait *vraiment*, répondit Athena. Pas aussi bien, en tout cas. Mais je peux arranger ça, j'en suis sûre. » Elle laissa tomber le bâton, sortit le livre de la poche de son jean.

Elle feuilletait rapidement les pages quand quelque chose jaillit brusquement de la limite des arbres, serra son torse entre deux membres velus, et l'entraîna dans les bois. Elle n'eut même pas le temps de pousser un cri. Tout ce qui restait d'elle se résumait à une de ses baskets et au petit livre vert.

Peter et Erin se mirent à hurler. Et Hal continua de monter, monter…

# Athena

Les membres rêches, poilus de son ravisseur la tinrent fermement alors qu'il fonçait entre les arbres d'un pas aussi sûr et lourd que celui d'un Clydesdale au galop. Les taillis s'écrasaient sur leur passage, mais elle ne pouvait pas lever les mains pour protéger son visage des brindilles et des feuilles qui la giflaient. Elle ferma les yeux en serrant fort dans l'espoir de ne pas s'en crever un sur une branche égarée. Ils allaient assez vite pour ne pas écarter cette possibilité.

Son ravisseur dégageait une odeur étrangement agréable : cotonneuse, comme du linge lavé avec un détergent non parfumé. En d'autres circonstances, cela aurait eu un effet apaisant.

Peu de temps après – quelques secondes, peut-être quelques minutes –, la créature s'arrêta et laissa tomber Athena. La terre était molle, elle avait la tête qui tournait et le cœur au bord des lèvres. Elle se recroquevilla à quatre pattes, s'attendant au pire.

Le silence se prolongea, assez pour soulager ses douleurs d'estomac. Rien ne lui était arrivé pour l'instant. Elle risqua un coup d'œil.

Ce qu'elle vit était une silhouette de cauchemar, un être plus grand et plus large qu'aucun humain qu'elle avait jamais vu. Elle émit un genre de pépiement, peut-être une question. Athena laissa échapper un grognement involontaire et tomba à la renverse, la créature avança vers elle.

Elle recula en s'aidant des pieds et des mains, mais la créature calqua aisément son allure sur la sienne, et elles sortirent toutes les deux de l'obscurité pour gagner une zone sans arbres, éclairée par la lune. Là, son ravisseur apparut distinctement : sa forme évoquait un arachnide, mais se tenant debout. Comme si une tarentule et l'Homme de Vitruve de Léonard de Vinci avaient eu un enfant. Ses immenses yeux noirs à facettes reflétaient des dizaines de reproductions de son propre visage terrifié. La créature continua de lui pépier ses questions.

Ce n'était pas possible. Une telle chose ne pouvait pas arriver. Elle collectionnait les A en classe, elle savait faire la différence entre le domaine de l'imaginaire et la réalité, et les monstres-araignées *n'existaient pas.*

*Mais à peine quelques minutes plus tôt, tu as envoyé ton ami Hal flotter dans le ciel. En utilisant la magie. Alors, pourquoi pas des monstres-araignées ?*

Elle détourna les yeux, voulant voir quelque chose – n'importe quoi – d'autre. On l'avait laissée tomber dans une petite cuvette dans le parterre forestier, et elle avait reculé jusqu'à rencontrer un mur. Il lui sembla trop lisse pour être naturel. Cette créature avait dû creuser cet endroit. Le sol était tapissé d'herbes déracinées, de brindilles et de feuilles, malgré l'absence de canopée – Athena voyait le ciel nocturne, clair et rempli d'étoiles.

« Hé ? Y a quelqu'un ? » La voix venait de sa gauche, aiguë et terrifiée. Celle d'un gamin.

Celui à qui elle appartenait était allongé à proximité, calé contre le mur, avec juste sa tête visible au-dessus d'une couverture de débris de la forêt. Athena reconnut ce visage. Charlie Simmons, le petit garçon blanc qui avait disparu. Sa tête était orientée devant lui. Il regardait le ciel alors qu'il parlait. Cela aurait pu être une illusion d'optique due au clair de lune, mais il semblait d'une pâleur cadavérique.

Athena ouvrit la bouche, puis s'arrêta et avala sa salive, de peur de vomir. Elle ferma les yeux, et se répéta le nom du garçon en silence, pour se concentrer : *Charlie Simmons, Charlie Simmons, Charlie Simmons.* Elle ne devait penser qu'à lui. En l'aidant à rester calme, elle espérait elle-même ne pas perdre son sang-froid.

Elle parvint à répondre à sa seconde tentative. « Oui, Charlie, je suis là. »

Il continua à fixer le ciel du regard. S'il ne clignait pas des yeux et ne parlait pas, il aurait eu l'air mort. « Comment vous connaissez mon nom ?

– Tout le monde te cherche », dit Athena. Elle s'efforça de garder un ton enjoué. « Ta maman et ton papa sont très inquiets.

– Je me suis perdu, dit Charlie. Et maintenant, je ne peux pas bouger. Vous pouvez m'aider ? »

Athena essaya de se lever, mais la créature-araignée traversa la cuvette avant qu'elle soit à moitié debout. Elle ouvrit la bouche – pour rassurer son ravisseur, ou peut-être pour lui reprocher d'envahir son espace personnel, elle n'en était pas sûre –, mais une vive douleur lui parcourut le corps sans qu'elle puisse émettre un son. L'une des pattes inférieures de la créature avait transpercé son mollet gauche avant de se planter dans la terre.

Elle bascula sur le dos, trop surprise pour crier, et donc rien ne l'empêcha d'entendre le bruit que fit la chair de sa jambe lorsqu'elle se déchira.

Elle se retrouvait épinglée comme un insecte. Partant de sa jambe, la douleur gagna son corps tout entier. Elle résista à une vague grise qui menaçait de l'entraîner vers l'inconscience. La créature la regarda, pépia quelque chose, puis se retira enfin de son corps et recula.

« C'est ce qu'ils m'ont fait », dit Charlie.

*Ils* ?

La douleur baissait déjà. Entrait-elle en état de choc ? Elle avait pourtant l'impression de garder les idées claires. Les gens en état de choc restaient-ils en pleine possession de leurs moyens ? À moins qu'elle croie seulement avoir toute sa tête.

« Charlie », dit-elle. Sa voix lui sembla assez normale.

« Oui ?

– Tu as dit “ils”. Combien sont ces créatures ?

– Deux. J'appelle celui que vous avez rencontré papa. Maman n'est pas très loin, elle dort.

– À quoi tu les reconnais ?

– Maman est beaucoup plus grosse que papa. Elle pond les œufs. »

Pour la première fois, Athena remarqua les fils fins tendus entre les arbres. Ils maintenaient en l'air des nuages duveteux de la taille et de la forme approximatives d'un ballon de basket. Des œufs. En voulant lever la tête pour tenter d'apercevoir maman, elle eut l'impression de soulever la tête et de regarder par les yeux de quelqu'un d'autre. Elle renonça – trop d'effort –, et laissa son crâne retomber sur la terre dure. Même dans cet état de torpeur anormale, elle imaginait aisément la suite des événements. Les œufs allaient éclore. Les bébés à l'intérieur auraient faim. Elle et Charlie constitueraient leur premier repas.

« Vous allez m'aider ? » demanda Charlie.

Athena regarda au-delà de la toile et dans le ciel nocturne. Hal était quelque part là-haut. Il se pouvait qu'elle l'ait tué avec son sort de lévitation. Était-ce pour cela que ce monstre l'avait enlevée ? La magie avait-elle attiré son attention ? Ou était-ce une coïncidence, une blague cosmique ? Elle se demanda qui d'elle ou de Hal était le plus à plaindre. Lui, suffoquant et mourant de froid ? Ou elle, paralysée et dévorée vivante.

Un œuf bougea sur sa ligne au-dessus d'elle.

# Hal

Hal était si haut maintenant qu'il ne distinguait plus le jardin en bas. Son souffle produisait de petits nuages blancs, et quand il clignait des yeux, des cristaux de glace s'entrechoquaient entre ses cils. Il avait des élancements dans les mains et les pieds, comme les matins d'hiver les plus rudes. Bientôt, il ne les sentirait plus.

Hal avait entendu quelque part que, quand les gens mouraient de froid, leur corps leur faisait croire qu'ils avaient chaud, et qu'ils partaient ainsi, comme s'ils s'endormaient. Cela ne semblait pas si mal. Sûr que c'était mieux que de s'écraser derrière Marsh House. Là-haut, seul avec les étoiles, il pouvait tout oublier. Sa mère. L'appartement merdique qu'ils habitaient. Ses notes foireuses. Le bourdonnement de malaise constant de son estomac, le sentiment que tout pouvait s'effondrer d'une seconde à l'autre, tout le temps.

Mais cela signifiait aussi laisser derrière lui Peter, Erin et Athena, et cet aspect-là lui plaisait déjà beaucoup moins. Bien sûr, ils l'avaient envoyé là-haut, mais pas méchamment. Au contraire, ils avaient voulu lui faire plaisir. Ce n'était pas leur faute si quelque chose avait déconné. Il regretta de ne pas être en bas pour les aider quand ils avaient besoin de lui. Il leur devait bien ça, pour leur générosité, leur gentillesse envers lui. Ils étaient la meilleure chose qui lui était arrivée dans sa chienne de vie.

Mourir de cette façon n'avait pas que des inconvénients : pour la première fois, il voyait le ciel nocturne sans distraction, sans être gêné par des arbres, des nuages, des réverbères ou des constructions. Alors qu'il s'engourdissait, il éprouva un émerveillement véritable face à l'étendue infinie au-dessus de lui.

Puis une chose étrange se produisit. Les étoiles disparurent. Le monde en haut et en bas devint noir. Le corps de Hal vacilla alors que son ascension s'arrêtait et que la pesanteur s'imposait de nouveau. Il tomba. Non pas vers la Terre, mais à travers un vortex noir, sans aucun repère.

Le côté droit de son corps percuta quelque chose, et le choc lui coupa le souffle. Il bascula et se remit à dégringoler, mais sur une distance beaucoup plus courte cette fois. Son coude gauche heurta une autre surface et il poussa un cri de douleur. Au moins sa chute semblait-elle avoir cessé. Il avait retrouvé une surface solide, et la pesanteur était de retour. Il se roula en position fœtale et tenta de vomir tout le popcorn et tout le gâteau d'anniversaire qu'il avait mangé plus tôt.

Il se concentra sur sa respiration. Ses mains et ses pieds picotèrent alors que revenaient ses sensations. Il plia les doigts et les orteils et endura les fourmis qui suivirent.

Quand il s'en sentit capable, il se redressa à quatre pattes. Le sol sous lui était lisse, froid et inégal, comme de la pierre ; seule une faible lumière permettait d'y voir dans l'obscurité régnant autour de lui. La pierre, qui absorbait et reflétait la lueur, lui révéla la forme de l'endroit où il se trouvait.

C'était une immense salle, bordée de colonnes massives s'étirant vers un plafond en voûte si haut qu'il accrochait à peine la lumière du bas. Tout semblait fait de la même pierre noir brillant que le sol. L'esthétique des lieux lui rappela les cathédrales européennes qu'il avait vues dans des films, mais sans les bancs, ou la chaire, le chœur ou les vitraux. Il y avait des statues, toutefois, des formes grotesques, monstrueuses qui paraissaient émerger et s'enrouler autour des colonnes, figées dans d'atroces souffrances. Leurs visages, là où Hal parvenait à les distinguer, avaient peut-être été humains un jour. Si c'était l'au-delà, ça ne ressemblait certainement pas au paradis.

Au bout de la salle, quelques marches montaient vers la petite lumière faible. Elle brillait peu, mais sans interruption. Elle ne gagna pas en intensité alors que Hal arrivait en haut de l'escalier, mais resta une source d'éclairage réduite suspendue en l'air, comme une luciole bloquée en mode « luisant ». Il tendit la main gauche vers elle. Était-elle chaude ? Était-ce un genre d'ampoule ?

La lumière se dilata alors que sa main approchait, de la taille d'une pièce de vingt-cinq cents à celle d'une petite assiette. La force de l'éclairage s'accrut parallèlement, jusqu'à devenir éblouissant. Hal dut se protéger les yeux avec la main droite.

Les doigts de la gauche ne rencontrèrent aucune résistance alors qu'ils touchaient la lumière. Ils entrèrent dans le cercle, et pendant un moment furent baignés dans une chaleur magnifique. Ce fut le plaisir le plus pur qu'il avait jamais connu.

Puis le cercle se referma sur son poignet comme les mâchoires d'un prédateur.

Hal grogna alors que la chaleur se muait en sensation brûlante. Cela commença dans ses doigts avant de remonter le long de son bras, telle une flamme. Il tenta de retirer sa main, mais la lumière le serrait et raffermit péniblement sa prise. Ses genoux faiblirent. Il ne pouvait pas se laisser tomber par terre, pas maintenant, pas s'il voulait éviter une épaule déboîtée ou un bras cassé.

Il se remit d'aplomb et, au prix d'un effort, repoussa

toute nouvelle expression de douleur, ainsi que les larmes qui menaçaient. Il avait des années de pratique derrière lui. Mince, il avait ça dans le sang, pas vrai : question souffrance, les juifs en connaissaient certainement un rayon. Alors, ce truc, ce trou bizarre dans ce monde sombre et absurde, pouvait bien le tuer, mais il n'allait pas lui donner la satisfaction de sa faiblesse, de sa détresse. Ça, Hal le gardait pour lui, et lui seul.

*Crie.* L'ordre entra dans son esprit comme un signal radio, porté par des parasites.

« Non », dit-il.

*Demande grâce*, dit la voix.

« Non », répéta Hal.

Les parasites enflèrent, envahissant sa tête. Des images se formèrent. Hal se vit comme s'il regardait depuis l'autre bout de la salle. Il vit la lumière dévorer et sectionner sa main au niveau du poignet. Il se vit chanceler en arrière et tomber, du sang artériel jaillissant du moignon. Son visage devint pâle alors qu'il entrait en état de choc et se vidait de son sang sur le sol du temple. La pierre sembla absorber son sang, comme la terre après la pluie.

*Je te tuerai*, dit la voix.

« Alors vas-y, qu'est-ce que t'attends ? » répondit Hal.

*Je te tuerai lentement.* Un autre film fut projeté sur l'écran de son esprit à travers les parasites. Cette fois, Hal eut droit à une succession d'images en accéléré, un genre de folioscope dans lequel il mourait de faim debout. Il maigrit et pâlit à vue d'œil ; il perdit ses cheveux et ses dents. Son pantalon tomba autour de ses chevilles, révélant des genoux noueux et des poils pubiens grisonnants. Il pleura des larmes de sang et supplia qu'on le laisse crever, des mots rendus incohérents par une bouche privée de dents.

Le vrai Hal, celui qui regardait, rit. « Je n'ai jamais vu

quelqu'un mourir de faim, mais je suis presque sûr que ça ne se passe pas comme ça, pauvre connard. »

*Ici, c'est moi qui fais les règles. Je décide comment tu péris, l'ordre dans lequel ton corps te lâche.*

« Fais-toi plaisir, mon pote », dit Hal d'une voix qui se voulait agacée, comme s'il s'ennuyait. Il ne pouvait pas obliger cette chose à le relâcher, mais à défaut, il saurait se contenter de lui casser les couilles. « C'est tout ce que tu as trouvé pour t'occuper ? Flotter dans je ne sais quel temple dans le ciel et capturer des gens au hasard en plein vol pour les torturer ? Ou est-ce que je suis ton premier humain ? »

La voix ne répondit pas, mais la souffrance dans son bras augmenta. Des vrilles noires apparurent sous la peau de son avant-bras, et montèrent lentement vers son épaule. Une douleur atroce l'envahit. Il ferma les yeux, se concentra sur ses amis. Erin. Peter. Et Athena. Il se demanda ce qui s'était passé en bas, sur Terre. Il espérait que tout allait bien pour eux.

« Athena », dit-il. Prononcer son nom ne fit pas cesser la torture, mais la rendit plus supportable. Il l'imagina face à lui, levant les yeux au ciel, parce que c'était son expression la plus fréquente en sa compagnie.

La prise sur son poignet gauche se relâcha un brin. Il put de nouveau remuer un peu les doigts. Ils rencontrèrent un objet. Il y avait quelque chose avec sa main dans ce trou. Il poussa plusieurs fois, mais sans obtenir de réaction. Probablement pas quelque chose de vivant dans ce cas. Il ouvrit son poing prisonnier et referma ses doigts autour de l'objet. C'était doux, comme du vieux cuir, et cylindrique. La poignée de quelque chose.

« Qu'est-ce que c'est ? dit Hal. Qu'est-ce qui se passe ? C'est quoi l'idée ? Une version élaborée de "tire sur mon doigt" ?

– *Tu es capable de résister à une grande souffrance.* » La

même voix, mais plus dans sa tête. À présent, elle résonnait dans la salle. « *Tu es brave. Tu seras notre champion.* »

Avant que Hal puisse demander les éclaircissements qui faisaient cruellement défaut, le trou s'élargit et l'attira dans la lumière.

# Athena

Avant cette nuit-là, Athena ne s'était jamais demandé à quoi ressemblait le bruit d'un œuf d'araignée qui éclôt. Les poches étant rondes et gonflées comme des boules de coton, elle s'attendait à quelque chose de doux et léger. Et peut-être en était-il ainsi pour les araignées ordinaires. Mais quand les grosses poches suspendues au-dessus d'elle se mirent à remuer et à tressauter, elles produisirent un son plus fort, comparable à celui d'une liasse de serviettes en papier qu'on déchire, alors que les nouveau-nés à l'intérieur se frayaient un chemin vers la liberté.

Elle ne sentait plus grand-chose de son corps au-dessous de son nez, à part un vague picotement. Avec un effort, elle parvenait encore à tourner la tête et à voir la cuvette dans le parterre de la forêt, où Charlie était allongé, prisonnier et paralysé à côté d'elle. Il geignit de terreur alors que les poches à œufs les plus proches de lui tremblaient.

Papa émergea de l'obscurité au moment où un sac au-dessus de Charlie cédait. Un membre aux articulations multiples battit l'air, cherchant une prise. N'en trouvant aucune, il rentra dans son sac en coton, qui se fendit en son milieu et répandit son contenu sur le torse de Charlie avec un « floc ».

La créature qui venait d'éclore ressemblait à un croisement entre un veau nouveau-né visqueux et un cafard. Elle tenta de se lever, mais glissa dans le fluide expulsé avec elle et tomba sur le sol à côté de Charlie. Là, elle émit son premier son : un pépiement aigu, qui pouvait aussi bien exprimer la surprise que l'indignation.

Papa répondit également par un piaillement. Il se précipita et se courba pour que son visage se trouve au niveau de celui du nouveau-né. Ce dernier inclina la tête et regarda son parent. Ils devisèrent en pépiant, le bébé d'une voix stridente et excitée, papa plus bas, avec des intonations presque mélodieuses. Une voix calme. Rassurante. Aimante.

Peut-être en réponse à cet échange, les autres poches au-dessus de Charlie tremblèrent et se déchirèrent. Quatre bébés-araignées supplémentaires tombèrent sur Charlie. Le garçon prisonnier hoqueta alors que les petites créatures trouvaient leur équilibre et découvraient la présence de leurs congénères. Elles trébuchèrent, s'entremêlèrent, et jouèrent. Athena regretta que le venin de papa n'ait pas eu d'effet sur son nez. Le placenta dégageait une odeur infecte.

Papa se pencha entre les nouveau-nés et interrompit leur jeu. Ils se rassemblèrent autour de son visage, et il retint leur attention alors qu'il se courbait au-dessus de Charlie.

« Laissez-moi partir, s'il vous plaît, dit Charlie. Je ferai tout ce que vous voudrez. J'amènerai d'autres gens que vous pourrez manger. Tout ce que vous voulez. S'il vous plaît. »

Papa inclina la tête, comme s'il réfléchissait à sa proposition. Il pépia.

« Vous… est-ce que vous me comprenez ? demanda Charlie. Vous comprenez ce que je dis ? »

Papa se retourna vers les bébés. Ils s'éparpillèrent, laissant l'abdomen de Charlie exposé. Le visage de papa plongea brusquement en avant, et ses mandibules éventrèrent le garçon. Charlie hurla, et Athena n'aurait su dire si son hurlement était dû à la souffrance, ou exprimait la terreur de ce qui lui arrivait, même s'il était complètement engourdi.

Le papa leva sa figure ensanglantée pour regarder les tout-petits. Ils avancèrent en se précipitant et, imitant leur père, mordirent dans les bras et les jambes de Charlie. L'avorton du groupe, trop lent pour avoir sa part du torse du garçon, s'attaqua à son visage. Les cris de Charlie devinrent plus pressants et paniqués, alors que l'avorton enfonçait ses pinces dans sa bouche ouverte et saisissait sa langue. La tête de Charlie fit un brusque mouvement en arrière quand la créature arracha sa récompense.

Même à travers son délire provoqué par le venin, c'était le pire spectacle auquel Athena avait jamais eu l'occasion d'assister. Elle aurait tout donné, y compris sa propre vie, pour que cela cesse. Elle détourna la tête, regarda au-delà des œufs et loin dans le ciel.

Les hurlements finirent par s'affaiblir, couverts par les échos humides du festin. Puis ceux-ci ralentirent et s'arrêtèrent également. Les créatures en avaient terminé avec Charlie. Les bruissements précipités se rapprochèrent. Si le corps d'Athena avait encore été en mesure de frissonner, il l'aurait fait.

Le visage d'un nouveau-né apparut au-dessus d'elle. Cela allait-il faire très mal ? Elle essaya de ne pas y penser, et regarda derrière le monstre, vers le ciel nocturne étoilé. C'était beau, la dernière belle chose qu'elle verrait. Elle pouvait se concentrer dessus et espérer que Hal s'en était bien sorti.

Mais peut-être le poison avait-il aussi détraqué sa vision, et lui causait-il un genre d'hallucination. Parce que le ciel étoilé se plissa comme un drap de lit qu'on retire. Les étoiles se déformèrent, se distendant ou, dans certains cas, disparaissant purement et simplement. Au milieu de ce pli, une lumière éblouissante brilla, et quelque chose là-haut poussa un cri, très différent cependant des hurlements de Charlie. C'était une expression de joie. Telle qu'on en entendait parfois sur les montagnes russes. Un cri où se mêlaient rire et euphorie.

Le bruit eut pour effet de distraire les nouveau-nés. Eux aussi regardèrent en direction de cette chose qui tombait en hurlant. Athena n'eut aucun mal à reconnaître cette voix. C'était Hal, qu'elle avait malencontreusement envoyé dans le ciel. Maintenant, il dégringolait de nouveau vers la Terre, avec quelque chose de serré dans la main gauche, un objet long et brillant. Une épée, baignée dans une lueur d'un vert tirant sur le jaune.

Il toucha le sol les pieds devant. La violence du choc aurait dû lui briser tous les os des deux jambes. La terre trembla et se fissura sous lui, mais pour une raison ou pour une autre, il resta debout. Brandissant son arme, il sourit à Athena. La lueur vert-jaune donnait à son visage un aspect sinistre.

« Regarde ce que j'ai trouvé », dit-il.

Papa s'écarta en hâte d'Athena pour s'interposer entre l'intrus et les nouveau-nés. Il envoya un grand coup d'une de ses pattes avant tranchantes comme un rasoir en direction de Hal, qui l'esquiva et frappa. L'épée coupa le membre en l'air de la créature, qui tomba en avant, son équilibre compromis, et s'écrasa au sol la tête la première. Hal décida d'abréger ses souffrances. Il avança d'un pas, leva la lame au-dessus de la tête de son adversaire et la transperça.

Tous les membres de papa battirent l'air et se contractèrent convulsivement dans une tentative vaine de repousser le danger. Les bébés chargèrent en masse, pépiant de terreur et de rage. Hal en vint à bout aussi aisément que des ciseaux coupant dans du papier kraft, et réduisit toute la couvée en une flaque d'ichor et de sang.

Il se tint immobile en haletant un moment. Couvert des restes des créatures, il affichait un genre de sourire hébété, comme s'il avait peine à croire ce qu'il venait juste d'accomplir. Puis il regarda Athena, sembla se rappeler la situation, et laissa tomber l'épée. La lueur fantasmagorique de la lame s'éteignit en vacillant alors qu'il s'agenouillait à côté d'elle, son sourire remplacé par une expression de profonde inquiétude.

« Ça va ? demanda-t-il. Dis quelque chose, si tu peux. »

Elle essaya, mais ne parvint pas à produire le moindre son. Papa avait dû lui administrer une dose de venin plus importante qu'à Charlie, à moins que l'effet ait commencé à se dissiper chez le garçon. Privée de tout à part les fonctions motrices les plus basiques, Athena fit ce qu'elle pouvait. Elle cligna des yeux.

« OK », dit Hal. Il l'examina, passant les mains sur ses bras et ses jambes. C'était le contact le plus intime qu'elle avait jamais eu avec lui, et elle ne pouvait rien sentir. Un grief de plus pour une soirée qui n'en manquait déjà pas. Même si ce n'était pas aussi grave que sa blessure, cet engourdissement n'en restait pas moins problématique.

Hal aspira l'air entre ses dents quand il découvrit la plaie sur sa jambe gauche. « Oh, merde. D'accord. C'est moche. Je vais devoir te porter. » Il glissa ses bras sous elle et la souleva avec un grognement. « Je suppose que tu ne connais pas le chemin pour rentrer à Marsh House ? »

Elle se laissa presque aller à éprouver du soulagement. Son preux chevalier était apparu et l'avait secourue. Mais une autre partie d'elle-même – la fille pragmatique, celle qui savait que rien n'est jamais aussi simple qu'il paraît – n'arrivait pas à se défaire complètement d'un sentiment d'angoisse. Quelque chose la tracassait. Quelque chose ne collait pas.

Derrière Hal, un pan d'obscurité bougea, et se sépara du reste des ténèbres. Athena put le voir qui avançait en silence, mais Hal n'eut pas conscience de l'apparition de maman. Elle était énorme, comme l'avait affirmé Charlie – facilement deux fois la taille de papa –, et pour soutenir ce poids et cette corpulence supplémentaires, elle se déplaçait sur quatre pattes au lieu de deux. À l'instar de papa, elle possédait deux membres antérieurs qui pendaient tels des bras sur ses flancs, mais les siens étaient plus gros, leurs extrémités en dents de scie plus longues et plus acérées. La fourrure couvrant son corps segmenté ondula dans l'air immobile alors qu'elle se contractait pour bondir sur Hal.

Athena ne pouvait rien faire, à part assister à la scène.

Maman leva un de ses membres antérieurs au-dessus de la tête de Hal, projetant une ombre au clair de lune. Il remarqua enfin que quelque chose clochait. Il se tourna vers son attaquant, mais trop tard. Le membre meurtrier s'abattait déjà sur lui et il était sans arme. Hal s'arc-bouta, faisant à Athena un rempart de son corps, et il ferma les yeux.

Sauf que le coup ne l'atteignit jamais. Il y eut un éclair jaune-vert, suivi par un « bang », alors que le coup était paré, et le danger écarté. La lumière laissa des traînées dans l'air, sortant de la clairière et s'enfonçant entre les arbres. Athena tourna la tête, un exercice lent et difficile pour elle. Les traces lumineuses avaient presque disparu quand elle repéra leur point d'origine : Erin, debout au bord de la cuvette, les bras levés comme une sorcière de légende, la lumière jaune-vert ondoyant au bout de ses doigts. Elle avait l'air éreintée, comme si ce qu'elle venait d'accomplir la faisait souffrir, et qu'elle avait encaissé le coup prévu pour Hal. Derrière elle, presque invisible dans l'obscurité, se tenait Peter, l'air manifestement stupéfait.

« Ça ne durera pas, cria Erin. Allons-nous-en. »

Hal ouvrit les yeux, vit Erin et ne perdit pas de temps en questions. Il resserra sa prise sur Athena et courut en direction de leurs amis. La tête d'Athena pendant d'un côté, elle eut une vue dégagée alors que maman se lançait à leur poursuite, curieusement silencieuse en dépit de sa vitesse incroyable.

Hal sortit de la clairière et entra sous le couvert des arbres. Erin lui emboîta le pas et ils s'éloignèrent précipitamment.

Peter resta en arrière, toutefois. Il se mit directement sur le chemin de maman, et Athena craignit qu'elle le renverse, mais la créature, apparemment perturbée par le comportement du garçon, se figea juste avant d'arriver sur lui. Peut-être avait-elle l'habitude de voir ses proies s'enfuir. À moins qu'elle soit fascinée par le dessin de lumière jaune-vert que Peter traçait maintenant dans l'air du bout des doigts.

Erin s'arrêta de courir alors qu'elle le remarquait également.

« Peter ! appela-t-elle.

– Continuez », dit Peter.

Erin fit le contraire, et s'élança vers lui. Hal s'immobilisa et se retourna pour les regarder. La tête d'Athena pendait dans la bonne direction pour qu'elle puisse voir elle aussi.

Quelque chose jaillit hors de terre entre Peter et maman : un bâton solitaire, qui donna bientôt naissance à un jeune arbre ; quelques instants plus tard, celui-ci s'épaissit et grandit pour se transformer en arbre menaçant de conte de fées, avec de longues branches squelettiques et d'énormes racines s'enfonçant profondément dans le sol. Les branches se développèrent vers l'extérieur dans tous les angles, bloquant complètement la route de maman. Elle s'écrasa contre l'arbre, qui tint bon. Elle recula, trouva une brèche différente pour entrer dans les bois, et s'élança dans cette direction. Un nouvel arbre surgit du sol pour se mettre en travers de son chemin. Elle cria sa frustration, laissant échapper un pépiement aigu.

Peter continua à tracer des figures, et les arbres se multiplièrent autour de la clairière, jusqu'à enfermer maman dans la cuvette. Elle avait assez de place pour bouger un peu, mais elle ne pouvait aller nulle part. Quand elle cessa enfin de chercher une issue, Peter recula et porta la main à son front. Il tituba sur le côté, s'appuyant contre un arbre voisin, et vomit dans l'herbe. Il s'essuya la bouche sur le dos d'un bras, comme un gamin.

« Ça va ? demanda Erin.

– Je crois, répondit-il.

– Ouais, t'as l'air en pleine forme », dit Hal.

Erin se mit à rire, un son clair, joyeux au milieu de toute cette obscurité, et qui se révéla contagieux. Bientôt, Hal et Peter se joignirent à elle. De gloussements en fous rires, ils frisèrent l'hystérie avant d'être interrompus, non pas par une créature fantasmagorique, mais par une voix très humaine.

« Mais qu'est-ce qui se passe ici, *bon sang* ? »

Le professeur Elijah Marsh sortit de l'obscurité, une torche électrique à la main. Il portait des bottes de travail avec son pyjama, ses cheveux blancs formant un nuage effrayant autour de sa tête. Il avait l'air *furax*.

# Erin

Erin, qui n'avait jamais vu le professeur en colère auparavant, trouva cela étonnamment effrayant. En dépit de l'apparence absurde du vieil homme, il y avait un éclat dur dans ses yeux qui rendait difficile de croiser son regard. Elle préféra concentrer son attention sur la terre à ses pieds.

« Professeur, dit-elle. On était... » Elle se creusa la tête pour justifier leur présence ici, puis jeta un coup d'œil en direction du monstre-araignée géant, prisonnier des arbres derrière eux, et comprit que rien ne leur permettrait de s'en tirer à bon compte.

« Je n'en doute pas, dit le professeur Marsh. Rentrons avant qu'autre chose décide de faire de nous son ordinaire. »

Ils le suivirent à travers les bois. Erin vint se placer à côté de Hal et braqua sa torche électrique vers le sol devant lui pour l'aider à garder l'équilibre. Lui qui avait pour habitude de tout tourner en dérision tenait Athena contre sa poitrine comme quelque chose de précieux et fragile à la fois. Erin voulut lui demander si elle allait bien, et comment il l'avait trouvée. Comment, d'ailleurs, il était descendu du ciel. Pourquoi il semblait couvert de sang et de tripaille. Mais sentant l'humeur houleuse de Marsh à plusieurs dizaines de centimètres de là, elle décida de rester coite.

La lumière sur la véranda était toujours allumée quand le groupe émergea de la forêt dans le jardin derrière Marsh House. Marsh demanda à Hal de poser Athena dans l'herbe, et s'agenouilla pour l'examiner avec une lampe stylo. Il accorda une attention particulière au trou dans sa jambe.

« Je suppose que ceci est l'œuvre de cette créature que Peter a piégée ? dit-il.

– J'en suis à peu près sûr, oui, confirma Hal. Enfin, peut-être pas celle-là. J'en ai vu d'autres dans la clairière. Plus petites. Je les ai tuées. Avec une épée. J'ai eu une épée pendant une minute. Mais je l'ai laissée tomber là-bas, alors il se peut qu'elle soit encore dans la cage avec le monstre. »

Marsh poursuivit son examen d'Athena.

« Je sais que ça a l'air dingue, ajouta Hal. Mais tout est vrai.

– Dommage que toi et ton épée ne soyez pas arrivés plus tôt, répondit Marsh. Tu aurais pu empêcher qu'Athena soit blessée.

– J'étais dans le *ciel*. Je n'avais pas d'horaire prévu pour mon retour sur terre. »

Marsh se mit à dessiner des symboles dans l'air au-dessus d'Athena, plus complexes et plus élaborés que ceux vus dans le petit livre vert par Erin. Ils brillaient aussi plus vivement que les siens ou ceux de Peter. Voilà qui répondait au moins à la question de l'identité du propriétaire du livre magique.

Athena ne manifesta aucun changement visible conséquemment aux soins de Marsh, mais l'obscurité n'aidait pas, surtout qu'elle était couverte de sang et des entrailles du monstre.

« Le venin sert d'anesthésique pour l'instant, expliqua Marsh, en plus de la maintenir paralysée. Il nous faudra attendre qu'il ait quitté son organisme pour connaître l'étendue des lésions subies. » Il fit signe à Hal. « Ramenons-la à l'intérieur. »

Hal la souleva de nouveau. Elle pendait mollement entre ses bras, comme une damoiselle en détresse sur une affiche d'un de ces vieux films désuets. Ils suivirent le professeur, qui les guida vers son bureau. Erin n'y avait jamais pénétré auparavant. Aucun d'eux, d'ailleurs, à part Peter. Elle n'avait fait que l'entrevoir par la porte restée entrouverte.

L'ensemble, conforme à la promesse de ces aperçus, ne décevait pas. Un immense bureau dominait la grande pièce octogonale. Des étagères à livres tapissaient six des huit murs du sol au plafond, et le septième, en face de l'entrée, accueillait une fenêtre en saillie ornée d'un coussin en peluche. Un large canapé et un fauteuil de lecture en cuir brun se trouvaient devant le bureau, à côté d'un tableau blanc sur roulettes. Des symboles bizarres couvraient le tableau, un genre d'équation mathématique interminable et indéchiffrable. Un vieux chariot à alcools calé contre un côté du bureau contenait, non pas des bouteilles, mais des bocaux de poudres et de feuilles séchées.

Hal posa Athena sur le coussin de la fenêtre en saillie, restant près d'elle un moment de plus, l'air emprunté, comme s'il ne savait pas quoi faire de ses mains et de ses bras. Puis il serra les poings, baissa la tête, et alla rejoindre Peter et Erin sur le canapé.

Marsh s'appuya contre le devant de son bureau, les bras et les jambes croisés. Même en pyjama, il émanait de lui une autorité sévère.

« Athena ne sera pas en mesure de parler avant un certain temps, dit-il. Votre histoire présentera donc des lacunes. Mais allez-y, et dites-moi déjà ce que vous pouvez. »

Peter se lança. Il raconta à son grand-père la découverte par Athena du petit livre vert ; le jeu, « léger comme une plume, raide comme la mort », qui en avait résulté dans le jardin ; les symboles grattés dans la terre ; Hal, libéré de la pesanteur. Quand il en arriva à la partie à propos de la créature surgissant d'entre les arbres pour saisir Athena, Hal enchaîna avec le récit de son ascension ; le froid, de plus en plus intense ; la chute soudaine dans un temple bizarre en pierre noire ; la souffrance qu'il avait endurée, en fait une mise à l'épreuve au terme de laquelle il avait eu accès à une épée brillante, un truc complètement dingue digne d'un roman de fantasy ; et après l'acquisition de l'épée, l'expulsion hors du temple, et la dégringolade depuis le ciel, dans la clairière où il avait secouru Athena et massacré les monstres.

« Ils allaient la dévorer, dit-il. Et j'ai eu l'impression qu'ils venaient juste de manger quelqu'un d'autre aussi. »

Erin prit la suite à partir de là : sa volonté, après qu'Athena avait été enlevée, de se précipiter dans la forêt derrière elle ; le fait que Peter l'avait retenue ; sa tentative d'effacer les symboles d'Athena sur le sol sous Hal ; le fait que Peter l'en avait également empêchée, inquiet à l'idée qu'en rompant le charme elle provoque la chute, et la mort, de Hal ; elle et Peter étudiant le petit livre vert et y découvrant des sorts de protection ; enfin, quand ils avaient retrouvé leurs amis, la façon dont Peter avait fait pousser sur commande assez d'arbres pour remplir un verger.

« Je ne me l'explique pas, dit Peter. J'ai dessiné un symbole qui me semblait signifier *croissance* ou *jardin*. J'ignorais ce qui allait se produire.

– Puis, vous êtes arrivé, professeur, dit Erin. Vous connaissez la suite. »

Marsh garda les bras croisés. Il regarda le sol en fronçant les sourcils. « Athena a besoin de soins. Erin, j'aimerais que tu restes ici pour m'aider. Les garçons, allez m'attendre ;

il va falloir s'occuper de la créature que vous avez piégée. Nous reparlerons de tout cela demain matin. »

Erin voulut protester. C'était elle qui avait sauvé Hal et Athena des griffes du monstre, et d'une mort certaine. Elle pouvait se révéler réellement utile s'ils retournaient là-bas. Pourquoi la choisissait-on pour rester ici ? Parce qu'infirmière était un boulot de fille ?

Peter se leva. « Oui, professeur », dit-il, scrutant le plancher. Erin prit conscience qu'il évitait systématiquement de regarder son grand-père dans les yeux. Il avait grandi dans cette maison, mais lui et Marsh ne se comportaient pas comme une famille. Elle n'y avait jamais réfléchi jusqu'à présent, parce que Peter n'en parlait pas. Il était le seul membre de leur petit groupe qui ne se plaignait jamais de ses parents (ou de leur remplaçant). En même temps, Peter n'était pas du genre causant. En général, il était le plus discret d'entre eux.

Hal ne bougea pas du canapé. « J'aimerais rester avec Athena.

– Non, répondit Marsh. Tu viendras avec moi.

– Je ne veux pas la laisser. Je peux l'aider. Emmenez Erin.

– Je suis d'accord, intervint Erin.

– Jeune homme, dit Marsh, si tu souhaites toujours être le bienvenu dans cette maison après le lever du soleil, je te conseille de sortir de cette pièce maintenant, et d'aller m'attendre près de la porte de derrière. » Marsh n'avait pas élevé la voix, mais une note inflexible s'était glissée dans son ton.

Hal ouvrit la bouche, une réplique fort peu aimable sur le bout de la langue. Peter le secoua par l'épaule.

« Viens », dit-il.

Hal lança à Erin un regard interrogateur. Elle lui fit un petit signe de la tête pour le rassurer – oui, elle allait s'occuper d'Athena.

Hal se leva et laissa Peter l'entraîner hors de la pièce. Après leur départ, Marsh poussa un long soupir, une partie de la tension évacuant son corps. Il avait été prêt à poursuivre la discussion avec Hal, peut-être à *faire* quelque chose. Qui était cet homme ? Erin l'avait côtoyé toute sa vie, mais à présent, elle comprenait qu'elle ne le connaissait pas du tout. Le masque de l'universitaire un peu décrépit avait été un leurre ; maintenant, elle voyait le vrai Marsh, et elle ne savait pas trop quoi penser de cette nouvelle version, plus impétueuse, plus sombre.

Marsh alla prendre un livre sur ses étagères, le feuilleta jusqu'à ce qu'il tombe sur la page qu'il cherchait, et le porta jusqu'au chariot à alcools. Il posa le livre sur son bureau, puis sortit deux bocaux, une paire de gants en latex et un bol en terre cuite du chariot. Il enfila les gants, versa de l'eau minérale et une poudre brune à l'odeur âcre dans le bol. Il les mélangea à l'aide d'un pilon, et obtint une pâte couleur rouille qu'Erin pouvait sentir depuis le canapé. Ça empestait comme ces faux œufs qu'on leur servait au petit déjeuner à la cantine du collège.

Il tendit le mortier puant à Erin.

« Qu'est-ce que je dois faire ?

– Je vais la recoudre, expliqua Marsh. Mais il se peut que le venin présent dans ses veines provoque des lésions nerveuses. Cette pâte aura un effet positif sur d'éventuelles séquelles. Fais-la pénétrer dans la peau en frottant. »

Elle comprit mieux pourquoi c'était à elle que Marsh avait demandé de rester. Ç'aurait été totalement déplacé pour lui ou Hal de déshabiller Athena, surtout dans son état. Erin était la seule personne dans cette maison à pouvoir le faire. Elle se sentit à la fois soulagée de n'être pas victime d'un genre de discrimination sexiste patriarcale, mais aussi déçue. Une partie d'elle avait entretenu l'espoir qu'on lui avait demandé de rester parce qu'elle possédait une qualité particulière.

Marsh apporta des serviettes de bain, qu'ils étalèrent sur le sol sous la fenêtre en saillie. Ensemble ils descendirent Athena sur le grabat de fortune. Erin avait peine à croire que ce corps inerte ait encore de la vie en lui. La peau d'Athena était froide au toucher.

« Fais aussi vite que tu peux », dit Marsh. Il ferma la porte du bureau derrière lui en partant.

# Hal

Peter et Hal attendaient près de la porte de derrière. Même dans sa rage boudeuse, Hal faisait de son mieux pour ne rien toucher et éviter de tacher quoi que ce soit avec le mélange de sang et de tripaille. Il n'appréciait peut-être pas beaucoup Marsh, mais il aimait bien Peter et cette maison, et il ne voulait pas donner au vieil homme une excuse pour le flanquer dehors. Hal avait le sentiment qu'ils étaient sur le point de s'embarquer dans quelque chose d'extraordinaire, et il n'aurait manqué cela pour rien au monde.

Les garçons n'eurent pas à attendre longtemps. Marsh sortit de sa chambre et les rejoignit quelques moments plus tard. Il s'était changé, enfilant un short et un polo à la place de son pyjama, et avait mis des chaussures de randonnée.

« Suivez-moi », dit-il.

Le trio d'explorateurs nocturnes entra dans le jardin, où Marsh signa d'autres symboles cryptiques dans l'air et créa une boule de lumière jaune-vert, qui les accompagna jusque dans les bois. Ils marchèrent en silence, Peter et Hal suivant leur guide qui semblait savoir exactement où il allait dans la forêt obscure et dense. Marsh avait l'air si sûr de lui qu'il ne vint jamais à l'esprit de Hal qu'ils pouvaient se perdre.

Enfin, ils atteignirent la clairière. Les arbres à pousse instantanée de Peter en empêchaient l'accès, et le monstre-araignée arpentait sa cage. Il s'arrêta quand Marsh et les garçons arrivèrent. Dans l'impossibilité de déchiffrer son expression, Hal trouva son immobilité totale encore plus horrible.

« Tu t'en es bien sorti, dit Marsh. Tu as réussi à tuer la plupart des créatures et à sauver Athena. Reste celle-là, la plus grosse. » Il la pointa du doigt, alors qu'elle approchait des barreaux de sa prison.

« Peter l'a piégée. Elle n'ira nulle part, dit Hal. Pourquoi on a dû laisser Athena ?

– Regarde plus attentivement les arbres que Peter a créés », dit Marsh. Il fit signe à sa boule lumineuse d'avancer, et la créature-araignée recula, comme effrayée.

Hal fit un pas en avant et inspecta les arbres. Ils lui parurent cendreux et sombres, mais peut-être était-ce une illusion d'optique.

« Oh », dit Peter. Il semblait triste.

« Quoi ? demanda Hal.

– Ils meurent », répondit Peter. Il se tourna vers Marsh. « Vous le saviez ?

– Tu n'as aucun reproche à te faire, dit Marsh. Créer et maintenir la vie en utilisant la Dissonance est une affaire extrêmement complexe et difficile. Il aurait fallu un miracle pour que tu parviennes à créer des arbres capables de survivre dans cet endroit.

– Qu'est-ce qu'on va faire ? demanda Hal.

– Nous allons tuer le monstre, répondit Marsh.

– Quoi ? dit Peter, choqué. Il est sans défense et prisonnier. On ne peut pas juste le tuer.

– Je viens de t'expliquer que tes barreaux de fortune ne le retiendront plus très longtemps, dit Marsh. Et je ne connais pas de meilleur moyen de régler le problème. Alors. Qui va s'en charger ? Toi ou moi ? »

Peter recula d'un pas, et dans la lumière fantasmagorique diffusée par la boule de Marsh, Hal vit sa gorge se serrer. « Moi ?

– Appelons cela un test, dit Marsh.

– Appelez ça comme vous voulez, dit Peter, qui croisa les bras et fixa le sol d'un regard furieux. Je refuse de tuer cette créature pour vous. »

Marsh se renfrogna, mais Hal intervint avant qu'il puisse répondre. « Je veux bien m'en charger. »

La mine renfrognée du professeur céda la place à une expression de curiosité. « Tu t'en sens capable ?

– J'ai tué le reste de la famille, dit Hal. Autant finir le boulot.

– Tu l'as dit toi-même : tu avais une épée quand cela s'est produit. Mais tu l'as laissée tomber dans la clairière. Est-ce que tu peux la voir quelque part là-bas ? »

Hal regarda par une ouverture entre les arbres en plissant les yeux. Il n'y avait assurément rien de rayonnant, aucune lueur jaune-vert révélatrice.

« Non, répondit-il. Mais peut-être que l'épée cesse de briller si on la lâche ? Qu'elle a besoin de quelqu'un qui la brandisse ? » Dommage, se dit-il, que contrairement à celle de Bilbo dans *Le Hobbit*, elle ne s'illumine pas en présence de méchants. Elle aurait été éclairée tel un phare en ce moment.

« Es-tu prêt à risquer ta vie en entrant dans cette clairière pour vérifier la validité de ta théorie ? » dit Marsh.

Hal haussa les épaules. « Si je ne tue pas cette créature, vous vous en chargerez, pas vrai ?

– J'essaierai, bien sûr. Mais je ne peux pas garantir ta sécurité une fois que tu te retrouveras dans la cage avec elle. »

Hal continua de regarder le monstre qui, pour le moment, avait perdu tout intérêt pour ses visiteurs, et explorait l'autre bout de sa prison en quête d'une sortie possible. Il se déplaçait avec une telle rapidité et dans un tel silence que Hal ne put retenir un frisson.

Il avait conscience que son idée de retourner chercher l'épée était stupide, un risque inutile, puisque Marsh semblait avoir le pouvoir de mettre la créature hors d'état de nuire sur-le-champ. Mais Hal devait bien l'avouer : l'épée lui manquait. Il avait adoré la tenir. S'en servir. Il voulait la récupérer.

« Laissez-moi au moins essayer, dit-il.

– C'est toi qui décides, dit Marsh. J'écarterai les arbres, mais ensuite je les refermerai derrière toi. Appelle-moi si tu as besoin d'aide. »

Hal sauta sur place plusieurs fois pour faire monter l'adrénaline, puis il adressa un signe de la tête à Marsh : il était prêt. Le professeur agita ses doigts en l'air, et deux des arbres de Peter s'éloignèrent l'un de l'autre, ménageant un espace juste suffisant pour permettre à Hal de se faufiler.

La créature avait toujours le dos tourné, quand Hal entra dans la clairière, mais elle se figea au bruit de la forêt qui s'ouvrait pour lui. Elle se retourna lentement, le regarda et émit un pépiement grave. Il avala sa salive et se mordit la lèvre inférieure. C'était vraiment l'idée la plus stupide qu'il avait jamais eue.

La créature-araignée fit un brusque mouvement en avant dans sa direction, et Hal recula dans un mur boisé. Il prit conscience de son erreur presque trop tard, alors qu'un des membres antérieurs géants et tranchants comme le rasoir s'abattait sur lui, mais parvint à esquiver juste à temps. La patte s'enfonça dans un des troncs, au moment où Hal s'aplatissait par terre dans la cuvette au milieu de la clairière. Il faisait sombre à cet endroit boudé par la lune. Il tâtonna autour de lui dans l'obscurité, ses doigts cherchant l'épée, mais ne rencontrant que des feuilles, des brindilles et de la terre.

La créature-araignée parvint à arracher sa patte coincée dans l'arbre et se hâta de faire demi-tour pour affronter Hal. Hal se leva et s'éloigna à reculons.

« Professeur, dit-il. Si vous voulez intervenir, c'est le moment ou jamais. » Il regarda derrière la créature, où une ouverture dans la végétation lui permettait de voir Marsh et Peter. Marsh observait Hal avec des yeux où se lisait un profond intérêt. Hal ne doutait guère que le vieil homme l'avait entendu, et avait décidé de ne pas répondre.

D'étranges fourmillements s'emparèrent du bras gauche de Hal – il était gaucher. La même sensation qu'au réveil, après avoir dormi dessus. Il semblait engourdi sans l'être réellement. Hal contracta les muscles de ses mains et buta contre le mur d'arbres à l'autre bout de la clairière. Marsh continua de regarder. Est-ce que ce fils de pute souriait ?

La créature-araignée se déplaçait lentement à présent, elle s'amusait, certaine de sa victoire imminente.

« Allez vous faire foutre », dit Hal, s'adressant en même temps au monstre et à Marsh. Il plia de nouveau sa main et s'aperçut avec surprise qu'il pouvait former un poing. Ses doigts se refermèrent autour de quelque chose de lisse et tanné, et il sentit une étrange odeur d'ozone dans l'air. Baissant les yeux, il vit l'épée briller dans sa main gauche, brûlant la terre, embrasant une partie des débris de la forêt.

La créature-araignée sembla se rendre compte qu'il se passait quelque chose en même temps que Hal. Elle tenta de battre en retraite, mais Hal avança d'un pas, et d'un seul coup rageur, il la décapita. Du sang jaillit, éclaboussant le visage de Hal, qui recula en crachant, tandis que la tête tombait sur le sol avec un bruit sourd et venait rouler contre ses tibias comme une boule de bowling poilue. Sans savoir comment, il parvint à maintenir sa prise sur l'épée alors qu'il résistait à une forte envie de se vomir dessus et sur le sol de la forêt.

Le corps de la créature-araignée dansa encore quelques instants, une valse solitaire à la lumière des étoiles, puis s'effondra au milieu de la clairière. Hal attendit qu'elle ait complètement cessé de bouger avant de traverser la cuvette vers Peter et Marsh, et de se frayer un chemin hors de la cage. Ils reculèrent pour lui faire de la place, mais Hal continua d'avancer en direction de Marsh, son épée brandie, la pointe vers la poitrine du vieil homme.

« J'ai failli mourir, et vous n'avez pas levé le petit doigt.

– Ne dis pas n'importe quoi », dit Marsh. Il fallait lui reconnaître au moins cela : il savait vraiment garder son calme, même sous la menace d'une arme meurtrière. « J'avais une injonction toute prête, mais je devais voir si l'épée viendrait à toi quand tu en aurais besoin.

– J'ai failli mourir à cause de vous…

– Je t'ai laissé *penser* que tu allais mourir, rectifia Marsh.

– … dans le cadre d'une expérience ?

– Et ça a marché. L'épée vient à toi quand tu l'appelles. Alors, bien sûr, tu as envie de me tuer, mais en fait, tu devrais me remercier, et me demander de donner un sens à tout cela pour toi. Chose que je ne peux pas faire si je suis mort, n'est-ce pas ? »

# Erin

Erin défit le jean d'Athena et le fit glisser de ses hanches et de ses jambes. Elle ne regarda pas son amie pendant qu'elle s'affairait, sachant que si elle avait conscience de ce qui se passait, elle était mortifiée. C'était juste carrément bizarre de frictionner le corps d'une personne vivante, qui donnait l'impression d'être morte. Par respect (et par commodité pour elle-même), Erin essaya d'y penser comme à un travail manuel, alors qu'elle enfilait les gants en latex et s'attelait à la tâche. Appliquer, frotter. Pas un corps ou une vie en jeu. Une tâche. Elle combla le silence avec du bavardage, afin d'aider à dissiper l'étrangeté de la situation.

« Quand je me suis levée ce matin, dit-elle, je ne m'attendais vraiment pas à aller jeter des sorts et jouer aux *Brumes d'Avalon* dans les bois. Bref, comment tu vas ? Pas la grande forme, j'imagine. Moi ? Pas trop mal. De nous tous, j'ai sans doute été la plus épargnée, ce soir. Je n'ai pas été blessée. Personne ne m'a torturée pour me mettre à l'épreuve. Je n'ai même pas vomi. Je suppose que ça fait de moi le choix naturel pour frictionner ta jambe avec cette pâte infecte. Ça, et le fait d'être la seule autre fille du groupe. Je dois remplir mon rôle et souffrir, pas vrai ? J'espère que cette saleté est efficace. Si je t'ai couverte d'une substance visqueuse et nauséabonde pour rien, je vais piquer une crise. »

Elle déplaça Athena sur son côté droit et appliqua la pâte au dos de sa jambe blessée.

« Mais peut-être que ça fait un peu beaucoup, même pour moi, poursuivit-elle. Je suis presque sûre d'être la seule d'entre nous à vivre dans une maison où ça crie constamment. J'imagine qu'à Marsh House et chez les Watts, c'est plutôt calme, la plupart du temps. Je ne peux rien dire sur Hal et sa mère, mais les soirs, elle travaille à la supérette Kinney, ils n'ont sans doute pas souvent l'occasion de se croiser. Le silence est un luxe. Dommage qu'on s'en aperçoive seulement quand on n'y a pas accès. » Elle rit alors qu'elle prenait conscience de l'ironie de sa remarque. « Et moi qui t'abreuve de paroles ! Ne t'en fais pas, j'ai bientôt terminé. »

Elle finit de frictionner Athena, l'étendit à plat sur les serviettes, puis retira les gants en latex. Elle couvrit ses jambes à l'aide de serviettes supplémentaires, avant d'aller à la salle de bains pour se laver les mains et chasser cette sensation poudreuse. Alors qu'elle retournait au bureau, elle nota la présence du sac à dos qu'Athena avait abandonné dans l'entrée à leur arrivée. Un annuaire du collège de Clegg dépassait par la fermeture Éclair ouverte. Erin l'emporta.

Elle le montra à Athena alors qu'elle s'installait à côté d'elle sur le sol. « J'espère que ça ne te dérange pas. Je n'ai pas eu l'occasion de le signer aujourd'hui. »

En vérité, Athena n'avait pas demandé à Erin. Erin n'avait même pas su qu'elle *avait* un annuaire, supposant simplement qu'Athena ne se pliait pas à cette tradition, comme elle évitait de participer à la plupart des aspects amusants de la vie scolaire. Et pourtant, Erin tenait ledit annuaire entre ses mains.

Elle l'ouvrit, un stylo à la main. Les feuilles de garde étaient presque vierges, hormis deux signatures. À l'avant, celle d'un dénommé Jordan. À l'arrière, un bloc de texte.

Erin reconnut l'écriture de Hal. Elle rit en lisant, et Athena lui donna un coup de pied dans le tibia.

« Merde, qu'est-ce qui se passe ? » dit Erin. Elle laissa tomber le livre alors qu'Athena la frappait de nouveau. Le corps de l'autre fille tremblait, et ses mains battaient un rythme irrégulier sur le plancher. Faisait-elle une crise d'épilepsie ?

« Je vais chercher du secours », dit Erin, mais Athena la retint par le poignet avant qu'elle puisse se lever.

« Ne pars pas », dit Athena. Elle grimaça, alors qu'une vague de convulsions l'agitait. « S'il te plaît. »

Erin se rassit à côté de son amie, lui fit lâcher son poignet, et prit sa main dans la sienne. Ensemble, elles surmontèrent chaque série de tremblements, chacune un peu moins violente, jusqu'à ce qu'elles cessent complètement.

Athena gémit alors qu'elle lâchait Erin et se frottait les yeux avec les poings serrés. Elle semblait avoir repris le contrôle de son corps.

« Tu as ri en voyant mon annuaire. Pourquoi ? dit-elle. Parce que personne ne l'a signé ?

– C'est ce que Hal a écrit qui m'a fait marrer, répondit Erin. Et est-ce que tu as seulement *demandé* à qui que ce soit de le signer ? Je l'aurais fait, merde. D'ailleurs, il n'est pas trop tard. »

Athena posa les mains à plat sur son visage et se massa les joues. « Ce que Hal a écrit. Qu'est-ce que ça signifie ?

– C'est extrait de ce film avec Arnold Schwarzenegger, *Conan le barbare*. C'est le commentaire en voix off du début. »

Athena fronça les sourcils. « Pourquoi Hal me mettrait une citation de *Conan le barbare* ?

– Tu devras lui poser la question, dit Erin, qui refusa toutefois de s'écarter de son sujet. Pourquoi tu ne m'as pas demandé de signer ? »

Athena ferma les yeux. « Je ne sais pas. J'ai pensé que ça ne t'intéresserait pas.

– En voilà une idée. On est amies, non ?

– On peut en reparler plus tard ? J'ai eu la jambe transpercée ce soir.

– Tu peux en parler maintenant avec moi, seule à seule, ou en présence de tout le monde. Je peux rameuter tout le groupe sur-le-champ. »

C'était du bluff – Marsh et les garçons n'étaient pas revenus –, mais elle obtint le résultat escompté. Athena grogna. « Je peux au moins avoir un peu d'eau ? Et de l'aspirine ? »

Alors qu'elle se dirigeait vers la cuisine, Erin tomba sur Peter, Hal et le professeur Marsh, de retour de leur expédition en forêt. Peter avait l'air ébranlé et Hal perturbé. Apparemment, il avait aussi du sang frais sur ses vêtements. Seul Marsh semblait d'humeur égale, comme d'habitude.

« Vous êtes rentrés, dit-elle, énonçant une évidence.

– Ouais, super, dit Hal, les yeux injectés de sang. Comment va Athena ?

– Grincheuse. Elle demande de l'eau et de l'aspirine.

– Retour à la normale, donc. Je peux lui apporter, proposa Hal.

– Non, dit Marsh. Je m'en charge. Toi et Peter avez besoin d'une douche et de vous changer. Après, nous nous réunirons tous au bureau et nous parlerons. »

Hal tira la tronche, mais il obéit. Il se courba pour ouvrir son sac, en sortit ses vêtements de rechange, et se dirigea vers la salle de bains. Marsh s'éloigna dans le couloir avec l'eau et les analgésiques, laissant Peter et Erin seuls. Peter avait l'air vraiment mal.

« Ça va ? » dit Erin.

Il secoua la tête.

« Tu veux bien que je te serre dans mes bras ? » demanda-t-elle.

Il fit signe que oui, et elle avança d'un pas, l'attirant dans une étreinte.

« Tu veux en parler ? dit-elle encore.

– Plus tard ? » répondit Peter d'une voix plaintive.

Elle n'insista pas, mais l'enlaça plus fort.

« Tu sens bon, dit-il.

– Menteur.

– Oui, j'avoue : tu sens l'œuf pourri. » Il la lâcha et se frotta les yeux. « Et si on allait faire un brin de toilette avant de rejoindre les autres dans le bureau ?

– Excellente idée », dit Erin.

# Hal

Un peu plus tard, ils se retrouvèrent tous les cinq dans le bureau. Hal, Erin et Peter se serrèrent sur le canapé, tandis qu'Athena occupait seule le fauteuil en cuir, une serviette enroulée autour de la taille, les jambes nues croisées devant elle. Comme elle portait le plus souvent un pantalon et des baskets, Hal ne parvenait pas à se rappeler la dernière fois qu'il avait vu ses jambes. Elles étaient devenues galbées entretemps. Athena était-elle sexy maintenant ? Il se dit que c'était bien possible, et dut se forcer à reporter son attention sur le professeur, qui s'appuyait contre son bureau, les bras croisés. Par la fenêtre derrière Marsh, Hal vit la lumière grise précédant le lever du soleil envahir le ciel.

« Comment te sens-tu, Athena ? demanda Marsh.

– Fatiguée. Et ma jambe me fait mal.

– Avec un peu de chance, ce sera bientôt terminé, mais il se peut que tu gardes des séquelles toute ta vie. Nous en saurons plus d'ici quelques jours. »

L'information fut visiblement un choc pour elle. Hal, toujours irrité de n'avoir pas pu rester aux côtés de son amie plus tôt, ravala ce qu'il avait réellement envie de dire au vieil homme. Il aurait au moins pu faire un effort pour lui annoncer la nouvelle avec ménagement.

« Vous ne pouvez pas faire appel à la magie pour régler le problème ? » dit-il à la place.

Cette fois, Marsh tressaillit, comme s'il avait reçu un coup. « Nous n'utilisons pas ce mot dans cette maison.

– Quoi, "magie" ?

– Donnez-nous le mot juste, alors, dit Erin.

– Je ne crois pas que ce soit une bonne idée, répondit Marsh. Vous en avez déjà trop vu.

– Vous ne pouvez pas l'effacer de notre mémoire, dit Athena.

– Détrompez-vous. »

Hal eut la sensation d'une pierre froide pesant au creux de son estomac. Ils avaient vécu une soirée complètement dingue, mais inoubliable – en bien, principalement. Une porte s'était ouverte, révélant un nouveau monde, et maintenant, Marsh menaçait de la refermer.

« Et ce n'est pas l'envie qui m'en manque, poursuivit Marsh. Mais je ne le ferai pas. Parce que je pense que quelque chose d'autre est à l'œuvre ici.

– Que voulez-vous dire ? » demanda Athena.

Marsh avança vers le tableau blanc et le fit basculer de manière à présenter le côté vierge à la pièce. Il écrivit le mot MAGIE dessus, puis le barra. « Premier jour de cours. "Magie" est un mot dont se servent les charlatans pour expliquer des illusions scéniques et colporter des contes pour enfants. Il déguise des phénomènes mesurables en mysticisme incompréhensible. »

Sous ~~MAGIE~~, il écrivit THÉORIE DE LA DISSONANCE.

« La théorie de la Dissonance se base sur l'hypothèse selon laquelle quelque chose est cassé dans les fondations de la création : un décalage entre ce que les choses devraient être, et ce qu'elles sont. Une disharmonie. La plupart des gens sentent cette disharmonie. C'est la raison pour laquelle ils ne sont pas heureux, c'est pour cela que nous sommes tous tourmentés par des visions de ce qui *pourrait* ou *devrait* être. C'est ce qui explique la présence dans un si grand nombre de religions d'un récit d'une "chute" ou d'un "péché originel". Elles veulent donner un sens à cette rupture. Ce que ces religions ignorent – ou refusent d'admettre –, c'est que ces fondations détraquées créent une friction, une sorte d'énergie que ses utilisateurs appellent la Dissonance.

– Et les symboles dans le livre, dit Athena. C'est un code pour domestiquer cette énergie ?

– Très bien, Athena, dit Marsh. La branche principale de l'étude de la Dissonance se concentre sur l'accumulation de fragments de ce code. Les praticiens amassent livres et manuscrits, qu'ils vendent très cher. Ce que j'ai payé pour le contenu de cette pièce… » Il désigna les étagères tapissant les murs. « … suffirait à vous envoyer, vous et vos enfants, à l'université, même en tenant compte de l'inflation. Et ce que je possède ne représente peut-être qu'une part infime du corpus existant, lui-même sans doute réduit par rapport à ce qui reste à découvrir. J'ai consacré ma vie à la quête de ce savoir. C'est pour cette raison que j'ai construit une maison ici, en bordure d'une zone riche en énergie dissonante.

– C'est pour ça qu'il y avait ces monstres dans la forêt ? demanda Hal. Ils ont eux aussi été attirés ici ? Ou est-ce que cette richesse en énergie dissonante est due à leur présence ?

– C'est un peu une question du genre "qui de la poule ou de l'œuf", dit Marsh. En vérité, je l'ignore. En revanche, je sais que ces bois sont extraordinaires, étranges et dangereux. »

Il fit de nouveau basculer le tableau du côté rempli et pointa du doigt une séquence de symboles.

« Pour la plupart des gens, ceci semble n'avoir aucun sens. Mais certaines personnes – des individus intelligents, sensibles – portent en elles plus de douleur que d'autres.

Elles ont davantage conscience de l'écart entre ce qui est et ce qui devrait être, et le déplorent. Parmi elles, il en est qui sont capables de comprendre ce langage, de lire et d'écrire le dissonant. C'est votre cas, comme vous avez pu le découvrir ce soir.

– Et pour cette raison, vous vous sentez obligé de nous donner des cours particuliers ? » demanda Erin.

Marsh rit, un son nasal, et bien peu jovial. « Non. Pas le moins du monde. Le talent ne donne pas droit à une éducation. Mais parfois, la Dissonance semble effectivement exercer une volonté propre, et je pense que c'est ce dont nous sommes les témoins ici. Le livre que vous avez trouvé hier soir ? Je crois qu'il est venu à vous. Je n'ai pas d'autre moyen d'expliquer comment il est descendu de son étagère dans mon bureau et s'est retrouvé sur le sol dans le couloir. La Dissonance a ouvert une voie devant vous, et devant moi par la même occasion. L'expérience m'a montré qu'il vaut mieux respecter sa volonté, que cela me plaise ou non.

– Trop aimable, dit Athena.

– Tu obtiens ce que tu voulais, dit Marsh. Ne sois pas mauvaise gagnante. »

Hal était sans doute resté debout trop longtemps sans dormir. Il avait mal à la tête. Il posa sa tasse vide sur une table d'appoint et se frotta les tempes. « Désolé, les amis, mais ces caractères – les symboles de la Dissonance –, c'est toujours du charabia pour moi.

– C'est un imprévu intéressant », dit Marsh. Il fit de nouveau basculer le tableau. « Tu ne lis pas le dissonant. Mais d'après ton récit, tu sembles avoir été convoqué dans le Temple de la Douleur, avoir résisté à l'Épreuve de la Souffrance, et été choisi pour brandir l'Épée du Malheur. » Il écrivit ces trois termes : TEMPLE DE LA DOULEUR. ÉPREUVE DE LA SOUFFRANCE. ÉPÉE DU MALHEUR.

L'épée avait donc un nom. *L'Épée du Malheur.* Un nom

qui déchirait, carrément metal. Hal ne pouvait qu'applaudir.

« Il se pourrait que ta compréhension du dissonant soit retardée, continua Marsh. Mais de toute manière, tu as un rôle à jouer. Tu suivras mon enseignement avec les autres. Mais avant que je devienne votre professeur, il y a des conditions que vous devrez accepter tous les quatre.

– Tout ce que vous voudrez, dit Erin.

– Ne donnez jamais votre accord à quelque chose sans savoir ce que c'est, dit Marsh, mais il sourit un peu. Premièrement : sauf indication contraire de ma part, vous ne devez employer le dissonant que sous ma supervision. Deuxièmement : vous venez me voir sur-le-champ si de nouveaux phénomènes dissonants se manifestent à vous, qu'il s'agisse de livres comme celui que vous avez trouvé ce soir, ou d'une famille de créatures étranges. Si vous êtes attaqués, vous pouvez vous défendre, mais sinon, évitez tout affrontement entre vous ou contre qui que ce soit d'autre sans ma permission. Troisièmement : à partir de maintenant, vous vous tenez à l'écart de cette forêt, sauf si je vous y accompagne. Quatrième condition, la plus importante : personne, hors de cette pièce, ne doit être au courant. Pas question de faire l'intéressant, ou d'utiliser vos dons pour impressionner une fille ou gagner une bagarre dans la cour d'école. »

Hal et ses amis échangèrent des regards, votant en silence. Peter répondit en leur nom à tous : « Vous avez notre parole.

– Bien, dit Marsh. Prenez la journée pour vous reposer. Notre université d'été commence demain. »

Hal et Erin firent mine de se lever, mais Athena resta assise.

« Charlie Simmons, dit-elle.

– Oui, eh bien ? » demanda Marsh.

Athena avait le visage blême, et parlait doucement, beaucoup plus que d'habitude. « Son corps est toujours là-bas. Il faut qu'on aille le récupérer. »

Marsh se mit à secouer la tête avant même qu'elle arrive au bout de sa phrase. « Non.

– Pourquoi pas ? » demanda Hal. Cela lui semblait du simple bon sens.

« Si nous retournons en ville avec son corps, nous devrons répondre à beaucoup de questions dérangeantes, dit Marsh. Nous deviendrons de potentiels suspects dans l'enquête sur sa disparition. Je suis surpris que la police n'ait pas déjà effectué une perquisition dans cette maison. » Il secoua de nouveau la tête. « Non, mieux vaut laisser Charlie là où il est, et que ses parents gardent l'espoir qu'il est toujours en vie quelque part. »

Pour Hal, ce raisonnement se tenait. C'était pragmatique. Mais cela semblait injuste. Immoral. Erin et Peter n'avaient pas l'air satisfaits non plus, et Marsh remarqua leur expression.

« Il y a des gens que l'on peut aider, dit-il, et d'autres qui seront un poids. Pour survivre et prospérer en tant que dissonant, apprendre à faire la différence entre les deux compte pour moitié. »

# Athena

Comme Athena restait faible et raide, il revint à Erin de l'aider à entrer et sortir de la douche. C'était très gênant, mais Erin prit bien la chose et, alors qu'elle l'aidait à s'habiller dans la chambre d'amis, Athena trouva le courage de parler. « Merci pour le coup de main. J'ignore si j'aurais été capable de faire la même chose pour toi, si j'avais été à ta place.

– Bien sûr que si, dit Erin. Tu aurais juste râlé tout du long, alors que moi, je l'ai fait en silence. »

Elles échangèrent un sourire, mais celui d'Erin parut fragile, et Athena supposa que le sien n'était guère plus vaillant. Elle fouilla au fond de son cœur pour en extraire ses mots suivants, ceux qui étaient importants, les plus durs à dire.

« Je suis désolée à propos de l'annuaire. Je me suis sentie gênée.

– Pourquoi ? s'étonna Erin. On se connaît depuis la maternelle.

– Je ne sais pas. C'est différent maintenant. Quand on était petites, c'était une chose, mais là, on est presque au lycée, et tu n'arrêtes pas de grandir et devenir plus jolie, alors que moi, je reste cette fille noire trapue. Une flopée de trucs super vont t'arriver, que je ne connaîtrai jamais. Et maintenant, tu es tout le temps fourrée avec Peter.

– Et alors ? Toi tu traînes souvent avec Hal. »

Athena écarta cet argument d'un geste de la main. « Ce n'est pas pareil, et tu le sais.

– Je n'en sais rien du tout. Mais je ne veux pas parler de garçons. » Elle posa les mains sur les épaules d'Athena. « Ce que je vais te dire est important, alors regarde-moi dans les yeux, d'accord ? Je n'ai pas d'influence sur ma taille ou la façon dont les autres gens me regardent. Mais même si je finis par devenir la femme la plus belle du monde, et que les hommes se font la guerre pour moi, je voudrai toujours signer ton annuaire. Je voudrai toujours être ton amie. Toi, Peter et Hal, vous êtes ma vraie famille. »

Athena parvint à regarder Erin dans les yeux pendant son discours, mais elle baissa le regard vers le tapis dès que cela lui sembla acceptable. « Je suis désolée. Je me suis fait des idées.

– Ne t'inquiète pas pour ça, dit Erin. Allez, embrasse-moi. »

Athena, qui n'était pas – et ne serait jamais – très portée sur les démonstrations d'affection, leva néanmoins les bras et se laissa étreindre. Malgré sa gêne, elle dut reconnaître qu'elle éprouvait une sensation plus agréable que prévu, et cela libéra quelque chose qu'elle n'avait même pas conscience de garder coincé en elle. Sa gorge se serra, sa poitrine lui fit mal et ses yeux la piquèrent. Elle étreignit Erin en retour et tenta de ne pas faire de bruit, mais ses épaules tremblèrent alors qu'elle respirait, et que ses larmes tachaient le t-shirt de son amie.

« Hé, dit Erin. Qu'est-ce qu'il y a ?

– Charlie. » Athena fut incapable de prononcer un mot de plus. Charlie Simmons. Mort en hurlant. Elle n'avait pas réussi à le sauver. Ses parents continueraient d'espérer vainement son retour, se demandant ce qui lui était arrivé. Lui n'avait pas eu la chance d'Athena.

Erin la serra fort, et caressa l'espace entre ses épaules, lui prodiguant des paroles apaisantes, cherchant à la convaincre qu'elle n'aurait rien pu faire.

C'était la première mort qui allait peser sur Athena pour le reste de sa vie. Ce ne serait pas la dernière.

« Merci », dit-elle de nouveau.

Quand elle eut versé toutes les larmes de son corps, elles rejoignirent les garçons à la cuisine pour un petit déjeuner composé de céréales et de jus d'orange. Comme le lendemain matin de n'importe quelle soirée pyjama, ils plaisantèrent entre eux, se taquinèrent, débarrassèrent la table après manger, mais il y avait une différence. Tous vibraient d'une énergie nouvelle, qui contribua à remonter le moral d'Athena.

Lorna vint chercher Hal et Athena vers dix heures. Hal porta ses sacs et insista pour qu'elle voyage devant. La jambe d'Athena lui faisait trop mal pour qu'elle proteste cette fois. Elle s'assit à côté de Lorna, tandis que Hal se serrait sur la minuscule banquette arrière. Lorna marmonna un bonjour à Athena, mais c'était à peine audible. Elle avait l'air épuisée.

Alors que la voiture sortait de l'allée, Athena se retourna sur son siège pour regarder en direction de Marsh House. Erin et Peter se tenaient sur les marches de la véranda, assistant à leur départ.

« Tu penses qu'ils sont ensemble ? demanda Hal.

– Ils devraient, en tout cas », répondit Athena.

Quand le chemin de terre se termina et qu'ils eurent regagné le canton de Clegg, Lorna se fraya un passage dans la circulation peu dense du samedi, multipliant les embardées et les dérapages aux tournants. Pourtant, que ce soit par miracle ou grâce à ses prouesses au volant, elle parvint à déposer Athena devant chez elle sans causer le moindre accident. Hal l'aida à sortir du véhicule, et porta ses affaires pour elle. Cela aurait été gentil si elle n'avait pas eu besoin du coup de main, mais sa jambe gauche l'élançait à chaque pas. Elle espéra que le professeur Marsh s'était trompé en suggérant que la douleur pouvait ne jamais disparaître complètement. Elle n'imaginait pas endurer ça pour toujours.

« Tu peux te débrouiller pour rentrer ? demanda Hal, après qu'il eut tout mis sur le porche.

– Ça va aller, merci.

– Qu'est-ce que tu vas dire à tes parents, pour ta jambe ?

– Tu plaisantes ? Je vais leur expliquer que c'était entièrement de ta faute.

– Et qu'est-ce que je suis censé répondre à ton père, quand il débarquera chez moi pour me crier dessus.

– Dis-lui que tu es désolé, c'est tout. Et promets-lui que ça ne se reproduira pas.

– Comment en être sûrs ? demanda-t-il, fourrant les mains dans les poches.

– Quoi, que je ne sois plus blessée ? J'espère bien. »

Il tira sur un fil défait de son jean. « On est sur une voie maintenant. Qui peut savoir le genre de grabuge qui nous attend ? »

Le visage d'Athena s'échauffa. Elle eut le sentiment qu'ils étaient à un tournant.

« Pourquoi tu m'as écrit une citation de *Conan le barbare* dans mon annuaire ? »

Il sourit. « Tu as saisi la référence !

– Erin a dû me l'expliquer, répondit-elle. Mais elle n'a pas su me dire pourquoi tu avais choisi ça. »

Il détourna les yeux, comme pour voir ce que faisait sa mère. « Eh bien… *Conan* est mon film préféré, et puisque je t'adore, je me suis dit… Je ne sais pas. Ça doit sans doute te sembler idiot.

– Oui, dit Athena. C'est complètement crétin.

– D'accord.

– Mais moi aussi je t'adore, tu sais. »

Il recula, descendit du perron et sur le gazon, les mains pressées sur le cœur. « "Tous les dieux ne pourront nous séparer. Si j'étais mort et que tu combattais toujours pour la vie, je reviendrais des ténèbres, je pourrais même revenir de l'enfer pour combattre à tes côtés."

– *Conan*, je suppose ?

– Soirée ciné chez moi bientôt ! déclara-t-il. Et demande à ton père d'y aller mollo quand il viendra me crier dessus ! »

Il traversa la pelouse en courant à reculons jusqu'à la voiture de sa mère, et ne rompit le contact visuel qu'au moment où il heurta la portière côté passager et se retourna pour monter à bord.

*2019*

# RETROUVAILLES

# Owen

Owen conduit le break de Cole toute la nuit, et continue bien après le lever du soleil. Alors que le sang et la boue sèchent sur sa peau et ses vêtements, il avance, sans s'arrêter, sans savoir où il va. La créature dans le corps de Cole voyage comme passager, sa ceinture de sécurité rougie en travers de la poitrine. Elle regarde droit devant elle, sans respirer, une odeur douceâtre s'en dégage. Ce qui permet à ce corps de continuer à tenir debout ne le maintient pas en vie.

Owen pense à son téléphone. Il l'a perdu quelque part dans le carnage du cimetière. Peut-être que la police le trouvera bientôt. Peut-être que les parents de Cole l'ont déjà appelée. Peut-être qu'un avis de recherche a été lancé pour ce break. En plus, lui et son passager ne sont *vraiment* pas beaux à voir. Ça devrait suffire pour qu'on les contraigne à s'arrêter, non ? Mais ils croisent une voiture de patrouille après l'autre sur le bord de la route, et rien ne se produit. Pourquoi ? Pourquoi est-ce que personne n'intervient ?

Quand le voyant de la jauge de carburant s'allume, Owen est distrait de ses cogitations. « On a besoin d'essence, si vous voulez qu'on continue, dit-il.

– Arrête-toi dans une station-service », répond la créature-Cole.

Owen prend la sortie suivante et entre sur le parking vide d'un Citgo. Il se gare à côté de la pompe la plus proche de la supérette.

« Je n'ai pas d'argent », dit-il.

La créature-Cole regarde droit devant elle si longtemps qu'Owen se demande si elle l'a entendu.

« Attends ici », dit-elle enfin. Elle détache sa ceinture de sécurité, descend de la voiture et traverse le parking avec une démarche gauche, empruntée. Owen jouit d'une vue dégagée alors que son ravisseur entre dans la supérette. L'employé derrière le comptoir recule contre le mur de cigarettes derrière lui, et lève les mains, comme si quelqu'un pointait un pistolet sur lui.

La créature-Cole passe clopin-clopant derrière le comptoir pour se tenir à côté de l'homme. Celui-ci baisse la main assez longtemps pour montrer quelque chose qu'Owen ne voit pas. La créature-Cole appuie sur les touches de la caisse enregistreuse, puis elle adresse un signe à Owen et fait tourner un doigt en l'air. *Vas-y.*

Owen tripote maladroitement sa ceinture de sécurité, puis sa portière, bataille avec le bouchon du réservoir et le bec de la pompe. Quand il parvient à enchaîner cette série d'actions simples, la créature-Cole est déjà presque de retour à la voiture, avec deux sacs en plastique. Owen regarde derrière elle, dans la supérette. Il ne voit plus l'employé. Une tache sombre coule de haut en bas du mur de cigarettes.

« Je t'ai apporté de la nourriture, dit la créature-Cole.

– Merci », répond Owen. Sa voix semble venir de plus loin que d'habitude. « Je n'ai pas faim.

– Ça viendra.

– Je dois aller aux toilettes. »

La créature-Cole lui indique la supérette d'un geste. « Ne tente rien. Je le saurai. Tu le regretteras. »

Des cloches tintent alors qu'Owen entre dans le bâtiment. Une radio derrière le comptoir diffuse une pub pour un concessionnaire automobile local. Owen se dit qu'il ne doit pas regarder là-bas, mais il y va quand même. De l'extérieur, la tache rouge sur le mur de cigarettes pouvait passer pour de la peinture. De près, elle prend une tout autre dimension. Les paquets sont écrasés là où quelque chose les a violemment percutés. Des fragments de chair et d'os glissent dans le liquide poisseux, descendant lentement vers le sol.

Owen court aux toilettes, il vomit dans le lavabo, puis pisse pendant ce qui paraît une heure. Il se lave les mains, fait de son mieux pour se décrasser le visage, et vole un stick de déodorant en retournant vers la sortie. Comme la supérette de la station n'a en rayon que des marques pour femmes, il prend Dove. Son père ne manquerait pas de se moquer de lui pour ce choix. Owen se demande où il est en ce moment. Est-il seulement réveillé ? Répond-il aux questions de la police ?

Dans la voiture, la créature-Cole a enlevé le sang sur son visage et cache ses yeux qui ne cillent pas derrière une paire de lunettes de soleil. Elle a l'air presque humaine.

Owen démarre. « Où on va ? »

La créature incline la tête, elle semble tendre l'oreille. « Où sommes-nous maintenant ? » Sa voix paraît déjà plus humaine. Comme si elle apprenait à jouer des cordes vocales de Cole.

« En Louisiane du Nord.

– Continue vers le sud. Suis les panneaux indiquant le Texas. »

*S'il vous plaît*, prie Owen, à qui est susceptible d'écouter. *Si quelqu'un m'entend : aidez-moi.*

# Hal

Hal pose des jours de congé à son travail et appelle le Saunders Inn, le seul hôtel de Clegg, afin de réserver une chambre pour la commémoration. Il doit utiliser le téléphone, parce que l'établissement n'a pas de site web et ne prend aucune réservation en ligne. Il se demande comment ils font pour ne pas mettre la clé sous la porte.

Il parle à une femme nommée Barb, qui jacasse joyeusement pendant tout le processus jusqu'à ce que Hal lui donne son nom. Le silence qui suit s'éternise au point qu'il éloigne son appareil de son oreille pour confirmer qu'ils n'ont pas été coupés.

« Allo ? dit-il.

– Hal Isaac, dit Barb, la voix chaude mais beaucoup moins sémillante.

– Ouaip », dit Hal. Son cœur se serre. Il aurait dû se douter que cela allait arriver.

« Comment allez-vous ? Qu'est-ce que vous devenez ?

– On fait aller », ment Hal, employant le même ton optimiste qu'il réserve aux clients avec qui il veut se montrer amical. « Je ne peux pas me plaindre.

– Vous venez pour la commémoration.

– Oui.

– Oh, c'est si gentil à vous. » Sa voix se noue. « Si plein de délicatesse.

– Merci », dit-il pour ne pas paraître impoli.

Il entend pianoter sur un clavier à l'autre bout de la ligne. Elle lui annonce un prix, prends les informations nécessaires concernant sa carte bancaire, et confirme sa réservation d'une voix pleine d'émotion. Elle l'encense encore une fois ou deux, et il la remercie, lui ment en affirmant qu'il doit se remettre au travail et met fin à la communication.

Il essaie de ne pas se laisser troubler par cet échange, mais rien n'y fait. Il n'avait pas compté avec la mémoire collective de la ville, croyant pouvoir arriver à Clegg de façon anonyme, assister à la commémoration, voir ses amis, et repartir ensuite. Ce coup de téléphone était-il un avant-goût de ce qui l'attendait ? Un aperçu de toutes les interactions à venir ?

Il n'a plus passé une bonne nuit depuis celle où il a tué un homme, alors il se réveille avant l'aube la veille de la commémoration. Il siffle un pot de café noir dans la kitchenette de son studio, avale quelques antiacides pour lutter contre les inévitables brûlures d'estomac. Puis, ayant épuisé les distractions utiles, il se met en route à six heures.

C'est stupide de partir aussi tôt. Le trajet de Vandergriff à Clegg nécessite environ trois heures, et l'enregistrement au Saunders Inn n'est pas possible avant midi. Même en comptant les arrêts pour pisser et faire le plein, il arrivera entre neuf et dix heures. À quoi va-t-il bien pouvoir occuper ces deux heures ? Faire le tour de la ville et se complaire dans la compassion de gens ignorants ? Pas très tentant.

Mais il peut attendre d'être à Clegg pour s'en inquiéter. D'ici là, il n'a besoin que de rouler, et de regarder droit devant lui. Tant qu'il bouge, ses pensées et ses sentiments passent à l'arrière-plan. Le problème, c'est l'immobilité.

Avec un peu de chance, Erin ou Athena arriveront tôt aussi. Toutes les deux ont répondu à son message privé pour confirmer leurs venues, mais il n'a pas parlé à l'une ou à l'autre entretemps. Il soupçonne qu'aucun d'eux ne sait quoi dire. En plus, la terre tremble et le ciel vire au rouge par intermittence. Les deux phénomènes se sont reproduits deux fois depuis que Hal a gerbé devant le cabinet de Tuttle. Cieux rouges et tremblements de terre. Avec un bordel pareil, il se voit mal les inonder de calembours douteux et de messages du style « Hé, vous vous rappelez le bon temps ? ».

En dépit du ciel menaçant, il ne pleut pas, et il arrive en ville vers dix heures. Clegg a peu changé ces vingt dernières années. Ils ont repavé les chaussées, les voitures ont pris un coup de jeune, et les devantures dans la rue principale font de la publicité pour des produits différents. Mais les bâtiments ramassés qu'ils occupent sont les mêmes. La mairie partage encore ses locaux avec la caserne de pompiers. Les arbres du parc municipal ondulent toujours. Quant à la « passerelle en bois jadis la plus longue de tout le pays », elle continue d'enjamber le ruisseau (à sec, aussi tard en été). La seule chose qui détonne, c'est le lycée et ses abords immédiats.

Il s'y attendait. Il a cherché des photos du bâtiment sur Google pour s'y préparer. C'est tout de même un choc. Le bloc en briques brunes où il luttait pour rester éveillé en cours de science a été remplacé par une construction similaire, plus vaste, et aux allures de forteresse. Les fenêtres sont étroites et hautes, les terrains de sport entourés par de grandes clôtures enveloppées de tissu filet pour décourager les curieux. Alors que Hal passe à côté dans sa voiture, un entraîneur escorte un troupeau d'adolescents hors du bâtiment et vers le terrain de sport. Il utilise une carte magnétique pour déverrouiller la porte de la clôture.

Après ce qui s'est passé en 1999, Hal peut le comprendre.

La ville cherche à protéger ses enfants, en transformant cette école en forteresse inexpugnable, si nécessaire. Mais aucune de ces mesures ne se révélerait efficace en cas de répétition de ce jour-là. Ce n'est pas un solitaire armé d'une bombe artisanale, ou un élève mécontent qui a détruit l'établissement. Rien qu'on aurait pu arrêter avec des cartes magnétiques ou des portiques électroniques de sécurité.

Le quartier a changé aussi. Les rues ont été repavées, et on a reconstruit certains bâtiments. Mais des terrains inoccupés subsistent, là où les propriétaires ont décidé de ne pas revenir. Hal trouve ces emplacements difficiles à regarder, ces espaces vides où son esprit lui dit qu'il *devrait* y avoir quelque chose.

Ses pensées vagabondent alors qu'il conduit dans la circulation légère de ce vendredi matin. Il songe aux mois à venir. Tuttle attend sa réponse à propos de l'offre du procureur. Il tente d'imaginer à quoi ressembleraient cinq années de prison – minimum.

En pilotage automatique maussade, il roule jusqu'à la cité HLM de Saunders Creek, où il habitait, enfant. En arrivant, il décide que « cité » est un bien grand mot pour cet ensemble peu rigoureux d'immeubles à deux étages et son parking crevassé avec ses voitures cabossées.

Il se gare et sort pour jeter un coup d'œil alentour. L'esprit des lieux n'a pas changé. Les bagnoles sont bousillées et crades. Des stores cassés pendent aux fenêtres. Le bâtiment qui a brûlé en 1999 reste une parcelle bétonnée et vide. Une atmosphère lugubre de désespoir et de résignation s'en dégage.

Alors que Hal assimile tout cela, une Mazda à laquelle manque un phare arrive depuis la route en haletant et s'arrête trop près d'un autre véhicule. La conductrice, jeune au point qu'on peut la soupçonner d'aller encore au lycée, sort de sa voiture et récupère un bambin sur le siège-auto à l'arrière. Ils ont tous deux les cheveux roux et la peau claire.

Le garçon se tortille et s'agite dans les bras de la femme. Elle le pose sur la chaussée, le tient fermement par l'épaule et le gifle à la volée.

Hal porte la main à sa joue comme s'il avait lui-même reçu le coup. Les traits du tout-petit se chiffonnent alors qu'il prend une inspiration tremblante, prélude à un vagissement pitoyable.

« Tu vois ce qui t'arrive quand tu ne m'écoutes pas ? » dit la femme d'une voix rauque qui la vieillit, une voix hantée par les fantômes de trop de cigarettes.

Le bambin hurle plus fort, et elle lève la main en guise d'avertissement.

« Tais-toi, ou je vais te donner une bonne raison de pleurer. »

Hal s'écarte de sa voiture d'un pas et dans sa direction, sans trop savoir quelle est son intention. Il attire l'attention de la fille qui lui lance un regard mauvais.

« Qu'est-ce que vous voulez ?

– Bonjour, dit Hal. Vous ne devriez pas frapper votre enfant.

– Mêlez-vous de vos affaires, d'accord ?

– Vous pourriez le regretter, c'est tout ce que je voulais dire. »

Dans son esprit, ce n'est pas une menace, plus un conseil d'ami. Cette fille et son gosse sont assez jeunes pour inverser le cours des choses et avoir de bonnes relations. C'est tout. Mais dès que les mots sortent de sa bouche, Hal comprend qu'il a merdé.

Elle ramasse le bambin et le tient contre sa hanche, passe une main dans les cheveux du garçon. C'est la première fois qu'elle manifeste un intérêt pour son bien-être, et bientôt, ses sanglots diminuent, remplacés par des reniflements contre son cou.

« Je rentre chez moi maintenant, dit-elle. Si je regarde par la fenêtre dans soixante secondes et que vous êtes toujours là, j'appelle les flics.

– Je m'en vais », répond Hal.

Elle se dépêche de monter dans un des appartements du premier étage. Hal retourne à sa voiture. Au moins a-t-il obtenu qu'elle cesse de frapper cet enfant pendant quelques minutes. C'est déjà ça. Peut-être que cette trêve se prolongera toute une journée.

Il démarre et lance un regard vers le ciel. Pas de rouge, mais il remarque quelques gros nuages d'orage.

# Erin

Erin fuit son appartement après l'attaque des oiseaux dans la nuit du mercredi, avec l'intention d'effectuer le trajet jusqu'à Clegg d'une seule traite. Mais jeudi midi, elle peine à garder les yeux ouverts. Elle et Philip s'arrêtent dans un motel au Kansas, et Erin jette une injonction de dissimulation sur la chambre avant qu'ils aillent se coucher. La pluie qui les a suivis depuis l'Iowa passe la nuit et le début de matinée à crépiter et à gronder sur le motel, et elle les accompagne encore quand ils reprennent leur voyage le vendredi.

Elle s'estime heureuse : ce n'est que de la pluie pour l'instant. Mais elle a le sentiment d'un intermezzo entre deux actes. Quiconque en a après elle détient plus de cartes dans son jeu. Son seul espoir – ce qui s'apparente le plus à ses atouts à elle –, ce sont ses anciens amis de Clegg. Peut-être peuvent-ils l'aider. Peut-être.

Philip est resté coi depuis qu'ils ont quitté l'appartement. Il ne parle que si on lui adresse la parole, et répond de manière absente, comme l'esprit ailleurs. Il est sous le choc depuis l'attaque des oiseaux, mais Erin ne peut rien pour lui pour l'instant, elle a d'autres préoccupations.

Ils arrivent à Clegg le vendredi matin. Ça n'a guère changé depuis 2001, quand Erin et son père sont partis.

C'est une petite ville à la *Friday Night Lights*, principalement blanche, architecturalement plate, rurale et boisée en périphérie. Le Dairy Queen, qui ne proposait qu'un service au comptoir à l'époque, est devenu un vrai restaurant, où il est possible de s'asseoir pour manger. Le cinéma de quartier dans lequel elle s'est faufilée pour voir *Jackie Brown* est toujours en activité, mais les affiches actuelles ne concernent plus que des films de superhéros, des dessins animés et des histoires de sorciers de l'espace produits par le même studio.

« C'est là que tu as grandi ? demande Philip.

– Oui.

– Là qu'on va rencontrer tes amis ?

– Je l'espère.

– Ils savent que je viens ?

– Oui. » C'est une demi-vérité. Elle a mentionné le fait qu'elle serait accompagnée dans ses MP avec Hal et Athena, mais sans plus de précisions. Cela aurait été trop difficile à expliquer dans un message texte ou au téléphone. Surtout, elle ne voulait pas courir le risque que Philip serve de prétexte pour ne pas venir. Mieux valait se pointer et mettre le groupe devant le fait accompli.

Ils passent à côté du Saunders Inn et de la nouvelle école. Erin évite de les regarder l'un comme l'autre, et choisit de garder les yeux fixés sur la route jusqu'à l'allée de gravier du cimetière municipal. Ce n'est pas le seul en ville – quelques églises ont leur propre terrain pour enterrer leurs congrégations en baisse –, mais c'est là que finissent la plupart des habitants de Clegg.

« Je peux venir ? demande Philip, alors qu'Erin sort de la voiture.

– D'accord, répond-elle. Mais ne dis rien. Plus de questions pendant un moment. »

Ils entrent par la porte en fer noir, la pluie crépitant sur le tissu aux couleurs vives de leurs parapluies achetés dans une station-service. Ils détonnent parmi les pierres tombales et la terre boueuse.

Pendant la majeure partie de la vie d'Erin, ce terrain a été à moitié inoccupé. Après la destruction du lycée, la ville a dû acquérir des parcelles adjacentes pour accueillir l'afflux de pierres tombales et de cercueils vides – peu de corps sont restés intacts. La clôture en fer a dû être arrachée et reconstruite pour englober l'agrandissement. Les adjonctions récentes avaient été une horreur à l'époque – les stèles flambant neuves, les tombes fraîchement creusées. Maintenant, Erin a du mal à dire où se termine l'ancien cimetière et où commence le nouveau. Mais ce n'est pas important. La concession familiale des Marsh est clôturée près du fond.

Quatre tombes s'y trouvent. La première est celle de la mère de Peter, Sophie, 1959-1984, *Fille, épouse et mère aimante*. La deuxième est celle du père de Peter, Lawrence, 1957-1984, *Fils, mari et père aimant*.

La troisième appartient à Peter Marsh. 1982-1999, *Emporté trop tôt*. Erin la regarde avec un pincement de cœur. C'est le dernier endroit où elle s'est arrêtée, avant son départ en 2001, et il lui semble normal d'en faire la première étape de son retour à Clegg. Devant la stèle commémorant la vie trop courte de Peter.

La quatrième et dernière pierre tombale réussit pourtant à la surprendre, détournant son esprit de son deuil : Elijah Marsh, 1938-2000. Pas d'épitaphe. Juste un nom et des dates.

Erin ne savait pas que le professeur était mort. Elle se demande si Hal ou Athena sont au courant. Le vieil homme a survécu une décennie à son petit-fils. L'hiver de sa vie. Il a dû se sentir seul. Rongé par une profonde tristesse qui, avec le temps, a probablement dû se transformer en douleur sourde, constante dans sa poitrine. Erin n'a pas besoin d'imaginer sa peine. Elle est sa compagne quotidienne depuis maintenant vingt ans.

À l'extérieur de la concession clôturée, Philip l'attend, il lui tourne le dos, le parapluie penché pour lui permettre de regarder vers le ciel. Il était censé soulager sa souffrance. Et il y contribue. Quand ils font l'amour, elle peut oublier sa perte pendant quelques minutes. Le reste du temps, toutefois, il est avant tout une déception. Plus un pupille dont elle a la charge qu'un compagnon.

Il semble sentir ses yeux sur lui, parce qu'il se retourne et la gratifie d'un sourire hésitant. En retour, elle lui offre le sourire de barista qu'elle est capable de produire sur commande au boulot pour obtenir des pourboires plus généreux. Le sourire « service client », dépourvu du moindre sentiment.

Elle fait face aux tombes. Marsh aurait pu éviter de mourir seul. Ils étaient là. Erin aurait accepté de lui tenir compagnie. Athena et Hal peut-être aussi. Bien sûr, ils s'étaient tous séparés en mauvais termes, mais depuis, ils lui ont tous manqué. Eux aussi doivent regretter cette époque.

Mais alors même qu'elle se dit cela, elle sait qu'elle se ment. Marsh s'est montré ferme dans leur dernière conversation. C'était la fin de leur coven, de leurs carrières de dissonants.

Cela s'était passé le jour de l'enterrement. Le deuxième pire jour de sa vie. Était-ce la raison de sa présence ici ? Cherchait-elle à se faire du mal ?

Non. Elle est venue pour se recentrer. Pour toucher le cœur de sa douleur et de sa joie. Pour se rappeler les bons moments. Comme la nuit où ils ont appris l'existence de la Dissonance, ou le tournoi à Dallas, ou le matin où Peter l'a trouvée sur le pont, ou même leur seule nuit dans la tente, ce dernier été.

Elle s'accroupit devant la pierre tombale et effleure des doigts les lettres gravées du nom de Peter.

« Tu me manques, dit-elle. Si tu savais. Tout le temps. Tous les jours. C'est con, hein ? »

Il se produit une explosion de douleur sur le sommet de sa tête. Une vive lueur rouge baigne soudain le monde, avant de s'estomper en virant au gris. Quand Erin reprend ses esprits, elle est couchée sur le flanc, complètement trempée. Elle lève la tête hors de la boue et voit Philip à un peu plus d'un mètre de distance, lui aussi étendu face contre terre. Le tissu bleu bon marché de son parapluie s'est déchiré. Un filet rouge coule sur le côté de son visage. Une pierre de la taille d'une balle de softball se trouve sur le sol près de lui, également tachée de rouge.

Non. Pas une pierre. Une boule de glace.

Elle va se lever quand quelque chose la frappe entre les épaules et la fait retomber. Un gros grêlon fait ploc dans la boue à côté d'elle. Son parapluie est quelques dizaines de centimètres plus loin, le tissu lacéré et inutile. Ils sont pris sous une averse de grêle d'une violence incroyable, à au moins une vingtaine de mètres de sa voiture, sans arbres pour les protéger. Le ciel a viré rouge sang. Les nuages ressemblent à un mur de flammes qui roule lentement.

« Philip », dit-elle d'une voix rauque.

Il a les yeux fermés et ses lèvres remuent, mais ses mots sont couverts par le grondement du tonnerre et le fracas de la glace. Erin se force à se mettre à quatre pattes. Des grêlons bombardent ses épaules, son dos, ses jambes, mais sans savoir comment, elle parvient à ne pas flancher et à rejoindre Philip.

Elle touche ses tempes. Ses paupières tremblent, mais il n'ouvre pas les yeux. Erin, affaiblie et vaseuse, exécute tout de même une version rapide et bâclée du Dôme de Haley. La glace rebondit sur le bouclier invisible en produisant des *bang* creux. Erin attrape Philip sous les épaules et le traîne vers la voiture. Il pèse au moins vingt kilos de plus qu'elle, et tout en poids mort. Les bras et le dos d'Erin protestent à chacun de ses pas.

Elle est presque arrivée à la grille quand la bulle fait le même bruit qu'une bannière se déchirant à un rassemblement d'avant-match. Le premier grêlon à profiter de l'ouverture rebondit sans dommages sur son épaule. Le suivant est moins tendre, qui percute son bras gauche comme une batte de baseball. Elle avance en trébuchant alors qu'un autre l'atteint au creux des reins. Stupide dôme. Elle n'est qu'une incapable.

Elle subit la volée de projectiles et fait franchir la grille à Philip. Avec beaucoup d'effort, elle le flanque sur la banquette arrière de sa voiture, avant de s'écrouler sur le siège conducteur. Elle pose la tête contre l'appui-tête et ferme les yeux. Elle a sans doute très mal, mais elle ne sent rien pour l'instant. Pour l'heure, elle se sent surtout *réveillée*, plus présente qu'elle l'a été depuis longtemps.

Elle surprend son reflet contusionné, ensanglanté dans le rétroviseur et s'aperçoit qu'elle sourit. Pas son sourire de barista. Non, le vrai. Elle se sent euphorique. Défoncée à l'adrénaline, avec cette impression que tout est possible, comme à l'époque avec Peter. Au milieu de ce flash, elle arrive presque à se convaincre qu'en tournant la tête, elle le verra assis à côté d'elle, lui aussi couvert de bleus, et affichant le même sourire.

Mais quand elle ouvre les yeux, il n'est pas là, bien sûr. Il n'y a que Philip à l'arrière, à demi conscient, gémissant, les yeux pris de mouvements convulsifs derrière ses paupières closes. Elle démarre la voiture et prend la direction du Saunders Inn, en espérant que cette coquille de verre, de plastique et de métal tiendra bon le reste du voyage.

# Athena

Le premier endroit où s'arrête Athena en arrivant à Clegg ne fait pas à proprement parler partie du canton. Marsh House, là où tout a commencé. Qui occupe la maison maintenant ? Qu'est devenue la bibliothèque de textes dissonants réunie par le professeur ? Elle s'est renseignée en ligne avant de venir, et a appris le décès du vieil homme en 2010. Mais quand elle a regardé dans les catalogues dissonants de l'époque, elle n'a pas trouvé mention d'une importante vente de livres. Sa collection – d'une valeur inestimable – a soit été acquise par ses nouveaux propriétaires en privé, soit fait l'objet d'une cession par lots, la rendant d'autant plus difficile à repérer.

Sinon, il se peut que tout soit resté dans la maison, tel quel. Si Athena parvient à mettre la main dessus, elle peut prendre sa retraite. Acheter une île et un jet. Ne plus jamais reparler à une autre personne si elle n'en a pas envie.

Au bout d'un peu plus d'un kilomètre sur le chemin de terre qui relie Clegg à Marsh House, elle arrive devant une porte en métal avec un écriteau : PROPRIÉTÉ PRIVÉE – ENTRÉE INTERDITE. Il n'y a pas de clôture de part et d'autre, mais les arbres poussent trop près de chaque côté pour envisager de passer en voiture.

Athena se gare, descend de son véhicule et contourne la porte pour couvrir à pied la distance qui la sépare encore de la maison. Sa jambe gauche lui fait déjà mal, à cause du long trajet assis. Des nuages chargés de pluie menacent dans le ciel, et comme d'habitude, elle a oublié son parapluie. Tout cela rend la perspective d'une longue marche humide peu attrayante. Mais elle se connaît assez pour savoir qu'une partie d'elle-même – celle qui, confrontée à une énigme, refuse de laisser tomber sans obtenir de réponses – ne lui permettra pas de faire demi-tour.

Elle avance au milieu du chemin de gravier, bordé par les bois de Clegg. Combien de fois ses amis et elle ont-ils suivi le même itinéraire au temps de leur enfance ? Si elle ferme les yeux, elle peut presque les sentir à ses côtés, sans doute un après-midi d'été. Hal et elle qui se chamaillent, Erin et Peter qui traînent derrière, perdus dans leur petit monde à eux.

Il n'a pas encore commencé à pleuvoir quand elle débouche sur l'allée circulaire de Marsh House, un peu surprise de voir la maison toujours debout. Elle s'attendait presque à la trouver réduite en cendres ou effondrée. La peinture s'écaille, et les années ont couvert les fenêtres d'une croûte de crasse, mais pour le reste, la maison est grosso modo fidèle à son souvenir. Vaste, à la fois menaçante et rassurante, même si ça peut sembler paradoxal, elle donne l'impression d'être un prolongement de la forêt alentour tout droit sorti d'un conte de fées.

Elle fait le tour du bâtiment, ses baskets produisant un bruit de succion dans la terre molle. La vieille cabane à outils se dresse toujours dans le jardin, près des arbres, les portes fermées par un cadenas rouillé. La serre de Peter se trouve juste à côté, envahie par les mauvaises herbes, des branches s'échappant des fenêtres cassées. Le mobilier sur la véranda – les chaises en métal et la table où ils s'asseyaient et se reposaient entre deux exercices – a rouillé lui aussi, mais il reste disposé comme s'il attendait le retour d'éventuels occupants à tout moment.

Elle approche de la maison, s'arrête devant la fenêtre en saillie qui donne sur le bureau de Marsh, et met les mains autour de ses yeux pour regarder par la vitre sale. La pièce est sombre, et la vue vraiment pas idéale, mais il ne semble y avoir ni meubles, ni livres, ni chariot à alcools rempli de poudres mystérieuses. Juste un grand espace vide.

Pourquoi est-ce que personne n'habite une aussi belle maison ? Elle ne devrait pourtant pas rester longtemps inoccupée. En même temps, qui en ville pourrait se l'offrir ? Et qui, hors de Clegg, aurait envie d'emménager ici ? Deux questions, une même réponse : personne.

Elle soupire, la déception attendue se manifestant enfin. Marsh House est toujours là, mais c'est juste une maison. Elle a fait tout ce chemin à pied pour rien, et maintenant elle est bonne pour remettre ça dans l'autre sens. Au retour, elle marche aussi vite que son pas irrégulier le lui permet.

Alors qu'elle approche de nouveau de la porte, elle aperçoit une voiture de patrouille du bureau du shérif garée derrière la sienne, qui l'empêche de repartir. Un homme de grande taille, blanc en uniforme kaki, se penche pour regarder par sa fenêtre côté conducteur. Ses entrailles se contractent comme chaque fois qu'elle a affaire à un flic. Mais il se redresse en entendant le bruit de ses pas sur le gravier, et Athena le reconnaît. Elle se demande si lui aussi se souviendra d'elle. Elle n'est pas sûre de savoir quel scénario elle préfère. Celui qui lui évitera un maximum d'ennuis, elle suppose.

« Bonjour, monsieur l'agent, dit-elle.

– M'dame, dit-il. C'est votre véhicule ?

– Oui.

– Vous avez vu l'écriteau sur la porte ? » Il le pointe du doigt au cas où il lui aurait échappé.

« Oui », dit-elle. Elle contourne la porte et son écriteau et se demande dans quel pétrin elle s'est fourrée. Cette propriété ne se trouve-t-elle pas hors de sa juridiction ? Elle ne le dit pas, mais garde l'idée dans un coin de sa tête en cas de besoin.

Le shérif adjoint la regarde d'abord en fronçant les sourcils d'un air sévère, mais c'est rapidement la perplexité qui prend le relais. « Athena ? dit-il. Athena Watts ? »

Le malaise d'Athena disparaît, elle se sent soulagée. « Jordan McCormick », dit-elle. Son ancien voisin. Deux ans de plus qu'elle. Gentil, alors que rien de l'y obligeait. Encore bel homme, avec ce charme rural, les cheveux bruns grisonnants, un soupçon de bedaine de la cinquantaine au-dessus de sa ceinture. Soudain, elle prend conscience qu'elle n'a sans doute pas l'air très fraîche – sans parler de son odeur – après des heures et des heures de route. Elle résiste à l'envie de toucher à ses cheveux.

« Comment tu vas ? demande-t-il.

– Un peu courbaturée, répond-elle. Fatiguée.

– Ta jambe te cause toujours du souci ? »

Il se souvient de ça ? « C'est de pire en pire chaque année.

– Je connais ça. Certains jours, mes douleurs lombaires sont presque insupportables. » Puis il semble se rappeler qu'il est en service, et reprend une expression plus sévère. « Qu'est-ce que tu fais là ?

– Je suis en ville pour la commémoration. J'ai voulu en profiter pour venir jeter un coup d'œil à Marsh House.

– Je comprends. Toi et tes amis habitiez pratiquement ici quand on était jeunes. » Il met la main à sa ceinture à la manière d'un cow-boy de télévision. « En ce qui me concerne, tu n'as rien à te reprocher.

– Merci », dit-elle. Elle s'efforce de sembler reconnaissante, lui laissant croire qu'elle n'aurait pas fait d'histoires s'il avait tenté quoi que ce soit. Les aléas des relations avec la police quand on est noir.

« Je tiens à ce que ce soit clair avant que je te pose la question suivante. » Il reste sérieux, mais paraît aussi un peu gêné.

« Oui ?

– Qu'est-ce que tu dirais d'aller boire un café, pendant que tu es en ville ? demande-t-il. Ou dîner, si tu préfères ? » En dépit des cheveux grisonnants, des pattes d'oie autour des yeux et des rides d'expression autour de la bouche, il se comporte comme un ado nerveux de dix-sept ans. « T'as tout à fait le droit de refuser, hein. »

Voilà bien longtemps que quelqu'un a semblé si fébrile en l'invitant à sortir. En réalité, elle prend conscience que ça fait un bail que personne ne l'a invitée à sortir, un point c'est tout. Si elle omet les tentatives de Garrett en quête d'un plan cul.

« Un café, ce serait sympa, répond-elle.

– D'accord. » Il sourit de toutes ses dents. « Super. »

Ils échangent leurs numéros de téléphone, conviennent de préciser les choses demain, puis chacun remonte dans son véhicule respectif. Alors qu'Athena attend que Jordan fasse demi-tour dans sa voiture de patrouille, son mobile tinte pour l'informer qu'elle a reçu un SMS de Hal :

DÎNER CE SOIR ?

# Owen

Après avoir dit à Owen de prendre la direction du Texas, la créature-Cole se tait. Elle regarde droit devant elle, et comme elle porte des lunettes de soleil, Owen ignore si ses étranges yeux jaune-vert sont ouverts ou fermés. Il se concentre sur sa conduite, et sur l'autoroute qui s'étend vers le Texas sous un ciel sombre et orageux. La pluie crépite sur le toit du vieux break, et un voile de calme enveloppe l'esprit et le cœur d'Owen. Il doit être en état de choc, ou peut-être en situation de stress post-traumatique. Il se rappelle avoir lu le terme « dissociation » en ligne, ou dans son manuel de psychologie. Peu importe les détails. Ce qui compte, c'est qu'il est à l'abri de ses émotions, de son anxiété à propos des événements du cimetière, ou de ce qui l'attend. Cette protection lui permet de conduire, bercé par le crépitement léger et régulier de la pluie.

Malheureusement, c'est la fin de cet état de grâce quand, quelque part entre Vicksburg et Monroe, le passager d'Owen prend une profonde inspiration rauque et se contracte sur son siège. C'est peut-être la première fois qu'Owen l'entend respirer.

« Tout va bien ? » demande-t-il.

La créature-Cole fait un mouvement brusque sur la

droite, et sa tête heurte la fenêtre, avec assez de violence pour que le verre se fêle. Sa main gauche s'élève et s'abat sur le bras droit d'Owen, ce qui leur fait faire une embardée sous l'averse. Une voiture sur la voie d'à côté klaxonne tandis qu'elle les dépasse à gauche.

« Hé », dit Owen, qui se reconnaît déjà davantage dans sa voix. En colère. Présent. « C'était quoi, ça ?

– Arrête. La. Voiture », parvient à dire la créature-Cole.

Il pleut si fort maintenant qu'Owen ne voit rien au-delà du capot. Il donne un coup de volant et se gare sur le bas-côté. La créature-Cole ouvre sa portière, laissant entrer la fureur de l'orage. Elle essaie de se lever, mais tombe sur la chaussée avec un *floc.*

Owen descend lui aussi et fait le tour du véhicule par l'avant. Il se penche pour prendre la créature-Cole par le bras et l'aider à se remettre debout. Il ne sait pas pourquoi il lui porte secours. Une partie de lui crie d'arrêter ça tout de suite, bordel, de laisser cette chose, quelle qu'elle soit, se démerder toute seule ou crever. Mais à travers la confusion qui règne dans son esprit, l'idée le dérange. C'est cette même partie de lui qui se révolte quand des gens sont condamnés à mort, y compris s'ils sont déclarés coupables du crime dont on les accuse. La partie de lui qui déteste voir qui que ce soit souffrir, qu'il ou elle le mérite ou non.

La créature-Cole s'appuie sur son bras comme un vieillard. Ensemble, ils s'écartent de la route en titubant, laissant la portière de la voiture ouverte derrière eux. La terre est gorgée de pluie, et l'humidité pénètre dans les baskets d'Owen. Pour une raison qui lui échappe, le bruit de succion qu'il entend entre ses orteils le dérange davantage que le mort-vivant à côté de lui.

Ils s'arrêtent à quelques pas du fil de fer barbelé les séparant d'un coin de verdure légèrement ondoyant. Là, la créature-Cole utilise le bras d'Owen pour garder l'équilibre alors qu'elle se détourne de lui et se penche, secouée de haut-le-cœur. Ce qui jaillit de sa bouche est rouge, épais, avec de gros morceaux qui s'écrasent sur le sol humide, avant d'éclabousser son jean crasseux. La créature-Cole lâche Owen, se courbe en avant, les mains sur les genoux, et produit un son qui s'apparente à celui que ferait un chat régurgitant une boule de poils. Ses lunettes de soleil glissent de son nez et tombent dans l'herbe haute. Une de ses mains se porte à sa gorge, et une expression complètement affolée traverse fugitivement ses yeux jaune-vert.

Est-elle en train de s'étouffer ? Est-ce possible pour un être qui ne respire pas ? Owen est pris de panique, mais pas assez pour percer le brouillard de son cerveau. Il a le vague sentiment qu'il devrait faire *quelque chose*, mais quoi ? La méthode de Heimlich ? Il ne sait pas comment faire, et de toute façon, est-ce que ce serait efficace sur une créature qui n'utilise pas ses voies respiratoires ?

Il en est là de son débat intérieur quand la bouche de la créature-Cole s'ouvre plus grand que devrait pouvoir le faire celle de n'importe quel humain. De nouveau, une importante quantité de sang et quelques objets gras et visqueux se répandent sur le sol. Owen n'est pas sûr de ce qu'il voit : un genre de boyau de saucisse qui n'en finit pas, une masse qui se gonfle et se contracte toute seule. Puis il comprend, et le regrette immédiatement. Son ravisseur vient juste de vomir l'ensemble de ses organes dans l'herbe.

La créature a encore quelques haut-le-cœur, d'épais ruisselets de sang, de salive et de morve s'écoulant de sa bouche et de ses narines. Quelque chose cloche aussi avec la peau de son visage – trop étirée, elle pend maintenant comme le col d'un vieux t-shirt.

« Est-ce que ça va ? »

Owen se retourne. Une femme avec un parapluie se tient

au bord de la route. La créature-Cole le lâche et il lève une main comme un agent de la circulation. *Stop.*

« Tout va bien, répond Owen.

– Vous êtes sûr ? insiste-t-elle. Votre ami n'a pas bonne mine. »

La créature-Cole reste le dos tourné à la femme, les mains posées sur les genoux. Elle s'est immobilisée. Anormalement silencieuse. Tel un animal prêt à bondir sur sa proie.

« C'est juste une gastro », dit Owen. Il s'efforce de garder une voix ferme, rassurante. De ne pas trahir la soudaine terreur qu'il éprouve pour cette femme. Il sourit et hausse les épaules, une manière de dire *on n'y peut pas grand-chose.* Son cœur bat la chamade et il essaie de ne pas penser à celui qui bat lentement sur le sol à côté de lui. Le cœur de Cole.

« Tout va bien, ajoute Owen. Mais merci de vous être arrêtée pour vous en assurer. C'est gentil à vous, madame. »

La créature-Cole, toujours penchée en avant, garde son visage maculé de sang détourné de leur interlocutrice. Mais elle lève le bras et le pouce droit pour confirmer que tout va bien. C'est limite comique. Owen rit presque.

« Vous voyez ? dit-il. On sera repartis dans une minute. Et franchement, j'aimerais mieux pas que vous chopiez ce qu'il a, si c'est contagieux. »

La femme au bord de la route se bat avec elle-même. Owen en est conscient. Elle ne veut pas lâcher l'affaire. Puis ses yeux s'agrandissent et ses narines se dilatent. Elle a remarqué quelque chose, quelque chose qui lui avait échappé jusqu'à présent.

« D'accord, dans ce cas », dit-elle. Elle salue Owen d'un brusque signe de la main et se dépêche de retourner à son SUV. Alors qu'elle monte à bord du véhicule, Owen distingue d'autres silhouettes derrière les vitres teintées.

Petites. Des enfants. La femme démarre et disparaît sous la pluie.

« Tu as sauvé la vie de cette femme, déclare la créature-Cole.

– Je sais, dit Cole.

– Mais tu m'as aussi aidé.

– Oui.

– Pourquoi ? »

Owen ouvre la bouche, la referme. Il réfléchit. « Je ne sais pas, répond-il enfin. Ça semble mal de ne pas le faire.

– Normalement, je te dirais que c'est un instinct idiot, que tu ferais mieux d'ignorer. Mais dans ce cas, il t'a sauvé la vie. » La créature lève le visage de Cole vers l'averse, et laisse la pluie rincer une partie du sang et de la morve. Avec les yeux fermés et la figure propre, l'abomination se met à ressembler un peu à Cole. Quand elle regarde de nouveau Owen, l'illusion vole en éclats.

« J'ai décidé de t'épargner, dit-elle. Mais je t'aurais tué si tu ne m'avais pas aidé. Et je n'hésiterai pas à le faire si tu me freines dans mes projets. C'est compris ? »

Owen est incapable de parler. Alors il hoche la tête.

« Bien, dit la créature. Maintenant, allons-y. Il faut qu'on trouve un endroit pour nous reposer et nous préparer. »

*Nous préparer à quoi, exactement ?* se demande Owen.

*1997*

# LA CONVENTION

# Erin

Erin n'arriva pas à dormir la nuit avant la convention. Elle passa les heures entre la nuit de jeudi et le matin du vendredi à se retourner dans son lit, alternant les moments d'excitation et de pure terreur. Elle n'avait jamais été et ne serait jamais une grosse dormeuse, mais quand son réveil sonna à six heures et qu'elle entra d'un pas traînant dans la salle de bains, elle vit des poches sombres sous ses yeux.

À quinze ans, elle était encore assez jeune pour qu'un maquillage judicieusement appliqué cache un manque de sommeil, et qu'une canette de Surge chasse la fatigue. Ces tâches accomplies, elle revérifia le contenu de son sac à dos, puis traversa le salon du mobile home de ses parents sur la pointe des pieds pour ne pas réveiller son père.

Il dormait de nouveau sur le canapé, après une énième engueulade avec sa mère la veille au soir. Erin s'arrêta devant lui. Il était allongé sur le côté, enveloppé dans une couverture afghane, le front ridé. Même au repos il semblait soucieux. Elle le comprenait.

Elle se força à se détourner et à gagner la porte aussi silencieusement que possible. Une fois dehors, dans le soleil matinal, son humeur s'améliora immédiatement. Elle laissait maintenant derrière elle pour deux journées entières le mobile home, et tous ces problèmes.

Elle parcourut à pied la faible distance qui la séparait de l'immeuble où habitait Hal, et le vit sortir de son appartement. Il descendit l'escalier d'un pas lourd, affichant une expression maussade. Elle se demanda pourquoi, avant de s'apercevoir que la décapotable déglinguée noire de sa mère n'était pas garée devant. Lorna était censée les conduire à Marsh House aujourd'hui.

« Où est ta mère ? dit Erin.

– Je n'en sais pas plus que toi, répondit Hal. J'ai appelé Peter. Ils passent nous prendre. »

Ils s'assirent sur la première marche de l'escalier en les attendant.

« Excitée ? dit Hal.

– Nerveuse. Et toi ?

– Moi aussi. Nerveux. »

Le SUV du professeur Marsh arriva sur le parking à ce moment-là, leur évitant d'avoir à entrer dans les détails. Ils hissèrent leurs sacs sur leurs épaules et coururent jusqu'au véhicule, où ils rejoignirent Athena sur la banquette arrière. Marsh était au volant, avec Peter assis devant à côté de lui. Des trois, seule Athena semblait excitée – elle en était presque méconnaissable.

« Oh, mon Dieu, dit-elle, alors que Hal se glissait à la place du milieu à côté d'elle. Tu as pu dormir ? Moi, je n'ai pas fermé l'œil de la nuit. »

Hal leva les yeux au ciel. « J'ai dormi comme un bébé, pauvre truffe. »

Athena poussa sa tête sur le côté de manière facétieuse, et regarda Erin à travers la brèche qu'elle avait créée. « Et toi ?

– Pas moyen, répondit Erin.

– Tu vois ? dit Athena à Hal. Tu vois ?

– Bonjour, Peter », dit Erin.

Peter tenait un petit cactus en pot sur ses genoux. Il remua les doigts de sa main droite dans l'air au-dessus de la plante, comme un marionnettiste, et le cactus s'allongea et oscilla. Il lui lança un regard par-dessus son épaule, puis il se retourna, comme s'il se sentait gêné.

« Bonjour, Erin », marmonna-t-il.

C'était grosso modo ce à quoi elle s'attendait, à défaut de correspondre à ce qu'elle espérait.

Le trajet s'effectua plus ou moins en silence. Depuis plus d'un an maintenant, Erin et ses amis suivaient les cours du professeur Marsh. Après-midi et week-ends, dans son bureau, ou dehors, dans le jardin derrière Marsh House. Ils avaient étudié « l'alphabet dissonant » : douze symboles qui formaient la base de la plupart des injonctions dissonantes. Erin et ses amis avaient mémorisé ces symboles.

Marsh les avait fait réfléchir sur la signification « superficielle » de chaque symbole (air, globalité, temps, etc.), mais aussi sur ce qu'il appelait « les sens profonds » – les associations et vérités souterraines attachées aux symboles.

« Certains dissonants consacrent leur vie entière à la contemplation d'un seul caractère, leur avait dit Marsh. Ils écrivent des traités sur l'idée de l'eau, du mouvement, ou du souffle. Parfois ces études pointues étendent le champ de nos connaissances de manière étonnante, en mettant en lumière de nouvelles façons de voir et d'utiliser la Dissonance. Mais le plus souvent, ces ascètes se satisfont de passer leur vie en réflexion sur le mystère, et ne cherchent pas de réponses définitives. »

Heureusement, Marsh n'avait pas exigé de ses élèves qu'ils suivent une telle voie. En revanche, il tenait *absolument* à leur imposer des exercices de méditation quotidiens, les poussant à se concentrer sur leur respiration, à être attentif – pas juste au monde matériel, mais aussi à leur paysage émotionnel intérieur. « Prêtez attention à votre mal-être, à votre douleur. Utilisez-les. Ils sont la source de votre pouvoir. »

C'était en percevant – et en exploitant – cette douleur

qu'Erin et ses amis avaient commencé à puiser de manière fiable dans la Dissonance, et à modifier le monde qui les entourait par petites touches. Du moins en était-il allé ainsi pour Erin, Peter et Athena. Bien qu'il ne manque aucun cours et étudie aux côtés des autres, Hal n'était toujours pas capable de lire ou d'écrire le dissonant. À part certaines formes qu'il avait fini par reconnaître, sa compréhension demeurait superficielle, et tous les exercices de respiration ou de méditation n'y semblaient rien changer. Il lui était maintenant possible d'appeler l'Épée du Malheur à volonté, mais pas moyen de lancer même la plus simple injonction dissonante.

Erin progressait beaucoup plus rapidement, bien que son apprentissage soit loin d'être la seule occupation d'une vie bien remplie. Elle avait son travail scolaire normal, et en mars, elle avait fait acte de candidature pour intégrer l'équipe de cheerleading du lycée. Elle l'avait fait sans en informer le reste du groupe. D'une part, elle craignait leur réaction, et par ailleurs, cela aurait impliqué de leur annoncer qu'elle n'avait pas été reçue en cas d'échec. Mais comme elle avait été prise, elle n'avait pas eu le choix : elle avait dû le leur dire.

« Si je comprends bien, je vais devoir m'organiser en tenant compte de l'agenda des pom-pom girls », avait marmonné Marsh.

La seule remarque d'Athena avait été : « Pourquoi tu veux perdre ton temps avec ça ? »

Erin n'avait pas eu de bonne réponse à donner sur le moment – aucune, croyait-elle, qui aurait pu satisfaire Athena. En vérité, elle l'avait fait parce qu'elle voulait avoir quelque chose de complètement *normal* dans sa vie par ailleurs chaotique (à la maison) et bizarre (à Marsh House). Pour la même raison, peu après avoir rejoint l'équipe de cheerleading, elle avait commencé à sortir avec un joueur de football nommé Randy Taylor. Randy était gentil, et drôle, et contrairement à Peter, il ne faisait pas mystère de sa volonté d'être le petit ami d'Erin.

Le trajet en voiture dura trois bonnes heures, avec pas grand-chose à voir par la fenêtre, à part une succession de villages, d'étendues de terres cultivées et de panneaux d'affichage pour différentes églises, des avocats spécialisés en préjudice corporel et des fast-foods. Dieu merci, ils finirent par entrer dans Dallas. Erin était déjà venue, pour des excursions d'une journée avec sa mère, mais la ville ne manquait jamais de la stupéfier : la foule, les rues encombrées par la circulation, le ciel caché alors qu'ils passaient entre des gorges de béton, de métal et de verre. Tout était tellement plus grand qu'à Clegg que l'échelle même des choses suffit à l'arracher à ses pensées pour la ramener au présent tandis qu'ils arrivaient à l'hôtel Hyatt Regency. Elle n'avait jamais séjourné dans un établissement aussi chic.

Le hall était bondé, et de nombreux voyageurs faisaient la queue à la réception, ainsi qu'au bureau d'accueil de la convention, que couronnait une bannière : BIENVENUE AUX DISSIDENTS. La bouche d'Erin se tordit en un sourire. Une simple coquille typographique pour dissimuler le thème du rassemblement aux autres clients et à la direction de l'hôtel. Elle jeta un coup d'œil à ses amis. Hal et Athena continuaient de se chamailler, mais elle parvint à attirer l'attention de Peter. Il la gratifia même d'un petit sourire, et l'espace d'une seconde, tout redevint comme avant – comme cela avait toujours été. Puis il sembla se rappeler qu'il ne portait pas Erin Porter dans son cœur ces jours-ci, et il baissa les yeux vers son cactus en fronçant les sourcils. La plante frissonna sous son regard, comme si l'air s'était soudain refroidi.

Ils firent la queue, s'enregistrèrent, obtinrent leurs badges, puis allèrent à la réception. Les garçons avaient une chambre au deuxième étage, les filles une autre au troisième, et Marsh dormait seul au dixième.

« J'ai essayé de nous réserver trois chambres contiguës, expliqua Marsh, alors qu'il leur tendait leurs clés. Mais c'était impossible. » Il lança à ses élèves un regard sévère. « Je compte donc sur vous pour bien vous tenir ce week-end. Merci de ne pas trahir ma confiance. »

Erin et ses amis murmurèrent tous leur assentiment en acceptant les clés. Ils convinrent de retrouver le professeur Marsh dans le hall une heure plus tard pour le discours d'ouverture, puis ils se séparèrent. Les garçons prirent l'escalier pour aller au deuxième étage, tandis que Marsh et les filles entraient dans l'ascenseur qui devait les mener à leurs étages respectifs. Erin aurait préféré l'escalier, mais elle savait que la jambe d'Athena continuait de la faire souffrir. Inutile d'en rajouter. Un an après les faits, la blessure qu'elle avait subie dans les bois de Clegg n'avait toujours pas complètement guéri. Elle se déplaçait sans trop de difficulté, mais elle ne pouvait s'empêcher de grimacer si elle se levait ou s'asseyait, et souvent, quand elle montait des marches elle avançait lentement, comme une grand-mère ou une personne atteinte d'arthrose.

« Je peux porter ton sac, si tu veux ? » proposa Erin alors qu'elles sortaient de l'ascenseur à leur étage.

Athena secoua la tête. Et, peut-être pour tenter à sa façon de tendre un rameau d'olivier, elle ajouta : « Je me suis entraînée. Je dois rester forte pour le tournoi. »

Elle faisait référence à une compétition qui aurait lieu au cours du week-end. Cela avait été l'un des principaux arguments en faveur de la convention pour attirer les jeunes dissonants : une occasion de comparer leurs compétences à celles de leurs pairs. Marsh avait insisté pour que Peter, Erin et Athena participent tous les trois. « Ce sera un défi de taille, avait dit Marsh. Et j'en tirerai des points de référence utiles pour votre développement. »

Cette perspective avait suscité l'enthousiasme d'Erin.

Athena aussi n'avait pas caché son excitation. En revanche, Peter avait vigoureusement protesté.

« Pourquoi on devrait employer la violence pour faire nos preuves ? avait-il dit. Ça semble barbare.

– Hé ! avait dit Hal. Je pourrais mal le prendre.

– Désolé, avait dit Peter.

– Ne vous y trompez pas, avait répondu Marsh. Ce pouvoir, cette énergie, cette Dissonance ? Elle naît du mal-être. Du malheur. De la souffrance. Le monde que nous occupons, et que nous espérons contrôler, est un endroit détraqué, violent. Je ne connais pas de meilleure manière pour vous d'évaluer vos capacités. »

Leur coven s'était donc entraîné pour cette occasion depuis le printemps.

Le tournoi s'inspirait d'une vieille tradition écossaise de joute verbale remontant aux années 1400. Dans cette version originale, un échange d'insultes servant à mesurer l'esprit de chaque participant. Les dissonants avaient adopté l'idée pour leur propre style de duel formalisé. Dans une joute dissonante, deux adversaires entraient dans l'arène et employaient leur maîtrise du langage dissonant pour tenter d'abattre l'autre. Un match se déroulait en trois manches maximum. Le premier compétiteur à mordre la poussière deux fois perdait le duel. C'était plus qu'une bagarre physique. Deux intelligences s'affrontaient, deux esprits. Jusqu'à présent, Erin n'avait pas brillé par ses performances. À l'entraînement, elle battait généralement Peter, mais perdait immanquablement contre Athena.

Dans leur chambre, Erin s'affala sur son lit, qui lui parut incroyablement grand et confortable, comparé au lit simple et grinçant dans lequel elle dormait chez elle. Fermer les yeux et faire une longue sieste : elle ne demandait rien de plus.

« Tu es excitée à propos du tournoi ? dit-elle, se forçant à la vigilance.

– Beaucoup, répondit Athena. Je me suis entraînée tous les jours, même à la maison. Pas juste sur mes formules dissonantes. J'ai aussi travaillé ma force physique. »

Erin jaugea son amie du regard. Athena semblait effectivement plus mince et plus musclée. Elle avait supposé que la puberté était seule responsable, mais apparemment, c'était à force de volonté et de discipline qu'Athena était parvenue à ce résultat.

« Tu as vraiment bonne mine, dit Erin.

– Possible, mais ce n'est pas ce qui m'intéresse, répondit Athena en balayant le compliment d'un revers de main. Et toi ? Tu es impatiente ?

– Bien sûr. Nerveuse aussi. Après tout, chaque fois qu'on se bat en duel toi et moi, tu me démolis. »

Athena écarta également cette remarque. « Seulement parce que tu es distraite. »

Erin roula sur un côté. « Qu'est-ce que tu insinues ? »

Athena leva les mains, comme sous la menace d'un revolver. « N'en fais pas toute une histoire.

– Qui fait toute une histoire ? Tu as dit quelque chose et je veux juste savoir ce que tu entends par là.

– Tu as été pas mal occupée cet été. » Elle détourna les yeux, fouilla dans son sac à dos à la recherche de quelque chose. « Si tu n'avais eu que ça à faire cette année, nos duels seraient beaucoup plus équilibrés. »

Erin aurait pu insister, transformer le petit faux pas d'Athena en grosse dispute. Mais à quoi bon ? Athena était comme ça. Et Erin devait partager une chambre avec elle pendant les deux prochains jours. Si elle avait appris quelque chose de ses parents, c'était comment maintenir la paix. On évitait certains sujets, parce qu'en parler ne faisait que leur donner une réalité. Pour qu'il n'y ait pas de malaise, mieux valait ne rien dire. Ainsi, tout le monde s'entendait bien.

Erin laissa donc échapper un soupir silencieux et sourit. Athena ne changerait jamais, de toute façon. Elle se redressa.

« Allez, dit-elle. Il faut qu'on descende si on ne veut pas louper le discours d'ouverture de la convention. »

# Hal

Hal, Peter et le professeur Marsh se retrouvèrent au sous-sol de l'hôtel où étaient situées toutes les salles de conférences. Le discours d'ouverture avait lieu dans la plus grande, qu'on avait remplie de rangées de chaises au maximum de sa capacité. Ils réussirent à dénicher cinq places ensemble devant.

Hal regarda la foule autour de lui et soupira. Quand il avait appris que le coven allait assister à un rassemblement de la communauté dissonante, il s'était attendu à un événement qui tenait de son premier (et, à ce jour, seul) voyage au Temple de la Douleur. Il s'était imaginé de mystérieuses silhouettes drapées et encapuchonnées en robes de couleur foncée, s'entretenant dans l'obscurité de vastes pièces. Au lieu de quoi, il était assis sur une chaise inconfortable dans la salle de danse d'un hôtel, avec les cloisons modulaires repliées pour permettre d'accueillir une foule de gens terriblement ordinaires en apparence.

« On se croirait à une convention de comptables, grommela-t-il.

– À quoi tu t'attendais ? dit Peter. Tu nous as vus ? On n'est pas vraiment du genre qu'on remarque en public.

– J'espérais qu'on serait l'exception », dit Hal.

Les filles arrivèrent, et Hal leur fit signe de les rejoindre aux places qu'ils leur avaient réservées. Peter, assis entre Hal et Marsh, ne les regarda même pas alors qu'elles s'installaient. Erin parut blessée, mais ce fut si fugitif que cela aurait pu ne pas se produire du tout.

Ne souhaitant pas envenimer les choses, Hal décida de feuilleter le programme qu'on leur avait remis lors de l'enregistrement – toutes les activités et les événements du week-end y figuraient. À part le fameux tournoi, cela semblait se résumer pour l'essentiel à une série de tables rondes et de présentations. « *La Musique de l'infini* de Silverman dans les années 1990 ». « L'Hérésie des Mondes multiples ». « Les Mystères du Temple de la Douleur ». Les deux premières avaient l'air chiantes comme la pluie, mais Hal attendait la troisième avec impatience. Le professeur Marsh devait y raconter l'histoire de Hal. Peut-être que quelqu'un dans l'assistance aurait une hypothèse à émettre sur la raison pour laquelle le Temple avait porté son choix sur lui.

Le brouhaha des conversations se tut brusquement alors qu'Athena donnait un petit coup de coude à Hal. Il leva les yeux du programme. Un homme se tenait sur scène, derrière le pupitre. La quarantaine tout au plus, assez beau, avec des traits anguleux et des cheveux châtains, qu'il commençait à perdre.

« Bonjour, dit-il. Mon nom est Richard Thorpe, et c'est avec grand plaisir que je vous souhaite à tous la bienvenue à cette Convention des dissonants de 1997. » Il marqua une pause alors qu'un tonnerre d'applaudissements remplissait la salle, et attendit que le calme revienne avant de reprendre la parole.

« J'aimerais pouvoir présenter cet événement comme la Convention annuelle des dissonants. Malheureusement, cette réunion est la première importante de notre communauté depuis la Seconde Guerre mondiale, et nous devons nous contenter d'un Hyatt au Texas. C'est assez triste, mais compréhensible. En effet, la nature de la Dissonance attire des praticiens qui manifestent un penchant pour la solitude et la tranquillité. De petits groupes d'intimes, plutôt que de grandes communautés. Nous aimons nous cacher, et nous avons tendance à conserver jalousement nos connaissances, parce que, pour nous, le savoir est, littéralement, synonyme de pouvoir. Je souhaite pourtant que ce week-end marque le début d'un changement collectif d'attitude, d'une prise de conscience : nous sommes plus forts ensemble que chacun de notre côté. J'espère que nous apprendrons à partager nos idées et à croître en tant que communauté. Après tout, ne sommes-nous pas une secte abrahamique ?

– Cause toujours, murmura Marsh.

– Et qu'a dit le Christ ? poursuivit Thorpe. "Car là où deux ou trois sont assemblés en mon nom, je suis au milieu d'eux." Nous sommes destinés à être ensemble. Alors, de grâce, ne restez pas dans vos chambres ce week-end. Assistez aux tables rondes et aux présentations. Posez des questions. Partagez des savoirs. Chacun de vous est un membre précieux de cette communauté, et quand nous collaborons, je nous crois capables d'accomplir n'importe quoi. Faisons de cette convention une réussite, dans l'espoir de ne pas avoir à attendre un demi-siècle pour la prochaine édition. Merci. »

La salle résonna d'une nouvelle salve d'applaudissements. Hal, Peter et les filles s'y joignirent, mais pas le professeur Marsh, qui garda les mains posées sur les genoux. Hal et les autres s'arrêtèrent pour le regarder d'un air interrogateur, alors qu'autour d'eux les gens se levaient et sortaient d'un pas traînant.

« Cet homme est le dissonant le plus puissant et le plus influent de tout le continent, peut-être du monde entier, expliqua Marsh à voix basse en se penchant vers eux. Il lui est facile de demander aux autres de partager leurs connaissances, puisqu'il possède déjà presque toutes celles qui sont disponibles. C'est comme si un multimillionnaire organisait une collecte de conserves.

– Pourquoi on est là, alors ? s'étonna Hal.

– Parce qu'il se peut tout de même que nous en tirions quelque chose, dit Marsh. Ne vous y trompez pas, c'est bel et bien une chance. Mais n'oubliez pas de l'aborder avec scepticisme, et de faire preuve d'esprit critique. Ne laissez pas vos émotions troubler votre jugement. »

Les mots tombèrent sur Hal comme une couche de neige. Il étudiait avec Marsh depuis un an maintenant, et le vieil homme ne se montrait pas avare de conseils. Mais les conseils en question se révélaient souvent à double tranchant. Chaque maxime, chaque vérité prononcée par Marsh semblait faire du monde un endroit plus petit, plus cruel, plus sombre.

Hal savait qu'il devait s'y attendre. C'était la base de la Dissonance – le monde détraqué –, et putain, il avait été choisi comme champion par le *Temple de la Douleur*. Comment la déception et la tristesse auraient-elles pu ne pas l'emporter sur les autres émotions ? Quand même, cela avait du mal à passer.

« Apparemment une soirée-rencontre est prévue pour les jeunes ce soir, dit Erin, pointant du doigt une page du programme. Un truc pour apprendre à mieux se connaître avant le début du tournoi demain ? »

Marsh fronça les sourcils. « Tu dois te reposer pour le tournoi. Et en sympathisant avec tes adversaires avant, tu perds tout avantage psychologique que tu pourrais avoir sur eux.

– Mais eux aussi perdent le leur, dit Athena. Alors, ça ne change rien à l'équilibre des forces.

– L'espoir fait vivre, dit Marsh. Je ne vous interdirai pas d'y aller. Ce que vous faites de votre temps libre ce soir ne regarde que vous. Mais ne me faites pas regretter de vous avoir emmenés. »

Une heure plus tard, Hal et Peter retrouvèrent Erin et Athena dans le hall, afin qu'ils puissent se rendre ensemble à la soirée. Athena portait son uniforme habituel – jean et t-shirt –, mais Erin s'était changée pour mettre des talons hauts et une robe. Hal avait toujours su qu'elle était canon, une idée abstraite, qui le laissait indifférent, comme le fait de savoir que les tyrannosaures étaient des carnivores et que les tomates étaient des plantes. Mais tirée à quatre épingles comme elle l'était maintenant, elle était carrément sculpturale, et ressemblait presque à une femme adulte. Il ressentit un pincement de compassion pour Peter, mais il ne dit rien.

Comme le discours d'ouverture, la soirée avait lieu en bas, au sous-sol de l'hôtel, mais dans l'une des plus petites salles. Les chaises avaient été empilées contre le mur, et des amuse-gueules disposés sur de longues tables près des portes. On avait baissé la lumière, et de la musique passait sur la sono. La plupart des jeunes restaient debout sur les côtés, mais quelques couples dansaient au milieu de la pièce.

« Ainsi voilà nos pairs », dit Hal.

Il lança un regard à Athena, la bouche tordue dans une grimace de déception. « Ça ressemble à un bal des anciens élèves comme on en a chez nous, dit-elle.

– Ce n'est pas si terrible, dit Erin.

– Si, la contredit Peter.

– Venez, dit Hal. Allons faire connaissance. »

Ils se dirigèrent vers la table des rafraîchissements, mais ils s'en trouvaient à mi-chemin quand un beau jeune homme aux cheveux bruns les intercepta, avec l'esquisse d'un sourire sur le visage.

« Salut, dit-il, au-dessus de la musique. Moi, c'est Garrett Thorpe. » Il leur offrit sa main, et chacun la serra en se présentant à son tour. Quand Peter donna son nom, les yeux de Garrett s'agrandirent.

« Le petit-fils d'Elijah Marsh ? demanda-t-il.
– Oui, confirma Peter.
– J'ai entendu ce qui était arrivé à tes parents. C'est affreux.
– Merci, mais je ne m'en souviens pas vraiment, alors je n'en fais pas une montagne.
– Bien sûr, dit Garrett. Je suis content que vous ayez pu venir ! Mon père a organisé le reste de la convention, mais cette partie est mon idée. La soirée-rencontre, je veux dire.
– Monter un bal de lycée merdique pour un événement qui réunit les gens les plus puissants du monde, c'est ça ton idée ? » demanda Athena.

Hal réprima une envie de rire, et Peter sourit. Seule Erin parut atterrée.

« Je trouve ça sympa », dit-elle.

Garrett la gratifia d'un sourire tout en dents. « Merci beaucoup. »

Ce sourire déplut fortement à Hal.

« Bon, je sais que c'est un peu nul de demander ça, mais quitte à nager dans le cliché : tu as peut-être envie de danser ? dit Garrett à Erin.
– Elle a un petit ami », bafouilla Peter.

Athena haussa les sourcils, mais ne dit rien. Erin sembla un brin honteuse.

Garrett ouvrit la bouche, puis la ferma, souriant. « Je ne te demande pas de sortir avec moi, seulement si tu as envie de danser. » Il tourna son sourire charmeur vers Peter. « Pas d'entourloupes. Tu as ma parole. »

Erin haussa les épaules. « D'accord. Allons-y. » Elle laissa Garrett la prendre par le bras, et l'entraîner sur la piste.

Dès qu'ils furent hors de portée de voix, Athena se tourna vers Hal et Peter. « Ça craint. Je me casse.
– Moi aussi », dit Peter.

Hal n'eut pas le cœur d'argumenter.

« Et toi ? lui demanda Athena.

– Je pense que je vais rester dans les parages, dit Hal. M'imprégner de l'atmosphère. »

Les autres partirent. Hal but son punch et se tint en marge de la foule. De temps à autre, il apercevait Erin et Garrett Thorpe qui dansaient. Même dans la pénombre, il put se rendre compte qu'elle prenait du bon temps. Elle souriait, bondissant sur la pointe des pieds, renversait la tête en arrière alors qu'elle éclatait de rire. Il les regarda danser, elle et les autres couples, et ressentit un mélange d'ennui et de jalousie.

Il venait juste de décider de remonter dans sa chambre quand une fille surgit de l'obscurité et avança vers lui. Elle était petite et belle, avec des cheveux bruns, des yeux marron et un nez légèrement retroussé. Elle portait une robe bleue toute simple et des baskets.

« Tu veux danser ? » demanda-t-elle.

Hal ressentit un moment de pure terreur à cette inversion des rôles. N'était-ce pas lui qui aurait dû trouver le courage d'aller lui parler ?

Mais le moins qu'on puisse dire, c'était que Hal ne manquait pas de cran.

« Bien sûr, répondit-il. Avec plaisir. »

Elle lui prit la main et il se laissa entraîner sur la piste. Il était vivement conscient du contact de ses doigts dans les siens.

La chanson était un slow, et Hal connaissait les bases depuis le collège – une main sur sa hanche, l'autre entrelacée avec la sienne.

« Moi, c'est Kelly », dit-elle, se penchant plus près pour se faire entendre malgré la musique. Ses lèvres lui effleurèrent l'oreille et sa peau tout autour se couvrit de chair de poule.

Il s'inclina à son tour, soudain très conscient de son propre souffle. Il regretta de ne pas s'être brossé les dents avant de descendre, et aussi d'avoir bu du punch. « Hal, répondit-il. D'où tu viens ?

– Des Moines, dit-elle. Toi ?

– D'ici. Enfin, plus ou moins. De la région.

– Cool. »

Une fois les présentations faites, ils décrivirent leurs cercles maladroits durant les morceaux lents et gigotèrent dans tous les sens quand le rythme l'exigeait. Alors qu'il tenait la main de Kelly, qu'il touchait sa hanche en tâchant de ne pas lui marcher sur les pieds, Hal ne put s'empêcher de se rappeler quand il avait porté Athena hors des bois l'été précédent. Il essaya de bannir cette pensée de sa tête, de se concentrer sur la fille devant lui, se demandant si Kelly songeait également à quelqu'un d'autre.

À mesure que les chansons se succédaient, Kelly se colla de plus en plus à lui, laissant de moins en moins d'espace entre leurs corps alors qu'ils bougeaient. Hal se sentit transporté, mais inquiet aussi. Son cœur battait la chamade, sa respiration accélérait. Savait-elle à quel point elle l'excitait ? Pouvait-elle s'en rendre compte ?

Enfin, elle posa la tête sur son épaule, mais se pressa contre son aine avec un soupir satisfait. Elle recula ensuite, mais quand la soirée se termina à dix heures, l'heure d'aller dormir, les lumières au plafond se rallumèrent, et Kelly se dressa sur la pointe des pieds pour embrasser Hal sur la joue.

« Peut-être que je te verrai demain ? dit-elle.

– J'espère bien. »

Elle courut rejoindre un groupe de filles de l'autre côté de la salle, et Hal se retourna pour se diriger vers les ascenseurs, essoufflé, troublé et plus excité qu'il l'avait été de toute sa vie. Il sursauta en voyant Erin debout devant lui, les pieds nus, tenant ses chaussures dans une main. Elle avait les cheveux légèrement ébouriffés, le visage rouge, et elle souriait, en sueur.

« Dire qu'ils s'inquiétaient de *mon* comportement », dit-elle en haussant un sourcil.

Ils marchèrent dans le couloir dans un silence complice, Hal avec les mains dans les poches, Erin laissant pendre ses chaussures par-dessus une épaule nue.

Alors qu'ils entraient dans l'ascenseur, elle soupira et s'adossa contre le fond de la cabine. « Tu sais que je ne me suis pas autant amusée depuis des mois ?

– Sérieux ? dit Hal. Tu as toujours l'air enjoué.

– L'air, répéta Erin en écho. Ça t'arrive parfois de te sentir tiré dans quatre directions différentes à la fois.

– Non, répondit Hal.

– Moi si. »

L'ascenseur s'ouvrit et elle sortit. Hal redescendit d'un étage, tout seul. En entrant dans la chambre, il trouva Peter, allongé sur le lit le plus éloigné de la porte, le dos tourné vers lui. Il avait laissé une des petites lampes allumée pour Hal, et posé son cactus sur la table de chevet entre les deux lits. C'était peut-être une illusion d'optique, mais Hal aurait juré que la plante oscilla pour le saluer.

Il se déshabilla aussi doucement qu'il le pouvait et il se coucha. Alors qu'il se penchait vers l'interrupteur pour éteindre la lumière, Peter dit :

« Est-ce qu'elle a beaucoup dansé avec lui ? » Il ne se retourna pas ni ne fit le moindre mouvement.

« Pas vraiment, mentit Hal. Elle s'est lassée de lui assez vite. Tu aurais dû rester, ç'aurait été amusant. »

Peter ne répondit rien. Il laissa Hal les plonger dans le noir, et ils restèrent allongés en silence jusqu'à ce que Hal sombre dans le sommeil.

# Athena

Le samedi matin, Athena se retourna sur elle-même et consulta le réveil sur la table de chevet entre son lit et celui d'Erin : 5 h 55. Cinq minutes avant l'heure qu'elle s'était fixée. Elle tendit la main pour l'éteindre. De toute façon, elle l'avait surtout programmé par mesure de précaution. En effet, elle avait toujours eu ce genre de superpouvoir bien à elle : son horloge interne la réveillait sans faute.

Ce matin, toutefois, les tiraillements de son estomac auraient suffi. Ils l'avaient tourmentée toutes les quatre-vingt-dix minutes pendant toute la nuit, et son ventre gronda alors qu'elle se levait.

Elle avait suivi un régime tout l'été, s'efforçant de perdre du poids, de ressembler aux autres filles qu'elle croisait au lycée. Elle n'avait jamais été une enfant maigre, mais ces deux dernières années, alors que ses amis perdaient leurs rondeurs, ses hanches et son buste s'étaient élargis. Elle n'était pas grosse, pas vraiment, mais pas loin non plus. Elle s'était donc nourrie de plateaux-repas surgelés Weight Watchers, elle avait sifflé du Coca-Cola light, mâché du chewing-gum sans sucre, le tout pour lutter contre sa tendance à la corpulence et à la rondeur. Elle avait perdu presque cinq kilos depuis le début de l'année scolaire, mais chaque gramme avait été un combat. Elle avait dû serrer les dents et dire « non merci » à tous les encas que ses parents lui offraient, aux cheeseburgers que ses amis lui proposaient d'aller manger en ville. En résumé ? Elle était malheureuse. Mais elle n'était pas du genre à baisser les bras. Elle *pouvait* y arriver.

Alors qu'elle se douchait, elle étira sa jambe gauche et grimaça. Elle était toujours plus raide le matin, et même dans les meilleures circonstances, elle lui jouait des tours. Grâce à la pâte du professeur, elle ne gardait pas de cicatrice, et pouvait dissimuler sa claudication si elle s'en donnait la peine. Elle avait donc réussi à cacher à ses parents l'importance de sa blessure. Ils ne soupçonnaient pas l'inconfort qu'elle supportait quotidiennement.

Elle s'habilla le plus silencieusement possible. Elle aurait probablement pu faire plus de bruit : Erin dormait comme une souche, étendue à plat ventre sur son lit, la tête dans l'oreiller. Ses ronflements accompagnèrent Athena pendant qu'elle se préparait, et la suivirent jusqu'à sa sortie de leur chambre.

Elle prit l'ascenseur jusqu'au hall de l'hôtel, puis l'escalator qui menait au sous-sol, où elle trouva le professeur Marsh en conversation avec une femme d'âge moyen qui lui arrivait à peine à l'épaule. Ils parlaient à voix basse, et sur un ton amical, mais quand Marsh aperçut Athena, il posa une main sur le bras de son interlocutrice, et ils se turent alors que celle-ci se retournait pour regarder.

« Nous reprendrons cette discussion plus tard, dit-elle.

– Entendu », dit Marsh.

Il ne présenta pas Athena, et la femme ne sembla pas s'attendre à ce qu'il le fît. Elle adressa à Athena un bref signe de tête et s'éloigna en direction des ascenseurs.

« Elle ne vient pas à la table ronde ? demanda Athena.

– Je pense que ce serait au-dessus de ses forces, répondit Marsh.

– Pourquoi ?

– Parce que c'est une femme d'une intelligence considérable, et qu'elle ne tolère pas les inepties. »

Ils entrèrent dans la salle, passant à côté d'une pancarte : LA VOIX DE DIEU, LA DISSONANCE ET L'APOLOGÉTIQUE JUDÉO-CHRÉTIENNE.

« Si ce sont des inepties… » commença à demander Athena, mais Marsh le coupa.

« Moins fort, dit-il.

– Si ce sont des inepties, murmura Athena, pourquoi on s'est levés à une heure pareille ?

– Vois ça comme une mission de reconnaissance, répondit Marsh. De la collecte d'informations. C'est important de savoir ce que pense son adversaire.

– Ces gens sont nos adversaires ? Pourquoi ?

– Pas maintenant, dit Marsh. Après. »

Bien que contrariée, Athena se tut. Si Marsh voulait qu'elle l'aide à réunir des informations, il aurait été utile de la briefer avant la table ronde.

L'assistance clairsemée comprenait surtout des personnes de l'âge du professeur. Apparemment, le sujet n'intéressait pas grand monde parmi les dissonants plus jeunes que Moïse, ce qui expliquait cette programmation un samedi matin à sept heures et demie. Le panel se composait de trois hommes âgés, d'un autre plus jeune, et d'une femme d'âge moyen. Comme Marsh, ils portaient tous des costumes de tweed classique et des pulls sans manches, en dépit du temps estival qu'il faisait dehors.

Le modérateur approcha du pupitre au bout de la longue table. À part elle, il était le premier Noir qu'Athena voyait depuis leur arrivée. Pourquoi étaient-ils si peu représentés ? Dieu sait que l'existence des Noirs en ce monde les mettait aux prises avec leur lot de souffrances. Ils auraient dû être *au moins* deux fois plus nombreux que les participants blancs. Pourtant, Athena et lui semblaient être les deux seules taches sombres au milieu d'une assemblée au teint résolument cireux.

« Bonjour, dit-il. Mon nom est Lucius Hannon, et je tiens à vous remercier de vous être levés si tôt pour assister à ce qui me paraît être une très importante conversation. » Il regarda Athena dans les yeux tandis qu'il disait cela, et sourit un peu. Athena se força à esquisser un sourire en retour, parce qu'il lui paraissait poli de le faire.

Hannon présenta les intervenants : Joseph Means, professeur de théologie en retraite de l'Université chrétienne du Texas ; Daniel Allen, spécialiste de l'Ancien Testament de quelque part en Oklahoma ; Jeb Hart, un étudiant de troisième cycle dans une petite université de théologie du Midwest ; et Cordelia Wehmeyer, une institutrice en retraite du Wisconsin.

Chacun d'eux salua M. Hannon et l'assistance, avant que le modérateur leur soumette la première question :

« Pour la plus grande partie de son histoire en Amérique du Nord, l'emploi du dissonant a été lié à la pratique du christianisme. Avez-vous le sentiment que ce lien conserve sa valeur et sa pertinence aujourd'hui ? »

À côté d'Athena, Marsh croisa les bras et soupira assez fort pour attirer l'attention de certains de ses voisins. Athena lutta contre l'envie de se faire toute petite sur son siège. Le professeur lui avait expressément demandé de l'accompagner à cette présentation. C'était son invitation à la table des adultes. Elle en était fière, et elle se comporterait en conséquence. Redressant les épaules et relevant la tête, elle regarda droit devant elle, comme si les réponses des intervenants l'intéressaient, et croisa le regard de Jeb Hart. Il sourit un peu avant de prendre la parole.

« C'est une question facile, dit-il. Aucun de nous cinq ne serait présent ici, sur cette scène en ce moment, si nous ne pensions pas que c'est important. » Il avait une voix étonnamment grave, et s'exprimait de façon monocorde, sans affectation. « Vous pourriez aussi bien demander à un canard s'il pense que l'eau est pertinente. »

Quelques rires discrets parcoururent l'assistance clairsemée.

« Je ne suis pas d'accord », dit Daniel Allen, un homme avec des kilos en trop et quelques fines mèches de cheveux blancs figées sur le crâne. « Pas avec le fait que nous pensions tous qu'il s'agit d'une question importante. Mais je m'offusque du ton désinvolte employé par M. Hart. Regardez l'heure à laquelle les organisateurs ont programmé cette table ronde. En ouverture d'un samedi matin, quand la plupart des participants dorment encore pour se remettre des soirées données la veille. Voyez vous-même l'affluence que nous avons attirée. » Il balaya d'un geste de la main la salle aux trois quarts vide. « Nous sommes d'accord pour dire que c'est important, mais j'estime qu'une majorité de la communauté dissonante ne nous prend pas au sérieux, de fait sinon en parole.

– Si seulement », chuchota Marsh.

La table ronde continua à partir de là, et Athena fit de son mieux pour suivre. Elle avait su avant de venir que beaucoup de praticiens croyaient le christianisme lié d'une manière ou d'une autre à la Dissonance, mais Marsh ne leur avait jamais présenté la chose comme parole d'évangile (ah ah). Il avait parlé des dissonants chrétiens comme d'une secte, pas de la majorité. Apparemment, le professeur avait minimisé le pouvoir de ladite secte au sein de la communauté. Elle commença à se demander de quels autres domaines Marsh avait pu leur donner une image déformée, imparfaite. Et pourtant, il l'avait emmenée ici, n'est-ce pas ? Il voulait qu'elle voie. Pourquoi ?

Elle ne parvint pas à suivre certaines parties – les discussions à propos d'obscurs points de théologie, de livres de la Bible dont elle avait entendu parler mais qu'elle n'avait jamais lus. Une chose attira toutefois son attention : des références répétées au premier verset de l'Évangile selon Jean.

*Au commencement était le Verbe, et le Verbe était en Dieu, et le Verbe était Dieu.*

Les spécialistes sur la scène semblaient croire que la source d'énergie qu'Athena appelait la Dissonance était ce même Verbe mentionné dans l'Évangile selon Jean. Et bien que ses souvenirs de catéchisme remontent à des années, Athena se rappelait avoir appris que le « Verbe » était le Christ, pas un quelconque pouvoir magique exercé par les humains.

Enfin, après environ quarante-cinq minutes de conversation, la table s'ouvrit aux questions de l'assistance. Le professeur Marsh fut le premier à prendre le micro. À l'expression de leurs visages, Athena devina que certaines personnes sur la scène le reconnaissaient.

« Bonjour, professeur Marsh, dit Lucius Hannon. C'est aimable de vous être joint à nous.

– Tout le plaisir est pour moi », répondit Marsh. Athena ne voyait pas son visage de sa position, mais elle entendit le sourire dans sa voix. « Ma question s'adresse à l'ensemble des intervenants.

– Ça promet, dit Daniel Allen.

– Au cours de cette discussion, vous avez maintes fois avancé l'idée selon laquelle les dissonants chrétiens représenteraient une minorité. Croyez-vous vraiment être une minorité dans cette communauté ?

– En effet, répondit Cordelia Wehmeyer. Quand j'étais jeune, la seule façon de découvrir les mystères de la Dissonance consistait à devenir membre de la bonne église, à faire preuve de la piété appropriée. À fournir le travail nécessaire, à accepter de se laisser corriger. Et seulement alors, *si* les praticiens de votre congrégation estimaient que vous étiez quelqu'un de bien, ils vous prenaient comme élève. Aujourd'hui, nous sommes secondaires. Un groupe marginal. Une minorité.

– Et pourtant une minorité très puissante, dit Marsh, qui a la mainmise sur l'enseignement dissonant et la vision du monde de cette communauté.

– Je n'entends pas de question dans ce que vous dites, glissa Lucius, une forme de mise en garde discrète.

– Et de toute manière, d'autres gens attendent leur tour », dit Jeb Hart. Il fit un geste et Marsh se retourna. Deux personnes se tenaient derrière lui, prêtes à prendre le micro.

« Alors je vais faire vite, dit-il. Pourquoi le Conseil du Verbe refuse-t-il d'envisager la théorie des Mondes multiples, en dépit du nombre croissant d'éléments solides venus l'étayer ? »

Des murmures de conversation parcoururent la salle, puis se turent alors que Joseph Means se redressait sur son siège et regardait Marsh à travers d'épaisses lunettes.

« Un "nombre croissant d'éléments solides" me semble une formulation exagérément indulgente, dit-il. "Abondance de désinformation" est plus proche de la réalité. Le Conseil du Verbe, qui examine avec impartialité toutes les demandes des membres de la communauté pensant avoir fait une découverte, intègre les nouvelles connaissances dans le canon dissonant après vérification.

– Un processus de vérification sans la moindre transparence, dit Marsh, parlant presque plus fort que son interlocuteur.

– Je comprends votre contrariété, dit Means, après que vos tentatives répétées de discréditer ou de détourner ce processus ont échoué. Mais il n'en demeure pas moins que vos assertions ne reposent sur aucune base factuelle. Vous ne détenez pas de preuve solide permettant d'affirmer qu'il existe d'autres réalités que celle que nous habitons, ou que la Dissonance n'est pas liée au Verbe de Yahweh. Je suis désolé que l'œuvre de toute votre vie soit un échec. »

La salle se tut, attendant la réponse de Marsh.

« Profitez bien de votre obsolescence », dit-il. Il se retourna et remonta l'allée, faisant signe à Athena au passage. Elle se leva et le suivit hors de la pièce, obligée de presser le pas pour ne pas se laisser distancer à cause de ses grandes enjambées.

L'escalator les ramena au rez-de-chaussée, où, enfin, Marsh s'arrêta et regarda en direction d'Athena derrière lui. Ses épaules se soulevaient et retombaient alors qu'il respirait bruyamment, les traits de son visage ridé tordus par la colère. Il se redressa, prit une profonde inspiration pour se calmer, et lui adressa l'esquisse d'un sourire.

« Tu as envie d'un café ? » proposa-t-il.

Ils traversèrent le hall jusqu'au bar où ils commandèrent deux grands cafés noirs, avant d'aller s'installer à une des petites tables près du fond. Athena se sentit vraiment adulte avec le gobelet en carton dans sa main. En réaction au flash de caféine, une foule de questions lui vinrent à l'esprit, mais elle n'osa en poser qu'une :

« Pourquoi n'y a-t-il que deux Noirs à cette convention ? »

Marsh hocha la tête, comme s'il avait anticipé cela. « En fait, il existe beaucoup d'autres communautés dissonantes – noire, queer, etc. – qui refusent de participer à cette convention.

– Pourquoi ?

– Tu as vu cette table ronde à l'instant. Leur vision du monde ultraconservatrice n'est pas nécessairement très ouverte à ces communautés. Je ne leur reproche donc pas de vouloir se tenir à l'écart. Quand tu seras un peu plus âgée, et plus expérimentée comme dissonante, je te présenterai peut-être à certains de mes contacts. Ils ont beaucoup à t'apprendre.

– S'il existe autant de communautés différentes, pourquoi participez-vous à celle-ci ? demanda Athena. Ces gens vous semblent hostiles, et vice versa. »

Marsh soupira. « En tant qu'homme blanc hétérosexuel, il se peut que je sois encore moins le bienvenu ailleurs, et ce n'est que justice. Mais, même en ne tenant pas compte de ce facteur, la communauté dissonante blanche (principalement) et chrétienne reste la plus puissante du monde. Elle attire le plus de gens, et elle me donne le plus de possibilités de trouver des individus de ma sensibilité capables de m'aider dans ma recherche de la vérité. Tu commences à comprendre que le monde de la Dissonance est bien plus complexe que ce que mon enseignement t'a peut-être amenée à croire.

– J'ai l'impression d'être dans ce rêve, dit Athena. Vous savez, celui dans lequel on se présente à une interrogation écrite, et où on s'aperçoit qu'on a oublié de venir en classe tout le semestre ? »

Il esquissa un de ses rares sourires. « Un bon professeur fait plus que transmettre les connaissances. Il leur donne forme, montre à son élève comment s'en servir de la manière la plus efficace. J'ai voulu que ton coven voie la Dissonance comme je la vois, avant que vous vous enlisiez dans le dogme que ces gens en bas souhaiteraient vous imposer.

– Pour vous, la Dissonance est un pouvoir, dit Athena. Agnostique. Un outil. Pour eux, elle fait partie de leur religion.

– Très bien, dit Marsh. Et c'est le plus gros problème qu'affronte la communauté dissonante occidentale actuelle. C'est la cause de ma brouille avec mon mentor. J'avais à peine quelques années de plus que toi aujourd'hui, et j'étudiais la linguistique à l'université. Un de mes professeurs s'est intéressé à moi. Un homme que j'ai aimé comme un père. Il a suscité mon goût pour les langues anciennes et m'a convaincu de pousser jusqu'au doctorat. Il a été mon directeur de thèse. Cet homme était persuadé de l'existence d'une langue écrite qui aurait précédé même certaines des langues parlées les plus anciennes. Un code primordial. Ses idées n'étaient guère populaires à l'université et ne soulevaient pas non plus l'enthousiasme de ses pairs. Mais je l'ai cru. Et pour cette raison, il m'a montré le petit livre vert que tu as découvert dans le couloir chez moi en mai dernier.

– Mon premier texte dissonant », dit Athena.

Marsh joua avec la bague en papier autour de son gobelet de café, la faisant tourner lentement de sorte que le logo Starbucks apparaisse et disparaisse de manière intermittente. « Mon professeur l'avait gardé toute sa vie en secret, même sa famille en ignorait l'existence. Il avait espéré le déchiffrer et publier son travail, mais le code lui avait toujours résisté. Il a donc été pour le moins désarçonné quand il s'est rendu compte que je *pouvais* le lire, et que plus j'étudiais les symboles, plus je les comprenais. Je me suis mis à les copier – à les gratter dans la terre, ou à les signer dans l'air –, et je me suis aperçu que, plus qu'une langue, j'avais découvert le pouvoir de refaçonner le monde. J'ai essayé de le montrer à mon mentor, mais en homme pieux, il m'a rejeté, m'a dit que ce que je faisais était mal. Alors, j'ai volé le livre, avec l'intention d'en apprendre plus de mon côté. »

Il saisit son café, souffla sur l'ouverture dans le couvercle, puis but une gorgée. « Espérant approfondir mes connaissances, je me suis mis à travailler à un second doctorat, sur le folklore et la mythologie. Mais en dépit de mes recherches et de mes lectures, ce livre est resté mon seul œilleton sur un monde plus vaste. J'ai dû attendre des années avant de rencontrer un autre praticien, et de savoir enfin donner un nom à ce que je faisais. Hélas, il s'est avéré que nous appartenions à une minorité. La plupart des dissonants nord-américains croient que ce pouvoir devrait être utilisé conformément aux enseignements de la Bible chrétienne. Pour eux, le Conseil du Verbe est la première autorité, et l'emploi qu'elle impose de ce pouvoir est le bon et le *seul* qui vaille. Ils croient aussi que, parce que la Bible ne mentionne pas explicitement l'existence d'autres mondes, le nôtre est le seul et l'unique.

– Et ce Conseil du Verbe, dit Athena, il est puissant ?

– Oui. Ils ont réussi à maintenir un monopole sur l'emploi de la Dissonance ces deux cents dernières années.

– Alors pourquoi n'ont-ils pas encore débarqué chez vous ? » demanda Athena, mais la réponse lui vint avant que Marsh puisse parler : « Parce que vous avez construit votre maison à proximité d'une zone où la Dissonance est très forte. La présence de la forêt de Clegg les empêche de détecter ce que vous faites. »

Marsh hocha la tête. « Bien vu, encore une fois. Mais ce n'est pas tout. Je dépense aussi beaucoup d'argent en dessous-de-table chaque année, pour tenir les nervis du Conseil à l'écart.

– Pourquoi ? Qu'est-ce que vous faites d'illégal ?

– Mon... travail ne se limite pas à ce que tu as pu en voir pour l'instant, ou risques d'en voir de sitôt.

– Qu'est-ce qui peut se passer en cas de descente du Conseil chez vous ? demanda Athena.

– On pourrait me confisquer ma bibliothèque, m'arrêter et me placer en détention dans l'attente de mon procès. Et s'il me déclarait coupable, le Conseil pourrait rompre mon lien avec la Dissonance. »

Athena se cala sur son siège. « C'est en leur pouvoir ? »

Marsh hocha la tête. « Oui. Pire encore, le processus est irréversible. Une fois le lien rompu, il n'est plus possible de le reforger. »

Athena but une gorgée de son café, mais n'en sentit presque pas le goût. « Ça semble pire que la mort.

– Je suis d'accord, dit Marsh. Et c'est pourquoi la discrétion et la prudence sont de mise dans nos interactions. La plupart des gens présents à cette convention ne sont pas nos amis. Ils n'hésiteraient pas à nous neutraliser ou à nous détruire s'ils en avaient la possibilité.

– Pourquoi nous avoir emmenés ici, alors ?

– Parce que c'est tout de même l'occasion d'apprendre. Par ailleurs, quelques personnes ici détiennent des informations dont j'ai besoin, susceptibles de contribuer à la chute du Conseil et de ses idées ridicules. »

Alors, se rappelant certains des propos de Marsh à la table ronde, elle suivit son intuition. « La théorie des Mondes multiples ? »

Marsh ne dit rien, mais il lui fit un clin d'œil tout en buvant une nouvelle gorgée de café.

« Quelqu'un ici est en mesure de confirmer son existence ? demanda-t-elle.

– Des conversations sont prévues.

– Et si vous parvenez à prouver la justesse de cette théorie ?

– Tout change », dit Marsh.

# Erin

Erin se réveilla dans une chambre vide et supposa qu'Athena et le professeur assistaient à une conférence ou ce genre de chose. Ce silence, cette tranquillité n'étaient pas pour lui déplaire, car ils lui permettaient de démarrer la journée à son propre rythme. Elle s'étira, but un peu d'eau, puis se doucha et s'habilla – jean, soutien-gorge de sport et t-shirt. Elle avait été déçue d'apprendre qu'il n'y avait pas de tenue officielle pour le tournoi. Elle avait imaginé quelque chose comme les kimonos de *Karaté Kid*. Des costumes auraient rendu l'événement plus spectaculaire et théâtral.

Elle s'agenouilla sur le sol de la chambre, inclina la tête et, en silence, passa en revue ses formules. Athena et le professeur voyaient en elle une traîtresse parce qu'elle avait décidé de devenir une pom-pom girl cette année, mais elle connaissait mieux ses symboles dissonants que les mouvements de n'importe quel numéro de cheerleading. Elle avait bossé comme une malade.

*Peu importe. Leur opinion de toi est déjà faite.*

C'était la voix qu'elle entendait constamment ces derniers temps. Celle de ses propres doutes et de ses peurs. Une petite chose persistante. Elle respira fort, tira la voix au centre de sa poitrine, puis la laissa échapper à travers ses lèvres entrouvertes.

Elle finit de s'habiller, puis se dirigea vers le sous-sol. Pour le tournoi, des matelas en plastique avaient été disposés contre les murs de la salle. Tous les jeunes qui avaient participé à la soirée de la veille se trouvaient déjà répartis autour de la pièce, buvant de l'eau en bouteille, sautant sur la plante des pieds, parlant à leurs chaperons. Erin chercha son propre coven du regard, et les aperçut dans un coin – Hal, Peter, Marsh et Athena, en train de se concerter. Hal lui fit signe et elle approcha. Peter avait l'air pitoyable. L'idée de ce tournoi lui avait déplu dès le début.

« Pourquoi personne ne m'a dit qu'on se voyait avant ? dit-elle. Merci de m'avoir prévenue.

– Ce n'était pas prévu, expliqua Hal. On est juste arrivés ici à peu près en même temps. » *Alors calme-toi, tu veux bien ?* sembla ajouter son expression.

« Oui, dit Peter. Il n'y a pas de quoi en faire une histoire. »

Il n'aurait pas pu la blesser davantage s'il l'avait giflée.

« Ça suffit, intervint Marsh. Gardez ça pour vos duels. Hal et moi sommes simplement venus vous souhaiter bonne chance avant d'aller à notre propre présentation.

– Je peux vous accompagner ? demanda Peter. Je n'ai pas envie de participer à ce tournoi.

– Il le faut, Peter, répondit Marsh. C'est important.

– Pour qui ? » murmura Peter.

Si son grand-père l'entendit, il n'en laissa rien paraître.

Le coven se sépara alors, chacun gagnant un emplacement désigné. Erin constata avec soulagement qu'elle se trouvait loin d'Athena et de Peter. Leur présence n'aurait fait que nuire à sa concentration.

Son adversaire pour le premier match était une fille nommée Jane Hughes, aussi grande qu'elle, mais de plus large carrure, et plus musclée. Elle avait une mâchoire forte et des yeux aux paupières tombantes, et quand elle serra la main d'Erin, elle insista suffisamment pour faire mal.

Erin prit soin de ne pas manifester sa gêne. Elle avait toujours été douée pour contenir ses émotions.

L'arbitre, une adulte, s'interposa entre elles, les sépara et leur expliqua les règles : pas de contact physique ; pas de parole audible. Le but était de jeter à terre son adversaire, pas de le blesser. Toute tentative apparente dans ce sens se solderait par une disqualification et une exclusion immédiate du tournoi. L'arbitre demanda à Erin et Jane si elles comprenaient. Quand elles le lui confirmèrent, elle les renvoya aux extrémités opposées de leur tapis, puis compta jusqu'à trois avant de les laisser se lancer.

Les doigts de Jane bougèrent si vite qu'on aurait dit une cassette VHS bloquée sur avance rapide. De la lumière jaune-vert brilla entre ses mains, et Erin se retrouva soulevée du sol et jetée en arrière. Elle percuta la barrière au bord du tapis. Tout l'air contenu dans ses poumons sembla exploser hors de sa bouche alors qu'elle poussait un grognement ridicule, et elle n'eut presque pas conscience de sa chute.

Le monde se rappela à elle avec sa première inspiration convulsive. Accroupie à côté d'elle, l'arbitre avait les mains posées sur ses épaules. Le tintement dans ses oreilles s'affaiblit, et elle l'entendit lui demander : « Est-ce que ça va ? »

Erin fit oui de la tête et essaya d'éloigner la femme d'un geste.

« J'ai besoin d'un "oui" verbal », dit l'arbitre.

Erin prit une nouvelle profonde goulée d'air, et continua de hocher la tête. « Oui », dit-elle. Sa voix lui sembla étonnamment forte. « Oui, je suis toujours là. Ça va. »

L'arbitre la regarda attentivement sans cacher son scepticisme. Elle se redressa et se tourna vers Jane.

« Je laisse le match se poursuivre, mais je te préviens. C'était limite, au mieux. »

Jane la gratifia de l'esquisse d'un sourire. « Désolée,

m'dame, dit-elle, bien que son ton sous-entende tout le contraire. Je ne mesure sans doute pas ma propre force. »

Erin se releva, retourna au centre de son côté du tapis. Alors qu'elle s'étirait, elle regarda à l'autre bout de la salle et vit Peter Marsh, en plein match également, avec Garrett Thorpe comme adversaire. Ils se tenaient chacun de part et d'autre de leur tapis. Garrett semblait avoir un entourage d'amis près de lui pour l'encourager. Peter n'avait personne. Il était seul là-bas.

L'arbitre s'écarta. Peter se mit à bouger les mains, mais Garrett se montra considérablement plus rapide. Peter avait à peine eu le temps de lever les bras au-dessus de la tête qu'il se retrouva projeté en avant sur le sol, s'écrasant comme dans un épisode du dessin animé *Bip Bip et Coyote*. Coyote aplati par une enclume. Même le rythme était celui d'un gag visuel, et Erin ne put empêcher un rire de lui échapper.

Peter resta face contre terre sur le tapis un long moment, assez longtemps pour que l'arbitre du match, inquiet, s'approche. Il retourna Peter, et tout le comique de la scène disparut. Il avait l'air d'avoir pris un coup de poing en pleine figure. Son nez était visiblement cassé, et deux coquards se formaient sur ses yeux. Malgré le brouhaha de la foule, Erin entendit les « oh » admiratifs de l'entourage de Garrett devant les dégâts que leur ami avait infligés. Garrett se dandina sur la plante des pieds et sourit.

*On est surclassés, ici.* Cette pensée lui traversa spontanément l'esprit, accompagnée par un nœud à l'estomac. Marsh ne les avait pas bien préparés. Ils étaient venus sans idée réelle de ce qui les attendait. Sans doute parce qu'il l'ignorait lui-même.

*Tu crois vraiment ça ?* Une autre pensée importune, assortie d'un soupçon. Marsh les avait-il délibérément sous-entraînés ? Avait-il cherché à leur faire subir une humiliation ? Y avait-il une leçon plus importante à en tirer, qu'il entendait leur donner ? Et les avait-il tous sous-entraînés, ou juste Erin et Peter. Peter, parce qu'il n'avait pas voulu venir ; Erin, pour avoir eu le culot d'intégrer l'équipe de cheerleading, de vouloir une activité normale dans sa chienne de vie ?

*Je parie qu'Athena a reçu tout l'entraînement qu'il lui fallait.*

Et dès que cette idée s'installa dans son esprit, la sensation désagréable qui lui nouait l'estomac migra dans sa poitrine pour y former un bloc de colère. Elle se détourna de Peter et Garrett Thorpe, et reporta son attention sur Jane et l'arbitre. Cette dernière lui lança un regard interrogateur, auquel Erin répondit par un bref signe de tête. Elle était prête.

L'arbitre baissa le bras pour indiquer le début d'une nouvelle manche. Jane réagit aussi rapidement qu'avant, la lumière apparaissant soudain entre ses doigts devenus flous. Cette fois, Erin donna libre cours à sa colère. Ses mains bougèrent plus vite qu'elle l'aurait cru possible, et de la lumière étincela autour d'elle alors qu'elle produisait un jet d'air surpuissant. Elle esquiva le projectile de Jane tandis que le sien percutait son adversaire comme une poussée violente sur les épaules. Jane chancela pendant une seconde sur les talons, puis tomba brutalement sur le cul, avec une expression d'indignation mêlée d'incrédulité. Incrédulité pour avoir été jetée à terre. Indignation pour la méthode employée.

« C'est tout ? dit-elle à Erin. C'est ça ta botte secrète ? »

Erin ne répondit pas, tempérant sa propre euphorie. Quoi qu'il se passe maintenant, elle ne voulait pas tout gâcher. Elle se contenta donc de s'étirer, cherchant à tout prix à conserver la colère qui l'habitait. Elle se représenta le visage de Garrett Thorpe, son petit sourire satisfait alors qu'il faisait saigner Peter. Elle espérait que Peter avait gagné par décision de l'arbitre, que ce dernier avait disqualifié Garrett pour violence inutile. Elle eut envie de regarder dans leur direction, voir comment les choses avaient tourné. Mais son propre match serait terminé dans une minute, et elle pourrait jeter un coup d'œil à ce moment-là.

L'arbitre aida Jane à se relever. Bien qu'elle ne veuille clairement pas de son aide, elle était trop chamboulée pour la refuser. Une fois debout, elle secoua la tête comme pour s'éclaircir les idées, et confirma à l'arbitre que tout allait bien, qu'elle était prête pour la troisième manche.

Cette fois, après le signal, Erin n'eut même pas besoin de miser sur sa vitesse. Jane, déstabilisée, avait perdu la main. Erin n'avait qu'à continuer sur sa lancée. Au lieu d'utiliser une simple injonction de vent violent, elle décida d'essayer autre chose : un crochet. Elle le tendit lentement, laissant largement à Jane le temps de dresser un dôme. Mais la conviction d'Erin l'emporta, sa maîtrise du vocabulaire dissonant était plus profonde et plus forte, sa construction plus puissante. Le crochet s'enfonça dans le dôme comme une main dans du brouillard. Jane tenta d'esquiver, mais le crochet se précipita en avant, s'enroula autour de sa cheville, et tira. Elle fit un salto arrière involontaire à travers les airs et atterrit brutalement sur le tapis, face contre terre.

« Et match ! » déclara l'arbitre. Elle se tourna vers Erin. « Félicitations. »

Erin la remercia d'un signe de tête, puis alla aider Jane à se relever. L'autre fille accepta la main qu'elle lui tendait. Encore groggy, elle avait besoin d'Erin pour tenir debout.

« Respect, dit-elle. Où est-ce que t'as appris à jouter comme ça ? »

Erin regarda autour d'elle. Cela lui aurait plu de voir un visage amical, d'avoir quelqu'un avec qui se réjouir de sa victoire. Il n'y avait personne. Peter était parti. Garrett affrontait déjà un autre adversaire.

« Je pourrais dire que j'ai eu un bon professeur, répondit-elle. Mais ce serait mentir. »

# Hal

Hal aurait aimé regarder les premiers matches du tournoi, mais le professeur Marsh avait besoin de lui pour préparer leur présentation. Ils se rendirent dans la salle prévue quarante-cinq minutes à l'avance, pour une ultime et rapide répétition.

Ils travaillaient dessus depuis des semaines. Enfin, surtout Marsh. Hal avait poireauté ou fait le grouillot, prenant des notes si nécessaire, veillant à ce qu'il ne manque jamais de café, etc. L'essentiel de la présentation consistait dans le récit par Marsh de la mise à l'épreuve de Hal au Temple de la Douleur. Lui n'intervenait que vers la fin, au moment où Marsh lui demandait de faire apparaître l'Épée du Malheur. Hal lui en avait fait la remarque, suggérant qu'il aurait pu jouer un rôle plus important. Le vieil homme avait rejeté son objection.

« Tu es le grand finale, avait-il dit. Ce dont tout le monde se souviendra après. »

Hal n'était pas dupe : Marsh flattait sa vanité, mais force était de reconnaître l'efficacité de la manœuvre. Par ailleurs, il devait bien admettre autre chose : il était content que le professeur veuille travailler avec lui. Il consacrait la majeure partie de son temps d'enseignement à Peter, Erin et Athena. Après tout, une épée magique ne servait pas à grand-chose pendant les cours, et le coven n'avait plus vécu de vraies aventures depuis la première. Hal avait eu le sentiment que son superpouvoir se trouvait peu à peu relégué au rang de tour de passe-passe, au lieu de quelque chose d'utile pour le groupe.

Alors aujourd'hui, il aidait Marsh à répéter une dernière fois les différentes étapes de la présentation. Il passa sur le rétroprojecteur les transparents qui contenaient des copies de pages de textes dissonants, ainsi que les propres interprétations de Marsh et de Hal à propos du Temple et de l'Épée. Si Marsh glissait une note à Hal – pour accélérer quelque chose, ou ralentir –, Hal ne discutait pas. Il écoutait. Il obéissait. Et alors que l'heure tournait et les rapprochait du début de la présentation, Hal se surprit à éprouver une autre sensation inhabituelle : de la nervosité. Il s'était toujours considéré comme intrépide, prêt à sauter de la balançoire au plus haut de sa trajectoire, ou le premier à se lancer du grand plongeoir ; le gars qui n'avait pas peur de se ridiculiser devant les autres à l'école, s'il obtenait des rires en échange. Mais maintenant, alors qu'une foule des contemporains de Marsh entraient d'un pas traînant dans la pièce, tous arborant la même expression sceptique, l'estomac de Hal exécuta un saut périlleux.

Les portes se fermèrent et la lumière s'éteignit. Hal prit sa place sur la scène, sur une chaise à côté du podium.

Marsh prit la parole. « Merci à tous d'être venus à ce qui s'annonce comme une présentation révélatoire. »

Puis il se lança dans la narration des événements de mai dernier. La découverte par Athena de l'abécédaire dissonant. Le jeu « léger comme une plume, raide comme la mort » dans le jardin. L'ascension de Hal dans le ciel. Il ne fit qu'évoquer en passant ce qui se déroulait au sol, se concentrant sur le récit de Hal, alors qu'il arrivait dans un temple plongé dans l'obscurité. Hal se levait de sa chaise toutes les deux ou trois minutes pour changer de transparent sur le rétroprojecteur. Ils avaient répété si souvent qu'il pouvait le faire les yeux fermés. Mais quand Marsh aborda la partie de l'histoire à propos de l'Épreuve de la Souffrance, et que Hal mit le transparent de son croquis du temple, il sentit les premières douleurs. Au bout des doigts au début, puis remontant lentement au niveau du poignet et le long de l'avant-bras. Le souvenir d'une sensation de brûlure. Les images de lui que le temple lui avait montrées, en proie à d'horribles souffrances, ou mourant dans des circonstances si terribles qu'elles en étaient comiques.

« Et, dit le professeur Marsh, quand Hal refusa pour la troisième fois de céder à la volonté de la voix, le temple lui-même s'avoua vaincu. Il dit à Hal qu'il était capable de résister à une grande souffrance, et qu'il méritait, par sa bravoure, de devenir son champion. » Marsh se tourna vers Hal et lui fit un signe de la tête.

Hal monta sur scène et vint se placer légèrement devant le professeur. Il tendit son bras gauche, et appela l'Épée. Son bras, qui avait commencé à le picoter pendant le récit de Marsh, brûlait à présent d'un feu invisible. Des exclamations accueillirent l'apparition dans sa main de l'arme, une explosion de lumière et de chaleur dans la salle obscurcie. Hal eut le temps de reconnaître un visage dans l'assistance : Kelly, la fille du bal de la veille. Elle lui sourit, les yeux ronds, et son estomac fit un triple saut périlleux de nervosité et de désir. Mais il se retint de lui rendre son sourire. Le sérieux de cette réunion d'intellos ne s'y prêtait pas, après tout.

« L'Épée du Malheur, dit Marsh. Une légende soi-disant hérétique, ici, devant vous, dans notre réalité. Vous ne pouvez sans doute pas le voir depuis vos places, mais la lame et le pommeau portent les inscriptions complexes que Rebecca Ness a été la première à présenter dans ses travaux. La correspondance est parfaite. De plus, sans incitation aucune, la description du temple donnée par

Hal est également conforme à celle de Ness, ainsi qu'à ses croquis. » À ce moment-là, Marsh changea lui-même de transparent, affichant une reproduction d'un dessin sommaire tiré d'un vieux journal. « Rebecca Ness a été considérée comme hérétique, ses travaux non pertinents au regard des canons de la Dissonance. Pourtant, nous avons ici la preuve irréfutable qu'elle a dit la vérité à propos du Temple de la Douleur – un lieu qui, pour autant que l'on sache, existe hors de notre réalité quotidienne. Quand allons-nous cesser d'employer le mot *hérétique* pour décrire une vérité objective ?

– C'est totalement absurde. » La voix surgit de l'obscurité, et causa une vague de conversations murmurées. Marsh se protégea les yeux d'une main et scruta la foule.

« Bonjour, docteur Allen, dit-il. Je suis flatté que vous ayez trouvé le temps de vous joindre à nous. »

Un vieil homme – un vieillard, comparé à Marsh, avec une peau marbrée et presque plus aucun cheveu sur le caillou – clopina vers la scène, s'appuyant sur sa canne.

« Comment *osez*-vous venir ici et débiter de telles inepties ? dit-il. Ces théories dont vous avez fait votre dada ne sont que des rumeurs, sans base factuelle. »

Marsh ne se départit pas de son sourire. « Je suppose que nous pouvons passer à la partie questions/réponses de la présentation, dit-il. Aviez-vous une question, docteur Allen ?

– Tout à fait. Quelle preuve avons-nous que cette épée est bien celle que vous prétendez ? Êtes-vous prêt à la soumettre à un examen attentif ?

– La Lame ne garde sa forme matérielle que tant que Hal la tient. S'il la lâche, elle retourne à sa place, dans les limbes.

– Comme c'est commode.

– Vous pouvez l'étudier pendant que Hal la tient, si vous voulez, dit Marsh. Hal, soyez gentil : descendez de la scène pour éviter au docteur Allen de se couvrir de ridicule en se traînant sur l'estrade devant tous ces gens. »

Hal sauta avec légèreté et arriva devant le docteur Allen. Un autre avantage de tenir l'Épée : la pesanteur exercée sur lui semblait moindre. Il pouvait sauter plus haut et plus loin, et les chutes lui faisaient moins mal.

Hal tendit l'Épée, le plat vers le haut pour qu'Allen puisse l'examiner. Celui-ci se pencha et plissa les yeux à travers ses lunettes, murmurant à part lui, et relevant parfois la tête vers le transparent du croquis de Rebecca Ness sur le rétroprojecteur. Il passa beaucoup de temps à comparer les deux.

« Merci, jeune homme », dit Allen. Hal hocha la tête et remonta sur scène.

« C'est très convaincant, dit Allen. Je vous l'accorde. Mais comment pouvons-nous savoir que votre élève n'a pas fait apparaître cette épée en abusant du Verbe ?

– Parce que Hal n'est pas un dissonant », répondit Marsh.

Un nouveau murmure de surprise parcourut l'assistance. Hal éprouva une étrange sensation, comme si une centaine d'index invisibles s'enfonçaient dans ses côtes en même temps. Ils essayaient sans doute d'établir la véracité de l'affirmation de Marsh. Hal s'efforça de rester tranquille pendant cet assaut discret, et néanmoins désagréable. Cela s'arrêta après un instant, alors que les chuchotements s'intensifiaient.

« Avez-vous d'autres questions, docteur Allen ? demanda le professeur Marsh.

– Beaucoup, répondit Allen. Mais j'ai perdu assez de temps à vous parler pour aujourd'hui. Tout comme j'ai gâché assez d'années de ma vie à essayer de vous faire entendre raison. Il vient un moment où un homme doit dire "ça suffit". » Il céda le micro et repartit, non pas vers son siège, mais en direction de la porte. Tout le monde – Marsh compris – le regarda s'en aller.

« Une sortie pour le moins théâtrale », commenta Marsh. Il fit signe à une femme qui avait pris le micro dans l'assistance. « Oui, madame.

– Bonjour, dit-elle. Nous avons donc établi, du moins de manière empirique, que ce garçon n'était pas dissonant. Mais il a été en présence de dissonants avant de se rendre au Temple de la Douleur, et se trouvait sous l'emprise d'une injonction dissonante quand il y est arrivé. Ma question est la suivante : se peut-il que le Temple ait commis une erreur, croyant avoir affaire à un puissant dissonant, et l'ait choisi pour de mauvaises raisons ? »

Marsh écouta et but un peu d'eau avant de répondre. « C'est mon hypothèse de travail depuis un certain temps déjà. Après tout… » Et là, il étendit un bras dans la direction de Hal. « … pour quelle autre raison le Temple aurait-il choisi un garçon aussi peu remarquable ? »

## Athena

Athena remporta ses trois premiers matches, les doigts dans le nez. Elle fit mordre la poussière à ses adversaires, sans forcer, mais en ne leur laissant aucune chance, en deux manches chaque fois. Fair-play, ils lui serrèrent la main après chaque rencontre, ajoutant poliment quelques paroles élogieuses du genre, *je ne voudrais pas me retrouver face à toi dans un vrai duel.* Athena se montra tout aussi courtoise. Elle se retint de répondre, *moi non plus.*

On l'envoya vers un autre tapis pour son quatrième match. Avec la moitié des concurrents déjà éliminés, il y avait maintenant beaucoup plus de jeunes spectateurs répartis autour de la salle. Elle chercha ses amis du regard, histoire de voir comment ils s'en étaient tirés. Elle ne vit pas Erin, mais elle aperçut Peter, assis sur le sol contre le mur, une poche de glace contre le visage. La présence de la poche ne permettait pas de distinguer son expression, mais elle n'eut aucun mal à comprendre qu'il s'était fait étriller.

Elle aurait dû ressentir de la compassion. C'était son ami, et une des personnes les plus gentilles qu'elle connaissait. Il n'avait pas voulu participer au tournoi, et il avait fallu l'insistance de son grand-père pour qu'il accepte. Mais en vérité, cette vision de lui, affalé contre un mur, fit naître un frisson euphorique dans sa poitrine. Le propre petit-fils du professeur Marsh n'avait pas assuré, mais Athena si. Elle avait fait le boulot. Elle était douée.

*Je peux gagner ce tournoi.* Cette pensée lui fit tourner la tête, et elle dut prendre sur elle pour ne pas montrer son excitation – elle n'était pas Hal –, alors qu'elle allait disputer son match suivant. Elle regrettait que lui et Marsh n'aient pas été là pour assister à sa victoire. Cela aurait été encore mieux.

Cette exubérance dura jusqu'à ce qu'elle arrive enfin à son tapis et découvre son adversaire : Erin, affichant elle aussi un air abasourdi.

« D'accord, dit Erin. Ça devrait être intéressant. »

C'était peu dire. Athena s'étonna qu'Erin ait atteint ce stade de la compétition. Sa distraction des dernières semaines aurait dû contribuer à son élimination rapide. Peut-être avait-elle eu la chance de ne se mesurer qu'à des adversaires encore moins expérimentés qu'elle ? Trois fois de suite ? Tout était possible, supposa Athena.

Elle décida de ménager Erin, de la battre, mais sans l'humilier. Elle accordait trop d'importance à leur amitié pour la mettre en danger. Par ailleurs, Athena avait de la peine pour elle.

« Ce sera amusant », dit-elle, gardant un ton léger.

L'arbitre leur demanda de se serrer la main, puis les envoya de part et d'autre du tapis. Au signal, Athena fit exprès de bouger lentement. Elle s'abandonna avec délice, tissant un coussin de dentelle étincelante, qu'elle avait l'intention d'utiliser pour faire tomber Erin sur le cul. Elle était encore au milieu de son ouvrage délicat quand quelque chose s'enroula autour de ses chevilles et tira fort. Ses jambes se soulevèrent et elle atterrit sur le dos, son projectile dissonant se dissipant dans l'éther alors que sa chute lui coupait le souffle.

Elle roula sur le côté, faisant entrer de l'air dans ses poumons à grosses goulées convulsives.

« Merde alors ! » Les mots sortaient de la bouche d'Erin, mais semblèrent grésiller faiblement depuis une radio dans une autre pièce. Athena les entendit à peine. Elle était trop secouée après qu'Erin ne l'avait pas seulement jetée à terre, mais *fait tomber sur le cul*.

Athena sentit les pas de l'arbitre sur le tapis alors qu'elle approchait, mais elle l'écarta d'un geste.

« Ça va », dit-elle, mais d'une voix rauque qui démentait cette affirmation.

Elle se remit debout. Erin s'excusa d'un sourire gêné, du coin des lèvres.

« Désolée, dit-elle. Je ne l'ai pas fait exprès. »

Athena balaya cela d'un geste, le même qu'elle avait adressé à l'arbitre. Alors que le volume d'air dans sa poitrine redevenait normal, elle commença à se sentir de nouveau elle-même – elle-même, et *en colère*, de fait. Comment Erin *osait*-elle la ridiculiser ainsi ?

L'arbitre donna le signal de la deuxième manche. Athena n'essaya pas de ménager son adversaire cette fois. Elle était absolument *furieuse*, et avait la ferme intention de montrer à Erin *qui* était la dissonante la plus forte. Elle signa aussi vite qu'elle en était capable, esquissant l'injonction pour un coup magistral, la lumière laissant des traces irrégulières dans le sillage de ses doigts.

Peut-être était-elle toujours étourdie par la première manche. Son cerveau encore embrumé, ses réflexes émoussés. Quelle que soit la raison, elle n'était juste pas aussi rapide qu'elle l'aurait voulu. Tant s'en faut. Sa rafale de vent violent se forma et fila en direction d'Erin, mais celle-ci l'esquiva et riposta de la même manière.

Et Athena se retrouva jetée à terre pour la deuxième fois en autant de minutes.

Elle essayait encore de se relever, de se préparer pour la manche suivante, quand l'arbitre prit la main d'Erin et la leva en l'air. La foule se mit à applaudir, mais la confusion qui continuait de régner dans la tête d'Athena était telle qu'elle ne comprit la situation qu'une fois de nouveau debout : il n'y aurait pas de troisième manche. Elle avait été éliminée.

# Erin

Quand Athena se releva, Erin lui serra la main, et la félicita d'avoir livré un bon match. Athena refusa de croiser son regard. Puis l'arbitre entraîna Erin vers une table près de l'entrée de la salle, où on tenait les scores. On l'y informa qu'elle était une des finalistes. La finale du tournoi – le match pour le titre de champion – aurait lieu le lendemain matin.

Quand ils en eurent terminé avec elle, Erin chercha Athena autour d'elle, mais ne la vit nulle part. Cependant, une foule de gens restés là lui souhaitèrent bonne chance, la félicitèrent. Elle serra les mains et accepta les compliments, se sentant tout de même un peu gênée. La personne qui se montra la plus enthousiaste dans ses éloges n'était autre que son cavalier de la veille, Garrett Thorpe.

« Apparemment, ce sera toi et moi demain matin, dit-il en lui serrant la main. La finale.

– Oh mon Dieu, dit Erin.

– M'en parle pas, dit-il avec un sourire timide. J'ai suivi tes matches. Tu as réduit tes adversaires en miettes.

– Toi aussi », dit Erin, se rappelant le visage en sang de Peter avec un pincement de culpabilité.

Garrett, qui n'avait toujours pas lâché sa main, avança plus près d'elle.

« Écoute, dit-il. On organise une petite fête ce soir dans ma suite. Une vraie. Pas comme hier, si tu vois ce que je veux dire. »

Erin, qui avait été à son lot de *pasture parties*[1] depuis qu'elle sortait avec Randy, pensa qu'elle comprenait.

« Tu devrais venir, dit Garrett. Ça me ferait plaisir. »

*J'ai un petit ami.* Les mots surgirent dans sa tête, mais restèrent bloqués derrière ses lèvres. Grisée par l'euphorie de sa victoire, et quelque peu éblouie par ce beau garçon et l'attention qu'il lui portait, elle se moquait bien de son petit ami. En revanche, elle ne put ignorer le cas de conscience que lui posait cette invitation vis-à-vis des autres – ses deux amis éliminés, mais aussi Hal, qui n'avait même pas pu participer.

« Je peux emmener mes amis ? » demanda Erin.

Le sourire de Garrett vacilla un peu. « C'est censé être une soirée exclusive, réservée aux gens qui ne se sont pas fait sortir dès leur premier match. Mais d'accord. Si c'est la condition pour que tu sois là. »

Il lâcha enfin sa main, et elle prit l'ascenseur pour remonter dans sa chambre, avec l'intention de se doucher et de se changer. Quand elle entra, elle trouva Athena sur son lit, toujours en pantalon de survêtement et débardeur, les yeux fixés au plafond.

« Hé, dit Erin. Bon match tout à l'heure.

– Pour toi peut-être.

– J'ai eu de la chance, c'est tout. »

Athena ne répondit pas, mais continua de regarder le plafond. Après un moment de silence pesant, durant lequel il apparut qu'elle n'ajouterait rien, Erin alla prendre sa douche. Quand elle ressortit de la salle de bains, se sentant

---

1. Phénomène social et culturel typique de certaines régions rurales des États-Unis, où des adolescents mineurs se retrouvent dans un pré (« *pasture* ») pour faire la fête et (surtout) boire de l'alcool (NdT).

propre et revigorée, Athena n'était plus là. Elle s'habilla et se maquilla donc seule, avant de descendre rejoindre les autres au restaurant de l'hôtel. Elle y retrouva Peter, Hal et Marsh. Peter avait le visage tuméfié, son nez cassé étant l'épicentre de la catastrophe. Hal semblait maussade, aussi.

« Où est Athena ? demanda Marsh.

– Je pense qu'elle ne se sent pas bien, répondit Erin. Comment s'est passée votre présentation ? »

Heureusement, Marsh ne se fit pas prier pour changer de sujet. « C'était… éclairant. Tu n'es pas de cet avis, Hal ? »

Hal hocha la tête. « C'est peu dire. »

Marsh n'ajouta rien, mais l'expression de Hal suggérait qu'il y avait une histoire à raconter. Et probablement pénible. Elle se promit de lui poser la question plus tard.

« Parlez-moi du tournoi, dit Marsh. Comment vous en êtes-vous sortis ? »

Peter lança un regard mauvais autour de la table. « J'ai dit que je ne voulais pas participer, rappela-t-il.

– C'est dur d'échouer, répondit Marsh. Et ça me fait de la peine pour toi. Mais c'est aussi une part importante de ton éducation. Je t'ai amené ici pour que tu puisses comparer tes capacités à celles d'autres dissonants de ton âge. Maintenant, tu sais à quoi t'en tenir.

– Pourquoi, en fait ? » demanda Peter d'une voix profonde, presque un grognement dans sa gorge.

Marsh inclina la tête vers son petit-fils, et Erin se contracta. Elle ne pensait pas avoir jamais entendu Peter résister à son grand-père.

« Pardon ? dit Marsh.

– Pourquoi c'est si foutrement important qu'on se batte ? On est des soldats ? On va entrer en guerre ? Ou est-ce qu'on se raccroche à une forme de violence dépassée, juste parce que vous n'avez rien trouvé de mieux pour nous mettre à l'épreuve ?

– Baisse d'un ton, mon garçon, dit Marsh, un avertissement dans la voix. Je ne voulais pas avoir cette conversation ici, mais puisque tu en as décidé autrement, sache qu'en vérité, tu m'as profondément déçu. J'ai honte de partager mon nom de famille avec toi. Mais ce n'est pas une raison pour me parler en me manquant de respect. C'est compris ? »

Erin n'avait jamais été effrayée par Peter de toute sa vie, mais il lui faisait peur maintenant. Sa colère semblait si violente. La dissonance émanait de lui par vagues brûlantes. Il aurait pu fracasser la table de son regard furieux.

« Réponds-moi, Peter », dit Marsh.

Hal tendit la main et toucha le bras de Peter. Peter l'écarta d'un haussement d'épaules.

« C'est compris, dit-il entre ses dents serrées.

– Tu veux remédier à cet échec ? poursuivit Marsh. Commence par t'entraîner sérieusement, la prochaine fois que je te le demanderai. Prépare-toi, au lieu de t'amuser au jardin. J'ai mes raisons de vous vouloir prêts au combat, et elles ne sont pas futiles. Il est trop tôt pour les révéler, mais je ne tolérerai pas qu'un Marsh, le dernier représentant de ma propre lignée, se fasse rosser comme un moins que rien. »

Erin essaya de protester, mais ne trouva rien à dire.

« Erin, dit Marsh. Bravo. Tout le monde s'accorde pour reconnaître que tu as été extraordinaire aujourd'hui.

– Merci, monsieur », dit-elle. Heureusement, leur commande arriva et la conversation s'interrompit. Ils mangèrent dans un silence pesant, puis Marsh leur donna quartier libre pour la soirée. Hal et Peter se dirigeaient vers l'ascenseur pour remonter dans leur chambre quand Erin les rattrapa. Elle tendit la main vers Peter, mais quelque chose dans sa posture, peut-être sa façon de rentrer le cou dans les épaules, la poussa à retenir Hal à la place.

« Hé », dit-elle. Les deux garçons se tournèrent vers elle. « Marsh a dépassé les bornes.

– Ce n’est pas la première fois, dit Hal. Et ce ne sera pas la dernière.

– Il y a une fête ce soir dans la suite de Garrett Thorpe, dit-elle. Vous devriez venir. »

Peter eut l’air atterré. « Mais enfin, pourquoi j’irais ?

– Pour lui montrer qu’il ne te fait pas peur, dit Erin. Que c’est sans rancune. Viens pour la raison que tu veux, mais viens, s’il te plaît.

– Ce sera sans moi », répondit Peter. Il tourna le dos à Erin. « Mais amuse-toi bien.

– Toi aussi », dit-elle. Cette froideur de sa part lui était insupportable. « Passe une bonne soirée, je veux dire. »

Les garçons entrèrent dans l’ascenseur, mais pas Erin. Hal eut la présence d’esprit de ne pas lui tenir la porte, se contentant de lui adresser un petit signe de tête compatissant. Elle se força à sourire et inclina la tête, essayant de suggérer que tout allait comme sur des roulettes.

# Hal

Hal monta dans la chambre avec Peter. Dès qu'ils eurent franchi la porte, Peter s'effondra sur son lit et lui tourna le dos.

Hal était tiraillé. Il voyait bien que Peter souffrait et avait besoin d'un ami. D'un autre côté, il y avait une fête organisée ce soir. Hal n'avait pas souvent l'occasion de faire la fête. Il y croiserait peut-être de nouveau cette fille, Kelly. Rien qu'à cette pensée, une chaleur agréable monta à son cou et sur ses joues. Mais Peter semblait tellement pitoyable, pelotonné sur son lit comme un enfant triste et délaissé.

Hal s'assit au bord de son lit, les mains posées à côté de lui.

« Je sais que ça a été journée pourrie pour toi, dit Hal. Je comprends. La mienne n'a pas été terrible non plus. Je te raconte comment s'est passée la présentation ?

– Hal, je sais que tu essaies de m'aider, mais putain, tu veux bien la fermer ? » dit Peter.

Peter ne jurant jamais, Hal eut l'impression de prendre une gifle.

« Pas de problème, dit-il. Je peux la fermer. »

Il fit un brin de toilette, et quand le réveil indiqua enfin 20 h 00 et qu'il fut prêt à partir, Peter roula sur le dos et dit : « Attends. Je t'accompagne. »

Hal se sentit le cœur un peu plus léger. « Bien. »

Quand Hal frappa à la porte des filles, Erin répondit, et il eut la surprise de voir Athena avec elle. D'accord. Cette soirée ne s'annonçait peut-être pas si mal, après tout.

Ensemble, le coven monta au vingtième étage, où se situait la suite de Garrett. Même sans le numéro de chambre, ils n'auraient eu aucune difficulté à trouver : la porte était ouverte, et des gens massés dans le couloir. Alors qu'ils approchaient, Hal remarqua les grimaces de ses trois amis.

« Seigneur…, dit Athena.

– Les voisins doivent être ravis, dit Peter.

– Ravis de quoi ? » demanda Hal. Il regarda autour de lui, déconcerté.

« La musique, précisa Erin, haussant la voix. C'est assourdissant ! »

Hal secoua la tête. « Je n'entends rien ! »

Athena et Peter échangèrent un regard.

« D'accord, je dois reconnaître : je suis bluffée, dit Athena.

– Ils ont dû faire en sorte que la musique soit seulement audible par des dissonants, expliqua Peter. On a les tympans qui saignent, mais toi, tu n'entends rien.

– Oh, dit Hal. Génial. »

Ils entrèrent dans la suite, pleine d'autres adolescents. Pas un adulte en vue. Garrett Thorpe était assis sur le canapé du salon, gobelet de plastique rouge à la main, et parlait à une jolie fille. Hal, qui reconnut Kelly, éprouva simultanément une montée d'excitation et de jalousie.

Garrett les aperçut et se leva pour leur faire signe.

Alors qu'il approchait, Peter dit : « C'était une mauvaise idée. » Hal n'avait pas besoin de pouvoirs dissonants pour comprendre que Peter avait envie de tourner les talons et de prendre la fuite.

« Bonsoir ! » les salua Garrett en souriant. Si Peter respirait la gêne, Garrett respirait le charme. À cette seconde, Hal lui pardonna d'avoir mis le nez de Peter en sang. Les accidents, cela arrivait, après tout. Ce mec n'avait probablement pas eu conscience des faiblesses défensives de Peter, et il y était allé un peu trop fort. C'était l'explication la plus vraisemblable. Ainsi, quand Garrett lui tendit sa main, Hal la serra.

« Hal, c'est ça ? dit Garrett. Je ne t'ai pas vu au tournoi aujourd'hui.

– Je participais à une présentation », répondit Hall en haussant la voix pour atteindre le volume de celle de son interlocuteur. Cela lui fit une drôle d'impression dans la pièce apparemment silencieuse.

« Dommage, dit Garrett. Tu sais, j'aurais adoré voir le soi-disant champion de Temple de la Douleur en action.

– La soirée ne fait que commencer », dit Hal, et Garrett rit.

Ensuite, Garrett se tourna vers Peter. « Peter. Je suis content que tu sois là. C'est généreux de ta part après ce qui s'est passé cet après-midi. »

Peter lui serra la main avec un bref signe de tête.

« À ta place, je ne sais pas si j'aurais fait pareil », ajouta Garrett.

L'expression stoïque de Peter s'aigrit alors que Garrett s'adressait à Athena. « Athena. J'ai vu ton premier match aujourd'hui. Impressionnant. Mon père dit beaucoup de bien de toi. Il pense que tu peux devenir la dissonante la plus brillante de notre génération, si Marsh ne cause pas ta perte entretemps.

– Pourquoi il causerait ma perte ? » demanda Athena.

Garrett répondit d'un simple haussement d'épaules. Puis il se tourna vers Erin, avec son sourire le plus charmeur. « Et Erin… Content de te revoir. »

Le sourire qu'Erin lui adressa en retour était éblouissant. Peter se détourna, la bouche serrée, réduite à un trait.

Ils se frayèrent un passage parmi les fêtards, jusqu'à un tonnelet de bière. Athena lança à Hal un regard circonspect quand il lui tendit un gobelet.

« On pourrait s'attirer de gros ennuis, si Marsh l'apprend, dit-elle.

– Qu'est-ce qu'il va faire ? demanda Hal. Tu as entendu Garrett : tu vas devenir la dissonante la plus brillante de notre temps.

– Ce type est un champion, catégorie lèche-cul. Je sens encore sa langue », dit Athena. Mais elle accepta la bière.

Hal n'en avait même jamais bu avant ce soir. Il trouva que cela n'avait pas très bon goût, mais il se força à la finir, et à s'en resservir une autre. La deuxième lui parut déjà bien meilleure. Il continua donc, et en but une troisième. Après, il se sentit plus léger, une sensation presque similaire à celle de l'été dernier, quand il avait réussi à s'élever dans les airs. Il comprit mieux alors l'attrait de l'alcool.

Pendant ses trois bières, il était resté dans un coin avec Athena et Peter, attendant que Kelly se décide, comme la veille au soir. Mais pour l'instant, elle avait surtout dansé, et bien qu'elle ait regardé en direction de Hal deux ou trois fois, elle avait toujours rapidement détourné les yeux.

Après sa troisième bière, Hal se dit qu'elle devait espérer qu'il prenne l'initiative. Il se dirigea vers la piste, constatant avec surprise que marcher droit exigeait un effort supplémentaire de sa part.

Kelly ne fit pas attention à lui avant qu'il pose la main sur son épaule. Même à ce moment-là, elle ne lui accorda qu'un rapide coup d'œil.

« Salut, dit-il.

– Salut, répondit-elle, sa voix s'élevant au-dessus de la musique qu'il ne pouvait pas entendre.

– J'attendais que tu me fasses signe, dit-il. Tu m'évites ? »

Elle s'arrêta de danser. « Non. C'est seulement… je préfère ne pas fréquenter de non-dissonants.

– Pardon ?

– J'ai assisté à ta présentation avec le professeur Marsh aujourd'hui. Je sais que tu es là juste par accident.

– On n'a aucune certitude pour l'instant », protesta Hal. Il s'en voulut immédiatement en entendant son ton pathétique.

Une main se posa sur son épaule. Garrett Thorpe, sourire charmeur laissé au vestiaire, chevalier blanc inquiet à la place. « Un problème ?

– Non, répondit Hal, mais Kelly ne dit rien.

– La demoiselle semble mal à l'aise, dit Garrett. Tu ferais peut-être bien d'aller rejoindre tes amis, et si elle a envie de te parler, elle viendra, d'accord ?

– Qu'est-ce que…

– Il est temps de partir », dit Garrett. Il s'interposa entre Hal et Kelly, serra l'épaule de Hal dans sa main et l'escorta hors de la suite. « Va dormir. Tu te sentiras mieux demain. Alors, si Kelly accepte de te parler, tu pourras peut-être lui présenter des excuses.

– Pourquoi ? Qu'est-ce que j'ai fait de mal ?

– C'est ma faute, dit Garrett. C'est une soirée pour dissonants, les accidents bizarres n'y ont pas leur place. J'ai voulu me montrer généreux et inclusif, mais je m'aperçois maintenant que ç'a été une erreur. File, d'accord ? Tu as sans doute eu ton compte de situations embarrassantes pour la journée. »

Hal resta planté dans le couloir alors que Garrett rejoignait la fête. Il était tellement abasourdi qu'il n'éprouva rien pendant un moment. Puis il repartit vers l'ascenseur et descendit à l'étage de Marsh, avec l'intention de dire ses quatre vérités au vieil homme.

Alors que les portes de la cabine s'écartaient et que Hal en sortait, le couloir disparut devant lui. Il se retrouva dans un immense espace sombre et froid, complètement vide à première vue. Au loin, il distingua un rai de lumière.

Bien qu'un peu éméché, Hal pensa comprendre : un an plus tard, il était enfin retourné au Temple de la Douleur.

Sa rage s'apaisa quelque peu, remplacée par l'émerveillement et la curiosité. Le sol en pierre renvoya le bruit de ses pas alors qu'il marchait en direction du rai de lumière. Il s'arrêta juste devant, pas près de remettre sa main à l'intérieur.

« Ohé ! » dit-il.

Le Temple ne répondant pas, Hal tenta une autre approche :

« Pourquoi je suis là ? »

*Tu as des questions.* La voix résonna en lui, créant un bourdonnement dans sa poitrine, comme la basse dans un concert de rock.

« C'est vrai, dit Hal. Vous allez y répondre ? »

*Nous te dirons ce que nous voulons te dire quand nous penserons que tu as besoin de le savoir*, dit la voix.

Cette fois, Hal décida de traiter son interlocuteur par le silence. Si le Temple avait l'intention de s'amuser avec lui, il refusait d'entrer dans son jeu. Dans les longs moments d'attente qui suivirent, il se concentra sur sa respiration, comme le professeur Marsh le lui avait appris.

*Tu dois être patient, Champion*, dit enfin la voix. *Le vieil homme cherche à te provoquer et, par extension, à nous atteindre. Tu n'as pas été choisi par accident. Tu étais destiné à venir à nous et à te soumettre à l'Épreuve de la Souffrance, et tu es destiné à servir notre grand œuvre à l'avenir.*

« Quel grand œuvre ? » demanda Hal.

*Tu le sauras le moment venu.*

Les mots bourdonnaient toujours dans la poitrine de Hal quand il se retrouva soudain de nouveau dans le couloir du Hyatt Regency, à l'étage du professeur Marsh.

# Athena

Athena essaya aussi la bière pour la première fois ce soir-là. Comme Hal, elle n'en aima pas beaucoup le goût, mais découvrit effectivement que son humeur changeait à mesure qu'elle buvait.

Non pas qu'elle se sente mieux. Pas vraiment. Elle continuait de broyer du noir. Mais alors qu'elle s'enivrait, elle put *mariner* dans ses sentiments, s'imprégner de son humiliation et de sa colère, se convaincre qu'on lui avait *volé* sa victoire aujourd'hui.

Tout en buvant, elle regarda Erin se mêler à la fête et danser, sourire et rire. Tout le monde aimait Erin. Depuis toujours, aussi loin que remontaient les souvenirs d'Athena. Elle était blanche, elle était blonde, elle était jolie. Grosso modo, elle avait gagné à la loterie de la vie. Elle avait déjà tout pour elle. La Dissonance, c'était censé être le truc d'Athena. Le domaine où c'était elle la meilleure. Et Erin l'avait battue à plate couture aujourd'hui, devant tout le monde. Ces gens, qui riaient et dansaient et se pelotaient, et qui l'ignoraient. Ce n'était pas normal. Ce n'était pas juste que Garrett Thorpe escorte Erin, la présentant aux autres dissonants, pendant qu'Athena bouillait dans un coin.

Elle était tellement en colère, et si soûle, quand Erin vint la voir à la fin de sa tournée, qu'elle se sentait proche de l'explosion. Presque pendue au bras de Garrett Thorpe, Erin dit d'une voix joviale :

« Alors, comment ça se passe ? Je voulais m'assurer que toi et Garrett ayez réellement l'occasion de parler. » Elle se tourna vers Garrett. « Athena est la personne la plus brillante que je connaisse. Elle va faire de grandes choses.

– Vraiment ? » dit Garrett, semblant légèrement amusé. Athena se sentit gênée, à la fois pour elle et pour Erin. Garrett lui avait déjà fait ce compliment ce soir.

Elle ouvrit la bouche, et ce qui en sortit l'étonna :

« Mais putain, qu'est-ce qui cloche chez toi ? »

Garrett fit un brusque pas en arrière, les mains levées. « Je vous laisse toutes les deux. Vous avez clairement des choses à vous dire. On pourra se parler plus tard.

– Pourquoi tu me cries dessus ? demanda Erin.

– Pourquoi tu dévores ce mec des yeux comme si tu avais envie de le baiser ?

– Je ne trompe pas Randy.

– Je m'en balance de Randy, dit Athena. Garrett a foutu une raclée à Peter ce matin. Lui et ses amis ont ri pendant qu'il lui défonçait la gueule. Il s'est montré plus brutal que nécessaire, et il aurait sans doute dû être disqualifié, mais parce que son père est important, il n'a pas à assumer les conséquences de ses actes. Et toi, tu ne trouves rien de mieux que de te frotter à lui sur la piste de danse. Baise-le, tant que tu y es. »

La main d'Erin ne quitta pas sa joue pendant toute la diatribe d'Athena, comme si elle avait reçu une gifle. Quand Athena eut fini d'épancher sa bile, elle laissa retomber sa main sur le côté.

« Peter a eu sa chance avec moi, dit Erin. J'ai été très patiente, mais je suis fatiguée d'attendre.

– Il reste ton ami, lui rappela Athena.

– Est-ce qu'il le sait ? » Erin se lécha les lèvres, le regard froid. « Oh, et puis oublie ça. Tu es juste en colère parce que je t'ai battue aujourd'hui. » Elle poussa Athena, fort, et disparut dans la foule. Athena trébucha en arrière, contre une commode, et lâcha son gobelet en plastique (vide, heureusement). Ses entrailles clapotèrent, et elle eut mal au cœur.

De l'air. Elle avait besoin d'air. Elle quitta la suite, prit l'ascenseur et descendit dans le hall. Elle passa en marchant/courant devant la réception, franchit les portes coulissantes en verre, et arriva au trottoir avant de vomir. Pas juste à l'entrée de l'hôtel, mais pas aussi loin qu'elle l'aurait voulu.

Comme elle avait sauté le dîner, pas grand-chose ne sortit, hormis un mélange de bière et de bile qui la brûla méchamment, jusqu'à ce qu'elle n'ait plus que des haut-le-cœur.

Elle sursauta quand une main se posa sur son épaule. C'était Peter, lui tendant une bouteille d'eau.

« J'ai pensé que tu pourrais en avoir besoin », dit-il. Il sourit un peu, et d'une certaine manière, les bleus sur son visage le rendirent encore plus attachant.

Ils s'assirent sur un banc devant l'hôtel, Athena buvant à petites gorgées prudentes. Il ne chercha pas à engager la conversation, ce dont elle lui fut infiniment reconnaissante. Il n'essaya pas de l'égayer par ses propos. Tout le contraire de Hal, qui était incapable de se taire. Peter semblait tout à fait l'aise dans le silence. Et alors qu'Athena buvait son eau, elle commença effectivement à se sentir un peu mieux – si bien, en fait, qu'elle rit faiblement. Puis les gloussements se transformèrent en sanglots convulsifs mêlés de rires. Elle enfouit son visage entre ses mains.

« J'ai tellement honte, dit-elle. Tu parles d'un cliché : l'ado bourrée à une soirée qui se dispute avec sa meilleure amie. » Elle leva la tête pour le regarder, comme si une pensée venait de lui traverser l'esprit. « Comment tu as su où me trouver ?

– Un heureux hasard, répondit-il. J'ai moi aussi eu besoin de prendre l'air, et j'ai eu le sentiment que tu serais là.

– Le sentiment ? »

Il se lécha les lèvres, puis les serra. « Un sentiment fort. »

Elle réfléchit. Était-ce un heureux hasard ou, d'une manière ou d'une autre, un effet induit de la Dissonance ? Elle n'avait jamais senti une autre présence dans le champ d'énergie, mais chaque membre du coven semblait doté de dons particuliers, uniques.

« J'ai surpris ta conversation avec Erin, dit Peter. À la fête. Merci de m'avoir soutenu.

– C'est normal.

– Bien que, je dois dire… » Il dressa la tête, presque comme un chien. « Hal arrive. »

Et, comme on pouvait s'y attendre, Hal franchit les portes coulissantes en verre un moment plus tard. Il tenait aussi deux bouteilles d'eau, une dans chaque main.

Athena murmura : « Il faut absolument que tu me montres comment tu fais.

– Qu'est-ce que vous fichez là-dehors tous les deux ? demanda Hal.

– On est venus broyer du noir, répondit Peter. Et toi ?

– Pareil. » Il tendit à Peter une des bouteilles, que ce dernier accepta, puis alla s'asseoir de l'autre côté d'Athena et ouvrit la sienne. Il but une longue gorgée.

« Quel spectacle affligeant on offre tous les trois, dit Hal. Quand je pense que je me sentais *excité* à l'idée de participer à cette convention.

– Qu'est-ce qui t'est arrivé ? dit Athena.

– Je vous en parlerai plus tard, dit Hal. J'essaie encore de comprendre.

– Depuis qu'on est là, j'ai l'impression qu'on est venus juste pour se faire botter le cul, dit Athena.

– Pas Erin, dit Hal.

– Non, reconnut Athena à contrecœur. Pas Erin. »

Hal posa son eau par terre et se pencha en avant, les coudes sur les genoux, les mains jointes. « Écoutez. Je sais ce que vous ressentez tous les deux en ce moment, parce que j'éprouve la même chose. Je suis jaloux, en colère. Je suis perdu. Mais si les rôles étaient renversés – Athena, si tu avais battu Erin au tournoi aujourd'hui ; Peter, si tu avais commencé à sortir avec quelqu'un d'autre avant qu'Erin le fasse –, Erin serait toujours là pour vous.

– Elle n'est pas là maintenant, dit Athena. Elle est en haut, elle fait la fête avec ce garçon friqué et trop gâté.

– C'est vrai, dit Hal. Ça ne me plaît pas non plus. Et je sais qu'à notre place, elle n'aimerait pas qu'on la laisse sur la touche. Mais que vous fassiez la fête toute la nuit avec Garrett Thorpe ou pas, elle viendrait tout de même assister à la finale du tournoi. Et elle vous encouragerait, l'un comme l'autre. Alors voilà ce que je propose : on va tous se coucher, et on essaie de se ressaisir. Et demain matin, on se comporte de nouveau comme un fichu coven. Bonne nuit. »

Il n'attendit pas qu'ils se mettent à discuter, mais se leva et retourna à l'intérieur. Athena resta assise dans la douceur de l'air nocturne et réfléchit à ce qu'il avait dit.

# Erin

Erin resta tard à la fête avec Garrett, appréciant d'être le centre d'attention. Cela lui fit du bien. Tout le monde était impatient de faire sa connaissance et devenir son ami. Elle avait un beau garçon avec qui danser. Pour la première fois depuis longtemps, elle se sentit réellement, complètement *à sa place*.

Elle retourna à sa chambre vers deux heures du matin. Ne voulant pas réveiller Athena, elle se déshabilla dans le noir et s'effondra sur son lit, sans boire un peu d'eau avant, un oubli s'expliquant par son manque d'expérience avec l'alcool. Elle répéterait cette erreur beaucoup plus tard, avec des conséquences bien plus graves, mais à quinze ans, on récupérait facilement.

Elle dormit de façon intermittente, et se réveilla avant l'alarme précédant le lever du soleil. La première chose qu'elle vit en ouvrant les yeux était Athena, endormie sur l'autre lit de la chambre. Allongée sur le ventre, elle ronflait doucement dans son oreiller. Erin ressentit un accès de fureur – contre la cruauté et la dureté d'Athena, son incapacité à lui laisser la moindre satisfaction. Elle eut la tentation d'allumer les lampes, et la radio, et de la forcer à se réveiller en même temps qu'elle. Mais elle ne ferait que lui donner plus d'occasions de se montrer méchante, et Athena était meilleure qu'elle à ce jeu-là. Alors elle se doucha et s'habilla en faisant le moins de bruit possible, puis elle descendit et acheta un café et un croissant qu'elle mangea seule à une petite table dans le hall presque désert.

Quand elle eut terminé, elle emporta son café au sous-sol. Comme les portes de la salle du tournoi étaient ouvertes, elle entra.

C'était un endroit si terne. Terriblement ordinaire. Très différent des décors des jeux vidéo de combat. Dans *Mortal Kombat*, les adversaires s'affrontaient sur un pont de pierre au-dessus d'une fosse hérissée de piques. Dans *Street Fighter II*, on se battait à l'intérieur de dojos japonais ou sur des bases aériennes militaires américaines. Cette salle, en revanche, était le genre d'endroit où des cadres de compagnie d'assurance se réunissaient pour écouter de longues et ennuyeuses présentations sur l'évolution des tables actuarielles.

La seule chose intéressante ici était l'odeur. Après une journée d'adolescents suant à l'intérieur, ça cocottait méchamment. Pas étonnant qu'ils aient laissé les portes ouvertes pour aérer.

Quand même. C'était là qu'aurait lieu la finale. C'était donc là, dans cette salle terne et empuantie, qu'elle s'assit en tailleur, le dos droit, les mains sur les genoux, paumes vers le haut, et qu'elle médita sur ses caractères dissonants comme le professeur Marsh le lui avait appris.

*En méditation traditionnelle*, leur avait-il expliqué, *vous êtes censés vous concentrer sur votre respiration. Vous percevez vos pensées, mais vous les laissez aller. C'est une manière de s'éclaircir les idées. En méditation dissonante, vous n'essayez pas de débarrasser votre esprit du désordre qui l'encombre. Au contraire, vous l'acceptez : la confusion, les blessures sentimentales, le mécontentement, l'irritation. Tout ce qui ronge votre tranquillité mentale. Vous fixez votre attention dessus. C'est du combustible. Votre douleur est ce qui vous rend forts.*

Ce matin, elle pensa à Peter et Athena. L'un et l'autre s'étaient montrés si distants et cruels cet été. Elle pensa à Marsh, au peu de cas qu'il avait fait de son désir de devenir une pom-pom girl, quand il lui avait dit qu'elle perdait son temps. Elle pensa à ses parents, au malaise glacial qui sous-tendait chacune de leurs conversations. La froideur de son foyer. La froideur récente de son foyer de substitution, Marsh House. Il lui sembla n'avoir plus nulle part vers où se tourner.

Elle sentit l'humidité sur ses joues, goûta les larmes alors qu'elles s'accumulaient aux coins de sa bouche. Elle prit une inspiration, absorbant sa peine, et décida que cette histoire de Dissonance craignait. Tout n'était qu'affaire de détresse et de souffrance. Pire on se sentait, meilleur on était. À quoi bon se torturer de cette manière ? Elle irait au bout du tournoi aujourd'hui, parce qu'elle était arrivée à ce stade de la compétition, et qu'elle avait pris un engagement. Après, elle annoncerait aux autres qu'elle laissait tomber. Ils pouvaient se le garder, leur triste merdier. Elle ferait des choses positives pour elle. Elle trouverait la voie du bonheur. Les filles de l'équipe de cheerleading semblaient accueillantes. Elle y nouerait probablement des amitiés durables si elle le voulait. Elle pouvait avoir une vie agréable, normale.

« Salut. »

Elle ouvrit les yeux. Elle n'avait pas entendu Garrett Thorpe entrer. Il se trouvait à mi-chemin d'elle. Elle se leva et s'essuya les joues avec gêne.

« Ça va ? demanda-t-il.

– Oui, bien. » Elle sourit pour lui montrer à quel point. « Qu'est-ce que tu fais là ?

– Je voulais reproduire la scène de *Rocky*, répondit-il.

Tu sais, quand il va au stade et regarde autour de lui, avant le grand combat ? »

Elle hocha la tête. Elle connaissait la scène, et elle se dit que dans une certaine mesure, elle aussi avait eu cette idée.

« C'est une bonne scène », dit-elle.

Il s'arrêta à quelques pas d'elle. « Écoute, ce ne sont peut-être pas mes affaires, mais j'ai observé ton coven ces deux derniers jours.

– Et ? dit-elle, sur ses gardes.

– Je parle de leur attitude avec toi. Ils ont été en dessous de tout, alors qu'ils devraient se prosterner devant toi et remercier Dieu de t'avoir avec eux. Et vous êtes tous les élèves de ce vieux cinglé, qui n'arrête pas d'essayer de fourguer au Conseil sa théorie des Mondes multiples. Tu es trop bonne pour eux, Erin. »

Elle songea à quelque chose que Marsh lui avait dit l'été dernier. Sur le fait qu'il y avait des gens qu'on pouvait aider, et d'autres qui vous affaiblissaient. Son coven appartenait-il à la seconde catégorie ? Avait-il été un frein pour elle ?

« Je sais que tu es coincée ici, dit-il. Au Texas. Mais quand tu auras quelques années de plus, pense peut-être à venir à Boston. Je crois que tu aurais ta place parmi nous. »

Elle en oublia instantanément son idée d'abandonner la Dissonance. Peut-être qu'une vie différente était possible ? Quelque chose de mieux que la normalité. « Et si je trouvais un moyen de partir plus tôt ? » dit-elle.

Il haussa les sourcils, ouvrit la bouche et la referma alors qu'il réfléchissait. « Je parie qu'on pourrait te faire une place, si ça devait arriver », répondit-il.

Elle l'attira dans une étreinte forte. Il rit alors qu'il enroulait ses bras autour d'elle. « Tu n'as pas idée de ce que ça signifie pour moi », dit-elle.

Il leva la main et ramena une mèche de cheveux égarée derrière son oreille. « Tu as trop de talent pour le gâcher. »

Elle cherchait toujours une manière d'accepter le compliment avec grâce quand il se pencha pour l'embrasser.

Elle s'écarta brusquement. « Qu'est-ce que tu fais ? »

Il sembla sincèrement surpris. « J'ai pensé qu'il se passait quelque chose entre nous.

– J'ai un petit ami.

– Encore ces conneries ? dit-il avec incrédulité. Je te l'ai dit, ces gens ne te méritent pas. Aucun d'eux. Et ça vaut pour le plouc que tu fréquentes chez toi. »

Elle le tint à distance fermement, jusqu'à ce qu'il comprenne le message.

« D'accord », dit-il. Il la lâcha. « Désolé. Je me suis un peu emballé. Tu ne peux pas m'en vouloir.

– Non, bien sûr, dit-elle, parce que c'était plus facile de mentir.

– Bon. Je te revois tout à l'heure sur le tapis », dit-il.

Puisque le match final n'exigeait la présence que d'un tapis, les organisateurs avaient garni le reste de l'espace disponible avec des chaises. Bientôt, elles commencèrent à se remplir de spectateurs. Beaucoup de visages vaguement familiers, croisés au cours des fêtes du vendredi et du samedi soir. Quelques-unes de ces personnes lui firent bonjour de la main ou levèrent leur pouce en signe d'encouragement, et elle leur répondit avec le sourire, en les saluant à son tour.

Puis quelque chose arriva, qu'elle n'avait pas prévu : son coven. Au grand complet : Peter, Athena, Hal et même le professeur Marsh entrèrent ensemble. Peter portait sous le bras un objet ressemblant à un drap de lit plié. Plutôt que d'aller occuper certains des sièges vides près du fond, ils vinrent au premier rang, déjà rempli. Marsh se pencha en avant pour parler aux jeunes assis là, et quoi qu'il leur ait dit, il dut se montrer convaincant, puisqu'ils se décalèrent, libérant quatre places, juste à la gauche d'Erin.

Peter leva la main, la saluant d'un air penaud. Elle lui

répondit d'un signe de la tête, mais n'alla pas leur dire bonjour. Elle n'avait vraiment pas besoin maintenant que ces quatre-là lui prennent la tête.

Enfin, l'arrivée de l'arbitre indiqua le début de la rencontre. Il appela Erin et Garrett au milieu du tapis. Alors que Garrett approchait, il jeta un coup d'œil sur sa droite, puis regarda Erin en réprimant à peine une envie de rire.

« Qu'est-ce qu'il y a de si drôle ? demanda-t-elle.

– Désolé, dit-il. C'est juste… le grand échalas au premier rang. Ce garçon de ton coven. Il est allé au tapis comme une femmelette hier matin. Ça me fait marrer chaque fois que j'y pense. »

Erin se tourna vers Peter. Il était en train de déplier le drap sur ses genoux et ceux de Hal et Athena, mais il s'arrêta pour croiser son regard. Il eut un sourire triste et articula en silence *Je suis désolé*. Quelque chose en elle, la partie qui avait commencé à s'endurcir, s'adoucit.

Garrett prit la main d'Erin et la serra deux fois. « Je promets de te ménager, dit-il.

– Ne te donne pas cette peine », répondit-elle.

Il haussa les sourcils alors que chacun d'eux reculait dans son coin du tapis. L'arbitre resta au milieu, le bras levé pour leur indiquer de se tenir prêts, puis il le baissa vivement.

Les doigts de Garrett semblèrent presque flous alors qu'il lançait son injonction. Erin ne réfléchit pas, optant pour la Vengeance d'Hypatia. Un mur de feu vert jaillit de ses mains et roula, rugissant, à travers le tapis. Cet obstacle entre elle et Garrett l'empêcha de voir ce qui arriva après. Mais elle entendit la foule retenir son souffle, puis un « ohhhh » collectif.

Les flammes dévièrent vers le ciel et se dissipèrent quelque part près du plafond, tandis qu'Erin apercevait Garrett, un genou à terre. Il avait détourné le coup, mais au prix de son équilibre. Les règles étaient claires. Même si un seul genou entrait en contact avec le tapis, le point allait à l'adversaire.

Il ne restait plus aucune trace de bonne humeur dans son expression. Erin avait violé une des règles cardinales s'appliquant aux filles : elle avait humilié un garçon. Et en public, en plus. Il ne semblait pas juste en colère. C'est l'air furieux qu'il regagna son coin du tapis.

Erin sentit l'angoisse lui nouer l'estomac. Elle avait remporté de justesse une victoire technique dans la première manche, contre quelqu'un qui avait essayé de se montrer amical avec elle. Maintenant, elle l'avait embarrassé, et il allait vouloir sa revanche. Elle le voyait dans ses yeux. Plus aucune chaleur.

Elle respira à fond, tenta d'exploiter son malaise pour se renforcer. Mettant les mains sur les côtés, elle adressa un signe de la tête à l'arbitre pour lui indiquer qu'elle était prête. Il inclina la tête en réponse, puis laissa tomber sa main, donnant le coup d'envoi de la deuxième manche.

Erin essaya autre chose cette fois – le crochet qu'elle avait utilisé pour battre Athena la veille. Elle se montra assez rapide pour le lancer, mais Garrett ne le fut pas moins. Il écarta les bras, et une meute d'énormes lions vert vif apparut. Ils déchirèrent le piège d'Erin comme du papier toilette et la percutèrent tous en même temps, un projectile de muscles, de tendons et de dents. Elle n'eut pas l'occasion de perdre l'équilibre, mais fut projetée en arrière dans les airs et alla s'écraser dans la première rangée de spectateurs derrière elle, avant de rouler de leurs genoux et sur la moquette au sol.

Erin se releva à quatre pattes. Elle avait vaguement conscience des coups de sifflet stridents de l'arbitre, le vit qui enguirlandait Garrett. Tout lui semblait si lointain. Il y avait un bourdonnement dans ses oreilles, et quand elle essaya de se mettre debout, elle ressentit une vive douleur dans la cheville droite. Entorse ? Fracture ? Simple foulure ? Elle n'était pas sûre.

L'arbitre vint l'aider à se lever. Elle fit de son mieux pour cacher sa gêne alors qu'elle s'appuyait de nouveau sur ses pieds.

« Est-ce que ça va ? demanda-t-il. Est-ce qu'on doit arrêter le match ? Garrett déclarera forfait immédiatement. »

Erin s'efforça d'assembler ces mots, de leur donner un sens. Elle regarda dans la salle autour d'elle, tous ces visages aux yeux braqués sur elle. Puis elle reporta son attention sur son coven, et remarqua pour la première fois qu'ils avaient déplié le drap et le tenaient juste sous leurs mentons, de sorte qu'il pende jusqu'au sol. Ils avaient trouvé de la peinture quelque part, et écrit deux choses dessus en rouge. La première était : *ERIN EST LA MEILLEURE.* Et la seconde était l'un des caractères dissonants que Marsh utilisait fréquemment avec leur groupe en méditation. L'un des rares qui ne se ramifiaient pas complètement comme un arbre, mais formaient une boucle à chaque extrémité pour se toucher. Sa signification était *tout* ou *entier*.

Ses amis avaient l'air inquiets. Peter lançait des regards affolés autour de lui, comme s'il attendait que quelqu'un prenne l'initiative d'arrêter cela. Seule Athena semblait calme. Elle croisa le regard d'Erin, et inclina légèrement la tête. Le message était clair : *Tu peux y arriver*.

Erin se tourna de nouveau vers l'arbitre. « Non. Le match continue. Victoire ou défaite, je veux aller au bout.

– Tu es sûre ? insista l'arbitre. C'est à toi de décider.

– Je suis sûre », confirma Erin.

Il l'aida à regagner son côté du tapis en clopinant, et le public applaudit. S'assurant qu'Erin pouvait tenir debout sans qu'il la soutienne, l'arbitre retourna au milieu du tapis et leva la main pour le signal « prêt ».

Erin regarda Garrett. Il murmura quelque chose, trop

bas pour pouvoir l'entendre, mais elle lut sur ses lèvres sans difficulté : *pétasse white trash*.

Erin se tourna de nouveau vers ses amis, et ce caractère qu'ils avaient peint sur le drap. Elle ferma les yeux et se le représenta dans son esprit. Elle prit une profonde inspiration, et perçut quelque chose qu'elle n'avait jamais perçu auparavant : trois étincelles brillantes dans l'obscurité, sur sa gauche, exactement à l'endroit où étaient assis Peter, Athena et Hal. Ils brûlaient comme des feux dans le noir, et elle vit leurs flammes se joindre et se ruer vers elle. Ses bras se couvrirent de chair de poule quand elle sentit son coven, pas juste à côté d'elle, mais d'une certaine manière *avec* et *en* elle. Au moment où elle inspira, elle eut cette impression de puissance énorme. Presque d'invincibilité. Elle rouvrit les yeux et regarda une fois de plus ses amis. Ils semblaient aussi déconcertés qu'elle, mais excités également, pleins d'espoir. Quelque chose d'inédit se passait ici. Même Marsh parut s'en rendre compte, à en juger par son air perplexe. Erin ne l'avait jamais vu comme cela depuis qu'elle le connaissait.

Elle se tourna de nouveau vers l'avant. L'arbitre baissa la main. Et au lieu d'essayer de deviner ce que son adversaire allait faire, de tenter de le surpasser en agressivité et en colère, Erin recula, et dressa un bouclier. Le même écran de protection qu'elle avait utilisé l'été dernier pour mettre ses amis à l'abri des créatures-araignées dans la forêt de Clegg. Le Dôme de Haley. Une injonction défensive.

Elle le sentit s'élever et se solidifier autour d'elle alors que Garrett lançait son attaque finale : une rafale de vent d'une violence monstrueuse. Le dôme la renvoya avec une telle force sur Garrett que toutes les têtes dans le public se tournèrent pour suivre son corps emporté par le souffle. Il survola la foule comme une poupée de chiffon avant de retomber quelque part près des portes de la salle.

Sans attendre de voir s'il allait bien, l'arbitre se dirigea vers Erin et leva sa main, la déclarant vainqueure. Championne de joute dissonante, 1997. Puis son coven se précipita vers elle en criant et en hurlant. Peter la prit par la taille, la souleva et la fit tourbillonner. Tout le monde souriait, riait et poussait des acclamations – même Athena avait l'air contente –, et Erin sut qu'en dépit de leurs disputes, de leurs imperfections et de leurs points de vue qui divergeaient parfois, ces trois personnes étaient sa vraie famille. Celle qu'elle méritait, et qui la méritait. Pour toujours. Des gens qui brillaient avec elle dans le noir.

Elle se laissa engloutir par la flamme de leur amour, et alors qu'ils se blottissaient contre elle et l'étreignaient, pendant un moment, un moment parfait, elle disparut dans cette incroyable chaleur.

*2019*

# RETROUVAILLES

# Hal

Dans son enfance, Hal s'est toujours demandé à quoi le Saunders Inn ressemblait à l'intérieur. L'extérieur fait penser à une maison de riche grand-mère, avec des colonnes prétentieuses sur le porche en façade et des haies taillées avec goût bordant la propriété. De grandes fenêtres donnant sur le restaurant de l'hôtel présentaient un tableau de dîners aux chandelles sous un lustre.

Maintenant qu'il est de retour à Clegg, Hal adulte s'aperçoit qu'il avait vu juste – ou presque – à propos du style « riche grand-mère ». L'endroit est assez agréable. Sa chambre se trouve au premier, face à un mur d'étagères pleines de livres. De près, il reconnaît des ouvrages destinés à un public « familial ». Histoire. Commentaires politiques conservateurs. Romans d'espionnage. Édification chrétienne. Mais s'il recule un peu et plisse les yeux ? L'illusion d'une belle bibliothèque est presque convaincante.

La chambre est plus spacieuse qu'il s'y attendait, avec un grand lit, deux fauteuils, et une cheminée à gaz. Les rideaux tirés sur l'après-midi pluvieux assombrissent la pièce et lui donnent un côté douillet.

Il pose sa valise près de la porte et s'effondre sur le lit. Après la route et sa rencontre avec cette femme à son ancienne cité, il a besoin d'une sieste. Il envoie valser ses chaussures, met son téléphone en charge, et texte à Athena :

DÎNER CE SOIR ?

Il regarde les trois points dans l'application de messagerie faire leur petite danse signifiant qu'elle est en train de répondre.

OK. 6 h au restau habituel ?

Il envoie un émoji pouce levé et s'assoupit. Après avoir dormi profondément, il se réveille en fin d'après-midi, dans les vapes et la bouche sèche. C'est drôle comme on peut renoncer à l'alcool et continuer d'avoir la gueule de bois. Drôle, mais pas vraiment marrant.

Il se douche, se rase, et se prépare un jus infect dans la cafetière de la chambre. Alors qu'il le boit, les nuages d'orage qui menaçaient éclatent. C'est d'abord une pluie faible, mais bientôt le toit et les fenêtres résonnent du crépitement révélateur de la grêle.

Il a une pensée pour sa malheureuse voiture sur le parking à ciel ouvert devant l'hôtel, mais se rappelle que cela n'a pas d'importance. Il devra de toute façon la vendre prochainement. Personne n'a besoin d'une Kia en prison.

Il défait sa valise et tente de trouver les vêtements appropriés pour le dîner. À part le costume qu'il a emporté pour la commémoration, il ne possède que des jeans et des t-shirts. Pas une seule chemise qui se boutonne. Rien avec un col. Des fringues de glandeur.

Il tâche de choisir ce qui fait le moins négligé quand la terre se soulève. Il est projeté en avant sur le lit, puis de nouveau en arrière. Il essaie d'agripper les couvertures, mais le sol cahote et le précipite contre la commode. Le bouton d'un des tiroirs le frappe dans le bas du dos, et il s'écroule avec un cri. Il se recroqueville sur lui-même et se couvre la tête de ses mains. Chaque souffle lui fait mal, mais la douleur peut se révéler utile. Il se concentre sur cette sensation pénible, et ensuite, empêche le reste du monde d'entrer.

Quand le téléphone de la chambre sonne un moment plus tard, il prend conscience que le tremblement a cessé, et que ses entrailles ne lui font plus aussi mal. Il décroche. C'est la réceptionniste en bas qui demande si tout va bien. L'inquiétude sincère dans sa voix lui donne presque envie de vomir. Hal répond que l'orage l'a surpris et qu'il a trébuché. Il est tombé, c'est ridicule, mais plus de peur que de mal.

Une notification fait tinter son portable. C'est Athena.

Tu as regardé par la fenêtre ?

Hal va écarter le rideau. Les nuages gris de ce matin ont viré rouge sang. On les dirait prêts à cracher du sang plutôt que de la glace.

C'est carrément biblique, cette merde, écrit-il en réponse.

La grêle se calme un peu plus tard, bien que la pluie continue, et que le ciel garde une nuance de rouge inquiétante. Hal sort vérifier dans quel état se trouve sa voiture. Elle donne l'impression d'avoir subi l'assaut d'un millier de petits diablotins armés d'un millier de petites battes de baseball. Au moins les vitres ont-elles été épargnées.

Bien qu'il suppose qu'Athena et lui logent à l'hôtel, il se rend seul en voiture au *diner*. Avant de partir il texte à Erin pour lui dire où les trouver. Il n'a pas eu de ses nouvelles depuis qu'elle a été la première à répondre à l'invitation pour la commémoration, tôt jeudi matin. Alors qui sait si elle est déjà là ou quand elle arrive ?

Il est content qu'ils aient choisi le *diner*. C'est plus neutre que le restaurant de l'hôtel. Moins d'implications romantiques, et donc moins de pression. Alors qu'il entre, il découvre que l'endroit a peu changé. Le sol carrelé blanc est plus rayé et plus passé, les sièges des boxes ont l'air plus mous. Des photos d'équipes sportives plus récentes décorent les murs. La plupart des clients sont des gens plus âgés, même si quelques adolescents occupent un box dans un coin au fond, près des toilettes. Personne ne semble avoir remarqué le ciel rouge.

Hal s'installe près de la fenêtre et se demande si cet endroit était aussi déprimant quand il était ado. Il s'en souvient comme d'un coin sympa pour manger un burger. Est-il victime de la nostalgie, ou la ville tout entière a-t-elle cédé au découragement au cours des vingt dernières années ?

Il est perdu dans la contemplation du ciel pourpre foncé quand la cloche au-dessus de la porte d'entrée tinte, signalant l'apparition d'Athena. Son impression immédiate est qu'elle n'a pas changé depuis leurs dix-sept ans : petite et forte, les cheveux châtains trempés, les lunettes éclaboussées de pluie, un sac à main de la taille d'un sac à langer en bandoulière. Elle porte une chemise d'homme avec les manches retroussées, qu'elle a rentrée dans son jean. La seule vraie nouveauté – le détail qui le transporte de 1999 au présent –, ce sont les chaussures. Elle a laissé tomber ses Converse All-Star noires pour des Nike plus confortables.

Il se lève. Elle approche, puis s'arrête à quelques pas, l'air tiraillée, comme si elle s'interrogeait sur l'attitude à adopter. Il prend le risque et la serre dans ses bras. Elle est trempée, sa peau est froide dans l'air conditionné glacial du *diner*, et le dos de Hal se couvre de chair de poule à ce contact.

« Salut, dit-il.

– Salut toi-même », dit-elle dans sa poitrine, répondant à son étreinte après une brève hésitation typique d'Athena.

Malgré le froid et la gêne, Hal a les yeux qui picotent et il la serre fort. Il finit par la lâcher, non pas qu'il veuille mettre fin à ce moment, mais parce qu'il craint de lui foutre les jetons. Il s'assoit, et elle se glisse dans le box en face de lui avec une grimace.

« Ta jambe ? dit-il.

– Pire chaque année, dit-elle. Et encore pire quand il pleut.

– Peut-être…

– J'étais…, dit-elle en même temps. Vas-y, ajoute-t-elle.

– Non, toi, je t'en prie. » Il a l'impression d'être à un premier rendez-vous. Un premier rendez-vous inconfortable, qui plus est, ce qui est inhabituel. Hal est le champion des premiers rencards. C'est sur la durée qu'il se plante.

« J'ai oublié ce que je voulais dire, dit-elle, plus à la table qu'à lui.

– J'allais te proposer du Tylenol. J'en ai dans ma boîte à gants.

– J'ai du baume du tigre et du CBD dans ma chambre.

– Tout ce qu'il faut pour faire la fête. »

Athena n'a pas l'occasion de répondre, parce que la cloche au-dessus de la porte annonce l'arrivée d'Erin. Elle est plus mince et plus grande que dans le souvenir de Hal. Des piercings entourent ses oreilles, et des tatouages lui garnissent les bras. Comme Athena, elle est trempée, mais elle est aussi couverte de bleus.

« Salut », dit-elle.

Hal se lève pour l'étreindre. Athena semble hésiter, et ce moment de flottement paraît l'attrister tandis qu'Erin se glisse dans le box à côté de Hal. Erin prend la main d'Athena et la serre.

« Je suis contente de te voir, Athena.

– Qu'est-ce qui t'est arrivé ? » demande Hal. Sa première hypothèse fâcheuse est l'invité qu'elle a mentionné dans son SMS. Mais en vétéran de nombreuses bagarres de bar, il sait à quoi ressemble un coup de poing. Ces bleus n'en sont pas.

Erin touche timidement une ecchymose noire à son cou. « J'étais au cimetière quand l'orage a éclaté. J'ai dû courir jusqu'à ma voiture. » Elle baisse le menton, prend un menu sur la table et fait mine de le lire. « Philip a reçu un mauvais coup sur la tête, il a préféré se coucher tôt. Mais il est impatient de vous rencontrer demain.

– Oui, dit Hal. Nous aussi. » Il n'a pas besoin de demander pourquoi Erin se trouvait au cimetière. Il est surpris et honteux de n'avoir pas pensé lui-même à s'arrêter là-bas. Il aurait pu aller voir Peter au lieu de son ancienne cité. Il lance un regard à Athena, et à en juger par son expression renfrognée, elle se fait la même réflexion.

« Comment…, dit Athena. Comment c'est ? La tombe, tout ça.

– Toujours pareil, répond Erin. Avec vingt ans de plus. Le professeur Marsh est enterré là-bas maintenant. »

Au moment où la conversation semble aborder des rivages quelque peu sensibles, leur serveuse, une fille qui doit avoir dix-sept ans, s'arrête à leur table pour déposer des verres d'eau et prendre la commande pour les boissons. C'est une distraction bienvenue, une transition qui paraît naturelle, et une fois la fille repartie, les trois membres du coven séparé enchaînent sur la checklist de rigueur lors de retrouvailles entre adultes. Hal parle à ses vieilles amies de sa vie à Vandergriff : le centre d'appels où il travaille, l'appartement qu'il occupe seul. Il ne mentionne ni la bagarre dans le bar ni l'offre du procureur pour la négociation de sa peine. Il n'est pas encore prêt pour que ces personnes – les meilleures amies qu'il a jamais eues – sachent cela de lui. Il ne se sent pas la force de voir l'expression dans leurs regards quand elles apprendront ce qu'il est devenu depuis qu'ils se sont perdus de vue.

Erin décrit à grands traits une existence qui paraît similaire à celle de Hal, en moins solitaire, grâce à Philip.

« J'ai entendu dire qu'il y a une importante communauté dissonante à Iowa City, dit Athena.

– C'est bien ce qui m'a poussée à claquer toutes mes économies pour déménager là-bas, dit Erin.

– Et ? »

Erin rompt la bague qui entoure sa serviette et ses couverts. Elle ouvre la serviette en papier, enlève les couverts, et les met sur la table, couteau d'un côté, fourchette de l'autre. Elle pose la serviette à plat entre eux, et entreprend de la déchiqueter. « Et… je regrette d'avoir gaspillé mon argent. Il existe bel et bien une communauté là-bas, mais elle est coupée du monde extérieur. Ils ne cherchent pas à recruter, en particulier des gens comme… » Elle arrête de s'acharner sur la serviette assez longtemps pour faire un geste vers elle, puis vers Athena. « Alors maintenant, je suis coincée à Iowa City, où il fait un froid de canard d'octobre à avril. Ça craint. Je sers le café à une clientèle d'étudiants et de hipsters toute la journée.

– Eh bien, si ça te dit de venir en Oregon, tu pourrais au moins servir le café sous un climat un peu plus clément, dit Athena.

– Tu m'offres un job ? » demande Athena.

À partir de là, Athena prend le relais et leur parle de sa vie à Ashland. Des trois, elle semble la seule à réussir sa vie d'adulte. Elle possède sa propre entreprise, et d'après ses dires, elle tourne bien.

« Tu veux que je traverse tout le pays pour m'installer en Oregon et jouer les baristas pour toi ? s'étonna Erin, les sourcils haussés.

– Je te paierai mieux que dans ton job actuel, dit Athena. Et puis, ce n'est pas juste un café. Il y a toute une partie boutique, plus une activité parallèle qui, je crois, devrait t'intéresser. C'est celle que je préfère, d'ailleurs.

– Hé ! dit Hal. Comment ça se fait que tu proposes un boulot à Erin et pas à moi ?

– Quoi ? Tu as déjà un travail, répond Athena.

– C'est vrai, dit Erin. Tu es assis toute la journée, et tu n'as pas à faire le café de *qui que ce soit*.

– Possible, mais je me fais crier dessus par des gens qui ne peuvent pas payer les mensualités de leur voiture, dit Hal. Je veux venir servir du café et vendre des bougies en forme de pénis ou que sais-je encore. Je suis prêt à déménager en Oregon. Merde, ça ne peut pas être pire que Dallas/Fort Worth.

– Pour ça, tu n'as pas tort, dit Athena.

– Tu es ta propre patronne dans un boulot qui te permet de rester en contact avec cet autre monde », poursuit Hal. Le moment semblait bien choisi pour poser de but en blanc la question qui lui brûlait les lèvres depuis qu'ils avaient pris place dans le box. « Est-ce que l'une d'entre vous sent encore quoi que ce soit ? »

Erin paraît sur le point de dire quelque chose, mais Athena la devance. « Non. Notre lien a été rompu, tout comme le tien. Pourquoi ? Tu t'es reconnecté ? »

Hal pense à son tour de passe-passe avec la cigarette. Ce n'est probablement rien. Un modeste vestige d'un temps révolu.

« Non, dit-il. Mais de toute manière, mon esprit a toujours fonctionné un peu différemment des vôtres, pas vrai ? Je me suis dit que quelque chose avait pu se produire pour vous. Et ces derniers temps, il m'est arrivé… des trucs. »

Athena se penche en avant, avec un air de conspiratrice. « Comme des tremblements de terre dont toi seul sembles subir les secousses ?

– Ou des ciels rouges que personne d'autre ne voit, ajoute Hal.

– Mon appartement a été attaqué par des milliers de pigeons », dit Erin. Les mots sortent à toute vitesse, comme un aveu embarrassant.

L'expression de surprise d'Athena reflète parfaitement les sentiments de Hal.

« Des milliers de pigeons », dit-il.

Elle confirme d'un bref signe de tête alors que la serveuse revient pour prendre leur commande. Quand la fille les laisse de nouveau seuls, Erin se penche en avant comme Athena un moment plus tôt. « Je dormais. Ils sont juste venus s'écraser sur les fenêtres et sont passés à travers. Ils ont failli nous tuer, Philip et moi, mais je… » Et là, elle hésite. Hal jette un coup d'œil alentour, mais personne dans le *diner* ne semble écouter leur conversation. « … mais on a évité le pire en se sauvant avec juste quelques égratignures et quelques bleus.

– Qu'est-ce que Philip a pensé de ça ? dit Hal. Il est au courant pour nous ? Il sait ce qu'on est ? Ou ce qu'on a été ? »

De nouveau, Erin paraît peser ses mots, et cette fois encore, Hal se demande pourquoi. « Ça l'a pas mal secoué, dit-elle. Avant cet incident, il ne savait rien. Maintenant, un peu plus, mais pas tout. Je n'ai pas voulu lui en dire trop d'un seul coup pour éviter de le traumatiser.

– Mais il a quand même décidé de t'accompagner », dit Athena, qui semble impressionnée.

Erin s'arrête de déchiqueter sa serviette pour réfléchir. « Il est fidèle. Et curieux. Je pense qu'il attend des réponses.

– Moi aussi », dit Hal.

Erin sourit. « En tout cas, ça me fait rudement plaisir de vous voir tous les deux. Je ne me suis pas sentie aussi heureuse depuis un bon bout de temps.

– Oui, dit Hal. Pareil pour moi. »

Athena ne dit rien, mais elle ne proteste pas, ce qui – Hal le sait – est sa manière de marquer son accord.

# Athena

Après manger, il continue de pleuvoir à torrents. Athena se fait donc tremper en courant du *diner* à sa voiture, puis de sa voiture au Saunders Inn. Elle et les autres montent dans leurs chambres pour se changer, avant de se retrouver sous la véranda couverte à l'arrière de l'hôtel. Ils s'assoient dans des fauteuils en osier autour d'une table ronde blanche, et discutent, sans regarder l'heure.

Erin et Hal semblent tous deux préoccupés. Athena ressent aussi une vague angoisse, un tiraillement dans la poitrine. Quelque chose ne va pas, et maintenant qu'ils ne sont plus dans un lieu public, ils peuvent en parler librement.

« D'accord, dit Hal. Les tremblements de terre. Les ciels rouges. Le fait qu'on soit les seuls à les percevoir.

– Pas *tout à fait* les seuls », le corrige Athena. Elle leur décrit la réaction de Garrett à la première secousse.

« Tu es toujours en contact avec ce connard ? s'étonna Hal.

– Il est utile. Et la cinquantaine l'a rendu un peu plus supportable.

– Alors ce n'est pas uniquement notre coven, dit Erin, mais les personnes qui ont un lien avec la Dissonance. Le fait qu'on le sente aussi doit avoir une signification, non ?

– Syndrome du membre fantôme, déclare Athena. Les gens qui en sont atteints disent continuer d'éprouver de la douleur dans une main ou un pied amputé ou manquant. Ça ne veut pas dire que le membre est toujours là.

– Mais les autres dissonants constatent également ces phénomènes, dit Hal. Je n'ai jamais entendu parler d'une personne qui ressentait la douleur fantôme d'une autre.

– D'accord, c'est un exemple qui présente des défauts, reconnaît Athena. Mais il suggère la même idée de base : le simple fait que nous soyons confrontés à ces événements n'implique pas que notre lien avec la Dissonance a été rétabli. Ça pourrait très bien être un résidu mineur de la rupture. Un peu comme certaines personnes presque aveugles continuent de percevoir les mouvements et les couleurs.

– Tu ne trouves pas ça bizarre ? demande Erin. On commence à sentir ces tremblements de terre, et soudain, on reçoit une invitation pour venir ici ?

– C'est bizarre. Les coïncidences le sont toujours, dit Athena. Elles n'en sont pas significatives pour autant.

– C'est vraiment ce que tu penses, où est-ce que tu te fais l'avocat du diable ?

– Je préfère ne pas trop m'emballer. L'espoir est un poison. Il obscurcit le jugement et a tendance à usurper la place de la logique dans la prise de décisions. Si on trouve des preuves solides que tout est lié, alors je changerai de discours.

– Ces oiseaux ont tenté de me tuer l'autre nuit, dit Erin. Je suis venue avec l'espoir que tu pouvais m'aider.

– C'est possible, dit Athena. Mais je ne sais pas si je te serai utile à grand-chose ici. Peut-être que je devrais rentrer en Oregon. Je connais des gens dans la communauté dissonante.

– Comme Garrett Thorpe ? dit Hal, avec une pointe d'amertume dans la voix.

– Oui, comme Garrett Thorpe. Il peut peut-être nous aider. Tu as une meilleure idée ?

– Je veux rester, au moins pour le moment, dit Erin. Même si on ne peut rien faire ici. Demain, c'est le vingtième anniversaire de la mort de Peter. Je tiens à être là. Et ça me ferait plaisir de vous avoir avec moi. »

Athena ne parvient pas à chasser une sensation de malaise. Elle n'ose espérer qu'elle provienne de la Dissonance, qu'elle n'a pas sentie depuis 1999. C'est un simple instinct humain qui lui dit de fuir. Mais elle regarde Erin, couverte de bleus, et Hal, les épaules tombantes. Elle ne peut pas les abandonner. Pas encore. Ils ont besoin de tourner la page.

*Et moi aussi, peut-être*, pense-t-elle. Elle est capable d'ignorer son angoisse pendant un jour supplémentaire. Pour eux.

« D'accord, dit-elle. Mais on part tout de suite après la cérémonie. »

Hal jette un coup d'œil à Erin. « D'accord, dit Erin. Oui, d'accord. »

Athena consulte son téléphone et constate avec surprise qu'il est déjà près de vingt-trois heures. Ils sont restés dehors plusieurs heures.

« Je connais cette expression, dit Hal.

– Quelle expression ? demande Athena en levant les yeux.

– C'est la tête que tu fais pour dire “il est l'heure d'aller se coucher”. Oh, attends, non, ça change.

– Oui, confirme Erin. Maintenant, c'est sa tête pour dire “tu ne me connais pas si bien, espèce de crétin”. »

Hal rit, et Athena incline la tête avec un petit sourire sans humour. « Vous n'êtes pas drôles.

– Je suis assez sûr du contraire, dit Hal.

– Ç'a été confirmé par un panel d'experts, renchérit Erin. Je te montrerai les résultats des tests demain matin.

– Demain matin, d'accord, dit Athena. Parce que j'ai

assez supporté vos conneries à tous les deux pour une soirée.

– De toute façon, je dois aller m'assurer que Philip va bien », dit Erin.

Ils retournent à l'intérieur de l'hôtel. Erin leur souhaite rapidement une bonne nuit, puis disparaît dans sa chambre au rez-de-chaussée. Dès que la porte se ferme avec un bruit sec derrière elle, Athena prend pleinement conscience qu'elle occupe un corps dans l'espace, à côté du corps de Hal dans l'espace.

Il semble parvenir à la même conclusion presque simultanément. Il s'éclaircit la voix, croise son regard, puis se détourne.

« Tu es à l'étage ? demande-t-il.

– Oui, dit-elle. Toi ?

– Aussi. Alors, ça n'a rien de bizarre si je monte avec toi, hein ?

– Pourquoi ce serait bizarre ?

– Exactement. Pourquoi ce serait bizarre ? À qui ça paraîtrait bizarre ? À part un psychopathe.

– Ou quelqu'un de vraiment pas doué avec les codes sociaux, dit Athena.

– Les empotés et les psychopathes, dit Hal. Deux ensembles qui se chevauchent dans le diagramme de Venn des humains qui trouvent bizarre de partager l'escalier avec toi maintenant.

– Imbécile », lance-t-elle, et elle se hâte de grimper les premières marches pour l'empêcher de voir son sourire. Sa patte folle la freine, et il la rattrape facilement. Ils montent en silence, l'élan de leur conversation est retombé. Elle a le temps de remarquer sa façon de bouger. C'est la même que pendant leur enfance, mais une fraction de seconde plus lente. Sa respiration est plus pénible. Il a des rides autour de la bouche. Malgré des cheveux grisonnants qu'il commence à perdre, dès qu'il sourit, elle retrouve le garçon de ses souvenirs.

Il s'arrête au sommet des marches et fourre les mains dans ses poches. D'un brusque signe de la tête, il indique la porte derrière eux. « Je suis arrivé. »

Elle pointe du doigt une chambre plus loin dans le couloir. « Moi je suis là-bas. Si tu as besoin de quoi que ce soit. » La seconde phrase sort de sa bouche avant qu'elle prenne conscience de ce qu'elle a dit.

Hal hausse les sourcils. « Oui. Pareil de mon côté. Ils m'ont donné une chambre tout confort, avec une cheminée, alors si tu cherches un endroit pour te sécher ou quoi que ce soit… »

Elle est incapable de dire s'il plaisante, ou si c'est une invitation, mais elle est presque certaine qu'elle mourra ici même, sur ce palier, si elle doit poser la question. Elle baisse la tête et se tourne en direction de sa chambre, pestant contre elle-même à chaque pas qui l'en rapproche, mais sa décision est prise.

« Athena », dit Hal. Elle s'arrête devant sa porte pour le regarder. « Ça a été trop long.

– Vraiment ?

– Pour moi, en tout cas. »

Elle laisse la main sur le bouton de porte, ouvre la bouche, puis la referme. Elle sourit, presque à son corps défendant, et trouve enfin les mots justes : « Bonne nuit, Hal. »

# Erin

Quand Erin entre dans sa chambre, elle trouve Philip endormi sur le grand lit. Il n'a apparemment pas oublié leur conversation sur le fait d'allumer la lumière après le coucher du soleil : toutes les lampes dans la pièce brillent encore.

Elle va dans la salle de bains, se déshabille et enlève son maquillage en frottant. Sans lui, ses bleus ressortent davantage. Elle ressemble à Robert de Niro dans *Raging Bull*, ou à Stallone dans le troisième acte de n'importe quel *Rocky*. En tout cas, son corps est aussi douloureux que si elle avait perdu un combat.

Elle fait attention à ses mouvements en se mettant au lit, mais un grognement de souffrance lui échappe malgré ses efforts pour l'étouffer. Philip remue et émet un son interrogateur alors qu'elle se love contre son dos.

« Ce n'est que moi, chuchote-t-elle, passant une main dans ses cheveux blond roux. Rendors-toi.

– Je rêvais de toi, dit-il d'une voix ensommeillée. Mais tu étais beaucoup plus jeune. Et ce n'était pas moi. C'était effrayant. » Erin ne sait pas comment répondre, et avant qu'elle puisse le faire, il demande : « Tu as vu tes amis ?

– Oui. » Sa main descend sur sa nuque et, d'un doigt, elle suit le contour de son épaule.

« Vous avez passé une bonne soirée ?

– Oui », dit-elle. S'apercevant que c'est vrai, elle sourit dans l'obscurité.

« Tu crois qu'ils vont me trouver sympathique ? »

Son doigt s'arrête près du bas de son biceps. Elle lui serre le bras. « J'en suis certaine. Rendors-toi. »

Elle reste allongée avec lui jusqu'à ce qu'il se mette à ronfler – doucement, jamais trop fort, juste assez pour que ce soit touchant. Quand elle est sûre qu'il s'est laissé gagner par le sommeil, elle se lève et va à la fenêtre. Elle donne sur la rue devant l'hôtel, rendue glissante par la pluie diluvienne. Erin se met au travail pour placer le bâtiment sous une injonction de protection. Elle espère que ce sera plus efficace que le dôme utilisé au cimetière cet après-midi, et suffisant pour la cacher une nuit de plus (avec son amant, et ses amis) de ce qui en a après eux, quelle qu'en soit la nature.

## Owen

La réserve d'adrénaline d'Owen alimentée par sa terreur s'amenuise. Il est épuisé. Ses yeux sont absolument secs, et il livre une bataille acharnée contre un sale cas d'hypnose routière. Il a peur de l'avouer à la créature-Cole, mais celle-ci s'en aperçoit de toute façon.

« Tu as besoin de repos », dit-elle.

Owen lui est reconnaissant de cette observation, bien qu'il sache qu'il ne devrait pas. Cette abomination est responsable de son épuisement. Cependant, il pourrait en pleurer de gratitude, tant il a désespérément besoin de sommeil.

« Peut-être qu'on peut trouver un parking couvert, dit-il.

– Il te faut un lit », décide la créature, qui indique à Owen le chemin d'un vieux motel à Fort Worth, le Sleep Inn. L'apparence désolée et décatie du bâtiment suggère que l'établissement a mis la clé sous la porte depuis au moins une décennie. Certaines des fenêtres sont des trous de verre brisé aux bords irréguliers, et les mauvaises herbes ont envahi le parking jonché d'emballages vides de fast-food. C'est le genre d'endroit où ne peut se passer rien de bon.

Owen se gare derrière le motel pour cacher la voiture depuis la rue. Lui et son ravisseur font ensuite le tour vers l'avant, où la créature-Cole force la serrure d'une chambre aux fenêtres intactes. Il fait trop sombre pour voir grand-chose à l'intérieur, mais au moins l'odeur ne suggère-t-elle pas que les lieux ont servi de chiottes récemment. Ça sent le renfermé, mais Owen peut s'en accommoder. Après tout, son lit chez lui dans le mobile home en Alabama n'est pas non plus du grand luxe.

Il secoue la couverture sur le lit pour chasser la poussière, ou pour effrayer ce qui pourrait dormir dessous. Rien ne file à toute allure entre les draps. Satisfait, Owen s'allonge sur le matelas. Il le fait lentement, parce qu'il préfère éviter tout mouvement brusque à proximité de la créature-Cole. Au cours des deux derniers jours, il n'a pu s'empêcher d'imaginer l'employé mort dans la station-service un nombre incalculable de fois. La charpie de sang et de cerveau qui marquait le glissement du corps vers le sol. Il s'efforce de bannir cette vision maintenant, et il échoue.

« Tu es bien installé ? » demande la créature-Cole.

La couverture est fine, les draps amidonnés sont raides sur la peau moite d'Owen. Mais il pourrait dormir dans une baignoire remplie de clous rouillés en ce moment, si ce n'était la chaleur ambiante.

« Il fait un peu étouffant », dit-il.

La créature-Cole s'agenouille devant le climatiseur de la chambre. De la lumière jaune-vert jaillit au bout de ses doigts, et Owen doit se couvrir les yeux pour les protéger de son intensité alors que l'appareil se réveille en vrombissant et qu'une divine vague d'air froid déferle sur lui.

La créature-Cole s'assoit dans un fauteuil près de la fenêtre et l'observe. « Les gens que j'ai tués au cimetière. C'était des amis à toi ?

– Oui, répond Owen.

– Je ne contrôlais pas encore complètement les choses quand c'est arrivé. Dans le cas contraire, je l'aurais peut-être fait quand même, pour parvenir à mes fins. Comme j'ai tué l'homme de la station-service. Comme je te tuerai si tu contrecarres mes projets. Mais je ne le fais pas par cruauté. Je le fais parce que c'est nécessaire. »

Owen s'imagine la scène au cimetière. Cole psalmodiant au-dessus de la tombe. Le corps qui surgit de terre et l'étrangle. Nécessaire ? Sans doute y avait-il eu une manière plus rapide de tuer Cole.

*Non*, pense-t-il. *Ça t'a plu.*

« Qui êtes-vous ? demande-t-il.

– Mon nom ne te dirait rien, répond la créature. Ce qui est important, c'est la raison de ma présence.

– D'accord. Dans ce cas, pourquoi vous êtes là ?

– Pour sauver le monde. »

*1998*

# LA PORTE D'ATHENA

# Hal

Le premier samedi des vacances d'été 1998, deux ans et deux jours après la montée aux cieux de Hal et son retour avec l'Épée du Malheur, il passa l'après-midi à se faire botter le cul.

Pas cool.

Lui et son coven avaient pris position sur la pelouse derrière Marsh House sous un ciel bleu-blanc brumeux. Sur la véranda, le professeur assis sous un parasol buvait à petites gorgées un grand verre de thé glacé, et semblait tout à fait à son aise. À la différence de ses élèves qui, après deux heures ininterrompues d'exercices de combat, étaient en nage, le souffle court, et d'humeur grincheuse.

L'été dernier avait été consacré à la préparation du tournoi, auquel Hal ne pouvait pas participer. Cette année, ils s'affrontaient en duels physiques, mêlant épées d'entraînement *et* injonctions dissonantes. Depuis deux heures maintenant, Marsh les avait mis par paire. L'un des partenaires maniait une épée contre un adversaire, tandis que l'autre signait des injonctions défensives pour le protéger et l'aider. Marsh avait imaginé ce nouveau dispositif après la victoire d'Erin au tournoi de l'année précédente, quand il avait pris conscience que le coven pouvait mettre en commun son pouvoir collectif et présenter un front uni.

C'était arrivé instinctivement ce jour-là dans le sous-sol de l'hôtel, mais Marsh voulait qu'ils soient capables d'exploiter cet atout à volonté.

Alors que les autres membres du coven changeaient de rôles entre eux, Hal devait toujours être à l'attaque. Puisqu'il ne pouvait ni lire ni signer en dissonant, il ne pouvait jouer *aucun* autre rôle. Pourtant, bien qu'il soit littéralement lié à une épée mystique et immortelle, et qu'Erin soit la meilleure signeuse de protection du groupe, *et* bien que Peter soit le moins agressif et le moins violent d'entre eux, Athena et Peter avaient étrillé Erin et Hal tout l'après-midi.

Ce n'était pas un combat loyal. Le reste du coven avait le droit d'employer la Dissonance, mais Hal n'avait pas la permission de se servir de l'Épée du Malheur. Marsh voulait qu'il apprenne à manier une lame sans s'appuyer sur ses propriétés dissonantes. Donc, pour ces duels, Hal utilisait une épée d'entraînement, comme tout le monde.

De l'autre côté de la pelouse, Athena faisait décrire des moulinets à sa lame. Elle frimait un peu. En temps normal, Hal aurait adoré la voir ainsi. Il l'aimait pour son assurance. Mais aujourd'hui, après des heures interminables de défaite, ce spectacle le déprimait. N'était-ce pas *lui* qui aurait dû être plus fort dans ce domaine ? C'était censé être son seul superpouvoir. Une puissance d'un autre monde avait fait de lui son *champion*. Après deux années d'entraînement, n'aurait-il pas dû être le meilleur en escrime ?

Hal se pencha pour regarder derrière Athena, en direction de Marsh, confortablement installé dans son fauteuil à l'ombre. « On peut arrêter, professeur ? Je suis crevé. »

Marsh but une longue gorgée de thé avant de répondre. « Si tu as assez d'énergie pour te plaindre, tu en as assez pour te battre. En garde. »

Hal et Athena avancèrent au milieu de la pelouse, inclinèrent légèrement la tête pour se saluer, puis reculèrent et levèrent leurs lames.

Une brise balaya les bras et le cou exposés de Hal, l'enveloppant dans une fraîcheur qui n'était pas de saison. Erin avait signé son injonction de protection. Elle maîtrisait déjà le Dôme de Haley, et maintenant, elle s'essayait aux armures immatérielles.

Super. Sauf qu'une armure, même immatérielle, posait toujours *un* problème fondamental : protection égale poids. Qui dit plus de liberté de mouvement dit moins de protection. On pouvait choisir d'être aussi blindé qu'un char d'assaut, ou miser sur sa rapidité en priant pour qu'elle suffise à battre son adversaire.

Hal remua les épaules, et sentit une pression en retour. Armure lourde, donc.

Derrière Athena, Peter finit de signer sa propre injonction. N'ayant aucune idée de ce que c'était, Hal décida de laisser l'initiative à Athena, dans l'espoir qu'elle trahisse quelque chose. Elle était rapide, malgré sa mauvaise jambe, et elle combla la distance qui les séparait avec une botte portée à la poitrine. Il dévia le coup sur la gauche. Comparé à elle, il eut l'impression qu'il se déplaçait au ralenti. À en juger par sa vitesse, l'armure d'Athena devait être légère. Il pouvait espérer l'avoir à l'usure.

Une chose qu'il *pouvait* et *avait* travaillée était son habileté à l'escrime. Il porta un *oberhaw* large et puissant. Athena esquiva sur le côté, riposta en frappant son ventre du plat de sa lame. Tout son corps encaissa le choc, pas vraiment douloureux, mais pas agréable non plus.

Comme elle tentait de reculer, Hal prit pour cible l'espace entre ses jambes, atteignant son mollet gauche. Il y eut une soudaine lueur au point d'impact. Il avait endommagé son armure.

Elle chancela légèrement, et Hal poussa son avantage. Il

frappa latéralement, un coup d'entaille à la *mezzano*, mais Athena réussit à retrouver son équilibre et à danser hors de portée. Elle attendit que sa lame soit à mi-course, puis asséna à son tour un coup puissant par le haut, qui toucha l'épaule gauche de Hal. L'impact secoua son corps tout entier, et ses doigts s'engourdirent une seconde.

Il recula en titubant, le bras droit devant son visage pour se protéger, et faillit lâcher son épée.

« Continuez ! cria Marsh depuis l'autre côté du jardin. Ne vous arrêtez pas. »

À ce moment-là, Hal aurait volontiers tué Marsh. Il avait demandé s'ils pouvaient en rester là pour aujourd'hui. Il était fatigué. Ce combat – et, pour être honnête, tous ceux qui l'avaient précédé – n'était pas loyal.

Athena frappa l'avant-bras levé de Hal et envoya une nouvelle secousse à travers son corps.

« Merde ! » cria-t-il. Il avait eu son compte. Au diable les règles fixées par Marsh. Il jeta son épée dans l'herbe et tendit sa main libre vers la lame d'Athena qu'il empoigna. Son armure vibra, encaissant un autre coup, mais il tint bon et serra plus fort.

« Qu'est-ce que tu fais ? dit Athena. Lâche-la ! »

Mais Hal ne lâcha pas. L'arme d'entraînement n'était pas aiguisée, c'était l'équivalent pour une épée de ciseaux de sécurité. La sensation était celle du métal, le bruit aussi, mais elle ne pouvait pas couper du beurre, encore moins du pain. Il serra la lame dans son poing de toutes ses forces. De la lumière jaune-vert pétilla d'entre ses doigts – sans doute son idiote d'armure foireuse subissant *plus* de dégâts. Il tira violemment sur l'épée. Athena lâcha prise et tomba en avant. Hal retourna l'épée pour avoir la poignée dans sa main, et il lui porta un coup alors qu'elle trébuchait. De la lumière jaillit de sa poitrine et l'impact la fit chanceler. Elle perdit l'équilibre et toucha le sol avec un nouvel éclair et un cri.

Elle lui lança un regard mauvais depuis la pelouse alors qu'il baissait la lame en la pointant vers elle. « Tu abandonnes ?

– Tu rigoles ! » Elle fit un geste dans sa direction et une rafale de vent violent le frappa comme un mur. Il voltigea en arrière à travers les airs et percuta Erin. Ils s'écroulèrent tous les deux.

« Bon sang, Athena, gémit Erin alors que Hal roulait à côté d'elle.

– C'est de la triche ! dit Hal. On est censé utiliser seulement les épées. Elle a triché ! » Il regarda vers Marsh, attendant une confirmation de sa part.

Marsh se pencha en avant et joignit les mains entre ses jambes. Sa bouche forma l'esquisse d'un sourire. « Tu as triché le premier, Hal. Ce n'est pas un reproche : je me demandais quand l'un de vous se montrerait assez intelligent pour essayer. Mais tu ne peux en vouloir à Athena d'utiliser tes propres ruses contre toi.

– Elle a accès à une véritable boîte à outils, dit Hal. Moi, je n'en ai qu'un. Un. Et on m'interdit de m'en servir.

– Jeune homme, il y a les gens qui se plaignent, et il y a les gens qui agissent, dit Marsh. Tu devras te montrer plus malin si tu veux combattre des adversaires plus forts que toi. »

Hal laissa retomber sa tête sur l'herbe et ferma les yeux à cause du soleil, jusqu'à ce qu'une ombre bloque la lumière. Il ouvrit les yeux et vit Athena qui lui souriait d'un air presque contrit en lui tendant la main pour l'aider à se relever. Une partie de sa frustration se dissipa. C'était difficile de rester fâché contre elle. Il accepta sa main.

« Vous vous êtes assez entraînés, décréta Marsh. Il y a un autre sujet dont nous devons discuter avant de conclure la journée. »

Il se leva et ouvrit la porte de derrière de Marsh House, et tous traversèrent la pelouse pour le suivre. Alors qu'ils approchaient de l'entrée, Athena heurta Hal avec une hanche. Était-ce l'imagination de Hal, ou semblait-elle plus maigre en ce moment ? La dernière fois qu'il l'avait portée remontait déjà à deux ans, alors peut-être était-ce simplement son corps qui grandissait ?

« Ça déchire, ton idée d'empoigner l'épée, dit-elle.

– Pas autant que celle d'utiliser tes superpouvoirs pour m'envoyer valser comme une quille de bowling », répondit Hal, mais il apprécia le rameau d'olivier tendu.

À l'intérieur, ils s'arrêtèrent à la cuisine pour boire de l'eau (pas de sodas avant qu'ils se soient réhydratés, ordres de Marsh), essuyèrent la sueur et la crasse avec des serviettes, puis se rassemblèrent dans le bureau du professeur.

Marsh s'adossa à son bureau, les bras croisés, et étudia ses élèves. Sans son pantalon kaki et sa chemise habituels, il aurait dû avoir l'air ridicule, mais d'une manière ou d'une autre, même en sandales et en shorts, il restait une présence intimidante. Il les regarda jusqu'à ce que Hal perde patience.

« Professeur ? dit-il. Qu'est-ce qu'on fait là ?

– Vous quatre attendez, répondit Marsh. Je réfléchis.

– Et c'est important qu'on soit là à se tourner les pouces pendant que vous réfléchissez ? » insista Hal, d'un ton suggérant qu'il avait envie d'asticoter le vieil homme, et de voir jusqu'où il pouvait aller.

« Oui, dit Marsh. Et plus tu m'interromps, plus longtemps je mettrai à prendre la décision. Alors, s'il te plaît, apprends la valeur de la patience et tais-toi. »

Comme pour réaffirmer son autorité, Marsh laissa le silence se prolonger encore plusieurs minutes – au point que Hal épuise sa réserve d'adrénaline et commence à se sentir plus somnolent qu'irritable. Ses paupières s'alourdissaient quand Marsh parla.

« Vous suivez mon enseignement depuis deux ans, dit-il. Et je crois que vous êtes prêts, en tant que groupe, à passer au niveau supérieur. Jusqu'à présent, nous nous sommes surtout concentrés sur les fondamentaux. Les utilisations pratiques de la Dissonance. Les joutes. Les duels. Mais cet été, je pense qu'il est temps de chercher à exploiter vos forces individuelles. J'ai donc imaginé des travaux pour chacun d'entre vous. » Il fit le tour de son bureau, sur lequel attendait une pile de livres. Il saisit l'un des plus gros.

« Athena, j'ai deux tâches à te confier. La première consiste à lire *La Musique de l'infini* d'Anne Silverman. C'est un ouvrage long et difficile ; même toi tu devrais avoir besoin d'un certain temps pour le finir. Ensuite, et surtout : cet été, je veux que tu écrives ta propre injonction dissonante. Tu peux te servir de tout ce que tu as appris, mais le résultat final devra être une création totalement personnelle. »

Athena accepta le livre avec un regard blasé, comme si son épaisseur considérable ne l'impressionnait guère.

« Ai-je la permission d'emprunter d'autres livres de votre bibliothèque pour m'aider à concevoir mon injonction ? demanda-t-elle.

– Non. Sers-toi seulement de ceux qui sont déjà en ta possession. » Il se retourna et retira trois plus petits volumes de la pile. « Peter, tu as prouvé ton savoir-faire avec la nature. Lis ces livres de botanique et de biologie. Je veux que tu cultives une nouvelle plante, qui pourra vivre et bien pousser dans ta serre.

– Je n'ai pas de serre, dit Peter.

– Pas encore, répondit Marsh. Les ouvriers viennent plus tard cette semaine. »

Surpris et ravi à la fois, Peter en resta bouche bée. Il se ressaisit vite. « Merci », dit-il en prenant les livres.

Ensuite, Marsh se tourna vers Erin. « Erin, toi et Hal partagerez une tâche. Je veux que vous travailliez ces exercices de combat et de défense que vous avez appris.

C'est votre spécialité, et pourtant aujourd'hui vous avez été battus par deux adversaires moins doués que vous. Vous vous sentez embarrassés, et à juste titre. Mais il se peut que vienne un moment où l'enjeu ne sera pas de sauver la face devant votre professeur, mais nos vies à tous. Vous devez viser la perfection. »

Les doigts de Hal s'enfoncèrent dans le tissu de l'accoudoir du canapé. Il avait des fourmis du bout des doigts jusqu'au coude. L'Épée se réveillait dans le vide, ouvrant le passage entre Hal et elle.

Il respira fort. Il ne perdrait pas le contrôle de lui-même devant Marsh. Pas question.

« Mais ce n'est pas tout », ajouta Marsh. Il ramassa un petit volume relié en cuir rouge et l'examina. « L'été dernier à la convention, j'ai dépensé une somme considérable pour l'acquisition de ce petit livre. Cet été, je te le confie, Erin.

– Qu'est-ce que c'est ? demanda Erin.

– Tu peux appeler cela un legendarium, répondit Marsh. Ou un recueil de contes de fées, ou une collection d'anecdotes. Un livre d'histoire sur le Temple de la Douleur, et l'une des très rares œuvres de littérature que je connaisse à avoir été entièrement écrite en dissonant. Je veux que tu le traduises pour Hal, et qu'ensuite, tous les deux, vous étudiiez les récits qu'il contient et notiez vos réflexions. Nous avons besoin d'indices qui nous éclairent sur le lien de Hal avec le Temple. Quelle est cette destinée à laquelle il a été promis ? Y a-t-il quelque chose de plus vaste en jeu ? »

Pas une seule fois durant ce discours le vieil homme ne regarda Hal.

À la fin de la distribution de livres, il s'adossa à son bureau. « Nous continuerons les exercices d'entraînement cet été, et je veux que vous preniez tous vos projets indépendants sérieusement. Il y va de ma décision à poursuivre votre éducation. C'est compris ? »

Tous les quatre – même Hal – dirent que oui.

« Bien, conclut Marsh. Maintenant, laissez-moi. J'ai moi aussi du travail. »

## Athena

Le coven se retira sur la véranda derrière la maison, s'affala sur le mobilier de jardin, les livres qu'on leur avait donné à lire finissant sur la table entre eux. En cette fin d'après-midi, il faisait une chaleur insupportable, mais ici au moins, ils auraient un peu d'intimité.

« Travail personnel », dit Athena. Elle ramassa *La Musique de l'infini*, soupesant le volume dans sa main.

« Tu étais au courant ? » demanda Erin à Peter.

Il secoua la tête. « Il ne me dit jamais rien, tu le sais. Quand vous n'êtes pas là tous les trois, la porte de son bureau reste fermée, et il n'en sort que pour les repas. » Il lança un regard en direction de la porte close derrière lui, puis se pencha en avant. « Ces derniers temps, je l'ai entendu parler à l'intérieur. Au téléphone, je pense.

– Sûr qu'il aime cultiver le mystère, ce vieux débris », dit Hal.

Ils rangèrent leurs livres dans leurs sacs à dos et Hal les conduisit en ville. Comme sa mère travaillait depuis peu en tant que DJ responsable de la programmation nocturne dans une radio locale, la plupart des jours il avait accès à sa voiture. Athena monta à l'avant avec Hal, tandis que Peter et Erin se serraient sur la banquette arrière.

Pendant le trajet, Hal continua de se plaindre.

« Vous n'êtes pas un peu déçus ? J'espérais qu'après deux années complètes, on aurait droit à quelque chose de vraiment épique cet été. Une quête. Des batailles pour sauver le monde. Des trucs où je pourrais enfin être utile, quoi. Au lieu de ça, c'est plus d'entraînement pour moi, et fiches de lecture pour le reste d'entre vous. Ma mission consiste à laisser Erin me lire des histoires pour enfants. Oh, et je suppose, protéger le reste d'entre vous des vilaines coupures dans la manipulation des pages.

– Ces coupures ne sont pas à prendre à la légère, dit Peter.

– Quel genre de quête tu avais en tête pour cet été ? demanda Erin. Un mix de *Conan le barbare* et *Bonjour les vacances*, peut-être ? On pourrait traverser le pays en camping-car, s'arrêter dans des motels merdiques, faire du troc de textes dissonants, et combattre des horreurs indicibles ? »

Hal rit. « Oui, et il y aurait une embrouille dans la réservation des chambres. Peter se retrouverait avec une piaule rien que pour lui, et le professeur et moi on devrait en partager une.

– J'imagine déjà vos disputes, dit Athena. Qui choisit ce qu'on regarde à la télé. Qui prend sa douche le premier. Qui a pété. »

Ils arrivèrent au *diner* juste avant la période d'affluence du soir, et réussirent à choper leur box préféré près de la fenêtre, dans le coin le plus éloigné de l'entrée. Ils commandèrent tous un cheeseburger, un Coca et un milk-shake, sauf Athena, qui se contenta d'une salade et d'eau glacée. Le tout aux frais du professeur Marsh, qui avait des comptes ouverts dans presque tous les commerces de Clegg. Athena regarda ses amis se goinfrer, son estomac grondant alors qu'elle mangeait machinalement sa salade. Elle avait été incapable de perdre du poids de manière significative depuis l'été dernier, et cette année, elle s'accrochait à son régime à force de volonté.

Après le repas, ils repartirent s'entasser dans la décapotable de Lorna. Quand ils arrivèrent à Marsh House, Athena sortit du véhicule et tira le siège vers l'avant pour permettre à Peter de descendre. Au lieu de monter en courant les marches de la véranda, il resta planté près de la voiture, les épaules voûtées, comme en proie à deux impulsions contradictoires. Athena entendit le déclic alors qu'Erin débouclait sa ceinture de sécurité et se décalait vers la portière ouverte. Athena comprit à ce moment-là : Peter hésitait à inviter Erin chez lui, et elle s'efforçait de lui faciliter les choses.

Pourtant, il recula alors qu'Erin venait vers lui. « Bonne nuit à tous, dit-il. On se voit demain. » Puis il monta les marches en courant.

Erin remit sa ceinture. Athena retourna s'asseoir, évitant de croiser le regard de son amie. Mieux valait qu'Erin ne sache pas qu'elle avait conscience de ce qui venait de se passer.

« Quelle heure il est ? » demanda Hal.

Athena consulta sa montre. « Presque six heures et demie.

– Oh, merde. Je dois rentrer réveiller ma mère pour le boulot. » Il lança un regard à Athena. « Ça t'embête de traîner chez moi un moment et d'appeler tes parents pour qu'ils viennent te chercher ? »

C'était la première fois que Hal invitait Athena seule chez lui. Elle essaya d'accepter sans se laisser démonter, comme si cela n'avait rien d'excitant, et/ou qu'il n'y avait pas de quoi en faire tout un plat.

« Non, bien sûr, répondit-elle. Pas de problème. »

Il manqua au trajet jusque chez Erin une partie de l'entrain qu'ils avaient manifesté de Marsh House au *diner*. Sur la banquette arrière, il émanait d'Erin une mélancolie silencieuse. Elle et Peter se livraient à une étrange parade nuptiale depuis près d'un an – depuis leur retour de la convention l'été dernier. Elle avait aussitôt quitté l'équipe de cheerleading et rompu avec Randy. Ils semblaient coincés dans un scénario où ils se rapprochaient un peu, puis s'éloignaient de nouveau. Pire, Athena savait que la situation ne s'améliorait pas chez les Porter. Des rumeurs circulaient sur les écarts de la mère d'Erin avec le capitaine des pompiers, Alan Sturgess.

Quand ils arrivèrent au mobile home d'Erin, et qu'Athena la laissa sortir de la voiture, Erin monta les marches du perron avec la tête baissée, son pas plus lent que d'ordinaire. Athena voulut dire quelque chose de gentil et de rassurant. Que dirait Erin, en cas d'inversion des rôles ?

« Bon boulot, aujourd'hui » fut ce qu'elle trouva de mieux.

Erin se retourna vers elle, incrédule. « Tu m'as botté le cul.

– Oui, eh bien, ça te pendait au nez depuis que tu m'as battue au tournoi l'été dernier », dit Athena d'un ton dégagé, pour qu'Erin comprenne qu'elle plaisantait.

« Pas faux », dit Erin, qui sourit enfin, avant d'entrer dans le mobile home.

« Allez, on s'arrache », dit Hal, faisant signe à Athena de remonter en voiture.

Dès qu'elle pénétra dans l'appartement des Isaac, elle éprouva immédiatement un désir viscéral de ressortir. Il y faisait plus chaud qu'à l'extérieur, et l'air empestait la cigarette.

Hal lui lança un regard compréhensif. « Il y a des Coca Light au frigo, si tu en veux un. Et tu seras peut-être plus à l'aise sur le balcon. »

Athena entra dans la cuisine pendant que Hal allait dans la chambre principale. Elle trouva quelques Coca

Light sur l'étagère du bas du frigo, presque cachés derrière un carton de Coors. Un gros conditionnement, avec vingt-quatre canettes de bière. Athena en avait déjà vu dans le commerce, mais jamais chez quelqu'un. Ses parents n'avaient rien contre le fait de boire de l'alcool de temps en temps, mais ils préféraient se préparer des cocktails, ou déguster du vin servi dans de beaux verres bombés. Alors qu'elle jetait un coup d'œil dans le carton, elle s'aperçut qu'il était à moitié vide. Une partie d'elle-même – celle qui ne supportait pas le désordre sur la table d'un libraire – eut envie de sortir les canettes du carton pour libérer de la place à l'intérieur du réfrigérateur. Peut-être l'aurait-elle fait d'ailleurs, si elle n'avait pas été interrompue.

« Tu peux en goûter une, si tu veux. »

Elle sursauta et s'écarta du frigo, laissant la porte se refermer. Un homme se tenait dans l'entrée de la cuisine. Il était blanc, maigre comme un clou, avec des cheveux blonds, des yeux bleus. Deux dents manquaient à son sourire, pas franchement agréable.

« Désolée, je ne crois pas vous connaître, dit Athena.

– Reggie, dit-il. Le grand amour de Lorna. » Il jeta un coup d'œil en direction de la chambre principale, avant de reporter son attention sur Athena, avec un regard à la fois familier et étrange. L'aspect familier correspondait simplement au fait d'être noire à Clegg. Où qu'elle aille, les blancs la toisaient comme une créature bizarre, une curiosité pas tout à fait bienvenue. En général, les personnes les plus aimables avaient tendance à se ressaisir après leur réaction initiale, et à reprendre le cours normal de leurs activités. D'autres, en revanche, continuaient de la fixer, sans aucune gêne, comme un animal dans un zoo.

La nouveauté, l'aspect étrange de certains regards n'était apparu qu'au cours de l'année écoulée, depuis qu'Athena se soumettait à une diète sévère et faisait de l'exercice pour atteindre un poids acceptable. Maintenant, en plus de la curiosité, de l'embarras, et parfois de l'hostilité, elle sentait un certain *appétit* dans les yeux des garçons et des hommes. Du désir. Les plus polis l'observaient uniquement quand ils pensaient ne pas être vus. D'autres, comme ce Reggie, la lorgnaient ostensiblement, comme s'ils attendaient une invitation, une *ouverture*. Athena croisa son regard, avec une conscience aiguë de la canette de Coca froide dans ses mains, de la masse de son corps bloquant la sortie de la cuisine.

« T'es une amie de Hal ? demanda Reggie.

– Oui. Sinon, ce serait drôlement bizarre que je sois là.

– Et je serais obligé d'appeler la police. De leur dire qu'une inconnue est entrée chez moi par effraction pour voler des sodas. » Il rit, et Athena parvint à lui adresser un sourire poli en réponse. C'était la réaction qui s'imposait quand un Blanc – surtout un homme – faisait une blague.

Hal apparut derrière Reggie. « Te voilà, dit-il à Athena. Tu en mets du temps ?

– J'étais justement en train de proposer une bière à ta petite copine », dit Reggie.

Les sourcils de Hal se levèrent, et il fit la moue alors qu'il considérait l'offre de Reggie.

« Non merci, dit fermement Athena. Un Coca Light, ça ira pour nous. » Elle tendit de nouveau la main à l'intérieur du frigo pour sortir une autre canette pour Hal.

« Tu ne me présentes pas ? dit Reggie à Hal.

– Il me semble que tu ne m'as pas attendu pour ça, répondit Hal.

– Pardon ? » dit Reggie, et Hal tressaillit. C'était discret, et il se reprit presque aussitôt, mais Athena le remarqua, et elle aurait parié que sa réaction n'avait pas échappé à Reggie non plus.

« Je voulais dire qu'à vous entendre, j'ai eu l'impression que vous étiez déjà de vieilles connaissances tous les deux, dit Hal. Mais au cas où ça n'a pas encore été fait : Reggie, je te présente ma meilleure amie, Athena ; Athena, Reggie est le petit ami de maman. »

Athena aurait été touchée par ce titre de *meilleure amie*, si Reggie n'avait pas profité de l'occasion pour lui lancer de nouveau un regard concupiscent.

« Meilleure amie, hein ? dit-il.

– Oui », dit Hal. Il se glissa sous le bras tendu par Reggie en travers de l'entrée, et s'interposa entre lui et Athena. Il commença à préparer un café pour sa mère, se comportant de manière désinvolte, comme si c'était l'unique raison de sa présence dans la pièce, mais Athena se sentit déjà plus en sécurité.

« Donne-moi une bière, Hal », dit Reggie.

Athena sortit une canette argentée du carton et la tendit à Hal, qui la passa à Reggie. Reggie ne dit pas merci. Il décapsula sa bière, et continua de regarder Hal et Athena. Hal se remit à faire le café.

Reggie finit par comprendre le message (pas trop tôt), et quitta l'embrasure de la porte. Un moment plus tard, Athena entendit les sons d'une rencontre de catch professionnel sur la télé du salon. Bien sûr, le volume était réglé beaucoup trop fort.

Alors que Hal préparait le café, Athena appela ses parents pour leur demander de passer la prendre. Hal posa le pot de café chaud sur la table près de l'entrée, où Lorna ne pourrait pas le manquer. Puis ils traversèrent à pas de loup le salon, où Reggie fumait sur le canapé, une bière ouverte sur les genoux, et sortirent sur le balcon.

Il ne payait pas de mine : juste une plaque de béton entourée de bois, avec une vue sur le parking merdique en bas. Il n'y avait même pas de chaises. Athena et Hal s'appuyèrent contre la balustrade et embrassèrent du regard le paysage déprimant.

« Connard de Reggie, dit Hal.

– Connard de Reggie », dit Athena, et ils trinquèrent, faisant tinter leurs canettes de soda l'une contre l'autre.

Hal but une longue gorgée avant de reprendre la parole. « Je suis désolé. En général, quand maman se trouve un nouveau jules, ça dure seulement quelques semaines, mais ce type s'accroche.

– C'est moi qui suis désolée. Ça ne doit pas être facile tous les jours pour toi de devoir le supporter.

– Il infecte notre appart avec ses cigarettes, et il ne décolle pas de la télé.

– Oui, mais il s'intéresse au catch. Je croyais que tu aimais ça.

– C'est vrai. Mais curieusement, avec lui, ça me gâche le plaisir. »

Il se tourna vers le parking. S'il avait conscience que son coude droit était tout contre le coude gauche d'Athena, il n'en laissa rien paraître. Elle essaya de ne pas regarder, mais elle ne put s'empêcher de se l'imaginer, alors même qu'elle détournait les yeux.

« Je comprends, dit-elle. C'est important, les personnes avec qui on fait les choses.

– Exactement.

– C'est gentil à toi de réveiller ta mère, dit Athena.

– C'est plutôt l'instinct de conservation qui parle. Si je ne la tire pas littéralement du lit, elle aura une panne d'oreiller et n'ira pas travailler. »

Ils se tinrent cois un moment. Athena finit son Coca et regarda Hal subrepticement. Dehors dans la chaleur, loin de la fumée des cigarettes et des autres, elle se sentit bien et vraiment heureuse pour la première fois de la journée. Ensemble, ils virent la mère de Hal quitter l'appartement, descendre en courant l'escalier jusqu'au parking, monter en voiture et s'éloigner.

« Je garde la radio allumée jusqu'à ce que je m'endorme,

maintenant, dit Hal. Pour m'assurer qu'elle est toujours au travail. Comme si je ne pouvais pas m'endormir sans le son de sa voix.

– Je trouve ça plutôt gentil, dit Athena.

– Ce n'est pas ça. J'ai besoin d'être sûr qu'elle gagne de l'argent, et qu'on aura assez pour le loyer et les courses. Et ça, je le sais en entendant sa voix à la radio. » Il écarta le sujet d'un geste de la main. « Bon, assez parlé de Lorna. Tu as déjà une idée pour ton projet ?

– Il faut que j'y réfléchisse, dit Athena. Je veux faire quelque chose d'ambitieux. Du jamais vu. Mais ce qu'on a appris ces deux dernières années se limite à des signes de base et des injonctions simples. Des trucs de débutant. On ne peut pas construire la Grande Muraille de Chine avec juste des briques de Lego, tu comprends ?

– On pourrait, dit Hal. Mais je ne vois pas l'intérêt. Ce serait un mur merdique. À moins d'utiliser de la super-glu entre les briques pour le renforcer ?

– Peut-être, mais le problème n'est pas là.

– Je sais. Marsh attend probablement l'équivalent dissonant d'un volcan de concours de science. Vois ça comme un devoir maison. Tu n'es pas obligée de peindre la chapelle Sixtine à ton premier essai. »

Athena refusait toute concession, Hal se moqua gentiment d'elle.

« Son approbation compte donc à ce point pour toi ? »

Elle répondit sur le même ton railleur. « Pas pour toi ?

– Non. Je veux juste qu'il me lâche la grappe.

– Il nous pousse pour nous aider à devenir meilleurs.

– Il nous pousse parce que c'est un sale con, qui fait de son mieux pour m'humilier devant les autres. »

Elle lui jeta un coup d'œil dans l'obscurité. Il regardait droit devant lui, les épaules voûtées, la tête baissée.

Hal et Athena se retrouvaient rarement ensemble en classe au lycée. Athena faisait partie des élèves qu'on préparait à un cursus universitaire. Hal appartenait à la catégorie qu'il appelait lui-même « le reste des crétins ». Il n'était pas stupide, au contraire. Athena pensait ne connaître personne à l'esprit aussi vif. Simplement, les études ne l'intéressaient pas. Et parce qu'il ne suivait pas les cours réservés aux élèves les plus brillants, il ne comprenait pas que devenir bon dans un domaine exigeait du travail. Que pour se dépasser, il fallait laisser ses professeurs vous pousser au-delà de la frustration, au-delà de l'épuisement.

« Il est dur, concéda-t-elle. Et peut-être pas le meilleur prof pour toi.

– Ce n'est pas comme si j'avais beaucoup le choix. Je n'ai pas vu de formulaire pour demander un transfert. Et après sa présentation à la convention l'été dernier, je doute que quelqu'un m'approche pour faire de moi son élève. »

Elle déglutit. « Je pourrais peut-être t'aider. »

Hal releva la tête, la mine déjà un peu moins maussade. « Comment ? En nous entraînant entre nous ? Sans Marsh ?

– Et peut-être aussi en reprenant l'étude de la Dissonance, mais sous un autre angle. Mes parents partent à Vandergriff samedi, mais je resterai sans doute à la maison pour travailler. Tu pourrais venir. Me protéger des coupures de papier traîtres. »

Et voilà. Elle venait d'inviter un garçon chez elle en l'absence de ses parents. De façon choquante, cela lui avait semblé la chose la plus naturelle au monde. La panique inonda sa poitrine.

« Si tu t'ennuies, ou que tu n'as rien de mieux à faire, ajouta-t-elle. On pourrait commander une pizza, demander aux autres de nous rejoindre, regarder un film. » Elle grimaça intérieurement. Elle n'avait pas prévu d'en faire une activité de groupe.

Hal se tourna de nouveau en direction du parking. « Ouais. Ouais, ça pourrait être sympa.

– Super, dit Athena, qui s'efforça de sembler convaincue.

– Super », dit-il, lui faisant écho.

# Erin

Deux semaines passèrent. Erin et Hal se rendirent à Marsh House pour leurs exercices. Les boucliers et les armures immatérielles d'Erin gagnèrent en efficacité. Elle améliora sa capacité à faire varier leur densité et leur poids sur-le-champ. Marsh parut satisfait de ses progrès. Moins de ceux de Hal.

Hal restait brutal. Chaque coup porté par son épée d'entraînement semblait destiné à fendre Erin en deux, et Marsh se plaignit de son manque de finesse et de patience, deux qualités qu'il allait devoir développer. L'escrime n'était pas affaire de puissance, mais d'intelligence et d'instinct. Plus Marsh le harcelait, plus Hal se montrait agressif. Erin savait depuis toujours que son ami était soupe au lait, mais la colère qui montait en lui maintenant l'inquiétait.

Un mercredi de début juin, alors qu'ils étaient assis sur la véranda derrière Marsh House après leurs exercices et se réhydrataient à l'ombre, Hal dit :

« Tout cet entraînement au combat. À ton avis, pourquoi c'est si important ? À quoi est-ce que Marsh nous prépare exactement ? »

Erin allait répondre – formation dissonante normale, etc. –, mais elle trouva que cela sonnait faux avant même que les mots sortent de sa bouche.

« Moi ça me plaît, parce que je peux participer, dit Hal. Mais Marsh insiste sur cet aspect-là – le combat – beaucoup plus que d'habitude.

– Je ne sais pas trop. Bon, l'été dernier, ça s'expliquait à cause du tournoi. Mais là ? Ça ne rime à rien. »

La porte de la serre de Peter s'ouvrit, et Peter émergea, trempé de sueur, le visage écarlate. Il fit signe à Erin et Hal, et Hal l'invita à les rejoindre.

« Viens boire un peu d'eau, dit Hal. Tu as l'air d'être au bord de la crise cardiaque. »

Peter s'affala dans l'un des fauteuils vides et accepta une bouteille, qu'il décapsula. Il en engloutit la moitié d'un trait, puis la posa sur la table. Hal avait raison : il n'avait pas bonne mine, et il haletait.

« Peter, combien de temps tu es resté là-dedans ? demanda-t-elle.

– Aucune idée », dit-il entre deux souffles. Il donnait l'impression d'avoir couru. « J'ai perdu la notion du temps.

– Laisse-moi faire. » Erin poussa son fauteuil plus près du sien, de manière que son genou droit soit entre ses jambes, et vice versa. Elle empoigna sa propre bouteille d'eau froide, glissante de condensation, et la posa contre son front et ses joues. Il se pencha en avant et baissa la tête, alors qu'elle faisait rouler la bouteille dans sa nuque. Elle ne put s'empêcher de remarquer sa proximité, la chaleur de son corps, le sommet de son crâne à quelques centimètres à peine de sa poitrine. Il était tellement près d'elle.

Il se redressa, ayant déjà meilleure mine. « Merci, dit-il. Ça m'a fait du bien.

– À mon tour maintenant. Vas-y », lança-t-elle. Les mots étaient sortis de sa bouche sans attendre une décision consciente de sa part.

L'expression étonnée de Peter refléta sa propre surprise, mais après une brève hésitation, il lui prit la bouteille. Elle se pencha en avant, baissant la tête. Comme elle portait un chignon, son cou était déjà exposé.

« Je crois que je vais rentrer », dit Hal.

Erin leva la tête pour lui lancer un regard furieux. Hal semblait mal à l'aise, d'accord, mais ne voyait-il pas qu'elle et Peter partageaient un moment privilégié ? Hal leva une main, juste un peu, l'équivalent gestuel d'un chuchotement destiné à une seule personne.

« Peter, tu veux bien reconduire Erin chez elle ? dit-il. Reggie m'a dit que je pouvais amener la voiture de maman au garage où il travaille, et il changera l'huile gratuitement. J'avais l'intention d'en profiter. »

Peter avait fêté ses seize ans la semaine précédente, le plus jeune membre du coven, un bébé de l'été. Il ne détenait son permis que depuis quelques jours, mais il était le premier de ses amis à posséder son propre véhicule. Une simple Honda CRX avec deux places et un hayon, mais il n'avait besoin de l'autorisation de personne pour s'en servir.

« Oui, dit Peter, dont le regard alla alors de Hal à Erin. Si Erin est d'accord, bien sûr. » Pendant que la tête de Peter était tournée vers Erin, Hal lui adressa un rapide clin d'œil.

« Oui, Erin est d'accord, dit-elle.

– Donc, c'est entendu, dit Hal. On se voit plus tard. » Il se leva et quitta le jardin, laissant Erin seule avec Peter pour la première fois depuis… eh bien, elle ne s'en souvenait même pas.

Elle baissa de nouveau la tête, se penchant en avant avec les coudes sur les jambes.

« Assez perdu de temps, dit-elle. Rafraîchis-moi, bon sang.

– Oui, m'dame », répondit Peter.

Le contact de la bouteille d'eau contre sa nuque lui donna un tel coup de froid qu'elle haleta et serra les cuisses de Peter alors qu'une vague de chair de poule lui parcourait le corps tout entier, et que les pointes de ses seins devenaient dures comme de la pierre.

La bouteille quitta son cou. « Tu es sûre que ça va ? s'inquiéta Peter. Tu veux que je m'arrête ?

– Non, répondit-elle, avec un petit rire mal assuré. Ça va. Continue. »

Le froid revint, une très agréable sensation glaciale détournant son attention de la chaleur extrême de son corps. Elle avait très chaud, plus que pendant son entraînement avec Hal, ce qui lui parut curieux. N'aurait-elle pas déjà dû commencer à se rafraîchir à présent ?

Elle se détendit, jouissant de cette sensation, mais elle ne retira pas ses mains des jambes de Peter, les gardant là où elles se trouvaient. Des jambes parfaitement immobiles. Anormalement immobiles, même. Se sentait-il mal à l'aise ? Elle le laissa rouler la bouteille dans son cou, sur ses épaules et ses bras pendant quelques minutes, avant de finir par le lâcher et se redresser sur son siège.

« Merci », dit-elle.

Il sourit à la table. « De rien. »

Ils restèrent assis dans la chaleur étouffante, en silence pendant un moment, avant que Peter s'évente le visage et dise : « Je ne sais pas pour toi, mais moi je crève toujours de chaud. Tu veux qu'on rentre ? »

Elle le suivit par la porte de derrière et dans la cuisine, où ils prirent plus d'eau, puis allèrent au salon encastré. Peter et son grand-père recevaient la télévision par câble. Erin mit donc une des chaînes de cinéma, et tomba sur un genre de comédie judiciaire avec Jeff Daniels et l'acteur qui jouait Kramer dans *Seinfeld*. Ce n'était pas un chef-d'œuvre, mais le rythme comique des dialogues et la musique avaient tout de même un effet apaisant sur Erin.

« C'est bon pour toi ? demanda-t-elle à Peter.

– Bien sûr, si c'est ce que tu as envie de regarder », répondit Peter.

Erin adorait le son des films et des séries, surtout ceux qui ne mettaient pas l'accent sur l'action et la violence, mais privilégiaient plutôt les dialogues et les rapports entre êtres humains. Elle aimait entendre bavarder de la même façon que certaines personnes appréciaient le bruit d'une pluie torrentielle ou d'une cascade. Si elle avait eu une télévision chez elle dans sa chambre, elle l'aurait allumée tous les soirs pour s'endormir. À son regret, ses parents n'avaient rien voulu savoir pour l'instant, elle devait donc se cantonner à des siestes ailleurs que sous son propre toit. Le film avec Jeff Daniels fournissant un fond sonore apaisant, elle et Peter s'écroulèrent sur le canapé, savourant les vagues d'air conditionné.

Là, dans cet espace de contentement parfait, l'épuisement d'Erin la rattrapa et elle se laissa gagner par un sommeil satisfait et sans rêves.

Quand elle se réveilla, elle avait froid, la sueur sur sa peau ayant séché depuis longtemps grâce aux bons soins légers et réguliers de la climatisation. Il n'y avait pas d'horloge dans le salon à Marsh House, mais Erin se douta que plusieurs heures étaient passées. La lumière derrière la fenêtre avait changé, et la télévision diffusait un film différent : *Les Indians 2*, avec Charlie Sheen et Tom Berenger. Elle avait la tête posée sur l'épaule de Peter. Peter était endormi, assis droit, la tête penchée en arrière, et il ronflait doucement. Elle s'essuya le visage du dos d'une main, soudain sûre – une certitude quasi absolue – d'avoir bavé sur lui pendant leur sommeil. Mais retirant sa main de son visage, elle constata qu'elle était sèche.

Elle se leva, alla aux toilettes, puis à la cuisine pour y chercher deux bouteilles d'eau, qu'elle rapporta au salon. Peter s'était réveillé en son absence. Il se frotta les yeux avec les paumes de ses mains.

« Où tu étais ? dit-il, la voix encore ensommeillée.

– Tiens », répondit-elle en lui tendant une des bouteilles.

Il but une longue gorgée, puis dit : « Quelle heure il est ?

– Autour de six heures.

– Je devrais te ramener chez toi. »

Elle s'efforça de ne pas laisser paraître sa déception. Elle avait pensé qu'ils progressaient aujourd'hui, qu'il voudrait peut-être passer plus de temps avec elle, lui proposer de faire quelque chose ensemble, comme aller au cinéma, ou au moins louer un film chez Blockbuster. En fait, trouver un prétexte, n'importe lequel, pour prolonger ce moment d'intimité, cette proximité. Mais voilà qu'une fois de plus, il la repoussait.

« Oui, dit-elle. Mon père va se demander où je suis. »

Au lieu de dire : *J'ai sacrifié ma chance d'avoir une vie normale pour ça. Pourquoi tu ne me laisses pas me rapprocher de toi ?*

# Hal

Marsh avait organisé l'entraînement du coven selon un emploi du temps strict cet été-là. Les mardis et les jeudis, Erin et Hal se consacraient à leurs exercices de combat à Marsh House. Les lundis, Peter suivait les cours de botanique de son grand-père au jardin. Les mercredis étaient réservés aux séances en groupe. Ce qui laissait les vendredis pour les tête-à-tête d'Athena avec le professeur Marsh. Hal prit donc peu à peu l'habitude d'aller chez Athena chaque lundi. Ensemble, ils étudiaient, Hal travaillait son alphabet dissonant et écoutait Athena lui lire des passages qu'elle avait copiés dans les livres de Marsh.

Hal continuait d'avoir du mal. Il avait beau regarder l'alphabet dissonant écrit devant lui, dès qu'il fermait les yeux, il n'était toujours pas capable de se représenter les caractères. Il arrivait à signer si Athena guidait ses mains, mais rien ne se produisait. Pas d'étincelles. Pas de miracle, même mineur. Quand *elle* le faisait avec lui, il sentait *quelque chose*. Une vibration dans l'air, un crépitement d'énergie.

Ou du moins *pensait*-il sentir quelque chose. Peut-être n'était-ce que ce qu'il éprouvait à son contact ? Était-ce une possibilité ? Il n'en était pas sûr. En dépit de la manière dont les choses s'étaient terminées, ses interactions initiales avec Kelly l'avaient suffisamment mis en confiance pour sortir avec plusieurs autres filles depuis. Ses mains avaient exploré leurs corps, et vice versa, mais il n'avait jamais connu de sensation comparable. C'était donc forcément la Dissonance, n'est-ce pas ?

Après la première semaine, Hal avait plus ou moins fait une croix sur ses progrès comme dissonant, mais il continua à venir chez Athena. Il y était mieux que chez lui, où Reggie avait quasi emménagé. À présent, toutes ses affaires empestaient la cigarette. Impossible d'échapper à cette odeur dans l'appartement, et dès que Hal abordait le sujet avec Lorna, elle bottait en touche avec une vague promesse d'en parler à Reggie. Promesse qu'elle se hâtait d'oublier, bien sûr.

Il trouva aussi d'autres moyens de moins rentrer chez lui. Un jeudi après-midi, après une séance d'entraînement avec Erin, il s'attarda à Marsh House pour traîner avec Peter. Il hésitait à imposer sa présence quand Erin et Peter pouvaient enfin avoir un peu d'intimité, mais Erin était allée faire des courses avec sa mère. Hal avait donc une bonne excuse pour rester. Ils regardèrent pas mal MTV, et jouèrent un max à *Super Smash Bros* et *GoldenEye*.

Après quelques heures, quand Hal pensa ne plus pouvoir supporter de se prendre une branlée dans l'un ou l'autre jeu, il demanda à Peter où il en était de son travail dans la serre. Ils étaient assis dans la chambre de Peter, ce dernier sur le lit, Hal sur le sol.

Peter posa sa manette et soupira. « Toujours au point mort.

– Comment ça ?

– Viens. Je vais te montrer. »

Hal sortit avec Peter dans le jardin derrière la maison. Peter tira un porte-clés de sa poche pour ouvrir le cadenas sur la porte de la serre. Puis il la tint pour Hal, qui pénétra à l'intérieur d'un espace où régnait une chaleur tellement étouffante qu'elle parut aspirer l'air de ses poumons. Son corps tout entier se couvrit de sueur.

Peter suivit Hal, et cadenassa de nouveau la porte, mais de l'intérieur cette fois.

« Tu t'enfermes là-dedans ? » s'étonna Hal.

Peter hocha la tête. « Après la mésaventure d'Athena avec cette créature-araignée, ça m'a semblé plus prudent. Je suis souvent seul ici. Et si quelque chose sentait ma présence pendant que je travaille dans la serre et essayait d'entrer ?

– Tu crois qu'un cadenas suffira à retenir un monstre ?

– Non, mais il me donnera le temps nécessaire pour réagir. »

Hal reconnut que ce raisonnement se tenait, et regarda autour de lui. La serre n'était pas grande – il y avait la place pour que Peter et Hal puissent bouger, mais à peine. Toutes sortes de plantes occupaient le reste de l'espace. Hal n'aurait pas su nommer la plupart d'entre elles. Sur un établi étroit dans un coin se trouvait une flopée de spécimens à l'apparence plus exotique. Des végétaux fantasmagoriques aux couleurs vives, qui auraient pu orner la pochette d'un album de rock psychédélique dans les années 1970, s'ils n'avaient pas tous été racornis, fanés, et manifestement morts.

« Tout ça, dit Peter en désignant les plantes vivantes, c'est la base. Tu peux en acheter chez n'importe quel pépiniériste. Ça pousse assez facilement, sans exiger de soins particuliers. Appelons-les le "groupe témoin". Ces trucs là-bas ? » Il approcha de l'établi. « Ça, c'est le groupe "expérimental", à savoir mes tentatives de créer quelque chose de nouveau. »

Hal vint à côté de Peter. Il y avait à peine la place pour qu'ils tiennent tous les deux épaule contre épaule.

Peter ramassa une pastèque violette ratatinée. « Je suis scrupuleusement les préconisations des livres. Je pratique la pollinisation croisée. J'utilise la Dissonance pour m'assurer que le sol est fertile et plein d'énergie. Et au début, tout semble en ordre. Mais à partir d'un certain point… » Il reposa sa petite pastèque sur la table et écarta les mains pour englober toutes les plantes mortes.

Hal saisit ce qui ressemblait à une pomme de terre ordinaire. « Qu'est-ce qui cloche avec celle-là ? »

Un sourire à peine esquissé disparut presque aussitôt des lèvres de Peter. « Cette pomme de terre devait briller dans le noir. Je pensais à une utilisation comme liseuse, par exemple.

– C'est génial, dit Hal.

– Oui, dit Peter. Si ça marchait. »

Hal examina la pomme de terre. Il essaya de l'imaginer sur sa table de chevet chez lui, une lueur chaude et apaisante éclairant les pages d'une bande dessinée, ou l'aidant à trouver le chemin des toilettes au milieu de la nuit.

Ce faisant, un phénomène étrange se produisit, si faible qu'il n'en eut d'abord pas conscience, mais ne s'en aperçut que progressivement. Un léger bourdonnement dans l'air autour de lui, qui sembla pénétrer et traverser la chair de son bras, jusqu'au bout des doigts qui tenaient la pomme de terre.

Supposant que Peter était responsable, Hal se tourna vers l'autre garçon, mais ses mains se trouvaient à plat sur la table, et il lança à Hal un regard interrogateur.

« Qu'est-ce que tu fais ? demanda Peter.

– Rien, dit Hal. Je pensais que c'était toi. »

Peter secoua lentement la tête. Hal reporta son attention sur la pomme de terre. Elle avait grossi, était devenue plus ferme et chaude au toucher. Même sa peau semblait plus saine. Non, pas seulement plus saine. *Rayonnante.* Elle émettait de la lumière.

« Merde alors ! » s'exclama Hal.

Des racines percèrent la peau et explorèrent l'air à la recherche d'un endroit où s'enraciner.

« Vite, dit Peter. Il faut la planter. » Il dépassa Hal en le bousculant, se dirigeant vers le fond de la serre, et revint une seconde plus tard avec un bac rempli de terre. Il y creusa un trou, dans lequel Hal déposa doucement la pomme de terre. Il aurait pu jurer que la plante *sauta* carrément hors de sa main, ses racines continuant de pousser. Une fois qu'elle toucha la terre, sa lueur se transforma en lumière éblouissante, à tel point que Hal dut se protéger les yeux, puis se détourner. Lui et Peter reculèrent et contemplèrent ce miracle qui projetait une quantité de lumière impossible.

« Merde alors ! répéta Hal, ne trouvant pas quoi dire d'autre. Qu'est-ce qui se passe ?

– Je n'en suis pas sûr, dit Peter. Mais je pense que la pomme de terre vient juste de ressusciter. Comme Lazare, de retour parmi les vivants.

– Une patate zombie », dit Hal. Il rit. « C'est dément. Et complètement aléatoire. » Il jeta un coup d'œil à Peter, et son sourire mourut. Peter le regardait d'un air très sérieux.

« Oui, peut-être », dit Peter. Mais il ne semblait pas convaincu. Pas convaincu du tout.

## Athena

Bien que le professeur Marsh ait fixé le début de leurs cours particuliers à dix heures les vendredis, Athena aimait arriver tôt, pour s'installer et lire tranquillement dans son bureau, pendant qu'il finissait son propre travail de la matinée. Elle aurait pu traîner avec Peter, mais étudier en présence de Marsh lui faisait l'effet d'une attitude adulte et professionnelle. Dans son esprit, l'université où elle espérait aller un jour devait ressembler à cela.

Un vendredi matin de début juin, Marsh assis à son bureau était absorbé dans un vieux volume et prenait des notes dans son calepin. Athena occupait son fauteuil préféré, les jambes repliées sous elle, *La Musique de l'infini* d'Anne Silverman ouvert sur ses genoux. Bien qu'elle ait ce livre en sa possession depuis le mois de mai, il continuait de lui donner du fil à retordre.

*C'est un fait reconnu de longue date par la plupart des Voix du Verbe (du moins celles auxquelles nous accordons notre confiance) que le langage est à l'origine du pouvoir du Verbe. Dans les religions abrahamiques, c'est par la parole que Dieu crée les océans, les poissons, les oiseaux, les animaux terrestres, et enfin, les êtres humains. Une bonne Voix – une Voix digne de confiance – accepte la vérité littérale et mythologique de cette histoire. Nous sommes, après tout, une secte chrétienne, Dieu soit loué, et quand nous perdons cela de vue, nous perdons de vue la source du pouvoir que le Seigneur nous a accordé, et tombons ainsi dans le péché de Dissonance.*

Elle s'arrêta, se frotta les yeux et tenta de recentrer son attention.

« Quelque chose ne va pas ? »

Elle cligna des yeux, et vit Marsh qui l'observait.

« Non. C'est juste ce livre. J'ai un peu de mal.

– Ah ?

– Vous n'aviez pas remarqué ?

– J'ai remarqué que tu l'avais gardé plus longtemps que d'habitude, mais ce sont les vacances d'été, et tu es une adolescente. Je ne peux pas exiger de toi que tu te consacres exclusivement à l'étude.

– C'est pourtant tout ce que je fais. Lire ce fichu bouquin. Je ne comprends pas pourquoi je rencontre autant de difficulté. La prose est relativement simple. C'est presque... » Elle s'interrompit, gênée par la pensée suivante.

« Continue, dit Marsh.

– C'est presque comme si le livre ne voulait pas être lu, et qu'il dressait des barrières, se rendant aussi ennuyeux que possible. L'équivalent textuel d'un labyrinthe avec une série de gardiens contrôlant l'accès au trésor qui se trouve au centre. »

Marsh retira ses lunettes, qu'il essuya avec un chiffon. « Voilà une idée *intéressante*.

– Est-ce que... ce sont des choses qui arrivent ? dit-elle. Avec les textes dissonants, je veux dire.

– Pas à ma connaissance, dit Marsh. Mais je ne sais pas tout. » Il remit ses lunettes et la gratifia d'un léger sourire.

« Alors pourquoi est-ce que j'ai autant de mal ?
– Tu veux mon opinion ? Je ne suis pas certain que tu aies envie de l'entendre.
– Si, bien sûr. » Athena se redressa dans son fauteuil.
« Je ne pense pas que le problème vient du texte, mais de toi. Tu es distraite.
– Distraite ? Par quoi ? »
Il se leva pour contourner le bureau et adopter sa position habituelle devant le meuble, les bras croisés. « À toi de me le dire.
– J'ignore de quoi vous parlez, dit Athena.
– Si tu préfères garder cela pour toi, je respecte ton choix, mais je ne pourrai pas t'aider. Alors passons plutôt à un domaine où je peux t'apporter quelque chose. Où en es-tu de la création de ta propre injonction ? »
Une sensation de gêne lui sembla se dérouler tel un ruban de son estomac jusqu'à l'arrière de sa gorge. « J'ai quelques idées, répondit-elle.
– Des idées, répéta-t-il. As-tu quelque chose à me montrer ? Des concepts que nous pourrions examiner tous les deux ? »
Elle ferma *La Musique de l'infini* et sortit un cahier de composition bleu et blanc de son sac. Elle avait écrit le titre – *La Petite Cuisine d'Athena* – au marqueur noir sur la couverture. C'était son grimoire, son livre d'ombres, les pages dans lesquelles elle prenait toutes ses notes et copiait des extraits pertinents de textes dissonants que le professeur lui prêtait. Elle feuilleta le cahier, à la recherche de quelque chose susceptible de passer pour une idée d'injonction, mais elle ne trouva que le travail d'autres gens. Rien à attendre de ce côté-là.
Elle retomba en arrière dans son fauteuil, et Marsh sourit d'un air narquois. « Donc, tu n'as rien à me montrer. »
Elle lui lança un regard furieux. À croire qu'il avait la

vision laser d'un superhéros. Elle était transparente pour lui. « Je suis inquiète à propos de Hal. »

Il la regarda sans rien dire, ce qu'elle interpréta comme une invitation à poursuivre.

« On a passé pas mal de temps ensemble cet été, dit-elle.

– Comme tous les étés, non ? dit Marsh. Toi, Hal, Peter et Erin, vous avez toujours été inséparables.

– C'est différent cette année. On est souvent juste tous les deux. J'essaie de l'aider à rattraper son retard dans la compréhension du dissonant. » Voilà. Elle venait de reconnaître qu'elle avait joué les profs avec Hal dans le dos de Marsh. Serait-elle jamais capable de garder un secret pour cet homme ? « Et il ne fait pas de progrès. Mais pire, il y a quelque chose… de sombre qui grandit en lui. Une colère.

– Hal a du mal », dit Marsh. Ce n'était pas une question, simplement l'énoncé d'un fait. « Cela se passe comme cela pour lui. C'est le type de vie qu'il a, le genre de personne qu'il est. Te rappelles-tu ce que je t'ai dit quand tu as commencé à étudier avec moi ? Après que le coven a découvert son pouvoir, et que tu as vu ce garçon être dévoré par ces monstres-araignées. Tu as voulu retourner chercher le corps du garçon.

– Charlie Simmons », dit Athena. Elle ne le lui dirait jamais en face, mais le fait que le professeur ne prononce jamais le nom de Charlie l'ennuyait. Toujours *le garçon*. « Et, oui, je m'en souviens. “Il y a des gens que l'on peut aider, et d'autres qui seront un poids.”

– Et pour survivre et prospérer en tant que dissonant, apprendre à faire la différence entre les deux compte pour moitié, compléta Marsh.

– Vous pensez que Hal a une influence négative sur moi.

– Je pense que c'est possible, si tu le laisses faire. » Il leva une main pour écarter d'éventuelles objections. « Quand il brandit l'Épée du Malheur, il est puissant.

Mais considère les éléments à notre disposition de manière empirique. En dépit de sa soi-disant vision de l'été dernier, je reste perplexe quant aux raisons qui ont pu pousser une entité surnaturelle à le choisir pour visiter le Temple, sans parler de lui confier une arme aussi redoutable. Sans elle, il est incapable de te battre – une fille handicapée de façon permanente – en combat loyal.

– Ce ne sont pas des combats loyaux, répondit Athena, se sentant à la fois flattée pour elle et en colère pour Hal. Et le Temple l'a mis à l'épreuve et lui a donné le contrôle de cette Épée.

– C'est vrai. Et je sais que tu tiens à lui. Mais je te recommande aussi avec insistance de penser à ton potentiel, comparé au sien. Toi, Erin et Peter, vous avez un don particulier qu'il ne possédera jamais. Et toi, Athena, je crois que tu es la plus douée de tous. Tu as un potentiel incroyable. Ne laisse personne – ni mon petit-fils ni Erin, et surtout pas Hal – t'en détourner. Tu m'as compris ? »

Elle voulut discuter, défendre Hal. Mais sur le moment, aucun contre-argument ne lui vint à l'esprit. Elle se sentit battue par une logique irréfutable.

Marsh croisa de nouveau les bras. « Si tu n'apprends qu'une chose de moi, que ce soit la suivante : pense d'abord à *toi*. Le contraire serait immoral. Si, ce faisant, tu as la possibilité d'aider quelqu'un sans que cela te freine ? Parfait. Mais si tu as l'intention de devenir une grande dissonante – une des légendes –, fais-toi passer en premier. Tu as un cœur généreux, mais aussi un côté pragmatique très développé. Laisse-toi guider par lui, plutôt que par ton cœur. Tu comprends ? »

Cette fois encore, elle voulut argumenter. Bien que son raisonnement semble se tenir, il avait quelque chose de dérangeant. Mais aucun contre-argument convaincant ne prit forme.

« Oui, monsieur, murmura-t-elle.

– Bien. Malheureusement, comme tu as pris du retard sur ton projet, nous ne pouvons pas faire grand-chose aujourd'hui. Alors, rentre chez toi, mets-toi au travail, et ne t'avise pas de revenir avant d'avoir terminé le livre de Silverman et trouvé au moins cinq idées originales pour une nouvelle injonction. »

# Erin

Quelques semaines plus tard, à la mi-juillet, Erin se retrouva devant chez elle à cinq heures du matin, réveillée bien malgré elle. L'air était doux, et le ciel encore presque entièrement sombre. Assise dans une chaise longue, elle essayait de traduire son livre à la seule lumière du porche.

Hormis Erin et le chien du voisin, le reste du village de mobile homes dormait. L'animal la regardait à travers le grillage qui les séparait. Erin lui adressait de petits gestes de la main de temps à autre, auxquels il réagissait en se tapant la queue par terre de plaisir.

À part le chien et le livre, seule la radio posée sur les marches derrière elle et diffusant KART en sourdine lui tenait compagnie. Erin n'aimait pas particulièrement la musique country, mais elle écoutait cette station parce que la mère de Hal animait la tranche de nuit.

Malheureusement, Lorna n'était pas la personne idéale pour ce poste, en particulier dans une station country. Elle n'avait pas l'accent texan, et semblait toujours défoncée, comme si elle avait l'esprit ailleurs. Parfois, à la fin d'une série de chansons, au lieu d'une publicité ou d'un peu de bavardage, il y avait un temps mort. Il arrivait même que le silence se prolonge suffisamment pour que la « bande de secours » se mette en route et passe en boucle des titres vieux d'au moins un an. Puis, soudain, ces chansons s'arrêtaient, marquant le retour de Lorna qui annonçait un succès country plus récent.

Que pensait la mère de Hal pendant ces longs silences ? Qu'est-ce qui pouvait l'absorber à ce point ?

Elle avait toujours été distraite et bizarre. Quand Erin et ses amis étaient petits, Lorna ne venait qu'à environ la moitié des concerts et des pièces de théâtre de l'école. Elle avait perdu le compte du nombre de fois où elle avait oublié de récupérer Hal après la classe. Elle avait constamment été une source d'embarras et de frustration pour lui, mais ce matin, Erin aurait volontiers échangé avec lui.

Sa mère à elle était sortie la veille au soir aux alentours de dix-neuf heures, pour « aller boire un verre avec des amies ». Elle était partie depuis dix heures maintenant. Elle n'était pas rentrée, et n'avait pas téléphoné pour dire où elle se trouvait. Vers trois heures du matin, une heure après la fermeture des bars, Erin avait commencé à appeler tous les hôpitaux des environs pour vérifier si sa mère n'avait pas été admise dans l'un d'eux. Ce n'était pas le cas. Au moins Lorna finissait-elle par se souvenir de passer une autre chanson ou une publicité. Danielle Porter, elle, gardait le silence radio.

Erin avait entendu les rumeurs en ville sur son aventure avec le capitaine des pompiers, Alan Sturgess. Les filles au lycée avaient dit à Erin que sa mère et le capitaine ne se cachaient même plus. Ils s'affichaient ensemble sans la moindre honte. Ces filles formulaient leurs ragots en leur donnant un vernis de sollicitude, de prévenance, mais Erin avait vu la délectation cruelle sur leurs visages. Une des raisons pour lesquelles elle ne regrettait pas d'avoir laissé derrière elle la soi-disant vie normale pour choisir la voie dissonante.

Les deux dernières heures, Erin avait été assise dehors sur la chaise avec sa radio, tentant de comprendre le livre que le professeur Marsh lui avait demandé de lire et de traduire. Elle avançait lentement, parce que le dissonant était imprécis et abondait en sous-entendus, et elle n'était pas sûre du tout de ce qu'elle avait transcrit jusqu'à présent :

*Mystères de la Vérité cachée*

1. *Personne ne sait pourquoi la vie a commencé.*
   *De soi-disant « saints hommes » ont émis*
   *des suppositions et les ont appelées Vérités.*
2. *Et l'humanité, désireuse d'être rassurée, a adopté*
   *en masse ces suppositions. Elle a construit des*
   *temples, s'est fait la guerre au nom de ces différentes*
   *suppositions. Des hommes en ont massacré d'autres*
   *et sont morts en croyant qu'ils obtiendraient*
   *une récompense dans une autre vie.*
3. *Ceux qui sont tombés, ces héros et ces martyrs,*
   *ces saints et ces tyrans ont, sans le savoir,*
   *servi une Vérité. Cette vérité est la Douleur.*
4. *La Douleur est la créatrice, la cause première. Seuls*
   *ceux qui acceptent cette unique Vérité trouveront*
   *un jour le réconfort.*
5. *Ci-inclus sont réunis les témoignages de saints,*
   *d'adeptes et d'hérétiques. Chacun présente un aspect*
   *différent de la Vérité. Bien que certains puissent*
   *sembler se contredire entre eux, tous sont vrais.*
6. *Puissiez-vous méditer sur ces Mystères et trouver*
   *la sagesse qu'ils ont à offrir.*

Le ton n'aurait pas dû la surprendre. La Dissonance était produite par la friction entre ce qui devait être et ce qui était. Seules les personnes en situation de malaise psychique paraissaient y avoir accès. Mais ce livre lui donnait l'impression d'être un cran au-dessus dans la noirceur, et l'idée de le lire à Hal, qui n'était déjà pas quelqu'un de gai, déplaisait à Erin. Était-ce vraiment indiqué dans son cas ?

Elle changea de position sur la chaise longue, qui émit un grincement. Ses yeux la démangeaient et sa bouche avait un goût de moquette duveteuse. Elle avait besoin de se brosser les dents, mais ne pouvait pas se résoudre à abandonner sa veille. Les nuits comme celles-là, elle ne savait pas comment son père dormait. Peut-être ne fermait-il pas l'œil, et restait-il éveillé dans son lit, attendant le bruit de la Mitsubishi de sa femme dans l'allée. Cet été, pour la première fois, il arrivait souvent à Erin de se demander si elle connaissait réellement ses parents.

Comme en réponse à ses pensées, l'air se remplit soudain du grincement aigu d'une automobile ayant grand besoin d'une révision. La voiture de la mère d'Erin tourna au bout de la rue et approcha, suivant une trajectoire incertaine évitant de justesse les véhicules des voisins. Elle s'engagea trop vite dans l'allée des Porter, mordant sur la pelouse, heurtant les piliers de l'abri de voiture et éraflant le pick-up de Jacob Porter.

Depuis sa chaise longue, Erin observa sa mère par la fenêtre côté passager. Elle avait l'air heureuse, plus qu'Erin l'avait vue depuis des lustres. Mais quand elle regarda dans sa direction et aperçut Erin, son expression béate se dégrada, et elle redevint elle-même, froide, préoccupée.

Elle descendit de voiture avec une attention exagérée et, très digne, alla tout droit vers les marches du porche.

« Tu es debout de bonne heure, dit-elle.

– Je ne suis pas encore allée me coucher, répondit Erin. Et toi ? Tu as passé une partie de la nuit dans un lit ? »

Le regard de sa mère, jusque-là diffus, se fit plus perçant. « Pardon ? »

Erin se leva et lui fit face, lui barrant le chemin de la porte. Maman sentait le propre. De ses cheveux légèrement humides émanait une odeur de Head & Shoulders, au lieu du Pantene qu'elle utilisait habituellement. Head & Shoulders, le shampoing de Peter. Que cette femme détestable sente à présent comme sa personne préférée lui était insupportable.

« Papa a appelé tous les hôpitaux dans trois comtés, il s'inquiétait », dit Erin.

Sa mère soupira. « Il faut toujours qu'il exagère. Tu ne sais pas ce que c'est d'être mariée à cet homme.

– Non, mais je sais ce que c'est d'être ta fille, et c'est franchement la honte. »

Maman frappa Erin. Pas fort, mais Erin ne s'y attendait pas. D'habitude, sa mère la giflait pour la punir de son impertinence, mais ça, c'était plus comme un coup de poing, qui la déséquilibra. Elle trébucha sur la chaise longue et tomba en arrière sur la pelouse. Quand elle porta la main à sa joue, elle en retira des doigts ensanglantés. La bague de fiançailles de sa mère lui avait entamé la peau.

Maman lâcha son sac et se couvrit la bouche avec les mains, l'air horrifié.

« Oh, mon bébé. Oh, ma chérie, je suis désolée. Je ne voulais pas. »

Elle avança en traînant les pieds pour aider Erin à se relever, mais Erin se débrouilla toute seule et la repoussa. Elle abandonna son livre et son calepin dans l'herbe alors qu'elle traversait en courant la rue et les jardins non clôturés des voisins.

Danielle l'appela, mais Erin ne l'écoutait pas. Elle courut de toutes ses forces, et aussi vite qu'elle le pouvait. Quand elle s'arrêta, pantelante et en nage, avec un point de côté, elle se trouvait dans le parc municipal. À présent, la lumière précédant le lever du soleil grisait le ciel. D'ici deux ou trois heures, de jeunes enfants avec leurs parents et leurs baby-sitters envahiraient cet endroit, mais pour le moment, Erin l'avait rien que pour elle : l'aire de jeux, le chemin pour les promeneurs, les terrains de basket, les courts de tennis, et la passerelle en bois autrefois la plus longue au monde. En dépit de la tentation que les balançoires exerçaient sur elle, elle les ignora et se dirigea vers le pont.

À l'instar d'Athena, Erin adorait cet ouvrage. Elle marcha vers l'extrémité la plus éloignée, le bois gémissant sous ses pieds avant de sembler pousser un soupir de soulagement alors qu'elle s'arrêtait au milieu, au-dessus du ruisseau bas, et appuyait les mains sur le garde-fou. Elle respira profondément et essaya de cesser de pleurer. Rien de ce que faisait sa mère ne valait qu'elle verse des larmes. Erin n'allait pas craquer maintenant.

Sauf que ses larmes avaient déjà coulé. Erin ne parvenait pas à se débarrasser du souvenir de l'expression résignée, dévastée de son père. Elle continuait d'entendre sa mère l'appeler, alors qu'elle s'enfuyait. Elle pleura donc, et ravala le cri qu'elle voulait lâcher, manquant s'étrangler quand une main se posa sur son épaule.

Elle se retourna, les poings serrés, mais ce n'était pas sa mère. C'était Peter, une lueur d'inquiétude dans ses yeux bleus et doux. Il portait son pyjama – un short de basketball et un t-shirt blanc –, avec des tongs aux pieds. Elle avait dû pleurer plus fort qu'elle le pensait, parce qu'elle ne l'avait pas entendu approcher.

« Tu m'as foutu la trouille, dit-elle. Qu'est-ce que tu fais là ?

– Je me suis réveillé tôt. J'ai eu cette impression qui m'a poussé à venir ici. » Il eut un petit sourire gêné. « Je sais que ça peut sembler bizarre. »

Erin l'enlaça et le serra contre elle. Il ne lui demanda pas pourquoi elle pleurait. Il ne lui dit pas que tout allait s'arranger. Il se contenta de lui rendre son étreinte et de caresser l'espace entre ses épaules.

Sous le coup d'une telle acceptation, le poing autour de son cœur se desserra, et quand elle lâcha Peter, elle se sentit un peu moins bouleversée. Elle s'appuya sur le garde-fou. Il la rejoignit, et ensemble, ils embrassèrent du regard le parc, leur petit royaume pour au moins les quelques moments suivants.

« Tu es si calme, dit Erin. Je sais d'où vient ma peine. Je sais que Hal a des problèmes avec sa mère à foison, et qu'à en juger par ses rapports avec Marsh, ce n'est pas beaucoup mieux côté figures paternelles. Athena est la seule d'entre nous qui semble bien s'entendre avec sa famille, mais même elle leur cache un paquet de trucs. Toi, en revanche, tu es juste… distant. Difficile à cerner. »

Peter regarda droit devant lui, son visage ne trahissant aucune tension. « Tu sais comment mes parents sont morts ?

– Oui. Dans un accident de voiture.

– Tu savais que je me trouvais à bord quand ça s'est produit ?

– Non. » Peter n'en avait jamais parlé, et Erin n'avait jamais posé de questions.

« J'avais deux ans, dit-il. La plupart des gens ne gardent aucun souvenir de cet âge-là, mais je me rappelle au moins ça. J'étais dans mon siège-auto à l'arrière. Il avait neigé. Il y avait du verglas. Papa a perdu le contrôle du véhicule, qui s'est retourné et, d'une manière ou d'une autre, a pris feu. J'ai regardé mes parents brûler. J'ai entendu leurs cris. J'ai senti l'odeur de leur chair carbonisée.

– Pourquoi tu n'as pas été tué comme eux ?

– J'aurais dû. Mais quand on m'a retrouvé à l'arrière de la voiture, j'étais la seule chose qui n'avait pas brûlé. » Il lui adressa un sourire bref. « On a parlé de miracle. Mon grand-père est devenu mon tuteur légal. J'ai eu l'impression de grandir dans un pensionnat, mais sans autres enfants. J'ai vite compris que pleurer ou crier ne me mènerait nulle part avec le professeur. Il n'était pas là pour me serrer dans ses bras ou apaiser mes craintes. Il n'écoutait que la logique. La raison. C'est ainsi que j'ai appris à être calme, à garder certaines choses sous couvercle. Voilà pourquoi je me montre… un peu distant, je pense. Je ne suis pas à l'aise au contact d'autres gens.

– Je n'imagine même pas ce que ça a pu être, dit Erin. De voir tes parents mourir. Et moi qui pleurniche parce que ma mère trompe mon père.

– Chacun de nous porte sa propre douleur, dit-il. Ce n'est pas parce que la mienne est réelle que la tienne ne l'est pas. »

Elle se pencha plus près de lui jusqu'à ce que leurs coudes se touchent de nouveau.

« Je déteste cet endroit, dit-elle. On devrait partir. Trouver du boulot à Austin. Passer le GED et s'inscrire à l'université plus tôt.

– Il nous faudrait renoncer à la Dissonance, dit-il. Je doute que le professeur lance un cours par correspondance rien que pour nous. »

Erin rit. « Garrett Thorpe m'a offert une place dans son coven l'été dernier, mais ça, c'était avant que je lui botte le cul au tournoi.

– Ça te tenterait ? » demanda Peter. Il s'écarta, juste assez pour que leurs coudes ne se touchent plus.

Elle se rapprocha, pour qu'ils se frôlent à nouveau. « Non, ça ne me tente pas. Je préférerais renoncer à la Dissonance plutôt que de devoir passer une journée de plus en compagnie de ce connard. C'est à *toi* que j'ai proposé de partir avec moi, imbécile. » Elle soupira. « Mais tu as raison. On a besoin de Marsh pour le moment. Mais rien ne nous empêche de rester le temps d'apprendre tout ce qu'il a à nous enseigner, et de fiche le camp ensuite. Qu'est-ce que tu en penses ?

– Marché conclu. »

Elle heurta son épaule avec la sienne. « Je suis sérieuse.

– Moi aussi, dit-il.

– Mais tu as toujours l'air si distant. J'ai largué Randy

pour toi, tu sais. J'ai laissé tomber l'équipe de cheerleading pour toi. Toi et la Dissonance, en tout cas. Mais chaque fois que j'ai le sentiment qu'on est sur la bonne voie, qu'on se rapproche, tu t'éloignes. »

Il sembla ne pas avoir de réponse à cela. Alors qu'ils se tenaient dans le silence, le ciel vira du gris au rose, et la vue depuis la passerelle ressembla à un tableau que Normal Rockwell et Thomas Kincade auraient pu peindre ensemble.

« C'est presque beau maintenant, dit-elle. Le parc, je veux dire.

– Qu'est-ce qui manque ? »

Elle baissa les yeux vers le ruisseau. Comme on était en juillet, il restait encore un peu d'eau. Mais avec l'arrivée du mois d'août, il n'y aurait plus qu'un fossé, un sillon aride dans la terre. Même en ce moment, on avait du mal à croire que ce petit cours d'eau ait jamais pu sortir de son lit, sans parler de submerger le parc et de justifier la construction de la passerelle.

« De l'eau, dit-elle. Assez pour provoquer une inondation comme dans les années 1800. J'aimerais vraiment voir ça. »

Le regard de Peter resta fixé sur un point distant, les yeux plissés et la mâchoire contractée par la concentration. De la lumière jaune-vert jeta des étincelles dans l'air et Erin sursauta, prenant conscience avec un temps de retard que ses doigts bougeaient. Distraite par ses gestes, elle ne prêta d'abord pas attention au grondement tranquille qui naissait derrière elle, perturbant le calme matinal. Elle se retourna juste à temps pour voir une vague d'eau arriver à toute allure le long du ruisseau en direction du pont. Haute d'au moins deux mètres cinquante, elle sembla accélérer alors qu'elle approchait.

Erin n'eut pas le temps de se préparer, et elle poussa un cri perçant quand le mur liquide percuta la passerelle de plein fouet et la trempa des pieds à la tête. Pour la deuxième fois de la matinée, elle tomba à la renverse, mais cette fois, Peter était là. Elle trébucha en arrière contre sa poitrine, et il l'empoigna par les bras pour la soutenir alors que l'eau passait et se calmait, se répandant pour inonder la totalité du parc et le transformer en une gigantesque flaque.

Il la relâcha et elle se retourna pour le regarder, avec ses cheveux blonds plaqués sur sa tête et ses vêtements collés à son corps. Elle prit conscience qu'il devait en aller de même pour elle, et sentit sa peau se couvrir de chair de poule. Elle essaya de ne pas baisser les yeux, et de façon admirable, Peter maintint le contact visuel sans faiblir.

C'était son don : la terre, l'eau, les choses qui poussent et qui coulent. Il l'avait exploité pour elle, lui avait créé un petit tsunami pour lui remonter le moral et noyer ses larmes. Il ouvrit la bouche et la referma.

« Tu as quelque chose à me dire, Peter ? » demanda-t-elle.

Il hocha la tête, respira fort et laissa échapper un profond soupir. « Je pense à toi chaque jour au réveil, et je rêve de toi en m'endormant le soir. Je meurs d'envie de te toucher. Absolument tout le temps. Mais j'ai peur. Je ne sais pas par où commencer à moins que tu prennes l'initiative.

– C'est facile. Comme ça. » Elle saisit son visage et l'attira plus près pour lui faire une démonstration pratique.

Bientôt, l'humidité l'incommoderait. Elle voudrait passer des vêtements secs, se doucher, faire une sieste, et le confort de l'air conditionné. Plus tard. Pour l'heure, elle avait tout ce qu'elle désirait. Une perfection comme elle n'en avait jamais connu dans sa vie, un moment indépassable : trempée jusqu'aux os, en train d'embrasser Peter Marsh pour la première fois sur cette passerelle ridicule et merveilleuse.

# Hal

Une semaine après le premier baiser de Peter et Erin, Hal rêva du Temple de la Douleur. Du moins pensa-t-il qu'il s'agissait d'un rêve dans un premier temps. Un moment, il soupirait dans son oreiller, et le suivant, il se trouva dans un grand espace vide, uniquement éclairé par un petit point de lumière. Pourtant, il n'eut pas *l'impression* d'un songe : manquait cette qualité floue, lointaine. Tout paraissait beaucoup trop réel.

« Je suis vraiment là ? » demanda-t-il.

Le silence accueillit sa question.

« Vous savez, je dois reconnaître une chose, dit-il. Ce que je préfère dans le fait d'être votre champion, c'est ce ping-pong tranquille entre nous. Une communication ouverte est essentielle entre pions humains et puissances surnaturelles, ça a toujours été mon avis. Prenez Dieu et Abraham, par exemple. Copains comme cochons, ces deux-là. »

*Ta destinée approche*, dit le Temple, de cette voix vibrante interne qui envoyait des frissons dans la colonne vertébrale de Hal. *Petit à petit.*

« Super, dit Hal. Vous pouvez m'en dire plus, à tout hasard ? »

Une vague de douleur atroce parcourut ses épaules et

le fit tomber à genoux. Il se rattrapa avec les mains et serra les dents.

*Ton insolence te rend fort*, dit la voix. *Mais ne te méprends pas, tu es notre serviteur, et tu t'adresseras à nous avec respect.*

« De nouveau cette merde ? parvint à répliquer Hal, malgré la souffrance. Vous savez, vous et mon mentor devriez fonder un club : "Les péteux qui prennent Hal pour un moins que rien". Je vous l'ai déjà dit : tuez-moi si vous en avez envie, mais ne comptez pas sur moi pour vous supplier. »

La douleur cessa immédiatement. Hal resta à quatre pattes, haletant pendant un moment.

*Les bois*, dit la voix. *Cherche du côté des bois.*

Hal voulut poser d'autres questions, mais alors qu'il levait la tête pour le faire, il se retrouva dans son lit, face à son réveil. Il était cinq heures du matin, et quelqu'un bataillait avec la porte de l'appartement. D'abord, Hal pensa à un cambrioleur, et il tendit son bras gauche en l'air pour appeler l'Épée. Puis il se réveilla un peu plus et s'aperçut qu'il avait entendu le verrou tourner. Un cambrioleur n'aurait pas les clés. Par ailleurs, qu'est-ce qui, dans les affaires de Hal et de sa mère, pouvait susciter la convoitise d'un voleur ? La Nintendo 64 de Hal ? Le magnétoscope qui dévorait un quart des cassettes qu'on y insérait ?

Il baissa le bras et sortit de son lit, arrivant dans l'entrée au moment où sa mère faisait son apparition en traînant les pieds, un carton en équilibre entre ses bras. Une photo encadrée de Hal dépassait du carton, telle une cerise sur ce gâteau bien merdique, et elle n'eut pas besoin d'ouvrir la bouche pour qu'il comprenne ce qui s'était passé.

« Ils m'ont virée. Sans même me laisser finir la nuit.

– Maman », dit-il. En comptant ce boulot, elle en avait perdu trois en l'espace des quatre dernières années.

Elle sortit le portrait de Hal du carton, une photo prise à l'âge de six ans. Il portait une chemise hawaïenne et un pantalon décontracté, et découvrait ses dents écartées dans un large sourire sous une tignasse de cheveux bruns coupés au bol alors qu'il pointait un pistolet à eau vers l'objectif.

« Tu étais un si gentil petit garçon, dit-elle. Tellement affectueux. Et gai.

– Maman », répéta-t-il. Il ne voulait pas regarder cette photo, cette chemise affreuse et cette coupe ridicule. Un gamin que sa mère habillait comme un truand dans *Deux Flics à Miami*. « Qu'est-ce qui s'est passé ? »

Elle laissa retomber le cadre dans le carton. « Mon patron s'est pointé à la station. Il a dit que je dormais au travail.

– C'était vrai ?

– Non, protesta-t-elle, indignée. Je me reposais les yeux.

– Maman…

– Tu ne sais pas ce que c'est ! Ce boulot. Toute seule dans cette petite cabine sombre, avec juste de la mauvaise musique pour te tenir compagnie. »

À part la musique, cela correspondait plus ou moins à l'idée que se faisait Hal du job idéal. Personne pour vous ennuyer, il suffisait d'envoyer des chansons et des publicités sur les ondes, peut-être d'ouvrir la bouche quelques minutes toutes les heures. Un truc apparemment impossible à foirer. Pourtant, sa mère avait trouvé un moyen.

« Comment on va faire ? demanda-t-il.

– Je dégoterai un autre boulot.

– Et quand tu te feras de nouveau renvoyer ? Cette ville n'est pas si grande. Tu auras bientôt fait le tour des employeurs potentiels.

– Si c'est aussi facile, tu devrais peut-être chercher du travail. Je resterai à la maison et te critiquerai tous les jours. Qu'est-ce que tu en penses ? »

Hal avait seize ans, l'âge *minimum* requis par la plupart

des entreprises qui recrutaient. En général, elles préféraient les candidats d'au moins dix-sept ans. Il le savait, parce qu'il avait vérifié, se préparant précisément à ce genre de situation. Il avait rempli un formulaire à la supérette Kinney, en espérant ne pas être mis en liste noire puisque Lorna avait bossé chez eux quelque temps. Idem pour le Winn-Dixie en ville, mais aucun n'avait donné suite. Il faudrait sans doute encore attendre au moins un an avant que Hal puisse « donner un coup de main » pour le loyer, et tout en ayant conscience que ce jour finirait par arriver, il le redoutait. Sa mère s'habituerait à dépendre de lui, et il deviendrait le soutien de sa famille. S'il laissait faire, son avenir était tout tracé : habiter avec sa mère bizarre et sans travail, en payant le loyer de cet appartement merdique. Il pourrait tirer un trait sur l'idée de fuir Clegg, d'aller à l'université. Il avait vu cela arriver à des jeunes plus âgés que lui au lycée : coincés dans un job chez Winn-Dixie à dix-sept ans pour que leurs parents ne finissent pas à la rue, ou pire, dépendants de l'aide sociale. Il avait vu les lumières s'éteindre dans les yeux de ses camarades une fois qu'ils cédaient et laissaient l'inertie et la pauvreté prendre le dessus.

Alors qu'il cherchait un moyen d'expliquer tout cela à sa mère, Reggie sortit de la chambre de Lorna, torse nu, se grattant le ventre et clignant des yeux.

« Qu'est-ce qui se passe ? » demanda-t-il.

Hal regarda Reggie. « Ta copine s'est de nouveau fait virer de son boulot.

– Oh merde. Sérieux ? »

Lorna hocha la tête. Elle faisait si peine à voir avec son carton rempli de ses affaires que Hal éprouva un mélange inconciliable de pitié et de dégoût.

Puis elle posa le carton sur la table de la salle à manger et se précipita vers Reggie.

« Oh, chérie, dit Reggie. Ce job était merdique de toute façon. »

Quelque chose dans les mots de Reggie – et l'image de ces deux-là dans les bras l'un de l'autre – purgea Hal de toute la pitié qu'il avait en lui, ne laissant que le dégoût. Il retourna dans sa chambre, ferma la porte, s'habilla en ne sentant pas ses mains, et mit son album préféré de Bad Religion sur son Discman. Quand il ressortit, il avait son casque sur les oreilles, avec le volume à fond. Il claqua la porte de l'appartement derrière lui.

Il n'avait pas de destination en tête. Où pouvait-il aller de toute manière ? Le soleil n'était pas encore levé.

Pourquoi pas chez Athena ? Il devait la retrouver plus tard dans la journée. Mais elle aimait faire la grasse matinée, et risquait de l'enguirlander s'il se pointait maintenant. De toute façon, Hal ne serait pas de très bonne compagnie. Il n'avait pas à imposer sa présence à Athena dans cet état. Il avait besoin d'être seul, de continuer à bouger.

Pendant un moment, le hurlement des guitares punk et le rythme fou de la batterie se révélèrent efficaces. Hal marcha d'un bon pas, secouant la tête, maître des trottoirs de Clegg. Mais un album et demi lui suffit à traverser la ville, et quand il arriva à la moitié de *Stranger Than Fiction* pour la seconde fois, il se retrouva à la lisière de la forêt de Clegg.

Il se souvint soudain de son rêve/vision du Temple. *Cherche du côté des bois.* Des bois que le professeur leur avait demandé d'éviter.

Ils n'avaient pas l'air dangereux aujourd'hui, mais l'étaient-ils ? Ce serait d'autant mieux. Hal avait envie d'en découdre. Il voulait une excuse pour appeler l'Épée, et trancher dans quelque chose. On lui avait promis une destinée, et il commençait à s'impatienter.

Il fonça à travers les arbres, marcha droit devant lui, cherchant la bagarre.

Il cherchait toujours quand les piles de son Discman moururent. Frustré, il donna un coup de pied dans un tas de feuilles et de brindilles, et se laissa tomber sur un rondin pour reprendre son souffle. Couvert de sueur, il ne put même pas s'essuyer le front, car sa chemise était déjà trempée. Seigneur, il faisait une de ces chaleurs ! Il regretta de ne pas avoir emporté d'eau. Il n'habitait pas une ville, mais un putain de four. Après avoir obtenu son bac, il avait l'intention d'aller vivre quelque part où il faisait froid. Un endroit où il neigeait six mois par an. Il achèterait une maison avec une grande terrasse à l'arrière et un jacuzzi d'où il pourrait regarder la neige tomber, et se détendre, bien au chaud.

*Se détendre avec qui ?*

La question venait du fond de lui. Le ton espiègle de celui qui la formulait semblait suggérer qu'il connaissait la réponse, mais voulait l'entendre de sa bouche. *Qui vois-tu quand tu fermes les yeux ? Cynthia Brofur ? Denise Hunt ? Samantha Rone ?*

« La ferme », dit-il à voix haute.

*As-tu vu Athena en maillot de bain depuis que vous étiez petits ? C'est probablement une fille du genre maillot une pièce, mais peut-être pas ? Si elle se sentait à l'aise, et que vous étiez seuls, peut-être essaierait-elle quelque chose de plus sexy ?*

« La ferme », répéta-t-il. Non pas qu'il répugne à imaginer des filles en tenues légères et affriolantes. C'était même l'une des principales vocations de sa vie. Il avait seize ans. Pas un jour ne passait sans que son corps soit en feu, toute la journée. Mais quand Athena apparaissait dans son esprit, qu'il se rappelait les émotions ressenties deux étés plus tôt en la portant dans les bois, la chaleur et la douceur de ce moment de plénitude, il devenait nerveux et inquiet. Il ne comprenait pas pourquoi, mais il n'avait jamais examiné ce sentiment de trop près non plus.

Et maintenant, alors qu'il faisait tout son possible pour ne *pas* se représenter Athena en bikini, la voilà qui s'invitait dans sa tête avec un bikini blanc se détachant sur sa peau brune. Bon sang.

Il essayait de décider comment remédier à cette situation (une branlette dans la forêt comptait-elle vraiment si elle n'avait pas de témoins ?) quand il entendit chanter. D'abord, il pensa que son Discman avait trouvé encore un peu de jus dans les piles, mais il s'aperçut que : 1) la musique ne ressemblait en rien à celle de Bad Religion et 2) elle ne venait pas de son casque, mais de quelque part à proximité. Le son aigu et clair évoquait le tintement d'une cloche, pas à sa place parmi la terre et les feuilles mortes. Cela ne semblait pas humain.

Son instinct l'invita à la prudence – c'était sans doute le genre de chose contre laquelle Marsh les avait mis en garde, quand il leur avait dit de ne pas revenir ici –, mais cela ne dura qu'une seconde. Il était entré dans ces bois à la recherche de sa destinée. Voilà qui semblait faire l'affaire.

Hal suivit le son jusqu'à un grand trou dans le sol de la forêt, parfaitement rond, comme peint au pochoir. En dépit de la lumière du soleil entrant à flots à travers les arbres au-dessus, il y faisait noir comme dans un four. Hal se tint au bord et écouta la mélodie triste jusqu'à ce qu'elle s'arrête.

« Ohé ? » lança-t-il. Quand quelques secondes passèrent sans obtenir de réponse, il ajouta : « Y a quelqu'un là en bas ? »

Une voix monta du trou en résonnant, plus grave que celle de la chanson, mais appartenant indéniablement à son interprète. « Tu comptes rester planté là toute la journée, ou vas-tu te décider à descendre ? »

Un frisson de peur et d'excitation simultanées déferla

dans ses entrailles. C'était sans doute une très mauvaise idée. Il pouvait se tuer, s'il tombait.

*Rien ne t'empêche de rentrer chez toi, et d'y retrouver ta mère au chômage et son gros naze de copain.*

Il sauta. La lumière disparut, et après une chute d'une faible hauteur, ses pieds entrèrent en contact avec une surface dure. Il grogna alors que la douleur fusait à travers ses mollets et dans ses genoux, mais cela passa rapidement, et il l'oublia tandis que ses yeux s'accommodaient à l'obscurité.

Il se trouvait dans une petite grotte circulaire. Un sol en pierre en occupait une moitié, l'autre accueillant un bassin rond encastré. De la lumière bleue brillant sous l'eau dansait au plafond, créant une variation psychédélique sur le ciel nocturne étoilé. L'onde se rida alors qu'une silhouette se profilant sur les lumières bleues glissait à la surface dans sa direction. Elle s'arrêta au bord.

Une femme, apparemment, mais avec des globes noirs à la place des yeux, et une peau argentée qui étincelait, renvoyant la lumière en milliers de minuscules reflets. La créature s'appuya au bord du bassin. L'intérieur de ses coudes était palmé, mais ses doigts semblaient humains.

« Bonjour », dit-elle. Sa voix, quand elle parlait, avait cette même qualité éthérée qu'au chant. Quelque chose trembla en lui, et il sentit les larmes arriver. Il cligna des yeux pour ne pas pleurer. Pourquoi une voix, si belle soit-elle, le mettrait-elle dans un tel état ? Cela n'avait aucun sens.

« Salut », dit Hal. Sa propre voix lui parut pâteuse, et il se racla la gorge. Alors qu'il se disait que la femme dans le bassin était peut-être nue, il eut un flash de son fantasme de jacuzzi avorté à propos d'Athena. Il détourna son regard vers le plafond étincelant, adjurant son érection de ne pas revenir. Dans le cas contraire, cette créature à la si belle voix bénéficierait d'une place aux premières loges.

Question manque de respect, on pouvait difficilement faire pire, se dit-il.

Il respira profondément.

« Tu devrais t'asseoir, si tu as l'intention de rester un peu, dit la femme. Mets-toi à l'aise. »

Hal s'installa en tailleur, assez loin du bord du bassin pour l'obliger à en sortir si elle voulait l'attraper.

« Quel est ton nom, voyageur ? demanda-t-elle.

– Hal Isaac. Et vous ?

– Je m'appelle Morgane.

– Vous vivez ici ?

– J'ai été emprisonnée. Alors, oui, je vis ici, mais pas par choix.

– Emprisonnée ?

– Par un sorcier malveillant qui désire exploiter mes dons.

– Votre voix, vous voulez dire ? »

Hal avait lu des histoires où les gens rejetaient la tête en arrière et riaient, mais il n'était pas certain de l'avoir vu un jour dans la vraie vie. Morgane combla cette lacune à ce moment-là, alors qu'elle inclinait son visage vers le haut et riait. De nouveau, l'espace derrière les yeux d'Isaac se mit à fourmiller de larmes qui menaçaient. Qu'est-ce qui se passait ici, bon sang ?

Quand le rire s'éteignit, elle reprit la parole. « Tu ne sais pas, n'est-ce pas ?

– Je devrais ? » dit Hal.

Son apparente perplexité s'accrut. « Comment es-tu arrivé ici ?

– Je suis parti me promener dans la forêt près de là où j'habite, répondit Hal. Quand je me suis arrêté pour reprendre mon souffle, j'ai entendu votre chant. En suivant votre voix, j'ai trouvé ce trou dans le sol et, eh bien… » Il désigna le plafond qui s'était refermé derrière lui. Il ne voyait aucun moyen de sortir, mais il s'en inquiéterait plus tard. Un problème à la fois. « Eh bien, vous avez vu le reste », conclut-il.

Elle lâcha le bord du bassin et se laissa flotter en arrière, la tête en partie submergée, de sorte que seuls ses yeux dépassaient à la surface. Ses cheveux noirs formaient comme une tache d'encre autour de sa tête, et elle l'observa en plissant les yeux.

« Ce n'est pas un piège, dit-il. Maintenant, je pense être moi aussi prisonnier ici. Dites-moi, vous avez vu l'énorme trou au plafond quand je suis passé à travers ? »

Morgane continua de l'étudier. Elle nagea de nouveau dans sa direction et leva la tête au-dessus du bord du bassin. « Tu ne sais vraiment rien de rien, n'est-ce pas ?

– C'est tout moi. L'andouille de service. Je suis très demandé, d'ailleurs. »

Si elle comprit la blague, elle ne la trouva pas drôle.

« Je suis une ondine, dit-elle.

– C'est quoi, une ondine ?

– Un élémental cosmique. Je nage dans les profondeurs entre les mondes.

– Quoi, genre, dans l'espace ? Comme le Surfer d'argent ?

– Je n'ai rencontré aucun surfeur d'argent, dit-elle.

– C'est un personnage de fiction, expliqua Hal. Il parcourt l'espace sur une planche de surf, à la rechercher de planètes pour nourrir son patron. » Il secoua la tête. « Je suis désolé, je sais que ça semble stupide. J'essaie juste de comprendre.

– Tu utilises “monde” comme un synonyme de “planète”. Une formulation plus correcte serait : je nage dans les profondeurs entre les “réalités” ou les “univers”.

– Il existe plus d'une réalité ? » dit Hal. Le professeur Marsh avait donc raison. Merde alors.

« Il y a un nombre infini de réalités. Un sorcier de l'une d'elles m'a capturée parce qu'il voulait me voler mes dons.

Quand j'ai refusé, il m'a enfermée ici. Maintenant, il attend que je cède.

– Oh, mon Dieu », dit Hal. C'était peut-être la réponse à la Dissonance. La raison pour laquelle l'univers – ou le multivers – était détraqué. Un truc énorme. « Une minute, dit-il alors qu'il assimilait le reste de ses propos. Céder vos dons ?

– Une ondine peut faire ce choix, oui.

– Mais vous voyagez entre les réalités. Pourquoi ne pas en gagner une où ce sorcier ne pourra pas vous trouver ? » *Et m'emmener avec vous*, se garda-t-il d'ajouter.

« Cet endroit diminue mon pouvoir, dit-elle en désignant la grotte d'un geste. Mais pas le tien.

– Je n'ai aucun pouvoir. Rien de comparable au vôtre, en tout cas. Tout ce que je peux faire, c'est ça. » Il tendit le bras gauche et se concentra. Le picotement commença au bout de ses doigts et remonta en brûlant le long de son bras. L'Épée se matérialisa dans sa main, sa lumière vert brillant dansant de manière étrange avec les bleus de la grotte.

Morgane recula du bord du bassin, les yeux ronds. Hal s'éloigna d'elle.

« Non, tout va bien, dit-il. Elle ne vous fera aucun mal.

– Comment es-tu entré en possession de l'Épée du Malheur ? demanda-t-elle.

– J'ai été choisi comme champion.

– Qui es-tu ?

– Je vous l'ai dit. Hal Isaac. » Il haussa les épaules. « Je ne suis personne.

– Tu ne peux pas être personne. Pas si tu es lié à cette arme. »

Elle s'apprêtait à en dire plus, mais sa voix s'altéra, avant de s'éteindre complètement, comme si quelqu'un avait coupé le son du monde. Puis la couleur pâlit, et tout sembla ralentir, au point que Hal eut le sentiment de regarder une photo plutôt que d'occuper un espace réel. Enfin, une force invisible saisit son corps et le tira violemment en arrière. Il lâcha l'épée alors que la grotte disparaissait et vola à travers les ténèbres. Il eut moins l'impression de tomber que d'être projeté dans les airs, et ferma les yeux pour se préparer à l'inévitable atterrissage.

La chute en elle-même ne fut pas bien méchante, plus proche d'une gamelle après avoir trébuché en marchant que d'une dégringolade depuis le sommet d'un gratte-ciel. Hal tomba sur une surface en terre couverte de feuilles où perçait la lumière du soleil. Haletant, il aspira une goulée de chaleur étouffante. Il était de retour sur le sol de la forêt.

Il s'assit. Le trou – son accès à Morgane – avait disparu.

# Athena

Dans les semaines qui suivirent la « petite mise au point » du professeur Marsh, la frustration d'Athena ne fit que croître. D'abord, Hal cessa de se présenter à leurs séances de cours particuliers en tête-à-tête. Il continua de venir aux entraînements du groupe, mais au lieu de rester traîner avec eux après, il prit l'habitude de s'en aller immédiatement. Elle essaya de se convaincre que c'était une bonne chose, qu'ainsi Hal la déchargeait de toute responsabilité quant à son avenir et n'allait donc pas devenir un poids pour elle.

Peut-être cette pensée lui aurait-elle remonté le moral si elle avait accompli le moindre progrès significatif avec son injonction originale. Ces dernières semaines, elle avait eu des dizaines d'idées, mais elle bloquait systématiquement sur leur réalisation concrète. Jour après jour, elle arpentait sa chambre, en quête d'inspiration.

« Une injonction dissonante nouvelle, différente, murmurait-elle pour elle-même en faisant les cent pas. En utilisant uniquement des caractères que je connais déjà. » C'était devenu un mantra. Des caractères qu'elle connaissait déjà, simples, comme les éléments, les ténèbres, la lumière. C'était bon pour les gosses. Comment pouvait-elle gagner sa place dans les livres d'histoire de cette façon ?

Elle se trouvait dans cet état d'agitation fébrile un dimanche matin quand la sonnette de l'entrée interrompit le cours de ses pensées. Elle n'attendait la visite de personne, surtout pas aussi tôt. Elle traversa la maison en courant et ouvrit la porte d'un grand coup, espérant et redoutant à la fois de découvrir Hal sur le porche. Mais c'était Erin, les yeux gonflés, les épaules voûtées, son sac à dos en bandoulière à une épaule, son sac à main à l'autre.

« Salut, dit Athena, après un moment de silence pesant. Qu'est-ce qui ne va pas ? »

Erin se pencha vers elle si vite qu'Athena pensa qu'elle tombait, mais quand les bras de son amie se refermèrent autour d'elle, elle comprit qu'elle l'étreignait. Comme d'habitude, sa première réaction fut un mélange d'inquiétude et de malaise, mais elle serra à son tour Erin, tâchant d'y mettre autant de conviction, pour montrer qu'elle n'était pas insensible.

« Maman est partie, dit Erin. Elle a pris ses affaires ce matin. Elle va vivre avec Alan Sturgess. »

Pas trop tôt. Erin n'aurait-elle pas dû se sentir soulagée d'avoir enfin tout ce stress derrière elle ? Le pire était arrivé. Maintenant, elle pouvait tourner la page.

« Je suis désolée, dit Athena.

– Moi pas, répondit Erin, dans le haut de la tête d'Athena. Bon débarras. »

Athena hésita. Comment devait-elle réagir ? *Tu ne le penses pas vraiment ?* Ou *Ouais, qu'elle aille se faire foutre ?* Que recommanderait Emily Post ?

« Tu veux entrer ? » proposa-t-elle à la place.

Une fois à l'intérieur, elle offrit à Erin une tasse de café, que celle-ci accepta. Puis elles allèrent dans la chambre d'Athena. Erin posa son sac à dos sur le bureau. « J'ai pensé qu'on pourrait travailler ensemble », dit-elle. Elle sortit un cahier à spirale de son sac, ainsi que le legendarium à propos du Temple.

« Comment ça avance ? demanda Athena, les ramenant en terrain sûr, celui des études, de la Dissonance.

– Lentement. J'ai du mal. Pourquoi quelqu'un s'amuserait à écrire un récit en dissonant ? C'est un langage de fonction, pas de communication. Ce serait comme de n'utiliser que des équations mathématiques. Pire, beaucoup de caractères se prêtent à des interprétations multiples, et je crains de perdre ces nuances dans la traduction. À ce stade, je pourrais aussi bien me tenir à côté de Hal pendant qu'il lit et l'interrompre après chaque phrase pour lui expliquer les autres sens possibles. Mais tu veux savoir ce qui m'inquiète le plus ?

– Quoi ?

– Ce Temple ? Je pense qu'il est dangereux.

– On l'appelle le Temple de la *Douleur*. Il y a probablement une raison.

– Ha, ha, très drôle. Sérieusement : il y a cet étrange courant sous-jacent dans les histoires, dit Erin. Ce sentiment de quelque chose de plus important. Mais je ne trouve ni mention explicite ni explication sur la nature de cette menace. Tu vas te moquer, mais c'est presque comme si le livre me…

– Comme s'il te narguait ?

– Oui », dit Erin. Elle posa ses affaires sur le bureau et croisa les bras, ressemblant l'espace d'un instant au professeur Marsh. « Comment tu as deviné que j'allais dire ça ? »

Athena lui fit part de ses propres difficultés avec *La Musique de l'infini*, la façon qu'avait cet ouvrage de détourner son attention, de promettre l'accès à un savoir secret, qu'il refusait obstinément de livrer, de lui obscurcir l'esprit toutes les deux ou trois phrases.

Elle ramassa *La Musique* sur son bureau. « J'ai cru que ce serait facile. Je pensais que je l'aurais terminé il y a un mois.

– Moi aussi, dit Erin. Je parle pour toi, bien sûr. Pas pour moi.

– Je peux jeter un coup d'œil à ce que tu as ? » demanda Athena.

Erin lui tendit le cahier contenant sa traduction. « Je te rappelle que la poésie et moi, ça fait deux. »

Athena s'assit sur son lit et parcourut les pages jusqu'à ce qu'elle tombe sur le dernier récit qu'Erin avait transcrit.

*La Légende d'Artigue*

1. *En ce temps-là, dans un pays au nom oublié de longue date, vivait une femme du nom d'Artigue. Elle n'était pas satisfaite des dons de l'existence terrestre. Ses ambitions allaient bien au-delà des plaisirs du palais et de la chair. Elle voulait plus. Plus de vie, plus de savoir, plus de plaisir.*
2. *Elle poussa la porte des temples de son pays, écouta la sagesse des hiérophantes. Leurs mots lui laissèrent l'impression de mensonges au service des forts pour s'assurer la docilité des faibles.*
3. *Artigue soupçonnait la Vérité, mais aucun de ses interlocuteurs ne comprit. Tous étaient satisfaits de la vie telle qu'elle semblait être. Désespérée, Artigue mangea et but à l'excès. Elle mit des hommes et des femmes dans son lit, souvent en même temps, et les paya pour qu'ils comblent tous ses fantasmes lubriques. Elle aurait pu passer le restant de ses jours ainsi, si le hasard d'une rencontre n'en avait pas décidé autrement.*
4. *Une femme qu'Artigue mit dans son lit était secrètement une prêtresse du Temple. Cette prêtresse reconnut en Artigue une âme sœur, et l'invita à rejoindre une organisation clandestine dont les membres savaient que la douleur et la discorde régissent l'univers. Ils se donnaient pour nom la Congrégation des Scarifiés.*

5. *Artigue s'éleva rapidement au sein de la Congrégation des Scarifiés. Elle se laissa marquer, transformant sa beauté terrestre en quelque chose de plus vrai, pour que les plaisirs de la chair ne soient plus une distraction.*
6. *Elle étudia aux pieds des prêtres et des prêtresses. Elle lut tout ce qu'elle put, en particulier à propos du Temple de la Douleur. Certains des Scarifiés croyaient à la légende du Temple, mais Artigue chercha son emplacement. Là, pensait-elle, se trouverait le cœur de sa quête de vérité.*
7. *Il se murmure que cette mortelle piqua la curiosité du Temple, que rien n'avait autant intrigué depuis des lustres. Ainsi, quand les années d'Artigue sur terre atteignirent le nombre de cinquante, le Temple se présenta à elle et lui offrit d'entrer.*
8. *Artigue pénétra dans le Temple et se prosterna. Elle promit de baigner le monde dans la Douleur si le Temple lui accordait sa Sagesse.*
9. *Le Temple proposa à Artigue de se soumettre à l'Épreuve de la Souffrance, et elle accepta. Elle était fière, et considérait que la douleur n'avait pas de secret pour elle. Mais quand elle passa l'épreuve, elle découvrit que rien ne l'avait préparée au Saint Supplice.*
10. *Artigue pleura et hurla, elle supplia d'être délivrée. Ce rejet de sa grâce contraria le Temple, qui libéra Artigue, mais pas avant de l'avoir amputée de son bras droit, de lui avoir arraché la langue et d'avoir laissé sur son visage une marque que ses disciples liraient comme « Imparfaite ».*
11. *Artigue retourna dans ce monde sans aucun moyen de raconter son histoire. Quand les Scarifiés découvrirent sur elle la Marque d'Imperfection, ils la déchurent de son rang, et la chassèrent*

*de la Congrégation. Nul récit ne dit ce qu'il advint d'elle après.*

12. *Le Temple attend son prochain champion, celui qui sera capable de passer l'Épreuve, de brandir l'Épée du Malheur, et de répandre l'unique Vérité.*

Quand Athena arriva au bout de sa lecture, elle rendit le cahier à Erin. « Je ne peux pas me prononcer sur la fidélité par rapport à l'original, mais c'est bien écrit. Quoique… si cette Artigue n'avait aucun moyen de raconter son histoire, comment a-t-elle fini dans ce bouquin ? »

Erin sembla soulagée. « Je n'en sais pas plus que toi. Et merci. » Elle feuilleta rapidement les pages. « Le livre est rempli de récits de gens qui voient le Temple ou s'y rendent ou font ce qu'il leur ordonne, mais ce ne sont jamais des informations de première main. Dans les Évangiles, on est censé avoir les comptes-rendus des compagnons de route de Jésus qui ont tout vu, ou ont pu obtenir confirmation auprès de sources principales. Là, on est plus dans les Saintes Écritures version tabloïde. C'est quelqu'un qui a reçu l'info de la bouche de quelqu'un d'autre. Les histoires fichent la frousse et sont confuses, mais il n'y a jamais rien sur les règles ou les lois qui s'appliquent au Temple, sur ce qu'il est, son origine ou son but. Quiconque a gardé la trace de ces histoires l'a fait sans offrir le moindre commentaire. Juste une note préliminaire qui éclaire que dalle.

– Et Hal ? Qu'est-ce qu'il en pense ?

– Je ne lui en ai pas encore parlé. Chaque fois que j'appelle chez lui, sa mère répond qu'il est sorti.

– Il a probablement une nouvelle petite amie, dit Athena d'un ton qu'elle espéra indifférent.

– Je ne crois pas. L'autre jour, Peter m'a dit qu'il l'avait vu entrer dans la forêt au moins trois fois au cours de la dernière semaine. Seul.

– Il a dit ce qu'il y faisait ?

– Peter ne l'a pas suivi. D'après lui, Hal nous dira tout quand il se sentira prêt.

– Tu es sûre qu'on parle bien du même Hal ? » Celui qu'Athena connaissait aurait préféré mourir plutôt que livrer un secret. Il ne confiait jamais au groupe ses sentiments ou ses problèmes.

« Si seulement on pouvait se téléporter dans les bois pour l'espionner », dit Erin.

Elle dissipa par la même occasion le brouillard cérébral d'Athena qui, par une intuition fulgurante, sut qu'elle tenait son projet pour l'été.

« Quoi ? dit Erin. Qu'est-ce qu'il y a ? »

Athena lui fit signe de se taire et s'assit à son bureau où elle se mit à écrire dans sa *Petite Cuisine*, ne s'interrompant que pour consulter des notes plus anciennes. Elle copia un caractère ici, en combina quelques autres là. Une fois qu'elle fut sûre des caractères, elle les réarrangea, puis les réarrangea de nouveau. Et encore. Au quatrième essai, le résultat lui parut tenir la route.

Elle se leva. « Pense à un endroit où tu veux aller tout de suite, dit-elle. Quelque part où tu as déjà été.

– Je suis toujours prête à aller au cinéma », répondit Erin.

Athena se tint au milieu de sa chambre, son cahier ouvert dans sa main gauche alors qu'elle signait dans l'air avec la droite. L'air devint plus chaud et crépita autour d'elle. Ses caractères jaune-vert persistèrent, vibrants d'énergie. Elle posa *La Petite Cuisine* par terre, et se servit des deux mains pour dessiner un rectangle, partant au-dessus de sa tête et descendant jusqu'au sol. Elle se redressa et poussa sur l'espace vide au centre. Un trou s'ouvrit au milieu de la pièce. De l'autre côté, Athena aperçut la grande salle climatisée et plongée dans le noir du cinéma de Tyler. Un film avait déjà commencé.

Athena ramassa son cahier et se pencha à côté du trou pour regarder Erin assise sur le lit. « Allez, viens. »

Erin se leva et rejoignit Athena devant la porte. Elle resta d'abord bouche bée, puis sourit.

Elles entrèrent dans la salle obscure, et Athena referma derrière elle en serrant le poing. Elles allèrent s'installer au fond de la salle presque vide. Aucun des autres spectateurs de la mi-journée ne se retourna vers elle. Personne ne les remarqua.

Le film parlait d'une bande d'ados essayant de s'envoyer en l'air, et de cerner les sentiments que leur inspiraient la fin de leurs années de lycée et la quête de l'amour. Pas le genre d'Athena, mais Erin, qui appréciait la plupart des films, semblait déjà… pas vraiment heureuse, mais contente. Le franc désespoir qu'elle avait affiché sur le porche d'Athena avait disparu, au moins pour l'instant. Athena s'installa confortablement, se détendit, et laissa la comédie dramatique se dérouler devant elle.

Mais bien qu'elle reste calme avec les yeux fixés sur l'écran, son esprit revint à leur conversation à propos de Hal, de ce que cela impliquait pour lui d'avoir été choisi par ce Temple.

Et qu'est-ce qu'il pouvait bien mijoter dans la forêt ?

## Erin

Un week-end de la fin juillet, le professeur Marsh s'absenta quelques jours. Il dit au coven de poursuivre leurs projets, et promit de leur donner leurs évaluations finales de l'été à son retour.

« Vous allez où ? demanda Erin.

– J'ai deux choses de prévues. D'abord, une rencontre avec le Conseil du Verbe.

– Pour quoi faire ? dit Athena.

– Un "audit intellectuel", répondit Marsh, mimant les guillemets avec les doigts. Une comédie à laquelle ils me soumettent périodiquement, dans leur tentative de miner ma résistance à leur façon de penser.

– Et vous êtes obligé d'y aller ?

– Si je ne coopère pas, il y a de fortes chances qu'ils envoient quelqu'un ici pour un audit sérieux. Et disons simplement que je préfère ne pas voir d'inspecteur dissonant venir fourrer son nez dans nos affaires.

– Et la deuxième chose ? » demanda Hal.

Marsh sourit alors. « Ces trois derniers étés, vous avez été là pour m'aider dans mes recherches sur ce qui est peut-être le plus grand mystère qui soit. Celui-là même auquel je m'intéresse depuis que j'avais à peine un peu plus de votre âge. Je dois rencontrer quelques collègues.

Si la chance est de mon côté, je rentrerai avec un indice. L'une des grosses pièces de ce puzzle qui nous manque toujours. Si je l'obtiens, cela changera tout. »

Il avait refusé d'en dire plus sur le moment, mettant fin à la discussion.

Le lendemain de son départ, Erin et Athena convoquèrent une réunion du coven. Ils se retrouvèrent dans le jardin derrière Marsh House, où Peter leur présenta sa serre. Bien qu'Erin et Peter soient officiellement ensemble depuis maintenant plusieurs semaines, il ne l'avait jamais invitée pour lui montrer ses expériences. Jusqu'à aujourd'hui.

L'intérieur était exigu, et beaucoup plus coloré qu'Erin s'y attendait. Des touffes de fleurs en Technicolor à côté d'un cactus violet. Un arbuste couvert de baies cramoisies, au milieu d'une profusion de plantes d'un vert luxuriant. Toute une végétation éclatante de santé, qui poussait bien malgré la chaleur brutale du Texas. Peter possédait vraiment un don.

Il cueillit quelques baies et les leur tendit.

« Vous pouvez les manger, dit-il. Elles sont bonnes. »

Erin en fourra une dans sa bouche alors que les autres l'imitaient. C'était pulpeux comme une myrtille, mais sucré comme du raisin. Elle émit un son approbateur, et suivit Peter jusqu'à un arbre sur le bord de la serre. Il ressemblait à un pin de Virginie ordinaire, du genre qu'on coupe pour le décorer dans son salon à la période de Noël.

« Approchez encore un peu », dit Peter.

D'un pas traînant, les trois visiteurs vinrent empiéter sur l'espace personnel de l'arbre. Ses branches remuèrent, et un souffle d'air froid les enveloppa, donnant le frisson au front, aux bras et aux jambes en sueur d'Erin. Elle eut la sensation de se tenir devant un climatiseur de fenêtre.

« Tu as créé un arbre qui fait clim ? dit-elle.

– Je l'ai baptisé "douglaglas", dit-il. Il absorbe le gaz

carbonique comme n'importe quel autre arbre, mais il rafraîchit l'oxygène avant de le rejeter dans l'air.

– C'est bluffant, dit Athena, qui semblait réellement impressionnée.

– Je confirme, dit Hal. Tu n'as pas chômé.

– C'est vrai. Depuis ton coup de pouce, qui a tout changé, dit Peter.

– De quoi tu parles ? demanda Athena.

– Hal a accompli un petit miracle plus tôt cet été. » Il se lança alors dans une histoire qu'Erin n'avait pas eu l'occasion d'entendre auparavant : la visite de Hal dans la serre ; sa manipulation d'une pomme de terre censée briller dans l'obscurité – un projet au point mort –, et la soudaine résurrection de ladite pomme de terre. Peter et Hal l'avaient replantée, et depuis ce jour, tant que Peter prélevait de la terre du bac contenant le tubercule réanimé, tout ce qu'il plantait avait pris racine et poussé.

« Donc, tout ça, conclut Peter avec un geste englobant l'ensemble de ses créations merveilleuses, tout ce que j'ai été capable de réaliser cet été ? Ça marche à l'énergie de patate.

– Comment tu as fait ça ? demanda Athena à Hal.

– Aucune idée, dit Hal. Honnêtement, je ne suis même pas sûr d'y être pour quelque chose. Il s'est juste trouvé que je tenais la patate quand ça s'est produit.

– C'est ce qui en fait un miracle, dit Peter. C'est un mystère.

– Et c'est intéressant, dit Erin. Mais ce n'est pas la raison de notre présence ici.

– Ah bon ? dit Hal. Y a-t-il d'autres prodiges à découvrir ? Une carotte qui va me faire une branlette ?

– Hal », dit Athena.

Il regarda autour de lui, et sembla s'apercevoir qu'il était le centre d'attention. Son sourire disparut.

« Quoi ? »

Athena et Peter se tournèrent vers Erin. Comme l'intervention avait été son idée, elle agissait de facto en qualité de porte-parole du reste du coven.

« On sait que tu es allé dans la forêt sans nous.

– Vous m'avez espionné ? dit Hal.

– Pas volontairement. Athena et moi avons dit à Peter que, chaque fois qu'on essayait de te joindre ces temps-ci, tu n'étais jamais à la maison. Et Peter nous a dit qu'il t'avait vu aller et venir pendant qu'il travaillait dans la serre. »

L'expression de Hal varia. « Traître », dit-il à Peter qui, comme de juste, sembla blessé, alors que Hal se tournait vers les filles. « Je suis allé dans les bois. Et alors ?

– Tu sais qu'on n'est pas censé y entrer, dit Athena.

– Marsh nous l'a interdit, dit Hal. Ça n'en fait pas un impératif moral.

– Tu veux discuter de détails techniques ?

– Non, je veux savoir pourquoi vous vous liguez tous contre moi. Marsh vous a donné des projets. Moi je n'ai rien.

– Qu'est-ce que tu fais là-bas ? demanda Erin, recentrant la conversation.

– Pourquoi ça t'intéresse ?

– Parce que tu es des nôtres, espèce de trou du cul ! dit Athena. Tu fais partie de ce coven. On te laisse des messages et tu ne rappelles jamais. On veut savoir pourquoi tu nous ignores. »

Hal changea d'expression, manifestant de la confusion. « Des messages ?

– Deux à trois fois par semaine, dit Erin. Depuis trois semaines environ. Toujours à ta mère. »

Ses épaules se contractèrent tandis que son visage s'adoucissait. « *Merde*, maman.

– Elle ne t'a pas transmis nos messages, dit Athena, comprenant la vérité alors qu'elle prononçait ces mots.

– Pas un seul. J'ai pensé que vous m'appelleriez si nécessaire. Et comme je n'ai pas eu de nouvelles, j'en ai déduit que vous n'aviez pas besoin de moi.

– Pourquoi tu n'étais pas chez toi ? demanda de nouveau Erin.

– Je travaillais sur un projet personnel, répondit Hal. Des recherches de mon côté. Et peut-être que votre intervention tombe bien, parce que je bloque en ce moment.

– On t'écoute », dit Peter.

Hal se lança, façon exposé « mes vacances d'été » devant la classe à la rentrée. Il leur parla de l'ondine prisonnière, et de sa quête de l'entrée de la grotte depuis, sans succès malheureusement.

« Malheureusement ? dit Athena. Tu as de la chance d'être en vie. Cette créature aurait pu te dévorer ou te noyer.

– Je ne pense pas, dit Hal. Elle m'a semblé réglo.

– Et ce sorcier malfaisant qui l'a enfermée ?

– Je n'en sais pas plus sur lui. Elle est un être interdimensionnel ; les comics m'ont appris qu'ils ont tendance à se faire beaucoup d'ennemis.

– *Si* elle dit la vérité, dit Athena. Toute cette histoire pourrait très bien être un piège. Ça t'est venu à l'esprit ? Ou peut-être qu'on l'a emprisonnée pour une bonne raison ? Si ça se trouve, ce qui t'a arraché à cette grotte t'a sauvé la vie.

– Bien sûr, j'y ai pensé, dit Hal. Tout ce que tu dis tombe sous le sens. Mais mon instinct me souffle que tous ces soupçons ne sont pas fondés. Et j'ai eu une nouvelle vision du Temple, qui m'a dit de “chercher du côté des bois”. C'est là que j'ai trouvé Morgane. Tout semble lié, vous voyez ? »

Athena leva les yeux au ciel d'un air moqueur.

« Le Temple ne s'est pas exactement imposé comme une force bienveillante, dit-elle. Tu devrais lire ce qu'Erin a traduit cet été. Je ne pense pas qu'on puisse lui faire confiance. »

Hal se crispa et Erin anticipa le début d'une joute verbale. Après des semaines à écouter ses parents se crier dessus, d'abord à travers les murs fins comme du papier de leur mobile home, et plus récemment au téléphone, elle refusait d'en entendre davantage. Elle s'interposa entre Hal et Athena et leva les mains. Par miracle, tous deux retinrent leurs langues.

Elle laissa s'écouler plusieurs secondes de silence avant de demander : « Qu'est-ce que tu proposes, Hal ?

– Que j'aie enfreint les règles du professeur ou pas – que je me sois comporté comme un idiot ou pas –, j'ai trouvé quelqu'un en péril, dit Hal. C'est quoi, l'intérêt de tout ça… » Il désigna d'un geste leur groupe, la maison, les bois, et le pouvoir qui flottait, invisible mais palpable, dans l'air autour d'eux. « … si on n'apporte pas notre aide quand c'est possible ?

– On ne peut pas entrer dans cette forêt sans Marsh, dit Athena. On n'a aucune idée de ce qu'est une ondine ou de ce dont elle est capable. On ne sait même pas si cette Morgane dit la vérité.

– Pas étonnant que tu prennes le parti de Marsh, et que tu répètes ses conneries comme un perroquet, dit Hal. Tu es la préférée du prof. »

Stupéfaite, Athena se crispa, avant de céder à la colère. « Tu es juste furieux parce que tu t'es fait prendre alors que tu enfreignais les règles. Et tu as aussi du mal à accepter que je te batte au seul truc où tu es censé être le meilleur.

– L'unique raison qui te permet de gagner ces duels, c'est que ton vieux sorcier chéri m'oblige à me battre avec un putain de gros handicap.

– Ou peut-être que tu es seulement un élève paresseux, répliqua Athena.

– Athena, intervint Erin, sa voix lui rappelant étonnamment celle de sa mère quand elle la houspillait.
– C'est lui qui a commencé, dit Athena.
– Ça suffit ! » cria Peter, si fort que la surprise réduisit le reste du groupe au silence. Lançant un regard noir au coven, il ressemblait beaucoup à son grand-père : sévère et autoritaire. « Athena, le professeur a manifestement une préférence pour toi alors qu'il fait tourner Hal en bourrique. Il se peut qu'il ait une bonne raison pour le faire. Peut-être qu'il forme chacun de nous différemment, adaptant son enseignement à nos forces et à nos faiblesses. À moins qu'il nous monte les uns contre les autres.
– Tu l'en crois capable ?
– Je ne sais pas. J'ai vécu avec lui aussi loin que je me souvienne, et je n'ai pas d'idée claire sur la question. Je ne le *connais* pas. Mais *vous* si, et vous êtes formidables, tous les trois. » Il fit un geste autour de la serre. « Si je devais avoir peur de perdre un combat, ce serait contre l'un d'entre vous. Ensemble, tous les quatre ? Si on avance dans la même direction ? On est *invincibles*. »
Le groupe resta planté là. Le silence se prolongea.
« Tu n'avais pas besoin de crier, marmonna Hal.
– On discutait, c'est tout, répondit Athena.
– Vous êtes vraiment graves, tous les deux, dit Erin. Mais je pense que Hal a raison. Quelles que soient les intentions du Temple, je veux aider Morgane. » Elle lança à Athena un regard éloquent. « Peut-être que c'est le destin.
– Qu'est-ce qui te fait dire ça ? demanda Hal. Non pas que je me plaigne d'avoir ton soutien. »
Athena soupira. « Elle croit que c'est le destin parce que j'ai terminé mon projet d'été, et qu'il pourrait être la clé pour porter secours à ta copine l'élémental cosmique.
– Ce n'est pas ma copine, dit Hal.
– Tu as terminé ton projet ? demanda Peter à Athena.
– Oui. J'ai créé une injonction qui ouvre des portes

entre des lieux éloignés. Je l'ai seulement utilisée pour des trucs à Clegg et dans les environs, comme se faufiler en douce au ciné avec Erin. Mais il n'y a pas de raison que ça ne marche pas sur une distance plus importante, ou pour nous aider à trouver une prison dont l'entrée se déplace. Je crois tout de même dangereux de partir du principe que la force supérieure à l'œuvre ici est bienveillante. Marsh nous met constamment en garde contre le fait de croire que le dieu abrahamique nous guide. On ne peut pas se décharger de nos choix en disant que c'était écrit dans les étoiles ou que Dieu s'est servi de nous. On possède ce pouvoir, et on est responsable de la façon de l'utiliser. Si on essaie de délivrer Morgane et que ça s'avère être un piège, ou une erreur, ce sera notre erreur, pas le destin.

– Si c'est une erreur, c'est pour la bonne cause, dit Hal. Ça ne me gêne pas de mourir en aidant quelqu'un.

– Moi non plus, dit Erin.

– Pareil pour moi », dit Peter. Erin aurait pu l'embrasser. D'ailleurs, elle l'embrasserait, mais plus tard, quand ils auraient réglé cette histoire.

« Je suis en minorité, reconnut Athena. Quitte à faire ça, autant réfléchir à un plan. »

# Hal

Dans les semaines depuis qu'elle avait perdu son boulot à la radio, Lorna Isaac n'avait toujours pas trouvé de nouvel emploi. En revanche, elle avait laissé Reggie emménager dans l'appartement, et maintenant elle dormait pendant la journée tandis que celui-ci travaillait, et passait les soirées à cloper et à boire avec lui. Hal n'avait jamais vu sa mère fumer auparavant, et la facilité avec laquelle elle prit cette habitude lui inspira du dégoût. C'était comme si elle n'avait aucune personnalité.

Et puis, il y avait Reggie lui-même. Reggie ne frappait pas, il ne criait pas, mais il donnait toujours l'impression de ne pas écarter cette possibilité, si on le contrariait. Il avait ce côté possessif, craignos, dans sa façon de toucher la mère de Hal. Lorna ne semblait jamais lui rendre ses caresses, mais plutôt se laisser faire docilement, sans que cela paraisse lui plaire ou pas.

Le soir après l'intervention à Marsh House ressembla à une répétition du scénario habituel à l'appartement, avec Reggie et Lorna affalés sur le canapé, les jambes enchevêtrées, les yeux vitreux, leurs cigarettes brillant de manière intermittente dans l'obscurité. Hal les regarda un moment, écœuré, et regrettant de ne pas encore être un adulte, libéré de sa mère à jamais.

Mais leur torpeur sexuelle alimentée par l'alcool et le tabac eut pour conséquence de les distraire quand Hal sortit en douce, après avoir fauché les clés de voiture de Lorna sur le crochet dans l'entrée. Avec toute l'intrépidité que lui donnait son permis de conduire récemment obtenu, il s'éloigna de son immeuble, n'allumant les phares qu'au moment de tourner dans la rue.

Quand il s'engagea dans l'allée de Marsh House un peu plus tard, ses amis l'attendaient sur la véranda. Erin semblait excitée, Athena inquiète et Peter… eh bien, Peter avait l'air détendu.

« Tout s'est bien passé ? demanda Peter, alors que Hal descendait de voiture.

– Aucun problème », dit Hal. Il grimpa les marches. « Et vous trois ? Prêts à intégrer Justice League ? »

Personne ne répondit.

« Je prends ça comme un "bof" unanime », dit-il.

Ils se rendirent derrière la maison, et Athena posa une main sur l'épaule de Hal. « Comme c'est un endroit où je ne suis jamais allée, je ne peux pas promettre que mon injonction va fonctionner.

– Tu ne connais pas l'échec », dit Hal.

Elle le lâcha le temps de lui flanquer un méchant coup de poing dans le bras. « La ferme », dit-elle. Mais elle sourit en le disant, avant de remettre la main sur l'épaule de Hal. Se faisait-il des idées, ou le serrait-elle plus fort à présent ?

« Ferme les yeux, et imagine la grotte de Morgane, dit-elle. Avec le plus de détails possibles, mais en restant réaliste – n'embellis pas. »

Hal obéit et esquissa la prison de Morgane dans son esprit. Le plafond cristallin, avec ses étoiles de pierre. La lumière bleue dans le bassin. Morgane elle-même, flottant au milieu, avec uniquement ses yeux affleurant à la surface. Il tâcha d'ignorer le contact d'Athena, le son et l'odeur de son injonction dissonante prenant forme, la sensation d'énergie croissante entre eux, comme une charge électrique.

Une vague d'énergie dissonante passa sur lui telle une rafale de vent, et un relent d'ozone roussit l'air.

Athena lâcha son épaule. « Tu peux ouvrir les yeux. »

Elle dessina un rectangle, partant au-dessus de sa tête et le fermant dans l'herbe à ses pieds. Ses doigts laissèrent des traînées sifflantes de lumière verte étincelante en forme de porte. Quand elle termina, elle se redressa et poussa au centre de la forme avec une de ses paumes. Un trou s'ouvrit dans le monde, et une odeur de poisson s'en échappa, ainsi que le son d'une voix qui chantait. Athena sembla à la fois surprise et impressionnée par sa propre prouesse.

« La Porte d'Athena, dit Hal. Qu'est-ce que je te disais ? Tu ne connais pas l'échec. » Il franchit le seuil et entra dans la grotte qui l'obsédait depuis des semaines. C'était aussi beau et fantasmagorique que dans son souvenir : la lumière bleue de l'eau dansait sur le plafond cristallin, Morgane l'ondine flottait au centre du bassin, ses cheveux noirs ondulant en auréole autour de sa tête. Mais l'odeur avait empiré, rappelant des bâtonnets de poisson pané restés toute la journée au soleil.

En dépit de la puanteur, le chant de Morgane donna tout de même la chair de poule à Hal, ainsi qu'une sensation de picotement dans les yeux.

« Hal, chuchota Erin. Elle est belle.

– Pourquoi ça ne m'étonne pas ? » marmonna Athena.

Hal, qui gardait les yeux fixés sur Morgane, fut reconnaissant à l'ondine d'arrêter de chanter, ce qui lui évita de pleurer devant ses amis.

« C'est toi, dit Morgane.

– C'est moi, dit Hal. Et j'ai amené des amis.

– Je vois. » Elle resta au centre du bassin, loin du bord.

Elle parut plus pâle à Hal que lors de leur première rencontre. Était-elle malade ?

« Quelque chose ne va pas ? demanda-t-il.

– Je n'aime pas les humains en groupe quand je ne les connais pas. Ça ne se passe jamais bien pour moi.

– J'ai essayé de revenir depuis la fois précédente », dit Hal. Il désigna son coven d'un geste. « C'est grâce à eux que j'y suis parvenu.

– On est là pour vous sauver », ajouta Erin.

Morgane battit paresseusement des jambes et remua les bras pour garder la tête hors de l'eau. « Vous ne semblez pas comprendre les implications de votre offre. Si je sors de ce bassin, cet endroit fera tout ce qui est en son pouvoir pour m'y remettre. Si nous échouons, il y aura des conséquences pour nous tous.

– Ces conséquences n'ont jamais eu affaire à mon coven », dit Hal. Le moment lui paraissant bien choisi pour un geste théâtral, il tendit son bras gauche. Une cascade de feu lui parcourut le corps, et l'Épée du Malheur se matérialisa sans sa main. Il ressentit le flash habituel, et la douleur qui l'accompagnait systématiquement, mais cela lui sembla la chose à faire.

« J'ai une épée magique, dit Hal. Et je suis le membre le moins puissant de ce groupe. Ça devrait vous donner une petite indication.

– J'ignore quelle est votre force, dit Morgane. Mais vous êtes courageux, et je suis désespérée. Tant que vous comprenez le risque, et que vous êtes prêts à me faire une promesse.

– Laquelle ? dit Hal.

– S'il semble que vous allez échouer, vous devrez me tuer. Je préfère mourir debout que rester une seconde de plus dans cette prison.

– Je veux bien vous croire, dit Athena, avant que Hal puisse répondre. On peut y aller maintenant ? Garder cette porte ouverte n'est pas facile. » Elle se frotta la tempe de la main qui ne lui servait pas à maintenir le portail.

« Ça va ? lui demanda Hal.

– Oui, dit-elle en serrant les dents. J'ai juste cette impression que quelqu'un essaie de fermer cette porte derrière nous. »

Hal s'approcha du bord du bassin et s'agenouilla pour offrir à Morgane sa main libre. Elle nagea jusqu'à lui. Son contact moite et froid envoya un bourdonnement dans son corps, similaire au choc qu'il avait reçu un jour où il s'ennuyait, et avait eu l'idée de lécher les tétons d'une pile neuf volts.

Morgane se hissa au-dessus du bord et atterrit sur les genoux. Hal n'avait pas vu les jambes de l'ondine auparavant. De forme humaine, mais avec les pieds palmés, elles n'étaient pas sans rappeler l'Étrange Créature du lac noir. Dès que Morgane toucha le sol de pierre, la lumière bleue sous l'eau vira au rouge, et la terre se mit à trembler alors qu'une partie de la paroi de la grotte se fendait suivant une ligne jusque-là invisible. Hal faillit perdre l'équilibre, et serait tombé à l'eau sans la main de Peter pour le retenir.

La fente dans la roche s'élargit pour révéler un couloir carrelé qui n'aurait pas juré dans n'importe quel hôpital ou immeuble de bureaux. Les murs beiges et les néons au plafond contredisaient l'idée que Hal s'était faite d'une formation naturelle de la grotte. Cette incompatibilité devint plus étrange à mesure que les néons s'éteignaient et qu'une lueur orange apparaissait, dansant au bout du couloir.

« C'est un feu ? » demanda Erin.

Peter se figea sur place, bouche bée, comme un gamin.

« Peter », dit Hal. Peter ne répondit pas. Hal le tira par le bras et Peter le secoua pour lui faire lâcher prise. Ses traits se plissèrent, et il fit glisser ses mains dans l'air. L'eau dans le bassin de Morgane s'éleva en formant une seule masse, laissant une cuvette vide d'un côté de la grotte. La masse liquide plana dans l'air, telle une sphère ondulante animée d'une vie propre. Pas une goutte ne tomba sur le sol.

Peter leva les bras au-dessus de la tête et fit le geste de lancer en direction du couloir. La boule d'eau fusa à travers la fente dans la paroi comme une balle sortie du canon d'un pistolet, inondant le couloir d'un bout à l'autre. La lumière orange mourut en crachotant.

Hal poussa un cri de victoire, un cri écourté alors que les yeux de Peter chaviraient et qu'il s'écroulait.

# Athena

Athena Watts avait conçu une porte permettant de créer un pont entre des réalités multiples. Elle savait reconnaître un miracle quand elle en avait un sous les yeux. Elle savait également que les miracles avaient un coût. Ainsi en allait-il de cette porte. L'ouvrir et l'empêcher de se refermer lui avaient donné la pire migraine de sa vie, qui s'aggravait chaque seconde.

Elle ne fut donc pas surprise quand Peter s'effondra comme un tas de vieux papiers après avoir accompli son propre prodige. Presque aveuglée par la douleur, elle vit Hal s'affoler et laisser tomber son épée, qui disparut dans les limbes. Erin observait la scène avec la même expression absente et absorbée que devant un film au cinéma. Athena comprit alors qu'elle devait prendre les choses en main.

« Erin, dit-elle entre ses dents serrées. Protège les garçons. »

L'ordre d'Athena sembla réveiller Erin, qui dressa un Dôme de Haley au-dessus de Morgane et du coven. Elle aida Hal à ramasser Peter, l'attrapant par les jambes, tandis que Hal soulevait ses épaules. Ensemble, ils le portèrent jusqu'à la porte. Morgane les suivit. Athena traversa en dernier, mais pas avant de regarder une dernière fois au bout de ce couloir curieusement ordinaire. Peut-être son mal de tête lui jouait-il des tours, mais elle crut de nouveau apercevoir cette lumière orange. Le feu se rallumant.

Elle ferma la porte d'un coup sec dès qu'elle eut franchi le seuil, et s'assit dans l'herbe derrière Marsh House. Sa tête l'élançait, et la douleur embrouillait ses pensées. Elle avait tout donné avec cette porte. Heureusement, on n'avait plus besoin d'elle maintenant. L'aventure était terminée. Les bons avaient gagné.

Puis elle remarqua le calme. Au lieu d'entendre des gens bouger autour d'elle, ou Hal et Erin bavarder, il n'y avait que le bruissement des arbres dans la brise. Elle était seule dans le jardin. L'espace d'une seconde, elle pensa qu'elle avait laissé ses amis derrière elle, avec le feu. Impossible, elle les avait vus sortir. Seigneur, elle avait tellement mal au crâne que cela l'empêchait de réfléchir.

Elle se prit le visage entre les mains en gémissant. Elle avait eu tort de supposer qu'une brise était responsable des murmures dans la végétation. L'air nocturne était chaud et humide. Elle redressa la tête, se demandant si elle avait été victime d'une rupture d'anévrisme. En effet, les arbres lui semblaient plus proches et plus imposants que d'habitude, leurs branches pendant plus bas, comme pour lui proposer de l'aider à se relever.

Une petite branche lui érafla la joue, et elle n'eut pas le temps de crier que de longs doigts en bois se refermaient autour de sa tête et la soulevaient, ses pieds perdant contact avec le sol. Les muscles de son cou hurlèrent de protestation. Elle empoigna les branches fixées à son crâne, forçant pour les décoller, mais elle aurait aussi bien pu essayer de tordre de l'acier. Plus elle tirait, plus l'arbre la serrait. Elle finit par crier, d'une voix étouffée par le bois. Si cette chose serrait beaucoup plus fort, sa tête allait éclater comme un grain de raisin. Elle espéra que ce serait rapide, que la douleur s'arrêterait…

« Non ! »

Même si le bois étouffait également cette voix, elle reconnut Hal. Il grogna alors qu'il saisissait ses jambes, cherchant à la retenir. L'arbre resserra sa prise, et Athena hurla. Hal la lâcha, et une seconde plus tard, elle entendit un autre de ses grognements. La pression sur sa tête cessa, et elle tomba sur le sol, l'impact évacuant tout l'air contenu dans ses poumons.

Elle s'assit en haletant. La branche qui l'écrasait encore une seconde plus tôt gisait dans l'herbe, coupée. L'arbre se balança, comme s'il souffrait, puis il se pencha en avant. Son allure avait quelque chose de presque familier. Quelle idée ridicule ! Comment de foutus arbres pouvaient-ils avoir une « allure » ? Plusieurs autres branches touchèrent le sol et rampèrent vers elle, creusant des sillons dans la terre. Athena recula en crabe vers la maison, un quelconque instinct primitif lui soufflant de se réfugier à l'intérieur, comme s'il suffisait de murs et de portes pour la protéger de ce cauchemar.

Pourquoi ses mouvements lui semblaient-ils si familiers ? C'était presque comme un…

Hal s'interposa entre elle et les arbres, l'Épée du Malheur brandie en prolongement de la poitrine, les pieds écartés à l'image de son barbare préféré, Conan.

« Je suis d'humeur violente, dit-il. Et pour l'instant, je n'ai pas eu l'occasion de tuer *quoi que ce soit* ce soir. Alors, reculez et laissez mes amis tranquilles, où je jure de transformer cette forêt tout entière en petit bois ! »

Un arbre – Athena n'avait aucune certitude, mais elle pensa qu'il pouvait s'agir de son agresseur – tenta de frapper Hal avec une branche épaisse. Hal avança sous le coup, et l'Épée traversa le tronc aussi facilement que si elle fendait l'air. Hal enchaîna avec un coup de pied dans le tronc, et l'arbre bascula en arrière, s'écrasant parmi ses semblables. Ces derniers s'immobilisèrent, leurs branches tremblant dans la brise inexistante alors qu'ils jaugeaient leur adversaire.

« À qui le tour ? » demanda Hal.

L'assemblée des arbres regagna sa limite habituelle en bordure du jardin avec force gémissements et craquements, avant de se fondre au reste de la forêt. À part l'attaquant abattu, les sillons creusés dans la terre et la branche coupée qui avait saisi Athena un moment plus tôt, rien ne suggérait quoi que ce soit sortant de l'ordinaire.

Hal s'agenouilla à côté d'Athena et lui prit délicatement la tête entre les mains. Il la fit tourner d'un côté à l'autre, l'examinant.

« Hé, dit-il.

– Hé toi-même, dit-elle, chassant ses mains d'une tape. Ça fait mal.

– Désolé. Maintenant, au moins, on sait pourquoi Marsh nous a dit de rester à l'écart de cette forêt.

– On avait déjà de bonnes raisons de ne pas y entrer, lui rappela Athena.

– Pas faux. Mais je me demande pourquoi les arbres n'ont jamais attaqué avant.

– J'ai une hypothèse. Je t'en parlerai plus tard quand ma tête me fera un peu moins mal. » Elle se frotta le visage. « De quoi j'ai l'air ?

– Quelques égratignures, dit Hal. Mais ce coup-ci, je ne vois pas quelle explication on va pouvoir trouver pour ton père.

– Simple. Je lui dirai la vérité : j'ai été agressée par un groupe d'arbres intelligents. »

Hal rit et l'aida à se relever. « Je donnerais cher pour être là à ce moment-là. »

Elle s'appuya contre lui, glissant un bras autour de sa taille. « Où on va ?

– À la voiture de ma mère. On doit conduire Morgane à une étendue d'eau pour qu'elle puisse activer ses pouvoirs et rentrer chez elle. Le ruisseau est trop bas, et Peter a épuisé ses tours de passe-passe avec la nature pour cette nuit. Alors, on va se faire une petite virée en voiture. »

Elle gémit. « Laisse-moi ici. J'ai fait ma part du boulot. Je veux dormir. » Chaque pas cahotait sa tête, c'était de pire en pire.

« Tu as été incroyable, dit Hal. Tu mérites toutes les siestes du monde. Mais les arbres sont probablement toujours en rogne, il vaut mieux leur donner un peu de temps pour se calmer. Et puis, si tu es commotionnée, je ne veux pas revenir dans quelques heures et te trouver dans le coma. »

Elle se sentit trop fatiguée pour insister. Par ailleurs, elle était bien, là, à côté de lui. Elle décida de se laisser faire, et de s'en remettre à lui un moment.

« Ça devient une habitude, dit-elle. Chaque fois qu'on a une aventure, ça se termine avec toi qui me portes ou me soutiens comme un preux chevalier. »

Ils arrivèrent devant la maison, où Peter, Erin et Morgane les attendaient anxieusement dans la voiture.

« On croyait que vous étiez juste derrière nous ! dit Erin.

– On a été retardés par une bande d'arbres intelligents, répondit Hal. J'expliquerai plus tard. »

Il aida Athena à monter à l'avant côté passager. Morgane puait comme un marché aux poissons couvert, et l'estomac d'Athena se retourna tandis que Hal essayait d'attacher sa ceinture. Elle se pencha par la portière ouverte, et Hal s'écarta d'un bond alors qu'elle vomissait dans l'allée.

« Qu'est-ce que vous diriez de rouler avec la capote baissée ? proposa Hal. Bonne idée, non ? »

# Erin

Erin était assise sur la banquette arrière de la décapotable de Lorna, derrière Athena, avec Morgane au milieu, et Peter derrière Hal, côté conducteur. Elle regretta de ne pas avoir plus réfléchi à l'attribution des places avant de partir. Morgane dégageait une odeur infecte, et Peter, à demi conscient, essayait tant bien que mal d'étancher un terrible saignement de nez. Elle aurait voulu s'installer à côté de lui, pour l'aider, et le sentir près d'elle.

À part l'odeur de poisson pourri et sa séparation d'avec Peter, c'était une balade agréable, un de ces moments qui semblent à la fois interminables et beaucoup trop brefs. Comme dans un film, un bon, où, emporté par le montage et la musique, on éprouvait des sentiments si forts qu'ils nous dépassaient. Un film qui rappelait pourquoi on avait des raisons d'être heureux de vivre.

À l'avant, Hal poussait Athena du coude toutes les deux ou trois minutes, et la bombardait de questions pour qu'elle reste éveillée. C'était si gentil à lui, après qu'elle l'avait accusé d'être un accident cosmique. Comprenait-elle à quel point Hal était attaché à elle ? Erin l'espérait. Après des années à observer ses parents danser entre vérité et mensonge dans leur couple, elle avait besoin qu'on la rassure sur l'honnêteté de ses semblables. Elle voulait croire que l'amour, chez certaines personnes, se renforçait avec le temps, au lieu de s'affaiblir. Que cela valait la peine d'essayer.

Ils arrivèrent au lac Murvaul vers minuit, un coven d'aspirants héros et une créature légendaire, dans une voiture volée empestant le poisson, et tachée de vomi séché. Athena et Peter restèrent à l'intérieur, tandis que Hal et Erin conduisaient Morgane au bord de l'eau. L'ondine, qui avançait d'un pas mal assuré et gauche, eut besoin de leurs bras pour garder l'équilibre. Une fois dans l'eau, elle se tint plus droite, redressa les épaules, et continua sans aide. Hal et Erin s'arrêtèrent sur le rivage.

Quand l'eau lui arriva à la taille, Morgane inclina la tête vers le ciel nocturne, ses cheveux lustrés, sa peau presque argentée au clair de lune.

« Voilà bien longtemps que je n'avais pas vu d'étoiles, dit-elle. Elles m'ont manqué. » Elle se retourna pour faire face à Hal et Erin. « Toi et tes amis avez accompli un geste altruiste, ce soir.

– On n'aurait jamais pu se pardonner de ne pas essayer de vous porter secours, dit Erin.

– Vous avez mes remerciements. En récompense de votre bonne action, je vous offre une grâce.

– Une grâce ? dit Hal. Qu'est-ce que c'est ?

– Une faveur ou un cadeau, expliqua Erin.

– Cool, dit Hal. Genre, une armure magique ? Un dragon apprivoisé ?

– Je ne sais pas, répondit Morgane. Quand, où et quoi : ces décisions ne m'appartiennent pas.

– Mince, dit Hal. Je voulais un dragon.

– Hal Isaac, poursuivit Morgane, tu es le porteur de l'Épée du Malheur. Cela fait de toi le serviteur du Temple de la Douleur. C'est un lourd fardeau.

– Ça n'a pas été trop dur jusqu'à présent.

– Ce n'est qu'une question de temps. J'espère que la grâce, quelle qu'elle soit, contribuera à alléger le fardeau.

– Merci, Morgane », dit Erin. Et parce que le moment semblait s'y prêter, elle se pencha en avant, esquissant une petite révérence. Hal l'imita, mais alla plus loin, s'inclinant à la taille.

« Adieu », dit Morgane.

Quand Erin leva la tête pour regarder, l'ondine avait disparu sous la surface.

Ils retournèrent à la voiture pour trouver Peter dans les pommes, des Kleenex ensanglantés enfoncés dans chaque narine, et Athena à deux doigts de perdre connaissance. Hal donna un coup de klaxon qui les réveilla en sursaut.

« Oh, je te déteste, gémit Athena. T'es vraiment un gros connard.

– Je t'aime trop pour te laisser sombrer dans le coma, dit Hal.

– Je veux juste ronchonner tranquille, d'accord ?

– Oui, m'dame. »

Ils reprirent la route vers Clegg, avec Athena assez éveillée pour se plaindre de sa tête. D'une manière ou d'une autre, Peter se débrouilla pour dormir malgré le boucan, le front plissé, ses lèvres remuant alors qu'il parlait à un rêve. Erin, alerte, elle aussi, mais pas agitée comme après avoir bu trop de café, se laissa gagner par une paix rare. Pour la première fois de tout l'été, elle était calme.

De retour à Marsh House, Hal et Erin portèrent Peter à l'intérieur et le mirent au lit. Ils tirèrent les Kleenex de son nez, prêts à les remplacer par des propres, mais le saignement semblait avoir cessé. Hal sortit jeter un coup d'œil au jardin, mais Erin s'attarda et borda Peter sous les couvertures. Une fois qu'elle entendit la porte se fermer derrière Hal, elle se pencha vers Peter et l'embrassa sur la joue.

Il ouvrit les yeux. « Où on est ?

– Chez toi, répondit-elle. Marsh House.
– On a gagné ?
– Oui. Je te raconterai tout demain. »
Alors qu'elle se levait, il saisit sa main. « J'aimerais que tu restes. »
Elle se baissa pour l'embrasser de nouveau, sur la bouche cette fois. « J'aimerais pouvoir. Un jour, pas si éloigné, je resterai jusqu'à ce que tu m'aies assez vue.
– Aucun risque », dit-il, déjà gagné par le sommeil.
Ensuite, ils ramenèrent chez elle Athena, toujours dans les vapes, mais consciente. Erin et Hal l'aidèrent donc à monter les marches du porche, mais elle les arrêta devant la porte.
« Je peux me débrouiller à partir de là, dit-elle.
– Tu es sûre ? demanda Hal.
– Ça va. Je t'appellerai demain quand je me sentirai mieux. Et je te conseille d'être là pour répondre au téléphone cette fois.
– Oui, m'dame, dit de nouveau Hal. Mais avant de te laisser… à propos des arbres ?
– Hein ?
– Tu as dit que ces monstres t'étaient familiers.
– Oh, c'est vrai, dit Erin. Qu'est-ce qui s'est passé là-bas ?
– Tu te rappelles ces créatures-araignées que tu as tuées il y a un peu plus de deux ans ? dit Athena. Notre première aventure ?
– Ouais, dit Hal. Attends. Tu penses que les fantômes de ces abominations hantent les bois ?
– Pas exactement, dit Athena. Je soupçonne plus leur sang d'avoir infecté le sol de la forêt et les arbres. Je ne sais pas, il faut encore que j'y réfléchisse, c'est juste une hypothèse. Repose-moi la question quand je n'aurai plus un mal de tête carabiné. » Et sur ces bonnes paroles, elle rentra, laissant Hal et Erin.

Alors qu'ils remontaient en voiture, Hal avait le visage rayonnant.

« Qu'est-ce qui te met de si bonne humeur ? demanda Erin.

– On a réussi, dit-il en démarrant. On l'a sauvée, pour de vrai. On est des héros ! » Il eut un grand sourire, et Erin ne put s'empêcher de sourire en retour.

Ils prirent d'abord la direction du mobile home d'Erin, mais alors qu'ils approchaient du quartier, Erin s'avisa d'une odeur – agréable, presque comme un feu de camp – qui submergea rapidement tout son sens olfactif. Elle jeta un coup d'œil au ciel nocturne, un constat déjà effectué par son subconscient se frayant un passage jusqu'à son esprit conscient. Deux nuances différentes de noir se disputaient la nuit. La seconde nuance s'élevait et tourbillonnait, masquant les étoiles même dans l'air immobile. De la fumée.

« Regarde, dit-elle en pointant du doigt. D'où ça vient ? »

Hal ne répondit pas, mais ignora le village de mobile homes pour continuer à rouler en direction de sa cité. Quand ils arrivèrent, des gyrophares éclairaient le parking déjà envahi par les véhicules prioritaires. Des badauds se pressaient contre les barrières de police pour voir brûler l'un des bâtiments. Hal se gara n'importe comment au milieu du parking, derrière une voiture de flics. Erin ne dit rien, parce que l'immeuble en flammes était celui de Hal.

Il bondit hors de la voiture et courut vers les curieux. Erin se précipita derrière lui, cherchant le visage de Lorna dans la foule.

Un peu plus loin, une femme plus âgée empoigna Hal par le bras. Il essaya de se dégager, mais elle tint bon, et il s'arrêta pour écouter ce qu'elle avait à lui dire. Erin vit la nouvelle entrer dans sa conscience. Les épaules affaissées, la tête baissée. L'énergie quittant son corps. Quelque chose s'effondrant à l'intérieur, un genre de poutre de soutien.

Plus tard, elle apprendrait les détails. Le feu avait pris dans l'appartement de Lorna et Hal. L'une des cigarettes de Reggie ou Lorna avait dû tomber sur un tas de courrier pas ouvert pendant qu'ils étaient tous les deux ivres morts. Deux corps calcinés sur le canapé. Ils étaient sans doute morts asphyxiés avant de brûler. Une chance, vu les circonstances.

Mais pour le moment, ne soupçonnant que l'esquisse de la vérité, Erin rattrapa Hal et eut un aperçu de l'homme malheureux qu'il deviendrait. Pour la première fois, elle comprit pourquoi le Temple de la Douleur l'avait peut-être choisi comme son incarnation.

Elle l'étreignit. « Je suis désolée, Hal. »

Il émit un son misérable, entre un rire et un sanglot.

« Apparemment, j'ai été le premier à recevoir ma grâce », dit-il avec des larmes dans la voix.

*2019*

# COMMÉMORATION

# Owen

Toute la nuit, Owen erre de cauchemar en cauchemar, revivant le meurtre de Cole, la mort soudaine de sa meilleure amie et de ses camarades de classe. Il parcourt de sombres cavernes sans fin, poursuivi par des spectres gémissants et aveugles. Il n'est donc pas mécontent qu'on le secoue pour le réveiller, loin de ces fantômes, même si, au moment d'ouvrir les yeux, il pense d'abord avoir été plongé dans un nouveau cauchemar.

Un cadavre en décomposition qui ressemble à Cole se dresse au-dessus de lui, une main froide lui serrant fermement l'épaule. Il tressaille et tente de s'éloigner tant bien que mal, mais la poigne du cadavre l'en empêche.

« Détends-toi, dit-il. Tu n'es pas en danger. C'est juste l'heure de se réveiller. »

Le monde – sa situation actuelle – afflue de nouveau en Owen, comme de l'eau versée dans une bassine. Il se rappelle où il est – une chambre qui sent le renfermé dans un motel abandonné, avec une clim réparée par magie –, et avec qui il voyage : le cadavre ranimé de Cole White, le garçon pour qui il craquait, assassiné. Un corps possédé par une entité qui a d'abord fait preuve d'une folie sanguinaire, mais semble à présent calme et contemplative. Le changement d'attitude n'a pas contribué à rassurer Owen.

Il s'assoit dans le lit, et la créature lâche son épaule. Il se frotte les yeux et fait claquer sa bouche. Il sent son haleine, qui est épouvantable. Il aurait dû voler une brosse à dents dans cette station-service l'autre jour.

« Il est temps de partir », dit la créature-Cole.

En dépit d'une nuit complète de sommeil, Owen se sent fatigué, et encore dans les vapes. Il se frotte le visage, puis enfile ses chaussures et noue ses lacets avec des doigts gourds, avant de sortir de la chambre de motel fraîche. Alors qu'il retrouve la chaleur et l'humidité accablantes de ce mois d'août, la vue du ciel le surprend : envahi de nuages d'orage, oui, mais ils sont rouge sang, foncés.

« Merde alors !

– Tu peux voir le rouge ? » dit la créature-Cole.

Owen hoche la tête.

« Intéressant. »

Ils montent en voiture et Owen démarre, réglant la clim à fond.

« Tu as rêvé, dit son passager. Tu as gémi dans ton sommeil. »

Owen ne le nie pas. « Des cauchemars. » Et parce que l'autre semble d'humeur calme, il ajoute : « Pendant le rituel, avant que vous surgissiez de terre et habitiez le corps de Cole, je suis sorti du cercle de protection et j'ai eu l'impression d'être ailleurs. Un genre de grotte ? Il y avait tous ces êtres bizarres, comme des spectres, avec les yeux et les bouches cousues. »

La créature-Cole regarde droit devant elle. « Les Taiseux. Ils ont vu le mal et n'ont rien dit. Ils n'ont rien fait. Ils existent dans une panique aveugle pour l'éternité, sans moyen de plaider leur cause ou de se pardonner à eux-mêmes.

– Pourquoi je les ai vus ? Ça a un rapport avec vous ?

– Je n'ai pas d'explication. Peut-être un problème dans votre rituel. À moins qu'ils aient été attirés *par* le rituel.

Peut-être ont-ils pensé que vous pouviez les aider. À tort, bien sûr : vous ne pouviez rien pour eux. Mais ils l'ignorent. La plupart d'entre eux ne savent ni où ils sont ni ce qu'il se passe. Cela fait partie de leur châtiment.

– Ils ont tué certains de mes amis, avant que vous arriviez, dit Owen. Mais pas moi. Comment ça se fait ?

– J'étais déjà en chemin, dit la créature-Cole. Je t'avais choisi. J'avais besoin de toi pour survivre. » Elle fait un signe impatient de la main. « Allons-y maintenant. Il nous reste encore un peu de route à faire aujourd'hui.

– Et après ? dit Owen, presque trop effrayé pour demander. C'est quoi la suite ? Vous me laissez partir ?

– Non. Mais pour la conduite, ce sera terminé. »

Owen met la voiture en prise, remonte sur l'autoroute, et se dirige vers l'est.

# Erin

Erin se réveille détendue et calme. Presque heureuse. Elle n'a pas aussi bien dormi depuis des mois – peut-être des années. Elle se sent en sécurité ici, à cause de son injonction de protection bien sûr, mais surtout parce que son coven se trouve juste à l'étage. Rien de terrible ne peut arriver avec Athena et Hal à proximité.

Elle a laissé la télé allumée en se couchant. Hier soir, la chaîne de cinéma diffusait *Les Vestiges du jour*. Ce matin, c'est la fin de *Hackers* qui passe. Les personnages joués par Angelina Jolie et Jonny Lee Miller à leur premier rendez-vous, se baignant tout habillés dans une piscine sur un toit-terrasse. Jonny Lee dit : « De toute façon, tu fais partie de l'élite. Tu es très douée. » Et Angelina répond : « Ah oui ? Si tu m'avais dit ça au départ, ça t'aurait évité tout un tas de problèmes. » La silhouette des immeubles de la ville s'éclaire avec leurs noms de hackers, « Crash and Burns », puis les deux stars superbes s'embrassent, et le générique de fin défile.

« Kismet, murmure Erin.

– Hmm ? » Philip se retourne, réagissant au son de sa voix. Un peu à la manière d'un animal de compagnie. Elle s'en veut d'avoir cette réflexion, mais elle est bien là, à l'avant-scène de son esprit. Elle le regrette, comme beaucoup de choses la concernant, mais elle sait qui elle est : une femme aux pensées souvent peu charitables, et aussi quelqu'un de terriblement nerveux à l'idée de présenter aujourd'hui son compagnon à ses vieux amis.

Elle se passe une main sur le visage. Il semble avoir légèrement désenflé. « Rien. Comment tu te sens ?

– J'ai toujours un peu mal, dit-il. Mais je crois que ça va.

– Bien, dit-elle. Habillons-nous et allons retrouver mes amis. On a peut-être le temps pour un petit déjeuner avant la commémoration. »

Elle texte Hal et Athena pour vérifier s'ils sont partants, et tous les deux répondent par l'affirmative. Elle et Philip prennent une douche express et s'habillent, une robe noir mat pour Erin, un costume de confection acheté en route pour Philip. Il ne lui va pas très bien, trop serré aux épaules et un peu trop lâche à la taille. La veste aura besoin de quelques retouches, mais plus tard, quand la situation sera revenue à la normale. Ils essaient maladroitement de nouer sa cravate, comme dans les films, sauf qu'elle n'a, pas plus que lui, la moindre idée de la façon de s'y prendre. Ils finissent par regarder trois tutos YouTube avant de parvenir à un résultat qui ne soit pas clownesque.

Pendant la troisième vidéo, elle reçoit un SMS de Hal : *On est dans le hall.*

*On arrive*, répond Erin.

Elle attrape son sac à main, vérifie trois fois qu'elle a la clé de sa chambre, et fait sortir Philip devant elle. Hal et Athena attendent au pied de l'escalier au bout du couloir, Hal dans un costume qui semble un peu trop serré sur lui, Athena en pantalon noir, talons plats et veste de costume. Ils se tiennent vraiment très proches l'un de l'autre, Hal avec les mains dans les poches, Athena le gratifiant de son sourire signifiant *Pauvre idiot*. Ils ne l'ont pas encore remarquée, et à les regarder, à voir ses amis ainsi, comme avant, Erin a presque l'impression que plus rien ne lui manque. Puis, alors qu'elle se rappelle celui qui l'accompagne, et les explications qu'elle va devoir donner, ce sentiment de plénitude disparaît.

Inutile de retarder davantage l'inévitable. Ses talons claquent sur le carrelage du couloir, attirant l'attention de Hal et Athena. Leurs sourires s'envolent aussitôt. Hal reste bouche bée. Athena semble stupéfaite, puis choquée.

« Les amis, dit Erin, d'une voix à la gaîté défaillante, laissez-moi vous présenter…

– Peter ? » dit Hal.

Le cœur d'Erin dégringole dans son estomac avec un floc acide, et elle comprend que la conversation s'annonce beaucoup plus difficile et embarrassante que prévu. Philip lance un regard perplexe mais amical à Hal, une réplique exacte d'une expression typique de Peter Marsh à l'époque – *Je suis un peu perdu, mais je tiens à rester poli.*

Erin prend une profonde inspiration. Plus moyen de revenir en arrière maintenant.

« Hal. Athena, dit-elle. Je vous présente mon compagnon, Philip. Philip, ce sont les amis dont je t'ai parlé, Hal et Athena.

– Enchanté », dit Philip. Il tend une main, juste comme elle le lui a montré. Hal la serre, toujours complètement désorienté, ses bonnes manières en pilotage automatique. Athena, en revanche, a un mouvement de recul à ce contact qui lui est offert.

« Merde, Erin, dit-elle. Qu'est-ce que tu as *fait* ? »

# Hal

Hal a toujours supposé que la folie de son adolescence l'avait préparé à tout, mais il s'avère qu'il avait tort. Il n'était pas préparé à Philip.

C'est douloureux, de regarder Philip, et pas seulement parce qu'il ressemble à Peter Marsh, si Peter avait vécu et atteint la quarantaine. Pour Hal, c'est comme essayer de lire avec les lunettes d'une autre personne. Mal de tête instantané. Il grimace, stupéfait, le temps que dure la poignée de main échangée avec cet homme. Quelque chose le perturbe dans ce contact, il ne comprend pas pourquoi, n'a pas d'explication.

« Merde, Erin, dit Athena d'une voix glaciale alors qu'elle ignore la main tendue par Philip. Qu'est-ce que tu as *fait* ? »

Face à ce refus, Philip recule et pose une main protectrice sur l'épaule d'Erin.

« Ne parlez pas à Erin sur ce ton », dit-il.

Athena ne lui répond pas. Elle se tourne vers Hal. « Tu vois la même chose que moi ? »

Il jette un coup d'œil en direction de la réceptionniste qui observe le coven sans cacher sa curiosité.

« Je propose qu'on poursuive cette conversation dehors », dit Hal.

Athena sort comme un ouragan sur la véranda devant l'hôtel, et le reste du groupe lui emboîte le pas. L'air est lourd et humide, mais au moins ils sont à l'abri des oreilles indiscrètes.

« D'accord, dit Hal. Ce que je vois, c'est un homme qui ressemble beaucoup à Peter Marsh. »

Athena, la première du coven à avoir lu le dissonant et la personne la plus intelligente dans la plupart des pièces où elle se trouve, secoue la tête. « Ce n'est pas un homme. »

Perdu, Philip se tourne vers Erin, et l'intuition d'Athena lui souffle sa question suivante, qui ne semble qu'aggraver sa frustration.

« Il ne sait pas, n'est-ce pas ? »

Philip lance à Erin un regard curieux. « Qu'est-ce que je ne sais pas ?

– Oui, dit Hal. La version pour les nuls, s'il te plaît. On n'est pas tous des génies. »

Les doigts d'Erin tripotent la sangle de son sac à main. « J'avais l'intention de le lui dire. Dès qu'il serait prêt. »

Athena lève les bras. « C'est maintenant ou jamais.

– Philip, dit Erin.

– Oui, dit Philip, le visage plein d'attente.

– Mon chéri… » Erin grimace, elle soupire, s'assoit dans l'un des fauteuils de la véranda, puis se relève immédiatement. « Tu sais que je t'aime, n'est-ce pas ?

– Bien sûr, répond Philip. Moi aussi, je t'aime. »

Elle lui offre un sourire compatissant, et Athena dit : « Allez, accouche. »

Erin prend la main de Philip dans la sienne, et à en juger par l'expression sur son visage, quelque chose dans ce contact la déstabilise, parce qu'elle la lâche.

« Oh, bon sang ! », dit Athena. Elle lève un bras et fait un geste vers Philip. « C'est un tulpa.

– C'est quoi, un tulpa ? » demande Hal. On dirait un

nom de fleur. Il est aussi perturbé par le fait qu'Athena en parle comme d'une chose.

« Une forme de pensée concentrée, explique Athena. À peine plus réel qu'un ami imaginaire. En général incorporel, mais Erin a donné un corps à celui-là.

– Ce n'est pas vrai, hein ? dit Philip. Je ne suis pas imaginaire ? »

Erin continue à jouer avec la sangle de son sac à main, elle tire sur un fil qui dépasse.

« Quel est ton premier souvenir ? demande Athena.

– Parler à Erin », répond Philip. Il ne semble pas s'étonner que sa mémoire ne remonte pas plus loin que sa compagne actuelle. Hal éprouve un sentiment d'irréalité encore plus profond.

« De quoi parliez-vous ? » dit Athena.

Philip réfléchit. « De nous. Les présentations. On faisait connaissance. Comme vous et moi maintenant.

– Et où avez-vous eu cette conversation ? »

Il ouvre la bouche, puis la referme et fronce les sourcils. « Je… impossible de me rappeler. Il faisait sombre.

– Parce que tu n'étais encore nulle part.

– Tu étais une voix ici, dit Erin, se joignant enfin à la discussion et se tapotant la tempe. Quelque chose – quelqu'un – que j'ai créé pour me tenir compagnie. »

Les plis sur le front de Philip disparaissent. « Tu aimes bien ma compagnie. »

Erin a un sourire, mais il est forcé. « Oui. Je l'aime tellement que j'ai voulu te sortir de ma tête et t'amener dans ce monde. Pour qu'on puisse être ensemble pour de vrai.

– Comment tu as fait ? demande Hal.

– À ton avis ? dit Athena.

– Attends, attends, attends. Erin serait toujours capable d'utiliser la Dissonance ? »

Erin secoue la tête et joue avec son sac à main. « En quelque sorte. Pas comme quand on était ados. »

La mâchoire d'Athena se crispe, et les dents de Hal lui font mal par solidarité. « Des greffons, dit-elle.

– Des greffons ? répète Hal. Comme pour les greffes de peau ?

– C'est le même principe de base. Des chirurgiens dissonants clandestins procèdent à une transplantation de cellules d'un dissonant sain. C'est un peu comme des implants capillaires, mais en beaucoup plus dangereux. Des gens meurent, si les choses tournent mal. Franchement, Erin, comment tu as pu être aussi stupide ? »

Erin jette son sac sur une des tables. Il tombe lourdement, avec un cliquetis. « Tu n'as pas idée de ce qu'a été ma solitude.

– C'est vrai, dit Athena. Personne ici n'a la moindre idée de ce que tu as vécu. Aucun de nous n'a à affronter au quotidien un sentiment de vide et la solitude. Erin est la seule à souffrir.

– C'est différent pour moi, dit Erin. Toi, tu es seule uniquement parce que tu es lâche. »

Athena semble prête à déballer tout ce qu'elle a sur le cœur – comme si elle avait engrangé des adjectifs bien choisis pour cette conversation pendant vingt ans –, mais Hal les interrompt.

« Arrêtez, toutes les deux, dit-il. Et est-ce que quelqu'un veut bien m'expliquer pourquoi ce gars-là… » Il pointe Philip du doigt. « … pose un problème ? Qu'est-ce qui cloche chez un tulpa ? C'est bizarre, et alors ? Je trouve ça assez cool.

– Merci Hal, dit Philip. Je pense aussi que vous êtes cool. »

Athena prend plusieurs profondes inspirations et ferme les yeux avant de répondre. Quand elle parle, elle semble avoir des difficultés à se maîtriser. « Il n'y a rien de mal à créer un tulpa. Des non-dissonants le font depuis des siècles. C'est comme la méditation. On crée une présence qui vit dans son esprit. Soit pour stimuler sa réflexion, soit pour avoir de la compagnie. Un jour, si ton esprit et ton imagination sont puissants, le tulpa développe sa propre personnalité et sa vie intérieure. Rien de tout ça ne pose le moindre problème. Là où ça coince, c'est qu'Erin a poussé le processus un pas plus loin en donnant un corps physique au sien. Or, notre univers répond à des règles. Quand on était ados, on s'est servi de la Dissonance pour en contourner certaines, mais jamais les plus importantes, comme voyager dans le temps, par exemple. Une de ces lois inviolables impose que chaque être vivant ait une âme. L'âme anime le corps. Dans le cas présent, Erin a créé un être vivant sans âme. »

Hal comprend enfin. « Le fait que Philip soit incarné… c'est ça la cause des ciels rouges et des tremblements de terre ?

– Pas besoin de chercher plus loin, à mon avis. » Elle désigne d'un geste les croûtes sur les bras d'Erin. « Et je suppose que ça explique la pluie de pigeons à son appartement. »

Erin ne semble plus en colère. Elle a l'air effrayée. « Je ne pensais pas que c'était Philip. Je croyais que quelqu'un essayait de me tuer.

– Le monde tente d'éliminer Philip, dit Athena. Tu l'as déstabilisé, et maintenant, il cherche à retrouver son harmonie. Il ne s'arrêtera pas avant que Philip soit mort.

– Vous êtes sûre ? » demanda Philip.

Hal est impressionné. Le tulpa suit la conversation mieux qu'il l'attendrait d'un ami imaginaire. Erin a créé un être remarquable. Enfantin, mais intelligent.

« Et si je quitte mon corps pour retourner dans l'esprit d'Erin ? dit-il. Est-ce que tout le monde sera hors de danger ? Est-ce que tout reviendra à la normale ?

– Tout dépend de comment Erin a procédé », dit Athena.

Puis, s'adressant à Erin : « Je suppose que tu ne l'as pas fait apparaître par magie. Pas avec des greffons. »

Erin grimace, et maintenant Athena s'assoit à son tour. Elle pose les coudes sur la table, et enfouit son visage entre ses mains avec un gémissement. « Tu as utilisé un échantillon de tes cheveux et de ton sang, c'est ça ? »

Erin ferme les yeux, sa bouche se crispe.

« Qu'est-ce que ça signifie ? dit Hal, bien qu'il pense comprendre. Si Philip meurt…

– Je meurs, dit Erin. On est liés. »

Hal s'écroule dans un fauteuil à côté d'Athena. « Merde.

– Oui, dit Philip. Merde. » Il s'assoit, lui aussi, mais non sans une certaine gêne, ses mouvements sont plus hésitants.

Hal se donne un moment de désespoir, puis passe à la suite. « D'accord. Qu'est-ce qu'on fait ?

– Comment ça ? dit Athena.

– Ben oui. C'est quoi le plan ? Comment on sauve la situation ?

– Il n'y a pas de scénario miracle cette fois, dit Athena. Soit Erin et le tulpa se suicident, soit on attend que Mère Nature vienne finir le boulot elle-même. »

Erin saisit son sac à main et court en direction des marches menant au parking. Elle trébuche et manque de tomber, mais Philip arrive à temps pour la rattraper. Alors qu'elle se redresse, elle lance un dernier regard trahi à Athena, puis laisse Philip la guider vers sa petite Toyota abîmée par la grêle.

Hal attend que la voiture ait quitté le parking pour s'en prendre à Athena. « Mais enfin, qu'est-ce qui ne va pas chez toi ?

– En quoi c'est ma faute ? dit-elle. Je n'ai pas créé cette situation. J'ai dit la vérité. On doit tous assumer les conséquences de nos actes. »

Il a un mouvement de recul, comme si elle l'avait frappé.

« Désolé que tout le monde ne puisse pas être parfait comme toi. »

Il se lève et suit Erin, laissant Athena seule sur la véranda.

# Athena

Athena se tient sur la véranda du Saunders Inn, tâchant de décider quoi faire. Elle pourrait être de retour en Oregon après-demain. Laisser Erin se débrouiller, et si Hal a envie de perdre son temps avec elle, grand bien lui fasse.

*Fuir ? De nouveau ?*

Les mots viennent du plus profond d'elle-même, mais semblent prononcés par une voix qu'elle n'a pas entendue depuis vingt ans. Ils pèsent comme des pierres dans sa poitrine.

Elle est déjà là, de toute façon. Elle attendra après la commémoration pour prendre une décision. Elle peut au moins faire cela : s'asseoir dans l'église baptiste et pleurer ses camarades et ses professeurs morts, être la mascotte de la pitié et du deuil de cette ville. Elle le doit à Peter Marsh. Une fois qu'elle aura payé sa dette, elle verra si elle part ou si elle reste.

Elle monte dans sa voiture et se rend dans le centre. Une foule assez importante (que des Blancs) se presse déjà sur l'escalier de l'église et entre d'un pas traînant. Athena sent leurs regards en sortant de son véhicule. Elle se tient bien droite et feint de ne pas les remarquer.

Alors qu'elle franchit les portes et arrive dans le hall, elle aperçoit des femmes postées à chaque entrée du sanctuaire, distribuant l'ordre du culte en papier cartonné. La femme âgée en tête de la file d'Athena paraît familière, et semble également la reconnaître. En effet, quand elle tend la main pour obtenir un exemplaire de l'ordre du culte, la femme plaque le tas contre sa poitrine.

« Athena Watts », dit-elle. Pas une question.

« Oui, madame, dit Athena.

– Oh, ma chérie. » Elle attire Athena dans une étreinte non sollicitée. Athena est petite, mais cette femme l'est encore plus, et sa tête s'enfonce dans ses seins. « C'est si gentil à vous d'être venue. »

Athena l'étreint en retour, et parce qu'elle ne sait pas quoi faire d'autre, elle lui frotte et tapote le dos.

« Je me devais d'être là », dit-elle.

La femme s'accroche à Athena jusqu'à ce qu'une voix dans la file se fasse entendre : « Madame Blackwood. »

Jordan McCormick se tient quelques pas derrière Athena. Il a troqué son uniforme contre ses habits du dimanche. C'est un bel homme, de forte carrure. Un gel coiffant donne du brillant à ses cheveux bruns. Avec ses lunettes perchées sur son nez, il ressemble à Clark Kent à un entretien d'embauche.

Blackwood. Athena a connu une Judy Blackwood au lycée. Si c'est la personne à laquelle elle pense, elle devait être en terminale en 2000. À une année d'obtenir son bac, et d'être hors de danger. Cette femme doit être sa mère.

Jordan approche à présent et, avec douceur, oblige Mme Blackwood à lâcher Athena.

« Je suis sûr qu'Athena veut entrer et trouver une place, dit-il. Mais je parie qu'elle sera ravie de vous parler après la célébration. »

Athena se retient de sourire. Comment Jordan a-t-il su qu'elle avait besoin qu'on vole à son secours ? Est-elle aussi transparente ? Ou le souvenir qu'il garde d'elle est-il juste resté vivace ?

« C'est tellement gentil à vous d'être venue, répète Mme Blackwood, s'essuyant les yeux alors qu'elle recule pour reprendre sa place dans la file.

– C'est la moindre des choses », dit Athena. *Littéralement, je ne pouvais pas faire moins*, s'abstient-elle d'ajouter.

Les jambes d'Athena tremblent alors qu'elle entre dans le sanctuaire. Elle se dirige vers le banc du fond à gauche, loin de l'allée centrale. Elle est à peine installée quand Jordan approche.

« Je peux m'asseoir avec toi ? dit-il. Je comprendrais que tu refuses. Tu as sans doute besoin qu'on te laisse un peu tranquille après… ça. » Il fait un geste en direction de Mme Blackwood.

« Non, dit Athena. Enfin oui, je veux dire. Vous pouvez vous asseoir, monsieur le shérif adjoint. Une présence amicale et protectrice ne peut pas me faire de mal. »

Il s'installe à côté d'elle. « Tu pourrais m'appeler Jordan ?

– D'accord », dit-elle, n'écoutant que d'une oreille. Elle scrute la foule du regard à la recherche de visages familiers, mais de là où elle se trouve, elle ne voit que la nuque des gens. Vers l'avant, elle repère Erin et Philip. Hal est assis seul près de l'allée centrale au milieu du sanctuaire.

« Mme Blackwood a traversé une période difficile, dit Jordan.

– J'ai connu sa fille, dit Athena. Pauvre femme.

– Ça ne lui donne pas le droit de s'accrocher à toi comme à un doudou.

– Si ça l'a réconfortée, c'est bien.

– En tout cas, moi aussi je suis content que tu sois là. » Il semble sincère, mais quand elle le regarde, il s'est plongé dans l'ordre du culte, et ses oreilles ont viré au rose.

Elle ne peut pas s'en empêcher. Elle rit. Elle ne veut pas – en fait, elle a honte –, mais le son s'échappe de sa poitrine, couvrant les murmures dans l'église. Des gens se retournent pour la foudroyer du regard alors qu'elle essaie de déguiser son faux pas en quinte de toux. Jordan est rouge pivoine. Elle l'a mis dans l'embarras.

« Désolée », chuchote-t-elle, la voix tendue alors qu'elle s'efforce de réprimer un second fou rire. Elle saisit son poignet. « C'était gentil à toi de dire ça. Je suis anxieuse, et quand ça m'arrive, j'ai des réactions déplacées.

– Pas grave », dit-il, visiblement soulagé. Puis il pose une main au-dessus de celle qui tient son poignet. Elle la regarde, lève de nouveau les yeux vers lui. « Tu as quelque chose de prévu après ça ? On pourrait aller le boire, ce café. »

Elle n'a pas l'occasion de répondre, cependant, parce qu'à ce moment-là, les portes de l'église s'ouvrent avec fracas alors que résonnent des coups de tonnerre. Puis elle n'est plus là, mais bien plutôt en train de revivre le pire jour de sa vie.

# Owen

La créature-Cole et Owen sont assis dans le break et observent la foule des parents ou amis des défunts entrer en file dans l'église baptiste de Clegg. En tout cas, c'est ce que fait Owen. Pour son passager, il en moins sûr : il pince son visage d'emprunt et regarde devant lui avec une expression de concentration, ou peut-être de malaise. Owen se demande si la créature connaît ces gens. Il ne comprend pas ce que cela a à voir avec le fait de sauver le monde.

Comme il ne veut pas mettre en rogne son ravisseur, il ne pose pas la question. Il se sent mieux après une nuit de sommeil, mais il regrette de ne pas avoir pensé à réclamer une douche. Ses vêtements sont couverts d'une croûte de boue et de sueur séchées. Son odeur n'a rien d'agréable. Enfin, il sent la rose, comparé à la créature-Cole qui empeste à présent comme de la viande pour sandwich ayant dépassé sa date de péremption depuis des semaines.

Quand les placeurs ferment les portes de l'église, elle se penche en avant et se tourne vers Owen.

« On entre, dit-elle. Reste près de moi.

– Pourquoi ? dit Owen.

– Peu importe, dit-elle, avec un geste dédaigneux de la main. Mais n'oublie pas : ce qui arrivera ne dépend que de toi. Je suis prêt à effrayer ces gens, sans leur faire de mal – tant qu'ils feront ce que je leur demande. »

Elle descend de leur véhicule et se dirige en boitant vers l'église. Owen suit la créature-Cole qui monte l'escalier en trottinant, avec cette démarche bizarre, hésitante et saccadée, et ouvre une des portes avec une telle force qu'elle l'arrache à ses gonds. Surprise, elle regarde le battant dans sa main, puis jette les débris de côté et pénètre dans l'enceinte. Owen se dépêche de la rattraper.

Un vieil homme en costume est assis dans le hall. Il est probablement là pour placer les retardataires. Il se lève en voyant Owen et la créature-Cole. Ses lèvres remuent sans qu'aucun son sorte de sa bouche alors qu'il essaie de trouver les mots pour ce qu'il voit.

« Va-t'en, dit la créature-Cole, et je ne te tuerai pas. »

Le vieil homme prend la fuite par le trou laissé par la porte. Owen et la créature-Cole s'introduisent dans le sanctuaire. La foule continue de s'installer. Le pasteur n'est pas encore monté au lutrin. Personne ne semble avoir remarqué le grabuge dans l'entrée. Les gens papotent comme des fidèles à n'importe quel culte dominical.

La créature-Cole a un geste en direction du plafond, et provoque un claquement sonore. C'est aussi bruyant qu'un coup de tonnerre, mais à l'intérieur. Déconcertés, les gens regardent autour d'eux. Quelques personnes repèrent la créature-Cole debout au fond du sanctuaire.

« Oh, Seigneur », dit quelqu'un d'une voix horrifiée.

La créature-Cole a de nouveau un geste vers le plafond, et un autre, déclenchant plusieurs coups de tonnerre.

« Il a un flingue ! » lance Owen.

Enfin, l'assistance se met à paniquer. Ça crie, ça hurle, ça gronde alors que trop de corps tentent de bouger en même temps. Les gens se ruent vers les portes. Certains parviennent à sortir. D'autres tombent et se font piétiner. Owen et la créature-Cole se tiennent à l'écart, sans intervenir. La créature-Cole garde les yeux fermés et signe des caractères verts dans l'air. Owen l'a déjà vue faire ce truc, mais cette fois, une chose retient son attention : plusieurs caractères ont l'air familiers. Est-ce simplement à force de les voir ? Ou les a-t-il vus quelque part avant ? La seconde hypothèse lui semble la bonne, parce que leur vision suscite chez Owen une forte impression de déjà-vu. Quoi qu'il en soit, cela intervient à point nommé pour le distraire de son propre malaise alors que des gens continuent de se bousculer vers la sortie.

Owen est si intéressé, si fasciné par le tour de magie qu'il ne remarque pas le seul homme qui ne fuit pas. Il est pourtant assis à environ un mètre de là, sur le banc du fond, à côté d'une Noire qui semble s'être endormie. Il se lève et se tourne vers Owen. Il est grand, de forte carrure et beau comme un personnage de dessin animé. Sa mâchoire carrée se serre alors qu'il tend la main vers un objet dans sa veste.

C'est lui, le héros avec un flingue. Son pistolet a quitté sa poche quand Owen comprend ce qui se passe. La créature-Cole doit le voir, elle aussi, parce qu'elle s'interrompt dans son tour de magie les yeux fermés et a un mouvement rapide de la main en direction de l'homme armé. Il y a un autre *boum* alors qu'une force invisible frappe celui-ci et l'envoie valdinguer par-dessus le banc derrière lui. Il tombe avec un cri, et un craquement de bois accompagne la violence de l'impact.

Owen se tourne vers son ravisseur, puis vers l'endroit où l'homme s'est soustrait aux regards. Il ne se relève pas. Quoi qu'elle lui ait fait, la créature-Cole semble l'avoir mis définitivement hors combat.

Le sanctuaire est presque vide. Quelques silhouettes inertes jonchent les allées, sans connaissance, trop gravement blessées ou mortes. Elles ont l'air endormies. La créature-Cole se penche par-dessus le banc du fond et soulève la dormeuse la plus proche – la Noire qui était assise à côté du héros mort, le type avec le pistolet.

« C'est pour ça qu'on est là ? demande Owen. Seulement pour elle ?

– Pas seulement pour elle, répond la créature. Va chercher cet homme devant, le grand juste à côté de l'autre femme endormie. » Elle le pointe du doigt.

Owen avance sur des jambes tremblantes vers le banc qu'on lui a indiqué. Il y trouve une femme maigre en robe noire. Ses bras nus sont couverts de tatouages, et des piercings garnissent ses oreilles. Elle est appuyée contre un grand blond, bel homme, avec une petite bouche en forme d'arc et un nez aquilin qui, contre toute attente, n'est pas sans charme.

Ayant apparemment fini d'emporter leur première prisonnière, la créature-Cole revient dans l'église pour aider Owen à soulever le beau blond. Alors qu'ils le portent vers la sortie et le break de Cole, Owen jette un coup d'œil aux deux autres dormeurs.

« Et eux ? dit-il.

– Laisse-les, dit la créature-Cole. Leur rôle dans cette histoire est terminé. »

*1999*

# L'EXPÉDITION

# Athena

Aux alentours d'une heure du matin, au cours de la nuit précédant l'expédition – celle qui conduirait Athena et ses amis hors de ce monde et dans un autre –, elle se réveilla d'un sommeil léger au bruit d'un tapotement contre la fenêtre de sa chambre.

En quelques rapides mouvements de la main, elle fit apparaître une boule de lumière verte fantasmagorique, qu'elle envoya écarter les rideaux et éclairer la vitre. Hal se tenait de l'autre côté, lui faisant signe de la main. Athena se leva pour ouvrir. Cette rupture dans le périmètre clos de la climatisation permit à la chaleur de juillet de s'engouffrer dans la pièce et acheva de la tirer de son sommeil.

« Qu'est-ce que tu fais là ? demanda-t-elle.

– Je suis venu te sauver, répondit Hal.

– De quoi ?

– Heu… De l'ennui d'une bonne nuit de sommeil ?

– Le sommeil n'est pas ennuyeux pour moi.

– Allez, quoi. Viens faire un tour. »

Il lui sourit, et elle sut qu'elle ne pouvait pas refuser. Pas avec ce sourire. Elle lui dit de lui donner une minute et de la retrouver devant. Il leva le pouce en signe de victoire, et disparut dans l'obscurité sur le côté de la maison. Elle referma sa fenêtre, enfila un jean, retira son bonnet et se noua les cheveux en queue-de-cheval, et sortit le plus discrètement possible.

La décapotable de Lorna l'attendait au bord du trottoir, la capote baissée, Hal au volant. Il avait hérité de la voiture, le seul bien de sa mère qui avait survécu à l'incendie l'été dernier. L'année écoulée n'avait pas été tendre avec le véhicule. Ces temps-ci, en plus des défauts physiques comme l'absence de rétroviseurs, les instruments s'étaient détraqués à leur tour. Parfois, la jauge de carburant décidait de rester figée sur une position, indépendamment du contenu du réservoir. La plupart du temps, le compteur de vitesse ne donnait aucun signe de vie. Il fallait que Hal roule le pied au plancher pour que l'aiguille daigne trembloter.

Si n'importe qui d'autre l'avait invitée à monter dans cette voiture, Athena aurait refusé et serait retournée se coucher. Mais pour Hal, elle s'assit sur le siège passager et boucla sa ceinture.

« Brofur est prise ce soir ? » demanda Athena.

Hal était sorti avec Cynthia Brofur presque tout l'été. Athena avait à peine eu l'occasion de le voir ces dernières semaines, en dehors des cours sur la Dissonance à Marsh House.

« Aucune idée, répondit Hal. On a rompu.

– Désolée », dit Athena.

Il sourit un peu alors qu'il démarrait, et elle regarda par la fenêtre pour l'empêcher de voir son sourire à elle.

Arrivé à quelques rues de chez elle, il alluma la stéréo, avec son Discman branché à l'autoradio grâce à un adaptateur glissé dans le lecteur de cassettes, et mit le volume à fond – niveau tapage nocturne. Ils traversèrent la ville, les bras tendus hors de leurs vitres baissées, le vent et la vitesse emmêlant leurs cheveux. Athena se laissa gagner par les sensations simples mais efficaces de la musique à fond et du mouvement. Son cœur se mit à battre la chamade au son du CD d'AFI dans le lecteur, comme la musique en a le pouvoir quand on est jeune et qu'on garde encore toutes ses terminaisons nerveuses émotionnelles intactes. D'ici vingt ans, Athena aurait oublié le nom du groupe, et les paroles de la chanson, mais elle n'oublierait jamais ce sentiment de liberté et d'invincibilité à 70 km/h, avec toute la vie devant elle. Elle n'oublierait pas non plus comment cette excitation retomba, au moment où la voiture tourna dans Haven Street, toussa, cracha et rendit l'âme.

« Heu…, dit Hal.

– Qu'est-ce qui ne va pas ? » demanda Athena.

Ils perdaient de la vitesse. La rue, bordée de commerces et de restaurants fermés, avait l'air déserte, la ville tout entière endormie. Ils arrivèrent à un feu rouge et Hal s'arrêta.

« C'est cette foutue jauge de carburant ! dit-il. J'ai cru qu'il en restait plus dans le réservoir.

– La station Citgo est à deux pas, dit Athena, qui la pointa du doigt. Tu as de l'argent ?

– Ma fortune actuelle est, disons, pauvre en actifs disponibles. »

Athena fouilla dans les poches de son jean, et en tira un billet chiffonné.

« Ça suffira pour nous ramener ? demanda-t-elle.

– Oui ?

– Tu n'en sais rien.

– Pas la moindre idée.

– Tu as un bidon d'essence ?

– Je n'ai même pas de rétroviseurs.

– Alors, on descend et on pousse. La station n'est qu'à quelques réverbères de distance. »

Il mit la voiture au point mort, et se tint debout à côté de la portière côté conducteur, tandis qu'Athena allait prendre position derrière le coffre. Le feu passa au vert, et ils se penchèrent pour pousser. La voiture roula. De la sueur se forma sur le front d'Athena, sous ses aisselles, et dans sa nuque. Sa jambe gauche protesta violemment et son dos se plaignit.

« Qu'est-ce qu'on fait si le prochain feu est rouge ? dit Hal.

– Tu peux toujours essayer de bondir à l'intérieur pour freiner, dit Athena. Sinon, on le grille, en croisant les doigts.

– Comme un putain de hors-la-loi, dit Hal. Ça me plaît. »

La voiture passa devant un petit centre commercial, un magasin de vins et spiritueux fermé, et le cimetière municipal. Alors qu'ils arrivaient au niveau de l'allée de gravier du cimetière, des lumières bleues s'allumèrent brusquement, et une sirène pépia. Un shérif adjoint, guettant les fauteurs de troubles nocturnes.

Hal remonta en voiture et mit le levier de vitesse en position P. Athena alla le rejoindre alors que la voiture de patrouille s'arrêtait derrière eux.

« S'il pose la question, dit Hal, on avait un rencard ce soir, et on est tombé en panne d'essence en rentrant. »

Le visage d'Athena, rouge après l'effort qu'elle venait de fournir, s'empourpra davantage.

« Parce que ce n'était *pas* un rencard ? » dit-elle, faussement indignée.

La bouche de Hal resta ouverte alors qu'il décidait comment répondre.

« Je plaisante, dit-elle. Tu penses vraiment qu'on peut avoir des ennuis ? » En dépit de la chaleur de ses joues, elle ne put s'empêcher d'éprouver une sensation glaciale au creux de l'estomac. Elle était sortie de chez elle en catimini pour faire la bringue, et maintenant les flics s'en mêlaient. Les parents d'Athena l'avaient préparée à de possibles contacts avec des policiers. Elle savait comment se comporter : toujours faire ce qu'ils demandaient ; ne jamais discuter ; rester polie, même si on n'avait rien à se reprocher. Ils lui avaient dit de traiter chacune de ses interactions avec la police comme une question de vie ou de mort.

Hal se pencha vers la boîte à gants et l'ouvrit. Une bouteille de Wild Turkey tomba sur le plancher. La sensation glaciale dans le ventre d'Athena se propagea à son corps tout entier alors que Hal faisait disparaître le bourbon sous le siège passager, puis saisissait les papiers de l'assurance.

« Non, bien sûr, dit Hal. Laisse-moi parler. »

Le shérif adjoint descendit de son véhicule. Hal attira l'attention d'Athena et lui fit un clin d'œil.

« Bonsoir, monsieur l'agent », dit-il en se penchant devant elle.

Athena se tourna. Elle connaissait tous les shérifs adjoints en ville, mais celui-là, mieux que les autres : Jordan McCormick, son ancien voisin, qui avait obtenu son bac en mai, et rejoint le bureau du shérif dans la foulée. Elle se détendit un peu.

« On est en panne ? » demanda Jordan.

Hal se lança dans son laïus à propos de leur rencard, des soucis innombrables que lui causait sa voiture (y compris une jauge de carburant capricieuse, qu'il avait l'intention de réparer dans les plus brefs délais). Enfin, il conclut en expliquant qu'ils s'en allaient justement régler leur problème d'essence. McCormick l'écouta jusqu'au bout avec l'esquisse d'un sourire, puis il se tourna vers Athena.

« C'est vrai ? dit-il. Tu sors avec ce gredin ?

– Tu as vu ce que j'ai dans ma classe, dit-elle. Qu'est-ce que tu veux que je fasse ? »

Jordan garda son petit sourire pendant la blague faiblarde d'Athena, avant de reporter son attention sur Hal. « Je pourrais te dresser une contravention pour tout ce qui cloche sur cette voiture, tu sais. Ou, je pourrais me comporter en brave type et vous prêter mon bidon pour chercher de l'essence et vous permettre de rentrer chez vous.

– On met ça aux voix ? dit Hal. Parce que je vote pour le deuxième choix. »

Jordan alla prendre son bidon dans le coffre de sa voiture, ordonna à Hal de rester avec la décapotable, puis marcha en compagnie d'Athena jusqu'à la station Citgo plus loin dans la rue.

« Athena Watts qui sort avec Hal Isaac, dit Jordan une fois qu'ils furent hors de portée de voix. On aura tout vu.

– C'est quelqu'un de bien, dit Athena.

– Je ne dis pas le contraire. Juste que tu pourrais faire mieux.

– Tu dis ça par gentillesse.

– Non. »

Ils arrivèrent à la station-service, et Athena donna son billet chiffonné au policier. Il le lui rendit.

« C'est le bureau du shérif qui régale. » Il passa une carte de paiement dans le lecteur et s'agenouilla pour introduire le bec de la pompe dans le bidon d'essence. « Alors. Encore quelques semaines, et tu entreras en terminale ?

– Tu as bonne mémoire, dit-elle.

– J'imagine que tu as des projets ambitieux pour après le bac. Une université en vue dans une grande ville quelque part.

– C'est un problème ?

– Repose-moi la question quand tu seras en âge de voter ou d'acheter une arme à feu. »

Jordan finit de remplir le bidon, raccrocha le bec, et revissa le bouchon avant de se relever. Ils se remirent en route vers la voiture, et Athena essaya de trouver quoi dire ensuite. Elle avait dû mal comprendre. Il était impossible que ce garçon plus âgé – cet homme – flirte avec elle.

« D'accord, on verra, dit-elle. Si je te repose la question, je veux dire. »

Il sourit de nouveau, mais un sourire fugitif cédant rapidement la place à un froncement de sourcils. « Tu es la seule raison qui me retient d'arrêter Hal ce soir, tu en as conscience ? »

Elle s'immobilisa. « Non. Je ne savais pas.

– Je ne veux pas que la mention de ton nom dans un quelconque rapport puisse affecter ton avenir, dit-il. Mais ton petit ami pue l'alcool. Tu l'as forcément remarqué. C'est toi qui conduis au retour, d'accord ?

– D'accord », dit-elle alors qu'elle se remettait à marcher. Elle n'avait rien senti dans la voiture, mais n'étant pas elle-même une buveuse, cela n'avait rien d'étonnant, n'est-ce pas ? À moins que Hal sente toujours ainsi, et qu'elle y soit habituée ?

« Pense à te faire de nouveaux amis, dit-il. Un type comme lui gâchera ta vie, si tu n'y prends pas garde. J'ai vu ça se produire pour d'autres filles avec qui j'étais au lycée. Elles sont bloquées ici.

– Je croyais que tu ne voulais pas que je parte, dit-elle.

– Je ne veux certainement pas non plus que tu restes coincée dans ce bled. »

Ils arrivèrent à la voiture. Le shérif adjoint McCormick versa l'essence offerte par la police dans le réservoir et les laissa s'en aller, avec Athena au volant, comme promis. Hal demeura étrangement silencieux, comme intimidé, attendant qu'elle prenne la parole.

« Je ne savais pas que tu avais bu ce soir, dit-elle enfin.

– Tu ne t'en es pas aperçue ? » Il sembla sincèrement surpris.

« D'où elle vient cette bouteille, d'abord ? » dit-elle. Hal vivait avec le professeur Marsh et Peter depuis la mort de sa mère. Et à la connaissance d'Athena, Marsh n'avait même pas d'alcool chez lui.

« Ce n'est pas si grave, dit-il.

– Tu m'as demandé de monter dans une voiture avec toi alors que tu étais ivre. *C'est* grave.

– Je suis désolé. J'aurais dû te prévenir.

– Ne t'excuse pas. Promets-moi de ne plus conduire quand tu as bu.

– J'y réfléchirai, *maman*.

– Jordan aurait pu t'arrêter. S'il ne l'a pas fait, c'est uniquement pour m'éviter d'avoir des ennuis. » Elle se gara au bord du trottoir et coupa le moteur. « Prends ça au sérieux, d'accord ?

– Reçu cinq sur cinq.

– Et la prochaine fois que tu m'inviteras pour une virée nocturne en voiture, je ne veux pas que ce soit parce que tu es ivre et triste d'avoir rompu avec une autre fille. »

Elle redémarra, et couvrit le reste de la distance qui les séparait de la maison de ses parents. Hal garda un silence gêné. Arrivée chez elle, Athena se gara et descendit du véhicule, puis elle se rappela autre chose que lui avait dit le shérif adjoint.

« Promets-moi quelque chose, dit-elle.

– Je n'ai pas fait assez de promesses pour une nuit ? demanda Hal.

– Promets-moi qu'on quittera cette ville, et qu'une fois partis, on ne reviendra plus.

– Essaie de me faire rester dans ce trou un jour – non, une *heure* – après que j'aurai décroché mon bac. » Il regarda par la fenêtre, et sembla seulement s'apercevoir où ils étaient. « Tu rentres déjà ?

– Je te rappelle qu'on se lève tôt demain, dit Athena. Le professeur a dit qu'il partirait sans nous, si on est en retard.

– N'importe quoi. Il a besoin de toi.

– Libre à toi de vérifier cette hypothèse, dit-elle. Moi, je vais me coucher.

– Et moi ?

– Pas question de te faire entrer chez moi en douce.
– Je ne suggère rien d'indécent.
– Bien, dit-elle, pensant le contraire. Dors dans la voiture. Tu seras de nouveau en état de conduire au réveil.
– Tu ne me proposes même pas le canapé du salon ?
– Bonne nuit, Hal.
– Attends, attends, attends, dit-il. Avant que tu rentres. »
Elle lâcha la poignée de la porte et se retourna vers lui avec un soupir.
« Quoi ?
– Tu peux me montrer le signe pour *air* ? J'ai essayé de m'en souvenir, mais pas moyen.
– Pourquoi ?
– Parce que je veux m'en souvenir, et quand tu es avec moi, ça m'aide, d'une certaine façon. »
Elle se pencha vers lui, si près qu'elle sentit la sueur sur son corps, une odeur à la fois repoussante et irrésistible. Elle prit doucement ses mains dans les siennes. Elle les leva, puis positionna parfaitement ses doigts.
« Tiens-les comme ça, dit-elle, grisée par son odeur. Et ensuite… » Elle guida lentement ses mains. D'abord, rien ne se produisit, mais à la fin, leurs doigts laissèrent de la lumière jaune-vert dans leur sillage.
Hal sourit. « Ça y est », dit-il.
Elle lâcha ses mains, s'attardant plus que nécessaire, ses doigts glissant le long des siens jusqu'à ce qu'ils soient de nouveau séparés.
« J'ai toujours les doigts qui picotent après que tu fais ça, dit-il en pliant les mains.
– D'accord, espèce de tordu, dit-elle. Bonne nuit, pour de bon cette fois. » Elle ferma la portière côté conducteur, traversa la pelouse en trottinant et retourna discrètement dans la maison de ses parents. Elle attendit de s'être mise en pyjama et couchée pour repenser aux événements de la nuit. Le shérif adjoint McCormick n'avait pas tort à

propos de Hal. Il avait toujours eu ce côté glandeur, cette tendance à faire l'andouille, mais depuis la mort de sa mère, cet aspect de sa personnalité semblait s'être exacerbé. Jusqu'à en devenir inquiétant parfois.

Mais cette nuit, au moins, il ne risquait rien. En fait, il se trouvait tout près, dehors, dans la voiture de Lorna. Elle ferma les yeux et l'imagina étendu sur son siège incliné, avec la capote et les vitres baissées, les bras croisés sur sa poitrine, tel un vampire dans un cercueil trop grand.

Qu'était l'amour si ce n'était la volonté de supporter l'inconfort pour autrui ? Cynthia Brofur était peut-être la dernière partenaire en date de Hal pour s'envoyer en l'air, mais cette nuit il dormait dans une voiture parce que Athena le lui avait demandé.

Elle remua les mains dans l'obscurité. Elle n'en avait pas parlé dans la voiture, mais elle aussi éprouvait une sensation de picotement dans les doigts, quand elle tenait ses mains pour lui montrer comment signer en dissonant.

# Erin

La nuit avant l'expédition, Erin obtint exceptionnellement la permission de dormir sur le canapé à Marsh House, à condition que le professeur Marsh réponde : 1) de la présence d'un adulte responsable ; 2) de la conduite de son petit-fils. Peter et son grand-père avaient solennellement juré de protéger la vertu d'Erin, mais après que le père d'Erin l'avait déposée, le professeur s'était retiré dans son bureau et les avait laissés seuls, Peter et elle, pour commander une pizza et regarder des films loués. Il y eut d'abord *Warlock*, puis *La Neuvième Configuration*, une adaptation d'un roman de William Peter Blatty – pas *L'Exorciste*, un autre. Plutôt de bons films. Et surtout, Erin les voyait pour la première fois. C'était son principal critère de location ces derniers temps : en trouver un qu'elle n'avait pas déjà vu.

Ils mangèrent leur pizza devant la télévision au salon. Erin se sentit très adulte. Elle imaginait assez bien sa vie de tous les jours ressembler à cela d'ici cinq ans. Les vendredis soir avec son amoureux, à regarder des films en avalant de la *junk food*. Le plus dur, lui semblait-il, serait de s'assurer qu'elle et Peter se supportent encore dans dix ans. Elle ne pensait pas se lasser un jour de ce beau garçon, calme et sérieux, mais elle se dit que la plupart des couples avaient cette impression au début. Bon sang, même ses propres parents s'étaient aimés à une époque.

Alors qu'ils arrivaient à la fin de *La Neuvième Configuration*, elle passa une main le long de la cuisse de Peter. Il prit sa main dans la sienne sans quitter l'écran des yeux. Une autre chose qui lui plaisait chez lui : quand c'était une soirée ciné, il voulait regarder le film. Les trucs plus coquins viendraient plus tard.

Le professeur Marsh fit une dernière apparition au salon, pour annoncer qu'il allait se coucher, et arracher un nouveau vœu de chasteté aux deux adolescents. Il leur rappela aussi qu'ils partaient de bonne heure le lendemain matin, avant de les laisser.

Le film se termina peu après, et dans la lumière bleue de l'écran de veille du magnétoscope, ils entreprirent de repousser les limites du vœu qui les liait au professeur. Leurs lèvres s'entrouvrirent, leurs langues se firent exploratrices, ils échangèrent de petits coups de dent. Elle avait dû s'armer de patience avec Peter depuis l'été dernier. Peter, si gentil, si timide. Peter, calme et souriant. Peter, qui semblait désirer autant que craindre tout contact. Peter, qu'Erin avait peu à peu réussi à décoincer, un contact, une caresse, un baiser à la fois.

Ce soir, elle l'encouragea à mettre sa main sous son t-shirt et sur son soutien-gorge, pour lui montrer comment elle voulait qu'on la touche. Elle glissa les doigts de son autre main sous la ceinture de son short, et serra son érection. Elle essaya de le titiller, mais le peu d'espace dans son caleçon relégua la grâce au second plan, et elle se contenta de le tripoter comme un animal alors qu'il trouvait et pinçait avec douceur le bout d'un de ses seins.

Les choses continuèrent ainsi un peu plus longtemps, leurs respirations se faisant de plus en plus difficiles et saccadées. Mais alors qu'Erin pensait que Peter allait céder et sauter le pas avec elle, il posa les mains sur ses épaules et la repoussa.

« Qu'est-ce qui ne va pas ? demanda-t-elle.

– Rien. Désolé. C'est juste que ça suffit pour le moment. Si tu veux bien. »

Elle tâcha de ne pas manifester sa frustration, s'essuya les doigts sur le jean de son short et l'embrassa sur les deux joues et sur le front. « Rien ne presse », dit-elle.

Ils installèrent leurs lits séparés pour la nuit – Erin sur le canapé, Peter sur le sol –, puis s'allongèrent sous le ventilateur de plafond pour se rafraîchir, laissant passer la vague hormonale pendant qu'ils discutaient. Une autre chose qui plaisait à Erin chez Peter : sa conversation, aussi stimulante que ses baisers. Il était très sensible et réfléchissait beaucoup, et au cours de l'année écoulée, il lui avait ouvert la porte de son monde secret.

Ce soir, tous deux ne voulaient parler que d'un sujet : l'expédition du lendemain.

C'était comme un heureux hasard. Ou le destin, quoi qu'en dise Athena. L'été dernier, juste après qu'ils avaient secouru Morgane l'ondine, le professeur était rentré de son week-end avec un vieux livre sur un endroit appelé « Deoth ». Personne – pas même les auteurs de l'ouvrage – ne savait avec certitude *où* se trouvait Deoth. Sur Terre ? Sur une Terre parallèle ? Quelque part dans la Voie lactée ? Peut-être dans la galaxie d'Andromède ? Selon le livre, c'était le foyer d'une vaste et très ancienne source d'énergie, et il se pouvait qu'il détienne les réponses à bon nombre des secrets de la Dissonance.

Quand le coven avait parlé à Marsh de Morgane, et de la Porte d'Athena, il avait été si excité qu'il en avait oublié de se mettre en colère contre eux pour être allé en forêt sans sa permission. Après avoir regardé Athena signer son injonction plusieurs fois, il avait établi que la porte était fondamentalement un trou de ver dans l'espace – théoriquement sans limite de distance, tant qu'on savait où on allait.

Athena et Marsh avaient passé le plus clair de l'année écoulée dans son bureau, réunissant autant d'informations sur Deoth qu'ils pouvaient en trouver. Cela ne représentait pas grand-chose, même avec le livre, mais ils avaient bon espoir, demain, que le fruit de leur travail permettrait d'ouvrir une porte sur un autre monde.

Le coven avait déjà fait ses bagages pour cette expédition. Marsh avait acheté une flopée d'équipements de camping neufs, ainsi que du matériel de photographie. Athena et Erin avaient vendu l'idée à leurs parents comme un séjour en camping sur un terrain imaginaire que Marsh possédait en Oklahoma. Un coin perdu dans les bois, où ils n'auraient pas accès à un téléphone pour la majeure partie de la semaine.

En réalité, demain matin, ils iraient ensemble dans la forêt de Clegg, pour y exécuter l'injonction de la Porte d'Athena. Marsh avait une hypothèse à propos de ces bois : si la théorie des Mondes multiples était fondée, il se pouvait qu'ils soient une région poreuse, où des choses pouvaient traverser. C'était la meilleure explication pour les étranges créatures qui rôdaient dans le coin, ainsi que pour l'entrée de cette étrange prison où Hal avait découvert Morgane. Marsh espérait que lancer l'injonction de la porte dans un endroit poreux augmenterait leurs chances de réussite.

De nombreux points d'interrogation subsistaient dans cette aventure, mais n'était-ce pas la définition d'une aventure ? Ils ignoraient ce qui allait se passer.

« À quoi tu penses que ça ressemblera ? dit Erin. Je parle de Deoth.

– Qui sait ? dit Peter. Le professeur dit que le livre mentionne souvent la présence de sable. Alors, une partie au moins est composée de plages ou de déserts.

– Et si l'air est toxique ? C'est peut-être la mort qui nous attend de l'autre côté.

– Si les choses tournent mal, le professeur annulera tout et nous ramènera. »

Erin resta éveillée longtemps. Elle sentait Peter à côté d'elle, le lien entre leurs flammes dissonantes, leurs émotions perturbant l'énergie de la maison, d'ordinaire si tranquille. Quand le sommeil la gagna, elle fit de beaux rêves, pour la dernière fois dans sa vie.

## Athena

Malgré sa mésaventure nocturne, Athena se réveilla tôt le lendemain matin. Quand elle alla à la cuisine pour faire le café, elle jeta un coup d'œil par la fenêtre au-dessus de l'évier, afin de s'assurer que Hal était toujours garé devant chez elle. C'était le cas.

Les cigales étaient en voix quand elle sortit et traversa la pelouse en direction de la voiture. Hal était affalé sur le siège du passager, la tête à un drôle d'angle, la peau brillante de sueur séchée. Le soleil étincelait sur la bouteille de Wild Turkey abandonnée, vide, à la place du conducteur.

Elle frappa à la fenêtre, et Hal se réveilla en sursaut.

« Oui, quoi ? dit-il, baissant sa vitre.

– Pourquoi tu as dormi avec les fenêtres levées ? dit-elle.

– Pour éviter que des bestioles volent dans ma bouche.

– Si une bestiole cherche à tout prix à entrer dans ta bouche, je ne pense pas que ta capote et tes fenêtres l'arrêteront.

– Peut-être pas. Mais si ça suffit à les faire hésiter, ça m'épargnera un ventre rempli d'araignées et de papillons de nuit.

– Tu veux prendre le petit déjeuner ? »

Il redressa son siège en position assise, se frotta les yeux, et se passa une main dans les cheveux. « C'est pas de refus », dit-il.

Elle le fit entrer et l'installa à la table de la cuisine avec une pochette de Pop-Tarts, puis alla finir de se préparer. Quand elle le retrouva une demi-heure plus tard, douchée et habillée, Hal discutait gaiement avec sa mère. Impossible de se douter qu'il avait encore la gueule de bois une demi-heure plus tôt.

Athena prit elle aussi une pochette de Pop-Tarts. Cet été, elle avait fini par renoncer à se laisser mourir de faim pour perdre du poids. Elle avait aussitôt repris cinq kilos, ce qui avait été dur, mais elle en avait marre d'essayer de ressembler à une Blanche de son âge. Ceci était sa silhouette naturelle, et en plus, avoir faim tout le temps l'empêchait d'avoir les idées claires. Dès qu'elle avait compris que suivre un régime la rendait stupide, elle avait laissé tomber. Et s'il lui arrivait de se faire plaisir, ou même de manger normalement, elle ne pouvait s'empêcher de se sentir coupable, vaguement honteuse.

Pop-Tarts à la main, elle dit au revoir à sa mère en l'embrassant, et Hal les conduisit à Marsh House dans la voiture de Lorna. L'intérieur du véhicule empestant l'alcool et la sueur, ils roulèrent avec la capote baissée.

« Tu crois que le professeur Marsh sera en colère parce que tu as découché ? demanda Athena.

– Je doute qu'il s'en soit seulement rendu compte, dit Hal. Tant que ce n'est pas la police qui me ramène, il se fiche de ce que je fais. »

C'était l'équivalent verbal d'un haussement d'épaules. Lorna n'avait pas été un parent particulièrement attentif ou présent, alors peut-être que Hal s'en moquait. Au moins, dans son nouveau foyer, il avait un ami qui dormait au bout du couloir, et Marsh avait assez d'argent pour habiller Hal et payer ses fournitures scolaires jusqu'à la fin du lycée. Si Hal le lui avait demandé, il aurait sans doute même accepté de régler la facture du garage pour les réparations sur la voiture de Lorna. Mais à la connaissance d'Athena, Hal n'avait jamais fait la démarche. Il semblait préférer le véhicule de sa mère en l'état.

Quand la décapotable déglinguée s'engagea dans l'allée de Marsh House, Peter et Erin attendaient, assis sur les marches de la véranda, leurs hanches si proches qu'ils auraient pu être siamois.

« Où tu étais passé hier soir ? demanda Peter.

– Chez Athena, répondit Hal.

– Ah bon ? dit Erin.

– Il a dormi dans sa voiture, devant chez moi, précisa Athena.

– C'est ce que j'ai dit, dit Hal.

– Tu as un lit ici, dit Erin. Tu n'as pas *besoin* de dormir dans ta voiture.

– Je sais, mais j'aime ça. »

Ils retrouvèrent le professeur Marsh dans le jardin derrière la maison. Il portait sa tenue style « grand-père part en safari », assis à la place du conducteur d'un quad vert, avec sur le plateau leurs provisions et les équipements de camping. Il lisait un livre relié en cuir posé sur le volant devant lui.

« Pas trop tôt, dit Marsh, insérant un marque-page là où il venait d'interrompre sa lecture. J'imagine qu'étant donné votre retard, tout le monde est prêt ? »

Le coven exprima son assentiment. Ils n'étaient pas en retard, mais quel que soit le sujet, il valait mieux ne pas contredire le vieil homme.

« Nous prenons un risque colossal, dit-il. Vous comme moi. J'ai ma petite idée sur ce que nous trouverons de l'autre côté, mais ce ne sont que des suppositions, si éclairées soient-elles. Nous ne pouvons être sûrs de rien, si ce n'est que cette expédition sera possiblement dangereuse. Si nous arrivons sans encombre à Deoth, il y a certaines règles que je vous demande de respecter absolument. La première : n'allez nulle part seul. Jamais. Si vous devez répondre à l'appel de la nature, quelqu'un vous accompagne. Je ne veux pas avoir à expliquer à vos parents que je vous ai perdu pendant une excursion inexistante. La deuxième : ne touchez à rien. Et surtout… » Il se tourna vers Hal. « … nous sommes des explorateurs, pas des guerriers. Notre objectif est d'apprendre, pas de nous battre. C'est compris ?

– Hal pas devoir frapper des choses avec son épée, sauf si homme plus intelligent le lui dire, répondit Hal.

– Bien, dit Marsh. Maintenant, allons découvrir les secrets de la création. »

Il conduisit lentement le quad hors du jardin et dans les bois, et le coven suivit. Ce faisant, Athena regarda derrière elle en direction de la maison, et éprouva une sensation de flottement dans son ventre. Elle n'avait pas pénétré très loin dans la forêt depuis leur première aventure, en 1996. En dépit de toutes les connaissances et du pouvoir acquis au cours des trois dernières années, l'idée d'y retourner ne la réjouissait guère. Elle se tourna vers l'avant, refusant de sursauter au moindre bruit inattendu, ou de laisser paraître son malaise, et s'efforça de suivre le rythme du groupe.

Ils allèrent plus profondément dans les bois qu'Athena avait jamais été. Il y régnait une chaleur accablante, l'air était lourd. Bientôt, la sueur rendit la peau d'Athena luisante, et Hal but de sa gourde à longs traits. Elle faillit le mettre en garde – ils ignoraient s'ils trouveraient de l'eau à Deoth –, mais c'était un grand garçon. Qu'il gaspille la sienne, s'il en avait envie.

« Je suis la seule à avoir l'impression qu'on tourne en rond ? demanda Erin.

– C'est possible, sur le plan géographique, dit Marsh. Je ne suis pas encore en mesure de le prouver, mais je pense que nous partageons cette forêt avec au moins un autre monde, dans une proportion qui varie. Nous sommes donc face à un espace en constante modification. C'est en partie ce qui rend ces bois dangereux.

– Alors, comment savez-vous où nous allons ? » demanda Athena.

Marsh ouvrit sa main droite. Un petit objet rond répandait une lueur verte au centre de sa paume.

« Qu'est-ce que c'est ? dit Hal.

– Une sorte de boussole dissonante ? devina Athena. Au lieu de pointer vers le nord, elle indiqua la source d'énergie dissonante la plus forte ?

– Très bien », dit le professeur Marsh.

Ils s'arrêtèrent au milieu d'une petite clairière, où Marsh décrivit un cercle et agita sa boussole autour de lui, puis sembla parvenir à une décision.

« Nous ne trouverons sans doute pas de meilleur endroit, dit-il. Vous le sentez ? »

Jusqu'alors, la chaleur et son propre inconfort avaient distrait Athena. Mais dès qu'elle se mit à prêter attention, l'énergie en ce lieu lui donna des fourmillements dans le cerveau, et fit se dresser les minuscules poils sur ses bras.

Elle n'eut pas à regarder ses amis pour savoir qu'ils éprouvaient la même sensation. Elle les percevait autour d'elle comme une extension d'elle-même. Elle avait su que les membres de son coven partageaient un lien, mais à présent, cette vérité se manifestait sous la forme d'une sensation physique. Ils n'étaient pas seulement ses amis. Ils faisaient partie intégrante de son âme. Voilà la raison pour laquelle elle ne se sentait complète qu'avec ces trois personnes. Ce n'était pas par sentimentalité. Leur lien était aussi réel que la pesanteur, ou le temps.

« C'est puissant, dit Erin d'une voix cassée.

– Irrésistible », dit Peter, du même avis.

Hal resta coi, mais il se frotta la joue du dos d'une main.

« Concentrez-vous. » La voix de Marsh fendit la perfection vaporeuse du moment. La rêverie d'Athena reflua suffisamment pour la ramener dans une réalité plus ou moins reconnaissable. « Athena, à toi de jouer. »

Elle tira deux livres de son sac à dos. Le premier était *La Petite Cuisine d'Athena*, le second un volume beaucoup plus ancien relié en cuir, aux pages jaunies et fragiles. C'était l'ouvrage que le professeur Marsh avait rapporté de son voyage l'été dernier, après qu'ils avaient libéré Morgane. Il contenait les récits de dissonants qui prétendaient pouvoir marcher entre les mondes, et s'être rendus dans un endroit appelé Deoth.

Athena posa les deux livres l'un à côté de l'autre sur le sol de la forêt et s'agenouilla devant. Elle consulta l'un et l'autre alors qu'elle travaillait à son injonction, une variante plus ambitieuse, plus complexe de la Porte d'Athena. Au lieu d'ouvrir un trou de ver à travers l'espace terrestre, elle se proposait de déplacer cinq personnes avec leur barda vers un lieu inconnu d'elles. L'air, qui bourdonnait déjà, sembla prendre des dimensions physiques et s'emplir d'une brume légère, vibrante.

La forêt devint une masse confuse de bruns et de verts alors qu'un froid terrible chassait la chaleur matinale. Jamais elle n'avait eu aussi froid, même pas les jours les plus rigoureux en hiver. Elle eut l'impression d'avoir pénétré dans une chambre froide. Et contrairement aux froids connus, qui avaient à la fois une texture et une saveur, celui-ci se caractérisait par l'absence, le manque, le néant.

Elle résista à la forte envie qu'elle éprouvait de tendre la main vers ses amis, de les toucher pour s'assurer de leur présence. Mais elle ne pouvait pas s'arrêter maintenant, au risque qu'ils se retrouvent coincés dans cette affreuse absence glaciale. Elle se concentra sur son nœud de lumière et de sens. La Dissonance la parcourut et lui donna forme. Elle exécuta le geste final de son injonction, puis relâcha sa prise sur elle.

Le froid acquit une odeur et un goût. Le monde avait viré plus pourpre que noir, et du sable gris avait remplacé le sol sous ses chaussures.

« Nous y sommes », dit Marsh.

# Hal

Autour de Hal, le monde devint plus net. Le vide noir vira au gris, puis prit la forme de dunes de sable qui s'étendaient dans toutes les directions. Ils étaient arrivés dans un désert en pleine nuit, et le passage soudain d'une chaleur humide à un froid sec avait de quoi surprendre.

« Nous y sommes », dit Marsh, avec une petite note d'émerveillement dans la voix.

Hal respira fort et ne mourut pas. « L'air semble correct. »

Erin dressa un Dôme de Haley au-dessus du groupe, et une partie du froid resta à l'extérieur.

Athena avait l'air abasourdie par ce qu'elle venait d'accomplir.

« Ça va ? » lui demanda Hal.

Elle remua et se lécha les lèvres. « De l'eau. »

Hal ouvrit sa gourde et la lui tendit. Elle but et sembla revenir parmi eux. Il éprouva un pincement au cœur en la voyant avaler une telle quantité de sa réserve d'eau, mais chassa ce sentiment par trop déloyal à ses yeux. Si elle en avait besoin, il mourrait volontiers de soif.

« Ça a été intense, dit-elle. Pas super agréable.

– Mais regarde autour de toi, dit Hal. Vois ce que tu as fait. »

Elle contempla le paysage. Le professeur Marsh marchait en longeant le pourtour du dôme, sa lampe-stylo serrée entre les dents alors qu'il prenait des notes. Peter et Erin se tenaient par la main, les yeux perdus dans les étoiles du firmament.

« On pourrait presque se croire sur la Terre, dit Peter.

– Ou sur la planète dans *Stargate* », dit Erin.

Alors qu'il scrutait ces constellations qu'il supposait extraterrestres, Hal émit un son involontaire : « Oh.

– Quoi ? » dit Athena.

Il pointa le ciel du doigt. « Pas de lune. »

Athena regarda à son tour. « Ça alors ! »

Le cœur de Hal se gonfla d'un sentiment pour lequel il n'avait pas de nom, et qui le poussa à faire un geste qui le surprit lui-même : il prit la main d'Athena, imitant en cela Peter et Erin. Athena tressaillit, puis serra sa main dans la sienne, et la tint fermement.

« Incroyable », dit Marsh. Il en avait fini avec ses notes, et leva à son tour les yeux vers le ciel. « Et ce n'est qu'un début, la première des choses que nous verrons ici. Mais un long périple nous attend, alors mettons-nous en route sans délai. Nous nous déplacerons pendant la nuit, et dormirons en journée pour éviter la chaleur. »

Ils s'enveloppèrent le visage dans des écharpes, baissèrent des lunettes de protection sur leurs yeux, glissèrent leurs cheveux sous des casquettes, et marchèrent à côté du professeur sur son quad, alors qu'il les guidait à l'aide de sa boussole. Tels des héros de Tolkien, ils marchèrent, marchèrent et marchèrent. Ils franchirent des crêtes de dune à n'en plus finir. Il n'y avait pas grand-chose à voir. Aucune créature étrange passant la tête hors du sable ou traversant l'horizon en troupeau. Aucune architecture extraterrestre érigeant ses réalisations vers le ciel. Le vent soufflait du sable sur eux, mais seule une très faible quantité pénétrait le bouclier d'Erin. Cet assaut continu produisait un bruit rêche contre le dôme.

Marsh ne leur dit de s'arrêter qu'au moment où le ciel s'éclaircissait et masquait les étoiles. Il appela Erin pour qu'elle l'aide à renforcer la barrière protectrice, pendant que les autres dressaient les tentes face au centre du campement. Dans l'espace au milieu, ils se rassemblèrent pour un repas composé d'aliments préemballés : Pop-Tarts, sachets de chips, rations militaires que le professeur avait achetées dans un magasin de surplus de l'armée. Après manger, ils ramassèrent les ordures, avant de concentrer leur attention sur Marsh qui, du bout d'un doigt, dessina un cercle dans le sable alors qu'il prenait la parole.

« Pour moi, cela ne fait aucun doute, nous sommes à Deoth. Je crois que nous avons traversé à une centaine de kilomètres à l'ouest de la source d'énergie de ce monde. Nous en avons parcouru une trentaine au cours de la nuit. En maintenant ce rythme, nous devrions avoir atteint notre destination d'ici deux jours. À condition que le temps fonctionne ici de la même manière que chez nous.

– Qu'est-ce qu'on va trouver, à votre avis ? dit Hal.

– Je n'en suis pas sûr, mais nous le saurons le moment venu, j'en mettrais ma main au feu. Maintenant, tout le monde au lit. Je vous ai assez vus tous les quatre pour une journée. »

Les filles se retirèrent sous leur tente, les garçons sous la leur. Le professeur en avait une pour lui seul, ce dont Hal s'estima heureux. Après une année entière de vie avec les Marsh, il continuait de se sentir mal à l'aise à proximité du vieil homme. Peut-être parce qu'il avait grandi sans père, Hal se sentait en général mal à l'aise avec d'autres hommes. Peter était l'exception, une présence douce, amicale, sans la plupart des aspérités et la cruauté ordinaire communes à tous les gars qu'il connaissait.

Ce soir, même Hal était trop fatigué pour rester debout

et bavarder. Il laissa son épuisement le submerger et l'emporter. Il était presque endormi quand quelqu'un ouvrit la fermeture Éclair de la tente, le réveillant en sursaut. Peter se dressa sur les coudes alors qu'Athena passait la tête à l'intérieur.

« Erin veut te voir », dit-elle à Peter qui ne parut pas surpris.

Il s'assit, enfila ses chaussures de marche et sortit, laissant Athena et Hal en tête-à-tête.

« Tu risques de rester là un moment, dit Hal. Autant t'installer confortablement. »

Elle avança à quatre pattes vers la place de Peter et s'allongea. « Oh, mon Dieu, dit-elle.

– Quoi ?

– C'est le sac de couchage le plus douillet que j'ai eu l'occasion de toucher de toute ma vie. Comme un matelas de plumes portable. Tu as remarqué ? »

Hal n'avait remarqué qu'une chose à propos du sac de Peter : il avait l'air plus neuf que le sien, qu'il utilisait depuis l'école primaire. Et parce qu'il avait pris l'habitude de le laisser à Marsh House, c'était l'une de ses rares possessions à avoir survécu à l'incendie de l'appartement. C'était un vieux machin, tout sauf confortable. La fermeture Éclair était cassée depuis la classe de sixième, ce qui en faisait plus une couverture munie de dents sur les bords.

« Palpe un peu ça », dit Athena. Elle saisit la main de Hal et lui fit toucher le tissu du sac de couchage. Ce qui attira l'attention de Hal, ce fut la fraîcheur sèche de la main d'Athena, la proximité de ses doigts avec ses hanches rondes, son ventre, son visage. Elle avait repris du poids cet été, mais il trouvait que cela lui allait bien.

« Seulement ce qui se fait de mieux pour Peter, dit-il, se forçant à se concentrer. Ça doit être sympa d'être riche.

– Je suis sûre que le professeur accepterait de t'acheter un nouveau sac de couchage, si tu le lui demandais. » Elle laissa sa main sur la sienne et, après une hésitation, frotta son pouce sur les articulations de ses doigts.

« Ce que j'ai me suffit, dit Hal.

– Ma mère dit qu'entre l'argent de l'assurance de ses parents et ce qu'il héritera du professeur, il n'aura jamais à travailler un jour dans sa vie. Tu peux imaginer ?

– Oui », dit Hal. C'était même un de ses jeux favoris : imaginer son avenir, s'il disposait de la fortune de Peter. « Je sais que Marsh habite probablement à Clegg à cause des bois et du lien avec la Dissonance, mais honnêtement, si j'étais plein aux as comme lui ? Je ne gaspillerais pas mon fric avec toutes ces foutaises. Je m'achèterais une maison au bord de la plage, et une autre dans une station de ski, sans oublier un appartement d'enfer à New York. Et puis, je me paierais une bagnole qui déchire.

– Tu as déjà une décapotable, dit Athena.

– Ha ha ha, très drôle. Je parle d'une bonne voiture. Avec tous ses rétroviseurs. Je l'entretiendrais, je la bichonnerais. » Il regarda le pouce d'Athena qui bougeait sur sa main. « Et toi ? Qu'est-ce que tu ferais ?

– Si j'étais propriétaire de cette maison et de tout ce qu'elle contient, j'essaierais d'étendre la bibliothèque et mes connaissances. Mais c'est tout. Je ne changerais rien à tout le reste. Pas de mari indélicat, pas de mômes pour me pourrir la vie. Moi, et rien que moi.

– Tu ne me laisserais pas garder ma chambre ?

– Je croyais que tu voulais quitter cette ville.

– Ça, c'était avant que tu deviennes riche, avec une grande maison à toi.

– Tu as déjà un ami avec de l'argent et une belle baraque, dit Athena.

– Oui, mais parfois, il me fatigue. Toi, jamais. »

La conversation s'arrêta alors qu'il prenait conscience de la vérité qu'il venait d'énoncer. Il lui avait parlé spontanément, sans dissimuler ses sentiments derrière un voile de sarcasme et de légèreté.

« Et moi ? dit Hal. Ça t'arrive d'en avoir marre de moi ? Je m'attends toujours à ce que tu décides de jeter l'éponge. »

Elle réfléchit. « Je me mets en colère contre toi parfois. Je peux te trouver irritant. Mais non, jamais au point de jeter l'éponge, comme tu dis. » À son apparente surprise, il comprit qu'elle aussi avait involontairement parlé sans faux-semblant. Il soutint son regard jusqu'à ce qu'elle s'éclaircisse la voix et feigne de redécouvrir le sac de couchage de Peter.

« Bon, ça suffit la guimauve. Vise-moi ce truc. Tu ne peux pas pleinement te rendre compte juste en le touchant. »

Hal se décala sur le sac de Peter à côté d'elle, leurs corps l'un contre l'autre, leurs visages séparés d'à peine quelques centimètres. Il s'allongea sur le dos, les mains croisées derrière la tête. Athena s'installa sur sa poitrine. Il se sentait à l'aise, il était bien.

« Hé, dit-il.

– Quoi ? dit-elle.

– Tu veux bien me remontrer le signe pour *eau* ? »

Elle lui prit la main, manipulant ses doigts dans la position correcte, puis se mit à le guider. Comme la nuit précédente, un peu de lumière apparut dans le sillage de leurs doigts entrelacés. Hal sourit alors que leurs mains retombaient sur sa poitrine, toujours l'une dans l'autre. La main de Hal le picota, et le fourmillement s'étendit à son bras, avant de gagner son corps tout entier. Il serra les doigts d'Athena. Elle ne serra pas les siens en retour, mais elle ne lâcha pas prise non plus.

« Te voilà donc arrivé sur un monde extraterrestre, dit-elle. Alors, qu'est-ce que tu en penses ? »

Il leva la tête pour la regarder et essaya de trouver une

réponse amusante, mais il fut distrait par sa beauté : les courbes douces de son corps, sa bouche, grande, généreuse, la caresse soyeuse de ses cheveux sur sa poitrine. Comme chaque fois qu'il la voyait, il se sentait gagné par la même peur. Non pas qu'il craigne de peut-être l'aimer. Il l'aimait, c'était un fait. Et vice versa. Athena serait contente s'il l'embrassait.

Mais pour lui, jusqu'à présent le sexe et l'amour avaient été un parcours semé de situations tendues, d'anxiétés. Et même à dix-sept ans, il se connaissait assez bien pour suspecter que cela ne changerait pas avec le temps. Il était détraqué, de l'intérieur. Pourquoi entraîner la personne qu'il aimait le plus dans ce merdier ?

Il s'aperçut qu'elle attendait sa réponse et, à son tour, s'éclaircit la voix.

« Honnêtement ? Mon moment préféré, c'est maintenant », dit-il.

# Erin

Dans la tente des filles, Peter et Erin ouvrirent leur sac de couchage et l'étendirent sur le sol. Puis leurs bouches entrèrent en collision alors qu'ils s'embrassaient et se caressaient, leur respiration bruyante et impérieuse. C'était différent de la veille au soir, au salon. Moins sexy, plus sérieux. Important. Peter ne manifesta aucune hésitation. Les hauts passèrent au-dessus des têtes, les pantalons glissèrent sur les hanches. Elle tendit la main vers lui, avec l'intention de le guider en elle, mais le bout de ses doigts ne frôla que les côtés et la tête de son érection, tandis qu'il embrassait ses joues, son front, le bout de son nez, sa bouche et son menton. Puis il entreprit de descendre le long de son corps, plantant des baisers sur son cou et ses clavicules, marquant une pause pour mettre délicatement ses mains autour de ses seins et en sucer le bout. Il semblait connaître la combinaison parfaite de langue, de lèvres et de dents. Elle gémit de frustration ravie comme il abandonnait ses seins et continuait sa descente en embrassant son ventre. Sa langue s'attarda au creux de ses hanches, avant qu'enfin ses lèvres se pressent sur la fente entre ses jambes, les écartant pour permettre à sa langue de remonter de sa vulve à son clitoris. Ils gémirent à l'unisson alors qu'il la goûtait pour la première fois.

« Ça va ? » demanda-t-elle. Elle n'avait pas prévu qu'il la suce, et elle n'avait pas pris de douche après avoir marché dans le désert toute la nuit.

« Parfait », dit-il, sa voix étouffée contre elle. Le son lui envoya de petites ondes de plaisir dans tout le corps, et elle haleta, poussant ses hanches en avant. Elle mit une de ses mains autour de sa nuque et empoigna ses cheveux blonds de l'autre. Ils étaient pleins de sable et gras, après l'effort, mais ils lui donnèrent une bonne prise pour s'incliner et le garder contre elle.

Paraissant apprécier sa volonté de contrôle, il enroula ses bras autour de ses cuisses. Il se hissa tout contre elle, faisant monter et descendre sa langue encore et encore à un rythme abominablement lent, ne s'interrompant que pour prodiguer ses attentions à son clitoris en haut de chaque coup de langue.

Il suivit bien ses indications, ralentissant quand elle le demandait, accélérant si elle le désirait. Il varia son rythme, se servant de ses doigts, gémissant en elle et lui pinçant le bout d'un sein d'une main alors qu'elle se cambrait et jouissait en tremblant. Elle avait déjà connu des orgasmes plus intenses, mais c'était la première fois avec une autre personne. Elle n'avait jamais pu jouir avec Randy.

Dans le moment de douceur qui suivit, presque folle de désir et de gratitude, elle redressa Peter qui, enfin, se laissa guider en elle. Le ciel étrange, le monde extraterrestre, l'existence de la Dissonance et du multivers disparurent de cette bulle de plaisir, de chaleur et d'intimité.

La partie purement sexuelle se révéla maladroite et courte, mais sincère dans sa brièveté. Elle tint le visage de Peter entre ses mains alors qu'il jouissait, et quelque chose dans son expression – un mélange de plaisir, de surprise et de chagrin – l'étonna par son intensité. Elle baissa la tête de Peter dans son cou pour ne pas avoir à la voir. Elle n'aurait pas su expliquer pourquoi, mais cela altéra ce moment. Sa poitrine se contracta, et elle lutta pour maîtriser sa respiration. Elle ne pouvait pas le laisser voir sa soudaine panique. Pas question.

Après, alors qu'ils étaient allongés, Peter se dressa sur un coude. « Je suis heureux de l'avoir fait avec toi, dit-il. Ma première fois.

– Moi aussi », répondit-elle, mais elle ne put croiser son regard. Elle ferma les yeux alors qu'il l'attirait contre elle pour l'embrasser. Apparemment, il ne demandait pas mieux que de rester dans cette tente avec elle, mais elle voulait qu'il s'en aille. Dehors.

« On a besoin de sommeil, dit-elle. Grosse journée demain. Va te coucher, andouille.

– Oh. D'accord. » Il se redressa, visiblement désorienté, mais s'habilla sans rien dire et l'embrassa une fois sur la joue avant de quitter la tente.

Elle attendit dans le silence, inspirant profondément, essayant de comprendre ce qui clochait, bon sang. Pourquoi avait-elle du mal à respirer ? Elle devait sortir de cette tente. Elle avait besoin de bouger.

Elle passa en vitesse ses sous-vêtements, son short, ses chaussures de marche et son t-shirt, et avança en trébuchant et en haletant jusqu'au milieu du camp. Elle tomba à quatre pattes. Elle avait envie de hurler pour chasser ce sentiment trop gros pour elle de sa poitrine, et c'est ce qui faillit se produire quand une main se posa sur son épaule.

« Qu'est-ce qui ne va pas ? » demanda Athena.

Erin agita les mains devant son visage. Elle s'entendit respirer bien fort, mais se demanda où passait l'air, parce qu'elle avait l'impression d'avoir un étau dans la poitrine.

« Tu veux que j'aille chercher Peter ? » dit Athena. Elle fit mine de se diriger vers la tente des garçons, mais Erin la retint.

« Non, n'y va pas.

– Il a fait quelque chose ? » dit Athena, dont le visage se durcit.

Erin secoua la tête et ferma les yeux de toutes ses forces. Elle sentit Athena s'accroupir à côté d'elle, et sursauta quand son amie l'entoura de ses bras. Athena ne posa pas davantage de questions. Au lieu de chercher à comprendre ce qui n'allait pas, ou à arranger les choses, elle tint Erin et la berça dans la chaleur de cette fin de matinée.

Erin pleura aussi doucement que possible, ne s'expliquant pas vraiment pourquoi, sachant juste que quelque chose à l'intérieur avait besoin de sortir, et qu'Athena l'aidait. Elle s'était presque reprise quand Athena leva un bras et montra du doigt quelque chose au loin.

« Regarde. »

Erin s'essuya les joues et suivit la direction qu'indiquait Athena. Dans le lointain se déplaçait un animal pour lequel Erin n'avait pas de nom, un quadrupède dont les pattes semblaient bien trop grêles pour supporter son corps en forme de barrique. Il n'avait pas de queue, et sa tête avait l'apparence d'un casque de combat extraterrestre, anguleux et s'effilant en une trompe sur le devant, un peu comme une paille courbe et segmentée. Alors que la créature se déplaçait sur le sable, sa trompe se plia à la manière d'un doigt aux articulations multiples et monta en direction de son visage.

Erin et Athena regardèrent dans un silence fasciné. Elles avaient déjà vu des formes de vie étranges, mais jamais à cette échelle. Une partie d'Erin regretta que les garçons et le professeur ne soient pas réveillés pour partager ce moment avec elles. Mais une autre, la plus sincère, se réjouit qu'elle et Athena soient les seules témoins de ce sombre prodige.

Elles regardèrent la créature jusqu'à ce qu'elle disparaisse, cachée par les dunes. Puis elles retournèrent à leur tente et dormirent.

# Athena

Après le phénomène observé à l'extérieur de la tente, Athena eut du mal à trouver le sommeil, puis à rester endormie. La lumière du jour était intense, au point qu'Erin, d'ordinaire une dormeuse discrète, gémissait et s'agitait. Athena ignorait ce qui s'était passé pendant que Peter et Erin étaient seuls ensemble, mais elle s'inquiétait.

Impossible ou presque de se reposer dans ces conditions. Ainsi, quand le professeur battit le rappel du coven au coucher du soleil, elle se sentait toujours épuisée et courbaturée, elle avait le dos en compote d'avoir roupillé par terre. Sa mauvaise jambe récriminait elle aussi. Ses amis et son mentor parlèrent peu pendant un petit déjeuner composé de café instantané et de Pop-Tarts, avant de lever le camp et d'entamer la seconde nuit de marche.

Le silence persista. Peter marchait à côté d'Erin, mais celle-ci avançait tête baissée, les épaules voûtées, les mains sur les sangles de son sac à dos, dans une posture transpirant clairement le malaise. Même Hal, pourtant bavard d'ordinaire, ne disait rien. Était-il épuisé, lui aussi ? Ou réfléchissait-il à leur conversation d'hier dans la tente des garçons ? Elle espérait que la seconde hypothèse était la bonne, parce qu'elle n'arrêtait pas de se repasser ce moment dans son esprit.

L'espace d'un instant, elle avait été tellement *sûre* qu'il allait l'embrasser. Qu'est-ce qui l'avait retenu ? Pas une quelconque timidité tout de même. Elle l'avait vu avec des filles au lycée.

Réponse : il l'aimait bien, mais ne l'*aimait* pas. Pas comme cela. Elle ne voyait pas d'autre explication logique. Peut-être que l'idée lui avait traversé l'esprit, après que Cynthia Brofur et lui avaient rompu, mais qu'au moment de passer à l'acte, il n'avait pas pu s'y résoudre.

Mais alors, pourquoi lui avait-il dit *Honnêtement ? Mon moment préféré, c'est maintenant* ?

Ses pensées tournèrent en rond de cette manière pendant des heures alors qu'elle posait un pied devant l'autre et obligeait son corps à supporter la longue marche jusqu'au prochain camp. Les étoiles s'estompaient et l'aube se levait sur Deoth, quand le coven descendit des dunes sur une étendue plate de sable tassé. À moins de deux kilomètres se dressait apparemment un village, près d'une mare et d'une assemblée clairsemée de cactus violets.

Les constructions étaient toutes identiques – de petites structures en argile coiffées d'un dôme – à une exception, située au centre. Contrairement aux huttes brun grisâtre et aux lignes douces et courbes, ce bâtiment en pierre noire comportait des angles saillants qui rendaient sa vue presque douloureuse. D'allure austère, il était haut d'au moins trois étages, se terminant par une pointe fuselée dirigée vers le ciel, telle une église privée de croix.

« C'est là ? dit Hal. C'est pour ça qu'on est venus ? »

Marsh pointa son compas dans cette direction et fronça les sourcils. « Je ne pense pas. Peut-être s'agissait-il d'un village à l'écart. Un lieu où les voyageurs s'arrêtaient.

– Je ne vois personne, maintenant, dit Peter.

– Peut-être qu'ils se cachent, dit Hal.

– Non, dit Marsh. C'est abandonné depuis longtemps.

S'il y avait des habitants, il y aurait des signes. Des bêtes de somme. Des jardins. Des outils pour le travail quotidien.

– On peut aller jeter un coup d'œil ? » proposa Athena. L'apparition du village avait atténué ses courbatures et ses douleurs et l'avait tirée de sa torpeur. La curiosité eut sur elle l'effet conjugué d'un analgésique et d'un expresso bien serré.

« Mieux vaut s'abstenir, répondit Marsh. Je peux me tromper, et je ne veux pas le payer de vos vies. Seul notre objectif – la source d'énergie dissonante – mérite que nous nous mettions en danger. » Il étudia le village un peu plus longtemps. « J'aimerais laisser cet endroit derrière nous, mais je ne suis pas capable d'aller plus loin aujourd'hui, et revenir sur nos pas serait stupide. De toute façon, quiconque se cachant ici nous aurait déjà vus, et pourrait facilement nous suivre s'il le voulait. Nous nous relayerons pour monter la garde. »

Ils dressèrent le camp en vue de l'oasis et partagèrent de nouveau un repas composé de cochonneries préemballées. Les rations lui rappelèrent sa période de régime, et elle éprouva un moment de profond malaise. Elle regretta qu'ils n'aient pas emporté une nourriture plus saine. Alors qu'ils mangeaient, elle et Erin décrivirent au reste du groupe la créature qu'elles avaient vue la veille. Après le petit déjeuner, Marsh organisa le coven par paires pour les tours de garde, Peter et Athena pour le premier quart, Hal et Erin pour le deuxième, et Marsh lui-même pour le dernier. Athena se demanda si le professeur avait remarqué les traces de pas entre les tentes des garçons et des filles la veille, et avait choisi les tandems de cette manière pour éviter tout déchaînement hormonal supplémentaire parmi la bande d'ados. Mais elle devait admettre que cette théorie supposait de Marsh un intérêt pour ses élèves qu'elle n'était pas sûre de pouvoir lui attribuer. Leur prêtait-il seulement attention, au-delà de leurs performances ?

Hal, Erin et le professeur allèrent se coucher dans leurs tentes respectives, tandis que Peter et Athena marchaient en cercle autour du camp pour rester éveillés. Peter, d'ordinaire aussi calme que la pierre, semblait sombre aujourd'hui.

« Ça va ? demanda Athena.

– Oui, pas de problème, dit-il. Pourquoi ? Erin t'a dit quelque chose pour hier ?

– Non. Et Hal, il t'a parlé ?

– Non. On s'est endormis dès que je suis retourné dans la tente.

– Oui, mentit Athena. Nous aussi. »

Ils firent quelques tours supplémentaires du camp. À chaque point du périmètre, les yeux d'Athena se sentaient attirés par le village. Les gens qui avaient habité là avaient dû être pauvres et mener une vie simple. Que mangeaient-ils ? Cultivaient-ils la terre ou étaient-ils obligés d'importer leur nourriture ? Et d'où, dans ce cas ? Et ce bâtiment planté au beau milieu ? Qu'est-ce que c'était, bon sang ? Une église ? Un genre de temple ?

Elle mourait d'envie de quitter la protection du périmètre pour aller y voir d'un peu plus près. Il se pouvait que Marsh ait raison de juger cet endroit à la fois insignifiant *et* dangereux. Mais s'il se trompait sur ces deux points ? Et si ce village – ce temple en particulier – détenait les réponses au moins à certaines de leurs questions ? Il semblait irresponsable de *ne pas* aller s'en assurer.

Mais Athena comprenait aussi qu'il y avait des règles, et que lesdites règles existaient pour une bonne raison. Elle avait pour habitude de s'y plier, comme le lui avaient inculqué ses parents dès le plus jeune âge. Ils lui avaient expliqué qu'à cause de la couleur de sa peau, les gens seraient constamment à l'affût d'un prétexte pour la rejeter ou l'exclure. Elle devait se montrer absolument irréprochable, si elle voulait avoir une chance de survie, sans parler de s'épanouir. Elle décida donc de rester à l'intérieur du périmètre avec Peter, tous deux mal à l'aise face à la vue étrange qui s'offrait à eux. Elle formula des hypothèses et des conjectures à propos du temple, de Hal, d'Erin et de Peter, mais aucune qui la satisfît. Elle n'était pas plus avancée quand son quart se termina et qu'elle alla réveiller Erin.

# Erin

Erin avait compté se sentir mieux après avoir dormi un peu, surtout en ayant la tente pour elle seule un moment. Elle avait espéré que la panique dans sa poitrine s'apaiserait, et qu'elle redeviendrait elle-même. Mais quand Athena la réveilla pour son quart, et qu'elle sortit en traînant les pieds sous le soleil aveuglant, elle aperçut un Hal grognon émerger avec les petits yeux, et prit conscience qu'elle était toujours tendue et irritable. Elle regretta de ne pas pouvoir annuler cette stupide expédition, retourner dormir chez elle, dans son lit, et faire que les choses rentrent dans l'ordre.

Elle et Hal échangèrent un signe de la main, s'appliquèrent une couche épaisse d'écran solaire sur leur peau exposée, se préparèrent deux gobelets de café instantané, puis arpentèrent le périmètre du camp.

« Il s'est passé quelque chose d'intéressant pendant qu'on roupillait ? » demanda-t-elle. Elle avala une gorgée de café et retint un haut-le-cœur. Il était infect.

« Peter n'a rien signalé, dit Hal. Et Athena ?

– Elle m'a paru plus bougonne que d'habitude. Pas sûre qu'on puisse en tirer une conclusion.

– Bien malin qui pourrait le dire. »

Il semblait plus ronchon qu'à l'accoutumée, lui aussi.

Erin ne lui demanda pas ce qui n'allait pas. Elle ne voulait pas le savoir, ses propres problèmes lui suffisaient. Elle ingurgita le reste de son café et se rinça la bouche avec de l'eau en bouteille, crachant dans le sable.

« Je déteste ce temps, dit Hal. Le professeur pourrait au moins faire quelque chose pour nous épargner cette chaleur et cette lumière.

– C'est *déjà* le cas, je pense. Il a ajouté quelque chose à mon injonction de protection. Ce que tu vois, c'est Deoth avec des verres fumés sur le nez.

– Bon Dieu. »

Erin montra du doigt le village. « Tu crois que le bon Dieu connaît l'existence de cet endroit ?

– Ça pourrait être une scène tirée de l'histoire de la vie de Jésus, dit Hal. À part le château craignos qui fout les chocottes, dressé au beau milieu, bien sûr. Mais si tu retires ça, que tu trouves peut-être une étable et une mangeoire : le décor est planté.

– Qui sait ? Peut-être qu'il y a ça dans l'une de ces constructions.

– Dommage, on ne le saura jamais.

– C'est rageant, hein ? Alors que c'est *juste là.* » Elle fit un grand geste du bras.

Hal sortit une petite bouteille de sa poche et la lui offrit. « Tu veux boire un coup ? »

Elle accepta la flasque, regarda le dindon sur l'étiquette. « Où tu as eu ça ?

– T'inquiète, dit-il. La question, c'est si tu en veux ou pas. »

En temps normal, sa réponse aurait été non. Mais aujourd'hui, désorientée et malheureuse, elle se réjouit de cette chance de se calmer les nerfs. Elle dévissa le bouchon et inclina la bouteille pour avaler une gorgée de feu. Son gosier et son estomac s'embrasèrent. Elle toussa dans son poing alors qu'elle lui rendait le bourbon.

« Merde alors. »

Hal rit. « Tu es censée le boire à petites gorgées, pas l'avaler d'un trait. »

Erin se pencha en avant et posa les mains sur ses genoux. Elle attendait que son estomac décide si elle allait vomir ou pas.

« C'est dégueu, dit-elle.

– Ouais, mais c'est pas cher et ça fait le boulot. » Il dit cela avec la voix d'un homme plus âgé, pas l'imitation de quelqu'un de réel, mais un composite de soldats lessivés et de flics désabusés, croisés au hasard des salles obscures. C'était presque adorable. Elle étudia son profil alors qu'il buvait.

« Alors, gonflée à bloc pour la terminale ? lui demanda-t-il.

– Je ne sais pas trop. » Elle s'arrêta de marcher alors qu'ils arrivaient à la partie du périmètre la plus proche de l'étrange village. Elle regarda les cactus violets à peine à quelques mètres de là. Elle ressentit un affreux pincement au cœur, sa poitrine et son estomac se liguant pour lui jouer l'amère musique du malaise. « C'est juste un barreau de plus de l'échelle sur laquelle on te place dès la naissance. T'en as jamais assez de grimper ? »

Il pointa du doigt le temple dans le village. « En quoi il est, d'après toi ? En obsidienne ?

– Ou dans toute autre roche noir brillant de la région. Je suis sûre qu'ils lui donnent – ou donnaient – un nom à eux. Je m'intéresse plus à ce qui se trouve à l'intérieur. » Elle saisit la bouteille et but de nouveau. Cette gorgée ne descendit pas plus facilement que la première. Elle faillit laisser tomber le bourbon alors qu'elle toussait.

« Doucement, dit Hal. Ça doit me faire le reste de cette expédition. »

Elle plaqua la main contre sa bouche, de crainte que son estomac renvoie directement l'alcool sur le sable. Elle se tint absolument immobile jusqu'à ce que la nausée passe, puis elle s'éclaircit la voix et but plus d'eau.

« Ça aussi, ça doit durer jusqu'à la fin de l'aventure, dit Hal. Vas-y mollo.

– Mais sinon, qu'est-ce qu'il y a à l'intérieur d'après toi ? dit-elle. Des trucs comme on en trouve dans toutes les églises, je suppose. Des bancs. Un autel. Des idoles de leurs dieux.

– Tu penses qu'il y en a plus d'un ? dit Hal.

– Et si chaque monde, chaque réalité avait le sien ? À moins que certains dieux existent dans certains mondes et pas d'autres ? Peut-être y en a-t-il qui sont généreux et bienveillants, d'autres cruels, et d'autres encore tout bonnement stupides ? Sans qu'il y ait vraiment d'ordre dans tout ça. C'est le chaos à l'état pur. Regarde, toi par exemple. Tu brandis une épée au nom du Temple de la Douleur. Tu ne penses pas qu'il existe une divinité responsable de ça ?

– Tu marques un point.

– Et puisqu'on parle de dieux et de temples… des nouvelles du tien récemment ? »

Hal secoua la tête. « Rien depuis le jour où il m'a dit d'aller dans les bois. »

Erin aurait dû se sentir soulagée. Elle ne parvenait cependant pas à chasser complètement une impression de malaise. « Notre venue ici n'aurait pourtant pas dû le laisser indifférent, me semble-t-il.

– Pour moi, "pas de nouvelles, bonnes nouvelles". C'est comme ça que je vois la situation. Je dois être sur la bonne voie, et le Temple se manifestera si jamais je m'en écarte.

– Ça se tient, je suppose, dit Erin.

– Ceci dit, je meurs d'envie d'avoir les échos d'autres temples. Qu'est-ce que tu dirais de commencer par celui-là ?

– Tu plaisantes ? dit Erin.

– On a environ deux heures devant nous avant de devoir réveiller le prof. On peut être de retour avant que quiconque s'aperçoive qu'on est partis.

– Et la barrière ?

– C'est toi qui l'as dressée, dit-il. Je parie que tu pourrais traverser sans difficulté. »

Peut-être était-ce l'alcool, ou ses réflexions sur les échelles, ou ses sentiments récemment chamboulés envers Peter. Quelle qu'en soit la raison, elle se sentait téméraire.

« Et puis merde, dit-elle. Allons à l'église. »

# Hal

Erin découpa une petite porte dans le dôme, leur permettant de sortir dans la canicule. Elle le fit avec cette apparente facilité à laquelle il s'attendait.

Il remarqua immédiatement la différence de température et de luminosité. Le soleil, détestable avant, devint une présence physique. La lumière et la chaleur l'écrasèrent tel un fardeau, et au bout de quelques moments seulement, sa tête ressentit une pression douloureuse.

Erin gémit et s'abrita les yeux de la main. « Je suis encore ivre, mais j'ai l'impression d'avoir la gueule de bois. Comment c'est possible ? »

Ils parcoururent les quelques mètres qui séparaient leur camp de l'oasis. Aucune horde de créatures ne sortit des huttes pour les accueillir ou les dévorer. Le village resta tranquille, la profondeur de son silence n'ayant d'égal que la force du soleil dans le ciel. Hal jeta un coup d'œil derrière lui, en direction du camp, qui semblait déjà loin. Il eut comme un pressentiment, qu'il se hâta bien sûr d'ignorer alors qu'il montrait du doigt un cactus violet à proximité.

« Tu veux regarder de plus près ? » Mais quand il se retourna pour connaître la réaction d'Erin, il l'aperçut qui disparaissait dans la hutte la plus proche. Elle ressortit une seconde plus tard, secouant la tête.

« Personne », dit-elle.

Hal entra dans une autre. Elle semblait n'avoir *jamais* été habitée. C'était un espace sans mobilier, sans ustensiles de cuisine, sans livres, sans bibelots ou sans outils. Rien. Juste une construction vide, qui lui rappela les rues génériques des décors que les studios de cinéma gardaient sur les grands terrains à l'arrière des plateaux de tournage. Suffisant pour donner le change vu depuis son canapé sur un écran 19 pouces, mais pas pour résister à un examen minutieux sur place.

« C'est bizarre, dit Hal, retrouvant Erin dehors.

– Allons voir le temple », dit-elle.

De nouveau, Hal eut ce sentiment d'appréhension, plus fort cette fois. C'était en partie dû à l'apparence du temple – franchement sinistre –, mais aussi au fait que sa présence ne s'amoindrissait pas avec la proximité, comme cela avait été le cas avec les huttes. Alors qu'ils approchaient, il sembla, inexplicablement, *plus* réel, *plus* tangible. Hal put distinguer les imperfections dans les pierres noires entrant dans sa construction – la maçonnerie irrégulière, les lézardes.

« C'est curieux que le sable ne l'ait pas érodé depuis le temps, tu ne trouves pas ? dit-il alors qu'il passait la main sur un mur. Ça ne devrait pas être aussi brillant, non ? »

Alors que le bout de ses doigts s'attardait sur la pierre, il lui vint une autre pensée : *Il faut faire demi-tour.* Un instinct aussi flamboyant qu'une enseigne au néon. Mais Erin le dépassa, montant les marches d'un pas rapide, presque agressif. Hal la suivit pour qu'elle n'ait pas à entrer seule.

Il faisait frais et sec à l'intérieur. Sombre également. Hal tira sa lampe électrique de sa ceinture pour aider Erin à trouver la sienne. Puis ils se séparèrent pour explorer les lieux.

Cela ressemblait effectivement à une église. De longues rangées de bancs s'étendaient vers l'avant de part et d'autre de l'entrée. Ils semblaient être de la même pierre que le reste de l'édifice, mais quand il s'approcha, Hal s'aperçut qu'ils n'étaient pas posés sur le sol, mais en dépassaient, comme une formation rocheuse naturelle. Tout dans cet endroit lui rappelait le Temple de la Douleur. En plus petit, et moins vide, mais avec exactement la même atmosphère.

Quand il s'en ouvrit à Erin, elle l'appela à l'avant de la salle, où elle pointait sa lampe sur le mur derrière la chaire. Alors qu'il avançait, il comprit ce qu'elle regardait : un bas-relief sculpté dans la pierre.

Même en combinant la lumière de leurs deux lampes, il s'avéra impossible de voir l'ensemble de l'image en une fois, seulement des fragments. D'après ce que Hal pouvait en dire, cela représentait un bateau sur une mer houleuse, entouré de créatures cachées sous les vagues.

« Une scène maritime dans un temple situé dans le désert, dit Hal. C'est n'importe quoi, non ?

– Pas sûre, dit Erin. Si l'eau était la ressource la plus rare, la plus précieuse dans ton monde, tu ne l'inclurais pas dans ta version du paradis ? »

Hal reporta son attention sur le bas-relief. Les créatures dans l'eau autour du bateau avaient quelque chose de familier. Il tenta de mieux voir, mais soit sa lampe le lâchait, soit quelque chose clochait, parce que le bas-relief devint plus difficile à distinguer.

« Oh », fit Erin.

Hal se retourna vers elle, pensant que quelque chose l'avait frappée, puis comprit pourquoi il avait soudain plus de mal à voir le bas-relief. La porte du temple se refermait, non pas comme une porte normale, mais de haut en bas, comme une paire de mâchoires.

Le monde autour de Hal tourna sur le côté, et il perdit l'équilibre. Erin poussa un cri et laissa tomber sa lampe électrique. La sienne suivit le même chemin peu après.

Elle rebondit dans l'obscurité alors qu'il chutait et s'écrasait contre une surface dure. Comme dans le Temple de la Douleur, trois ans auparavant. Une dégringolade dans les ténèbres pour se faire passer à tabac par un bâtiment.

Peut-être y avait-il un lien intéressant à établir, mais il n'en était pas capable. L'impact – et l'alcool avalé plus tôt – lui fit tourner la tête. Il se sentait sans conteste plus bourré qu'en entrant. Aucune force ne le clouait au sol, et il semblait n'avoir rien de cassé, mais pas moyen de se lever, comme si la pesanteur s'était accrue proportionnellement à l'obscurité. Il se débattit un moment, avant de comprendre la vanité de ses efforts et de laisser retomber la tête sur le sol. Le contact produisit un son mouillé et poisseux, et quand il essaya de la relever, il sentit quelque chose lui tirer les cheveux. Donc, rien au-dessus de lui, mais clairement quelque chose dessous.

« Erin ? appela-t-il.

– J'suis là, dit-elle, la voix pâteuse.

– C'est gluant, chez toi ? »

Des bruits de succion se firent entendre quelque part sur sa gauche alors qu'Erin s'en assurait.

« Oui, dit-elle.

– Je ne sais pas comment te l'annoncer, mais je pense qu'on s'est fait bouffer par une maison.

– Peut-être que c'est un monstre extraterrestre déguisé en village, dit-elle. Pour attirer les curieux, comme nous. » Elle gloussa, et Hal ne put s'empêcher de rire lui aussi. Une partie sereine de lui-même s'interrogea sur le taux d'oxygène dans cet endroit. Étaient-ils en train d'étouffer ? La substance gluante sur le sol faisait-elle pénétrer une drogue quelconque à travers sa peau pour qu'il garde son calme pendant le processus de digestion ?

Le gloussement d'Erin se mua en fou rire. « C'est tellement con. Pas ce qu'on pourrait appeler une belle mort.

– Moi au moins, je suis orphelin, dit Hal. Je ne manquerai à personne. Mais comment le prof va expliquer ça à tes parents ? »

Tous deux se mirent à rire jusqu'à ce que Hal ait mal au bide et que des larmes lui coulent sur les joues.

« Arrête, dit Erin. Tu vas nous faire mourir de rire. »

Il refoula une nouvelle crise de gloussements. Ce n'était *pas* drôle. Pas du tout. C'était même gravissime. Il se concentra sur son souffle, prenant de plus petites inspirations tout en essayant de se calmer. C'était difficile. Par ailleurs, son imagination lui jouait-elle des tours ou l'air était-il plus lourd à présent ?

Des étincelles vertes brillèrent dans l'obscurité, donnant des aperçus en image fixe d'Erin, qui tentait de signer en dissonant.

« Comment on va bien pouvoir se sortir de là ? marmonna-t-elle.

– En mettant le feu ? suggéra Hal. Comme dans *Pinocchio* ?

– On n'a aucune idée de ce qu'on respire. Ça nous rend stupides. Si ça se trouve, c'est un gaz inflammable. Si on provoque un incendie, on risque de se faire sauter avec.

– D'accord. C'est un bon argument. »

Des étincelles vertes brillèrent et s'éteignirent, et Erin gémit.

« Je n'y arrive pas, dit-elle. Je n'ai pas les idées claires.

– Te bile pas », dit Hal, sincère. Il se sentait étrangement serein. Soulagé. « C'est bizarre. Une partie de moi s'est lancée dans cette aventure avec l'espoir de mourir.

– Je te le confirme : c'est bizarre.

– Ce n'est pas comme si j'étais suicidaire. Je ne me vois pas avaler une poignée de pilules ou me jeter devant un train. Mais me faire dévorer par un monstre extraterrestre ne me dérange pas. Bon sang, j'aurais sans doute dû y rester dans cet incendie l'été dernier, avec ma mère. Au moins, quand tu es mort, tu peux décompresser, pas vrai ?

– Tu nous manquerais, dit Erin. À moi et Athena et Peter.

– Je sais. Vous me manqueriez aussi. D'un autre côté, je serais débarrassé de cette sensation qui me colle à la peau.

– Quelle sensation ?

– D'écœurement. Sauf quand je suis avec vous trois. Là je me sens bien. Mais une fois seul ? J'ai sans cesse l'impression que je vais gerber d'un moment à l'autre.

– Tu n'as qu'à épouser Athena, dit Erin. Comme ça, tu auras l'un d'entre nous à tes côtés en permanence.

– C'est ça ton plan ? dit Hal. Épouser Peter après le lycée, et filer le parfait amour pour toujours ?

– On parle de toi.

– Maintenant, je veux qu'on s'intéresse à toi. Je parle trop, de toute façon.

– Entendu, dit-elle avec une pointe d'amertume dans la voix. Si on survit à ça, j'irai épouser Peter sur-le-champ. Ce sera génial.

– Tu as l'air super enthousiaste.

– Je ne veux pas en parler. Pas défoncée aux gaz intestinaux d'un monstre extraterrestre.

– D'accord », dit-il. Lui aussi avait la tête qui tournait. « Oublie ce que j'ai dit.

– Et Peter n'a pas besoin de savoir que j'ai parlé de lui ainsi. Alors, motus, s'il te plaît.

– Ton secret ne risque rien avec moi. Je suis une tombe », dit-il, ce qui relança leur hilarité. Les éclats de rire de Hal agitèrent son corps comme une terrible quinte de toux. Quand Erin et lui se calmèrent enfin, tous deux gémissaient de douleur.

« Tu veux connaître un secret ? dit Erin. Puisque tu es si doué pour les garder ?

– Bien sûr, dit Hal.

– C'est toi que j'ai remarqué en premier. À l'école maternelle. Avant Peter.

– Ah bon ?
– Tu es le premier que j'ai imaginé d'embrasser.
– Ça t'arrive encore ? » dit Hal. La conversation entrait sur un terrain franchement glissant. Il devait faire marche arrière, et fissa, mais il lui sembla n'être que le simple passager de son esprit. Il ne pouvait pas s'empêcher de la revoir, sapée pour la soirée dansante à la convention dissonante, deux étés plus tôt. Dans sa robe blanche, ses jambes longues et galbées, son sourire absolument formidable.

« J'y pense maintenant, dit-elle. Comme on va sans doute mourir dans une minute.

– Tu veux qu'on essaie ? dit-il. De s'embrasser, hein ? Pas de mourir. Même si les deux options figurent manifestement au menu.

– Et puis merde », dit-elle. D'autres étincelles brillèrent et une boule de lumière jaune-vert se fondit en flottant au-dessus des mains tendues d'Erin. Soudain ébloui, Hal plissa les yeux et la vit allongée à moins d'un mètre de là, un sourire niais sur le visage. « Hé, ça a marché. Il faut croire qu'avoir envie de baiser est un puissant déclencheur. »

Avec beaucoup d'effort, Hall roula sur le ventre, puis il avança en rampant sur les coudes, tel un soldat sous les barbelés ennemis. La tête lui tournait, et son estomac gargouillait, mais il parvint à ne pas vomir sur Erin alors qu'il s'arrêtait à côté d'elle, se laissait de nouveau tomber sur le dos, et prenait des inspirations aussi profondes qu'inopérantes.

« Ça va ? » demanda-t-elle.

Un pouce levé en silence fit office de réponse. Avec un grognement, Erin se dressa sur un coude, mais elle perdit l'équilibre et alla choir sur la poitrine de Hal avec un bruit sourd.

C'était le moment, n'est-ce pas ? Fi de toute prudence, *carpe diem* bordel. Il leva la tête et l'embrassa. Elle lui rendit son baiser avec une intensité surprenante, et en l'espace de quelques secondes, elle fourra ses mains à l'intérieur de son pantalon pour lui presser les fesses. Interprétant cela comme une permission, il glissa une main sous son t-shirt et caressa la chair d'un de ses seins à travers son soutien-gorge de sport. Il eut vaguement conscience du fait qu'il ne bandait pas du tout – il avait la bite aussi molle qu'un oreiller –, une situation pour le moins embarrassante. Heureusement – ou peut-être, pour être plus juste, malheureusement –, il n'eut pas l'occasion de s'en expliquer ou d'y remédier, puisqu'à ce moment-là, le sol se souleva sous eux.

Il eut l'impression d'un double rebond sur un trampoline. Fortement secoués, Hal et Erin décollèrent du sol poisseux du temple, et s'élevèrent, leurs membres enchevêtrés. De la lumière perça l'obscurité et aveugla momentanément Hal. Il tomba, et cette fois atterrit sur le sable, avec Erin sur lui, tous deux couverts d'un magma infâme et visqueux, elle avec une main fourrée dans son pantalon, lui avec une main glissée sous son t-shirt. Alors que Hal plissait les yeux au soleil, il vit le temple se dresser dans le ciel, dévoilant sa véritable nature, à savoir une tête sur un long cou noir écailleux. Son apparence n'était plus celle d'un édifice anonyme, mais celle d'une créature en colère tout droit sortie d'un mythe.

Elle fondit sur Hal comme si elle avait l'intention de le mordre, mais un jaillissement d'énergie verte interrompit l'arc qu'elle décrivait. De la pierre explosa sur le visage de la créature, qui hurla de douleur. Hal se tourna vers la source de cette énergie. Athena, Peter et le professeur Marsh se tenaient épaule contre épaule à environ un mètre de là. La main d'Athena était levée, frangée de lumière, ne laissant aucun doute sur qui avait blessé le monstre.

Hal savait qu'il aurait dû bouger, mais il avait toujours la tête qui tournait, et il avait peur de gerber. La bêtetemple redressa la tête, et l'espace d'une seconde, Hal crut qu'elle allait de nouveau attaquer, pour ne s'arrêter, cette fois, que quand elle aurait taillé tout le coven en pièces, sans se soucier de la force qu'Athena avait à lui opposer. Mais elle sembla se raviser et, à la réflexion, décider de battre en retraite vers l'horizon.

« Qu'est-ce que c'était ? demanda Peter.

– Un piège, dit Marsh. Pour les idiots qui ne sont pas capables de suivre les consignes. »

Hal s'aperçut qu'Erin était encore sur lui, et qu'ils étaient toujours en train de se peloter. Il libéra sa main et la poussa pour se dégager. Il roula sur lui-même et se redressa sur les genoux, poisseux et dans les vapes. Non seulement le temple avait disparu, mais les huttes, les cactus et la mare de l'oasis s'étaient fait la malle avec lui, ne laissant qu'une étendue plate de sable gris.

« Qu'est-ce qui vous est passé par la tête ? s'énerva Marsh. Vous avez de la chance qu'Athena n'ait pas trouvé le sommeil, ou vous seriez morts à l'heure qu'il est. Nous n'aurions jamais su ce qui vous était arrivé.

– On est désolés, dit Erin.

– Donnez-moi une seule raison de ne pas vous renvoyer chez vous immédiatement, dit Marsh.

– Erin et moi avons découvert une information précieuse, dit Hal, tâchant de ne pas vomir. Sur Deoth, des créatures peuvent adopter l'apparence de constructions pour vous dévorer. Imaginez qu'on ait fait cette découverte en entrant dans ce que nous pensons être la source d'énergie qu'on cherche ? Tous les cinq ? Ç'aurait été la fin de ce coven. Nos vies ? Finito. » Il claqua des doigts pour accentuer son argument.

« Foutaises, dit Marsh. Parmi le reste d'entre nous, personne ne serait aussi stupide que vous deux. Mais au moins ce sont des foutaises réfléchies. » Il eut un geste dédaigneux de la main et s'éloigna.

« Merci de nous avoir sauvé la vie », dit Erin à Athena.

Peter regarda Erin comme s'il voulait dire quelque chose, mais il parut se raviser et repartit en direction du camp à la suite de son grand-père.

« Il est sans doute sous le choc, c'est tout », dit Hal à Erin. Il regretta immédiatement ces mots, tant ils lui semblaient peu convaincants.

« Ou alors, dit Athena, il se demande pourquoi vous vous êtes éclipsés tous les deux pendant qu'on dormait. Et aussi pourquoi vous étiez en train de vous tripoter quand le temple vous a recrachés. »

Elle n'attendit pas leur réponse pour tourner les talons et repartir vers le camp à la suite de Peter.

# Athena

L'étape suivante de leur périple se passa dans un silence pesant. Si le professeur avait raison, cette marche serait leur dernière avant d'arriver à destination. Un jour plus tôt, Athena avait été tout excitée. Maintenant, elle se sentait triste et en colère, et au fond, pressée d'en finir avec cette foutue expédition.

Alors que les étoiles s'estompaient et que le ciel nocturne virait du noir au violet, puis au gris, elle commença à distinguer des silhouettes au loin, si fluettes qu'elle se demanda si elle les avait imaginées. Cependant, quand l'horizon s'éclaircit, elles restèrent visibles et se précisèrent sous la forme de trois mâts étroits plantés dans le sol, à intervalle régulier. Un genre de grand seau semblait accroché à environ deux tiers de leur hauteur.

« C'est là ? » dit Erin, qui pointa du doigt.

Marsh ouvrit son poing. Sa pierre-boussole s'agita et sautilla dans sa main en direction des formes dans le sable.

« On dirait les mâts d'un vieux voilier, dit Peter. Comme le *Pequod* dans *Moby Dick*, mais sans les cordages et les voiles.

– Je crois que tu as raison, dit Marsh.

– Hem, dit Erin.

– Quoi ? dit Marsh.

– On a vu quelque chose dans le temple hier. Un genre de bas-relief sculpté dans le mur. Ça représentait un bateau. Au-delà du piège très élaboré qui nous a été tendu, peut-être qu'on est tombés sur quelques indices intéressants à l'intérieur ? »

Marsh réfléchit. « Dans une créature se faisant passer pour un temple ? dit-il.

– Peut-être qu'au début, c'était un vrai temple, comme le Temple de la Douleur, et qu'il est devenu sauvage ? » suggéra Hal.

Marsh rit. « Je suppose que tout est possible. »

À mesure qu'ils approchaient, il apparut clairement que les mâts étaient toujours fixés à la coque d'un bateau. Simplement, ce dernier était, pour l'essentiel, enfoui sous le sable. Seule sa poupe en dépassait en diagonale, comme s'il s'était immobilisé dans la descente, après avoir franchi la crête d'une vague.

« Qu'est-ce qu'un vieux voilier vient fiche dans un désert, bon sang ? dit Hal.

– Tu t'es battu contre une araignée géante et des arbres intelligents, et tu as failli te faire bouffer par un temple hier, dit Athena. Un bateau dans le désert, c'est ça qu'il te faut pour atteindre les limites de ta crédulité ? »

Après cela, Hal la boucla, ce qu'elle trouva gratifiant, mais cela ne l'empêcha pas de se sentir déçue. Elle avait espéré tomber sur un château gothique, ou une immense cité cyclopéenne au bout de leur périple, pas un rafiot comme elle en avait vu dans de vieux films barbants ou des livres d'images. Question Dissonance, leur découverte ne cassait pas trois pattes à un canard.

Ils dressèrent le camp en vue de ce bateau pas-si-étrange, et Marsh demanda au coven s'il pouvait leur faire confiance pour rester à l'intérieur de la barrière de protection. Honteux, Erin et Hal donnèrent leur parole de bien se conduire.

« Aujourd'hui, les tandems pour les tours garde seront de même sexe, décréta Marsh. Les filles, vous prenez le premier quart. »

Ils montèrent leurs tentes, s'assurèrent de l'intégrité de la barrière, avalèrent en vitesse un repas d'infâmes denrées non périssables, et les garçons allèrent se coucher. Erin et Athena regardèrent l'épave devant elles.

« Qu'est-ce qu'on va y trouver d'après toi ? demanda Erin.

– Je ne sais pas, dit Athena. Peut-être des livres anciens ou des rouleaux de parchemin, si on a de la chance. Un journal de bord qui nous renseigne sur ce bateau, sa destination, la raison pour laquelle il émet autant d'énergie dissonante.

– Des réponses, donc.

– Oui. Sinon, qu'est-ce qu'on fait là ?

– Du tourisme ? » dit Erin.

Athena lui lança un regard, et l'autre fille tressaillit.

« Sois honnête avec moi, dit Athena. Dans le temple, comment est-ce que Hal et toi avez fini par faire… ce que vous faisiez ? »

Erin ne répondit pas immédiatement, ce qui dit à Athena tout ce qu'elle avait besoin de savoir. Il ne manquait que les mots pour donner forme et spécificité à la trahison.

« On a cru qu'on allait mourir, dit Erin. On avait du mal à respirer. La créature nous a fait quelque chose. Ses gaz digestifs nous ont fait planer, comme quand la créature-araignée t'a empoisonnée. On n'était plus nous-mêmes. On s'est un peu pelotés, mais ça ne m'a pas plu, et à Hal non plus, je crois. On aurait sans doute arrêté, mais à ce moment-là, vous nous avez sauvés.

– Je suppose qu'on est quittes, alors », dit Athena, la voix pleine de sarcasme. Elle regarda en direction du bateau, et essaya de se forcer à lui trouver de l'intérêt. Après tout, la perspective d'une telle découverte l'avait tenue excitée pendant tout l'été. Mais une seule pensée monopolisait son esprit, à savoir le mépris que lui inspiraient ses meilleurs amis en ce moment même. Peter ne suffisait pas à Erin. Il avait fallu qu'elle tente sa chance avec Hal.

« Je suis désolée, d'accord ? dit Erin. Peter et moi avons fait l'amour pour la première fois l'autre nuit. C'était… Je ne sais pas. C'était beaucoup. J'étais bouleversée et j'ai fait une bêtise, et je donnerais tout pour pouvoir revenir en arrière. »

Athena se souvint des larmes d'Erin, ce premier matin dans le désert. Son souffle court, ses halètements aigus. Ce qu'elle disait se tenait, mais l'estomac noué d'Athena la rendait imperméable à la logique.

« Je suis désolée que l'amour inconditionnel de Peter soit si perturbant pour toi, dit-elle. Ça doit être difficile. »

Elles passèrent le reste de leur quart en silence, et après, pour une fois, Athena arriva à dormir. Le professeur Marsh les réveilla en début de soirée pour un nouveau repas. Ils levèrent le camp et continuèrent sans la barrière de protection, le professeur craignant qu'elle les handicape dans leur exploration de l'épave. De toute façon, ils étaient venus pour cela ; c'était donc un risque à prendre. Ils approchèrent du bateau, Marsh tenant un caméscope, le coven étant muni d'appareils photo. Rien ne surgit pour les accueillir ou les chasser. Rien ne bougea. Le vaisseau semblait inoccupé. Mais le faux village de la veille leur avait laissé croire la même chose.

« Le bois paraît en bon état, dit Athena. Un bateau à l'air aussi vieux devrait avoir pourri maintenant, non ?

– L'aridité du désert a pu le préserver un temps, dit Marsh. Mais tu as raison, un bâtiment de cet âge devrait s'être délabré. »

Le sable avait suffisamment recouvert l'épave pour leur permettre de grimper par-dessus le bastingage et sur le pont près du mât central. Avec la zone autour du mât de devant complètement enfouie, ils montèrent la pente en diagonale vers la poupe.

Près du sommet, Marsh s'accroupit et posa sa pierre-boussole sur le pont. Elle vibra, trembla, et roula vers l'escalier menant en bas.

Marsh et le coven se laissèrent guider. Les vieilles marches gémirent sous leurs pieds, mais tinrent bon alors qu'ils arrivaient dans une pièce étroite bordée de couchettes en bois. Il n'y avait ni oreillers, ni couvertures sur les lits, ni squelettes figés de façon théâtrale pour une sieste éternelle. Juste le bois nu.

Sur un des lits, Athena trouva un livre relié en cuir, ses pages jaunies par l'âge. « Regardez ça », dit-elle en le montrant aux autres. Elle l'ouvrit au hasard, quelque part au milieu, puis braqua sa lampe électrique dessus.

« Qu'est-ce que ça raconte ? » demanda Hal.

Athena fronça les sourcils alors qu'elle essayait de traduire. « Je n'en suis pas sûre, dit-elle enfin. C'est indéniablement du dissonant, mais peut-être un dialecte différent ou quelque chose d'approchant ? Les caractères me sont familiers, sans que je les reconnaisse tout à fait. Et vous avez vu ça ? »

Elle leva le livre pour leur montrer une illustration qui occupait deux pages. Un bateau, apparemment. Peut-être celui-là ? Il y avait sur le pont une silhouette de forme humaine, entourée de traits en dents de scie. Presque comme si elle était en feu. Une seconde silhouette du même genre, mais plus petite, se tenait devant la première, elle aussi cernée par ces traits dentelés. Derrière elles se trouvait un autre groupe de traits, plus grands que chacun d'eux. Un décor était visible à l'intérieur de ce troisième ensemble : un bâtiment d'apparence moderne et quelques arbres.

« Que représentent ces traits ? dit Hal.

– Un genre de champ de force ou d'énergie, peut-être ? dit Erin.

– Et peut-être que ça, c'est un portail ? dit Hal, pointant du doigt les arbres et le bâtiment dans le troisième ensemble.

– Mmh, dit Athena. Possible. »

Hal lui sourit, cherchant manifestement à obtenir son pardon, et elle hésita entre lui rendre son sourire et lui écraser le visage à coups de pierre.

« Emporte le livre, dit Marsh. Et continuons. »

Alors qu'ils poursuivaient leur exploration, le corps d'Athena vibra d'énergie dissonante, bien plus que le jour où ils avaient traversé les bois de Clegg. Elle ferma les yeux, avec la sensation de pouvoir se fondre dans cet endroit : laisser sa conscience s'éparpiller et ne faire qu'une avec l'énergie, oublier son nom, ses amis, sa vie. Entrer en harmonie avec cette musique cosmique et devenir une note dans une mélodie beaucoup plus vaste.

Elle s'arracha à ce rêve avec réticence alors que le coven suivait la pierre-boussole dans une autre pièce avec une trappe au centre du plancher. Marsh se baissa pour ramasser la pierre, et ordonna à Hal et Peter d'ouvrir la trappe. Elle révéla une échelle qui s'enfonçait dans l'obscurité. Hal descendit le premier, sans se faire prier.

Athena supposa qu'ils entraient dans la cale. Malgré leur puissance, leurs lampes électriques n'éclairaient pas à plus d'un mètre devant eux. Ils avancèrent à pas de loup. Le bois gémit autour d'eux, plus fort que dans l'escalier menant aux quartiers de l'équipage. Les craquements presque humains évoquaient une personne qui souffre.

« Je ne pense pas qu'on trouvera quelque chose ici, dit Peter.

– Peut-être que l'équipage a tout emporté en partant, dit Hal.

– Mais pour aller où ? » demanda Athena. Elle essaya

d'imaginer des marins courant sur le sable avec leurs voiles repliées remplies de leur cargaison. C'était possible. Peut-être que les dunes recelaient des trésors quelque part. Elle ne le saurait sans doute jamais.

Erin poussa un cri de frayeur et recula, heurtant la poitrine d'Athena. Près du fond de la cale se tenait une silhouette inexplicablement plus sombre que l'espace autour d'elle.

L'inconstance de la lumière autour de la forme donnait une impression de mouvement, et pendant un moment, Athena crut qu'il y avait quelque chose de vivant ici avec eux, à l'affût. Ne distinguant que des parties de l'ensemble, elle pensa voir un bras près du plafond, et deux jambes écartées dans une position de combattant.

« Plus personne ne bouge », dit Marsh. Il leur demanda de braquer leurs lampes électriques à des angles différents, pour qu'elles brillent dans la direction approximative de la silhouette, mais sans être pointées directement sur elle. Alors, une image plus pleine émergea : une statue au milieu d'un cercle de pierre, anthropomorphe, mince et androgyne. Une grosse tête, enfoncée sur le sommet, pendant en avant comme si elle était trop lourde pour le cou délicat censé la supporter. Des bras maigres, pressés sur les côtés de la tête, comme un enfant se bouchant les oreilles. Pas de visage.

Les flashs crépitèrent alors que le coven prenait la silhouette en photo

« Votre livre mentionne l'existence d'une statue qui absorbe la lumière, professeur ? » demanda Hal.

Marsh étudia l'artefact dans le viseur de son caméscope. « Non, dit-il. Mais plus étrange encore, cette statue n'apparaît pas sur le film, même en activant le filtre de vision nocturne. » Il tendit l'appareil à Athena, qui le lui échangea contre sa lampe électrique. Puis elle regarda dans le viseur l'endroit éclairé d'un vert néon dans la cale, presque la couleur de la Dissonance. Elle tourna le caméscope vers ses compagnons. Le professeur et les autres membres du coven étaient bien visibles, mais pas de statue.

« C'est étrange, dit-elle alors qu'elle rendait l'appareil.

– Nous avons fait une découverte. Un phénomène dissonant complètement nouveau.

– Ou quelque chose dont personne ne se souvient, dit Peter.

– Ça semble familier, dit Erin.

– Oui, dit Hal. C'est exactement la même pose que la silhouette sur le bateau de l'illustration, dans le livre. »

Athena ne se l'expliquait pas – peut-être son épuisement, sa contrariété –, mais regarder la statue lui était pénible. Sa posture exprimait la douleur, mais aussi l'affliction, la solitude. Elle détourna les yeux, désirant vivement les poser sur quelque chose d'autre – n'importe quoi. Elle alla vers le fond de la cale, dépassant la statue. Elle n'y trouva rien, mais prit tout de même des photos de ce vide. Elle s'efforça d'oublier sa première impression de l'artefact, à savoir que des parties semblaient se dérober à la lumière des flashs. C'était une illusion d'optique, tout simplement.

« Professeur ? » dit Peter. Athena s'interrompit dans son exploration et regarda alors que le professeur Marsh entrait dans le cercle de pierre entourant la statue. Il fit deux fois le tour de sa circonférence, avant de s'arrêter devant la silhouette et de poser son caméscope.

« Qu'est-ce que vous faites ? demanda Hal.

– J'essaie de me concentrer, répondit Marsh. Tais-toi, s'il te plaît. »

Des étincelles vertes scintillèrent au bout de ses doigts, et Athena sut immédiatement qu'il avait commis une erreur. Elle le sentit dans l'air ambiant, où l'énergie chargée changea, le bourdonnement satisfait et constant se muant en quelque chose de surpris et de furieux. La lumière jaillissant des doigts de Marsh brilla plus vive et plus forte que n'importe quelle énergie dissonante connue d'Athena. Elle ouvrit la bouche pour mettre en garde son mentor et son coven.

Trop tard.

# Hal

Hal vit un jet de lumière et sentit une vague de chaleur. Puis, pour la deuxième fois en autant de jours, il se retrouva projeté à travers les airs et s'écrasa contre une surface dure, le mur de la cale cette fois. La lumière l'aveugla, l'explosion le rendit sourd, et l'impact chassa tout l'air contenu dans ses poumons. Il ne voyait ni n'entendait rien, il ne pouvait pas respirer. Il sut uniquement qu'il était en vie parce que le bois derrière lui avait cassé et qu'il sentait le sable couler sur son cou exposé et à l'intérieur de son t-shirt, pour se coller à son dos moite de sueur.

Il parvint à prendre une longue inspiration irrégulière, qui lui sembla lointaine. Il eut vaguement conscience que son corps tout entier lui faisait mal alors que la réalité revenait à lui : des murs et des poutres porteuses fissurés mais tenant le coup pour l'instant ; des éclats de plastique et de métal éparpillés, vestiges de lampes électriques, d'appareils photo et de pellicules ; les formes inertes du professeur Marsh et des autres sur le sol ; et au centre, la statue absorbant la lumière.

« Hé, dit-il. Tout le monde va bien ? »

Personne ne répondit. Les jambes tremblantes, Hal avança vers le plus proche d'entre eux, Peter, qui gisait face contre terre. Il le retourna sur le dos. Peter avait les yeux fermés, le front entaillé et en sang, mais il respirait. Hal passa donc à Erin, dont le bras droit formait un angle anormal. Elle hurla quand il la toucha.

« Je sais, dit-il de sa voix la plus rassurante. Je sais. Reste là pendant que j'examine les autres. On va s'occuper de toi. »

Marsh remuait déjà quand Hal arriva à lui. Le professeur grogna et l'écarta d'un geste de la main. Hal résista à l'envie de flanquer quelques coups de pied dans les côtes de ce vieux salopard. C'était sa faute, s'ils étaient là, et si tout le monde (excepté Hal) était blessé. Mais rien de tel que de refuser de l'aide pour poser un homme, un vrai, hein ?

Hal s'intéressa alors à Athena, allongée sur le dos, le visage sillonné de lacérations sanglantes.

Il s'agenouilla à côté d'elle. « Athena ? »

Elle émit un son faible, à peine audible.

« Elle a besoin de soins, dit Hal.

– On en a tous besoin, dit Erin.

– Pas moi », dit Hal en s'examinant. Ce n'était pas de la vantardise, mais une déclaration de surprise. L'explosion avait réduit ses vêtements en lambeaux, mais il ne trouva pas un bleu, pas une coupure sur lui. « Je suis indemne. »

Le professeur Marsh avait rejoint Erin pour jeter un coup d'œil à son bras. « Je peux arranger ça, mais nous devons d'abord nous éloigner de cette statue. Hal, tu penses pouvoir porter les autres à l'extérieur ? Je ne suis pas assez fort pour le faire, et je ne peux pas utiliser une injonction dissonante pour m'aider. »

Hal estima que c'était dans ses cordes. Il commença par Athena, et réussit tant bien que mal à monter l'échelle et l'escalier, et à sortir du bateau avec elle. Il suivit Marsh jusqu'au camp, où il la posa sur le sable, avant de retourner à l'épave. Il avait l'intention de prendre Erin après, mais il eut la surprise de la voir arriver sur le pont principal, avec son bras cassé pendant de côté. Il alla donc chercher

Peter, qui lui donna plus de fil à retordre, étant plus grand et plus lourd que lui. Mais grâce aux effets conjugués du désespoir et de l'adrénaline, d'un seuil singulièrement élevé de tolérance à la douleur, et aussi par pure opiniâtreté, Hal réussit également à ramener l'autre garçon.

Il rejoignit Marsh et le reste de son coven à l'intérieur d'un cercle de protection fraîchement dressé, où Marsh soignait le bras d'Erin par une injonction dissonante. Elle hurla alors que les os se ressoudaient, mais une fois passé ce mauvais moment, elle put de nouveau le bouger normalement.

Ensuite, le professeur s'occupa d'Athena, toujours inconsciente. Il signa quelques injonctions dans l'air, puis utilisa de l'eau en bouteille avec un chiffon pour enlever le sang. Quand il eut terminé, le visage d'Athena sembla n'avoir jamais subi la moindre blessure.

Enfin, Marsh s'accroupit à côté de Peter. Il signa une injonction, mais Peter ne reprit pas connaissance. Marsh en essaya une autre, avec la même absence de résultats. Deux tentatives supplémentaires – visiblement différentes aux yeux de Hal, bien qu'il eût été bien en peine d'expliquer dans quelle mesure – ne provoquèrent aucune réaction de la part de Peter. Les gestes de Marsh se firent plus brusques, son visage plus tendu. Hal se mit à genoux à côté de Marsh, et prit la main de Peter dans la sienne. Marsh murmura plusieurs mots dans une langue que Hal ne reconnut pas, signa encore, puis frappa dans ses mains, les refermant sur la lumière verte.

Les yeux de Peter s'ouvrirent subitement, et il roula sur le côté en toussant.

« Peter ! » s'écria Erin.

Peter la regarda en clignant des yeux, apparemment désorienté, alors qu'elle tenait son visage entre ses paumes. Hal lâcha la main de Peter et recula. Il savait qu'il n'était toujours pas en odeur de sainteté, après ce qui s'était passé dans le faux temple. Il ne voulait pas que Peter pense qu'il croyait que tout était oublié et pardonné.

Et de toute manière, le grabuge avait aussi réveillé Athena. Elle se redressa sur un coude et se renfrogna alors qu'elle regardait autour d'elle. « Quand est-ce qu'on a quitté le bateau ?

– Tu as de la chance d'être en vie, dit Marsh, faisant lever Peter à grand-peine. Tu peux marcher ? »

Athena laissa Hal l'aider à se mettre debout, mais elle fit un pas en arrière dès qu'elle réussit à tenir sur ses jambes. Elle tangua comme une ivrogne. Hal, craignant qu'elle perde l'équilibre, tendit un bras vers elle, mais elle chassa sa main d'une tape.

« Je peux me débrouiller, dit-elle.

– Je veux rentrer, dit Peter.

– Oui, je pense que c'est préférable », reconnut Marsh. Il toucha l'épaule du garçon, un geste d'affection rare. « Athena, te sens-tu assez forte pour nous ouvrir une porte ?

– On n'a pas besoin de retourner à notre point d'arrivée ? dit Hal. Parce que ça fait une trotte.

– J'ai créé l'injonction pour t'emmener là où tu as envie d'aller, dit Athena. On ne savait pas trop où on allait en venant ici, mais on sait exactement où on va maintenant. Ça devrait être facile.

– Alors ramène-nous à la maison, dit Peter. S'il te plaît. » Pour une fois, il ne semblait pas calme, ou zen. Il avait l'air de quelqu'un qui est passé d'un mauvais rêve à un autre, bien pire.

# Erin

Le coven émergea sur la pelouse derrière Marsh House, et rentra d'un pas chancelant pour fuir l'humidité accablante de l'après-midi. Ils se rassemblèrent dans la cuisine pour un déjeuner composé de sandwichs, de carottes râpées et de sodas en boîtes. Ils avalèrent leur repas sans conversation. Après des jours de chips et de Pop-Tarts, Erin trouva qu'elle n'avait jamais rien goûté d'aussi délicieux que ces carottes.

Ils liquidèrent une miche de pain blanc, deux sachets de charcuterie et de fromage, et entamèrent sérieusement les réserves de beurre de cacahuètes et de confiture de la maison. Puis, une fois l'estomac bien rempli, ils allèrent s'étendre au salon, avec la clim à fond, alors que le professeur disparaissait dans son bureau. La sueur sur le corps d'Erin refroidit et elle frissonna de plaisir avant de sombrer peu à peu dans un petit somme.

Elle se réveilla plus tard dans la journée, presque à la tombée de la nuit. Sans lumière, il faisait sombre au salon. Ses amis, déjà réveillés, occupaient les canapés et les fauteuils, à l'écart les uns des autres, chacun ruminant ses propres pensées. Elle voulut dire quelque chose pour rompre la tension, et les engager sur le chemin de la réconciliation. Mais rien ne lui vint à l'esprit, le silence persista jusqu'au coucher du soleil, et ils se retrouvèrent assis dans le noir.

Hal parla le premier. « C'était quoi, cette statue, à votre avis ?

– J'en ai rêvé, dit Peter. Pendant qu'on faisait la sieste.

– Moi aussi », dit Athena.

À l'extérieur du salon, la lumière du couloir s'alluma, et un peu plus tard, le professeur Marsh apparut sur le seuil, éclairé par l'arrière, presque réduit à une silhouette. Erin éprouva un accès de panique tant cette vision lui rappelait la statue.

Le professeur s'était changé et portait de nouveau son uniforme habituel : gilet sans manches en tweed, chemise à col boutonné et pantalon beige repassé. Il tenait un livre dans une main. Erin reconnut celui qu'Athena avait trouvé à bord du bateau sur Deoth. Marsh avait dû s'en saisir avant leur départ.

« Comment vous sentez-vous ? demanda Marsh.

– Pas bien, dit Hal.

– On a fait tout ce chemin, et l'expédition se solde par un fiasco total, dit Erin.

– Un fiasco ? s'étonna le professeur.

– Oui. Tous nos appareils d'enregistrement ont été détruits. Sans photos et sans vidéos, pas de réponses. On n'a plus rien qui nous permette de mieux comprendre la nature de cet endroit, ce qu'il signifie.

– C'est vrai. Mais nous avons marché à la surface d'un autre monde. Nous savons qu'en dépit de ce que prétend l'orthodoxie, la théorie des Mondes multiples est fondée, même si nous n'avons pas les moyens de le prouver pour l'instant. Nous avons trouvé ce livre. » Il le brandit dans leur direction. « Et, oui, il y a eu une explosion, et des blessés. C'est un désagrément, j'en conviens, mais il nous a également fourni une information très précieuse. » Il se pencha dans l'embrasure de la porte, les bras croisés.

« Nous avons subi quelques contretemps, mais vous vous en êtes bien tirés. Vous pouvez être fiers de vous. »

Erin ne se sentait pas fière, et la satisfaction ne se lisait sur le visage d'aucun de ses amis. Marsh s'attarda sur le seuil un moment, puis continua vers la cuisine.

Athena se leva du canapé. « Je vais rentrer, je crois, dit-elle.

– Je te dépose, proposa Hal.

– Je vais marcher.

– Mais ta jambe... »

Elle salua Peter de la main. « À un de ces quatre. »

Peter la raccompagna jusqu'à la porte d'entrée, où ils parlèrent à voix basse, trop pour que l'on comprenne.

Erin observa Hal, qui avait les yeux fixés sur ses genoux et fronçait les sourcils.

« Ç'a été un voyage éprouvant, dit-elle.

– Oui, dit-il en ne croisant pas son regard. Peut-être qu'on a tous besoin d'une pause. » Il se leva et sortit, s'en allant vers sa chambre.

Au retour de Peter, Erin l'attendait seule, dans l'obscurité. Il sembla surpris de la trouver là, et se balança sur ses pieds comme s'il hésitait entre approcher et fuir.

« Hé, dit-elle. Je ne mords pas. »

Comme il ne bougeait pas de l'entrée de la pièce, elle la traversa à sa rencontre et l'enlaça. Même après des jours dans le désert, elle aimait son odeur. Infecte, mais pas dérangeante. Il la serra en retour, mais son geste était froid. Indifférent.

« Je suis désolée, dit-elle. Pour ce qui s'est passé au temple.

– Moi aussi », dit-il.

Son étreinte resta distante, mais elle insista. Elle devait lui faire comprendre. « Après l'autre nuit, j'ai flippé. J'ai perdu le contrôle de moi-même. Je me suis affolée, et je n'ai pas su comment me calmer et te parler, et j'ai fait quelque chose de stupide. » *J'ai réagi comme ma mère*, se garda-t-elle d'ajouter.

« D'accord », dit-il. Il la lâcha et s'écarta, lui ouvrant une voie dégagée vers la porte d'entrée.

*D'accord* ? Qu'entendait-il par là ? D'accord, tu es pardonnée ? D'accord, je t'ai écoutée et je vais y réfléchir ? Mais par manque de courage, elle ne put se résoudre à le lui demander.

« Je vais rentrer, je pense, dit-elle.

– Bonne idée », dit-il.

Elle sortit sans qu'il la raccompagne. Le soleil était couché, et malgré la route relativement droite devant elle, Athena n'était déjà plus visible. C'était sans doute préférable. De quoi auraient-elles bien pu parler toutes les deux ce soir ?

Seule et à pied, Erin prit la direction du mobile home où elle vivait avec son père, où elle avait une chambre à elle, une porte à fermer, un endroit où se cacher en attendant qu'elle se sente de nouveau prête à affronter le monde. Alors qu'elle marchait, elle réfléchit à l'illustration dans le livre qu'ils avaient trouvé à bord de l'épave. Elle faisait presque penser à un genre de diagramme « mode d'emploi ». Mais qu'essayait-il de leur faire comprendre ?

*2019*

# LA DERNIÈRE AVENTURE, PREMIÈRE PARTIE

# Athena

Athena reprend connaissance à grand-peine, mais c'est comme de nager avec des poids attachés aux chevilles. Chaque fois qu'elle approche de la surface, elle grappille un peu plus d'informations : la douleur qui enflamme sa mauvaise jambe ; le grondement réconfortant d'un moteur d'automobile ; le son rocailleux des pierres et de la terre s'écrasant contre le dessous de la voiture ; le crépitement furieux de la pluie sur les fenêtres et le toit.

Quand elle se réveille complètement, elle se trouve à l'arrière d'un break, la joue pressée contre la moquette. Philip gît inconscient à côté d'elle, la bouche ouverte. Il ronfle faiblement, comme s'il profitait de l'après-midi pour s'offrir une petite sieste.

Le tissu sous la joue d'Athena dégage une légère odeur de marijuana, couverte par une puanteur plus forte, douceâtre, comme un jambon de Noël resté trop longtemps hors du frigo.

Elle se redresse et regarde à l'avant. Un ado blanc est au volant, il se tient raide, et ses cheveux bruns sont gras. Le gamin a besoin d'une douche. De profil, il semble n'avoir pas plus de dix-sept ou dix-huit ans.

La source de l'odeur nauséabonde est à la place du mort : c'est un cadavre en décomposition (ayant probablement appartenu à un Blanc à un moment dans le passé) en t-shirt noir crasseux. Sa tête pend en avant, le menton sur la poitrine, ses longs cheveux lui tombant sur le visage. Ses mains font des gestes en l'air, laissant des traînées de lumière jaune-vert dans leur sillage. Elle reconnaît une puissante injonction de dissimulation.

Athena s'assoit bien droit et se frotte le visage. Dans son esprit confus, ses pensées sont de vagues formes vaporeuses.

Le conducteur l'observe dans le rétroviseur, avant de détourner rapidement les yeux. Cette attitude suffit à lui dire qu'il est nerveux, et qu'il n'a aucune envie de se trouver là.

« Qui es-tu ? » demande-t-elle.

De nouveau, ce regard aussi bref qu'anxieux. « Owen, dit-il.

– Qui est ton ami, Owen ?

– Ce n'est pas mon ami », réplique Owen. Il cligne des yeux plusieurs fois, comme s'il essayait de se débarrasser de quelque chose d'irritant. « Il a tué mes amis et m'a pris en otage.

– On va où ?

– Une maison, dit le garçon. À l'extérieur de la ville. »

Elle regarde par la fenêtre la plus proche. Malgré la forte pluie, elle reconnaît la route bordée d'arbres menant à Marsh House. Quand ils arrivent devant la porte fermée qui a empêché Athena de continuer en voiture la veille, le cadavre qui voyage comme passager fait sauter la chaîne d'un petit mouvement rapide du poignet. La porte s'ouvre. Owen roule sur la chaîne tombée sur le sol, le métal faisant à peine un bruit sous les pneus.

La route débouche sur l'allée circulaire de la bâtisse de plain-pied pleine de coins et de recoins qui semble, depuis l'avant, s'étendre à l'infini dans les bois sombres derrière elle. Le lieu où Athena a découvert la Dissonance.

La porte sur ses souvenirs les plus heureux, les meilleurs, et la plupart des pires. Qu'est-ce que son ravisseur peut bien vouloir dans cet endroit ?

« C'est vide, dit-elle. J'ai regardé hier. »

Le passager arrête de bouger les mains et se retourne vers elle. Des lunettes de soleil noires cachent ses yeux. Les muscles de son cou gémissent, et ses os font un bruit sec. Comment cette abomination peut-elle être en vie ? Son odeur, son apparence, les sons qu'elle émet, tout suggère une chose morte, une marionnette de chair dont se sert une force qui l'anime.

« Es-tu sûre d'avoir vu ce que tu crois avoir vu ? » demande la créature.

Elle déboucle sa ceinture et descend de la voiture. « Owen, ouvre le hayon pour nos passagers. »

Owen vient à l'arrière du véhicule et obéit.

Quand Athena ne bouge pas, le cadavre dit : « Sors.

– Non », dit Athena. Non pas qu'elle tienne à rester dans le coffre, mais par curiosité : elle veut voir ce qui arrivera si elle refuse.

« Je ne le demanderai pas une deuxième fois, dit-il.

– Vous ne l'avez pas demandé la première, dit-elle. Mais faites-moi plaisir et laissez-moi les clés pendant que vous visiterez. J'ai envie d'écouter la radio. »

La bouche du cadavre s'étire dans un sourire savoureux. Il se jette en avant et empoigne sa mauvaise jambe. Elle s'agrippe à l'appuie-tête derrière elle et donne des coups de pied avec sa bonne jambe. L'un d'eux atteint son ravisseur à la poitrine, et elle entend quelque chose craquer à l'intérieur alors qu'il recule en chancelant, trébuche et tombe sur le cul avec un grognement et un autre craquement audible. Il ne sourit plus, son visage est vide d'expression. L'a-t-elle tué ?

Ç'aurait été trop beau ! La créature cligne des yeux et regarde Owen. « Aide-moi à me relever. »

Jusqu'à maintenant, Owen s'est contenté de tenir le hayon ouvert, tel un chauffeur crade et mouillé. Il lâche le hayon et tend une main au cadavre pour qu'il se redresse. Une fois debout, et fraîchement trempé et crotté, celui-ci s'approche de nouveau de la voiture.

« J'occupe ce corps, mais ce n'est pas le mien, dit-il. Je ne ressens pas sa douleur, et je me moque du nombre de côtes que tu viens de lui casser. En revanche, tu m'as défié, et *ça*, je ne peux pas l'accepter. »

Il signe une injonction dans l'air, et Athena se contracte, se prépare à la souffrance. Qui ne vient pas. À la place, Owen s'éloigne en courant de la voiture, et percute à toute allure le tronc de l'arbre le plus proche. Il retombe sur le dos, du sang jaillissant dans l'air derrière lui. Il porte les mains à son visage alors qu'il se met à hurler.

« C'est quoi ce bordel ? réagit Athena.

– Tu n'as pas peur pour toi-même, explique le cadavre, et j'ai besoin de ton aide, Athena. Owen ne m'est plus utile à proprement parler. Je lui ferai bien pire si tu me défies encore. » La froideur et la cruauté pragmatique des propos du cadavre rappellent quelque chose à Athena, mais elle ne s'y attarde pas. Elle n'en a pas envie.

Athena sort rapidement de la voiture. Une fois qu'elle se tient dans l'allée, elle se retourne et secoue la jambe de Philip. Son ronflement se mue en grognement surpris alors qu'il se réveille en clignant des yeux.

« Tout le monde descend, dit Athena. Allez, viens. »

Quittant le véhicule à son tour, Philip aperçoit Owen en sang sur le sol. Sans demander la permission, il va l'aider à se relever. Le tulpa dit quelque chose qu'Athena n'entend pas, et caresse le dos du garçon.

« Arrangez le gamin et je ferai ce que vous voulez », dit-elle au cadavre.

Ce dernier agite une main en direction d'Owen. L'air craque, comme un coup de tonnerre, et Owen retombe dans l'herbe avec un cri de pure souffrance, qui cède la place à un halètement soulagé. Il s'assoit, son visage, ses mains et sa poitrine sont toujours ensanglantés, mais son expression suggère davantage l'ahurissement que la douleur.

« Ça va ? » lui demande Athena.

Owen palpe son nez. « Je... je crois ? »

Philip l'aide à se lever et touche son visage. Owen sursaute, mais il n'a pas de mouvement de recul.

« Je suis déçu, dis le cadavre. Après toutes ces années, tu n'as toujours pas assimilé ma première leçon : il y a des gens que l'on peut aider... »

Elle ne peut plus se cacher la vérité. Il la regarde droit dans les yeux, attendant qu'elle finisse sa phrase.

« ... et d'autres qui seront un poids », dit Athena. Elle se sent nauséeuse, éprouve un picotement dans les yeux. Pourquoi pleurerait-elle dans un moment comme celui-là ? Cela ne rime à rien.

« Professeur Marsh », dit-elle. Ce n'est pas une question.

Ce sourire terrible s'élargit. « Tu as toujours été mon élève préférée, Athena. »

# Erin

Erin émerge d'un rêve affreux, avec la sensation de la pluie sur son visage. Quand elle ouvre les yeux et se réveille complètement, elle est attachée à un brancard et descend l'escalier de l'église portée par des secouristes. Les habitants de Clegg rassemblés par petits groupes l'observent avec curiosité.

« Qu'est-ce qui s'est passé ? » demande-t-elle. Elle a la voix éraillée, la gorge sèche. La dernière chose qu'elle se rappelle, c'est d'être assise dans l'église, et d'avoir entendu de grands bruits, avant d'entrer dans un rêve qui lui a paru tellement réel. Un rêve à propos du pire jour de sa vie. Maintenant, elle est là, sous la pluie, entourée de badauds et des lumières clignotantes des voitures de police et des ambulances.

« Ça va aller, madame, dit un des secouristes. On vous conduit à l'hôpital.

– Non », dit-elle. À moins que cela ait changé depuis sa jeunesse, le plus proche se situe à une trentaine de kilomètres de Clegg. Ils la retiendront pendant des heures. Et sans savoir pourquoi, elle doute de pouvoir se permettre de perdre ce temps. Quelque chose de terrible s'est produit. Elle ne parvient plus à percevoir Philip, ou Athena. La présence de Hal est faible, presque inexistante.

« Arrêtez, dit-elle. Détachez-moi.

– Madame, dit le secouriste avec un calme né de l'expérience.

– Je ne suis pas blessée. » À part un mal de tête et sa gorge sèche, elle se sent bien. « Et je ne veux pas payer un trajet en ambulance à 1 200 dollars ou une visite aux urgences. Laissez-moi descendre. »

Le secouriste regarde sa collègue par-dessus Erin. La femme hausse les épaules. Ils s'arrêtent au pied des marches et baissent les barrières latérales du brancard. Erin saute sur la chaussée. La tête lui tourne, mais seulement un peu.

Autour d'elle, les habitants de la ville l'observent bizarrement, comme s'ils espéraient d'elle une explication logique. Une seconde ambulance finit de charger son passager, puis repart à toute allure dans un hurlement de sirène.

Elle retourne à l'intérieur de l'église, presque vide à présent. Elle trouve son sac, à l'endroit où elle l'a laissé sur le sol, et en sort ses clés. Elle est à mi-chemin de sa voiture quand son téléphone sonne. C'est Hal. Elle accepte l'appel alors qu'elle monte dans son véhicule.

« Erin ?

– Je suis là. À l'église. Et toi ?

– Il m'est arrivé un truc bizarre. Un trip à la *Docteur Strange*. Mais je suis de retour maintenant. Athena ne répond pas au téléphone. Elle est avec toi ? »

Erin parcourt la foule des yeux. Elle ne voit ni Athena ni Philip, et en informe Hal.

« C'est mauvais signe, dit-il.

– On est d'accord, dit Erin.

– Tu peux passer me prendre ? Je suis à la supérette Kinney, et j'aurais bien besoin d'aide. »

Elle connaît la route par cœur. Elle part immédiatement, et quand elle entre sur le parking, elle trouve Hal à l'extérieur du magasin, à côté des congélateurs-bahuts, avec un sac en papier brun à la main. Il se hâte de monter dans la voiture, et coince la bouteille entre ses jambes. Sa main couvre la capsule, Erin ne peut donc pas voir s'il l'a déjà ouverte.

« Je boirais bien un coup », dit-elle.

Il plonge la main dans sa poche et en extrait un petit jeton bleu. Elle a regardé suffisamment de films et de séries pour reconnaître l'arsenal des AA. Elle se demande pourquoi il n'a pas mentionné sa sobriété au cours du dîner de la veille.

« Tu veux me donner la bouteille ? dit-elle. Je peux m'en débarrasser.

– Non. Pas pour l'instant, en tout cas. »

Elle hoche la tête. « Qu'est-ce qu'on fait maintenant ?

– Il faut qu'on retrouve les autres, dit Hal. Mais j'ignore par où commencer.

– D'accord. » Ses pensées se bousculent dans son esprit, mais rien d'utile n'en sort. Elle se force à prendre une profonde inspiration. « Et si tu laissais la bouteille dans la voiture et m'accompagnais à l'intérieur ? J'ai besoin de cigarettes et de cochonneries à grignoter pour réfléchir. »

Ils entrent dans la supérette et remplissent un panier de sodas, de chips, de bœuf séché et de bonbons. Au comptoir, Erin ajoute deux paquets d'American Spirit jaunes à son total. Quand ils ressortent sur le parking, la pluie a cessé. Cela a-t-il un rapport avec Philip ? Il ne peut pas être mort, parce qu'elle le serait aussi, n'est-ce pas ? Alors, où est-il ? Pourquoi ne sent-elle pas sa présence à travers la Dissonance, comme pour Hal en ce moment ?

Elle les ramène au Saunders Inn, où ils s'installent sur la véranda devant l'hôtel avec leurs snacks et leurs sodas, et se mettent à fumer et à grignoter. Les cigarettes sont divines, mais le soda et la nourriture laissent la gorge d'Erin poisseuse, et indisposent son estomac. À en juger par son expression, elle se dit que Hal ressent la même chose.

« Tu te rappelles quand on pouvait manger ces trucs sans avoir la nausée ? » demande-t-elle.

Il boit une gorgée de Mountain Dew. Il ouvre et ferme bruyamment la bouche plusieurs fois, et fait une grimace. « On était capable de liquider un pack de douze en un après-midi.

– J'entrerais dans un coma diabétique, si j'essayais de faire ça aujourd'hui », dit Erin.

Sa plaisanterie tombe à plat, la légèreté passagère s'est envolée. Ils fument chacun une cigarette supplémentaire, et écoutent le vent souffler dans le cimetière d'emballages en plastique entre eux. Erin jette un coup d'œil à la bouteille dans le sac en papier brun, posé lui aussi sur la table. Hal n'y a pas touché. Le bouchon est intact.

Il surprend son regard, et pour tenter de minimiser, elle reporte son attention sur le parking en tirant sur sa cigarette.

« Tu te rappelles le Wild Turkey que j'avais caché dans mon sac à dos pendant l'expédition à Deoth ? dit-il.

– Comment l'oublier ? Tu pleurais encore ta mère, et j'étais complètement chamboulée après que Peter et moi on avait fait l'amour. Toi et moi on s'est soûlés, on a fait des bêtises, et le coven ne s'en est jamais remis.

– Pour moi, ça ne s'est pas arrêté avec la période de deuil, dit-il. J'ai été comme ça toute ma vie, depuis la mort de Lorna. »

Elle grogne un rire sans joie. « Je peux comprendre. Ça va faire vingt ans que je pleure Peter.

– Oui, mais toi, tu n'as pas souhaité sa mort, et vu ton vœu exaucé par magie. Tu n'es pas la cause de ta propre douleur.

– Tu en es sûr ? Si je n'avais pas quitté le camp avec toi, si on n'avait pas déconné, les choses auraient peut-être tourné différemment. On aurait pu fonctionner comme une équipe et gagner, au lieu de se diviser et de perdre presque tous les gens qu'on connaissait. C'est de ma faute, si Peter est mort.

– De la mienne aussi alors, dit Hal. Pour Lorna, je suis seul responsable. Peter, c'est nous deux. Et j'ai une troisième personne sur la conscience. »

Erin fume et attend qu'il continue.

« Il s'est passé quelque chose, il y a un an, dit-il. Je me suis pinté dans mon bar favori. Au moment de partir, j'ai vu un gars devenir agressif avec sa petite amie sur le parking. Je m'en suis mêlé, il l'a mal pris, et on s'est battus. Je ne me rappelle pas la suite, mais quand j'ai repris conscience, le type était mort et je n'avais pas une marque sur moi.

– Hal. Je suis désolée.

– J'ai rencontré mon avocat plus tôt cette semaine. Il m'a annoncé que le procureur avait fait une offre, pour ma peine : cinq à dix ans de prison. Il pense qu'on n'obtiendra pas mieux pour un chef d'accusation d'homicide sous emprise de l'alcool. La petite amie du gars a tout vu. Je suis coincé. Sans marge de manœuvre.

– Tu as l'intention d'accepter l'offre ? »

Il écarte les mains, comme pour dire *Je n'en sais rien.* « Je n'ai encore rien décidé. J'ai reçu l'invitation pour la commémoration juste en sortant du cabinet de mon avocat. Ça va te sembler ridicule, mais j'y ai vu un signe, un peu comme si une puissance supérieure m'indiquait la voie à suivre. C'est con, hein ? »

Il regarde la bouteille, puis détourne les yeux.

« Non, dit Erin. Ma vie n'a pas été géniale non plus. J'ai trente-six ans et je bosse dans un café. Je n'ai jamais été avec quelqu'un plus d'un an, ou gardé un boulot plus de deux. Et le petit ami que j'avais au lycée me manque tellement que j'ai créé son sosie façon poupée de chair, mettant de ce fait la réalité elle-même en péril. Tu as fait du mal à une personne, mais si on ne résout pas ce problème, c'est *tout le monde*, dans notre réalité, qui pourrait mourir. Et ce sera uniquement par ma faute. »

Hal écrase sa cigarette. « Et c'est nous qui nous baladons en liberté, pendant que les deux innocents, Athena et Philip, ont disparu.

– Philip est un innocent, dit Erin. Athena, j'en suis moins sûre. Elle a son propre fardeau. Elle n'a juste pas encore trouvé le courage de nous en parler. » Elle se sert du bout de sa cigarette pour allumer la suivante, et propose le paquet à Hal, mais celui-ci refuse. « N'empêche que tu as raison. C'est nous qui aurions dû disparaître, pas Athena ou Philip. C'est nous, les ratés, et on est là, à fumer et à se goinfrer pendant qu'ils sont Dieu sait où. Mais qu'est-ce qu'on peut faire ? »

Hal fronce les sourcils, le regard perdu dans le vague. Erin, vexée, lui donne une tape sur le bras.

« Tu m'écoutes ? lui lance-t-elle.

– Oui, dit-il. Mais je pense avoir peut-être une idée. » Il se tourne vers elle et lui sourit. « Et si les ratés sauvaient la situation, pour une fois ? Qu'est-ce que tu en dis ? »

## Owen

La créature-Cole (qu'Athena appelle professeur Marsh – elle *connaît* cette chose ?) emmène ses captifs dans la maison. Depuis l'extérieur, elle donne l'impression de n'avoir pas accueilli d'occupants depuis des années, mais l'intérieur sent le vieux et le moisi, comme chez la grand-mère d'Owen, et semble habité.

Marsh allume la lumière dans l'entrée, puis dans un salon encastré spacieux et meublé de canapés et de fauteuils confortables d'apparence. Un antique poste de télévision à tube cathodique est posé sur le sol, et des vinyles remplissent les étagères.

« Owen, tulpa, dit Marsh. La douche est plus loin dans le couloir. Il y a des vêtements dans la chambre de mon petit-fils, à côté. » Il la leur montre du doigt. « Athena et moi avons à discuter.

– Son nom est Philip », dit Athena.

*Philip*, pense Owen. C'est joli.

« Vous avez quelque chose à manger ? demande Owen.

– Je l'ignore, dit Marsh. Mais si tu trouves quelque chose, sers-toi. A priori, tu ne risques rien. »

Athena suit Marsh dans le couloir, jusqu'à une pièce qui ressemble à un bureau, et ferme la porte derrière eux.

Owen entre dans la chambre que Marsh lui a indiquée.

Elle donne l'impression d'attendre le retour de son occupant d'un moment à l'autre. Le lit est défait, et un livre de poche est retourné, ouvert, sur les couvertures chiffonnées. L'une des deux portes en accordéon de la penderie laisse entrevoir la moisson promise de t-shirts, de pantalons, de manteaux et de vestes, suspendue à une tringle.

À part le lit en désordre, la chambre semble bien étrange pour un adolescent. Il n'y a ni posters ni décorations. Juste un lit, un bureau, une chaise, une commode, une table de chevet, et des piles et des piles de livres. C'est presque monacal.

« Hé. »

Owen se retourne et trouve Philip dans l'embrasure de la porte. De nouveau, il est frappé par la beauté de cet homme – son menton à fossette, ses grands yeux bleus, sa tignasse blonde. Ses épaules larges. Et surtout, la franchise de son visage. Owen n'a jamais rien vu de pareil. Tous les gens qu'il connaît paraissent constamment sur leurs gardes, comme s'ils soupçonnaient le monde entier de leur vouloir du mal. Mais voilà quelqu'un dont le visage est sans calcul ni rouerie. Juste ses émotions, simples, claires comme le jour. Et en ce moment même, ce qu'il affiche ressemble à de l'angoisse.

« C'est bon, dit Owen. Tu peux entrer. »

Philip fait deux pas de plus dans la chambre et se tord les mains. Owen n'est pas sûr que le mot *homme* convienne à Philip. Quand il l'a vu pour la première fois dans l'église, il aurait pu jurer qu'il approchait l'âge moyen. Maintenant, il s'aperçoit qu'il doit avoir dans les vingt-cinq ans.

« Quelque chose ne va pas ? demande Owen.

– J'ai été séparé de ma... » Philip s'interrompt et réfléchit au mot suivant. « Ma personne », dit-il enfin, bien que sa réponse n'ait pas l'air de le satisfaire. « Et j'ai peur. »

Owen suppose qu'il parle de la femme endormie à côté

de lui dans l'église. La blonde avec les tatouages. Sa petite amie ? Sa femme ? Sa sœur ?

« Je parie qu'elle aussi s'inquiète pour toi », dit Owen.

L'idée paraît surprendre Philip, comme s'il ne l'avait jamais envisagée, et ajouter à son malaise au lieu de l'atténuer. Owen s'en veut. Il pensait avoir dit ce qu'il fallait, mais manifestement, il se trompait. Peut-être qu'il devrait la fermer. Le poids des derniers jours finit par se faire sentir, prélevant un lourd tribut sur son corps comme sur son esprit. L'épuisement le pousse vers l'effondrement.

« Tu veux prendre ta douche en premier ? demande Owen.

– Tu es couvert de sang, dit Philip. Toi d'abord. »

Owen saisit quelques fringues dans la penderie et va à la salle de bains. Quel bonheur ! Au contact énergique de l'eau chaude, ses muscles se dénouent, et des cascades de plaisir dévalent sur son corps nu. Il se tient sous la pomme de douche et se laisse masser le cuir chevelu pendant un temps qui semble déraisonnable. Quand il a eu son compte, il sort de la cabine, se sèche, et s'habille avec les vêtements empruntés. Ils sont un peu grands pour lui, mais au moins sont-ils propres.

Quand il revient dans la chambre, il trouve Philip au bureau, examinant quelque chose dans ses mains. Il se retourne vers Owen, qui se demande, une fois encore, comment il a pu penser que cet homme avait plus de vingt-cinq ans. Il a tout au plus passé la vingtaine.

« Rebonjour, dit Philip.

– La douche est à ta disposition, dit Owen.

– Merci. »

Quand Philip quitte la pièce, Owen avance vers le bureau pour voir ce que regardait celui-ci. C'est une photo encadrée 8x12, prise avec un vieil appareil à pellicule, et sur laquelle apparaît un garçon qui ressemble à une version plus jeune de Philip. Enfin, presque. Le garçon de la photo a un nez légèrement plus recourbé, et ses yeux sont un peu trop rapprochés. Il donne l'impression d'un premier jet de Philip, avec le bras autour de la taille d'une jolie blonde en lunettes de soleil et jeans coupés. Elle pourrait être la femme qu'il a vue à l'église aujourd'hui, celle que lui et Marsh n'ont pas enlevée. Même bouche, même menton. La « personne » de Philip, peut-être, mais avec quinze ou vingt ans de moins.

Owen pose la photo sur le bureau, serre la ceinture autour de son jean trop grand. Il reste debout dans la chambre, attendant que quelqu'un vienne lui dire quoi faire. Marsh n'a pas arrêté de lui donner des ordres depuis leur première rencontre au cimetière, et maintenant il se sent un peu perdu, terrifié à l'idée de faire ce qu'il ne faut pas.

Mais l'ennui finit par l'emporter, et il parcourt au hasard cette maison, censée être abandonnée. Pourtant, il y a de l'électricité, la clim fonctionne, et Owen ne trouve pas un grain de poussière. Quelqu'un a-t-il entretenu cet endroit ? Y a-t-il d'autres occupants, des gens qu'Owen n'a pas encore eu l'occasion de croiser ? Comme nul ne se présente pour l'accueillir, il suppose que non.

Il se rend à la porte d'entrée, qu'il ouvre. Personne ne l'arrête. Il pourrait le faire. Il pourrait sortir et s'enfuir. Maintenant. Les clés de la voiture sont sur la table de la cuisine.

Bien sûr. Il pourrait laisser tout cela derrière lui. Mais pour aller où ? Il vient juste d'attaquer une église.

Alors oui, il *pourrait* se sauver. Mais, et après ? Il ne sait pas quoi faire.

Des voix attirent son attention vers l'arrière de la maison. Owen les suit dans le couloir, qui se termine par une porte à deux battants à l'air massif. De la lumière filtre à travers l'interstice entre les battants. Owen prend soin de ne pas se mettre sur son passage alors qu'il avance à pas de loup pour écouter la conversation.

« Ça a déjà été fait ? demande Athena.

– Non », répond Marsh. Owen est-il victime de son imagination, ou son contrôle de la voix de Cole est-il en train de faiblir ? « Et ce n'est mentionné dans aucun des livres que j'ai lus. »

Derrière lui, il entend un son de bris de verre, suivi par un bruit sourd écœurant. Owen court dans cette direction, ses pas étouffés par l'épaisse moquette à longues mèches. Il ouvre la porte de la salle de bains. Philip est étendu sur le sol dans une mosaïque d'éclats de verre, le corps hachuré de coupures. Un trou aux bords déchiquetés occupe l'emplacement où se dressait la porte de la cabine de douche. La pomme continue de cracher de l'eau, qui évacue le sang vers le tuyau d'écoulement.

## Athena

Athena a du mal à croire qu'elle est enfin de retour à Marsh House. Son impression n'est pas celle d'une réalité, mais davantage d'un rêve particulièrement dense. L'odeur de la maison – un pot-pourri de vieille personne et de lambris – fait remonter à la surface un flot de souvenirs, un intense sentiment de bien-être se mêlant au profond malaise qui l'a accompagnée ces derniers jours. Des larmes soudaines lui piquent les yeux, qu'elle essuie alors que Marsh indique à Owen et Philip où trouver la douche et les invite à faire comme chez eux. Elle suit Marsh dans son bureau, où la magie et la terreur ont pris forme pour elle tant d'années plus tôt.

Il ferme derrière eux en poussant le verrou, et avance en boitant vers le bureau en bois massif. Il effleure d'une main pâle et translucide l'un des bords. Le bois brille, comme astiqué du matin même.

Elle reste près de la porte. Toute tentative d'évasion est vaine, mais elle ne parvient pas à convaincre son corps d'approcher davantage de la créature.

« Comment est-ce possible ? » demande-t-elle.

Marsh fait le tour du bureau jusqu'à son vieux fauteuil à haut dossier. « Moi, ou la maison ?

– Vous. Elle. Les deux. »

Marsh s'assoit. Sa posture – les épaules raides, les coudes posés sur le plateau – ne laisse planer aucun doute : il s'agit bien de son ancien mentor.

« À toi de me le dire, répond-il. Si tu devais résoudre ce mystère, quelle serait ton hypothèse ? »

L'esprit d'Athena s'empare de l'énigme avec gratitude, presque avidité, tant il est soulagé d'avoir un sujet sur lequel travailler. Elle se sent immédiatement plus calme. Cela a toujours été son point faible.

« La maison, d'abord ? dit-elle. Ça peut s'expliquer par une simple injonction d'illusion, pour lui donner l'air décrépit de l'extérieur. Mais… » Elle s'interrompt et fronce les sourcils.

« Oui ? » dit Marsh. Il semble satisfait, et bonté divine, vingt ans plus tard son approbation continue de compter pour elle.

« Ça ne suffit pas. Ça n'explique pas l'intérieur. L'électricité qui n'est pas coupée. L'absence de poussière. » Elle se lèche les lèvres, s'aperçoit qu'elle a soif, et depuis un moment déjà. « Vous vous êtes débrouillé pour ralentir le temps dans la maison, c'est ça ?

– En gros.

– Mais comment ? L'impossibilité du voyage dans le temps n'était-elle pas l'une des grandes lois intangibles de la Dissonance ?

– C'est vrai du "voyage" dans le temps, à notre connaissance. Mais à l'instar de nombreuses injonctions, le ralentir consiste simplement à *contourner* cette loi, sans la violer. Peter travaillait sur la question avant sa mort. J'ai trouvé cette idée dans ses notes, et me suis permis de l'emprunter. Très ingénieuse, après que j'ai eu réglé les quelques problèmes qui persistaient.

– Mais comment ? insiste-t-elle. Vous avez coupé votre lien avec la Dissonance après avoir coupé les nôtres. » Elle le fixe du regard. « Sauf que vous ne l'avez pas fait, hein ?

– Exact, dit Marsh. J'ai poursuivi mes recherches pendant encore dix années. Je n'ai pas pu me résoudre à renoncer si près du but. C'est toujours la même histoire, n'est-ce pas ? Moïse erre dans le désert toute sa vie, pour finir par mourir en vue de la Terre promise. J'étais près d'obtenir des réponses quand on m'a diagnostiqué un cancer. J'ai donc mis de l'ordre dans mes affaires, avant de dissimuler la maison et d'attendre la mort.

– Vous auriez pu m'appeler, dit-elle. Quand vous êtes tombé malade. Avant la fin. »

Il semble légèrement surpris. « Tu serais venue ?

– Oui. Bien sûr. Erin et Hal aussi, je parie. Vous étiez la dernière chose qui nous rattachait à la meilleure partie de nos vies. J'ai perdu des années, après la mort de Peter, à espérer que vous changiez d'avis, que vous décidiez de reformer notre groupe, au complet. On serait venus, parce qu'on voulait être pardonnés.

– Alors j'ai commis une erreur, dit Marsh. Une de plus dans une interminable série.

– Comment ç'a été de mourir ? »

Il soupire. « Comme de glisser dans la plus merveilleuse des siestes. Pendant un petit moment. Puis je me suis réveillé. Et ce qui s'est passé ensuite s'est révélé beaucoup moins agréable.

– Vous n'êtes pas monté au paradis, je suppose ? »

Il secoue la tête. « On n'acquiert ni les connaissances ni les pouvoirs que j'ai acquis sans faire du mal aux gens ou les contrarier. La grandeur est à ce prix. J'ignore s'il existe plus d'un enfer, mais le personnel de celui où je suis allé se composait de bureaucrates incompétents qui se mouraient d'ennui.

– Un enfer taillé sur mesure pour vous, en quelque sorte », dit Athena.

Marsh a un grognement, peut-être est-ce un rire. « Ils m'ont confié un poste d'opérateur de saisie. Je devais enregistrer les péchés des vivants. Adultères. Mensonges. Escroqueries. Vols. Une fois, j'ai consacré huit heures d'affilée à compter le nombre de Post-it empochés par un homme dans la librairie qui l'employait. Et j'ai regardé les vidéos : je suis presque sûr qu'il ne le faisait pas exprès.

» Quand nous n'étions pas au travail, on nous enfermait dans des cellules. Mais l'inattention des gardes était telle qu'il m'a fallu quelques jours à peine pour m'évader. À mon avis, ils n'ont même pas pris la peine de partir à ma recherche. À quoi bon, d'ailleurs ? Ils recevaient quotidiennement des âmes fraîches. »

Athena finit par surmonter le plus gros de la répugnance que lui inspire Marsh dans ce corps en décomposition. Elle prend place dans le fauteuil qu'elle avait l'habitude d'occuper devant le bureau, s'installe confortablement comme si elle avait de nouveau seize ans, et écoute.

« Je me suis lié d'amitié avec des réfugiés dans les montagnes à l'extérieur de la ville, poursuit Marsh. Des crapules, pour la plupart d'entre eux : violeurs, meurtriers, pédophiles. Mais j'ai aussi rencontré quelques rares esprits visionnaires qui, comme moi, payaient le prix de leur soif de savoir. Ils m'ont accueilli dans leur enclave, et j'ai habité là, attendant une chance de revenir. Les lois du multivers interdisent un retour d'entre les morts, mais dans certaines circonstances exceptionnelles, des ouvertures peuvent se présenter. La surprise – mais peut-être n'aurait-ce pas dû en être une –, c'est qu'une telle situation a été rendue possible par une de mes anciennes élèves. En créant le tulpa, Erin a ébranlé l'équilibre des lois universelles. Tout ce dont j'avais besoin, c'était d'une porte dérobée et d'un corps. Coup de chance, ou clin d'œil du destin, un groupe d'adolescents en Alabama – Owen, et le garçon qui occupait ce corps (il fait un geste vers lui-même) a décidé de se livrer à un rituel de nécromancie dans un cimetière. Un ramassis d'âneries trouvées sur internet. Mais parce que la réalité était fluctuante à ce moment-là, et qu'Owen est plus puissant qu'il en a conscience, j'ai manipulé le rituel, le rendant provisoirement authentique, et efficace. Le retour… a laissé des traces sur mon esprit. Je ne savais plus qui j'étais, j'avais peur et je voulais vivre, c'est tout. J'ai tué les amis d'Owen, je me suis attribué ce corps, et j'ai obligé Owen à me conduire jusqu'ici. J'ai fait du mal à d'autres gens en cours de route. Je le regrette, je ne me maîtrisais pas complètement. » Il grogne. « Mais je ne pense pas que c'est par hasard qu'Erin a ouvert la porte qui m'a ramenée. Il devait en être ainsi. Et cela vaut aussi pour mon retour, et le fait de te trouver.

– Ce serait la volonté de Dieu ? dit Athena. Après tout ce que vous nous avez enseigné, vous êtes devenu croyant ?

– Appelle cela comme il te plaira. La volonté de Dieu. La marche naturelle de la réalité. Quelque chose nous déplace à la manière de pièces sur un échiquier. Et cette chose, cette puissance veut que nous retournions à Deoth.

– Pourquoi ? » demande Athena, avec en tête une double question : *Pourquoi pensez-vous ça ?* Et *pourquoi le multivers nous veut-il là-bas ?* Mais il lui vient une question plus importante, qu'elle pose à voix haute. « Pourquoi vous y prendre de cette manière ? Pourquoi ne pas nous appeler et demander notre aide ? Pourquoi ne pas amener aussi Hal et Erin ? Pourquoi me mettre K-O, me faire rêver le pire jour de ma vie, et m'enlever ?

– De quoi as-tu rêvé ? » dit Marsh. Il semble intéressé, ce qui constitue une surprise. Il a provoqué le rêve, ne devrait-il pas connaître la réponse ?

« J'ai rêvé du jour où Peter est mort.

– Je suppose qu'il fallait s'y attendre, dit Marsh. Quoi qu'il en soit, la réalité est une assiette en porcelaine à deux doigts de se fracasser sur le sol de la cuisine. Le temps me manque pour faire preuve de courtoisie. Hal et Erin ne feraient que nous ralentir. C'est de toi que j'ai besoin.

En cas de réussite, nous aurons rendu service à tout le monde, y compris Erin et Hal. »

Peut-être dit-il la vérité, et est-il capable de sauver la vie d'Erin sans détruire la réalité.

« Qu'est-ce que vous attendez de moi ? dit-elle.

– Tu lis et tu parles toujours le dissonant, dit-il. J'ai une vision, mais j'ignore comment l'exécuter. J'ai besoin de toi pour écrire le code.

– Vous n'avez pas mon vieux grimoire avec l'injonction de porte ?

– Oh si, j'ai gardé tous tes travaux. » Marsh ouvre le tiroir du haut de son bureau, et elle est là : *La Petite Cuisine d'Athena*. Le cœur d'Athena se serre dans sa poitrine. Elle n'imaginait pas que la réapparition du cahier susciterait une telle émotion.

« Le témoignage d'un esprit extraordinaire à l'œuvre, dit Marsh. J'ai été déçu quand Peter est tombé amoureux d'Erin. J'ai toujours pensé que vous étiez beaucoup mieux assortis. Mais c'est le passé. » Il lève les yeux du livre. « Ce ne sont pas tes réalisations d'autrefois qui m'intéressent. J'ai besoin que tu écrives quelque chose de nouveau. Ta neuvième symphonie. Ton chef-d'œuvre. Un rituel que tu exécuteras devant la statue, dans l'épave du bateau sur Deoth.

– On a failli mourir la dernière fois qu'on a utilisé la Dissonance là-bas, lui rappelle-t-elle.

– C'est pour cette raison que tu vas trouver un moyen de diriger et de concentrer cette énergie. » Il sort du même tiroir où il gardait *La Petite Cuisine* un tas de feuilles volantes. Il en extrait plusieurs qu'il étale sur le bureau. Curieuse, Athena se lève de son fauteuil et approche.

Les pages, placées ensemble, forment un diagramme schématique, un échafaudage de fils de fer et de tuyaux métalliques au-dessus de deux lits à roulettes, le tout construit autour de la statue bizarre qui a hanté ses rêves ces vingt dernières années. Elle ouvre la bouche pour dire à son ancien professeur que c'est ridicule – une invention sortie tout droit d'un *comics* –, mais elle s'interrompt avec une pensée. La première vague forme d'une idée.

« Pourquoi avez-vous besoin d'autant d'énergie ? » demande-t-elle. Elle croit connaître la réponse, mais elle veut le lui entendre dire, sans tout son laïus grandiloquent sur la quête du savoir, le destin et le fait de sauver le monde.

« Le tulpa dans ma salle de bains n'a pas d'âme, dit Marsh, pointant du doigt en direction de la maison derrière elle. J'ai une âme, mais pas de corps viable. Je veux que tu résolves nos deux problèmes en transférant mon âme dans le corps de Philip, et en rétablissant l'équilibre de la réalité par la même occasion.

– Ça a déjà été fait ?

– Non, dit Marsh. Et ce n'est mentionné dans aucun des livres que j'ai lus. Si mes estimations s'avèrent correctes, nous aurons besoin d'un niveau d'énergie dissonante quasi nucléaire pour que cela fonctionne. Le bateau sur Deoth est le seul endroit où j'ai rencontré une telle puissance.

– Je pensais que ce pouvoir était concentré autour de la statue dans la cale, dit Athena. Après les événements survenus au lycée en 1999, qu'est-ce qui vous fait croire qu'elle est toujours là-bas ?

– Je l'ai vue. En enfer, j'ai eu accès à d'autres mondes. J'ignore comment elle est retournée dans l'épave après la destruction de l'école, mais elle est bien de nouveau là. »

Elle a envie de demander davantage d'informations – en particulier, elle veut savoir pourquoi il avait ces plans dans son bureau avant sa mort –, mais avant qu'elle puisse formuler sa question, un fracas étouffé résonne derrière elle. S'ensuivent des bruits de pas, qui s'éloignent dans le couloir, et enfin les cris d'Owen, qui appelle à l'aide.

Athena se précipite hors de la pièce et court vers la

salle de bains. Ce qu'elle voit par la porte ressemble à un accident, ou à une photo de scène de crime. La porte de la cabine de douche a volé en éclats de l'intérieur, et Philip gît en position fœtale sur le sol, nu et en sang. Sa tête repose sur les genoux d'Owen.

« Pas moyen de le ranimer », dit Owen.

## Hal

Après s'être changés pour enfiler quelque chose de plus confortable que leurs tenues habillées de la commémoration, Hal et Erin traversent le parc municipal pour la carte de la dernière chance qu'il espère abattre. Il trouve la marche plus longue et plus fatigante que dans son souvenir. La cinquantaine approchant, une simple promenade nocturne tourne à l'exploit physique.

Il s'arrête, pose les mains sur ses hanches et fait craquer son dos. « On y est presque, dit-il.

– Tu sembles essoufflé, dit Erin.

– J'ai besoin d'une remise en forme, reconnaît-il. D'après ce que j'ai entendu dire, les équipements sportifs des prisons sont top.

– Au moins *une* raison de se réjouir, alors. »

Il rit, et son rire se mue en quinte de toux – sa punition pour les cigarettes qu'ils ont fumées plus tôt. « Merde, c'est pas sympa de me faire marrer maintenant. »

Ils se remettent en chemin et arrivent au ruisseau qui coule au milieu du parc. En temps normal, il est complètement sec à cette période de l'année, mais après les orages des jours précédents le niveau de l'eau est haut.

Hal sort ses clés et son téléphone portable de la poche de sa veste, et il les pose sur le sol. Il se déshabille, ne gardant que son caleçon, et regarde dans l'eau en bas. Ce serait beaucoup plus amusant et moins embarrassant s'il pouvait boire un coup. Il a la gorge sèche en pensant à la bouteille de Maker's Mark abandonnée à l'hôtel. Eh bien, trop tard pour reculer maintenant, n'est-ce pas ?

Essayant de se laisser descendre le long de la berge, il perd l'équilibre et trébuche dans l'eau avec un cri et un grand plouf. C'est humiliant, et pas du tout ainsi qu'il envisageait d'arriver là. Mais bon, cela fera l'affaire. Il reste sous la surface, les mains et les pieds poussant dans la terre molle du lit du ruisseau. L'eau coule autour de lui. Quand le choc passe, il ouvre la bouche et émet un seul mot, comme une bulle de pensée dans une bande dessinée : *Morgane.*

Il se redresse hors de l'eau et écarte les cheveux plaqués sur son visage.

« Tout va bien ? » demande Erin. Il n'est pas en mesure de la voir, mais il entend le sourire dans sa voix. Elle est assise sur la berge, avec les bras autour des genoux.

« Je me sens comme un idiot, dit-il.

– C'est drôle – tu en as l'air aussi.

– Content qu'au moins l'un de nous s'amuse.

– Sérieux. C'est quoi la suite ?

– Je l'ai appelée, sans aucune garantie que c'est la bonne manière. J'ignore même si c'est possible. Alors, maintenant on attend, et on croise les doigts. »

Il regarde le long du ruisseau jusque dans les bois. C'est débile. Un adulte soi-disant responsable, le cul dans cette eau dégueulasse, espérant attirer l'attention d'une créature surnaturelle ? Sans compter le côté carrément aléatoire de l'aide apportée. La dernière fois que Hal a reçu une grâce d'une ondine, sa mère est morte.

À cause du courant, l'eau est agitée. Il ne voit donc pas la silhouette qui approche avant qu'elle crève la surface et se dresse devant lui. C'est indubitablement une ondine, mince et argentée au clair de lune, un conte de fées d'une autre existence, surgi dans l'enfer qu'il vit à présent. Mais ce n'est pas celle qu'il connaît.

« Ce n'est pas vous, dit-il. Vous n'êtes pas Morgane.

– Morgane était ma mère, dit-elle. Je suis sa fille, Sybille.

– "Était" ? réagit Erin depuis la berge. Elle est morte ? »

L'ondine semble seulement remarquer Erin à ce moment-là. Ses épaules se contractent, et sa bouche se crispe dans une grimace.

« Pas d'inquiétude, dit Hal. Ce n'est pas une embuscade. Nous sommes des amis. Mon nom est Hal Isaac, et elle, c'est Erin Porter.

– Hal, dit Sybille. Erin. Je connais ces noms. Ma mère m'a parlé de vous.

– Qu'est-ce qu'elle vous a dit ? demande Hal.

– Que vous lui avez sauvé la vie. Et qu'un de vos amis a sauvé la mienne.

– Je me rappelle avoir secouru Morgane, dit Erin. Mais pas vous. Quand est-ce qu'on vous a sauvée ?

– Aucun de vous n'a participé à cet événement, dit l'ondine. C'était l'autre garçon. Peter. J'étais à peine plus qu'un bébé alors. Je suis désolée qu'il soit mort avant que j'aie l'occasion de vraiment faire sa connaissance. Ma mère a dit que nous devions à Peter une seconde grâce pour son aide. Comme il est mort, cette grâce vous est transmise. »

*Arrangez tout*, a envie de dire Hal. *Faites que mon accident n'ait jamais eu lieu. Ramenez l'homme que j'ai tué. Sauvez ma vie.* À cette idée succède immédiatement une vague de honte. Ce n'est pas le moment de faire preuve d'égoïsme.

« On peut choisir la grâce, ce coup-ci ? demande Erin. Parce que la dernière fois que votre mère en a offert une, la mère de Hal a été tuée. »

Sybille fronce les sourcils. « Vous faites erreur, je crois. Quand ma mère est morte, votre grâce n'avait pas encore été accordée. »

Hal, qui s'est plu à rêver à une vraie carte « Vous êtes libéré de prison » l'espace de quelques secondes, voit le fil de ses pensées brutalement interrompu par cette révélation qui chamboule tout.

« Qu'est-ce que vous me dites ? Que la mort de ma mère dans cet incendie la nuit où on a sauvé Morgane serait une simple coïncidence ?

– Je peux juste vous affirmer que ça n'avait pas de rapport avec la grâce, dit l'ondine. Comment et pourquoi c'est arrivé, je n'en sais rien. Mais ma mère n'y était pour rien. »

Hal patauge jusqu'à la berge, sort de l'eau, et se laisse tomber sur le sol avec un bruit mat. Il a besoin d'une minute pour assimiler tout cela.

« Vos grâces sont imminentes, dit Sybille. Vous les recevrez bientôt, tout comme les autres membres de votre coven. Athena, et celui qui est avec elle – celui qui a un vide à l'intérieur là où devrait se trouver sa lumière.

– Philip ? dit Erin. Il ne fait pas partie de notre coven.

– Un nouveau coven se forme. Avec de nouveaux membres, et de nouveaux accords. Mais le temps presse. Un voyage nous attend. La première partie de votre grâce.

– Vous allez nous aider à sauver nos amis ? dit Hal.

– Je peux vous donner une chance, dit l'ondine. Pas une garantie. Et cette grâce remboursera ma dette. Vous ne pourrez plus m'appeler après cela. »

Hal se lève et se force à se concentrer. Il regarde Erin, sa question implicite. Elle lui prend la main et se lève à côté de lui.

« Le baroud d'honneur des ratés, dit-elle.

– On comprend et on accepte, dit Hal.

– Dans ce cas, Hal Isaac, je vous suggère de vous rhabiller, dit Sybille. Vous aurez très probablement besoin d'un pantalon pour le voyage qui nous attend. »

# Owen

Athena aide Owen à déplacer Philip dans la cuisine, parce que c'est la seule autre pièce dans la maison à disposer d'un sol carrelé. Marsh entre en clopinant un moment plus tard, avec un livre sous un bras. Il s'agenouille dans un gémissement de tendons, et examine le tulpa inconscient.

« Les dégâts sont surtout esthétiques, dit Marsh. Je peux y remédier. Ce qui m'échappe, c'est pourquoi il a traversé une porte en verre, et ne reprend pas connaissance. La respiration et le pouls semblent normaux. J'ai cru qu'ici, dans cette maison, il serait à l'abri des tentatives de correction de la nature, mais j'ai pu me tromper. »

Il ouvre le livre qu'il a apporté, feuillette les pages jusqu'à trouver ce qu'il cherche, puis le tend à Owen.

« Tiens-le pour moi », dit-il.

Owen s'accroupit à côté de Marsh, dont les lèvres se mettent à bouger alors qu'il lit pour lui-même. Il lève les mains en l'air, à la manière d'un chef d'orchestre, murmure et dessine des formes, chaque mouvement de doigt laissant une trace de lumière verte dans son sillage.

À mesure que Marsh travaille, la lumière devient de plus en plus brillante et claire. Un son s'élève, se joignant à elle – quelque chose entre un craquement de feu de camp et un crépitement électrique. Il y a une odeur, aussi, familière mais difficile à définir. Terre, pierre, et autre chose.

Les coupures qui hachurent le corps de Philip disparaissent peu à peu, à mesure que la peau se ressoude. D'abord il ne reste que des cicatrices légères, qui se résorbent rapidement dans la chair sans tache.

Owen remarque le miracle, mais distraitement. Il est plus intéressé par ce que Marsh a signé dans l'air. Son esprit connaît la sérénité pour la première fois depuis des jours, ce qui lui permet de reconnaître une partie des symboles de Marsh. L'un d'eux signifie *corps*. Un autre, *entier*, ou peut-être *complet*. Toutefois, beaucoup demeurent hermétiques pour Owen. Il se concentre sur ces éléments obscurs pour en percer le sens, mais la lumière vacille et s'éteint avant qu'arrive la compréhension.

Tout ceci – la compréhension, la lecture – se produit en l'espace d'un souffle. Quand c'est terminé, Owen s'aperçoit qu'Athena le regarde, lui au lieu du prodige sur le sol de la cuisine.

Marsh, en revanche, semble n'avoir rien remarqué. Sa bouche d'emprunt s'étire en un petit sourire satisfait.

« Impressionnant, n'est-ce pas ? » dit-il.

La tête de Philip pend d'un côté, les yeux fermés.

« Il n'a pas repris connaissance, dit Owen.

– J'ai guéri son corps, mais je ne peux pas atteindre son esprit. Il devra trouver lui-même le chemin du retour. J'ai plus important à faire ce soir. »

Marsh repart s'enfermer dans son bureau, laissant Owen et Athena s'occuper de Philip. Owen nettoie le sang sur l'homme inconscient, et ne se sent qu'un peu coupable d'y prendre plaisir, d'avoir la chance d'effleurer les bras fermes, la large poitrine, les jambes musclées, et le visage à la fois innocent et adulte, d'une certaine manière, presque angélique.

Athena et lui ramènent Philip dans la chambre de l'adolescent en le portant. Ensemble, ils lui enfilent un caleçon et un t-shirt. Owen fait de son mieux pour ne pas regarder. Puis, une fois le bel endormi habillé, ils le mettent au lit.

« Veille sur lui, dit Athena. Préviens-moi s'il y a un changement. »

Elle fait mine de s'en aller quand elle s'arrête dans l'embrasure de la porte. Elle semble avoir quelque chose à ajouter, mais se ravise. Puis elle s'en va pour de bon, laissant Owen se concentrer sur Philip. Il a l'air serein, sa poitrine se soulève et retombe à un rythme lent, régulier. Owen pense à Blanche-Neige dans son cercueil dans la forêt, attendant le baiser de l'amour de sa vie.

Il se détourne. Ça ne se fait pas, de regarder le paquet d'un autre mec quand il est inconscient. Idem pour ce qui est de l'embrasser. Ce sont des trucs qu'on apprend dès le premier chapitre du manuel « Comment ne pas être craignos ». Il s'occupe en explorant la chambre. Qui sait ? Peut-être qu'en faisant assez de bruit, il finira par réveiller Philip.

Il commence par la penderie, où il trouve plusieurs vieux t-shirts No Fear et Mossimo, ainsi qu'une boîte remplie de figurines *SOS Fantômes* sur l'étagère du haut. Il s'intéresse ensuite aux livres, où la fantasy se taille la part du lion, avec des auteurs comme Ursula K. Le Guin, R.A. Salvatore et Michael Moorcock. Il y a quelques romans graphiques – *Watchmen*, *La Dernière Chasse de Kraven* – et aussi des bouquins de jardinage.

Puis, Owen examine le bureau. Rien ne traîne dessus, et le premier tiroir contient un assortiment bien rangé de stylos, papier, marqueurs. Le tiroir du milieu est rempli de dessins, des ébauches de croquis de paysages désertiques, apparemment, avec un vieux voilier échoué sur les dunes et une statue anthropomorphe en son centre. Sa posture a quelque chose de perturbant, et ses proportions ne collent pas. Ses membres sont trop fins, sa tête trop grosse. Elle exprime une souffrance considérable.

Il remet les croquis à leur place. Dans le tiroir du bas, il tombe sur une cassette VHS, encore dans son emballage cellophane d'origine. Un film appelé *Hackers*. Sur la jaquette figurent deux beaux visages qui lui semblent familiers. Si Owen n'était pas aussi fatigué, ou s'il avait son téléphone portable, il reconnaîtrait, ou au moins chercherait les acteurs en question. (Bon sang, qu'est-ce que son portable lui manque !) Alors qu'il retourne la VHS pour lire le résumé au dos, il découvre un bout de papier collé dessus avec du ruban adhésif, et ces quelques mots :

*Erin,*
*tu fais partie de l'élite.*
*Avec tout mon amour,*
*Pour toujours,*
*Peter.*

Owen range la VHS, empoigne la chaise du bureau et la traîne devant le lit. Il s'assoit avec un soupir, pose les pieds sur un coin du matelas, et croise les bras. Il regarde Philip dormir, à plat sur le dos, les bras le long du corps, tel un cadavre.

Il n'a pas conscience de s'être assoupi jusqu'à ce qu'une main le tire de son sommeil en le secouant par l'épaule. C'est Philip, se penchant hors du lit, l'air inquiet.

« Tu es réveillé, dit Owen.

– Pourquoi tu dors assis ? demande Philip.

– Je n'en avais pas l'intention. Je veillais sur toi. Pour m'assurer que tu vas bien. »

Philip lâche Owen pour se frotter les yeux avec les paumes de ses mains. « Tu veux changer de place avec moi ? Je peux m'asseoir et te regarder dormir. »

Owen rit. « Ce ne sera pas nécessaire. Si je suis resté avec toi, c'est uniquement à cause de ce qui s'est passé dans la salle de bains. Tu te souviens ? »

Philip laisse tomber ses mains sur ses genoux. « J'étais sous la douche, et je me suis soudain retrouvé dans un rêve affreux. Puis je me suis réveillé ici, avec toi, endormi sur cette chaise. Comme tu semblais sur le point de basculer, je t'ai réveillé. »

Owen se lève et s'étire. « Je devrais prévenir Athena et Marsh que tu vas bien. »

Philip lui saisit le poignet. « Ne pars pas. » Il se décale en arrière sur le lit, jusqu'à ce que son dos rencontre le mur et que la moitié du matelas soit libre.

« C'est assez grand pour nous deux », dit-il.

C'est faux, mais Owen est crevé, et le lit a l'air tellement douillet. Et comment dire non à un mec aussi canon ? Il s'assoit lourdement sur le lit et bascule sur le côté droit, mais il tressaille quand Philip pose un bras en travers de sa poitrine.

Philip se retire. « C'était mal de ma part de faire ça ?

– Pas du tout, dit Owen. C'est juste que je ne m'y attendais pas. » Il essaie de se détendre alors que le bras retombe sur son côté, et qu'un corps chaud se serre contre le sien, derrière lui. Owen pose son propre bras sur celui de Philip. Il s'émerveille de sa texture lisse.

« Tu sens bon, dit Philip.

– Merci, dit Owen. Toi aussi. » Il s'efforce de respirer à un rythme normal, sans hyperventiler. En vain. Il est bien éveillé maintenant, pleinement conscient de son corps et de celui de Philip : la chaleur, la douceur d'une présence réconfortante, soucieuse de son bien-être. C'est trop. Enfin, des jours après avoir été le témoin des meurtres de son meilleur ami et de ses camarades de classe dans le cimetière d'une église, le corps d'Owen tout entier tremble et il se met à pleurer.

« Est-ce que ça va ? dit Philip. C'est moi ?

– Non, Philip. Tu n'y es pour rien. » Il tire le bras de Philip plus fort autour de lui. « Et non, ça ne va pas. »

*1999*

# LE JOUR DE
# (ET CE QUI ARRIVA APRÈS)

# Hal

Hal ne déménagea pas de Marsh House après le retour du coven de Deoth. Il y avait toujours sa chambre, et il disposait d'une clé de la maison, mais il cessa de les utiliser. Sans un mot au professeur Marsh ou à Peter, il rangea ses affaires dans un sac marin, monta dans sa voiture et chercha d'autres endroits où dormir.

Il passa ses deux premières nuits dans son véhicule, une expérience carrément craignos. Trop étroite, la banquette arrière de la décapotable de Lorna ne permettait pas de s'étendre. Quant au siège avant, il ne reculait pas assez pour s'allonger confortablement. En plus, en cette période de l'année, il faisait une chaleur accablante jusqu'à trois ou quatre heures du matin, et il ne pouvait pas laisser tourner le moteur toute la nuit. Sans clim, son sommeil restait au mieux léger. C'était la galère, mais après avoir trompé deux de ses meilleurs amis avec son autre meilleure amie, il avait le sentiment qu'il n'avait que ce qu'il méritait. Alors il sua, il pua, et il but. Bien que n'étant pas d'un grand secours contre la transpiration, le whisky l'aidait au moins à se balancer à peu près de tout, ce qui revenait au même ou presque.

Le troisième matin au réveil, avec une bouteille vide et un estomac qui gargouillait, il compta le maigre contenu de son portefeuille : sept dollars. Il roula jusqu'à la supérette Kinney pour s'acheter un soda et des chips. Il aurait préféré de l'alcool, et l'employé n'aurait pas fait d'histoire (sans doute sa manière, bien modeste, de manifester à Hal sa solidarité après la mort de Lorna), mais il avait besoin de manger quelque chose.

La cloche au-dessus de la porte tinta alors qu'il entrait. À la caisse, l'employé et une cliente interrompirent leur conversation pour se tourner vers lui. La cliente était Erin. Elle aussi semblait avoir traversé une mauvaise période ces derniers jours. Elle avait le visage gonflé et le regard vague, assombri par l'épuisement.

Hal s'arrêta, comme s'il songeait à prendre la fuite. La porte se referma en heurtant son dos.

« Tu entres ou tu sors, dit l'employé. On ne va pas climatiser toute la ville. »

Hal se dirigea vers l'une des trois allées du magasin. Il savait ce qu'il voulait, mais il fit mine de s'intéresser aux désodorisants et aux bombes de WD-40 pour donner à Erin le temps de partir avant d'aller chercher sa bouteille d'un demi-litre de Dr Pepper et deux sachets de Doritos.

Quand il sortit de la supérette avec son petit-déjeuner improvisé, il trouva Erin qui l'attendait sur le trottoir.

« Tu as une sale tête, dit-elle. Et tu pues comme un tonneau de whisky qui vient de courir un marathon.

– Ouais, mais je me sens super bien, dit-il en esquissant un sourire.

– Peter t'a mis dehors ? » demanda-t-elle.

Hal s'arrêta devant sa portière, côté conducteur, et baissa la tête. « Pas vraiment, non.

– Alors, pourquoi tu es dans un état pareil ? »

Il se tourna vers elle. « J'ai vécu à la dure ces derniers temps.

– Autrement dit, tu as dormi dans ta voiture.

– Si tu tiens à chipoter. »

Après un moment de silence, elle reprit la parole. « J'ai essayé d'appeler Marsh House, pour dire à Peter que tout était de ma faute. Mais personne ne répond.

– On est tous les deux responsables, dit Hal. Mais peu importe. C'est arrivé, et on s'est fait gauler, c'est tout ce qui compte. »

À l'expression choquée d'Erin, il devina qu'il avait dit ce qu'il ne fallait pas. Il leva donc les bras dans un geste d'impuissance. « Mais qu'est-ce que j'en sais, après tout ? Je n'ai jamais été dans une relation qui dure.

– Je n'ai pas parlé à Athena depuis qu'on est rentrés, dit Erin, semblant lire dans ses pensées. Elle, je ne l'ai pas appelée.

– Moi non plus.

– Tu devrais au moins essayer.

– Ouais, peut-être », dit Hal, bien décidé à n'en rien faire.

Il ouvrit sa portière et s'assit au volant, mais au lieu de le laisser tranquille, Erin vint se tenir à côté de sa vitre baissée.

« Ne dors pas dans ta voiture, dit-elle. Viens chez moi et mon père. On a un canapé convertible au salon.

– C'est gentil à toi, mais ça ferait désordre.

– On s'en fiche. Tu as besoin d'aide, c'est tout ce qui compte. » Comme il ne répondait pas immédiatement, elle continua de plaider sa cause. « S'il te plaît. Laisse-moi me prouver que j'ai un bon fond en faisant un truc bien. » Sa main libre trembla au-dessus de sa poitrine alors qu'elle parlait, là où Hal avait porté sa propre douleur ces derniers jours.

Il dit à Erin de monter, et les ramena au mobile home de son père. Il porta le sac marin contenant toutes ses affaires à l'intérieur, et dormit sur le canapé du salon jusqu'à la fin des vacances d'été. Lui et Erin passèrent leurs journées à se préparer pour la nouvelle année scolaire, et leurs soirées à regarder des films à la télévision. Ni contacts prolongés ni œillades suggestives entre eux. Les dieux en soient loués, l'étincelle jaillie entre eux à Deoth était bel et bien éteinte. Restaient l'amitié, la camaraderie, et une tristesse mutuelle dont ils ne parlaient jamais.

Chaque soir vers minuit, Erin aidait Hal à déplier le canapé convertible avant d'aller se coucher. Hal l'écoutait se préparer – un ensemble de bruits révélateur : brossage des dents, bain de bouche, chasse d'eau. Il attendait patiemment que le silence tombe sur le mobile homme (à l'exception des ronflements de M. Porter dans la chambre de devant), puis il allait ouvrir le bar du père d'Erin. Il se montrait raisonnable, buvant de petites gorgées et variant les bouteilles, pour que rien ne diminue trop vite. Il s'arrêtait dès qu'il se sentait agréablement engourdi. Alors, il se brossait de nouveau les dents et allait se coucher.

Cette période avec Erin fut une bénédiction. Une intimité sans amour ni sexe, puisque tous deux se languissaient d'autres personnes. Au moins pouvaient-ils se languir ensemble. Et le fait qu'ils soient capables de passer autant de temps en compagnie l'un de l'autre sans se grimper dessus, c'était plutôt bon signe, non ? Hal reprit espoir. Après tout, Erin et lui n'avaient pas eu de rapports sexuels sur Deoth, ils s'étaient juste un peu pelotés. Pas de quoi en faire tout un plat non plus, pas quand des amitiés de toujours étaient en jeu.

Jamais, au cours de toute cette période, Hal n'essaya d'appeler Athena.

Par précaution et pour ne pas risquer d'envoyer le mauvais message le jour de la rentrée, Hal et Erin arrivèrent séparément. Hal en voiture, et Erin à pied. Quand il sortit de son véhicule sur le parking du lycée, il ne vit pas Peter ou Erin devant l'établissement, mais il aperçut Athena qui descendait de la Hyundai de Mme Watts.

On y était. Le moment de tenter sa chance. Il mit ses mains en porte-voix et cria le nom d'Athena.

Elle le regarda. Il sourit, lui fit un signe de la main.

Elle se retourna et monta l'escalier qui menait à l'intérieur du lycée en pressant le pas.

# Athena

Athena passa la dernière semaine des vacances d'été au lit, le téléphone débranché, les rideaux tirés, à relire ses livres préférés : *Supersheila*, *Les Tombeaux d'Atuan*, et l'œuvre intégrale de Madeleine L'Engle. Elle revécut les histoires qui lui avaient permis de s'évader pendant son enfance, quand la magie relevait du domaine de l'imaginaire, et pas d'une autre réalité imparfaite dans ce monde désespérément détraqué.

Ces romans n'avaient presque rien perdu de leur charme, et Athena se plongea dans ces rêves d'emprunt comme dans un bain chaud, les laissant masser les nœuds de son cœur et de son esprit. Elle était encore assez jeune pour se fondre entièrement dans un livre – un talent qui disparaîtrait à l'âge adulte, avec l'invasion progressive des smartphones et d'internet, transformant ses schémas de pensée en une série d'apartés et d'interruptions. Mais ici, maintenant, elle pouvait lire et s'oublier pendant quelques jours.

Personne ne vint lui rendre visite au cours de la semaine qu'elle consacra à ses livres. Athena se dit que c'était une bonne chose, bien que, pour être honnête, le fait que personne n'ait *essayé* de se faire pardonner la blesse. L'avaient-ils tous laissée tomber ? Le reste du coven se réunissait-il sans elle en ce moment ? Même le professeur Marsh ne s'était pas encore manifesté, alors qu'elle avait pensé être son élève préférée.

Elle dormit mal la dernière nuit des vacances, inquiète à l'idée de la tournure qu'allait prendre sa vie à partir de maintenant. Son premier jour en terminale se leva gris et lourd, le genre de météo qui, au Texas, s'accompagne d'une fausse promesse de pluie. La mère d'Athena la conduisit au lycée, et même avec la clim à fond, elle se retrouva en nage quand elles arrivèrent sur le parking.

Pire, elle n'eut pas le temps de se donner une contenance, de se préparer. Deux secondes après avoir fermé sa portière, elle entendit Hal qui l'appelait, et le vit traverser le parking en trottinant, lui adressant un signe de la main. Elle fit la première chose qui lui vint à l'esprit : elle se retourna et se dépêcha de monter l'escalier du lycée, aussi vite que possible sans aller jusqu'à courir.

Il sembla comprendre le message, et ne tenta pas de la rattraper. Elle arriva à son premier cours sans encombre, et là, en physique, elle réussit à se recentrer. Elle prit des notes à propos du programme, réfléchit aux défis de l'année à venir, et parvint à garder sa concentration pendant ce cours et le suivant (introduction au calcul infinitésimal). Ce fut presque une bonne matinée. Presque.

Les choses se gâtèrent durant la troisième heure, au milieu du cours d'anglais de Mme Goolsby, quand Peter Marsh, ébouriffé et en sueur, entra précipitamment dans la salle. Il n'avait vraiment pas l'air dans son assiette, encore pire qu'Athena en descendant de voiture ce matin. Bien pire. Il ne portait ni sac à dos ni livres.

Mme Goolsby le regarda à travers ses épaisses lunettes avec un mélange d'agacement et de curiosité.

« Bonjour, Peter, dit-elle. Ravie que vous ayez pu vous joindre à nous. »

Peter hocha la tête et se lécha les lèvres, mais sembla hésiter sur la manière de répondre.

« Vous allez bien ? » demanda Mme Goolsby.

Il prit son temps avant de hocher de nouveau la tête. « Oui, madame. Excusez-moi. »

Elle lui désigna les pupitres en face d'elle. « Allez vous installer alors. »

Il avança en traînant les pieds entre les élèves déjà assis, et prit place une rangée plus loin, juste derrière Athena. Il *empestait* carrément le poisson, et respirait comme s'il venait de courir un marathon. Son anxiété brillait à travers la Dissonance, à l'instar de son désir d'attirer l'attention d'Athena.

Elle regarda droit devant elle, et tenta de se concentrer sur Mme Goolsby. Quoi qu'il arrive, elle ne voulait pas y être mêlée.

Puis elle sentit un petit coup à l'arrière de son bras. C'était Peter, qui lui passait un mot. Athena étouffa un profond soupir et déplia la feuille.

*Je ne reste pas*, disait le texte. *Je suis seulement là pour toi et les autres. On a du travail aujourd'hui.*

Athena lui répondit, *Je ne sèche pas les cours.* Puis, après une seconde de réflexion, elle ajouta, *Et certainement pas avec Erin et Hal.*

Elle tendit sa réponse pendant que Mme Goolsby avait le dos tourné. Peter fit une grimace, écrivit une ligne dessous, et lui repassa le billet.

*Donne-moi deux minutes après le cours. S'il te plaît.*

Elle plia le papier et accepta d'un signe de tête réticent. Si cela suffisait à le faire taire, pour qu'elle puisse prêter attention au reste du cours, elle voulait bien lui dire non face à face. Elle put ainsi écouter jusqu'au bout Mme Goolsby expliquer l'importance d'étudier *Les Contes de Canterbury*, et de maîtriser le style de citation MLA[1] pour les rédactions. Son attention demeura fracturée. Elle ne put s'empêcher de jeter un coup d'œil à l'horloge.

Vingt minutes avant la fin, le sol trembla. C'était si léger qu'on aurait pu confondre avec un affaissement du bâtiment, ou des ratés de la climatisation. Puis le tremblement devint un frisson, et enfin une secousse, franche et impossible à ignorer : pesante, mais régulière. Comme les pas de quelque chose de gigantesque.

Les autres élèves s'en aperçurent également et échangèrent des regards. Mme Goolsby interrompit son monologue et jeta un coup d'œil par la fenêtre, l'air perplexe.

Athena se retourna vers Peter. « C'est pour nous, ça ?

– Je pense », dit Peter.

Ils se levèrent et se dirigèrent vers la porte.

« Mademoiselle Watts, monsieur Marsh, dit Goolsby. Où croyez-vous aller comme ça ? »

Peter marqua une pause. « Faites comme s'il s'agissait d'un exercice d'évacuation tornade, dit-il. Allez vous réfugier dans la bibliothèque jusqu'à ce que les bruits cessent. » La bibliothèque du lycée se trouvait au centre de bâtiment et ne comprenait aucune fenêtre. C'était l'endroit le plus sûr où aller maintenant.

« Je ne vous ai pas donné la permission de sortir, dit Mme Goolsby.

– Alors mettez-nous une colle à tous quand on reviendra, dit Peter. Mais en attendant, s'il vous plaît. Allez dans la bibliothèque. »

Athena suivit Peter hors de la salle. À environ un mètre de la porte, il se mit à courir, et elle le suivit dans le couloir, sa mauvaise jambe protestant à chaque pas. Professeurs et élèves sortirent la tête par la porte d'autres salles

1. Système de citation des sources dans les écrits académiques mis au point par la Modern Language Association of America (NdT).

sur leur passage. Athena répéta maintes et maintes fois le même conseil à propos de la bibliothèque alors que le sol tremblait avec une fréquence et une intensité grandissante.

Peter s'arrêta en haut de l'escalier menant au premier étage et regarda derrière eux. Personne ne les avait écoutés. Tout le monde s'était bouclé dans les salles de classe.

« Crier ne suffit pas, dit-il

– Peut-être qu'ils croient à une farce, dit Athena.

– Il faut qu'on ait accès à l'interphone. Tu peux être super convaincante ? »

Athena dit qu'elle connaissait une injonction pour cela. Ils descendirent l'escalier, se tenant à la rampe pour ne pas perdre l'équilibre à chaque nouveau mini-séisme.

« Qu'est-ce que c'est, Peter ? demanda-t-elle alors qu'ils arrivaient à la porte de l'administration. Qu'est-ce qui fait ce bruit ?

– Je n'en suis pas sûr, dit-il. Mais c'est grave. »

# Erin

La troisième heure de cours de la matinée d'Erin se déroulait dans une certaine indolence. Elle avait justement choisi techniques théâtrales pour cette raison : à moins qu'il y ait une pièce à monter, Mme Flores laissait presque sa classe faire ce qu'elle voulait. Elle griffonnait dans un cahier à spirale quand le tremblement commença, et que les élèves livrés à eux-mêmes se précipitèrent vers les fenêtres pour voir de quoi il retournait. Elle profita du désordre pour s'éclipser discrètement par une des portes latérales de la salle.

Dans le couloir, elle manqua percuter Hal. Surprise par sa soudaine apparition, elle ne put retenir un cri.

« Du calme, dit-il. C'est moi. »

Une nouvelle secousse ébranla le bâtiment. Ils coururent côte à côte en direction de la source du bruit, à l'entrée du lycée. Peter les avait devancés, qui regardait la pelouse à travers les portes vitrées. Dans le ciel, le blanc brumeux avait cédé la place à un amoncellement de gros nuages rouges. Des éclairs de lumière rose brillaient entre les formations, et le sol tremblait.

Peter gratifia les nouveaux venus d'un pâle sourire. « Vous avez pris votre temps, tous les deux. »

Hal fronça le nez. « Mec, tu pues. T'as baisé tout un aquarium ce matin, ou quoi ? »

Bien qu'Erin soit heureuse de voir son (ex ?) petit ami, elle dut reconnaître que Hal avait raison. Peter dégageait une odeur épouvantable.

« Je plaide coupable, Hal, dit Peter. Ma perversité s'étale dans toute sa nudité.

– Où est Athena ? demanda Erin.

– À l'administration », répondit Peter.

À point nommé, le réveil de l'interphone de l'établissement se manifesta par un bruit strident dans les couloirs. Les trois membres du coven plaquèrent leurs mains sur leurs oreilles pour les protéger des larsens.

La voix d'Athena sortit des haut-parleurs dans tout le lycée. « Votre attention, s'il vous plaît. Je suggère fortement à tous – élèves, corps enseignant, et personnel non enseignant – de s'acheminer dans le calme, mais rapidement, vers la bibliothèque. Ceci n'est pas un exercice, mais une question de vie ou de mort. »

Les portes de toutes les salles de classe et de tous les bureaux dans le couloir principal s'ouvrirent simultanément. Élèves et professeurs sortirent en masse, et marchèrent en direction de la bibliothèque. Aucun d'eux ne sembla remarquer Erin, Hal et Peter à l'entrée.

Erin éprouva soudain une envie forte de se joindre au flot humain. Elle surmonta ce désir, mais elle dut faire un effort pour s'éclaircir les idées et se recentrer. Toutefois, l'impulsion initiale demeura, quelque part dans un recoin de sa tête, telle une petite alarme. Athena maîtrisait vraiment cette injonction à merveille, et Erin aurait un gros pépin, si elle décidait de s'en servir un jour contre elle.

Peter sortit à la rencontre de l'orage qui approchait. Hal et Erin le suivirent, juste au moment où cet étrange éclair rose brillait de nouveau. La terre trembla si fort qu'Erin dut empoigner la rampe pour rester debout dans l'escalier.

Elle était toujours penchée en arrière, serrant la rampe, quand les nuages s'ouvrirent, et quelque chose tomba du ciel, à une soixantaine de mètres, en bordure de l'enceinte de l'établissement. Un objet haut d'environ trois mètres cinquante, vaguement anthropomorphe. À sa posture, Erin le reconnut immédiatement.

« Merde alors, dit Hal. C'est la statue qu'on a vue dans le bateau ?

– Je pense, dit Peter, alors que l'air autour de l'artefact s'assombrissait. Elle est là pour moi. Je ne sais pas pourquoi, mais j'en suis sûr.

– C'est un peu présomptueux, dit Hal. C'est peut-être un élève venant d'un autre lycée. »

Erin comprit que Hal tentait de détendre l'atmosphère, mais elle aurait préféré qu'il se taise pour lui permettre d'avoir les idées claires et de poser certaines questions. Pourquoi quiconque s'en prendrait à Peter ? Cela avait-il un rapport avec son odeur de ce matin ?

La statue enleva les mains de sa tête et baissa les yeux vers elles. Elle pencha la tête, comme si ces événements la jetaient dans la perplexité. Puis elle regarda en direction de la pelouse, et aperçut Peter, Hal et Erin. Elle leva les bras en l'air et se mit à signer en dissonant.

« Oh merde, dit Peter. Vous autres feriez mieux de retourner à l'intérieur.

– Et te laisser combattre ce truc sans nous ? dit Hal. Pas question. C'est moi qui ai l'épée magique, ne l'oublie pas.

– C'est pour ça que tu dois aller avec Erin dans la bibliothèque.

– Quoi ? dit Erin.

– Tu te fous de ma gueule ? dit Hal en même temps.

– Erin, je veux que tu dresses le plus grand dôme dont tu es capable, dit Peter. Autour de tout le lycée. Hal, tu es le meilleur combattant…

– Raison de plus pour rester ici, avec toi, dit Hal.

– … j'ai donc besoin de toi à l'intérieur, dit Peter. J'ai ma petite idée pour m'en débarrasser sans blesser personne, mais si les choses tournent mal, tu devras être prêt à terminer le combat. » Disant cela, il eut l'air aussi malheureux qu'Erin en l'entendant. Elle ne voulait pas laisser Peter seul.

« Comment tu peux espérer arrêter cette créature ? dit-elle. Je ne pense pas qu'une grosse boule d'eau suffira cette fois. »

Les épaules de Peter s'affaissèrent. Il parut épuisé, et plus qu'un peu irrité, ce qui ne lui ressemblait pas, pas avec elle en tout cas. Cette attitude la blessa, et creusa encore le fossé entre eux alors qu'il essuyait la sueur sur son front.

« J'ai quelques tours dans mon sac que tu n'as pas vus pour l'instant. Maintenant, fais ce que je te dis. S'il te plaît. »

Erin eut envie de protester, mais elle désirait aussi obtenir le pardon de Peter. Et de toute manière, son idée de bouclier était bonne. Elle décida de lui faire confiance. Saisissant Hal par le bras, elle l'entraîna vers les portes.

« On s'en occupe, dit-elle. Mais, Peter ? »

Il détourna les yeux de la créature qui approchait. « Oui, Erin ? »

Elle voulut lui dire qu'elle l'aimait, qu'elle était désolée ; que ses sentiments pour lui étaient si forts qu'elle avait choisi de s'autosaboter. Mais les mots ne vinrent pas.

« Et Athena ? dit-elle alors.

– Si tu la croises, envoie-la-moi. Maintenant, partez. »

Hal se laissa entraîner par Erin dans l'escalier vers les portes de l'établissement. Alors qu'ils entraient, Erin se retourna pour lancer un dernier regard à Peter. Il lui parut terriblement petit, debout seul devant la statue.

Elle ne le reverrait plus jamais.

# Hal

Hal et Erin se précipitèrent dans la bibliothèque. La plupart des élèves et des membres du corps enseignant se tenaient accroupis le long des murs. Certains d'entre eux apparaissaient figés, presque catatoniques, d'autres semblaient au bord de l'hystérie. Alors qu'Erin et Hal passaient, des camarades de classe et des professeurs leur demandèrent des éclaircissements sur la situation. Était-ce un tremblement de terre ? Une fusillade comme avec ces gamins dans le Colorado au printemps dernier ?

« Restez où vous êtes », dit Erin à leurs interlocuteurs alors qu'ils se baissaient derrière le comptoir de prêt. « Couvre-moi », ajouta-t-elle à l'intention de Hal.

Erin n'eut besoin que d'un moment pour dresser une barrière. Hal ne se lassait pas de voir son amie utiliser ce langage primordial pour changer le monde. C'était le grand sujet de jalousie de sa vie. À quoi bon manier une épée magique, quand on avait des amis capables d'altérer la structure de la réalité ? Quelques gestes rapides dans l'air, un crépitement, cette odeur familière, et le lycée était à l'abri. Du moins l'espérait-il.

Erin garda les bras levés et les yeux clos. Des gouttelettes de sueur perlèrent sur son front. Ses mains tremblaient sous l'effort. Elle n'avait jamais rien tenté d'aussi ambitieux auparavant. Hal hésita à appeler l'Épée du Malheur, au cas où, quand quelque chose heurta le bâtiment et lui fit perdre l'équilibre. Erin serra les dents. Les lumières s'éteignirent, des gens se mirent à crier.

« Ça va ? » demanda Hal à Erin.

Elle secoua la tête et le fit taire. Le lycée trembla. Les étagères non encastrées au milieu de la grande salle s'écroulèrent l'une sur l'autre tels des dominos, la collision entre le papier et le bois produisant des bruits à la fois lourds et doux. Hal regarda les professeurs et les élèves se disperser pour échapper à l'avalanche. La plupart d'entre eux y parvinrent, mais quelques-uns trébuchèrent et tombèrent sous la dernière étagère à basculer. Leurs hurlements de douleur provoquèrent plus de chaos et de perturbation dans la bibliothèque. Hal aurait voulu porter secours à ces gens, mais il avait promis de couvrir Erin. Quoi qu'il arrive, il ne pouvait pas la laisser. Ils s'occuperaient des blessés plus tard.

Erin haleta, puis gémit. Son corps tout entier trembla. Elle ouvrit les yeux, une expression de panique sur le visage.

« Qu'est-ce qui ne va pas ? » dit Hal.

Elle empoigna ses mains et le tira d'un coup sec vers le sol devant elle. Elle mit ses bras autour de lui, mais il sentit ses mains continuer de bouger, de signer, tentant de les protéger.

« Ferme les yeux », dit-elle, et il obéit.

Il y eut un grondement, une vague de chaleur, puis une douleur aiguë à l'arrière de sa tête, avant que les ténèbres s'installent. L'absence de Hal dura un moment, pendant lequel il n'eut conscience de rien. Peut-être fut-ce une bénédiction. Il n'eut pas à voir ce qui arriva après.

# Athena

Athena avait bien l'intention de participer à la bataille après avoir terminé son annonce à l'interphone du lycée. Son coven – elle ne les considérait plus vraiment comme ses amis, plus maintenant – avait besoin de son aide. Comme tout le monde dans ce bâtiment.

Elle sortit de l'administration et prit la direction des portes de l'établissement. Dehors, elle vit Peter en haut de l'escalier, faisant face à l'objet qui hantait ses rêves depuis des semaines. La statue de Deoth, inexplicablement transportée sur la pelouse du lycée de Clegg.

Erin n'était pas là. Hal non plus. Peter ne se battait pas à proprement parler. La statue se tenait figée dans une position où elle balançait son poing en direction de la tête de Peter. Il avait les bras levés. Quelque chose d'étrange se passait dans l'air devant lui. Une force ondulait depuis ses mains, presque comme de l'eau, et des taches de lumière dorée brillaient dans les vagues. Elle reconnut l'énergie dissonante, mais ne comprit pas ce qu'il faisait.

Elle poussa la porte et sortit.

« Peter ? » dit-elle.

Puis elle s'aperçut que la statue n'était pas figée. Son bras continuait petit à petit sa descente vers la tête de Peter. Cette impressionnante démonstration avait ralenti la créature, mais sans l'arrêter. Et où étaient passés Erin et Hal ? Avaient-ils déjà fui ?

Peter tourna la tête pour la regarder. Elle lut une terreur bien réelle dans ses yeux.

« J'ignore combien de temps je vais encore pouvoir la retenir », dit-il.

Athena tenta une injonction de vent violent. Renvoyée par la statue, elle la souleva et la projeta en arrière contre les portes, avec assez de force pour lui couper le souffle.

Puis la statue parla. Elle prononça un seul mot, ralenti comme un disque joué à mi-vitesse : « *Athena.* »

Son regard alla de Peter à la statue, puis revint à son point de départ. Elle vit l'épouvante dans les yeux de son ami, son expression plaintive, et elle comprit. Il allait mourir. Quoi qu'il se passe ici, elle n'était pas assez forte pour l'empêcher.

*Tu ne peux pas aider Peter. Tu ne feras que tomber avec lui*, lui dit une voix intérieure, et elle reconnut la vérité de ces mots. Hal et Erin l'avaient apparemment déjà abandonné. À part mourir aux côtés de son ami, Athena ne pouvait rien faire ici. Une mort héroïque, certes. Mais elle n'en serait pas moins morte.

Pantelante, elle se releva tant bien que mal, et prit la décision la plus sage. Elle se sauva, loin de Peter et de la statue, traversa les couloirs, passa devant la bibliothèque, et poussa la porte de derrière donnant sur les pistes d'athlétisme. Elle courut vers le grillage entourant les installations sportives, et le longea en trottinant jusqu'au portail. Après plusieurs tentatives maladroites avec le loquet, elle parvint enfin à ouvrir et à sortir de l'enceinte du lycée. Ses bras et ses jambes montaient et descendaient régulièrement, son cœur battait la chamade, la sueur lui piquait les yeux, et sa mauvaise jambe *hurlait.* Elle n'avait aucune destination en tête, juste le désir de s'éloigner le plus possible.

Pour une personne de petite taille, peu sportive, et souffrant d'un handicap physique chronique, elle allait plutôt vite. Elle avait presque franchi deux pâtés de maisons quand son lycée explosa.

## Erin

Une animation inhabituelle régnait au cimetière le matin des obsèques de Peter. En raison du nombre sans précédent de morts au lycée (tous les élèves, les professeurs et les membres du personnel non enseignant, à l'exception de Hal, Erin et Athena), le cimetière municipal avait dû abattre un de ses murs pour s'étendre vers le nord. En plus des ouvriers du bâtiment, plusieurs enterrements avaient lieu en même temps que celui de Peter. Des groupes de gens placés à intervalles irréguliers autour du cimetière transpiraient, comme des pièces disposées sur un échiquier bizarre.

Peter n'eut pas droit à un enterrement, parce qu'il n'y avait pas de corps. Le professeur Marsh décida tout de même de planter une pierre tombale dans la concession familiale, à côté de celles de ses parents. Surchargé de travail, le clergé local avait fait appel à une aide extérieure pour répondre à la demande d'officiants. Un pasteur d'une ville voisine s'occupa de l'adieu à Peter. Il ne le connaissait pas, mais fit de son mieux avec les platitudes habituelles. Puis, à la fin du service, sentant que sa présence n'était plus souhaitée, il serra la main du professeur et partit.

Erin et son coven formèrent un cercle avec la pierre tombale qui marquait une vie, mais pas une tombe. Ils jetaient des regards autour d'eux comme des enfants apeurés, attendant de se réveiller d'un mauvais rêve. Seul le professeur Marsh affichait la sombre expression d'une personne qui acceptait et comprenait la réalité.

« C'est de ma faute, dit-il. J'ai pensé que la Dissonance vous avait choisis, tous les quatre, pour que je vous initie à ses mystères. Mon erreur a fait de vous des cibles.

– Vous ne nous avez pas forcé la main, dit Athena.

– Vous êtes des enfants, dit Marsh. Vous n'êtes pas capable de décider en connaissance de cause. C'était moi l'adulte responsable, moi qui ai commis l'erreur, moi qui ai tout perdu. Je ne permettrai pas qu'il vous arrive la même chose.

– Vous n'allez plus être notre professeur ? dit Erin.

– Non, dit Marsh. Mais ce ne sera pas suffisant pour garantir votre sécurité. Cette erreur exige une solution plus radicale. Je dois couper votre lien avec la Dissonance. »

Athena recula et se cogna contre la clôture en fer de la concession.

« Non », dit-elle. Quand personne n'intervint, elle se tourna vers le groupe. « Erin. Hal. Soutenez-moi un peu.

– Peut-être que c'est mieux ainsi, dit Erin.

– Comment tu peux dire ça ?

– Si on n'avait pas déconné avec des trucs qui nous dépassent, on n'en serait pas là aujourd'hui », dit Hal. Il engloba d'un grand geste du bras la mer de nouvelles pierres tombales.

« C'est nécessaire, et tu le sais, dit Erin.

– Non », dit Athena. Erin pouvait comprendre pourquoi elle insistait ainsi. Après tout, Athena était celle qui avait trouvé le petit livre vert en 1997, et l'avait montré au reste du groupe. Elle les avait poussés à aller de l'avant, acharnée dans sa quête de savoir et de pouvoir. Dans une certaine mesure, elle portait une part de responsabilité dans cette tragédie, et avait besoin d'en être dégagée.

« Mais si », dit Erin, qui tendit la main pour toucher le bras d'Athena. Mais celle-ci recula, en rien radoucie.

« Et vous ? dit Athena à Marsh. Après que vous aurez coupé notre lien avec la Dissonance, qu'est-ce qui vous arrivera ?

– Je ferai de même pour moi, dit Marsh. J'ai été faible une fois. Pour éviter que cela se reproduise, je dois fermer cette porte à jamais. »

Athena sembla comprendre alors qu'avec ou sans son consentement, il avait l'intention d'aller jusqu'au bout. Elle était forte, mais pas au point d'affronter le vieil homme. Le cœur lourd, Erin s'aperçut qu'elle éprouvait aussi un profond sentiment de soulagement. Elle pouvait laisser tout cela derrière elle maintenant. Essayer d'avoir une vie normale.

« Joignez vos mains », dit Marsh.

Athena s'écarta de la clôture et, après un moment d'hésitation, prit la main d'Erin et celle de Hal. « Ce sera douloureux ?

– Je l'ignore », dit Marsh.

Erin baissa la tête, comme en prière, alors que Marsh signait son injonction.

La rupture ne fit pas mal, physiquement en tout cas. Ce fut plus comme de désaturer l'image d'une télévision en bidouillant les réglages. Les couleurs perdirent de leur éclat et le monde sembla un peu plus terne. La sensation accompagnant ce moment se révéla pire que la douleur. Ce matin, elle avait perçu la présence de Hal, d'Athena et de Marsh autour d'elle, partageant sa tristesse. Elle avait senti les brins d'herbe plier sous ses chaussures. Elle était tellement habituée à ce lien constant, qu'elle ne le remarquait pas la plupart du temps. Maintenant, elle était comme amputée, isolée à l'intérieur d'elle-même. Tout ce qui se trouvait à l'extérieur de son corps était un autre monde, et le resterait jusqu'à la fin de ses jours.

Enfin, près d'une semaine après la mort de Peter, Erin envisagea un avenir sans lui, sans la Dissonance. Elle pleura, en partie à cause de son deuil, mais aussi – et à tort – de soulagement, pensant laisser derrière elle une bonne fois pour toutes la période la plus déroutante de sa vie.

*2019*

# LA DERNIÈRE AVENTURE, DEUXIÈME PARTIE

# Athena

Athena lève les yeux pour consulter l'horloge sur le mur, mais la pile de livres posée à côté d'elle sur le bureau lui bouche la vue. Elle travaille depuis le crépuscule, écrivant et réécrivant en dissonant à la main. Cet exercice l'apaise, il remplace la petite peur qui ne l'a pas lâchée depuis le premier tremblement de terre par cette fluidité opérationnelle qui s'empare d'elle dès qu'elle est confrontée à un problème intéressant. Voilà des années qu'elle n'a pas connu ce mariage parfait entre intelligence et instinct propice à tirer le meilleur d'elle-même. Et en dépit des circonstances, elle sait qu'elle accomplit son grand œuvre ce soir.

Elle fléchit ses mains pour les assouplir et secoue la tête, tâchant de se reconcentrer. Les composantes des demandes formulées par Marsh sont toutes là, pêle-mêle dans ces feuillets manuscrits, mais il appartient à Athena de les organiser pour que cela fonctionne : concevoir une théorie fluide de miracles en commençant par la Retenue de Giuseppe et l'Entonnoir de Li, puis le Localisateur d'Âme de Huntly et David – pour ne parler que du contenu de la première page.

Ses mains sont douloureuses, leurs muscles raides à force d'essayer de soutenir le rythme de son esprit. Une fois de plus, elle regrette que personne n'ait créé une police dissonante pour Word ou Google Docs. Ou un clavier spécifique. Elle est consciente des difficultés que cela implique : le dissonant est différent de l'alphabet latin. Dans sa construction et sa variabilité, il ressemble davantage aux caractères chinois, pour lesquels il existe des claviers. Une solution similaire serait-elle envisageable ? La force sous-jacente de l'univers se plierait-elle aux commandes d'un ordinateur ?

Sa mauvaise jambe la fait souffrir, signe qu'il est temps de bouger un peu. Elle se lève, met les mains sur les hanches et fait craquer son dos. Elle a déjà réécrit sa symphonie plusieurs fois. La corbeille à papiers à côté du bureau déborde d'idées abandonnées. Elle a envie d'une cigarette, bien qu'elle se soit débarrassée de cette sale habitude des années plus tôt. Maintenant, elle le regrette. Le rituel consistant à sortir avec une tasse de café frais (ou réchauffé), à allumer sa clope et à tirer cette première bouffée. Elle ne connaît rien de plus jouissif que cette sensation âpre et délicieuse à l'arrière de la gorge. C'est même mieux que le sexe.

Tant pis. Elle arpente le bureau, où Marsh est assis sur le sol, entouré de ses propres piles de livres. Il les passe en revue, à la recherche de n'importe quoi d'utile. Ses mains tremblent alors qu'il parcourt le volume posé sur ses genoux. Il maîtrise de moins en moins ce corps d'emprunt. Le bruit sec produit par ses hanches et son grognement de satisfaction lui font lever la tête. Il sourit, mais elle ne sait pas trop comment interpréter cette expression. Peut-être est-ce un manque de contrôle, mais elle lui semble presque lascive.

« J'ai besoin d'une pause, dit-elle. Je vais voir ce que deviennent les garçons. »

Il retourne au livre devant lui. « Ne sois pas longue. Nous partons à l'aube. » Elle est presque arrivée à la porte quand il ajoute : « Tu n'as pas à avoir de scrupules. Le tulpa apparaît peut-être comme une personne bien réelle, mais tu dois garder à l'esprit qu'il ne l'est pas. Il est un problème, que tu aides à résoudre. »

Athena tire la porte du bureau derrière elle pour la fermer et marche à pas feutrés dans le couloir jusqu'à l'ancienne chambre de Peter. Elle y trouve Owen et Philip profondément endormis et lovés l'un contre l'autre sur le lit. Philip a un bras passé autour d'Owen, et la douceur de ce geste fend le cœur d'Athena.

*Il m'a tout l'air d'une personne bien réelle*, pense-t-elle.

Elle se dit qu'il ne l'est pas. Philip est une copie convaincante. *Très* convaincante. Bien que… n'est-ce qu'une apparence trompeuse née du tribut payé par ses sens au manque de sommeil, ou lui semble-t-il plus jeune ? Presque comme Peter à seize ans. L'âge qu'il avait à sa mort.

Cette impression la déconcerte, et elle bat en retraite vers le bureau. Elle y trouve Marsh, qui feuillette son manuscrit.

« Ce n'est pas terminé, dit-elle.

– C'est du bon travail », dit-il sans lever les yeux.

Elle réprime l'accès de plaisir que lui procure ce compliment. « Les garçons vont bien. Ils dorment. »

Marsh continue à lire, et ne répond pas.

« Avez-vous la moindre idée de ce qui a pu arriver à Philip ? dit-elle. Dans la salle de bains ? La façon dont le verre a volé en éclats fait plus penser à une glissade qu'à une chute.

– J'ai plusieurs hypothèses, dit Marsh. Il est une copie du corps de Peter, occupant la maison où a vécu Peter, et utilisant la douche de Peter. Ces choses à elles seules ont pu causer une perturbation dissonante mineure. Je chercherai à en savoir plus après que nous aurons réglé les problèmes en cours. Ce sera peut-être même nécessaire, si je veux éviter de me faire éjecter de la douche, à notre retour de Deoth. »

Pour la première fois, Athena essaie de s'imaginer Marsh dans le corps de Philip. Quelque chose dans cette image, si tôt après avoir vu Philip et Owen endormis dans les bras l'un de l'autre, la trouble profondément.

Marsh s'éloigne du bureau pour lui permettre de poursuivre sa tâche. Elle se plonge de nouveau dans son travail, et n'en émerge qu'au moment où la lumière précédant l'aube grise le ciel. Un nombre assez important de feuilles volantes couvertes de son écriture serrée et maîtrisée s'entasse à sa droite. Elle se penche en arrière, pliant les doigts et se massant le poignet. Marsh est allongé sur le canapé depuis plusieurs heures, pour ménager le peu de force qui reste à ce corps. Elle doit lui toucher l'épaule pour le réveiller, et un violent frisson la parcourt au contact de la chair froide. Elle a un haut-le-cœur, et sa gorge se serre. Elle ne se détend de nouveau qu'après l'avoir lâché et fait un grand pas en arrière.

« J'ai terminé », dit-elle alors qu'il ouvre les yeux.

Il se dirige vers le bureau en traînant les pieds, et s'assoit pour lire son travail. Ses mouvements sont saccadés à présent, comme une marionnette manipulée par un montreur maladroit.

« C'est un chef-d'œuvre, dit-il. D'une telle élégance que ce qui pouvait autrefois passer pour impossible paraît simple. Les générations futures l'étudieront en se demandant pourquoi personne n'y a pensé plus tôt. Tu as de la chance Athena. Ton héritage est assuré, et de ton vivant qui plus est.

– À condition que ça fonctionne, dit Athena. Pour l'instant, c'est purement théorique, ne l'oubliez pas.

– Si c'est un échec, toi et moi ne serons plus là pour être déçus. » Il se lève et quelque chose craque dans son corps. Le temps presse pour lui. « Viens avec moi. J'ai plusieurs choses à te montrer. »

Elle le suit dans le couloir, où ils passent devant la chambre où dorment les garçons, avant de sortir par-derrière. Il traverse la pelouse en clopinant vers la cabane à outils. Athena, qui n'a jamais vu la porte ouverte, est surprise de la facilité avec laquelle Marsh se joue du vieux cadenas qui la maintient fermée maintenant.

À première vue, cela ressemble à une cabane banale, remplie d'outils électriques et de matériel de jardinage. Alors que Marsh entre, toutefois, son corps se met à disparaître en partant des pieds. Regarder les deux choses à la fois – la cabane ordinaire, et le cadavre qui s'évapore – désaxe quelque chose dans son esprit.

« Suis-moi, mais garde les yeux fermés », lui lance Marsh qui la précède.

Athena retient sa suggestion. Elle fait de petits pas en avant, laissant son corps lui dire ce qui est réel. Ses pieds rencontrent un escalier, sa main droite découvre une rampe. Elle avance et descend en clopinant, comptant vingt, trente, quarante marches avant d'arriver sur un palier.

« Ouvre les yeux », dit Marsh.

Elle se trouve dans une vaste salle avec un sol en béton et un plafond bas. Des lits à roulettes sont disposés à intervalles réguliers, chacun accueillant une masse sous un drap blanc, que l'intensité de la lumière rend presque aveuglant. Des rigoles d'écoulement bordent le sol. La pièce fait penser à une morgue.

« Où sommes-nous ? demande-t-elle.

– Dans la partie de mon laboratoire où je pratique les autopsies de créatures dissonantes », dit Marsh. Il montre du doigt une étagère montée dans un coin et remplie de carnets. « Je travaillais sur un bestiaire, mais il contient probablement moins d'un centième de pourcent de ce qui existe à travers le multivers.

– Vous avez tué ces créatures ? demande Athena en indiquant les masses sous les draps.

– Quand c'était nécessaire, oui. Je suis désolé que la partie la plus sinistre du laboratoire en soit aussi l'entrée, mais nous l'avons construit en privilégiant le côté pratique. Viens. J'ai des choses plus agréables à te montrer. »

Ils franchissent une porte au fond de la morgue. La salle d'après est sombre et remplie d'une atmosphère particulière, avec des éclairages sur rail au plafond pour mettre en valeur les pièces exposées. Mais au lieu de tableaux ou de sculptures, ce sont des créatures fantasmagoriques dans des terrariums. Des chats lumineux suivent Athena de l'autre côté du verre et la regardent avec des yeux soupçonneux et affamés. Des serpents au crâne hérissé de pointes pendent aux branches d'un arbre artificiel. Une créature tout en bouches et en tentacules tourne lentement en suspension dans l'air comme une boule à facettes. Une silhouette humanoïde constituée de fange est vautrée dans une cellule boueuse, où elle lit un exemplaire de *Du côté de chez Swann*. Interrompant sa lecture, elle la regarde avec des yeux marron intelligents et lève une main suintante pour la saluer.

À côté de l'être de boue vit une créature qui se tient debout comme une personne, mais a le visage d'un loup aux yeux orange. Elle porte une robe bleue coupée dans un tissu grossier, et montre les dents en grognant. Une immense tristesse submerge Athena, un sentiment de pure absurdité et de désespoir qui lui fait l'effet d'un coup de poing dans le cœur. Elle baisse les yeux.

« Tu n'as rien à craindre, dit Marsh. S'il pouvait te faire du mal, ce serait déjà fait.

– Qu'est-ce que c'est ? dit Athena. Un zoo privé ?

– Je préfère y penser comme à une arche multiverselle.

Un lieu où réunir et préserver la vie et le savoir, et nous aider à percer les mystères fondamentaux de l'existence.

– Vous avez bâti tout ça vous-même ? Sans que personne en ville s'en aperçoive ? Sans qu'aucun de *nous* s'en aperçoive ? Comment est-ce possible ?

– Je n'ai pas été seul. Et cet endroit ne se situe pas exactement *sous* ma cabane à outils. Elle n'en est que la porte d'entrée depuis notre monde. Nous sommes dans une poche dimensionnelle hors du temps. »

Voilà qui explique pourquoi ces créatures sont en vie et ne sont pas mortes de faim au cours de la dernière décennie. Elles n'ont pas eu *besoin* de manger ou boire tant qu'elles sont arrivées en bonne santé.

« Un atelier qui ne nécessite aucun entretien, dit-elle, impressionnée. Où les lois de la vie ne s'appliquent pas. » Et cette révélation en entraîne une autre. « Vous avez eu une ondine ici. Morgane.

– C'est vrai, dit-il. Jusqu'à ce que *quelqu'un* la libère, profitant de mon absence pour mes affaires en 1998.

– Vous avez été en colère.

– Oh, oui.

– C'est pour ça que vous avez tué Peter et fait sauter le lycée ? »

Il a un mouvement de recul, visiblement surpris.

« Ne me mentez pas, dit-elle. Pas sur ça.

– J'ai été furieux de perdre Morgane, mais l'injonction de la porte m'a paru une compensation équitable. J'ai donc préféré en rester là. Je me suis dit que je pouvais toujours capturer une autre ondine, mais que tu avais créé ou redécouvert quelque chose de totalement unique. »

Ce n'était pas un démenti. « Le jour de sa mort, Peter est arrivé en retard au lycée, paniqué, dit Athena. Il semblait sûr que quelque chose de grave allait se produire.

– Je n'avais rien à voir avec ces événements, dit Marsh. Tu devrais avoir une meilleure opinion de moi, Athena.

Pourquoi aurais-je couru le risque de m'exposer et de tuer mon propre petit-fils en public ? J'espérais le rallier à ma façon de penser, quand il est rentré cet après-midi-là. Et tous vous convaincre. Je ne sais pas comment, mais les choses ont mal tourné. Aujourd'hui encore, j'ignore ce qui a pu se passer. C'est la vérité. Si j'en crois le récit que toi, Hal et Erin m'en avez fait, la statue de Deoth est arrivée au lycée. Je ne sais vraiment pas quoi en penser. Peut-être que Peter a fait sauter l'école en tentant de la renvoyer d'où elle venait ? Je l'ignore. Mais puisque nous en sommes à échanger en toute franchise, voilà une chance pour toi de gagner ma confiance : pourquoi n'étais-tu pas dans les locaux au moment de l'explosion ? Hal et Erin se trouvaient dans la bibliothèque, tu étais à l'administration, puis tu n'y étais plus ? C'est incompréhensible, sauf si tu as fui. »

Elle baisse le regard, le visage enflammé par l'humiliation et la gêne. La grande honte de sa vie, énoncée très clairement.

Il lui touche le bras, mais elle est si bouleversée qu'elle en oublie de manifester sa répulsion. « Tu as fait ce qu'il fallait, dit-il doucement. Fuir. J'aurais fait pareil. »

Elle a tant besoin d'entendre ces mots. D'être pardonnée. Mais quelque chose en elle ne l'accepte pas, et à présent, elle recule d'un pas. « Ne me dites pas ça. Je ne suis pas comme vous.

– Tu n'aurais pas pu remporter cette bataille, dit Marsh, toujours d'une voix douce. Si tu étais restée, tu serais morte, toi aussi. Mais tu as vécu. Tu poursuis ta quête de savoir. De vérité. Il faut parfois se montrer impitoyable, si l'on veut débrouiller les mystères de l'existence. Laisser à d'autres esprits plus bornés le luxe d'une conscience tranquille pendant qu'ils suivent des chemins que les gens comme *nous* traçons. Tu savais cela à l'époque, et tu le sais maintenant. Et c'est pour cette raison que je t'ai choisie pour mon plan. »

Elle fronce les sourcils alors qu'une pensée lui vient. « Mais dans ce cas, pourquoi êtes-vous mort ? Vous auriez pu rester dans votre forteresse hors du temps et complètement éviter la mort, n'est-ce pas ?

– J'ai envisagé cette possibilité, dit Marsh. Mais malgré mon goût pour la réclusion, cela n'aurait pas été une existence très riche, mais un compromis. Or, ma vie durant, j'ai tenté de résoudre le problème des compromis. C'est la raison pour laquelle mes associés et moi avons bâti cet endroit. C'est aussi pour cela que j'ai bravé le courroux d'un enfer (avec un *e* minuscule), au lieu de m'y tapir. J'avais besoin de voir au-delà, en misant sur ma capacité à trouver un moyen de revenir. Tout cela fait partie d'une quête pour démêler l'imbroglio du multivers et comprendre ses vérités fondamentales. »

Athena rit. « Rien que ça, hein ? »

Marsh ne partage pas sa légèreté. « Sais-tu ce que j'ai découvert au cours de ma vie, à travers toutes mes explorations, mes expériences et mes autopsies ? » Il la fait de nouveau entrer dans la morgue et prend un carnet sur une étagère le long d'un mur. Il l'ouvre d'une chiquenaude, à une page près de la fin, et suit le texte et les diagrammes d'un doigt raide jusqu'à tomber sur un caractère dissonant écrit à l'encre noire, un caractère qu'Athena ne reconnaît pas.

« Qu'est-ce que c'est ? »

Marsh pointe du doigt sur la page d'à côté un croquis d'une créature qui pourrait être un chaînon manquant entre les zèbres et les singes. « Je l'ai trouvé dans son ADN. » Il tourne la page pour lui montrer un lézard à six yeux. « Et dans le sien. » Il feuillette le carnet. Chaque double page comprend la représentation d'un animal d'un côté, et le dessin du même caractère dissonant inconnu de l'autre.

« Tous les sujets que vous avez étudiés portent ce caractère dissonant dans leur génome, dit Athena.

– Et ce n'est même pas le plus intéressant, dit Marsh. Si tu fais une prise de sang, et que tu examines les prélèvements des différentes espèces l'un à côté de l'autre, les caractères sont infinitésimalement distincts.

– Ce qui explique les différences de physionomie ou de personnalité, dit Athena. Comme c'est original. Nous sommes réellement tous uniques.

– Tu connais bien la Bible ?

– Bon, de toutes les choses que j'ai pu entendre ces quelques dernières minutes, celle-là *doit* être la plus incroyable. Le professeur Elijah Marsh, citant les Saintes Écritures.

– Il y a une paire de versets que je ressasse depuis maintenant des années. Voilà le premier : "Au commencement, Dieu créa les cieux et la terre."

– Oui, j'ai déjà entendu celui-là.

– En voilà un autre : "Au commencement était le Verbe, et le Verbe était en Dieu, et le Verbe était Dieu." Évangile selon Jean, chapitre premier.

– Oui, je me souviens de celui-là, dit Athena. À la convention dissonante en 1997. Ils en ont fait tout un plat.

– Eh bien, peut-être n'avaient-ils pas tout à fait tort.

– Votre séjour en enfer a fait de vous un chrétien ? dit Athena.

– Je n'ai jamais écarté la *possibilité*, dit Marsh. Ce qui me posait problème, c'était le côté dogmatique de ces pieux imbéciles. Je me suis toujours demandé si les premiers mystiques et les croyants des débuts avaient compris quelque chose. Dans ce premier verset de la Genèse, le langage apporte la lumière dans un monde plongé dans les ténèbres ; par sa parole, Dieu donne vie à tous les êtres vivants. Et dans la seconde citation, tirée de l'Évangile selon Jean, Dieu *est* le langage. Le langage est le principal outil de création. Il doit exister une voix, ou des voix qui ont donné forme à tout cela. » Il pointe du doigt en direction de la ménagerie dans l'autre pièce. « Dieu. Des dieux inférieurs. Des nephilims. Appelle-les comme tu voudras. Si mes associés et moi n'avions pas accepté de faire ce travail et de nous salir les mains, nous serions toujours ignorants. Le progrès, quel que soit le domaine, exige un pragmatisme impitoyable. Le savoir est ton unique allié. Tout le reste, tous les autres gens sont des outils ou des obstacles sur ta route. » Il pose le carnet. « Parmi mes élèves, toi seule avais les qualités requises pour que je te montre cela. Tu as toujours été ma préférée, et voilà pourquoi je m'associe avec toi maintenant. Vois-tu, dans toutes mes expériences, il m'est arrivé de changer la forme de la vie, mais je n'ai jamais réussi à la *créer*. Je n'ai pu faire s'animer ce symbole particulier. Et je suis prêt à parier gros que si nous prélevions un échantillon du sang de Philip, nous ne trouverions pas ce symbole dans son ADN, parce qu'il n'est pas réellement vivant. Pas plus que moi. Ce que j'espère, c'est qu'en transférant mon âme dans son corps, ce caractère se forme et que la réalité se réaligne. Tout le monde y gagne. Et j'ai besoin de ton aide pour aller au bout.

– J'ai écrit votre rituel, dit Athena. Mon rôle s'arrête là.

– Non. Suis-moi. »

Il la fait sortir de la pièce, et retraverser le dédale de la ménagerie, jusqu'à une salle beaucoup plus vaste. Des lumières fluorescentes pendent à des chevrons apparents au-dessus d'un sol en béton terne rempli du sol au plafond d'étagères supportant des caisses et des cartons. L'endroit rappelle à Athena l'entrepôt à la fin des *Aventuriers de l'arche perdue*, mais avec un meilleur éclairage.

« Mais où est-ce qu'on est, bon sang ?

– Dans ma réserve, dit Marsh.

– Et pourquoi diable avez-vous besoin d'une réserve aussi grande ?

– Si les créatures que je garde en captivité sont le passé, alors ceci est l'avenir. La prochaine étape de mon ambitieux projet. J'ai tout ce qu'il me faut ici pour équiper une petite armée.

– Une armée ? Pour quoi faire ?

– Nous pouvons discuter des détails plus tard, dit Marsh. En attendant, restons concentrés sur la tâche en cours. Viens jeter un coup d'œil. »

Elle suit son ancien mentor dans une des larges allées. Arrivé au tiers de sa longueur, il s'arrête et pointe du doigt une valisette noire sur une étagère, juste au-dessus du niveau des yeux. Elle pourrait contenir une perceuse ou une trousse à outils.

« Ouvre ça pour moi, dit-il. J'ai besoin de toutes mes forces pour empêcher ce corps de tomber en morceaux. »

Elle descend la valisette de l'étagère, la pose sur une caisse, et soulève le couvercle. À l'intérieur, elle trouve trois fioles d'un liquide vert, un pistolet injecteur, et un petit paquet d'aiguilles, le tout niché dans un lit de caoutchouc mousse.

« Qu'est-ce que c'est ? demande Athena.

– Quelque chose sur quoi je travaillais avant mon décès. » Il libère avec précaution un des tubes du caoutchouc et le tient à la lumière. Le liquide ressemble à du Mountain Dew saturé de mini feux d'artifice. « Une autre découverte de mes autopsies. Chaque créature vivante contient une portion d'énergie dissonante. Elle se dissipe quand ladite créature meurt, et rejoint la Dissonance. Dans de rares cas, j'ai capté cette énergie, que j'ai distillée. Ces trois flacons représentent tout ce que j'ai pu réunir. »

Athena regarde les aiguilles et l'injecteur dans la valise.

« Donc, si je me pique, je rétablis mon lien avec la Dissonance ?

– Peut-être. Même si cela fonctionne, l'effet ne sera pas permanent. Mais pendant un temps, tu seras chargée à bloc d'énergie dissonante. Tu retrouveras tes capacités d'autrefois, et peut-être davantage.

– Pour quelques heures, donc. Ou quelques minutes, dit-elle. Peut-être juste une poignée de secondes.

– Ou alors, des jours, des semaines. Ou des années, dit Marsh. Nous ne le saurons pas avant d'avoir essayé. »

Elle se demande si c'est cela la grande solution de Marsh à sa rupture d'avec la Dissonance. Trois doses supplémentaires de sa drogue favorite, qui pourraient, en les additionnant, durer le temps d'un éternuement ?

Sa consternation doit se voir, parce que Marsh ajoute : « C'est juste un acompte. Une mesure provisoire pour la tâche qui nous attend. Le voyage à Deoth va exiger plus de force qu'il m'en reste dans ce corps. Ce garçon, Owen, semble avoir le talent, mais je manque de temps pour le former. J'ai besoin de quelqu'un à qui je peux me fier pour diriger cette expédition et garantir notre arrivée sans encombre. Si nous parvenons à regagner le bateau et que ta symphonie fonctionne, j'aurais de nouveau toute une vie devant moi pour trouver ou créer un rituel de reconnexion. »

Elle lui prend la fiole et éprouve une douleur âpre. La chose qui lui a manqué plus que tout au monde ces vingt dernières années, agitée devant elle. En dépit de sentiments mitigés – ses désirs de sauver le monde et ses amis et les doutes sérieux que lui inspirent le fait de mettre Marsh dans le corps de Philip (sans parler de ce qu'il compte faire une fois *dans* ce corps) –, Marsh la tient à la gorge. Il sait combien la Dissonance lui a manqué, et il lui offre une chance, même brève, de rétablir son lien avec elle. Il sait que si elle peut goûter à ce pouvoir trois fois de plus, elle ne laissera pas passer cette occasion, quel qu'en soit le prix.

« D'accord, dit-elle en regardant les fioles. Je suis partante. »

## Erin

Hal et Sybille se hissent hors du ruisseau. Hal grimace alors qu'il enfile son jean sur ses jambes mouillées.

« Prête ? » demande-t-il.

Erin se lève tandis que Sybille desserre une corde qui lui ceint la taille. Elle en tend un long bout à Hal.

« Attachez-vous, dit l'ondine. Pour votre sécurité. La plongée s'annonce éprouvante, et je ne veux pas vous perdre. »

Hal noue la corde autour de sa taille, et tend le reste à Erin. Sa texture est celle d'un drap humide, à sa sortie de la machine à laver. Elle la serre et semble sceptique.

« Ce sera assez solide ? demande-t-elle.

– Oui, dit Sybille. Et ça vous évitera d'aller suffoquer dans le vide.

– On va voyager dans l'espace ? »

Sybille réfléchit. « Une culture a utilisé le mot "tehom" pour en parler. En langage moderne, vous pourriez appeler cela "les profondeurs".

– Je préfère tehom, dit Hal. Ça fait plus mythique. »

Erin finit d'attacher la corde autour de sa taille. Sybille revérifie les nœuds, puis fait un pas en arrière.

« Une fois que nous plongeons, il est impossible de s'arrêter. »

Erin prend la main de Hal et la serre.

Sybille tourne le dos au ruisseau, écarte les bras et ferme les yeux, puis bascule en arrière. Le monde autour d'Erin s'étire dans toutes les directions, jusqu'à devenir un ensemble de lignes et de couleurs. Puis elle tombe à travers l'espace dans les ténèbres. Elle pousse un cri, mais le son échappé de sa bouche se perd au sein d'un grondement qui semble combiner les bruits de rapides, de parasites TV et le sifflement d'un modem sur le réseau commuté.

Elle plisse les yeux dans l'obscurité, et c'est la vision la plus prodigieuse qu'elle ait eue de toute une vie riche en images incroyables qui l'attend : tehom. Les eaux du multivers coulent autour d'elle, il s'y mêle des choses à la fois familières et étranges, qui se fondent dans une mosaïque de couleurs et de lumière. Erin est en présence de l'infini, et pour la première fois depuis vingt ans, elle se sent réellement heureuse et vivante. Elle s'est cramponnée à la corde qui la lie à Hal. Maintenant, elle lâche prise et lève les bras comme une gamine sur les montagnes russes. Quelque chose se dénoue dans sa poitrine et elle pousse un cri d'euphorie, de joie, de soulagement.

Sybille les entraîne de plus en plus profond. La descente ralentit. Le grondement se calme, et le flot de lumière et de couleur devient plus faible, les mondes qu'ils traversent sont plus obscurs, plus difficiles à voir. Les images autour d'elle ondulent, comme si quelque chose nageait sous la surface, juste hors de portée des regards. Quelque chose qui tente de se frayer un passage vers cet endroit de plus en plus sombre et silencieux, cet entre-deux où sont Hal, Sybille et Erin.

Ils descendent enfin sur un sol de sable mouillé. La lumière des univers au-dessus d'eux permet tout juste à Erin de distinguer ses compagnons, mais rien de plus.

« Nous sommes arrivés », dit Sybille à bout de souffle.

L'ondine s'assoit lourdement à côté de Hal, et manque le faire tomber lui aussi. Elle saigne du nez.

« Où sommes-nous ? dit Erin. Au fond de l'océan ? On se croirait nulle part.

– Ma mère appelait cet endroit la Source. Elle m'a dit que je devrais vous y emmener un jour, parce qu'il y avait quelque chose que vous auriez besoin de voir, et de faire.

– Je suppose qu'elle n'a pas précisé quoi ? demande Erin.

– Non », dit Sybille. Elle essuie le sang noir sur sa lèvre supérieure avec le dos d'une main. « Cette partie est aussi un mystère pour moi.

– Et comment est-ce qu'on est censés repartir dans notre monde ? dit Erin.

– Je ne sais pas si c'est prévu », dit Sybille.

Quelque chose remue dans l'air et le sol tremble. Erin se retient à Hal pour garder l'équilibre et rester debout. Une lumière jaune-vert brille par une ouverture qui vient d'apparaître dans le sable. Le trou aussi long et large qu'une porte de taille moyenne mène sous terre.

Sybille sort une dague qu'elle cachait quelque part sur sa personne et coupe la corde l'attachant à Hal et Erin, puis les sépare l'un de l'autre.

« Bonne chance, dit-elle.

– Merci de votre aide, dit Hal. Encore désolé pour votre mère. Je ne l'ai pas connue longtemps, mais elle a beaucoup compté pour moi. »

Le visage de Sybille se contracte dans une expression difficile à déchiffrer, puis en un sourire pincé. « Vous avez aussi beaucoup compté pour elle. Je suis heureuse d'avoir pu vous rencontrer, Hal Isaac. J'espère que nos chemins se croiseront de nouveau. » Elle fléchit les genoux et se propulse vers le haut, dans les ténèbres, soulevant un nuage de sable dans son sillage. Hal la suit du regard lui aussi avec une expression énigmatique.

« Et moi, elle n'a pas été heureuse de me rencontrer ? » dit Erin.

Sa plaisanterie lui vaut un léger sourire de la part de Hal, mais sans qu'il détache les yeux de l'ondine. Erin lui serre le bras. Il lui prend la main et la serre à son tour. Ensemble, ils entament la descente d'un escalier en pierre, laissant l'obscurité derrière eux pour la lumière de la Source.

## Owen

Athena réveille Owen à l'aube. Il remarque d'abord qu'elle s'est changée. Elle ne porte plus les mêmes vêtements qu'à l'église, mais un pantalon vert olive, des rangers noirs, et un débardeur vert sapin. Elle a réuni et noué ses cheveux derrière la tête. Ensuite, il note une évolution dans son attitude. Quand Owen l'a rencontrée, elle avait l'air effrayée. Maintenant, elle est effrayante.

« C'est l'heure », dit-elle, avec une rudesse nouvelle dans la voix, pas uniquement due à la force de caractère dont elle a fait preuve jusqu'à présent.

Philip remue à côté de lui, et Owen prend conscience de quelque chose de chaud poussant contre l'arrière de sa cuisse. Il s'efforce de ne pas laisser paraître sa surprise et se concentre sur Athena.

« On va quelque part ? demande Owen.

– La dernière étape de ce voyage, répond Athena. La plus dangereuse. Réveille Philip et retrouvez-moi à la cabane derrière la maison. »

Après son départ, Owen se hâte de sortir du lit et s'accorde un moment pour se calmer, avant de secouer Philip. Ce dernier le gratifie d'un vague sourire alors qu'il revient à lui, et un poing invisible serre le cœur d'Owen.

« C'est le matin ? s'enquiert Philip.

– Oui, dit Owen. Il est l'heure. Il faut y aller. »

Philip ne bouge pas. « Où ça ?

– Je ne sais pas », avoue Owen.

Philip soupire et se frotte les yeux. « D'accord. De toute façon, cette maison me donne des cauchemars. » Il se redresse, mais paraît s'apercevoir de son érection et s'allonge de nouveau sur le côté. Owen va à la salle de bains pour lui offrir un peu d'intimité. Il se lave les dents avec une brosse et un dentifrice qui ont l'air assez vieux pour appartenir à son père (leur contact, leur goût semblent pourtant propres et frais). Il s'asperge le visage d'eau, puis patiente au salon, pendant que Philip fait un brin de toilette. Ensemble, ils sortent par-derrière en traînant les pieds, et traversent la pelouse pour retrouver Athena à la cabane.

« Suivez-moi, dit-elle. Owen, garde la main sur mon épaule. Philip, tu te tiens à Owen. Et je vous conseille tous les deux de fermer les yeux. »

Owen hésite. Il a déjà subi une blessure depuis son arrivée ici, il n'est donc pas très chaud à l'idée de se rendre plus vulnérable que nécessaire. D'un autre côté, c'est Marsh qui lui a fait mal, et Athena qui a insisté pour qu'il le guérisse. Et la demande émane d'Athena, même si elle semble changée, d'une certaine manière. Owen décide de lui faire confiance. Il ferme les yeux et pose une main sur l'épaule nue d'Athena. Philip saisit celle d'Owen, la chaleur de sa main perceptible à travers son t-shirt. Ensemble, ils entrent dans la cabane et descendent une volée de marches, suivant les indications d'Athena pour éviter de trébucher. À leur arrivée au pied de l'escalier, elle leur ordonne de garder les yeux clos encore un peu, le temps de leur faire traverser une surface plate.

Quand elle leur dit d'ouvrir les yeux, Owen est surpris. Il s'attend à voir la masure d'une jeteuse de sorts, ou le donjon où Mickey Mouse travaillait comme apprenti sorcier. Certainement pas l'immense espace bien éclairé où il se tient à présent, et qui lui rappelle un hangar pour avion ou un entrepôt industriel. Une allée après l'autre, bordées d'étagères remplies de caisses.

« Où on est ? demande Owen.

– Dans la réserve du professeur Marsh, dit-elle.

– Sa réserve ? Pour quoi ? La Troisième Guerre mondiale ? »

Athena les conduit dans une des allées du milieu, et pointe du doigt des cartons de vêtements des surplus de l'armée. Elle leur dit de prendre trois tenues chacun, de les mettre dans un sac marin et de changer de chaussures pour une paire de rangers, avant de venir la retrouver.

Owen doit aider Philip qui n'est apparemment pas familier avec le concept de tailles. Qui est cet homme – ou plutôt ce garçon – étrange ? La veille au soir, il semblait avoir une vingtaine d'années. Aujourd'hui, il a l'air d'avoir un ou deux ans de plus qu'Owen, tout au plus. Owen se demande s'il va continuer à rajeunir et finir par disparaître, comme Brad Pitt dans ce film. Cette pensée lui donne le frisson. Il se dit qu'ils finiront tous par le découvrir.

Une fois qu'ils ont trouvé assez de fringues de la bonne taille, ils se changent, troquant leurs tennis pour des rangers. Puis ils fourrent le reste dans le sac et rejoignent Athena à l'autre bout de l'entrepôt. Elle est accroupie à côté de ce qui ressemble à un sarcophage fabriqué avec la carapace d'un insecte noir géant. Il luit d'une lumière rouge palpitante, comme un cœur qui bat. Athena semble mesurer ce pouls alors qu'elle consulte la montre à son poignet.

« Qu'est-ce que c'est ? » demande Owen.

Elle finit de compter avant de se tourner vers lui pour répondre. « Marsh a besoin de ménager ses forces. Ceci permet de les conserver, lui et le corps hôte, intacts jusqu'à notre destination.

– Vous l'aidez ? dit Owen. Pourquoi ne pas le laisser mourir ici ?

– Parce que son plan est le seul qui ne se solde pas par la dislocation de notre réalité.

– Et il vous a offert quelque chose en retour, dit Philip en fronçant les sourcils. Quelque chose d'important pour vous. »

Athena semble à la fois impressionnée et contrariée. « Oui, c'est vrai.

– Alors, où on va, et pour faire quoi ? » demande de nouveau Owen d'un ton plein d'amertume. Apparemment, elle s'est alliée avec son persécuteur.

Elle lui parle d'un autre monde, Deoth, où ils doivent accomplir un rituel pour sauver Marsh et le reste de la réalité. Cela semble complètement dingue, et elle se montre évasive sur les détails, mais après tout ce qu'Owen a vu ces derniers jours, il est prêt à croire n'importe quoi.

« En cas de réussite, Marsh aura une dette envers toi, dit Athena à Owen. Et il en a conscience. Tu seras en position de demander des faveurs en retour.

– Il m'est déjà redevable, dit Owen. Mes amis et moi l'avons ressuscité. Il a tué un garçon qui comptait beaucoup pour moi, et occupe son cadavre. Et je lui ai servi de taxi à travers tout le pays.

– Je suis sûre que tu penseras à quelque chose d'avantageux en compensation de ta perte et tes efforts », dit Athena.

Jusqu'à présent, Owen s'est reconnu en Athena, la tenant pour quelqu'un de bien, pris au piège d'une mauvaise situation. Maintenant, il distingue la glace et l'acier en elle. Elle peut se montrer gentille, mais dissimule une nature impitoyable.

Le trio porte les sacs marins et le sarcophage de Marsh dans une petite remorque, accrochée derrière un quad vert olive. Quand ils sont prêts, Athena saisit une valisette noire posée sur le siège du passager et l'ouvre. Owen s'attend à ce qu'elle en sorte un pistolet, mais c'est un genre d'injecteur, qu'elle charge avec le contenu d'une fiole pleine d'un liquide vert. Puis elle le presse contre son bras gauche et appuie sur la détente. L'injecteur produit un bruit sec alors que l'aiguille perce la peau et qu'elle ferme les yeux.

« Ça va ? » ne peut s'empêcher de demander Owen.

Quand Athena rouvre les yeux, ils brillent d'une lueur jaune-vert. Ses lèvres se relèvent sur ses dents en ce qui pourrait être aussi bien un sourire qu'une grimace.

# Athena

L'injection déferle en Athena comme une vague de chaleur. Des picotements lui parcourent la peau, et son esprit, qui lui semble étroit et confus depuis des années, sort de sa coquille de torpeur étouffante. La Dissonance étincelle, titillant ses terminaisons nerveuses. Elle se sent pleinement consciente et en contact avec la réalité pour la première fois en vingt ans.

« Ça va ? » demande Owen, ramenant Athena au monde immédiat, physique.

Elle ouvre les yeux et sourit au garçon. Elle se sent sauvage, comme une louve. Des larmes chaudes coulent sur ses joues.

« On ne peut mieux », répond Athena. Même sa propre voix lui semble plus proche, plus réelle.

Elle éjecte la fiole vide de l'injecteur, et le range dans la valisette, qu'elle pose sur le plateau du quad. Ensuite, elle se met au travail sur la porte – sa première injonction originale. Elle a son vieux grimoire, sa *Petite Cuisine*, avec elle, mais elle n'en a pas besoin pour se rafraîchir la mémoire. Ses doigts se souviennent. Elle trace des formes lumineuses, les disposant les unes au-dessus des autres. L'air chatoie, comme une ondulation à la surface d'un étang, qui s'étend vers l'extérieur à partir de ses doigts en un dôme qui les englobe elle, Philip et Owen. Elle ferme les yeux, se concentre sur ce qu'elle se rappelle de Deoth. Pas le bateau, parce qu'elle craint, en arrivant trop près, de déclencher une nouvelle explosion. Son choix s'arrête donc sur la mer de dunes à perte de vue, où elle et son coven ont découvert Deoth en 1999.

Les pieds d'Athena quittent le sol – encore un phénomène qui ne s'est jamais produit –, et son estomac réagit comme au sommet des montagnes russes, avant le grand plongeon. Mais ici, il n'y a pas de sensation de chute.

L'entrepôt se désintègre autour d'eux, tout comme la chaleur ambiante, remplacée par un froid vide, insipide, et une vaste obscurité. Cette angoissante seconde s'étire en longueur, assez pour qu'Athena s'inquiète d'avoir échoué. Elle et ses compagnons sont-ils coincés dans quelque abîme terrifiant par sa faute ? Puis l'étendue de sable apparaît en fondu comme une scène dans un vieux film. Les dunes prennent forme sous un ciel étoilé sans lune. Elle atterrit en douceur sur le sable surgi sous elle. Owen perd l'équilibre et tombe par terre.

Philip est resté debout et aide Owen à se relever. Le quad et la remorque semblent intacts.

« C'est bon ? demande Owen. Ça a marché ?

– Oui », dit Athena. Elle boit une longue gorgée à sa gourde, puis s'attelle à sa deuxième tâche : la création d'un dôme protecteur autour du quad et des membres de l'expédition. Quand elle a terminé, elle s'assoit, épuisée, mange une barre protéinée, et attend que son corps récupère. La Dissonance ne sapait pas autant ses forces autrefois. Se peut-il que cela soit un effet indésirable de l'utilisation d'une drogue au lieu d'un lien naturel avec la source ? Ou est-ce juste elle qui vieillit ?

Quand elle retrouve son équilibre, elle sort la pierre-boussole du professeur de la boîte à gants du quad, et la déplace dans l'air jusqu'à ce qu'elle bourdonne, lui indiquant la direction de la plus puissante source d'énergie dissonante dans les parages. Puis elle démarre, et leur périple jusqu'au bateau commence.

Leur progression est lente. Les garçons doivent marcher, parce que le quad tire déjà une charge beaucoup trop lourde, avec le sarcophage de Marsh et l'équipement pour le rituel de transfert. Ce monde est aussi ennuyeux qu'Athena s'en souvient, un paysage infini de sables mouvants. Le dôme les protège du pire des vents et du froid nocturne, mais pas assez pour leur assurer un certain confort. Ils s'accordent de rares et courtes pauses, et ne s'arrêtent pour la journée qu'au lever du soleil, quand ils dressent le camp et s'installent dans leurs tentes.

Athena dort mal et se réveille trop tôt, en début d'après-midi. Incapable de se rendormir, elle se prépare une tasse de café instantané infect, s'assoit au volant du quad, et relit le manuscrit de sa symphonie. Elle cherche des erreurs, des failles dans sa logique. Mais comme dans toute première mouture, elles sont difficiles à repérer sans réel recul.

Des froissements et des grognements émanent de la tente des garçons. Elle se fige, pensant surprendre quelque chose d'intime et de privé. Puis elle songe, Philip a-t-il une préférence sexuelle ? Est-il pansexuel ? Ou est-il conçu pour fournir un réconfort physique à quiconque proche de lui en a besoin ? La dernière explication est celle qu'elle trouve la plus satisfaisante, parce qu'elle s'accorde parfaitement avec le point de vue du professeur. Le tulpa n'est pas humain.

Elle se détend en entendant Owen gémir. En fait de sexe, les bruits en question ne sont que la manifestation du désagrément d'un réveil avec des muscles endoloris.

« Je t'entends là-dedans, lance-t-elle. Autant te lever, si tu es réveillé. »

Owen s'extrait de la tente, se renfrognant face au soleil.

« Bien dormi ? dit-elle.

– Oui. C'est le réveil qui est plutôt pénible. »

Athena lui offre le reste de son café. « C'est de l'instantané et il est tiède. Sans sucre et sans lait. Mais ce n'est *pas* du déca.

– Non merci », dit-il. Il détourne les yeux et met les mains dans les poches.

« Tu es sûr ? Ça pourrait te donner un petit coup de fouet.

– J'ai dit : non merci. »

À présent, elle comprend ce qui cloche : il ne lui fait pas confiance. Et comment lui en vouloir ?

« Écoute, dit-elle. Ne sois pas idiot. Tu as une mine de déterré. Tu m'as l'air d'en avoir besoin. »

Owen accepte la tasse et s'assoit sur le siège passager du quad. Il boit une gorgée, fait la grimace, puis s'enfile le reste. Cela semble le réveiller un peu. Il pointe du doigt le manuscrit posé sur ses genoux.

« Qu'est-ce que vous lisez ? » demande-t-il.

Elle regarde les pages, et prend une décision. Elle n'a plus que deux doses de Dissonance. Il a un certain talent. Il se peut qu'elle ait besoin de lui avant la fin.

« Hier soir, quand Marsh soignait Philip, dit-elle. Je t'ai vu l'observer.

– Il faisait de la magie, dit Owen. N'importe qui aurait réagi pareil ! »

Athena lui lance un regard, comme pour lui dire, *Ne me prends pas pour une imbécile.* « Ce que tu as vu t'a semblé familier. Tu as pensé reconnaître quelque chose, sans parvenir à te rappeler d'où. Une étincelle de joie, comme quand tu tombes sur un ami. Ou un pincement de tristesse, comme quand tu vois ton amour secret embrasser quelqu'un d'autre. »

Les yeux d'Owen fixent le fond de la tasse, mais il ne nie pas.

« C'est l'attraction de la Dissonance, dit-elle. La rupture d'harmonie dans le multivers – le décalage entre ce qui devrait être et ce qui est. La plupart des gens ressentent une vague angoisse existentielle, un mal-être qu'ils ont peine à identifier. Mais c'est différent pour les personnes comme toi et moi, qui voient les mondes tels qu'ils sont, et appellent les choses par leurs vrais noms. Enfin, surtout toi. Pour moi, c'est terminé depuis que mon lien a été rompu.

– Comment ça s'est passé ? dit Owen.

– Marsh l'a coupé. »

Un son dégoûté sort de la bouche d'Owen alors qu'il secoue la tête. « Donc, il vous a mutilée.

– C'est certes une façon de présenter les choses.

– Et maintenant vous travaillez pour lui.

– Écoute, il a pris ce qui lui semblait la bonne décision à l'époque, et aujourd'hui, il essaie d'annuler ses effets. C'est le problème avec la Dissonance. Une vie passée à voir la réalité en face est difficile. On fait des choix, sans toujours savoir s'ils seront judicieux. Les occasions de se tromper, de s'égarer ne manquent pas pour un dissonant. Beaucoup se fourvoient. C'est ce qui nous est arrivé.

– Alors, vous lui pardonnez ? Juste parce qu'il a pensé que, sur le moment, c'était la chose à faire ?

– Repose-moi la question quand cette aventure sera terminée », dit-elle.

Elle se lève et s'étire. Le ciel est presque sombre. Elle range le manuscrit dans son sac à dos, et en sort sa *Petite Cuisine*.

« On devrait réveiller Philip et se remettre en route, dit Athena. Mais à notre prochaine halte, jette un coup d'œil là-dedans. » Elle tend son vieux cahier à Owen.

« Qu'est-ce que c'est ? demande-t-il.

– Appelle ça mon grimoire, ou mon livre d'ombres, dit Athena. Un recueil d'injonctions utiles découvertes dans la bibliothèque de Marsh, plus quelques trucs de mon cru. Ces pages contiennent pas mal de théorie, mais tu pourras te faire une idée du b.a.-ba, des possibilités. J'ai écrit tout ça quand j'avais à peu près ton âge. »

Owen feuillette le cahier. « Ce rituel que vous et Marsh allez accomplir au bateau. Celui qui sauvera la réalité et pour lequel Marsh me sera redevable. » Il fronce les sourcils. « Ça a un rapport avec Philip ? »

Elle n'a aucune raison de le nier. Si elle entend former ce gamin, autant commencer en se montrant honnête. « Oui.

– Pourquoi ? Vous pourriez laisser Marsh mourir dans ce caisson. On pourrait rentrer, et fiche la paix à Philip. »

Elle serre fort le côté du plateau du quad. « Si tu dois apprendre à regarder les mondes tels qu'ils sont, vois ça comme ta première leçon. Philip est un tulpa. Une forme de pensée concentrée, à laquelle on a donné un corps. Comme il n'a pas d'âme, son existence même a déstabilisé la réalité. Pour rétablir l'équilibre, nous avons deux possibilités : soit tuer Philip – ce qui entraînerait aussi la mort d'une de mes meilleures amies –, soit accorder une chance au plan de Marsh.

– À savoir ? demande Owen.

– Transférer l'âme de Marsh dans le corps de Philip. Si notre hypothèse se vérifie, mettre une âme dans ce corps rétablira l'équilibre et sauvera le monde sans que mon amie en souffre. Ce n'est peut-être pas idéal, mais ça me semble un compromis acceptable.

– Dans mon esprit, faire du mal à un innocent n'est pas un compromis acceptable, dit Owen. Jamais.

– Si tu as un meilleur plan, je t'écoute.

– Qu'est-ce que j'en sais ? » Owen agite le grimoire vers elle. « Ce n'est pas moi qui ai écrit ce fichu livre de recettes. Mais la femme assez intelligente pour noircir ces pages devrait pouvoir imaginer une meilleure solution.

– L'*adolescente* qui a rempli ce cahier avait beaucoup plus de pouvoir et de choix que je n'en ai maintenant », dit Athena, qui s'éloigne d'un pas raide et va démonter sa tente. Elle sent le regard d'Owen dans son dos pendant un moment, avant qu'il se décide à aller réveiller le tulpa.

La deuxième nuit de marche est peu ou prou identique à la première. Du froid, du sable, de longues périodes de silence inquiétant. Athena avait espéré apercevoir certains des hôtes de ce monde, comme en 1999, mais cette fois, elle et ses compagnons ont l'air d'être la seule forme de vie ici.

À chaque halte, Owen lit *La Petite Cuisine* à la lampe de poche. Malgré lui, il paraît intéressé. Athena attend qu'ils aient encore marché quelques heures avant de lui demander ce qu'il en pense.

« D'abord, je me suis dit que c'était du charabia, dit-il. Mais plus je regarde, plus il me semble que ça peut avoir du sens. »

Elle est impressionnée. Il apprend vite, comme elle, à son âge.

« Montre-moi, dit-elle.

– Vous voulez que je vous lise un extrait ?

– J'avais une démonstration plus pratique en tête. Est-ce que tu te sens capable de signer une des injonctions que tu as lues ? Quelque chose de simple, peut-être ? »

Owen feuillette les premières pages jusqu'à en trouver une qui lui plaît. Il tient le cahier ouvert de sa main gauche tandis que, de la droite, il dessine dans l'air. Ses mouvements ne s'accompagnent ni d'étincelles ni de lumière. Juste le travail de ses doigts.

Athena s'efforce de ne pas laisser paraître sa déception. « Pas grave. C'est assez fréquent au premier essai. »

Owen ne répond pas, il ne lève pas les yeux du grimoire. Il met sa main droite à plat dans l'air, comme s'il appuyait sur un bouton de redémarrage. Son froncement de sourcils s'accentue, allant jusqu'à s'apparenter à une grimace. Cette fois, quand ses doigts bougent, de la lumière en jaillit du premier coup. D'abord fantomatique, elle brille de plus en plus fort, le vert terne virant presque au blanc. Elle s'élève et se fond dans une boule, un minuscule soleil qui flotte au-dessus de sa tête.

« Que la lumière soit », dit-il, avec un petit geste théâtral.

Il plaisante, mais Athena entend un écho de la théorie de Marsh – son insistance sur la nécessaire existence d'une ou plusieurs voix au tout début –, qui suscite une sensation de malaise dans sa poitrine. S'il y a bien une voix des origines, que doit-elle penser de ce qu'elle et Marsh ont l'intention d'entreprendre ?

« Impressionnant, dit-elle. Continue comme ça. »

Alors que la nuit passe, elle aperçoit de la lumière au loin et des mouvements sur l'horizon. Les habitants de ce monde ? D'autres voyageurs comme eux ? Ou des illusions, des pièges, à l'instar du temple qui a tenté de dévorer Hal et Erin ?

Elle détourne son attention, préférant la reporter sur son nouvel élève. Elle tâche d'inculquer à Owen l'essentiel de la théorie dissonante, qu'elle se rappelle du lycée et est capable de régurgiter sans préparation. Elle profite de leurs haltes pour des travaux pratiques sur différentes injonctions : faire apparaître et disparaître de la lumière ; étouffer un son ; augmenter ses sens, voir plus loin, sentir avec plus d'acuité. Elle lui montre comment dresser un bouclier personnel comme la barrière qui les protège en ce moment, comment provoquer une rafale de vent violent dans le but de faire chanceler ou tomber un agresseur. À chaque fois, un ou deux essais lui suffisent pour maîtriser l'injonction.

Ces exercices font passer le temps, ils rendent la longue traversée des dunes moins pénible. C'est un bon élève, désireux d'apprendre, et de l'impressionner. Comme elle, à son âge. Elle ne supporte pas la plupart des jeunes. Ils sont bruyants, sales et énervants, beaucoup trop imbus d'eux-mêmes et farcis d'idées toutes faites. Mais ce garçon – si calme, et réfléchi – lui plaît. Elle a l'âge d'être sa mère, ou presque, et elle se demande comment seraient ses enfants, si elle avait choisi cette vie.

Sentimentalité et affinité à part, elle se réjouit aussi que ces exercices semblent distraire Owen. Elle ne veut pas qu'il pense à Philip. Inutile qu'il s'attache davantage. Le temps venu, il devra lâcher prise, et elle préférerait qu'il le fasse de son plein gré.

*C'est ça que tu espères ?* se dit-elle. *Ou essaies-tu de fournir à Owen les outils pour arrêter Marsh et sauver ton âme ?*

Elle-même n'a pas la réponse.

Les deux tiers de la nuit sont presque passés quand Philip pousse un cri. Il a gardé le silence des heures durant, son visage le masque sans expression d'un mannequin alors qu'il avance péniblement à travers les dunes. Son cri éclate pendant une pause dans la conversation entre Athena et Owen, il n'y a donc rien pour étouffer le son aigu et terrifié. Athena freine, met le levier de vitesse du quad en position P, et descend du véhicule pour voir ce qui ne va pas.

Philip est étendu sur le sable, comme s'il avait trébuché. Quelque chose s'est enroulé autour de sa cheville, une vrille presque invisible et vivante, une ombre qui resserre sa prise alors qu'il gémit.

Athena s'immobilise et fait signe à Owen de l'imiter. Tout mouvement brusque pourrait considérablement aggraver la situation. Elle essaie de réfléchir à un plan, s'interroge sur la nature de cette vrille qui s'est jouée de leur barrière.

Avant qu'elle puisse proposer quelque chose, le sol derrière Philip remue et ondule, et ce dernier se retrouve brutalement tiré en arrière dans la direction d'où ils viennent.

Owen se précipite à la suite du tulpa, criant son nom. Sa vitesse est impressionnante, surtout après deux nuits de marche dans les dunes. Il comble la distance qui le sépare de Philip, puis se jette en avant pour l'empoigner par les mains.

Malheureusement, cela reste sans effet sur la créature dans le sable, qui refuse toujours de lâcher prise. La vrille vaporeuse zigzague, pour tenter de se débarrasser d'Owen. Apparemment, seul Philip l'intéresse. Bien sûr. Elle est sans doute capable de percevoir chez le tulpa quelque chose d'unique, d'aberrant, qu'elle désire s'approprier.

D'ici un moment, Athena les aura perdus de vue et ne sera plus en mesure d'intervenir. Elle prend la valisette noire sur le plateau du quad. Il ne lui reste plus que deux doses de Dissonance. Elle n'a pas d'autre choix, mais elle hésite tout de même un instant avant de charger le contenu de la deuxième fiole dans l'injecteur et de se l'administrer dans le bras.

À une brève et vive douleur succède immédiatement cette sensation merveilleuse, comme de sortir au soleil après deux heures dans la salle obscure et froide d'un cinéma. La chaleur lui parcourt les bras, la poitrine, les oreilles et les joues, et elle se sent de nouveau pleinement elle-même.

Elle se lance à la poursuite des garçons et de leur ravisseur, signant des injonctions de force, de vitesse, et de vue augmentée dans l'air à côté d'elle. Le monde ralentit, et elle a le temps d'observer Owen et Philip comme un tableau vivant, se cramponnant l'un à l'autre, leurs bouches ouvertes sur des cris. Les vrilles noires et vaporeuses ont brûlé la jambe de pantalon de Philip. La peau autour de cette zone apparaît rose et cloquée.

Athena contourne les garçons affolés et approche de la masse qui se tortille sous le sable, la source de la vrille. Elle martèle le sol à cet endroit de toutes ses forces, avec sa bonne jambe.

Sa ranger s'enfonce dans la masse aussi facilement que dans un château de sable. Du sable s'élève et lui bouche la vue. Elle recule alors qu'une forme apparaît devant elle. C'est un long serpent presque invisible contre le ciel nocturne. Il dresse la tête pour fixer sur elle deux yeux jaunes minuscules, et lui lancer un regard furieux.

Elle envoie sur la créature une rafale de vent violent, qui la déséquilibre. Puis elle dégaine son couteau de chasse qu'elle porte à la ceinture et saute. Alors qu'elle atteint le sommet de son bond, elle brandit son arme pour frapper de toutes ses forces.

Si vaporeux ou brumeux qu'il paraisse, c'est un être de chair, qui peut donc se couper. La lame d'Athena tranche dans le cou du monstre et sépare la tête du corps. Alors qu'elle retombe, elle a le temps de voir la tête dégringoler avec elle. Sentant une odeur de brûlé, elle regarde sa main droite. La peau est boursouflée, et se couvre de cloques. C'est elle, l'odeur. La garde du couteau a fondu sur son poignet, et la lame fume.

Elle renonce à la vitesse et à la vision augmentées, mais conserve sa force. Dès que son esprit et son corps retrouvent leur rythme humain normal, elle s'aperçoit qu'elle a commis une erreur. Owen ne crie plus, mais Philip continue. C'est même pire qu'avant, et l'odeur de chair brûlée flotte dans l'air. Au lieu de lâcher sa jambe, le serpent d'ombre a resserré sa prise. Les hurlements du tulpa sont presque insoutenables.

« Aidez-le ! » dit Owen. Il s'est redressé sur ses genoux en se tortillant, et tient les mains de Philip.

Les cris de Philip se muent en sanglots étranglés. Athena s'agenouille dans le sable à côté de lui. Sa jambe ressemble à un morceau trouvé sur l'étal d'un boucher et empeste comme la cuisine d'une rôtisserie. Elle saisit son pied de sa main libre et abat son couteau fumant là où la vrille se cramponne à sa jambe. L'ombre cède, mais la lame tombe et s'enfonce dans le sable. Alors qu'Athena lève les yeux vers Owen avec l'intention de lui demander son couteau, elle est surprise par son expression d'horreur.

Avant qu'elle puisse l'interroger, il pointe du doigt derrière elle.

« Écartez-vous », dit-il.

Athena regarde par-dessus son épaule juste au moment où un visage d'ombre fond sur elle. Un jumeau de la tête qu'elle vient de couper ? Se peut-il que ces monstres soient plusieurs ? Où sa tête a-t-elle repoussé, comme celle d'un ver, d'une hydre ? Elle arrive trop vite pour l'éviter. Elle n'a pas le temps de réfléchir alors que la créature s'élance en avant, la bouche grande ouverte.

Il y a une soudaine lueur, et Athena lâche Philip et tombe à la renverse. Elle s'examine, mais ne constate aucune nouvelle blessure. Owen se tient à côté d'elle, les bras levés. Il a utilisé l'injonction de vent violent pour briser l'élan de la créature.

Il faut qu'elle en finisse, et vite. Elle ne peut pas compter sur Owen pour la sauver deux fois de suite, et sa propre force risque de lui faire défaut d'une seconde à l'autre. Elle se remet debout tant bien que mal et court en direction du serpent d'ombre. Il lance sa tête en avant. Elle se tient prête, sa main droite blessée forme un poing. Elle concentre toute l'énergie dissonante qui lui reste dans cette masse serrée de muscles et d'os. Elle l'imagine en brique de pierre compacte.

La tête du monstre se heurte à son coup de poing. Ses dents volent en éclats sous les articulations de ses doigts, et il a son poing à moitié enfoncé dans la gorge avant de comprendre ce qu'il se passe. Le bras droit d'Athena lui fait souffrir le martyre alors qu'elle enroule ses doigts autour de sa langue. Elle tire de toutes ses forces et lui fait baisser la tête au niveau de la sienne. Elle et le serpent hurlent simultanément. Son bras tout entier est en feu. Sa chair va fondre de ses os si elle ne lâche pas prise.

Elle fait signe à Owen de sa main libre.

« Ton couteau », parvient-elle à lui dire.

Owen tire maladroitement de sa ceinture un jumeau de l'arme qu'elle a laissée tomber un moment plus tôt. Il le lui tend, et elle le plante dans le cou du serpent. Elle sent déjà la Dissonance quitter son corps. Elle n'aura pas la force d'aller jusqu'au bout. Elle perd sa prise sur la langue, qui glisse entre ses doigts.

La lame s'enfonce dans le cou du serpent et s'y loge alors que ses ultimes réserves de Dissonance s'épuisent, l'abandonnant à son humanité. Elle lâche la langue, qui file à travers son poing telle une traînée de feu. Le monde vire au blanc, et la réduit à une masse hurlante de nerfs. Est-elle mourante ? Sur le moment, l'idée n'est pas pour lui déplaire, si c'est l'occasion de mettre également un terme à cette douleur atroce.

Elle ne meurt pas. Elle ne perd même pas connaissance. Beaucoup trop coriace. Le blanc de la souffrance se dilue dans le violet profond du ciel nocturne de Deoth. Elle prend conscience du vent du désert, de sa propre respiration, rapide, haletante, ainsi que des gémissements de Philip et de la voix douce et apaisante d'Owen, cherchant à réconforter le tulpa.

« Athena, l'appelle-t-il. Philip a besoin d'aide. Je crois qu'il est mourant. »

# Owen

Le combat d'Athena avec le monstre d'ombre se déroule si vite qu'Owen a peine à suivre. Il regarde son soi-disant mentor décapiter la créature *deux fois*, puis s'écrouler en hurlant, avec la main droite qui grésille et fume comme une assiette de fajitas. La créature se dissipe tel un nuage, sa prise sur Philip se desserrant enfin. Pourtant, Philip continue de crier, et en s'approchant, Owen comprend pourquoi. Sa jambe a été amputée sous le genou. Le sang qui s'échappe de sa blessure assombrit le sable.

Comment cela a-t-il pu arriver ? Athena a dressé un dôme de protection autour d'eux. A-t-il manqué d'efficacité parce qu'elle n'est plus en pleine possession de ses pouvoirs ? Ne s'étendait-il qu'à la surface, les rendant vulnérables à une attaque venue du sous-sol ? Il faudra qu'il lui pose la question plus tard. S'il y a un plus tard.

« Ça va aller, murmure Owen, autant à lui-même qu'à Philip. Tout va bien se passer. On arrangera ça. » Mais il n'a aucune idée de la manière de s'y prendre.

Il regarde en direction d'Athena, qui gît sur le sable. « Athena. Philip a besoin d'aide. Je crois qu'il est mourant. »

Elle ne bouge pas. Elle a les yeux fermés. Soit elle a perdu connaissance, ou pire : elle aussi est mourante.

Owen déboucle sa ceinture, tire dessus pour l'enlever et l'attache autour de la jambe amputée de Philip. Il espère serrer suffisamment pour que cela fasse office de garrot. Tout ce qu'il sait sur le sujet lui vient de ses lectures. Il ne l'a jamais vu faire en situation.

Il court à la remorque du quad, où il sort deux t-shirts de rechange de son sac marin. Il enroule le premier autour du moignon de Philip, l'autre autour du bras droit d'Athena, maintenant flétri et noirci du bout des doigts jusqu'au coude.

Il doit faire plus, nettoyer les blessures avec du désinfectant. Mais ils ne peuvent pas rester là, il faut qu'ils s'éloignent de cet endroit. Il ramène Philip et Athena au quad en les traînant, et soulève Athena sur le siège passager. Il tente de faire pareil avec Philip et de l'installer sur le petit plateau à l'arrière du véhicule, mais Philip est lourd, et Owen n'a jamais été un hercule. Il le repose doucement sur le sol et, respirant bruyamment, il se penche à côté de lui, et tâche de réfléchir. Alors qu'il reprend son souffle, il sort *La Petite Cuisine d'Athena* de son sac à dos et feuillette le cahier jusqu'à trouver une page titrée « Une injonction de force élémentaire ». La place du rituel près du début l'amène à supposer que ce doit être un des plus faciles.

Sa main droite signe les symboles dans l'air, mais ses doigts tremblent, et il n'en résulte que quelques faibles lueurs vertes. Il s'arrête, se force à respirer, à se concentrer uniquement sur sa respiration jusqu'à ce qu'un calme s'empare de tout son corps.

À sa seconde tentative, ses mains sont fermes, la lumière au bout de ses doigts brille avec force. Les symboles restent gravés dans l'air quand il a terminé, puis soufflent en lui comme une brise. Il baisse les yeux vers son corps, qui ne lui paraît pas différent. Pourtant, il sent quelque chose de changé. Ses muscles ont durci. Le monde semble plus lointain, moins important. Moins quelque chose à craindre.

Il s'agenouille à côté de Philip, dont les yeux s'affolent derrière ses paupières closes, et qui marmonne de manière incohérente, comme en proie à un épouvantable cauchemar. Owen le soulève et le pose sur le plateau du quad. Sans difficulté, cette fois.

Puis il consulte la pierre-boussole qu'Athena a suspendue au rétroviseur, estime la direction de la plus forte source d'énergie dissonante de la région, et démarre. Il devra chercher des injonctions de guérison dans le grimoire d'Athena. Mais dans l'immédiat, il veut mettre le plus de distance possible entre eux et le lieu où cette horreur est survenue. Il s'en est bien tiré avec les symboles pour la force, mais la guérison va sans doute se révéler plus compliquée. Il a besoin de plus de calme avant d'essayer. Une erreur pourrait coûter la vie à ses compagnons.

Il soupire : le voilà reparti dans un de ces plans foireux, à faire le taxi pour des tordus en mission. Il n'y comprend pas grand-chose, à part que c'est magique. Il roule toute la nuit et jusqu'à l'aube. Il ne s'arrête pas pour camper, il a trop peur de ce qui pourrait rôder sous le sable. Sa progression est lente, le quad monte et descend péniblement les dunes, jusqu'à ce qu'elles cèdent enfin la place à étendue plate de sable tassé.

Le réservoir d'essence est vide peu après. Il gare donc le quad et s'intéresse à ses passagers. Tous deux ont le visage blême et moite, mais ils respirent. Ses mains tremblent alors qu'il les examine. Il s'aperçoit qu'il n'a pas mangé de toute la journée. En fouillant dans la remorque, il trouve un sachet de bœuf séché, avec lequel il retourne sur le quad. Il se laisse tomber sur son siège et dévore le contenu du sachet en descendant toute une bouteille d'eau.

Après, il lui est un peu plus facile de réfléchir. Il prend les jumelles dans son sac à dos et promène son regard sur le paysage. Ils suivent cette direction depuis quelques jours. Leur destination, ne devrait-elle pas être visible à présent ? Quand il lève les jumelles à ses yeux, il aperçoit des silhouettes défilant en ligne droite sur l'horizon qui s'éclaircit. Certaines sont grandes et grêles, d'autres, trapues, courent en bondissant près du sol. Certaines marchent sur deux jambes, d'autres en ont plus. Une des silhouettes semble flotter au-dessus du sable, tel un fantôme. Il y a des mouvements de va-et-vient, on se dandine, on sautille. Une danse. Il entend la musique à présent, faible et lointaine, presque couverte par le vent du désert. Un orgue à vapeur. Comme de la musique de fête foraine, en mode mineur.

Owen regarde le défilé avec un émerveillement sincère. Quel est cet endroit ? En tout cas, il le laisserait volontiers derrière lui, avec ses mystères insensés, pour un billet de retour chez lui, le jour avant le rituel. Il pourrait dire « non » quand Cole et Lucy demanderaient à Monica s'ils voulaient en être.

Il continue à scruter l'horizon dans d'autres directions, et aperçoit enfin quelque chose de prometteur. Trois mâts en bois qui dépassent du sol. Ceux d'un bateau, peut-être ?

« Je me sens comme une merde laissée trop longtemps au soleil. »

Il se tourne vers Athena qui cligne des yeux dans le soleil matinal, l'air faible.

« On est arrivés, je pense, dit-il. À moins qu'il y ait d'autres grands bateaux échoués dans le désert. »

Il lui tend les jumelles et elle regarde dans la direction qu'il lui indique. « Pas mal. J'ai bien cru que notre dernière heure était venue, là-bas. » Elle baisse les jumelles et jette un coup d'œil à l'arrière, sur le plateau du quad, et Philip.

« Merde, dit-elle. Où est passé le reste de sa jambe ?

– Parti, dit Owen. Une journée entière s'est écoulée depuis. Comment va votre bras ? »

Athena défait le t-shirt qui fait office de pansement de fortune. L'odeur de chair cuite flotte vers Owen. Son estomac plein de bœuf séché en est tout retourné. Sa peau ridée et noircie ressemble à celle d'une dinde restée trop longtemps sur le gril.

« Vous pouvez le bouger ? » demande-t-il.

Elle lève sa main devant son visage. « Je suis là, en train de te parler, tout en ordonnant à mes doigts de se plier. Tu vois ce qui se passe. » Le bras reste immobile dans l'air.

« Ça fait mal ? »

Elle fronce les sourcils. « Non. Ce qui est mauvais signe. J'ignore juste à quel point. Apporte-moi ma *Petite Cuisine*. Peut-être qu'il y a quelque chose à faire pour moi et Philip. »

Owen sort le cahier de son sac. Il le tient devant Athena et tourne les pages en suivant ses instructions, jusqu'à ce qu'ils trouvent une injonction de guérison simple. Athena montre à Owen comment l'utiliser sur la jambe de Philip, pour cautériser la plaie avec une greffe de peau rose et stopper l'hémorragie.

Ils essaient la même injonction sur la main d'Athena, mais sans effet apparent. « Je suis sûre que Marsh aura des idées, dit-elle. On le lui demandera à son réveil. »

Le cœur d'Owen se serre alors qu'il se rappelle la raison de leur présence. Dans l'excitation du moment, il a oublié les projets de Marsh concernant Philip.

« Tu t'es bien débrouillé en nous emmenant jusqu'ici, dit Athena. Je pense qu'on devrait s'arrêter pour camper et dormir, et réveiller Marsh au coucher du soleil. Je peux compter sur toi ? »

En d'autres termes, Owen saura-t-il se tenir pendant ce qu'ils ont l'intention de faire à Philip ? Une partie de lui, celle qui l'a fait rester dans le placard et profiter de la relative sécurité offerte par la maison de son père ces dix-huit dernières années, le pousse à protéger ses arrières. Mais une autre, celle qui ne se manifeste que depuis peu, hésite.

« Marsh a tué mon meilleur ami, et un paquet d'innocents, dit-il. Je l'ai vu faire. Maintenant, il veut prendre une vie de plus, mais de manière pire encore. Pas juste en assassinant une autre personne, mais en lui volant sa vie. C'est mal. Vous aider fait de moi votre complice. Je n'ai pas envie d'être votre complice.

– Je suis sensible à ta franchise, Owen, dit Athena. En retour, permets-moi de te répondre en toute sincérité. Avec mon bras blessé, il m'est impossible d'assembler la machine de Marsh sans assistance. J'ai besoin de toi. Si tu coopères et suis mes instructions, je ferai tout ce qui est en mon pouvoir pour t'aider, une fois que ceci sera terminé. Mais dans le cas contraire ? Si tu sabotes ce plan ? Marsh nous tuera tous les deux. Je sais qu'il semble faible en ce moment, mais on parle d'un homme qui s'est littéralement échappé de l'enfer. Il est plus puissant que tu le penses. Je sais aussi que tu t'es entiché de Philip, mais tu ne dois pas oublier qu'*il n'est pas réel*. Il est une poupée de chair, à qui on a donné l'apparence d'un garçon mort voilà vingt ans. Une coquille vide qui détruira notre monde, si rien n'est fait pour l'empêcher. » S'apercevant que ses arguments ne le convainquent pas, elle manifeste bruyamment sa frustration. « Il n'est pas question de choix ici. Tu es jeune. Tu vois tout en termes de bien et de mal. La vie – l'âge adulte en particulier – est plus compliquée. C'est une leçon que tu dois assimiler si tu as l'intention d'étudier la Dissonance. Il y a des gens que l'on peut aider, et d'autres qui seront un poids. Accepte-le. »

Bien que d'une logique apparemment imparable, ce raisonnement lui semble immoral. Owen se met dans tous ses états, tentant de concilier les deux choses. Il pense de nouveau aux créatures qu'il a vues durant le rituel qui a ressuscité Marsh – les silhouettes en robes blanches, poussant des gémissements stridents, aux yeux et aux nez cousus. Les Taiseux. Qui ont vu le mal et n'ont rien fait.

« Dors, aujourd'hui, dit-elle. Ce soir, tu auras peut-être les idées plus claires. En attendant, que dirais-tu de profiter de la lumière pour jeter un coup d'œil au bateau ?

– Et Philip ? Il ne risque rien sans nous ? Quelque chose d'autre pourrait s'en prendre à lui.

– On gardera le quad à proximité, dit Athena. De cette manière, si on entend quoi que ce soit, on sera de retour en un clin d'œil. »

Owen ne peut pas nier qu'il est curieux. Ils refont le plein du quad, baissent leur barrière dissonante, et roulent lentement jusqu'au bord de la fracture dans la terre d'où émerge la coque remarquablement bien conservée d'un voilier en bois. C'est le genre de bâtiment qui n'aurait pas juré dans ces films de la série *Pirates des Caraïbes*. Il est enfoncé en diagonale dans le sol, comme immobilisé après avoir franchi la crête d'une vague, la proue pointée vers le bas, la poupe en l'air.

Ils s'engagent dans la pente d'un pas traînant, se tenant par la main pour ne pas perdre l'équilibre, et montent sur le pont à l'endroit où il rencontre le sable.

« Comment il est arrivé là ? demande Owen.

– Aucune idée, dit Athena. Enfin, pas tout à fait. J'ai quelques hypothèses quant au comment, mais je m'interroge toujours sur le pourquoi. »

Il la suit jusqu'à une porte à l'avant du bateau, où ils descendent un escalier.

« Sers-toi d'une lampe électrique normale, pas de la Dissonance, dit-elle. Cet endroit est…

– Puissant », dit Owen. Il le sent. Une très agréable vibration dans l'air filtre à travers son corps, le reliant au bois et au sable autour de lui.

Athena ferme les yeux à cette interruption. Comme si elle se rappelait ce qu'il ressent, mais ne pouvait plus le ressentir elle-même. Il tente d'imaginer la perte de cette expérience nouvelle pour lui, de cette expansion du soi. Sa réaction s'il en était privé.

« Je n'aurais pas dû vous couper, dit-il.

– Pas grave », dit-elle. Elle allume sa lampe électrique et le conduit dans ce qui devait accueillir les quartiers de l'équipage. Il n'y a pas le moindre signe de vie, et pourtant, il ne parvient pas à se défaire de l'impression qu'on les observe. Les regards qu'il lance dans les coins sombres reviennent bredouilles, mais il n'en est pas rassuré pour autant. Sa nuque picote.

« Ça ne paie pas de mine, je sais, dit Athena. Le vrai trésor nous attend dans la cale. » Elle ouvre une trappe dans le sol, révélant une échelle. Ils descendent, et Owen pense d'abord avoir affaire à un vaste espace vide. Du bas de l'échelle, il ne voit qu'à moins de deux mètres devant lui. Il vérifie que sa lampe électrique ne s'est pas éteinte ou n'a pas décliné, puis il suit Athena. Plus ils avancent, moins il semble y avoir de lumière.

« Là, dit Athena en pointant du doigt. Elle est toujours là, comme l'a dit Marsh. Tu la vois ? »

Il voit quelque chose, mais à peine. Une silhouette anthropomorphe, androgyne, asexuée. Elle est penchée en avant, la tête entre les mains. Elle paraît absorber la lumière et émettre de l'obscurité à la place.

« C'est une statue ? dit-il.

– Je continue d'en rêver, aujourd'hui encore », dit Athena. Son ton sous-entend que ces rêves n'ont rien d'agréable.

« C'est ça, la source de toute cette énergie ?

– C'est notre hypothèse. »

Owen regrette de ne pas avoir son téléphone sur lui pour prendre des photos. S'il survit à cette épreuve, il veut en conserver tous les détails. Il se demande à quoi ressemblerait cette statue à la lumière du jour.

« Et c'est *ça* notre meilleur espoir pour sauver le monde ? dit-il.

– Malheureusement.

– On devrait rejoindre Philip », dit-il. Le silence dans la cale est aussi perturbant que le seraient des cris au-dessus. Il a hâte de remonter, et de s'assurer que l'autre garçon va bien.

Ils quittent le bateau, et retournent au quad. Philip remue, mais il est toujours endormi. Owen en profite donc pour dresser les tentes. Quand il a terminé, il approche de Philip, qu'il secoue pour le réveiller.

« Qu'est-ce qui se passe ? demande Philip.

– On est arrivés, dit Owen », qui pointe le bateau du doigt.

À cette vue, Philip se renfrogne. « Ah. »

Owen a un pincement de cœur en l'entendant. « Comment va ta jambe ? » dit-il.

Philip touche le moignon bandé. « Elle me fait mal. Je sens la partie qui manque.

– Je suis désolé, dit Owen. Peut-être que Marsh pourra la soigner.

– Je sais ce qu'il a l'intention de faire avec moi, dit Philip. J'ai surpris ta conversation avec Athena. Je ne veux pas qu'il me guérisse. J'espère avoir rendu ce corps inutilisable pour lui. »

C'est la première fois que Philip aborde le sujet à voix haute. Owen n'a pas de réponse appropriée, rien qui permette d'arranger les choses. Alors, il se contente d'aider Philip à entrer dans leur tente, lui dit de se reposer encore. Puis Athena et lui conduisent le quad et la remorque aussi près du bateau que possible sans prendre de risque. D'abord, ils hissent le sarcophage de Marsh hors de la remorque et sur le sol. Puis viennent les caisses, qu'il faut porter à bord une à une. Owen assume la plus grosse part de travail, puisqu'il bénéficie de deux bras et deux jambes opérationnels. Il vide les caisses dans les quartiers de l'équipage, et descend leur contenu – surtout des tuyaux en métal et du câblage – dans la cale, où il les monte en suivant les instructions d'Athena. Il assemble les tuyaux et dresse une structure en métal entrelacée de fils électriques. Il attache certains de ces fils entre eux en utilisant leurs extrémités en cuivre dénudées. D'autres ont des prises mâles et femelles qui s'emboîtent avec un bruit sec, comme des briques de Lego. De petites sphères en verre transparent se fixent au câblage par intervalles, telle une guirlande lumineuse à Noël.

Alors que la structure prend forme, Owen s'aperçoit qu'elle a été conçue avec la statue à l'esprit. La tuyauterie l'encadre à la manière d'une cage à écureuils de cour de récré construite autour d'un chef-d'œuvre gothique. Les deux dernières pièces sont des tables en métal surélevées, placées de chaque côté, à la base de l'édifice. Owen suppose que Marsh sera allongé sur l'une d'elles, tandis que l'autre accueillera Philip. Et d'une manière ou d'une autre, cette quincaillerie exploitera l'énergie dissonante de cet endroit et facilitera un transfert d'âme. À condition que cela marche.

Quand Owen termine, il dégouline de sueur. Athena lui dit d'aller retrouver Philip et de se reposer.

« Pour la suite, je dois me débrouiller, dit-elle. En cas d'échec, je ne veux pas que vous deux explosiez avec moi.

– Et Marsh ? dit Owen.

– Il sautera avec moi, dit-elle. Allez. Je vous chercherai quand… eh bien, le moment venu. »

À son retour au camp, Owen trouve Philip devant la tente, en train d'examiner le contenu d'un carton de provisions. Il s'assoit à côté de lui et ils prennent chacun une bouteille d'eau avec une ration de survie. Aucun d'eux ne parle avant la fin de leur repas. Après, Owen rassemble les déchets dans un sac d'épicerie en plastique.

« Je ne veux pas mourir », dit Philip.

Owen finit de nouer les poignées du sac et le pose sur le sol à côté de lui.

Philip a le regard baissé sur ses genoux. « Jusqu'à maintenant, j'ai cru que ça ne me ferait rien. Tu sais, tant que j'étais sûr qu'Erin n'en souffrirait pas. Mais quelque chose a changé. Je ne veux pas qu'il lui arrive quelque chose, mais ce n'est plus le plus important pour moi. Ce qui compte le plus, c'est moi, et ce que *je* veux. » Il regarde Owen, et Owen a le sentiment que l'autre garçon perçoit la frustration et la détresse dans son cœur.

« Je comprends, poursuit Philip. Tu ne peux rien faire. Ils te tueront si tu tentes quoi que ce soit, et je n'aimerais pas ça.

– Comment tu peux être aussi calme ? dit Owen.

– C'est le dernier jour de ma vie. Je peux être comme j'en ai envie. »

Owen ne pourrait pas expliquer pourquoi si on le lui demandait, mais c'est à ce moment-là qu'il trouve le courage d'embrasser Philip. Les lèvres de l'autre garçon sont sèches et gercées, à l'instar des siennes, et ils ont tous les deux une haleine épouvantable, mais Owen y va à fond, plaquant sa bouche sur celle de Philip. Il est abasourdi par sa propre audace, son désir, comme si son corps avait impatiemment attendu ce moment.

Philip met ses mains autour des joues mal rasées d'Owen, les enfonce dans ses cheveux. Sales et raides après trois jours dans le désert, ils sont emmêlés, et les doigts de Philip restent accrochés dans les nœuds, envoyant des petites pointes de plaisir à travers tout le cuir chevelu d'Owen.

Ils s'arrêtent pour respirer, et appuient leurs fronts l'un contre l'autre. « Tu veux bien m'aider à retourner dans notre tente ? » dit Philip.

Owen ne se fait pas prier. Il passe un des bras de Philip autour de ses épaules et ensemble, ils se lancent dans une course à trois jambes en direction de leur tente, riant alors qu'ils tanguent entre urgence et équilibre. Ils arrivent à destination sans tomber, mais de justesse.

Owen s'est demandé depuis des années comment ce serait d'être avec un autre garçon. Les contacts physiques le rendent nerveux. On le serait à moins quand on a grandi avec un père comme le sien. Il a craint que sa fébrilité l'empêche de profiter du moment, de s'y plonger. Que son anxiété lui coupe ses moyens, et qu'il ne bande pas. Ou pire, qu'il vomisse sur son partenaire.

Mais après les quelques derniers jours, il est trop fatigué, trop plein de désir et de douleur pour se soucier de quoi que ce soit à part du beau garçon ici, dans cette tente, avec lui.

« Tu es sûr ? » demande-t-il alors qu'il tire sur le t-shirt de Philip.

Philip hoche la tête. « Moi aussi, j'ai envie de toi. J'ai envie de toi pour *moi.* »

Owen fait passer le t-shirt de Philip par-dessus sa tête, il le pousse sur le dos et entreprend de lui embrasser le cou, la clavicule, le creux de la gorge. Ces petits baisers exploratoires se font plus pressants et plus avides alors qu'il descend le long du torse musclé de Philip, et se délecte de la texture de sa chair, du goût salé de la sueur séchée. Quand il arrive à la taille, Philip essaie de s'asseoir et de l'aider à défaire sa ceinture.

Owen le repousse en arrière. « Détends-toi. Je m'occupe de tout. »

Comme il ne lui est pas possible d'enlever le pantalon de Philip, au risque d'arracher le bandage au bout de sa jambe amputée, il s'en accommode en le baissant, avec son caleçon, juste sous les hanches. Philip semble aussi excité qu'Owen, à en juger par l'érection qui se dresse en décrivant un arc de cercle. Une grosse goutte solitaire de foutre se cristallise prématurément et s'écrase sur le ventre de Philip.

Owen ne se donne pas vraiment le temps de la réflexion. Il prend Philip dans sa bouche.

« Oh », dit celui-ci, presque en haletant.

Owen s'arrête et lève les yeux vers lui. « Ça fait mal ?

– Non, dit Philip. C'est... incroyable. »

Owen se remet au travail, tâchant de faire preuve de douceur, de suivre les conseils qu'il a lus en ligne sans jamais les mettre en pratique. Il couvre ses dents avec ses lèvres, et s'efforce de synchroniser délicatement les mouvements de ses mains avec celui de sa bouche. Toutes les deux ou trois caresses, il marque une pause pour titiller de sa langue le sommet de la bite de Philip et la partie sensible en bas du gland.

Il finit par adopter un rythme, perdu dans le plaisir de donner du plaisir, jouissant du contact plein de douceur des doigts de Philip sur sa joue, dans ses cheveux. L'autre garçon a les yeux fermés et la tête rejetée en arrière. Sa pomme d'Adam fait du yoyo dans sa gorge alors qu'il avale entre deux halètements. De nouveau, bien qu'Owen n'ait jamais cessé de le reconnaître, il a le sentiment que l'apparence de Philip a changé. Il semble plus *présent*. Plus lui-même que jamais auparavant. Une vision en relief stéréoscopique. La 3D sans lunettes.

Owen accélère, se sert de sa main libre pour explorer les cuisses de Philip, la courbe douce de ses fesses, son ventre plat. Quand il masse la zone sensible derrière les couilles de Philip, la jambe intacte de ce dernier se met à trembler, un frisson qui se propage bientôt à tout le corps. Ses hanches se contractent et ses couilles se raidissent. Il pousse un cri, lâche les cheveux d'Owen et serre le tissu de son sac de couchage entre ses doigts alors qu'il jouit dans sa bouche. En douceur, Owen guide Philip à travers son orgasme, jusqu'à ce qu'il semble de nouveau complètement immobile, et serein.

Il sort, crache dans le sable et se rince la bouche avec de l'eau en bouteille. Puis il retourne sous la tente et tire son sac de couchage à côté de celui de Philip. Ils s'allongent ensemble, en sueur et épuisés. Philip se pelotonne contre la poitrine d'Owen alors que la nuit tombe.

« C'était différent cette fois, dit Philip en caressant distraitement le côté d'Owen. De toutes les autres fois, je veux dire. »

L'insécurité transperce le cœur d'Owen d'un coup de lance. « Parce que c'était avec un garçon ? » Ou est-il si nul pour tailler des pipes que même ce garçon soi-disant pas réel l'a remarqué ?

« Il y a ça, bien sûr », dit Philip. Il se redresse pour pouvoir regarder Owen dans les yeux. « Mais toutes ces autres fois avec Erin, c'était agréable, mais pas comme ça. Quelque chose de différent s'est passé à la fin. Comme une explosion. »

La lance dans le cœur d'Owen disparaît. « C'est ce qui se produit normalement pour les gens équipés d'un pénis à la fin d'un rapport sexuel. Si le détenteur du pénis a pris du bon temps. Ça s'appelle un orgasme.

– Oh, dit Philip, l'air pensif. Alors je suis content d'avoir pu connaître un rapport sexuel normal avant la fin, et je suis heureux de l'avoir eu avec toi. Je t'aime bien, Owen. Plus que n'importe qui d'autre dans ma vie.

– Plus qu'Erin ? dit Owen. Ta "personne" ?

– J'ai de l'affection pour Erin. Beaucoup. Mais entre nous, c'est… différent. Elle est lointaine, même quand on est ensemble. Toi, tu es vraiment là. »

Owen caresse la joue de Philip. « Moi aussi, je t'aime bien », dit-il.

Alors qu'il pense, *Je suis amoureux de toi.*

# Athena

Athena savoure sa troisième et dernière injection de l'élixir dissonant distillé par Marsh. Ses sens augmentés balaient les ruines alentour alors qu'elle se prépare pour le rituel du transfert d'âme. Elle signe lentement d'abord, attentive à la moindre alerte, de crainte que l'air autour d'elle s'embrase. Mais l'engin mis au point par Marsh semble fonctionner comme promis. Les ampoules de verre placées le long de la tuyauterie en métal se remplissent de lumière verte à mesure qu'elles siphonnent l'énergie ambiante et la stockent. Elle n'a pas épuisé ses ressources à la fin de la phase de préparation.

Elle quitte le bateau, retourne au camp, et donne une tape sur le côté de la tente des garçons.

« C'est l'heure, dit-elle. On va commencer.

– Une seconde », répond Owen.

Lui et Philip émergent un moment plus tard, les joues rouges, les cheveux emmêlés et ébouriffés. Ils ont l'air à la fois joyeux et terrifiés, et Philip semble globalement différent, même si Athena ne parvient pas à mettre le doigt sur la nature du changement.

Elle ne perd pas de temps à s'en inquiéter, bien que quelque chose la tracasse dans leur légèreté. Alors qu'ils retournent au bateau, personne ne dit un mot. Athena craint que l'un des garçons fasse un esclandre, la supplie d'épargner la vie de Philip, ou même devienne violent. Elle pourrait avoir de gros problèmes si elle devait livrer un combat supplémentaire avant le rituel. Mais ses compagnons sont dociles. Elle devrait leur être reconnaissante de lui faciliter autant la tâche. Pourtant, elle s'inquiète.

« Tu mijotes quelque chose ? demande-t-elle.

– Comme quoi ? dit Owen.

– Tu me sembles extrêmement calme, tout compte fait. Je tiens juste à m'assurer que tu n'es pas sur le point de faire une bêtise et de commettre la pire erreur de ta vie.

– Vous n'avez pas à vous en faire, dit Philip. N'est-ce pas, Owen ? »

Owen ne répond pas, mais son expression qui tourne à l'aigre convient déjà mieux à ce qui va se passer. Athena s'en veut, mais elle éprouve du soulagement face à sa résignation.

Quand ils arrivent au bateau, Owen aide Philip à descendre dans la cale, tandis qu'Athena ouvre le sarcophage de Marsh. La puanteur qui s'en dégage manque lui donner des haut-le-cœur. Elle a le temps de se demander si le vieil homme s'est trompé dans ses calculs, ou si l'hibernation a été interrompue. L'un des garçons a-t-il saboté le système ? Est-ce pour cela qu'ils sont si calmes ?

Puis le cadavre ouvre les yeux et Marsh la regarde.

« Nous y sommes », dit Athena.

Elle l'aide à sortir du sarcophage. Il décrit lentement un cercle sur lui-même, contemplant le ciel nocturne, la mer de sable et le bateau. Sa bouche s'étire en ce qui pourrait s'apparenter à un sourire.

« J'ai rêvé de ce moment depuis si longtemps, dit-il. Dans les dernières années de ma première vie, et en enfer après ça. Et maintenant, me voilà de nouveau ici. » Il se tourne vers Athena. « Mieux, j'y suis avec toi. Nous aurons tous les deux la seconde chance que nous méritons. » Son étrange sourire s'évanouit quand il voit sa main noircie, flétrie.

« Nous avons connu quelques mésaventures pendant votre sommeil, dit Athena. Je ne suis pas la seule à avoir subi des dégâts. »

Athena lui raconte l'histoire du serpent d'ombre. Il ne cache pas son mécontentement. « C'est fâcheux. Je suppose que tu n'as pas récupéré le membre amputé ?

– Hélas non, dit Athena.

– Peu importe, dit Marsh. Que nous trouvions ou pas une injonction pour la faire repousser, ce qui compte, c'est d'être arrivé ici en vie.

– En vie ? Sérieusement ?

– Tu m'as compris. Le fait est que le rituel peut se poursuivre. Ne perdons pas davantage de temps. »

Athena mène Marsh dans la cale, où Owen a déjà sanglé Philip à une des tables en métal. Les deux garçons se tiennent la main. Owen porte le bout des doigts du tulpa à ses lèvres pour les embrasser. Athena étouffe un soupir. Elle lui a pourtant dit de ne pas s'enticher de lui.

Elle installe et attache Marsh sur sa table. Il empoigne son bras valide.

« Je suis fier de toi », dit-il.

Athena regarde vers Owen et Philip, et son instinct se débat avec sa raison. Leur plan – ce rituel, le motif qui les a poussés à venir jusqu'ici –, bien qu'apparemment justifié, *semble* immoral.

« Dans toute cette histoire, mon moment préféré, c'est toi », dit Philip à Owen.

Athena se détourne, estimant indécent de sa part d'assister à un adieu si manifestement personnel. Et ces mots remuent des souvenirs, sans qu'elle arrive à situer le contexte. Mais elle a le sentiment que c'était ici, sur Deoth.

Elle sent plus qu'elle ne voit Owen laisser Philip pour venir se tenir à côté d'elle.

« Tu peux t'en aller, si tu veux, dit-elle. La suite peut se révéler dangereuse. Et il est possible que tu trouves ce spectacle pénible.

– Je reste, dit Owen.

– Ça va faire mal ? demande Philip.

– Je l'ignore, dit Athena. Je tâcherai de faire vite. » Elle tend la liasse de papier contenant sa symphonie à Owen. « Tiens-moi ça et tourne les pages quand je te le dis. »

Owen lui présente sa partition alors qu'elle exécute son chef-d'œuvre de la main gauche. Elle signe lentement, parce qu'elle n'a pas droit à l'erreur. C'est peut-être la dernière fois qu'elle a l'occasion de se livrer à son activité préférée.

Revoilà ce mot. *Préféré.*

Elle doit se concentrer. Les yeux clos, elle se tend tout entière vers la Dissonance pour entrer en contact avec la machine de Marsh. Son esprit fuse à travers les câbles et les tuyaux et localise une source de chaleur dans la poitrine de la poupée de chair de Marsh. Refermant des doigts invisibles autour de cette chaleur, elle tire. Elle rencontre une résistance alors que de petites vrilles se cramponnent au corps mort. Elle ne force pas, mais se montre inflexible. Quelque part au loin, elle entend un halètement au moment où l'âme de Marsh quitte le cadavre.

Une lumière vive apparaît dans les ténèbres de son esprit. L'âme dont elle s'est emparée se tortille et tend ses vrilles vers elle. Athena raffermit sa prise, consciente de ne pas être aussi concentrée qu'elle le devrait. Elle est distraite par des pensées à propos de ce mot idiot, et de la stupide impression de déjà-vu qui l'accompagne. *Préféré.* Mais encore ?

Elle a mal à la tête, grince des dents. De la sueur se forme sur son front, ses aisselles, et son dos. Elle tire l'âme le long du réseau complexe de tuyaux et de câbles, en dépit de son opposition et de l'attraction irrésistible du portail de lumière. Elle fait passer sa charge à travers la machine et la pousse en direction de la table à l'autre extrémité où Philip est attaché. À mesure qu'elle s'en approche, l'âme semble oublier la lumière pour rediriger ses efforts vers le tulpa. Ses vrilles se tendent vers sa poitrine, et Athena ose à peine croire que cela va marcher, qu'elle va accomplir un sombre miracle. Quoi qu'il arrive par la suite, elle a définitivement gagné ses galons parmi les plus grands dissonants de tous les temps.

Puis, ce mot bringuebalé de tous côtés dans sa tête trouve une place où s'insérer, et elle se rappelle pourquoi l'expression *moment préféré* a touché la corde sensible. 1999, l'expédition du coven sur Deoth. Erin et Peter, sous leur tente, perdant leur virginité, tandis qu'elle et Hal sont allongés ensemble sur le sac de couchage de Peter, plaisantant et parlant de tout et de rien, en évitant soigneusement les sujets importants. Sa tête sur la poitrine de Hal, ses bras autour des épaules d'Athena, pas parce qu'elle était blessée ou avait besoin de son soutien, mais parce qu'il voulait la tenir dans ses bras.

*Te voilà donc arrivé sur un monde extraterrestre,* avait dit Athena. *Alors, qu'est-ce que tu en penses ?*

Hal avait levé la tête, et l'espace d'un instant, elle avait été persuadée qu'il avait l'intention de répondre par une blague. Puis son visage avait changé d'expression, et il l'avait regardée avec ce qui ressemblait à de l'affliction. Ce beau garçon, triste et perdu, tombant le masque pour montrer son vrai visage.

*Honnêtement ? Mon moment préféré, c'est maintenant*, avait-il dit.

L'âme qui frétille entre ses doigts invisibles touche le corps de Philip. Un éclair de souffrance aveuglant lui déchire l'esprit.

l'a touchée en plein cœur. Elle ferait n'importe quoi pour que cette douleur s'arrête. Ce qu'elle ne comprend *pas*, c'est comment elle et les autres sont capables de suivre le rythme d'un ado de seize ans lancé à toute vitesse. Sa vieille blessure ne la fait pas souffrir autant qu'elle le devrait alors qu'elle trottine derrière lui. Est-ce la Dissonance ? N'est-elle pas réellement dans son propre corps en ce moment ?

Peter trouve la source de la voix dans le lit du ruisseau. Après un été chaud, il est à sec. L'eau remontera à l'automne, mais pour l'heure, c'est un fossé herbeux. Elle est assise dans la boue séchée au fond, chantant la bouche grande ouverte. Des feuilles mortes sont prises dans ses cheveux bruns emmêlés. Morgane l'ondine a l'air malade, sa peau rêche est marbrée, elle a les lèvres gercées.

Elle s'interrompt en entendant Peter approcher. « J'espérais que tes amis seraient avec toi. »

Peter tressaille au mot *amis*. Il descend dans le fossé pour qu'ils soient à hauteur d'yeux. « Vous semblez avoir besoin d'aide.

– Ma fille, dit Morgane. On me l'a prise.

– Vous avez une fille ?

– Elle est née depuis notre dernière rencontre. C'est un bébé.

– Qui l'a prise ?

– Des braconniers, dit Morgane. Je ne sais pas où ils l'ont emmenée. Je suis venue ici parce que c'est près de la prison où ton ami Hal m'a trouvée. »

Peter fronce les sourcils alors qu'il réfléchit. « Hal est tombé sur vous par accident. Et c'est uniquement grâce à la Porte d'Athena et à ses souvenirs de vous qu'on a pu revenir vous libérer.

– J'ai beaucoup de souvenirs de Sybille, dit Morgane. Assez pour te permettre d'ouvrir une porte au bon endroit. »

# Owen

Le début de la symphonie ressemble à un light show éblouissant, un spectacle digne d'un film à gros budget. Owen veut garder les yeux fixés sur Philip, être avec lui jusqu'au bout, mais dès que la lumière rouge sort de la poitrine de Marsh et entreprend son parcours, c'est plus fort que lui. Il ne peut pas s'empêcher de suivre sa progression dans les tuyaux.

Quand l'âme de Marsh émerge de la machine au-dessus de Philip, elle baigne son corps de rouge. Philip est étendu, immobile, les yeux clos, alors que l'âme tombe vers lui, déployant ses vrilles telle une méduse éthérée. *Maintenant* Owen préférerait détourner les yeux. Il n'a pas envie de voir Philip s'en aller et Marsh, cet assassin, prendre sa place pour une nouvelle vie.

Pourtant, il ne parvient pas à détacher son regard, et voit donc la méduse rouge s'arrêter en suspension dans l'air entre le tube et la poitrine de Philip. Les vrilles se tendent vers lui, mais quelque chose les retient.

Le visage de Philip, paisible jusqu'à présent, se tord de douleur. Ses lèvres se retroussent et son front se plisse.

La méduse rouge est comme aspirée en arrière par la machine. Elle refait le même chemin en sens inverse, mais à mi-parcours, une fissure apparaît sur l'un des tuyaux. De la lumière sort à flots de la fracture et brille sur le visage d'Athena. Elle grogne et baisse la tête.

« Qu'est-ce qui ne va pas ? » dit Owen.

Sur la table, Philip ouvre les yeux, l'air perplexe. Owen n'a rien d'un expert en transfert d'âme, mais il *semble* être resté lui-même. La méduse rouge est toujours dans la machine, apparemment coincée à mi-chemin entre le cadavre et Philip.

« Athena, dit Owen. Allons-nous-en. Laissez tout péter. Marsh mourra et on sera libres.

– Si je lâche maintenant, dit Athena à travers ses dents serrées, on perd le contrôle de l'énergie dans la cale. Autant faire exploser une bombe. » Elle ouvre les paupières et le regarde en plissant les yeux. Même avec les reflets de lumière vert et rouge, il s'aperçoit que sa froideur, son impitoyable cruauté ont disparu, remplacées par la peur qu'elle affichait lors de leur première rencontre. Plus une profonde tristesse. C'est l'expression d'un renoncement. « Ramène Philip au quad et partez. Vous avez le temps de vous mettre à l'abri. Tu trouveras le rituel de la porte dans ma *Petite Cuisine*. Rentrez. »

Owen approche de la table et desserre la sangle en travers de la poitrine de Philip. Il l'a presque détachée quand la machine produit un nouveau grincement. Quelque chose au-dessus et derrière Owen claque, et une voix – inhumaine, froide et aussi dure que la pierre – pousse un cri.

Il fait lever Philip sur la jambe qui lui reste. Ensemble, ils montent l'échelle en clopinant. Un seul barreau les sépare de la liberté quand une rafale d'énergie atteint Owen dans le dos. Il perd sa prise sur Philip alors que ses pieds quittent le sol. Philip bascule avec un cri et Owen est projeté sur le côté. Il percute Athena, qu'il renverse.

Tous deux tombent lourdement sur le plancher de la cale. Owen s'écarte d'elle en roulant sur lui-même et regarde la machine qui continue de se disloquer. Des tuyaux se déboîtent. Ils plient et se tordent de manière saccadée, à la manière d'une animation pas à pas ou d'un accéléré au cinéma. Et alors que se produit cette destruction chaotique, les ampoules de lumière verte éclatent et l'énergie qu'elles contiennent semble entrer dans la méduse. La lumière rouge flotte vers la statue au centre de cette tempête. La silhouette en pierre qui se tient la tête entre les mains, exprimant une confusion incroyable et une atroce souffrance. La méduse file comme une goutte d'eau en direction de la poitrine de la statue.

Avec un bruit qui rappelle celui d'une avalanche, la statue se lève, et baisse les bras de sa tête. Elle examine ses mains, les retourne. Elles ont l'air presque comiques, comme des moufles géantes en pierre.

Des yeux rouges apparaissent sur la figure, lisse jusque-là. Avec un grondement, son absence d'expression se transforme en visage, et ses moufles en pierre se divisent en doigts.

« Traîtres ! » crie la statue, sa voix est un grognement sourd.

Athena se redresse, sonnée, et se frotte les tempes. « Je ne comprends pas. Ça aurait dû marcher. »

La statue la soulève et la projette contre un mur.

« Ne me mens pas, dit-elle. Tu as donné une âme au tulpa. »

Athena tourne son regard incrédule vers Owen. Toujours à terre, celui-ci lève les deux mains. « J'ignore de quoi il parle, dit-il.

– Ne me prends pas pour une idiote, dit-elle. Toi et Philip êtes restés seuls pendant des heures. Qu'est-ce que vous avez fait ? »

Owen se remet debout, sans baisser les mains. « Ce qu'on a fait ? Pendant qu'on était seuls ? » Il lance un regard à Philip, timide malgré la nature terrifiante du moment. Philip lui sourit, et Owen s'esclaffe.

« Parce que ça t'amuse ? dit Athena.

– Désolé. Vraiment. Mais… Bon sang, on a juste pris un peu de bon temps tous les deux. Personne ne m'a mis en garde contre les effets magiques d'une petite pipe. » Owen est de nouveau pris de grands éclats de rire.

« Parce qu'elles n'en ont pas, dit Athena.

– Peut-être que vous vous y prenez de travers ? dit Owen, des larmes coulant sur son visage. Moi, dès que j'en taille une à un garçon, il se retrouve avec une âme ! »

Marsh ne partage pas son hilarité. « Des années de préparation, de souffrance, gaspillées. » La statue avance sur ses épaisses jambes de pierre.

Athena est trop faible pour intervenir, et Owen trop effrayé pour tenter quoi que ce soit. Il regarde Philip. S'il doit mourir, il veut que Philip soit la dernière chose qu'il voie. Il lui sourit, tâche de se convaincre qu'il est prêt, qu'au moins ils auront volé cet après-midi ensemble avant que tout soit terminé pour toujours.

Le monde derrière Marsh se déchire, et la vive lumière du jour s'engouffre dans l'obscurité de la cale. Owen se protège les yeux avec les mains, et il grimace, alors qu'un souffle d'air chaud et humide le gifle.

Un trou dans la réalité s'est ouvert derrière Marsh, qui se retourne.

« Mais qu'est-ce que… ? » grommelle-t-il. Il n'a pas terminé sa phrase, quand il est violemment soulevé dans les airs. Il franchit le portail, qui se ferme derrière lui avec un *wooomp*.

Avant qu'Owen ait le temps de réagir à ces événements, un coup de tonnerre retentit au-dessus de lui.

Le plafond de la cale s'effondre, et une forme roule sur le sol et se redresse d'un mouvement fluide. Owen pense d'abord que c'est une femme, mais elle a quelque chose d'étrange. Sa peau est argentée, ses yeux sont des globes noirs. Elle est plus qu'humaine. Elle tend une main à Athena et l'aide à se relever.

« Morgane ? » dit Athena. Elle semble abasourdie.

« Athena Watts, dit celle-qui-n'est-pas-une-femme. Votre grâce est proche. »

Le monde se déforme autour d'eux, et les deux silhouettes disparaissent, laissant Owen et Philip seuls dans la cale.

# Athena

Athena tombe longtemps. D'abord dans l'obscurité, puis dans une blancheur éblouissante. Enfin, la sensation de chute prend fin, mais sans interruption brutale ni impact. Il n'y a pas d'atterrissage du tout. Quand la lumière baisse, elle se retrouve à Marsh House, dans l'ancienne chambre de Peter. Le petit matin filtre à travers les rideaux et transforme le blanc des murs en jaune crème. Le lit est en désordre, quelqu'un a récemment dormi dedans.

« Athena ? »

C'est Erin. Elle et Hal sont également dans la pièce, leur expression reflétant le trouble qu'elle ressent. Plus perturbante encore, toutefois, est la présence de Peter Marsh à côté d'eux. Peter, et pas Philip, cela ne fait aucun doute. Un peu moins beau, un peu plus conforme à la réalité. Peter à seize ans, sa présence aussi marquée, appréciée et familière qu'un blouson préféré.

« Peter ? dit Athena.

– Salut, les amis », dit Peter. Il les gratifie d'un sourire doux-amer. « Vous avez grandi.

– Qu'est-ce que c'est ? dit Athena. On est au paradis ?

– Non, vous êtes dans ma chambre. Le matin de ma mort.

– Pourquoi ? dit Hal.

– Il y a des choses que vous devez voir, puisque je ne suis pas en vie pour vous en parler moi-même. Alors, faites bien attention. » Il disparaît tandis que la porte de la chambre s'ouvre et qu'un autre Peter Marsh entre en se brossant les dents, une serviette enroulée autour de la taille. Il vaque à ses occupations, et ne semble pas remarquer le coven.

La pièce s'estompe, remplacée par le couloir menant au bureau du professeur Marsh. Peter se tient dans l'embrasure de la porte, le dos tourné au groupe. Il est habillé pour partir au lycée, son sac en bandoulière. Il passe la tête à l'intérieur, où Marsh est à son bureau, penché sur un livre.

« Je vais en cours », dit Peter.

Marsh lève les yeux. Il retire ses lunettes et se pince l'arête du nez. Quand il les remet, il semble un peu plus présent, bien que las.

« Il n'est pas trop tard pour changer d'établissement, dit Marsh. Nous en avons les moyens. Tes notes te le permettent. Tu n'es pas *obligé* de retourner là-bas. »

Peter donne un coup de pied dans la moquette du bout de sa basket. « Je ferais mieux d'y aller, au moins aujourd'hui. »

Marsh se replonge dans son livre, congédiant le garçon. « C'est ta vie. »

Le coven le suit hors de la maison et dans l'allée. Ils sont à mi-chemin de la petite CRX rouge de Peter quand celui-ci s'arrête et regarde dans la forêt. Quelques secondes plus tard, les oreilles plus âgées d'Athena entendent ce qui a attiré son attention : une voix, une mélopée plaintive, dans une langue qu'elle ne connaît pas.

Peter laisse tomber son sac à dos à côté de sa voiture et suit la direction du son. Il franchit la limite des arbres en courant et s'enfonce dans les bois comme si quelque chose le poursuivait. Athena comprend pourquoi. Le chant

Peter hoche la tête. « D'accord. Vous pouvez marcher ? »

Elle peut, mais pas sans aide. Elle passe un bras autour de l'épaule de Peter, et il la tient par la taille alors qu'ils repartent en direction de la maison de son grand-père. Athena sent l'ondine à plus d'un mètre de distance. Elle pue le poisson resté trop longtemps au soleil.

Dès que Marsh House apparaît à l'orée de la forêt, Morgane s'arrête.

« Je ne veux pas aller là, dit-elle. Ça ne me plaît pas.

– C'est sans doute l'un des endroits les plus sûrs dans le multivers, dit Peter. Rien de mal ne vous arrivera dans cette maison. »

Morgane scrute son visage, son regard est intense, mais Peter le soutient, calmement. Elle se laisse convaincre.

Peter appelle son grand-père alors qu'il entre, puis emmène Morgane dans sa salle de bains. Il lui montre comment fonctionnent la bonde et les robinets d'eau froide et chaude. Il lui dit de se faire couler un bain et, puisque le professeur Marsh ne s'est pas encore manifesté, il va à son bureau. Comme il trouve porte close, il toque. Il ne reçoit aucune réponse.

Semblant prendre son courage à deux mains – il sait trop bien ce qu'il en coûte d'entrer dans la tanière de son grand-père sans y avoir été invité –, il pousse la porte.

Une tasse dans laquelle reste un fond de café et une assiette ne contenant plus que des miettes de pain sont posées sur le bureau. Un journal est ouvert, avec un stylo abandonné dans la pliure entre les pages. En revanche, il n'y a personne.

Il repart dans le couloir, et se rend dans sa chambre, où il sort un cahier à spirale Mead du tiroir du haut pour le feuilleter. Athena n'a jamais vu le grimoire de Peter auparavant. Il contient des croquis de plantes, des tableaux de suivi des précipitations et des tendances climatiques.

Des taches couvrent les pages. Vers la fin, il arrive à une section où il a recopié des rituels et des injonctions. Il s'arrête à une page titrée « La Porte d'Athena ». Il en marque l'emplacement avec un doigt et emporte le cahier à la salle de bains.

Il trouve Morgane dans une baignoire si pleine d'eau qu'elle atteint presque le bord. Sa peau semble moins marbrée, son visage n'est plus aussi blafard.

« Ça va mieux ? » dit-il.

Elle montre du doigt le cahier dans sa main. « C'est ce qu'il nous faut ?

– Je crois. » Il s'agenouille à côté d'elle et ouvre le cahier à la page des injonctions. « Tenez-vous à mon épaule et pensez à Sybille. Je me charge du reste. »

Morgane l'empoigne d'une main mouillée et ferme les yeux. Il respire fort, et de sa main libre, il signe. Comme le ferait tout dissonant compétent, il se concentre sur le texte, plutôt que sur les jeux de lumière. L'air se remplit d'un bourdonnement qui crépite, et un rectangle sombre bordé de vert prend forme devant lui.

« On y va », dit Peter.

Lui et Morgane se lèvent et franchissent la porte ensemble. Athena et les autres les suivent dans une pièce obscure et froide. L'air y est humide, et lourd d'odeurs étranges.

Athena reconnaît immédiatement dans cet endroit la ménagerie de Marsh.

« C'est là qu'on m'a emmenée après ma capture, dit Morgane.

– Vous préférez que je vous reconduise au ruisseau ? dit Peter. Je peux peut-être trouver Sybille et vous la ramener.

– Non. Mon visage devrait être le premier qu'elle voit. »

Les terrariums se succèdent. L'un contient un centaure bedonnant avec des cernes sombres sous les yeux. Dans un autre est assis un mannequin conformé comme une femme à deux têtes, les bras pliés dans la mauvaise direction. Un chat énorme avec des bouches à la place des yeux arpente le troisième.

Enfin, Peter et sa compagne de voyage entrent dans ce qui semble être l'aquarium de cette ménagerie. Des bassins remplis d'eau bleue, verte, et même dans un cas, rouge. Des poissons qui surgissent et disparaissent en un éclair. Une loutre avec un visage presque humain. Et vers le fond de cette salle, un bassin cylindrique posé à part. Il mesure moins d'un mètre cinquante de haut et contient une maquette d'un écueil en pierre. Derrière la vitre, Athena voit une version miniature de Morgane, avec de petits doigts potelés pressés contre le verre devant elle, et de grands yeux malheureux et larmoyants. Puis le bébé aperçoit sa mère et crie sa stupéfaction dans un déluge de bulles.

Morgane saute dans le bassin avec sa fille. De l'eau déborde sur le côté et éclabousse le sol alors qu'elles tournent sous la surface, un ballet de cheveux noirs et de membres argentés. Quelque chose de leur chant passe hors de l'aquarium, assez fort pour qu'Athena l'entende – une mélodie exprimant la surprise et le ravissement qui vibre dans les airs et envoie un frisson joyeux à travers le corps d'Athena.

Leur chant s'interrompt quand Morgane aperçoit le bracelet métallique autour de la cheville de sa fille. Elle est attachée au fond. Morgane ramasse la chaîne dans ses mains, plante ses pieds sur la paroi vitrée et tire. Le verre se fissure sous ses plantes de pied alors que la chaîne est arrachée. Peter, Athena, Hal et Erin s'écartent brusquement, tandis que le bassin se fracasse et que son contenu jaillit et éclabousse le sol.

L'attention d'Athena est tellement concentrée sur Peter aidant les ondines à se relever, qu'elle ne remarque pas le nouveau venu entré dans la pièce avant que ce dernier prenne la parole.

« Peter ? » dit le professeur Marsh. Il porte un tablier noué sur le devant. Le tissu est noir de sang. Quelques gouttes ont aussi taché ses joues. Il semble soucieux, un homme interrompu en plein travail. Il arrive de la morgue.

Peter dévisage son grand-père, et Athena voit quelque chose se briser dans son vieil ami. Une vérité soupçonnée de longue date, mais qu'il a toujours refusé d'admettre trouve enfin sa confirmation dans la réalité.

Morgane regarde Peter. « Tu connais cet homme ?

– C'est vous ? dit Peter à son grand-père en montrant Sybille et sa mère. C'est vous qui les avez enlevées ?

– Calme-toi, Peter, dit Marsh.

– Fuyez. Vite ! » dit Peter. Lui et Morgane retournent en se précipitant vers la porte restée ouverte.

« Peter ! crie Marsh. Reviens immédiatement ! »

La scène autour d'Athena change de nouveau en un éclair. À présent, elle se trouve dans la voiture de Peter. Morgane est assise à l'avant, et les trois membres du coven s'entassent sur la banquette arrière. Sybille a pris place sur les genoux de sa mère. Guère plus âgée qu'un bébé, elle a l'air terrifiée. Le véhicule pue le poisson, et l'estomac d'Athena se retourne alors qu'elle se rappelle avoir vomi hors de la décapotable de Lorna la première fois qu'ils ont secouru Morgane.

Pour éviter d'y penser, elle se concentre sur le visage de la jeune ondine, qui lui paraît familier. Mais cette impression va au-delà de sa ressemblance avec Morgane.

Peter entre sur le parking du lac Murvaul, sort de la voiture, et ouvre la portière côté passager. Une heure de route dans la chaleur d'août semble avoir sapé une grande partie de la force des ondines. Il glisse son bras droit à la taille de Morgane, et se sert du gauche pour tenir Sybille serrée contre sa poitrine. Elle se cramponne à lui, avec ses petits bras potelés autour de son cou. Ensemble, l'étrange trio entre en marchant dans l'eau. Morgane s'immerge la première, inclinant la tête sous la surface. Elle resurgit quelques secondes plus tard, tendant les bras vers sa fille. Peter avance et, quand l'eau lui arrive aux genoux, il confie Sybille à sa mère. Morgane trempe la jeune ondine, qui réapparaît à la surface avec une expression beaucoup plus enjouée.

Morgane berce Sybille contre sa poitrine et penche la tête vers Peter. « Une fois encore, je te suis redevable.

– L'homme que vous avez vu quand nous avons pris la fuite. C'est lui qui vous a emprisonnée ? dit Peter.

– Oui.

– C'est mon… professeur. Alors, en vous libérant, vous et votre fille, je n'ai fait que mon devoir. Vous ne me devez rien. »

L'eau ondule doucement autour de Morgane alors qu'elle étudie Peter.

« Il est plus qu'un professeur, n'est-ce pas ? Il est de ta famille.

– Oui, dit Peter, la tête basse. Le seul parent que j'ai jamais connu.

– Tu n'es pas comme lui. Et, avec l'aide de tes amis, tu peux l'empêcher de continuer à faire du mal. »

Peter grimace. « Je ne suis pas sûr qu'ils sont encore mes amis.

– Un lien fort existe entre vous. Ils sont ta vraie famille. Pardonne-leur et laisse-les t'aider. »

Peter relève la tête. « En parlant de famille. Je connais le père de Sybille, n'est-ce pas ? »

Morgane lui touche la joue. « J'espère te revoir, Peter. Dans des circonstances plus heureuses. » Elle recule dans l'eau jusqu'à ce qu'elle lui couvre la tête, puis elle n'est plus là.

Autour d'Athena, le monde disparaît dans un flamboiement de blanc, et quand la lumière diminue, le coven est en train de monter précipitamment l'escalier du lycée de Clegg derrière Peter. Il s'arrête devant les portes et se tourne de nouveau vers eux.

« Vous connaissez la suite, dit-il. Je suis entré pour vous chercher, et après… la statue est arrivée. »

À point nommé, la statue tombe du ciel. Elle semble embrasser du regard les environs, puis, après un moment de réflexion, elle se met à bouger les mains en l'air, les bouts de ses doigts laissant de la lumière jaune-vert dans leur sillage.

« J'ai pensé qu'elle signait une injonction offensive, dit Peter. Quelque chose destiné à nous faire du mal. J'ai donc riposté. »

Ses gestes sont rapides, et un jet de lumière verte fuse à travers la pelouse, frappant la statue de plein fouet. Elle titube en arrière d'un pas, secoue la tête comme sonnée, puis se précipite comme un ouragan vers Peter.

« J'ai paniqué, dit Peter. Alors, j'ai lancé une injonction pour la ralentir, et gagner du temps jusqu'à ce que tu reviennes, Athena. Tu connais la suite. »

Ses mots restent en suspens, attendant qu'elle dise quelque chose. Elle pense d'abord qu'elle n'en sera pas capable, que même maintenant, elle ne parviendra pas à exprimer sa grande honte. Elle baisse la tête, fuyant son regard. Comme Peter ne poursuit pas, elle comprend qu'il ne se passera rien tant qu'elle ne parlera pas.

« Je sais que tu avais besoin de mon aide, dit enfin Athena. Je suis sortie avec l'intention de me battre. Vraiment. Mais quand j'ai pris conscience de l'adversaire qu'il fallait affronter… » Elle prend son courage à deux mains, et sa voix se brise alors qu'elle continue. « J'ai pris peur et je me suis sauvée. Je m'en veux terriblement, Peter. »

Elle lève la tête, risquant un coup d'œil à Peter. Dans

son expression, il lui semble trouver de la compassion, de la compréhension, à défaut d'un pardon.

« Si c'était à refaire, dit-il en lançant un regard à Hal et Erin, j'aurais écouté Morgane. Je ne nous aurais pas séparés. Et vous ? Vous feriez autrement, si vous en aviez l'occasion ?

– Oui, dit Hal.

– Oui », dit Athena. Comme sa voix paraît encore toujours faible et voilée, elle hoche vigoureusement la tête pour lever toute ambiguïté. « Oui, répète-t-elle.

– Voyons voir », dit Peter. Il se tourne vers eux. « La version de moi qui se trouve devant le lycée ne se rappellera pas cette conversation. À vous de lui faire comprendre qui vous êtes, et pourquoi vous êtes là. Bonne chance. »

Lui et l'école disparaissent dans un éclair, et quand la lumière diminue, Athena se retrouve seule, à presque un pâté de maisons du lycée. Elle court. Maintenant comme autrefois. Essayant de sauver sa peau.

Elle s'arrête et regarde derrière elle. Le bâtiment est encore debout. Elle baisse les yeux sur elle et s'aperçoit qu'elle occupe toujours son corps de femme de trente-sept ans, avec tous les maux et les douleurs qui l'accompagnent. L'ondine lui avait dit, *Votre grâce est proche*. La voilà. Son intuition lui souffle que la partie guidée de la visite est terminée. Elle semble être retournée dans le passé, en 1999. Maintenant, il lui appartient de prendre une décision. Elle peut continuer à fuir, et sauver sa peau comme la première fois, ou rebrousser chemin et affronter aux côtés de Peter la statue de Deoth qui, elle le sait à présent, contient l'âme d'Elijah Marsh.

L'institutrice sévère qui vit dans son esprit s'éclaircit la voix. *Tu ne peux pas l'emporter sur Marsh. Tu n'es même plus une dissonante. Tu mourras si tu retournes là-bas.*

« Parfait, lui répond-elle. Je préfère encore mourir que

devoir revivre les vingt dernières années. Ça me semble un bon deal. »

Athena repart en courant vers son ancien lycée, pour se battre, jusqu'à la mort, si nécessaire.

# Erin

Après le dernier éclair de lumière, Erin se retrouve au lycée de Clegg, dans le couloir juste devant la bibliothèque. Derrière les portes vitrées, elle aperçoit les élèves et les professeurs réfugiés à l'intérieur. Bien qu'elle ne se voie pas, elle sait, avec le genre de certitude qu'on peut avoir dans les rêves, qu'une version d'elle-même âgée de dix-sept ans se trouve à l'abri du comptoir de prêt. Les bras en l'air, elle s'efforce de maintenir un bouclier protecteur autour de l'école, pendant que la bataille livrée devant le bâtiment fait trembler les murs.

De nouveau. S'il existe un enfer, c'est à cela qu'il ressemble pour elle. Cet endroit, cette journée répétée maintes et maintes fois.

Hal Isaac est debout à côté d'elle – pas le Hal âgé de seize ans, mais celui qu'elle a vu au *diner* la veille au soir. Celui qui l'a tenue par la main alors qu'ils entraient ensemble dans la Source. Avec quelques mèches grises dans ses cheveux bruns, des pattes d'oie et des rides d'expression sur son visage mal rasé. Il ne semble pas paniqué. Il a même l'air foutrement serein, tout compte fait.

« Je n'arrive pas à croire qu'on soit de retour ici, dit Erin.

– Essayons autre chose cette fois », dit Hal.

Au lieu d'entrer dans la bibliothèque, ils traversent les couloirs silencieux du lycée. Leurs pas sont bruyants, les semelles en caoutchouc de leurs chaussures crissent. Alors qu'ils approchent des portes, Erin ralentit.

« Je ne sais pas si je peux aller là-dehors, dit-elle.

– Bien sûr que si, dit Hal.

– Non. Pas le jour où il m'a repoussée. »

Lui prenant les mains, il l'oblige à se tourner vers lui. « On a demandé de l'aide. Et c'est ça qu'on a obtenu. C'est notre tour, tu te souviens ? Le baroud d'honneur des ratés et tout ça. »

Elle avale sa salive, ferme les yeux et respire fort. « Laisse-moi y aller d'abord et attends ici une minute, d'accord ? »

Elle lâche ses mains et avance en direction des portes du lycée. Dehors, Peter se tient face à la statue de Deoth, les mains levées à la manière d'un Gandalf adolescent. Il y a une étrange qualité dans l'air, qui crépite d'énergie. Lors de son passage à travers cette énergie, la lumière semble se déformer, onduler telle la surface de l'eau par un jour venteux. Les crépitements arrivent lentement, comme du tonnerre joué à un quart de la vitesse normale, une succession interminable de grondements et des grattements résonnant dans l'air.

Le visage de Peter est une grimace de souffrance alors que la statue de pierre balance un bras gigantesque dans sa direction. Il n'est pas immobile, mais progresse très, très doucement.

« Qu'est-ce que tu faisais ? » dit-elle, se parlant surtout à elle-même. Elle est donc surprise quand Peter cligne des yeux à une vitesse normale et se tourne vers elle.

« Qui êtes-vous ? »

Sa confusion fait mal, et elle recule d'un pas malgré elle. L'âge l'a-t-il rendue méconnaissable ?

Puis son visage se plisse dans un effort de concentration. « Erin ? C'est toi ?

– Bonjour, Peter, dit-elle. Oui, c'est moi.

– Je ne comprends pas. Qu'est-ce qui se passe ?

– C'est une longue histoire. De ma perspective, il y a vingt ans jour pour jour, tu… » Les mots suivants ont dû mal à sortir de sa bouche.

« Oui… ?

– Ce jour-là – aujourd'hui – est le jour où tout a mal tourné pour nous tous, dit-elle. Tu as fait de ton mieux avec la statue, mais ça n'a pas suffi.

– Qu'est-ce que tu veux dire ?

– Eh bien… » Seigneur, pourquoi est-ce aussi difficile ? « On a perdu l'école, et tous ceux qui s'y trouvaient. Sauf moi, Hal et Athena.

– Et moi ? dit Peter. Qu'est-ce qui m'arrive ? »

Erin secoue la tête, elle est incapable de prononcer ces mots. Peter a l'air de comprendre sans que cela soit nécessaire.

« Je meurs aujourd'hui ? » dit-il.

Elle hoche la tête.

« Mais toi et les autres avez survécu ? »

Nouveau hochement de la tête.

« C'est déjà pas mal », dit Peter. Il semble digérer l'information. « Alors pourquoi tu es là maintenant ?

– Dans vingt ans, quelque chose d'autre a mal tourné. À moins que ça fasse partie d'un tout. Je ne sais pas. Mais on a demandé à la fille de Morgane de nous aider, et nous voilà. Je crois que c'est ça, la grâce qu'elle nous a accordée. Elle nous a renvoyés pour t'épauler.

– Nous ? » dit Peter.

Erin fait signe en direction du lycée, et Hal sort. Il affiche un air penaud qui ne lui ressemble pas.

« Salut, Peter, dit-il.

– Salut, Hal », dit Peter. Son visage dévasté par la nouvelle de sa mort imminente s'égaie un peu, et il sourit. « Ça fait plaisir de vous voir tous les deux. »

Erin montre la statue d'un signe de la tête. « Qu'est-ce que tu lui as fait ?

– Une petite expérience dissonante de mon cru : ralentir le temps dans un espace réduit. En fait, j'essaie de retarder l'inévitable. Avec autant d'énergie dans l'air, c'est comme si une bombe était sur le point d'exploser. »

Cela correspond à ce qu'Erin sait de la statue, c'est-à-dire qu'il s'agit au fond d'une source d'énergie dissonante d'une puissance quasi nucléaire. La dernière fois qu'ils ont voulu se servir de la Dissonance à proximité d'elle, ils ont failli tous mourir.

Avant qu'Erin et Hal puissent réagir à ce que Peter a dit, la statue semble se libérer des chaînes temporelles qui la ralentissent. Son poing traverse les ondes du stratagème de Peter, intact, et s'abat droit sur le coven.

Les mains d'Erin sont en l'air avant qu'elle en ait conscience. Ses vieux réflexes sont solides, et la vitesse de ses doigts dépasse celle de sa pensée alors qu'ils signent les injonctions et invoquent les protections d'autrefois. Sa raison cherche à reprendre le dessus en catastrophe : elle est stupide de croire que, même avec les greffons, elle est de taille à se mesurer à cette créature, elle doit s'écarter *maintenant*…

Puis, alors qu'elle s'est presque résignée à mourir, elle entend un bruit presque comique : un *boing* qui sonne creux, tel le choc de deux balles en caoutchouc dans les airs. La statue recule en titubant, et la force de son coup secoue le monde qui les entoure. Le verre des portes du lycée vole en éclats qui tombent sur le sol.

« Je ne savais pas que tu pouvais toujours faire ça, dit Hal.

– Moi non plus, dit Erin. En tout cas, rien d'aussi solide.

Pas plus tard qu'hier, une averse de grêle a réduit mon dôme en charpie. »

Elle regarde ses mains, et ce faisant, elle a la sensation de s'étendre au-delà des limites de son corps. Elle sent les briques de l'école, le grain du béton, les extrémités des brins d'herbe sur la pelouse fraîchement tondue. Elle sent ses amis à côté d'elle – elle les perçoit vraiment pour la première fois en vingt ans. Pas sous la forme de présences séparées, ou de corps dans l'espace, mais comme des extensions d'elle-même. « Quelque chose a changé. C'est… c'est revenu. » Son lien avec la Dissonance est rétabli, elle est de nouveau connectée.

La statue recule et penche la tête, regardant les trois dissonants dans la bulle. « Erin ? Hal ? » dit-elle d'une voix étrange, évoquant le frottement de deux pierres l'une contre l'autre. Mais l'intonation est familière. Erin la reconnaît immédiatement, sans difficulté.

« Professeur Marsh ? dit-elle, incrédule.

– Vous êtes une statue maintenant ? dit Hal. Ou en 1999 ? Comment c'est possible ?

– C'est une longue histoire, dit Marsh. Mais Dieu merci, vous êtes là. J'ai besoin de votre aide. »

Avec fureur, il raconte comment il s'est retrouvé dans cette situation. La trahison d'Athena, qui l'a enfermé dans une statue. Et le fait que, pour une raison ou pour une autre, ladite statue a voyagé dans le temps, jusqu'ici.

« Le voyage dans le temps est un des interdits fondamentaux de la Dissonance, dit Marsh. C'est ce qui a de nouveau déstabilisé le monde. Ma présence ici est comparable à l'explosion d'une bombe. Quoi qu'il arrive, la destruction va déjà être énorme. Mais en agissant vite, je pense que nous pouvons éviter de rayer cette ville entière de la carte, et sauver vos vies par la même occasion. »

Il y a un silence pendant un instant. Erin regarde Hal

pour avoir son opinion, mais son ami se contente de secouer la tête.

« Vous dites qu'Athena vous a trahi. Comment ? demande Hal.

– En promettant de m'aider. Mais le moment venu, elle m'a emprisonné là-dedans. » Marsh montre le corps de la statue. « Hal, tu la connais mieux que personne. Tu sais combien elle peut être froide et impitoyable.

– Je ne vous crois pas, dit Hal. Si elle vous a enfermé dans ce truc, elle devait avoir une sacrée bonne raison.

– Hal, réfléchis, dit Marsh. Beaucoup de gens vont mourir si vous ne m'aidez pas à sortir de là.

– Donnez-nous une minute », dit Hal.

Miracle, la statue recule pour les laisser discuter tranquillement.

Hal se penche près d'Erin. « C'est quoi le plan ? » murmure-t-il.

Elle hausse les épaules. « Je ne peux pas tenir comme ça encore bien longtemps, répond-elle en chuchotant. Pas s'il attaque. Je suis forte, mais Marsh – même dans une statue – est plus fort. Et il a probablement raison à propos de ce qu'il risque de se passer s'il reste là.

– D'accord, dit Hal, toujours à voix basse. Je m'occupe de le distraire. Pendant ce temps, vous deux imaginez un plan pour nous débarrasser de lui.

– Tu as perdu la tête ? dit Erin.

– Si ton lien avec la Dissonance est rétabli, peut-être que, de mon côté, je peux de nouveau appeler l'Épée du Malheur, dit Hal. Après tout, on m'a promis une "destinée" que j'attends toujours. Si ça se trouve, c'est l'occasion de boucler la boucle. Mais pas depuis l'intérieur de cette bulle. L'Épée doit avoir une ligne directe avec moi, sans interférence. »

Hal regarde Peter, qui a suivi leur conversation en silence.

« La dernière fois qu'on a fait ça, dit Peter, je t'ai renvoyé parce que je voulais que tu aies une chance de rencontrer ta fille.

– Ma fille ? » dit Hal, déconcerté. Puis ce que Peter lui dit semble faire tilt. « Ma fille, répète-t-il, stupéfait. Sybille ? »

Peter hoche la tête. « Faisons autrement cette fois. Travaillons ensemble. Hal, tu t'occupes de le distraire. Erin, tu maintiens le bouclier. Quant à moi, je vais utiliser l'injonction de la Porte d'Athena pour nous débarrasser de lui.

– Hal, cette créature pourrait te tuer, dit Erin.

– Il faudra d'abord qu'elle m'attrape. »

# Hal

Hal se prépare. Il se dit qu'il est prêt à mourir. Si telle est sa récompense et/ou sa punition pour sa vie, il l'accepte.

*Une fille !* lui crie son esprit. *Tu as une fille !*

Il est encore sous le choc de cette révélation, et aussi quelque peu perplexe, parce qu'il n'a pas couché avec Morgane. Mais surtout, il est ravi. Il n'a jamais soupçonné ce désir de paternité chez lui, mais maintenant il se demande si un enfant est ce qui lui a manqué toutes ces années. Dans un monde idéal, Morgane lui en aurait parlé. Il aurait pu faire partie de la vie de sa fille. Mais au moins, il sait. Et comme le dit Peter, il a eu l'occasion de la rencontrer.

Il sort du bouclier d'Erin. La statue se tient toujours à quelques pas. Hal avance dans une des empreintes que les lourds pieds en pierre ont laissées sur la pelouse et lève son bras gauche vers le ciel. Il s'y prenait ainsi, à l'époque. L'appel de son cœur. La réponse d'une puissance qui l'a choisi pour des raisons qui continuent de lui échapper.

« Qu'est-ce que tu fais, Hal ? » dit Marsh. La question semble étrange, venant de la statue, mais l'agacement, même filtré par la pierre, est indéniablement celui de son ancien professeur.

« C'est vous le génie, non ? Devinez, dit Hal.

– Et à quoi pourrait bien te servir l'Épée du Malheur maintenant ?

– Ben… à vous tuer.

– Tu n'as décidément pas changé », dit Marsh, son visage de pierre esquissant une version grossière d'un sourire méprisant. Il avance vers Hal, qui recule de deux pas de côté, hors du trou et plus loin du bouclier d'Erin. « À l'approche de la quarantaine, tu restes l'un des hommes les moins remarquables, les plus ordinaires que cette terre ait jamais portés.

– Ça pourrait être pire, dit Hal. Moi au moins, je ne me suis pas réincarné dans une immonde statue. » Il commence à sentir l'effort qu'exige de tenir son bras en l'air. Cette sensation est-elle celle d'un picotement révélateur, ou des nerfs de son bras en train de protester ? Difficile à dire, à trente-sept ans.

Marsh lance un coup de poing que Hal esquive, mais de justesse. Il avance d'un pas lourd sur la pelouse, creusant un nouveau cratère dans un jaillissement de terre. Hal se jette en arrière, tombe sur le cul et se relève tant bien que mal.

« Je constate que tu es resté l'élève médiocre de ton coven, dit Marsh. Tes amis ont toujours été les éléments doués. Tu es l'accident.

– J'ignore de quoi vous parlez », dit Hal. Il plie les doigts. *Je suis là. J'ai besoin de toi, merde. Alors, amène-toi.* « J'ai une destinée, rappelez-vous. C'est peut-être de vous tuer une bonne fois pour toutes. »

Hal évite de justesse un nouveau coup en se baissant vivement sur le côté. Il aura bientôt atteint la limite de l'herbe, et se retrouvera acculé. Il lève la tête et lance un regard vers l'escalier du lycée. Malgré les ondulations dans l'air, il lui semble qu'Erin et Peter sont tous les deux en train de signer.

Hal part dans une autre direction, à l'extrémité de la pelouse, vers la ville. Marsh le suit. Il n'apparaît pas particulièrement pressé. Il s'amuse avec lui.

Derrière Marsh, Hal aperçoit une silhouette qui arrive en courant depuis le côté du lycée. Il reconnaît Athena, qui s'arrête en voyant Hal.

En dépit de ses appels silencieux et désespérés, l'Épée du Malheur n'a pas l'air décidée à se manifester. Le Temple s'est-il choisi un nouveau champion ? Après tout, *vingt ans* se sont écoulés. Peut-être que la grâce de Hal était Sybille, ou l'occasion d'être là et de mourir avec ses amis. De donner aux membres talentueux de son coven assez de temps pour sauver la situation.

Il s'arrête de reculer. Athena se dirige obliquement vers lui, une expression inquiète sur le visage. Il veut lui faire signe de s'en aller, mais c'est impossible sans révéler sa présence à Marsh. Alors, il fait ce qu'il sait faire de mieux : ouvrir sa grande gueule.

« Ça doit vous faire mal au cul, quand même, dit-il, laissant son bras retomber sur le côté. Toute une vie de travail consacrée à l'étude de ces foutaises. Ç'a été votre priorité sur tout le reste. Et pour quel résultat ? Faire croire à une bande d'ados que tout ça... » Il fait un geste englobant l'étrange tableau qui les entoure. « ... était de leur faute. Puis vous êtes mort, seul, et frustré. Alors, c'est vrai, ma vie d'adulte n'est peut-être pas terrible, et il est possible que le meilleur soit derrière moi. Mais moi ? Le gamin qui habitait ce HLM pourri ? Pendant un petit moment, j'ai été choisi par des forces cosmiques qui dépassent votre compréhension. »

Il sourit à Athena.

Marsh lève les deux bras au-dessus de sa tête, puis les abat sur Hal qui, cette fois encore, tente d'esquiver l'attaque. Mais le temps a fini par le rattraper : il est trop lent. Athena crie, puis il ne voit et n'entend plus rien.

## Athena

Athena regarde Marsh tuer Hal. La scène ressemble à un dessin animé : la statue géante *martèle* littéralement son ami dans le sol à coups de poing. Hal est mort. Elle le sait. Aucun doute possible. Elle en a la confirmation quand elle se rend compte qu'elle ne le perçoit plus dans la Dissonance. Elle comprend alors qu'elle est connectée à la Dissonance, et pas de manière éphémère, mais pour de bon. De nouveau raccordée à la machine à mouvement perpétuel qui fait battre le cœur malade de toutes choses.

Quelque chose monte en elle, brûlant de sortir. Pas un cri ni un hurlement. Un rugissement aussi primordial que la Dissonance elle-même. Elle s'élance à travers la pelouse, en direction de l'homme de pierre, sans se soucier du miracle qui vient de lui arriver, de la douleur dans sa mauvaise jambe, ou de son bras droit inutile. Elle signe du gauche, se donnant force et vitesse.

Marsh se retourne, et malgré son incapacité à former une expression, sa posture trahit une certaine inquiétude alors qu'Athena se précipite à travers les airs et le frappe avec une rafale de vent violent. Il recule en trébuchant et elle s'écrase contre lui. Il l'empoigne par le bras, l'entraînant dans sa chute. Ils touchent le sol ensemble, et il la soulève brutalement pour la tenir près de son visage.

« Regarde ce que tu m'as fait ! crie-t-il. Enfermé dans cette… cette monstruosité !

– Je suis bien contente que ça se termine comme ça pour vous.

– Ne sois pas stupide ! Il n'est pas trop tard pour rétablir la situation… et sauver tes amis. Et toi.

– Et vous, dit Athena.

– Oui, bon sang, et moi, dit Marsh. Pourquoi pas moi ? Tu as accepté de m'aider ! Tu étais censée être mon bras droit !

– Votre bras droit pour quoi ? Cette réserve, à quoi est-elle destinée ? Qu'est-ce que vous mijotez ?

– Oh, je vois. *Maintenant* tu as des questions », dit Marsh. Il la lâche et elle tombe sur le sol. « Tu n'avais pas autant de scrupules, quand je te promettais de te rendre ta chère Dissonance. »

Elle se relève avec un grognement. « Et maintenant, je suis prête à mourir ici, avec mes amis, si c'est le prix à payer pour être débarrassée de vous. »

Il est parvenu à se redresser sur les genoux, mais elle repart à l'attaque. Un uppercut lancé dans sa direction l'atteint sur le côté de la tête, et le monde vacille autour d'elle. Puis quelque chose la tire d'un coup sec dans les airs, et elle vole. Elle s'attend à un choc – contre un mur ou le sol –, assez violent pour perdre connaissance. En fait, sa descente s'effectue en douceur, et elle finit allongée par terre.

« Athena. » La voix pourrait venir d'une autre pièce, et s'adresser à une autre personne, différente. « Athena, tu es toujours avec nous ? »

Elle cligne des yeux. Les visages d'Erin et de Peter flottent au-dessus d'elle.

« Il a tué Hal, marmonne-t-elle, la bouche pleine de sang.

– Je sais, dit Erin avec douceur. Mais si on le laisse

faire, il nous tuera aussi, et qui sait si l'explosion à venir suffira à l'éliminer ?

– Tu te sens capable de l'occuper encore une minute ? dit Peter. Erin et moi allons ouvrir une porte. Tout ce que tu auras à faire, c'est de le pousser à travers. »

Ils aident Athena à s'asseoir. Marsh traverse la pelouse dans leur direction en marchant pesamment dans son corps de pierre. Athena se dit qu'elle n'aura sans doute pas de meilleure occasion pour placer une blague sur le fait de parler à un mur, mais elle n'en trouve aucune.

« Oui, je peux me débrouiller », dit-elle. Elle cligne plusieurs fois des yeux, se relève et signe de mémoire. Marsh perd l'équilibre, trébuche et tombe vers le ciel. C'est la même injonction d'antigravité qu'elle a utilisée sur Hal en 1996, mais aujourd'hui, elle l'associe à une autre, qu'elle ne connaissait pas alors : une injonction de gravité, dont elle double la force. Il s'écrase face contre terre, laissant échapper un cri. Elle recommence. Et encore. Chaque fois, le sol tremble assez fort pour qu'elle titube.

« Qu'est-ce que vous dites de ça ? Ça vous plaît ? » dit-elle, l'enfonçant dans sa propre empreinte creusée dans la terre. Elle lance un regard à Erin, derrière elle, qui a les yeux fermés et les bras levés, et à Peter, qui continuent de signer. Ils ont encore besoin qu'elle gagne du temps pour eux.

« Vous savez ce que je pense ? dit Athena à Marsh. L'idée que Peter avait des amis ne vous a pas plu. Vous le vouliez rien qu'à vous, pour le forcer à devenir comme vous. Vous étiez jaloux du coven. Et quand Peter est mort et pas nous ? Votre jalousie s'est transformée en peur. Vous avez feint le chagrin pour nous priver de nos dons. Mais vous avez commis une erreur. Vous auriez pu nous garder à proximité, sous votre coupe. Mais vous avez préféré *casser* notre groupe. Pourtant, vous connaissez mieux que personne la source du pouvoir d'un dissonant. Dans votre arrogance, vous nous avez rendus *extraordinairement* puissants.

– Tu crois ça ? » Marsh échappe à son emprise en se tortillant et se redresse, une fois de plus, mais il n'approche pas du reste du coven. Il traverse la pelouse vers l'endroit où le corps de Hal gît face contre terre. Il se penche et, d'une main, extrait le cadavre du sol. Hal pend mollement. « Si vous êtes aussi puissants tous les quatre, comment expliquez-vous ça ? »

# Hal

Hal revient à lui dans l'obscurité, avec la sensation froide de la pierre contre sa joue. Il s'assoit et regarde autour de lui, essayant de se réorienter. Puis il aperçoit une petite lumière à une certaine distance, et comprend où il se trouve. Vingt et un ans après sa dernière visite, le voilà enfin de retour au Temple de la Douleur.

Il connaît le topo, alors plutôt que de perdre du temps, il se lève, traverse le vaste sol en pierre, et fourre son bras dans la lumière qui se referme sur sa main comme une paire de mâchoires. Tout son bras est submergé par une douleur presque insoutenable.

« Je pensais avoir déjà passé cette épreuve », dit-il, tâchant de garder une voix égale.

*Supplie-nous.* Il entend la voix dans son esprit, elle est aussi claire que si elle sortait d'un haut-parleur. *Supplie-nous de te réunir avec l'Épée. Supplie-nous de redevenir notre champion.*

« On a déjà joué à ce petit jeu, dit Hal. Vous me dites de supplier, je vous réponds qu'il n'en est pas question, vous apprenez à me respecter, et ensuite, je suis votre champion. D'accord ? »

*Tu as manqué à ton devoir envers nous, en laissant Marsh couper ton lien. Pourquoi devrions-nous porter notre choix sur toi après ta négligence ?*

« Pourquoi m'avoir fait venir ici ? demande Hal. Si vous ne voulez plus de moi ? Je suis mort, pas vrai ? Alors, ça y est. Finito. »

*Tes amis vont mourir. Ils ont besoin de ton aide. Supplie-nous de t'accorder notre pardon. Renouvelle ton allégeance à nos préceptes. Peut-être aurons-nous pitié de toi, et te permettrons-nous d'accomplir ta destinée.*

« Puisqu'on en parle de cette fameuse destinée, vous pouvez m'en dire un peu plus ? dit Hal. Vous n'avez jamais été trop clair là-dessus. »

*Tu dois assister Marsh en regagnant le champ de bataille, où tu concluras une trêve. Puis, tu convaincras tes amis d'aider Marsh à retourner sur Deoth. Vous trouverez un moyen de servir son ambitieux dessein.*

« Quel dessein ? »

*Marsh sait que la douleur est le grand catalyseur,* et *qu'un véritable changement, durable, ne se conçoit pas sans violence. Il prépare une guerre contre le monde dissonant. Tu serviras à ses côtés, en qualité de général. D'exécuteur. Ta colère – ta rage profonde – fera de toi un allié puissant. Telle est ta destinée, Hal Isaac, la raison pour laquelle tu as été choisi : aider à diffuser l'Évangile de la douleur dans le monde entier.*

L'estomac de Hal se noue. Tout ce temps… il a *servi* Marsh ? En l'aidant à préparer une guerre ?

En dépit de son dégoût, son besoin d'aller prêter main-forte à ses amis prend presque le dessus. Mais au moment où il ouvre la bouche pour faire ce qu'on lui demande – supplier –, il songe à Sybille, et à sa mère, et s'aperçoit qu'il ne peut pas.

*Le temps presse. Si tu as une supplication à nous adresser, c'est le moment de le faire.*

« Je sais, dit-il. Je sais. Mais il y a un hic. Votre don, là, je crois que je préfère m'en passer, finalement. »

La voix est silencieuse pendant un long moment, avant de répondre : *Pardon ?*

« Oui, dit Hal. Toute votre philosophie – tout le côté “pouvoir résister à une grande souffrance” –, je pige, c’est metal à mort et ça déchire. Et quand j’étais ado, je pensais que c’était le truc le plus cool qui pouvait m’arriver. Genre, en gagnant votre marque d’approbation, je montrais ce que j’avais dans le ventre. Mais j’ai presque quarante balais, plus quatorze ans. Et passer ma vie à me vanter de la douleur que je suis capable d’encaisser ? Ce n’est plus pour moi. J’ai découvert aujourd’hui que j’avais une fille, mais que j’avais été quasi absent de sa vie. Et sa mère a sans doute eu ses raisons pour me la cacher, mais je ne peux pas m’empêcher de gamberger. Si j’avais passé un peu moins de temps à m’échiner à étouffer ma douleur, et un peu plus à simplement l’affronter, j’aurais peut-être été digne de rencontrer ma gamine quand elle était, eh bien, encore une gamine. Peut-être que j’aurais dû dire à Athena ce que je ressentais vraiment, au lieu de vouloir la protéger du type pitoyable et déboussolé que j’étais. Et j’aurais pu être heureux toutes ces années, ou j’aurais au moins pu essayer. »

*Donc tu ne nous supplieras pas ?*

« J’ai peur pour mes amis, dit Hal. Et pour moi. Mais je ne supplierai pas. Je n’aiderai pas ce vieux salopard à faire la guerre à des innocents. Je rejette l’Épée du Malheur. Plutôt mourir pour de bon que m’encombrer du destin d’être votre champion. »

*Fort bien, Hal Isaac. Nous t’envoyons maintenant à ta récompense.*

Et avant que Hal ait le temps de penser ou dire quoi que ce soit de plus, la lumière s’étend et engloutit son être tout entier. Il tombe, et une seule image lui vient à l’esprit : la pomme de terre ressuscitée de Peter – la pomme de terre que *Hal* a ressuscitée en 1998. Elle émet des pulsations vers lui, le consume jusqu'à ne faire qu'un avec lui, et alors que Hal disparaît dans la lumière, il croit comprendre enfin sa signification.

# Athena

Alors que Marsh approche avec le corps de Hal, ses membres pendent et se balancent. Ses doigts ont presque l'air de remuer, mais sans doute s'agit-il d'une illusion d'optique. Attends – non. Ils bougent, c'est certain. Un réflexe dans ce cas ? Un de ces trucs bizarres que font les cadavres ?

La main gauche de Hal s'ouvre et se ferme. S'ouvre et se ferme. S'ouvre. Puis, alors qu'elle se ferme, une nouvelle lueur naît dans l'air, en plus de celle des injonctions de Peter. Un flot jaune-vert jaillit de Hal – il en sort de sa bouche, de ses yeux, du bout de ses doigts et de ses orteils. Athena entend plusieurs craquements horribles. Des os qui se remettent en place ? Son corps s'élève dans les airs, échappant à Marsh, et le flot d'énergie dissonante tranche le bras de la statue. Hal et le bras tombent tous les deux, le bras s'écrasant au sol, tandis que Hal, retourné en douceur, est posé sur ses pieds.

Marsh se fige, regardant là où se trouvait son bras. Athena ne perd pas de temps et profite de cette occasion pour signer une armure immatérielle pour elle, courir vers Marsh et le percuter de plein fouet à la taille. Il bascule en arrière.

Hal, toujours baigné d'une lueur jaune-vert, observe Marsh, puis Athena, et enfin ses mains.

« Je t'ai cru mort, dit Athena.

– Moi aussi, dit-il. À vrai dire, je ne sais pas trop pourquoi je ne le suis pas.

– Tu es le champion du Temple de la Douleur. Je suppose que tu es capable d'encaisser une raclée.

– En fait, non. C'est terminé tout ça. J'ai refusé de rempiler. À l'instant.

– Mais tu es couvert d'énergie dissonante. Comment tu expliques ça ?

– Si je devais émettre une hypothèse ? dit Hal. Je pense que l'Épée du Malheur bloquait mon lien avec la Dissonance depuis le début. » Il rit, un son bruyant, éclatant, naturel. « Je *sens* ta présence Athena. Et toi ? »

Elle tend son esprit et s'aperçoit qu'elle y parvient : sa présence est plus vive, plus *présente* même que les flammes d'Erin et Peter.

Une brèche s'ouvre dans le monde, cachant Peter et Erin à la vue d'Athena. Marsh, qui lutte pour se redresser, semble n'avoir rien remarqué. Hal et Athena approchent, les mains levées. Travaillant en tandem comme ils n'auraient jamais pu le faire au temps de leur adolescence, ils repoussent Marsh, Hal avec des rafales de vent violent, Athena avec des crochets derrière les jambes, tentant de le faire trébucher. Il titube et multiplie les bonds en arrière pour garder une longueur d'avance sur leurs attaques, mais il ne réussit pas à trouver son équilibre.

« Il n'y a pas de raison que ça se termine ainsi, dit Marsh, sa voix aiguë et paniquée. J'ai encore beaucoup à vous apprendre. Il y a tellement de choses que vous ignorez. Que voulez-vous ? Dites-le-moi, et c'est à vous !

– Vous n'avez rien qui m'intéresse », dit Athena.

Alors que Marsh approche du trou, elle improvise une version remaniée à la hâte de sa symphonie pour s'introduire à l'intérieur de la statue et saisir l'âme de Marsh. Elle réussit à empoigner la méduse rouge, mais de justesse. Cette petite saloperie est coriace, et les dernières heures ont pratiquement épuisé Athena. Sa tête semble n'être plus que douleur tandis que la statue tombe en avant, vide à nouveau, et que la méduse rouge émerge, se tortillant.

« Qu'est-ce qu'il y a de l'autre côté ? dit-elle, regardant par la porte.

– Tehom, dit Hal. Les profondeurs entre les mondes. »

Athena a du mal à tenir l'âme de Marsh, tant elle se débat pour regagner la statue, en quête d'un hôte.

« Ma prise faiblit, dit-elle. Je ne peux pas continuer à tenir ce truc beaucoup plus longtemps.

– Donne. Laisse-moi faire », dit Hal, s'approchant d'elle. « Hé, professeur ! Vous voulez voir un tour de magie ? »

Il ferme les yeux, bouge les mains dans les airs, et une seconde plus tard, des flammes vert pur jaillissent au bout de ses doigts, chassant la méduse hors de cette réalité, par le portail, et dans les profondeurs entre les mondes.

# Erin

Peut-être que son imagination lui joue des tours. Erin *pense* pourtant entendre la méduse crier au moment de franchir la porte que Peter ferme derrière elle. Alors que ne subsistent dans l'air ambiant que le son rauque de la respiration d'Athena et le crépitement de l'énergie dissonante, elle se laisse aller à une certaine satisfaction.

Hal s'agenouille sur le sol et s'appuie sur les mains. « Bon sang. Je me sens complètement vidé après ce coup-là. »

Athena lui donne une claque à l'arrière de la tête.

« Aïe ! crie-t-il. Qu'est-ce qui te prend ?

– Et toi ? Ça t'arrive de réfléchir ? dit-elle. Tu ne meurs pas. C'est compris ? Pas sans mon autorisation en tout cas. »

Hal se lève, se frottant la tête. Puis il glisse son bras autour de la taille d'Athena, l'attire contre lui et l'embrasse. C'est l'acte le plus courageux qu'Erin l'a jamais vu accomplir.

« Moi aussi, je t'aime », dit-il.

Peter soupire et bascule vers l'avant. Erin le rattrape à la moitié de sa chute, l'empêchant de se cogner le crâne contre le béton. Elle s'assoit avec lui sur les marches fissurées, et il se laisse aller dans son étreinte, la serrant à son tour dans ses bras.

Enfin. C'est exactement ce qui lui a manqué toutes ces années.

Elle sursaute alors qu'elle sent une autre paire de bras autour d'elle et Peter. Hal a lâché Athena pour se joindre à eux. Athena approche de l'autre côté, sans remarque idiote ou commentaire narquois, et les étreint, de toutes ses forces.

C'est *ça*, sa famille. Peter, bien sûr. Mais aussi Hal et Athena. Pour toujours.

« Je regrette de vous avoir renvoyés, dit Peter dans son cou.

– Et nous, on s'en veut de t'avoir laissé faire, dit Hal.

– Bonne nouvelle ! dit Athena avec un rire qui tremble un peu. On peut tous se vanter d'avoir merdé. »

Ils restent ainsi, les uns contre les autres, pour la première fois depuis une éternité. Exactement là où ils sont censés être, vibrant en harmonie avec le monde dissonant.

Un grondement grave vient troubler le bonheur de leurs retrouvailles. Ils lèvent les yeux à temps pour assister à la disparition progressive de la statue.

« Qu'est-ce qui se passe ? dit Hal.

– À mon avis, elle retourne sur Deoth, dit Erin. Dans la cale de ce bateau.

– Comment elle s'est retrouvée ici, d'abord ?

– Je n'en suis pas sûre, dit Athena. Quand j'ai introduit l'âme de Marsh à l'intérieur, elle a été aspirée par un genre de porte. Comme si, d'une manière ou d'une autre, le transfert avait joué le rôle de déclencheur dans un phénomène de déplacement temporel.

– Oui, mais pourquoi *ici* ?

– Peut-être parce qu'elle était déjà venue ? dit Erin. En 99 ?

– J'ai déjà mal au crâne, maugrée Hal. Pas la peine d'en rajouter.

– Et maintenant qu'elle est vide, je suppose qu'elle

rentre chez elle ? dit Erin, alors que la statue continue de s'estomper.

– Quelles que soient la nature et les circonstances de l'événement, ça a créé une perturbation dissonante majeure, dit Peter. Je l'ai ralentie, mais ce n'est qu'une mesure provisoire, en attendant que se produise l'équivalent de l'explosion d'une bombe, et que le temps se replie de nouveau sur lui-même. Avec un peu de chance, vous serez renvoyés chez vous à ce moment-là. »

Erin ne peut pas s'empêcher de poser la question suivante. « Tu ne viens pas avec nous, je suppose ?

– Je ne pense pas que ce soit possible, dit Athena. Pas sans causer une autre perturbation temporelle, qui risquerait de déclencher une nouvelle déflagration dans le présent.

– Oh, dit Erin avec une petite voix. Donc, il doit rester là et…

– Mourir », dit Peter.

Le cœur d'Erin se serre dans sa poitrine. Elle prend la main de Peter alors que Hal et Athena s'écartent.

« C'est le moment des adieux, alors, dit Erin. Pour de bon, cette fois.

– On va vous donner un peu d'intimité à tous les deux », dit Hal.

Peter lève la tête et sourit à Hal et Athena. « Je déteste me battre, mais je suis content d'avoir pu le faire avec vous une dernière fois.

– Nous aussi, dit Athena.

– On t'aime, Peter, dit Hal.

– Je vous aime aussi », dit Peter, la voix un peu rauque.

Hal et Athena entrent dans le lycée, laissant Peter et Erin enfin seuls.

« Je m'en veux d'avoir été tellement abrupt lors de notre dernière conversation, dit-il. Je ne pensais pas que ce serait la dernière. »

Il tient son visage dans le creux d'une main, et elle se sent soudain timide. « Tu es aussi beau que dans mes souvenirs, dit-elle. Mais moi, j'ai vieilli entretemps. »

Il ne la lâche pas. « Les mêmes yeux. Le même sourire. Le même visage, que j'adore. Plus que tout, je regrette qu'on n'ait pas eu une meilleure chance, toi et moi. Je pense que ça aurait été sympa. »

Elle appuie sa joue contre sa paume, rendue rêche et calleuse à force de jardiner. « Je sais que tu ne peux pas revenir. Mais si c'est moi qui reste avec toi ? Quelle que soit la suite ?

– Je ne crois pas que ça marche comme ça non plus, dit Peter. Ici, dans un moment, tout ce qui est censé arriver arrivera. Je suivrai ma voie, et tu retourneras à ton époque. En plus, Hal est un tout nouveau dissonant. Il aura besoin de ton aide. »

Il jette un coup d'œil vers le ciel. Erin le remarque aussi. L'air se réchauffe. Le temps qui leur est imparti est presque écoulé.

« Je me suis toujours dit que je donnerais tout pour te revoir, dit-elle. Mais c'est presque pire comme ça. Parce que je dois partir et te laisser, avec la certitude que c'est la dernière fois. »

Il retire sa main de sa joue, et glisse une mèche de ses cheveux derrière son oreille. « On se reverra, Erin Porter. Et on aura tout le temps, le moment venu.

– Tu promets ? »

Il l'embrasse sur la joue. Elle essaie de savourer ce baiser, d'enregistrer chaque détail, ses mains dans les siennes, la douceur de ses lèvres, son visage mal rasé qui pique. Elle fige ce moment parfait dans son esprit, ce dernier baiser, et le laisse l'emporter, la ramener chez elle.

# Épilogue

# L'AVENTURE SUIVANTE (2019)

# Hal

Hal et Athena laissent Peter et Erin et franchissent les portes du lycée de Clegg. Mais alors que Hal entre dans le bâtiment, il se retrouve immédiatement à l'extérieur. Et dans les airs, excusez du peu ! Il tombe, de pas très haut, dans le ruisseau où il a rencontré Sybille à peine quelques heures plus tôt. Il pousse un cri et, de nouveau trempé jusqu'aux os, il regagne la berge tant bien que mal en jurant. Il sort son téléphone de sa poche pour s'assurer qu'il n'est pas flingué. L'horloge sur l'écran de verrouillage l'informe qu'il est presque six heures du matin, et l'air ambiant de lui semble le confirmer. Une lumière crépusculaire éclaire faiblement le ciel.

L'apparition d'Erin au-dessus du ruisseau interrompt le fil de ses pensées. Au terme d'une chute identique à la sienne, elle fait son retour en ce monde, avec un cri perçant et dans une gerbe d'eau. Hal rit quand elle remonte à la surface et elle lui lance un regard furieux.

« Ce n'est pas drôle, dit-elle.

– Un *peu* quand même », dit-il, alors qu'elle grimpe sur la berge.

Son téléphone vibre. C'est un SMS d'Athena : *On est à Marsh House si tu veux qu'on se retrouve là-bas.*

Hal et Erin décident d'effectuer le trajet à pied, comme

autrefois, pour avoir le temps de sécher leurs vêtements. Leurs chaussures font des bruits de succion dans l'herbe alors qu'ils traversent le parc et finissent par arriver sur le chemin de terre qu'ils ont si souvent emprunté.

Erin parle peu, et semble pensive. Hal se résout donc à la laisser tranquille, et à jouir de cette matinée. Clegg lui paraît plus jolie que deux jours plus tôt. C'est curieux, comme on peut changer de point de vue aussi vite. Pour la première fois depuis la bagarre sur le parking de ce bar, il se sent quelque peu réconcilié avec le monde, avec lui. L'existence de Sybille y est pour beaucoup. Indépendamment de la tournure que prendra toute conversation à venir, il sait qu'il a fait au moins une bonne chose dans sa vie : il a sauvé Morgane, et – d'une manière ou d'une autre – engendré Sybille. Et maintenant qu'il est pleinement dissonant, il est capable de *percevoir* l'univers qui l'entoure comme jamais auparavant. L'herbe sous ses pieds, les arbres, les molécules d'oxygène dans l'air. Erin à côté de lui, tiraillée par le chagrin et le soulagement. Et c'est magnifique.

Quand ils arrivent à Marsh House, le double de Peter, Philip, est assis sur la grande véranda en façade à côté d'un garçon d'environ dix-sept ou dix-huit ans qui a l'air d'avoir pris une dérouillée. Hal interloqué constate qu'il manque à Philip une partie de sa jambe droite. Plus surprenant encore, il semble maintenant avoir le même âge que cet ado à côté de lui. Et ce n'est pas le seul changement. Pour une raison ou pour une autre, il fait aussi *moins* penser à Peter. La ressemblance est toujours là, mais s'étant tenu à proximité du vrai Peter Marsh juste quelques minutes plus tôt, Hal est capable de voir une différence entre les visages de Peter et Philip. Philip a moins l'air d'une photocopie de Peter maintenant, comme s'il était plus… eh bien, lui-même. Calme, avec une douceur dans le regard. Mais aussi plus beau, et plus tourmenté d'une certaine manière. Comme secoué par ce qu'il a vécu depuis que Hal l'a vu pour la dernière fois.

Marsh House semble également quelque peu différente. Toujours imposante, mais avec la peinture qui s'écaille et la véranda qui s'affaisse, elle a acquis une qualité troublante, mélancolique. *Le temps emporte tout*, pense-t-il.

Philip se lève avec l'aide de son compagnon et, tout rouge, le leur présente en balbutiant. Owen.

Le visage d'Erin se tord en un masque d'inquiétude. « Qu'est-ce qui est arrivé à ta jambe ?

– On peut se parler ? demande Philip. Juste toi et moi ? »

Erin regarde Hal. Hal regarde Owen.

« Viens, dit-il. Donnons-leur un moment. » Il n'a pas besoin de pouvoirs dissonants pour deviner pourquoi Philip a balbutié pendant les présentations. Quant aux conséquences sur le couple qu'Erin forme avec Philip, il pense qu'elle s'en moque.

Lui et Owen font le tour de la maison, jusqu'au jardin où tout a commencé, vingt-trois ans plus tôt. Ils se tiennent tous les deux dans l'herbe, gardant un silence gêné pendant un moment.

« Philip a eu son âme, dit Owen.

– Ah ? dit Hal, heureux d'avoir un sujet de conversation. Bonne nouvelle.

– Alors la fin du monde n'est pas pour tout de suite.

– Ça aussi, c'est une bonne nouvelle. »

Philip et Erin finissent par les rejoindre, Philip s'appuyant d'abord sur Erin, avant de transférer son poids sur Owen. Ils entrent tous les quatre dans la maison, pour prendre le café en compagnie d'Athena à la table de la cuisine. Il n'y a rien à manger, à part un paquet de craquelins, qui curieusement n'a pas moisi en dix ans. Ils échangent des histoires, et se mettent au courant les uns les autres de toutes les aventures qu'ils ont vécues ces derniers jours.

Après, ils se séparent, gagnant différentes parties de la maison pour dormir : les garçons dans l'ancienne chambre de Peter ; Athena dans le bureau ; Erin dans la chambre principale ; et Hal sur le canapé du salon. Quand il se réveille, il fait noir dehors, et la lumière dans le couloir est allumée. La maison est silencieuse, mais il entend des voix venues de derrière. Il choisit de les ignorer, et se dirige vers la véranda, loin du bruit. En sortant, il a la (bonne) surprise de trouver Athena déjà assise sur le banc à côté de la porte. Elle fume une cigarette dans l'obscurité.

« Ne me juge pas, dit-elle. Ç'a été une longue semaine.

– Te juger ? J'allais t'en taper une. »

Elle lui tend le paquet, et il prend une cigarette. Mais quand elle lui offre du feu, il refuse d'un geste. Elle lui lance un regard perplexe, qui se transforme en ravissement alors qu'il exécute son premier tour de magie, allumant la cigarette à la flamme de son cœur.

« Quand est-ce que tu as appris à faire ça ? dit-elle.

– Je n'en suis pas sûr, reconnaît-il. La première fois que c'est arrivé, je devais avoir une vingtaine d'années. Longtemps après que Marsh avait soi-disant rompu notre lien avec la Dissonance.

– Pas le tien. Parce qu'il ne savait pas. Tu penses que c'est ton allégeance au Temple qui a pu te couper de tes capacités, ou les étouffer ?

– C'est mon hypothèse du moment.

– Une autre question à ajouter à la pile, dit-elle avec un profond soupir. Maintenant qu'on a toute la bibliothèque de Marsh, on va peut-être enfin obtenir certaines réponses. »

Ils fument dans un silence complice pendant un moment, les bouts rouge cerise de leurs cigarettes s'adressant des clins d'œil dans l'obscurité.

« Comment va ta main ? demande-t-il.

– Ça ne fait pas mal. » Elle la lève pour la montrer, et

même dans la lumière faible, Hal voit qu'elle est toujours racornie et flétrie. La peau semble carbonisée, comme du bœuf séché laissé trop longtemps à cuire. « Je peux m'en servir pour des gestes simples, mais les terminaisons nerveuses sont bousillées. C'est comme quand ta main s'engourdit et que tu as l'impression d'utiliser un gant. Mais sans les fourmis qui vont avec.

– Ça peut s'arranger ?

– S'il existe un moyen, je le trouverai. Dans le cas contraire ? J'estime que perdre une main est un bon deal pour ce que j'ai obtenu en retour. Le rétablissement de mon lien avec toi et Erin. Voir à nouveau le monde en couleurs, pour ainsi dire. » Elle baisse de nouveau son bras. « Mais tu ne m'as pas vraiment rejointe ici pour me parler de ma main.

– En fait, je suis sorti prendre l'air, mais maintenant que je suis là…

– Hal, dit-elle. Avant que tu ailles plus loin : merci pour le baiser. Merci d'avoir dit que tu m'aimais. Je regrette de ne pas pouvoir écrire une lettre à la lycéenne que j'étais pour le lui dire.

– Et l'Athena d'aujourd'hui, celle que j'ai embrassée, dit-il en enfonçant les mains dans ses poches. Qu'est-ce qu'elle en pense ?

– Qu'est-ce que tu as cru ? Qu'il suffirait d'un baiser pour tout changer ?

– J'espère que ce n'est pas à cause de Morgane et de Sybille. Parce que Morgane et moi, on n'a jamais…

– Hal, j'en sais plus que toi sur les ondines. Elles peuvent se reproduire sexuellement ou asexuellement. Dans les mythes anciens, c'est un grand honneur d'être choisi comme second parent de l'enfant d'une ondine. Alors non, ça n'a rien à voir. Le problème, ce sont les dix ans où tu es venu à moi quand tu avais besoin de réconfort, pendant que tu baisais ces autres filles avec qui tu sortais.

– Ce n'était pas comme ça.

– Je ne suis pas idiote, dit-elle.

– Je pense que si. En tout cas s'agissant de moi. La réciproque est vraie d'ailleurs. Quand j'étais jeune, j'avais peur de trop m'attacher. Alors, j'ai cherché des distractions. Je me suis mis dans des situations qui ne pouvaient pas durer. » Il retire sa cigarette de sa bouche et la tient loin de son visage, pour bien la voir. La gorge serrée, il s'étonne d'éprouver encore tant de difficulté à admettre la suite. Sa voix est rauque, sèche, quand les mots franchissent ses lèvres, presque à contrecœur : « Mais la vérité, c'est que je t'ai aimée toute ma vie. »

Elle tire une longue bouffée sur sa cigarette. « Moi aussi, je t'aime, dit-elle. Mais pas comme ça. Plus maintenant. »

# Erin

Les quelques semaines suivantes sont comme une des soirées pyjama de l'adolescence du coven qui dure un mois entier. L'après-midi et le soir, elle et Hal et les garçons s'installent confortablement au salon pour regarder de vieux films en VHS. Ils s'assoient à la table de la cuisine pour disputer des parties de jeux de société, et rient jusque tard dans la soirée, tous les jours.

Pendant la journée, elle initie Hal, Owen et Philip au dissonant en leur enseignant des injonctions simples. Erin savoure son lien restauré avec la Dissonance, le sentiment de plénitude qu'il lui apporte. Et plutôt que de s'en attrister, elle se réjouit de voir Philip et Owen se tenir par la main, ou échanger un baiser en catimini quand ils pensent que personne ne peut les surprendre. Ce n'est pas ce qu'elle avait en tête en créant Philip, mais elle ne se sent pas particulièrement fière de sa motivation d'origine. C'est mieux ainsi. Maintenant qu'il a une âme, il sera libre de mener une vie sans elle.

Quelques points noirs demeurent dans ce tableau idyllique. Le premier est la couverture médiatique de l'incident survenu à l'église. Il n'y a pas eu de morts, mais des personnes ont été blessées. Comme quelques photos floues d'Owen et de Marsh circulent sur les chaînes de télévision nationales, Owen doit se tenir à carreau. Si quelqu'un apprenait qu'il se cache à Marsh House, cela pourrait causer des problèmes.

Par mesure de sécurité, il ne met donc pas les pieds en ville. Pendant ce temps, Erin attend le jour où quelqu'un se présentera à leur porte pour leur demander ce qu'ils fabriquent dans une maison qui ne leur appartient pas. Mais tant qu'ils laissent Clegg tranquille, la ville semble se borner à faire de même.

L'autre point noir, c'est Hal et Athena. Hal participe à tous les cours pendant la journée, il anime les exercices de combat avec les garçons, et en public, il sourit et rit beaucoup. Mais quand il se retrouve seul, il affiche une expression triste et contemplative.

Athena se joint parfois à eux pour les cours, les soirées cinéma, ou les parties de jeux de société. Mais la plupart du temps, elle s'enferme dans le bureau de Marsh, et dort sur le canapé où ils suivaient son enseignement à l'époque. Erin voit bien que Hal s'inquiète, mais elle conseille aux autres de laisser Athena tranquille. Elle émergera quand elle se sentira prête.

Lors de leur dernier après-midi à Clegg, Hal emmène tout le monde au ruisseau et appelle Sybille. Après avoir salué l'ondine, Erin et Athena reculent dans un coin d'ombre, assez près pour regarder sans écouter une conversation privée. Owen et Philip sont assis dans le lit du ruisseau avec Hal et Sybille. Elle semble éthérée, un mystère insaisissable comme sa mère, mais quand elle sourit, elle est tout le portrait de Hal.

Erin n'arrive pas à se faire à l'idée de Hal en tant que père – et père de cette créature aussi belle qu'étrange –, mais ce nouveau rôle a l'air d'avoir eu le même effet apaisant sur lui que l'adieu à Peter sur elle. Une sorte de calme a remplacé son agitation d'autrefois. Une certaine sérénité, à défaut de bonheur.

Cet après-midi au ruisseau, Athena passe un long moment à observer Hal, les garçons et Sybille, avec une expression difficile à déchiffrer sur le visage. Elle ne se tourne vers Erin qu'avec un effort manifeste.

« Alors, c'est quoi la suite pour toi ? demande-t-elle.

– Hal commence à purger sa peine à la mi-octobre. Je vais l'aider à mettre ses affaires en ordre à Vandergriff, dit Erin. Après ? J'hésite. Mais retourner à mon appartement dans l'Iowa me semble une perte de temps. Ils ont sans doute déjà mis au rebut tout mon bazar, réparé les dégâts et trouvé un nouveau locataire.

– Tu es la bienvenue ici, dit Athena. Les garçons et moi, on va rester un moment.

– C'est légal ? demande Erin.

– Je continue de chercher dans les documents à ma disposition, mais je n'ai encore rien découvert sur l'identité du ou des propriétaires de la maison. Il est possible que quelqu'un vienne nous mettre à la porte tôt ou tard, mais je suppose que, d'ici là, il n'y a pas de problème.

– Et ta librairie, qu'est-ce qu'elle devient dans tout ça ?

– J'ai du personnel de confiance capable de mener la barque sans moi pour l'instant. Le plus important, c'est le travail qui m'attend ici. Cataloguer la bibliothèque de Marsh, ainsi que cette incroyable prison/bunker/zoo sous la cabane à outils. Sans parler de trouver un moyen sûr de renvoyer les créatures en captivité chez elles. Quelqu'un doit aussi veiller sur les garçons. Philip n'a nulle part où aller, et Owen n'est pas pressé de rentrer en Alabama. Je le comprends.

– On ne peut pas fuir ses problèmes éternellement, dit Erin.

– Non, mais une petite pause ne fait pas de mal, dit Athena. Owen en a mérité une.

– Comment Marsh s'y est pris, d'après toi ? Pour capturer toutes ces créatures ? Pour construire cet immense entrepôt/ménagerie ? Il a tout fait lui-même ?

– Il a mentionné des “associés” et des “partenaires” plus d'une fois. Il a même fait allusion à une “petite armée”, avant la fin. Mais il ne m'a jamais donné de noms. Tout est possible : de simples larbins, d'anciens élèves comme nous, ou peut-être des dissonants aussi puissants que lui. Les Thorpe, par exemple. Ils peuvent devenir une menace pour nous s'ils découvrent notre présence ici, et surtout que notre lien avec la Dissonance a été rétabli. C'est l'autre raison qui m'oblige à rester. Je dois protéger cet endroit de gens comme Marsh. »

Les deux femmes se remettent à observer leurs compagnons qui bavardent avec la visiteuse. L'ondine dit quelque chose qui provoque le rire d'Owen, et Hal se retourne et sourit à Erin et Athena. Il leur fait un signe de la main.

Erin lui répond. Athena garde les bras croisés, sa mauvaise main cachée aux regards.

## Athena

Athena reste absorbée dans son travail. Quand Erin et Hal partent pour Vandergriff, elle reprend l'éducation d'Owen et Philip, leur dispensant des cours le matin, et s'assurant leur concours pour cataloguer la bibliothèque et la ménagerie l'après-midi. Le soir, elle cherche des réponses aux grandes questions. Par quel genre d'injonction peut-on conserver la maison et le bunker en état de stase ? Vivre ici présente-t-il un danger pour des humains sur le long terme ? Avec qui Marsh travaillait-il ? Quels étaient ses projets pour le coven, pour Peter, avant que tout tourne au désastre ?

Mais elle s'octroie aussi des pauses. Elle entretient un échange régulier de SMS et de mèmes avec le shérif adjoint Jordan McCormick, et ces moments sont des éclaircies dans ses journées. Comme elle se couche tard et qu'il se lève tôt, ils s'envoient souvent des messages pendant que l'autre est endormi. Chaque matin au réveil, Athena découvre avec un plaisir croissant un bouquet d'images idiotes et de vidéos de chats. Tous les matins. Sans exception. Et Jordan ne pose jamais de question, mais semble aussi focalisé sur elle qu'elle l'est sur lui.

Ils sortent prendre un café. Une seule fois, il lui demande ce qui est arrivé à sa main, et quand elle répond qu'elle a eu un accident dont elle n'a pas envie de parler, il n'insiste pas. C'est sa discrétion, autant que son charme, qui lui vaut un second rendez-vous, à dîner cette fois. Elle accepte une soirée ciné chez lui, où ils regardent un film de superhéros idiot et distrayant. Dans l'obscurité de son salon assombri, uniquement éclairé par la pâle lueur de la télévision à écran plat, ils échangent leur premier baiser. L'expérience ne déclenche pas les sirènes de la passion ou du désir, mais elle est agréable. Douce. Et, à l'approche de la quarantaine, peut-être suffisante. Surtout si c'est avec quelqu'un de fiable.

Début octobre, deux jours avant que Hal commence à purger sa peine, Erin appelle Athena pour l'inviter à Vandergriff.

« Il doit se présenter à la prison de Fort Worth, pour son transfert, dit Erin. Hal aimerait beaucoup te voir avant. Tu veux bien faire le voyage et nous accompagner ?

– Je croule sous le boulot en ce moment, dit Athena.

– Athena. Tu peux te libérer pour quelques jours. Je suis sûre que Philip et Owen seront contents d'avoir un peu de temps seuls tous les deux. »

Athena promet d'y réfléchir et de rappeler Erin le lendemain. Ce soir-là, elle sort avec Jordan. Jusqu'à présent, ils ont évité la ville pour leurs rendez-vous en public, mais à l'occasion de ce dîner, Jordan pense que c'est une bonne idée d'habituer les habitants de Clegg à sa présence, pour leur montrer qu'elle est de retour, au moins pour un moment. Alors, elle endure les regards de gens qu'elle a connus en mangeant un burger et en buvant un milkshake, et parle avec son presque-peut-être-petit-ami d'Erin et de Hal.

« Pourquoi tu n'irais pas ? dit Jordan. C'est ton ami. Vous étiez proches tous les deux.

– Tu ne penses pas que c'est bizarre ? dit-elle. À cause

de… » Elle se sert de sa paille pour les désigner, elle et lui. « Nous ?

– Tu me demandes si je suis jaloux ? Bien sûr. Mais je suis aussi assez intelligent pour savoir que je ne peux pas t'empêcher de faire quoi que ce soit, si tu en as l'intention. » Il sourit d'un air timide. « C'est une des choses qui me plaît chez toi. Tu ne laisses personne te dicter ta conduite.

– Tais-toi, dit-elle, et c'est elle à présent qui se perd dans la contemplation de la table. Si j'entends encore un compliment sortir de ta bouche, je jure de te planter là. »

Il lève les mains et se penche en arrière. « Désolé », dit-il, mais il n'en a pas l'air.

Après le dîner, ils s'attardent sur le parking, profitant de l'air presque agréable. Athena s'appuie contre le côté de sa voiture et Jordan fait de même contre la sienne. Leurs pieds se rencontrent sur la ligne blanche séparant les deux places de stationnement.

« Merci, dit-elle. Pour ta compréhension. »

Il garde les mains dans les poches de sa veste alors qu'il les écarte, et ressemble brièvement à une créature volante comme on pourrait en croiser dans la forêt de Clegg.

« On ne se refait pas, dit-il. Et puis… » Et là, il laisse retomber ses mains et redevient sérieux. « Je veux que tu saches que tu peux me parler. Que tu aies confiance en moi. »

Comme il lui semble presque entendre une remontrance, Athena se redresse un peu. « J'ai confiance en toi. »

Il penche la tête et la gratifie d'une expression signifiant *allons donc !* « Bien sûr. Mademoiselle “c'était un accident et je ne veux pas en parler”. Mademoiselle “je préfère qu'on n'aille pas chez moi, je suis quelqu'un de réservé.”

– Hein ? dit-elle. C'est vrai. Je *suis* quelqu'un de réservé.

– Et moi, je suis un flic. Un flic qui connaît son métier, et n'est pas non plus un imbécile. Alors, fais-moi plaisir et sois un peu honnête avec moi maintenant. Je commence, si tu veux. D'après toi, pourquoi personne n'est venu t'expulser de cette maison jusqu'à présent ? Pourquoi tu n'as pas été cuisinée par la police à propos de ta disparition, après que j'ai été assommé ? Je t'ai protégée, en empêchant les autorités de mettre leur nez dans tes affaires », dit-il. Quand elle ne dit rien, il lui souffle la suite. « Maintenant, demande-moi pourquoi j'ai fait ça.

– Pourquoi tu as fait ça ? » dit Athena, bien qu'elle pense connaître la réponse. L'accablement s'empare déjà d'elle.

Il cesse de s'appuyer contre sa voiture et se redresse, laissant les pieds d'Athena seuls sur la ligne blanche. Sa posture – non, toute son attitude – semble changer. Tout son personnage de « bon gars, le cœur sur la main » soudain s'efface devant un homme imposant au regard froid. « C'est *moi* le propriétaire de Marsh House, dit-il. J'en ai hérité à sa mort. En fait, tu squattes chez moi, avec ma permission. »

Voilà donc le premier des mystérieux « associés » de Marsh. Elle se serait giflée. Pas étonnant que Jordan se soit montré aussi prévenant. Ou qu'il l'ait trouvée à la porte de Marsh House le jour de son retour à Clegg. Il était sans doute venu jeter un coup d'œil, et l'avait surprise à pénétrer illégalement dans la propriété.

« Je travaillais pour Marsh, dit Jordan. Au black, pour mettre du beurre dans les épinards. J'empêchais les gens de fourrer leur nez dans ses affaires, et en échange, il m'a appris quelques petites choses.

– Tu es dissonant ? » dit Athena. Elle hésite à prononcer le mot, mais elle est aussi curieuse d'observer sa réaction.

« Non », dit-il. Se laissant clairement entraîner par son sujet, il avance d'un pas vers elle. À présent, il envahit son espace personnel. Il baisse la voix alors qu'il poursuit. « Et c'est une partie du problème. Tu vois, je me suis occupé de lui dans les dernières années de sa vie. Je l'ai assisté. J'ai fait des choses pour lui. Et à sa mort, il m'a légué la maison et son contenu. Un héritage bien merdique, puisque j'ai découvert ensuite que je ne pouvais pas entrer. Il avait verrouillé les lieux avec une injonction, que seul un dissonant pouvait annuler. J'ai passé des années à essayer d'en trouver un. Ils ne courent pas les rues, et le fait de ne pas appartenir à la communauté ne facilite pas les choses. Presque aucune présence sur internet. Alors, à l'approche du vingtième anniversaire de la destruction du lycée, quand la ville a annoncé qu'elle organisait une commémoration, j'ai décidé de profiter de l'occasion. » Il sourit un peu. « J'espérais que tu viendrais, et qu'une fois sur place, j'arriverais à te convaincre d'ouvrir la maison pour moi, et maintenant, c'est ce que tu as fait.

– Seigneur..., dit Athena, qui sentant sa voiture dans son dos, regrette de ne plus pouvoir faire un pas en arrière.

– Oh, ne fais pas cette tête, dit-il avec un geste dédaigneux de la main. Je t'aime bien. C'est vrai. Depuis toujours. Le fait que je me sois servi de toi n'y change rien. Tu as été l'élève de Marsh, et tu ne recules devant rien pour gagner. Que demander de plus ?

– Que demander de plus ? répète-t-elle d'un ton railleur.

– Aux yeux de la loi, je suis le propriétaire de l'endroit où tu vis. Ça crée une relation entre nous, dit Jordan. Mais elle n'a pas à être de nature conflictuelle. On possède tous les deux des choses que l'autre désire.

– Quel genre de besogne tu as accomplie pour Marsh ? As-tu jamais blessé ou tué qui que ce soit pour lui ? L'as-tu aidé à capturer et asservir toutes ces créatures dans la ménagerie ? »

Son hésitation vaut toutes les réponses.

« Je ne veux plus jamais entendre parler de toi, dit Athena. N'appelle pas. N'envoie pas de SMS. Et ne t'avise *surtout pas* de venir à Marsh House. Parce que sinon, je te tuerai de mes propres mains. »

Il laisse échapper un petit souffle frustré, et semble sincèrement peiné. « Je ne comprends pas pourquoi tu t'énerves. » Sa voix se fait quelque peu geignarde. « Ce n'est pas censé se passer comme ça. Toi et moi… on est faits pour être ensemble. Pour poursuivre le grand dessein.

– Désolée d'avoir bousillé le scénario que tu avais en tête, dit Athena. Mais tu sais quoi ? Marsh a essayé de revenir. Il a voulu me recruter. Et moi et mon coven, on l'a renvoyé ad patres. »

Nouveau souffle. Il serre les poings cette fois. « Tu es contrariée, alors j'attendrai que ton petit ami bidon soit en taule pour te rappeler, dit Jordan. Peut-être que tu auras les idées plus claires. »

Il mesure trente bons centimètres de plus qu'Athena, qui pour lui mettre une droite doit se dresser sur la pointe des pieds. Mais elle peut tout de même être fière de l'uppercut qui l'atteint au menton. La tête de Jordan bascule en arrière et il tombe contre sa voiture. Elle monte dans son propre véhicule, et sort du parking sur les chapeaux de roue.

Rentrée à Marsh House, elle dort par intermittence dans le vieux bureau. Une partie d'elle-même la pousse à retourner en Oregon, et à tout oublier, mais une autre – la meilleure – est fatiguée de fuir les problèmes. Et cette maison (comme tout ce qui la concerne) représente un énorme problème, d'une complexité infinie. Et c'est à elle qu'il appartient de le régler.

Elle suit toutefois un des conseils que lui a donnés Jordan : elle appelle Erin et promet de les accompagner à Fort Worth le lendemain.

« J'arriverai tôt dans la matinée », dit-elle. Ce sera une distraction bienvenue de la complication causée par Jordan. Par ailleurs, Hal *est* son ami. Elle peut bien faire cela pour lui.

Le lendemain, elle se lève avant l'aube pour signer une injonction de protection qui englobe la maison, dans l'espoir que cela suffira à empêcher Jordan d'entrer. Elle laisse un mot à Owen et Philip leur demandant de ne pas sortir, puis effectue les trois heures de trajet en voiture jusqu'à Vandergriff. Le soleil se lève à peine alors qu'elle arrive. Hal et Erin l'attendent déjà sur le porche devant l'immeuble de Hal.

Athena est soudain prise d'un soupçon – *ils ont baisé* –, et s'étonne de sentir combien cette idée la blesse. Elle ordonne à l'actrice de soap qui sommeille en elle de ne pas céder à l'hystérie. Après tout, elle a repoussé Hal. Sa vie amoureuse ne la regarde pas. Et de toute façon, rien dans leur attitude ni dans leur langage corporel ne suggère un tel degré d'intimité. Ils sont assis ensemble, comme de vieux amis.

Hal descend du porche d'un bond et se précipite sur le parking en souriant et en lui adressant de grands signes de la main. Il monte en voiture, s'installe sur le siège passager, avec cet air qu'ont les chiens impatients de partir en balade.

« Qu'est-ce qui te rend aussi gai ? demande Athena.

– Je suis content de te voir, c'est tout, dit-il, alors qu'il boucle sa ceinture.

– Il est du matin, marmonne Erin, qui grimpe sur la banquette arrière. Au cas où tu l'aurais oublié. » Elle fouille dans la poche de son jean et en sort un bout de papier plié et chiffonné. « Vise un peu ça. C'est arrivé au courrier hier. Chez Hal. »

Athena saisit ce qui s'avère être une enveloppe. À l'intérieur se trouve une courte lettre, tapée à la machine sur un beau papier portant un filigrane du « CONSEIL DU VERBE ».

*Chère madame Porter,*

*Nous avons récemment appris que vous aviez créé un être physique sans âme, ce qui, au regard des lois du Conseil, constitue à la fois une hérésie, et un acte formellement interdit, puisque de nature à mettre en danger l'existence même du monde. Nous vous inculpons donc d'altération de la réalité au premier degré, un délit passible d'une peine d'emprisonnement et d'une possible rupture d'avec la Dissonance, si vous êtes reconnue coupable. Une audience préliminaire se tiendra le 1er décembre, au cours de laquelle vous aurez l'occasion de plaider votre cause. En cas d'absence de votre part, des exécuteurs seront envoyés pour vous chercher. Merci de vous rendre de votre plein gré.*

« Oh merde, dit Athena, quand elle arrive au bout.

– C'est ce que j'ai dit, dit Hal.

– Je vais devoir me mettre à potasser les lois du Conseil, dit Erin d'un ton dégagé, bien qu'un peu pâle.

– Tu peux compter sur mon aide, dit Athena.

– Tu as une idée ?

– Il y a forcément quelque chose dans la bibliothèque de Marsh. Je trouverai.

– Athena ne peut pas être pire que mon avocat », dit Hal. Il se renfrogne en regardant par la fenêtre. « Ce connard de Robert K. Tuttle. » Mais il ne semble pas si contrarié.

« Après tout ce qu'on a subi, je ne laisserai pas le Conseil te priver de nouveau de ton lien avec la Dissonance, promet Athena. Ça n'arrivera pas. »

Erin reprend sa lettre. « Merci. On verra ça ensemble plus tard.

– Oui, plus tard, dit Hal. Aujourd'hui, c'est mon jour. Rien qu'à moi. »

Athena ne peut pas s'en empêcher, elle rit de sa plaisanterie.

Elle permet à Hal de choisir la musique pour le trajet jusqu'à Fort Worth. Il met *1989* de Taylor Swift tellement fort qu'Athena craint pour ses enceintes. Elle se retient de baisser le volume. Il se passera pas mal de temps avant que Hal puisse de nouveau écouter ce dont il a envie, aussi fort qu'il le souhaite. Elle peut bien lui offrir cela. Ses tympans s'en remettront – probablement.

Ils arrivent à la prison avec une heure d'avance. Athena n'est jamais venue auparavant. C'est un grand bâtiment en briques, monolithique et imposant, et dans l'ensemble, pas très avenant. En fait, il ressemble exactement au genre d'endroit où enfermer quelqu'un, une version terne du donjon dans les contes de fées. Pire, il n'y a pas de parking, et toutes les places de stationnement dans la rue sont occupées.

Cette situation – une possible difficulté à se garer – suffit à étouffer le peu de courage qu'elle a rassemblé pour l'occasion. Son cœur se met à battre la chamade et elle lèche ses lèvres sèches. Elle ne peut pas entrer avec eux, elle ne peut pas voir Hal être emmené. C'est juste au-dessus de ses forces.

« Descendez tous les deux, dit Athena. Je tournerai autour du pâté de maisons jusqu'à ton retour, Erin.

– Tu ne viens pas ?

– Je ne connais pas le quartier. Je ne sais pas où je peux me garer. » C'est une piètre excuse, mais elle s'y accroche et feint de ne pas voir son amie hausser les sourcils.

« Elle a raison, Erin, dit Hal. C'est un cauchemar pour trouver une place dans le coin. » Il serre le bras droit d'Athena. « Merci d'être venue. Ça m'a fait plaisir de te voir. »

Il sort de la voiture et monte les premières marches qui mènent à l'entrée. Athena éprouve une brève mais intense impression de déjà-vu, elle se rappelle Peter Marsh sur l'escalier du lycée de Clegg, le jour de sa mort. Le jour où elle a fui.

« Tu vas le regretter, dit Erin. Un jour. » Elle claque la portière et court pour rattraper Hal. Athena veut les regarder s'éloigner, mais quelqu'un klaxonne derrière elle. Au carrefour, le feu est vert. Elle avance, prend la prochaine à droite, puis la suivante, et encore celle d'après. Quand elle a fait le tour du pâté de maisons, ses amis ont disparu.

Cet aperçu de Hal dans l'escalier sera le dernier avant un long moment. Hal, redressant les épaules pour se préparer à une épreuve plus terrible que les monstres et les morts-vivants. Se comportant en adulte.

Elle abandonne sa voiture garée n'importe comment dans une rue transversale, fait le tour de l'immeuble en courant. Elle monte les marches en trottinant, franchit les portes à glissière automatiques en verre, et se retrouve au bout d'une file de gens qui attendent devant un portique de sécurité. Pour se préparer, elle enlève sa montre, sa ceinture et ses chaussures, et les dépose dans un bac en plastique avec son téléphone et son sac à main. Alors que la file progresse lentement, elle tend le cou pour essayer de repérer Hal et Erin, ignorant les regards des curieux sur sa main blessée.

Quand elle franchit enfin le portique et débouche dans le hall immense et déprimant avec ses rangées de chaises en plastique moulé, elle tâche de remettre ses chaussures en avançant à cloche-pied, ses affaires fourrées dans son bras gauche. Elle sent la panique monter dans sa poitrine alors qu'elle s'efforce de trouver ses amis parmi la foule des inconnus. Pourquoi y a-t-il autant de monde dans une prison si tôt le matin ?

Puis elle aperçoit Erin, sur une des chaises en plastique. Elle est assise avec les coudes sur les genoux, la tête baissée. Athena l'appelle, et elle lève vers elle un visage décomposé affichant une grimace compatissante.

« J'arrive trop tard, dit Athena.

– Ils l'emmènent, en ce moment même », dit Erin, qui pointe du doigt.

À l'avant du hall, dans une zone délimitée par un cordon, un huissier armé escorte Hal menotté vers une porte à deux battants. Athena fait mine de se précipiter, avec l'intention de les rattraper, mais Erin la retient.

« Je te déconseille de courir en direction d'hommes avec des pistolets », dit-elle.

Livrant un débat intérieur avec elle-même, Athena tente de concilier des impulsions contradictoires – son désir d'obéir aux règles, maintenant en conflit avec la primauté des ordres de son cœur –, jusqu'à atteindre un compromis.

Elle met ses mains en porte-voix et crie. « Hal ! »

Il s'immobilise et regarde derrière lui. Son escorte au visage impassible en fait autant.

D'accord, elle a son attention. Et maintenant ? Elle ne peut pas aller vers lui. Il est la propriété de l'État du Texas à présent, ils ne la laisseront pas le toucher.

Elle fait la seule chose qui lui vient à l'esprit : elle lui envoie un baiser, avec un grand geste de son bon bras, le gauche.

Il lève ses mains menottées, comme pour l'attraper. Puis l'huissier, fatigué de ces simagrées, oblige Hal à lui tourner le dos et le pousse de l'autre côté des portes. Avant qu'elle y soit préparée, Hal est parti.

Ce n'est pas ainsi qu'elle imaginait ce moment. Cela n'aurait pas dû se passer de cette manière, mais la réalité n'avait pas mieux à lui offrir aujourd'hui. Et si Athena est douée pour une chose, c'est affronter la réalité. Mais pour une fois, alors qu'elle réfléchit à la situation telle qu'elle est, elle s'aperçoit que ce n'est pas si mal. Hal n'est plus là pour l'instant, c'est vrai, et il restera absent longtemps, mais il n'est pas mort. Il y aura une vie pour lui, en prison, et une fois dehors. Une vie pour eux deux.

Et maintenant qu'elle sait ce qu'elle veut – *qui* elle veut –, elle se dit qu'elle et Hal peuvent en fait espérer une belle vie. Une vie qui mérite qu'on se batte pour elle, en dépit de la douleur.

Elle envoie un dernier baiser en direction des portes closes, se disant que Hal pourra peut-être le sentir. Puis elle se retourne, prête à affronter tout ce que cette journée lui réserve.

## REMERCIEMENTS

Comme toujours, je remercie mon éditrice, Anna Kaufman, et mon agent, Ken D. Wolf chez Neon Literary, de m'avoir aidé à transformer un fouillis de pages en quelque chose de cohérent et (je l'espère) de divertissant. Merci également à Kathleen Fridella – production –, Fred Chase – relecture-correction –, Chris Jerome et Chuck Thompson – correction d'épreuves –, Michael Collica – maquette intérieure –, Henry Sene Yee – conception graphique de la jaquette –, Demetri Papadimitropoulos – relations presse –, Julianne Clancy – marketing –, et Brian Etling – assistance éditoriale. Sans eux pour s'assurer que mes lacets sont noués et ma chemise rentrée dans mon pantalon, je ne sais pas ce que je deviendrais.

Un merci tout particulier à : Austin Stephens, qui a été d'une aide précieuse pour tracer l'arc narratif du personnage d'Owen ; Sheena Barnett, à qui je dois l'idée de la pomme de terre qui brille dans le noir ; Holly Williams, qui m'a soufflé l'expression « énergie de patate ». Ce livre ne serait pas ce qu'il est sans vos contributions.

Ce roman est une histoire d'amitié. J'ai commencé à l'écrire pendant le confinement lié au COVID-19, quand tous mes amis me manquaient. Je serais impardonnable si je ne les remerciais pas ici de m'avoir remonté le moral tout au long de la folie de ces quelques dernières années. Alors, à vous mes amis – à la fois les gens que je vois en personne *et* ceux d'entre vous avec qui je communique seulement en ligne –, je dis merci. Rien de tout cela ne serait possible sans vous.

DU MÊME AUTEUR

*Une cosmologie de monstres*, Albin Michel, 2019 ; Le Livre de Poche, 2022.

Elly Bangs
*Unity*

Ned Beauman
*Poisson poison*

Robert Jackson Bennett
*American Elsewhere* (prix Shirley Jackson)
*Les Maîtres enlumineurs*
*Le Retour du Hiérophante* (*Les Maîtres enlumineurs*, tome 2)
*Les Terres closes* (*Les Maîtres enlumineurs*, tome 3)
*La Cité des marches* (*Les Cités divines*, tome 1)
*La Cité des lames* (*Les Cités divines*, tome 2)
*La Cité des miracles* (*Les Cités divines*, tome 3)

Lauren Beukes
*Afterland*

Sue Burke
*Semiosis*

C. Robert Cargill
*Un océan de rouille*
*Jour zéro*

Adam-Troy Castro
*Émissaires des morts* (*Andrea Cort*, tome 1), prix Philip K. Dick 2009
*La Troisième Griffe de Dieu* (*Andrea Cort*, tome 2)
*La Guerre des marionnettes* (*Andrea Cort*, tome 3)

Ethan Chatagnier
*L'Affaire Crystal Singer*

Jean-Laurent Del Socorro
*Morgane Pendragon*
*Les Amants du Ragnarök*

Estelle Faye
*Widjigo*

Franck Ferric
*Le Chant mortel du Soleil*

Peter A. Flannery
*Mage de bataille*, tomes 1 et 2

Laurent Genefort
*Les Temps ultramodernes*
*La Croisière bleue*

Gauthier Guillemin
*Rivages*
*La Fin des étiages* (*Rivages*, tome 2)

Salomé Han
*Le Sabre de Neige* (*Les Sabres sacrés*, tome 1)

Nick Harkaway
*Gnomon*, tomes 1 et 2

Stark Holborn
*La Porteuse de mort*

Kameron Hurley
*Les étoiles sont légion*

Marguerite Imbert
*Les Flibustiers de la mer chimique*, grand prix de l'Imaginaire 2023

Léafar Izen
*La Marche du levant*
*Le Courage de l'arbre*

Caitlín R. Kiernan
*La fille qui se noie*, James Tiptree Jr Award 2012, Bram Stoker Award 2012

Derek Künsken
*Le Magicien quantique* (Cycle de *L'Évolution quantique*, tome 1)
*Le Jardin quantique* (Cycle de *L'Évolution quantique*, tome 2)
*Les Profondeurs de Vénus*, tome 1
*La Maison des saints* (*Les Profondeurs de Vénus*, tome 2)

Romain Lucazeau
*La Nuit du Faune*

Laurent Mantese
*La Sonde et la Taille*

Sam J. Miller
*La Cité de l'orque*

Gennarose Nethercott
*La Maison aux pattes de poulet*

Tochi Onyebuchi
*L'Architecte de la vengeance,* World Fantasy Award 2021, Ignyte Award 2021, New England Book Award for Fiction 2020

Émilie Querbalec
*Quitter les monts d'automne*, prix Rosny aîné 2021, Prix poche de l'Ouest Hurlant
*Les Chants de Nüying,* prix Méditerranée de l'imaginaire 2023
*Les Sentiers de Recouvrance*

Jean-Michel Ré
*La Fleur de Dieu*

*Les Portes célestes* (*La Fleur de Dieu*, tome 2)
*Cosmos incarné* (*La Fleur de Dieu*, tome 3)

Peng Shepherd
*Le Livre de M,* Neukom Award 2019
*Les Cartographes*

Neal Stephenson
*Anatèm*, tomes 1 et 2, prix Locus 2009, prix Planète-SF des blogueurs 2019 ; existe également en édition intégrale reliée
*Choc terminal*, tomes 1 et 2

Tom Sweterlitsch
*Terminus*
*Demain et le jour d'après*

Retrouvez toute l'actualité des éditions Albin Michel
sur notre site albin-michel.fr
et suivez-nous sur les réseaux sociaux.
Instagram : editionsalbinmichel
Facebook : Éditions Albin Michel
X : AlbinMichel
YouTube : Editions Albin Michel

*Composition : Nord Compo*
*Impression : Imprimerie Floch, avril 2025*
*Éditions Albin Michel*
*22, rue Huyghens, 75014 Paris*
*www.albin-michel.fr*
*ISBN : 978-2-226-49316-3*
*N° d'édition 25861/01 – N° d'impression : 106738*
*Dépôt légal : avril 2025*
*Imprimé en France*